JACK HIGGINS

DER ADLER IST GELANDET

Roman

Aus dem Englischen von
Rolf und Edda Söellner

PAVILLON VERLAG
MÜNCHEN

PAVILLON TASCHENBUCH
Nr. 02/0025

Titel der Originalausgabe
THE EAGLE HAS LANDED

Umwelthinweis:
Dieses Buch wurde auf
chlor- und säurefreiem Papier gedruckt.

Taschenbuchausgabe 9/99
Copyright © 1975 by Jack Higgins
Copyright © der deutschen Übersetzung by Scherz Verlag,
Bern München Wien
Copyright © 1999 by Wilhelm Heyne Verlag GmbH & Co. KG,
München
Der Pavillon Verlag ist ein Unternehmen der
Heyne Verlagsgruppe, München
http://www.heyne.de
Printed in Germany 1999
Umschlagillustration: Bavaria Bildagentur/TCL und
Bilderdienst Süddeutscher Verlag/Alex Stöcker
Umschlaggestaltung: Nele Schütz Design, München
Gesamtherstellung: Elsnerdruck, Berlin

ISBN: 3-453-15777-X

Jetzt ist das Schlachtfeld ein Land aufrechtstehender Leichen;
wer den Tod sucht, wird überleben;
wer mit dem Leben davonzukommen hofft,
wird sterben.

Wu Ch'i

Punkt null Uhr morgens am Sonnabend, dem 6. November 1943, ging bei Heinrich Himmler, Reichsführer SS und Chef der deutschen Polizei, eine kurze Nachricht ein: Der Adler ist gelandet. Sie bedeutete, daß eine kleine Einsatzgruppe deutscher Fallschirmjäger zum selben Zeitpunkt sicher in England gelandet und nun auf dem Sprung war, den britischen Premierminister Winston Churchill aus dem Landhaus in Norfolk nahe der Küste zu entführen, wo er ein ruhiges Wochenende verbrachte. Ich habe versucht, die Ereignisse um jenes erstaunliche Unternehmen wiederaufleben zu lassen. Es besteht mindestens zu fünfzig Prozent aus historisch belegten Tatsachen. Der Leser möge selbst entscheiden, inwieweit der Rest erdacht oder erdichtet ist...

Jack Higgins

Ich stand in der katholischen Kirche von Studley Constable in Nord-Norfolk an der englischen Ostküste und bewunderte die prachtvolle gotische Architektur. Da hörte ich hinter mir Füße über die Steinplatten scharren, und eine kühle, energische Stimme sagte: »Kann ich Ihnen behilflich sein?«
Ich wandte mich um und sah einen Priester vor dem Zugang zur Kapelle stehen, einen großen, hageren Mann in verblichener, schwarzer Soutane. Das eisengraue Haar war kurz geschoren, und die Augen saßen tief in den Höhlen, als sei er erst kürzlich krank gewesen, ein Eindruck, den die straffgespannte Haut über den Wangenknochen noch verstärkte. Ein seltsames Gesicht.
»Pater Voreker?«
»Der bin ich.«
»Ich habe eben mit dem alten Mann da draußen gesprochen, dem Totengräber. Er meinte, Sie könnten mir vielleicht helfen.« Ich streckte die Hand aus. »Mein Name ist Jack Higgins, Schriftsteller.«
Ehe er meine Hand ergriff, verging einige Zeit. Er wirkte auf mich ziemlich reserviert. »Und wie könnte ich Ihnen helfen, Mr. Higgins?«
»Ich schreibe über geschichtliche Themen. Gestern war ich in St. Margaret, in Cley. Auf dem dortigen Friedhof gibt es eine Grabplatte. Sie kennen sie vielleicht? Für einen gewissen James Greeve...«
Er unterbrach mich sofort: »...der Sir Cloudesley Shovel half, die Schiffe im Hafen von Tripolis in der Barbarei zu verbrennen, am vierzehnten Januar sechzehnhundertsechsundsiebzig. Aber diese Inschrift ist in der ganzen Gegend berühmt.«
»Nach meinen Ermittlungen hatte Greeve, als er Kapitän der *Orange Tree* war, einen Steuermann namens Charles Gascoi-

gne, der später Kapitän in der Marine wurde. Er starb sechzehnhundertdreiundachtzig an einer alten Verwundung, und es scheint, daß Greeve ihn nach Cley bringen ließ, wo er dann begraben wurde. Aber auf dem Friedhof von Cley ist nicht die geringste Spur von Charles Gascoigne zu finden, auch nicht in den Kirchenbüchern«, sagte ich.
»Und jetzt glauben Sie, er könnte hier sein?«
»Er wurde als Junge katholisch erzogen, also kam ich auf die Idee, er könnte auch in seinem Glauben begraben worden sein. Und deshalb suche ich hier.«
»Leider ganz umsonst.« Der Geistliche stemmte sich hoch. »Ich bin jetzt seit achtundzwanzig Jahren hier in St. Mary und ich kann Ihnen versichern, daß ich nie auf irgendeine Erwähnung dieses Charles Gascoigne stieß.«
»Macht nichts«, sagte ich. »Stört es Sie, wenn ich mich trotzdem ein bißchen auf dem Friedhof umsehe, nachdem ich nun schon mal hier bin?«
»Warum nicht? Wir haben ein paar interessante Steine. Ich möchte Ihnen besonders den Westteil empfehlen. Frühes achtzehntes Jahrhundert«, sagte Pater Voreker.

Ich begann mit dem Westteil und nahm mir methodisch jeden einzelnen Grabstein vor. Sie waren wirklich sehenswert. Behauen und mit lebhaften und ziemlich kruden Reliefen von Knochen, Schädeln, Sanduhren und Erzengeln geschmückt. Interessant, aber für meine Suche eine völlig falsche Epoche.
Ich stand jetzt neben dem Grab, das der Totengräber vorhin frisch ausgehoben hatte und gestand mir meine Niederlage ein. Wegen des Regens war eine Zeltbahn über die Öffnung geworfen, und das eine Ende war in die Grube gerutscht. Ich bückte mich, um es wieder zurechtzuziehen, und als ich mich gerade wieder aufrichten wollte, sah ich etwas Sonderbares.
Ein, zwei Meter entfernt, am Fuß des Turms dicht an der Kirchenmauer, lag eine flache Grabplatte in einem grünen Grashügel. Am Kopfende sah man einen prachtvollen Toten-

schädel mit gekreuzten Knochen, darunter die Namen eines Wollhändlers, Jeremiah Fuller, seiner Frau und seiner zwei Kinder. In meiner Hockstellung aber sah ich außerdem, daß darunter noch eine zweite Platte lag.
Ich wurde von einer merkwürdigen Erregung gepackt. Ich kniete nieder, beugte mich über die Grabplatte und versuchte, mit den Fingern darunterzufassen, was sich als sehr schwierig erwies, aber dann, ganz plötzlich bewegte sich der Stein. Die Platte glitt zur Seite, rutschte über den Rand des Hügels, und dann kam die Enthüllung. Es war einer der erstaunlichsten Augenblicke meines Lebens, denn ich sah vor mir einen schlichten Stein mit einem deutschen Kreuz zu Häupten. Die Inschrift darunter war deutsch, aber meine mittelmäßigen Kenntnisse dieser Sprache reichten aus, sie zu entziffern: *Hier ruhen Oberstleutnant Kurt Steiner und 13 deutsche Fallschirmjäger, gefallen am 6. November 1943.*«
Ich kauerte im Regen, prüfte meine Übersetzung sorgfältig auf ihre Richtigkeit. Sie stimmte wirklich und ergab dennoch keinen Sinn. Erstens wußte ich zufällig, daß die Überreste der 4925 deutschen Krieger, die im Ersten und Zweiten Weltkrieg in Großbritannien als Kriegsgefangene gestorben waren, 1967 in den neuangelegten deutschen Soldatenfriedhof in Cannoch Chase in Staffordshire übergeführt worden sind.
Aber abgesehen davon, was in aller Welt hatten deutsche Fallschirmjäger 1943 in Norfolk zu suchen gehabt? »Gefallen«, besagte die Inschrift. Nein, es war völlig absurd. Jemand mußte sich einen schlechten Scherz erlaubt haben. Es konnte gar nicht anders sein. Alle weiteren Überlegungen zum Thema wurden mir durch einen scharfen, erbosten Ausruf abgeschnitten.
»Was, zum Teufel, fällt Ihnen ein?«
Trotz der unkirchlichen Ausdrucksweise kam der Ruf von Pater Voreker, der mit aufgespanntem schwarzem Regenschirm zwischen den Grabsteinen herbeihumpelte.
Ich rief: »Das dürfte Sie interessieren, Pater. Ich habe einen tollen Fund gemacht.«

Als er näher kam, merkte ich, daß etwas nicht stimmte, denn sein Gesicht war weiß vor Erregung. »Wie können Sie es wagen, diesen Stein anzufassen. Sakrileg... Das ist das einzige Wort für Ihr Tun!«
»Schon gut«, sagte ich. »Tut mir leid. Aber sehen Sie doch, was ich darunter entdeckt habe.«
»Ich geb' den Teufel drum, was Sie darunter entdeckt haben! Schieben Sie ihn wieder an seinen Platz!«
Jetzt wurde ich wütend. »Seien Sie doch nicht albern. Begreifen Sie nicht, was hier steht? Wenn Sie nicht deutsch können, dann erlauben Sie, daß ich es Ihnen übersetze. Hier liegen die Leichen von Oberstleutnant Kurt Steiner und dreizehn deutschen Fallschirmjägern, gefallen am sechsten November neunzehnhundertdreiundvierzig. Finden Sie das denn nicht ausgesprochen sensationell?«
»Nicht besonders.«
»Wollen Sie damit sagen, Sie wissen es schon?«
»Nein, natürlich nicht.« Er wirkte jetzt alarmiert, eine Unruhe schwang in seiner Stimme, so als wolle er etwas verbergen. »Würden Sie bitte den alten Stein wieder an seinen Platz rücken?«
Ich bohrte weiter: »Wer war er, dieser Steiner? Was war hier los?«
»Ich sagte Ihnen bereits, daß ich keine Ahnung habe«, erwiderte er und wirkte noch nervöser.
Und dann fiel mir etwas ein. »Sie waren doch neunzehnhundertdreiundvierzig hier, nicht wahr? Auf der Tafel in der Kirche habe ich gelesen, daß Sie die Pfarrei damals übernommen haben.«
Jetzt wurde er barsch. »Zum letztenmal: werden Sie jetzt diesen Stein wieder so hinlegen, wie Sie ihn fanden?«
»Nein«, sagte ich. »Das kann ich leider nicht.«
Merkwürdig, aber er schien sich wieder einigermaßen in der Gewalt zu haben. »Wie Sie wollen«, sagte er. »Dann darf ich Sie bitten, sich unverzüglich zu entfernen.«

Angesichts seiner Entschiedenheit schien jede weitere Debatte sinnlos, also sagte ich nur: »Gut, Pater, wenn Sie es so wünschen.«
Ich war auf dem Gräberweg angelangt, als er mir nachrief: »Und kommen Sie nicht wieder. Sonst werde ich auf der Stelle die Ortspolizei rufen.«
Ich ging durch das Tor, stieg in meinen Peugeot und fuhr ab. Seine Drohung kümmerte mich nicht. Ich war viel zu aufgeregt, viel zu fasziniert.
Ich hielt am Straßenrand neben dem Fluß, zündete mir eine Zigarette an und dachte in Ruhe über das Erlebte nach. Pater Voreker hatte nicht die Wahrheit gesagt, das lag offensichtlich auf der Hand. Er hatte den Grabstein schon früher gesehen, kannte seine Bedeutung, davon war ich überzeugt. Im Grunde war es ein Witz. Ich war nach Studley Constable gekommen auf der Suche nach Charles Gascoigne. Statt seiner hatte ich etwas viel Aufregenderes entdeckt. Ein echtes Rätsel, aber die Frage war: Was sollte ich unternehmen?
Die Lösung erschien fast im gleichen Moment in Gestalt des Totengräbers, den ich auf dem Kirchhof nach Pater Voreker gefragt hatte. Ich hielt an, stieg rasch aus dem Wagen und sprach ihn an: »Hallo, Sie wissen doch Bescheid, oder? Was steckt hinter diesem Grabstein...? Wer war Steiner... Was ist damals hier passiert?«
Er grinste pfiffig und paffte eine Rauchwolke in den Regen. »Wieviel?«
Ich wußte sofort, was er meinte, wollte ihn aber noch eine Weile zappeln lassen. »Was meinen Sie mit: wieviel?«
»Wieviel's Ihnen wert ist, was über Steiner und die anderen zu erfahren.«
Er lehnte sich an den Wagen, blickte mich an und wartete. Ich zog meine Brieftasche, nahm einen Fünfpfundschein heraus und hielt ihn in die Höhe. Die Augen des Mannes, der, wie ich später erfuhr, Laker Armsby hieß, funkelten, und er griff danach.

Ich zog die Hand zurück. »O nein. Zuerst möchte ich ein paar Antworten.«
»Auch recht, Mister. Was möchten Sie wissen?«
»Dieser Kurt Steiner... Wer war das?«
Er grinste, die Augen wurden wieder unstet, das schlaue verschlagene Lächeln erschien. »Ganz einfach«, sagte er. »Das war der Deutsche, der mit seinen Leuten hergekommen ist, um Mr. Churchill zu erschießen.«
Ich war so verblüfft, daß ich einfach dastand und ihn anstarrte. Er schnappte sich den Fünfer und trabte davon.

Es gibt Dinge im Leben, die einen mit solcher Wucht treffen, daß man sie zunächst nicht zu fassen vermag. Der Verstand weigert sich, die Wirklichkeit zu begreifen, man verschafft sich eine Atempause, bis man in der Lage ist, zu reagieren.
In einem solchen Zustand befand ich mich nach der überraschenden Eröffnung des Totengräbers. Nicht, weil sie so unglaublich klang. Meine Lebenserfahrung hat mich gelehrt, daß man eine Sache nur als unmöglich zu bezeichnen braucht, damit sie mit ziemlicher Sicherheit eine Woche später wirklich passiert. Nein, sondern, weil das, was Armsby gesagt hatte – wenn es der Wahrheit entsprach –, von so ungeheuerlicher Tragweite war, daß mein Denken noch gar nicht mitkam. Immerhin begriff ich jetzt das merkwürdige Verhalten Pater Vorekers besser.
Ich eilte ins Hotel, packte meine Koffer, bezahlte die Rechnung und machte mich auf die Heimfahrt, zur ersten Atempause auf einer Reise, die sich über ein Jahr meines Lebens hinziehen sollte. Ein Jahr, das mich durch Hunderte von Akten, Dutzende von Interviews und um den halben Erdball jagte. Nach San Franzisko, Singapur, Argentinien, Hamburg, Berlin, München, Warschau und Belfast. Jeder dieser Orte sollte einen weiteren Stein für dieses abenteuerliche Puzzle liefern, sollte mich zur Wahrheit führen und Aufschluß über die Zentralfigur des Rätsels geben, über Kurt Steiner.

1

Ausgelöst wurde das alles eigentlich durch einen Mann namens Otto Skorzeny, der am Sonntag, dem 12. September 1943, einen der verwegensten Handstreiche des Zweiten Weltkriegs erfolgreich durchgeführt hatte; was Adolf Hitler wieder einmal zu seiner großen Genugtuung bewies, daß er, wie gewöhnlich, recht gehabt hatte und das Oberkommando der Wehrmacht unrecht.

Kurz vorher hatte Hitler plötzlich wissen wollen, warum die deutsche Wehrmacht keine Sonderkommandos habe, wie sie sich bei den Engländern seit Kriegsbeginn so glänzend bewährten. Um ihn zufriedenzustellen, beschloß das Oberkommando, eine solche Truppe zu schaffen. Skorzeny, ein junger Leutnant der Waffen-SS, wegen einer Verwundung »garnisonsverwendungsfähig in der Heimat« geschrieben, saß damals müßig in Berlin herum. Er wurde zum Hauptmann befördert und mit der Leitung der deutschen Sondereinsätze betraut, was weiter nichts zu bedeuten hatte und somit ganz im Sinne des OKW war.

Doch zu dessen Leidwesen erwies Skorzeny sich als glänzender Soldat und wie geschaffen für die ihm übertragene Aufgabe, und die Ereignisse sollten ihm bald Gelegenheit geben, beides in spektakulärer Weise zu demonstrieren.

Am 3. September kapitulierte Italien, Mussolini wurde abgesetzt und Marschall Badoglio ließ ihn festnehmen und von der Bildfläche verschwinden. Hitler drängte darauf, daß sein ehemaliger Verbündeter aufgefunden und befreit werde. Es schien ein Ding der Unmöglichkeit, und sogar Erwin Rommel meinte dazu, er sehe keinen Vorteil in einem solchen Unternehmen und hoffe nur, daß es nicht ihm aufgehalst werde.

Das wurde es nicht, denn Hitler persönlich übertrug die Aufgabe Skorzeny, der sich mit Energie und Entschlossenheit daranmachte und bald herausfand, daß Mussolini im Sporthotel auf dem fast dreitausend Meter hohen Gran Sasso in den Abruzzen gefangengehalten und von zweihundertfünfzig Mann bewacht wurde.

Skorzeny sprang mit fünfzig Fallschirmjägern aus mehreren Lastenseglern ab, stürmte das Hotel und befreite Mussolini, der in einem winzigen Fieseler Storch zunächst nach Rom und von dort über Wien und München in einer Ju 52 zur Wolfsschanze geflogen wurde, in Hitlers Hauptquartier, das bei Rastenburg in einem düsteren, feuchten und dichtbewaldeten Teil Ostpreußens lag.

Diese Leistung brachte Skorzeny eine ganze Menge Orden einschließlich des Ritterkreuzes ein und eröffnete ihm eine Karriere, die ihn zu zahlreichen ähnlich kühnen Taten führen und noch bei Lebzeiten zu einer Legende machen sollte. Das Oberkommando der Wehrmacht, das, wie die Generalität fast aller Armeen, tiefes Mißtrauen gegen dergleichen irreguläre Methoden hegte, zeigte sich unbeeindruckt.

Nicht so der Führer. Er war noch immer außer sich vor Begeisterung, als er am Abend des Mittwoch nach Mussolinis Ankunft in Rastenburg eine Lagebesprechung in der Konferenzbaracke einberief, um die Ereignisse in Italien und die künftige Rolle des Duce zu erörtern.

Das Kartenzimmer war mit seiner Holztäfelung an Wänden und Decke überraschend behaglich. Am einen Ende stand ein runder Tisch mit elf Binsenstühlen, in der Mitte des Tisches eine Vase mit Blumen. Das andere Ende des Raumes nahm der lange Kartentisch ein. Zu der kleinen Gruppe von Männern, die dort die Lage an der Italienfront besprachen, gehörten neben Mussolini auch Joseph Goebbels, Reichsminister für Volksaufklärung und Propaganda und Generalbevollmächtigter für den totalen Kriegseinsatz; ferner Reichsführer SS Heinrich Himmler, Chef der deutschen Polizei und der Geheimen Staatspolizei, und Admiral Wilhelm Canaris, Chef des Militärischen Nachrichtendienstes, der »Abwehr«.

Bei Hitlers Eintritt nahmen alle Haltung an. Er war in leutseliger Laune, die Augen funkelten, ein leichtes, starres Lächeln lag um seine Lippen. Er trat auf Mussolini zu und schüttelte ihm herzlich die Hand, hielt sie mit beiden Händen fest. »Sie sehen heute abend besser aus, Duce. Entschieden besser.«
Für alle übrigen Anwesenden sah der italienische Diktator erschreckend aus. Müde und apathisch, kaum noch eine Spur des alten Feuers. Daß er tags zuvor die Neue Sozialistische Republik Italien proklamiert hatte, war nur auf Drängen Hitlers geschehen.
Er rang sich ein schwaches Lächeln ab, und der Führer klatschte in die Hände. »Nun, meine Herren, was soll unser nächster Schritt in Italien sein? Was hält die Zukunft bereit?« Er wandte sich an Himmler. »Was meinen Sie, Reichsführer?«
Himmler nahm den Kneifer ab und polierte umständlich die Gläser, während er antwortete: »Den totalen Sieg, mein Führer. Daß der Duce hier in unserer Mitte weilt, beweist hinlänglich, wie brillant Sie die Lage zu meistern wußten, nachdem dieser Verräter Badoglio einen Waffenstillstand unterzeichnete.«
Hitler nickte mit ernster Miene und wandte sich an Goebbels. »Und Sie?«
Goebbels' dunkle Augen loderten vor Begeisterung. »Ich auch, mein Führer. Die Befreiung des Duce hat im Reich und im Ausland großes Aufsehen erregt. Freund und Feind sind der Bewunderung voll. Wir können einen gewaltigen moralischen Sieg für uns verbuchen, dank Ihrer alles überragenden Führung.«
»Jedenfalls nicht dank meiner Generale.« Hitler wandte sich an Canaris, der mit leicht ironischem Lächeln auf die Karte hinabblickte.
»Und Sie, Herr Admiral? Finden Sie auch, daß wir einen gewaltigen moralischen Sieg errungen haben?«
Offenheit konnte Hitler gegenüber gefährlich oder lohnend sein, man wußte es nie. Daher ist Canaris kaum zu tadeln,

wenn seine aufrichtige Antwort einen der bekannten Ausbrüche hervorrief.
»Mein Führer, die italienische Kriegsflotte liegt jetzt direkt unter den Geschützen der Festung Malta vor Anker. Wir mußten Korsika und Sardinien räumen, und es gehen Meldungen ein, wonach unsere früheren Alliierten sich bereits anschikken, auf der Gegenseite zu kämpfen.«
Hitler war bleich geworden, die Augen glitzerten, ein leichter Schweißfilm erschien auf seiner Stirn, aber Canaris fuhr fort: »Was die vom Duce proklamierte Neue Sozialistische Republik Italien angeht...«, hier zuckte er die Achseln. »Bisher hat sich kein einziges neutrales Land, nicht einmal Spanien, zur Aufnahme diplomatischer Beziehungen bereitgefunden. Und, so leid es mir tut, mein Führer, meiner Meinung nach wird dies auch nicht geschehen.«
»Ihre Meinung!« brach Hitler wütend los. »Ihre Meinung? Sie sind genauso übel wie meine Generale. Wenn ich auf die höre, was passiert dann? Fehlschläge auf der ganzen Linie.« Er trat zu Mussolini, der bestürzt schien, und legte ihm einen Arm um die Schultern. »Verdanken wir es dem Oberkommando, daß der Duce hier ist? Nein, er ist hier, weil ich auf der Schaffung einer Kommandoeinheit bestanden habe, weil meine Intuition mir sagte, daß es das einzig Richtige sei.«
Hitler war ans Fenster getreten und blickte hinaus, die Hände auf dem Rücken zu Fäusten geballt. »Ich habe einen Instinkt für derlei Dinge, und ich wußte, wie erfolgreich ein solches Unternehmen sein konnte. Eine Handvoll tapferer Männer, die das Letzte wagen.« Er wirbelte herum zu den Anwesenden. »Am neunten September führte Major Walter Gericke mit dem zweiten Bataillon des sechsten Fallschirmjägerregiments einen Angriff aus der Luft auf das Hauptquartier der italienischen Streitkräfte und nahm fast das gesamte Oberkommando und den Generalstab gefangen. Eine brillante und wagemutige Tat, die meine These beweist.« »Ebenso wie das Gran-Sasso-Unternehmen, mein Führer«, warf Goebbels ein.

»Ohne mich hätte es kein Gran-Sasso-Unternehmen gegeben, denn ohne mich hätte es keinen Skorzeny gegeben.« Hitler wurde ruhiger und wandte sich Himmler zu. »Und Sie, Reichsführer, was meinen Sie?«
»Ich teile Ihre Auffassung vollständig, mein Führer«, erwiderte Himmler. »Vollständig! Allerdings bin ich ein wenig voreingenommen. Skorzeny ist schließlich SS-Offizier. Andererseits hätte ich das Gran-Sasso-Unternehmen für eine Sache gehalten, die den Brandenburgern auf den Leib geschrieben ist.«
Er bezog sich auf die »Division Brandenburg«, eine Eliteeinheit, die bald nach Kriegsbeginn zur Übernahme von Sonderaufträgen aufgestellt worden war.
»Genau«, sagte Hitler zu Canaris. »Was haben Ihre kostbaren Brandenburger geleistet? Nichts, was der Rede wert wäre.« Er steigerte sich jetzt wieder in Zorn, und wie immer bei solchen Gelegenheiten schien er fähig, erstaunliche Fakten aus seinem fabelhaften Gedächtnis zu holen.
»Als diese Division Brandenburg aufgestellt wurde, nannte man sie Einsatztruppe für militärische Sonderaufträge, und ich erinnere mich, gehört zu haben, daß ihr erster Kommandant, von Hippel, Ihnen sagte, wenn er mit den Jungens fertig sei, würden sie imstande sein, den Teufel aus der Hölle zu holen. Ein Witz, Herr Admiral! Denn, soweit ich mich entsinne, haben Sie mir nicht einmal den Duce geholt. Dafür mußte ich selbst sorgen.«
Seine Stimme war zum Krescendo angeschwollen, die Augen sprühten Feuer. »Nichts!« schrie er. »Nichts haben Sie mir geholt, und mit solchen Männern und solchen wunderbaren Hilfsmitteln hätten Sie imstande sein müssen, mir Churchill aus England zu holen, wenn ich es verlangt hätte.«
Es herrschte völliges Schweigen, während Hitler von einem Gesicht zum anderen blickte. »Etwa nicht?«
Mussolini sah gehetzt aus, Goebbels nickte eifrig. Aber Himmler goß Öl ins Feuer, indem er ruhig sagte: »Warum nicht, mein Führer? Möglich ist schließlich alles, auch ein Wunder, wie Sie

bewiesen haben, indem Sie den Duce vom Gran Sasso heruntergeholten.«
»Ganz recht.« Hitler war jetzt wieder ruhig. »Eine wunderbare Gelegenheit, uns zu zeigen, was die Abwehr kann, Herr Admiral.«
Canaris war völlig perplex. »Mein Führer, verstehe ich recht, Sie meinen...«
»Schließlich hat eine englische Kommandoeinheit Rommels Hauptquartier in Afrika angegriffen«, sagte Hitler, »und ähnliche Gruppen überfielen mehrmals die französische Küste. Soll ich glauben, daß die deutschen Jungens weniger fähig sind?« Er klopfte Canaris auf die Schulter und sagte aufmunternd: »Halten Sie sich dran, Herr Admiral. Bringen Sie den Laden in Schwung. Ich bin absolut überzeugt, daß Ihnen etwas einfallen wird.« Wieder wandte er sich an Himmler: »Meinen Sie nicht auch, Reichsführer?«
»Gewiß«, erwiderte Himmler ohne Zögern. »Zu allermindest eine Durchführbarkeitsanalyse kann die Abwehr sicherlich erstellen.«
Er lächelte leicht zu Canaris hinüber, der wie vom Donner gerührt dastand. Er befeuchtete sich die Lippen und sagte heiser: »Zu Befehl, mein Führer.«
Hitler legte ihm eine Hand auf die Schulter. »Gut. Ich wußte, daß ich mich auf Sie verlassen kann, wie immer.« Dann winkte er die Umstehenden mit einer ausholenden Bewegung heran und beugte sich über die Landkarte. »Und jetzt, meine Herren, die Lage in Italien.«

Canaris und Himmler kehrten noch in dieser Nacht mit einer Dornier nach Berlin zurück. Sie verließen Rastenburg zur gleichen Zeit, fuhren aber in zwei Wagen die vierzehn Kilometer bis zum Flugplatz. Canaris kam eine Viertelstunde zu spät, und als er schließlich die Dornier bestieg, war er nicht in bester Laune. Himmler saß bereits angeschnallt, und nach sekundenlangem Zögern setzte sich Canaris neben ihn.

»Panne?« fragte Himmler, als das Flugzeug die Piste entlangrumpelte und gegen den Wind manövrierte.
»Reifen geplatzt.« Canaris lehnte sich zurück. »Übrigens, vielen Dank. Sie waren eine große Hilfe da draußen.«
»Immer gern zu Diensten«, erwiderte Himmler.
Die Maschine hatte jetzt abgehoben, die Motoren brummten stärker, als sie höher stiegen. »Mein Gott, heute abend war er aber wirklich in Fahrt«, sagte Canaris. »Churchill holen. Haben Sie schon mal etwas so Verrücktes gehört?«
»Nachdem Skorzeny ihm Mussolini vom Gran Sasso geholt hat, wird die Welt nie wieder sein wie vorher. Der Führer glaubt jetzt an Wunder, und das wird Ihnen und mir das Leben zunehmend schwerer machen, Herr Admiral.«
»Mussolini war eine tolle Sache«, sagte Canaris. »Aber, ohne Skorzenys Meisterleistung schmälern zu wollen, Winston Churchill würde doch eine ganz andere Sache sein.«
»Ach, ich weiß nicht«, sagte Himmler. »Ich habe die Wochenschauen des Gegners gesehen, wie Sie auch. Heute in London, morgen in Manchester oder Leeds. Er wandert durch die Straßen mit dieser Zigarre im Mund und redet mit den Leuten. Ich würde sagen, von allen großen Führern auf der Welt ist er wahrscheinlich am wenigsten abgeschirmt.«
»Wer's glaubt...«, sagte Canaris mürrisch. »Die Engländer mögen alles sein, aber Narren sind sie nicht. Military Intelligence fünf und sechs beschäftigt Scharen junger Männer, die Oxford oder Cambridge besucht haben und einem ohne lange Vorrede eine Kugel in den Bauch jagen.«
Eine Ordonnanz brachte ihnen Kaffee. Himmler sagte: »Sie beabsichtigen also nicht, die Sache voranzutreiben?«
»Sie wissen genausogut wie ich, was passieren wird«, erwiderte Canaris. »Heute ist Mittwoch. Bis Freitag hat er die Schnapsidee vergessen.« Himmler nickte hinterhältig und trank einen Schluck Kaffee. »Ja, vermutlich haben Sie recht.«
Canaris stand auf. »Würden Sie mich jetzt bitte entschuldigen. Ich glaube, ich schlafe ein Weilchen.«

Als Canaris das Gebäude der Abwehr am Tirpitzufer betrat, war es fast schon hell. Der Fahrer, der ihn in Tempelhof abholte, hatte die beiden Lieblingsdackel des Admirals mitgebracht, und als Canaris ausstieg, tollten sie hinter ihm her, während er strammen Schritts die Wachen passierte.
Er ging direkt in sein Büro hinauf, zog unterwegs seinen Marinemantel aus und gab ihn der Ordonnanz, die ihm die Tür aufhielt. »Kaffee«, befahl der Admiral. »Literweise Kaffee.« Der Mann wollte bereits die Tür hinter sich schließen, als Canaris ihn zurückrief. »Ist Oberst Radl im Haus?«
»Ich glaube, er hat heute in seinem Büro übernachtet, Herr Admiral.«
»Schön, sagen Sie ihm, ich möchte ihn sprechen.«
Die Tür schloß sich. Er war allein und plötzlich sehr müde, als er sich in den Schreibtischsessel sinken ließ. Canaris pflegte einen schlichten Stil. Das Büro war altmodisch und relativ karg möbliert, der Teppich abgetreten. An der Wand hing ein Porträt Francos mit Widmung. Auf dem Schreibtisch stand ein marmorner Briefbeschwerer mit drei Bronzeaffen darauf, die nichts Böses sahen, hörten oder sprachen.
Er atmete tief, um sich wieder in den Griff zu bekommen. Schwachheit konnte er sich nicht leisten, denn er bewegte sich auf schmalem Grat in dieser durchgedrehten Welt. Es gab Dinge, von denen er vermutete, daß nicht einmal er sie wissen sollte. Zum Beispiel vor ein paar Monaten der Versuch zweier höherer Offiziere, Hitlers Maschine auf dem Flug von Smolensk nach Rastenburg in die Luft zu sprengen.
Die Ordonnanz erschien mit einem Tablett, darauf eine Kaffeekanne, zwei Tassen und ein Kännchen echte Sahne, inzwischen in Berlin eine Rarität. »Stellen Sie es ab«, sagte Canaris. »Ich bediene mich selbst.«
Die Ordonnanz zog sich zurück, und als Canaris den Kaffee eingoß, wurde an die Tür geklopft. Der Mann, der das Büro betrat, hätte geradewegs von einer Truppenparade kommen können, so tadellos war seine Uniform. Oberst der Gebirgs-

jäger, mit dem Orden für den Winterkrieg und dem Verwundetenabzeichen in Silber ausgezeichnet und mit dem Ritterkreuz am Hals. Sogar die Klappe auf seinem rechten Auge wirkte vorschriftsmäßig, desgleichen der schwarze Lederhandschuh an seiner linken Hand.

»Ah, da sind Sie ja, Radl«, sagte Canaris. »Trinken Sie eine Tasse Kaffee mit, und machen Sie wieder einen normalen Menschen aus mir. Wenn ich von Rastenburg komme, habe ich immer mehr das Gefühl, ich brauchte einen Wärter... ich oder jemand anderer.«

Max Radl war dreißig und sah, je nach Tag und Wetter, zehn bis fünfzehn Jahre älter aus. Er hatte im Winterkrieg 1941 das rechte Auge und die linke Hand verloren und arbeitete seit seiner Abstellung in die Heimat für Canaris. Er war jetzt Chef vom Amt III, einer Dienststelle der Z-Abteilung, der Abwehrzentrale, das dem Admiral direkt unterstand. Amt III war für besonders schwierige Aufgaben zuständig und daher war Radl ermächtigt, seine Nase in jede beliebige andere Abwehrabteilung zu stecken, ein Privileg, das ihn bei seinen Kollegen alles andere als beliebt machte.

»War es so schlimm?«

»Schlimmer«, erwiderte Canaris. »Redete von nichts anderem als vom Gran Sasso. Was das Ganze für ein verdammtes Wunder sei und warum die Abwehr nicht etwas ähnlich Spektakuläres fertigbringe.«

Er sprang auf, trat ans Fenster und lugte durch die Vorhänge in den grauen Morgen hinaus. »Wissen Sie, was er uns vorschlägt, Radl? Wir sollen ihm Churchill holen.«

Radl fuhr jäh auf. »Du lieber Gott, das kann er doch nicht ernst meinen?«

»Wer weiß? Heute ja, morgen nein. Er hat nicht ausdrücklich gesagt, ob er ihn lebend oder tot haben möchte. Diese Sache mit Mussolini ist ihm zu Kopf gestiegen. Jetzt scheint er rein alles für möglich zu halten. Den Teufel aus der Hölle holen, wenn's sein muß, so hat er sich emphatisch ausgedrückt.«

»Und die anderen? Wie haben sie es aufgenommen?« fragte Radl.
»Goebbels blieb beflissen wie immer, der Duce wirkte bestürzt. Himmler war der gefährliche Mann. Gab dem Führer in allem recht. Sagte, wir könnten uns zumindest einmal mit dem Plan befassen. Eine Durchführbarkeitsanalyse aufstellen, so drückte er sich aus.«
»Verstehe, Herr Admiral.« Radl zögerte. »Glauben Sie, es ist dem Führer ernst damit?«
»Natürlich nicht.« Canaris ging zu dem Feldbett in der Ecke, schlug die Decken zurück, setze sich und begann, seine Schuhbänder zu lösen. »Er hat es bereits vergessen, ich weiß, wie er in solchen Momenten ist. Redet allen möglichen Unsinn daher.« Er legte sich auf das Feldbett und deckte sich zu. »Nein, ich würde sagen, der Haken liegt bei Himmler. Er will mich zur Strecke bringen. Er wird ihn eines schönen Tages, wenn's ihm in den Kram paßt, an den ganzen Quatsch erinnern, und wäre es nur, damit ich als Befehlsverweigerer dastehe.«
»Was soll ich also tun?«
»Genau das, was Himmler vorschlug. Eine Durchführbarkeitsanalyse ausarbeiten. Einen schönen, ausführlichen Bericht, der so aussieht, als würden wir uns wirklich hineinknien. Zum Beispiel: Churchill ist im Augenblick in Kanada, ja? Reist vermutlich per Schiff zurück. Sie können es so darstellen, als hätten Sie ernsthaft erwogen, zum entsprechenden Zeitpunkt und an der entsprechenden Stelle ein U-Boot einzusetzen. Schließlich geschehen, wie unser Führer mir persönlich vor noch nicht ganz sechs Stunden versicherte, noch immer Wunder, wenn auch nur unter der richtigen göttlichen Eingebung. Krogel soll mich in eineinhalb Stunden wecken.«
Er zog die Decke über den Kopf, Radl knipste das Licht aus und ging. Er war alles andere als glücklich, als er sich wieder in sein Büro begab, und nicht nur wegen der lächerlichen Aufgabe, die Canaris ihm zugeteilt hatte. So etwas gehörte zur

Routine. Radl selber bezeichnete das Amt III häufig als die »Abteilung für höheren Blödsinn«.
Nein, was ihm Sorgen machte, war die Art, wie Canaris sprach, und da Radl zu den Leuten gehörte, die sich selber gegenüber gern ehrlich sind, gestand er sich ein, daß es ihm nicht nur um den Admiral ging. Er dachte auch an sich und an seine Familie. Theoretisch hatte die Gestapo keine Gerichtshoheit über Männer in Wehrmachtsuniform. Aber Radl hatte schon zu viele Kameraden verschwinden sehen, um das zu glauben. Der teuflische »Nacht-und-Nebel-Erlaß«, aufgrund dessen eine große Zahl Unglücklicher buchstäblich vom nächtlichen Dunkel verschlungen wurde, fand angeblich nur auf Einwohner besetzter Gebiete Anwendung.
Radl wußte indes sehr wohl, daß sich zum gegenwärtigen Zeitpunkt über fünfzigtausend nichtjüdische deutsche Staatsbürger in Konzentrationslagern befanden. Seit 1933 waren insgesamt fast zweihunderttausend dort gestorben.
Als er sein Büro betrat, sichtete Stabsfeldwebel Hofer, sein Adjutant, gerade die soeben eingetroffene Nachtpost. Hofer war ein stiller, dunkelhaariger Mann, achtundvierzig, Gastwirt aus dem Harz, ein erstklassiger Skiläufer, der sein Geburtsdatum gefälscht hatte, um noch eingezogen zu werden. Er hatte unter Radl in Rußland gekämpft.
Radl setzte sich an den Schreibtisch und blickte düster auf das Foto seiner Frau und der drei Töchter, die in den bayrischen Bergen in Sicherheit waren. Hofer, der die Zeichen kannte, gab ihm eine Zigarette und ein kleines Glas Kognak aus einer Flasche Courvoisier, die in der untersten Schreibtischlade verwahrt war.
»So schlimm, Herr Oberst?«
»So schlimm, Hofer«, antwortete Radl. Dann kippte er seinen Kognak und brachte es ihm schonend bei.

Und damit hätte die Sache ihr Bewenden haben können, wäre nicht ein seltsamer Zufall passiert. Am Morgen des 22. September, genau eine Woche nach seinem Gespräch mit Canaris, saß Radl am Schreibtisch und mühte sich durch den Stapel von Papieren, die sich während seiner dreitägigen Stippvisite in Paris angesammelt hatten.

Er war nicht in bester Stimmung, und als die Tür aufging und Hofer eintrat, blickte er stirnrunzelnd auf und sagte ungehalten: »Herrgott, Hofer, ich wollte doch in Ruhe gelassen werden. Was ist denn schon wieder?«

»Verzeihung, Herr Oberst. Soeben wurde mir ein Bericht vorgelegt, der Sie interessieren könnte.«

»Woher kommt der Bericht?«

»Von der Abwehr eins.«

Also von der Abteilung für militärische Spionage im Ausland; und Radls Neugier regte sich, wenn auch nur zögernd. Hofer stand abwartend da, den Umschlag an sich gedrückt, und Radl legte seufzend die Feder nieder. »Na schön, legen Sie los.«

Hofer öffnete das Kuvert. »Es ist der jüngste Bericht eines Agenten in England. Deckname Star.«

Radl warf einen Blick auf die erste Seite, während er nach einer Zigarette griff. »Mrs. Joanna Grey also.«

»Sie sitzt in Nord-Norfolk, an der Küste, Herr Oberst. In einem Dorf namens Studley Constable.«

»Aber natürlich!« sagte Radl mit erwachender Begeisterung. »Ist das nicht die Frau, die uns die Einzelheiten über die *Oboe*-Installation geliefert hat[*]?« Er ging die ersten Seiten durch und runzelte die Stirn. »Ein ganzer Schwung. Wie kriegt sie das nur rüber?«

»Sie hat einen ausgezeichneten Kontakt bei der spanischen Botschaft. Ihre Lieferung kommt per Diplomatengepäck. Besser als die Post. Durchschnittliche Zustellungszeit drei Tage.«

»Bemerkenswert«, sagte Radl. »Wie oft berichtet sie?«

»Einmal im Monat. Sie hat auch Funkverbindung, benutzt sie

---

[*] *Oboe* = Fernführungssystem für Bombenflugzeuge, bei dem die Maschinen auf Radarleitstrahl flogen.

aber selten, obwohl sie wie üblich dreimal pro Woche eine Stunde lang auf Empfang ist, für den Fall, daß sie benötigt wird. Ihr Verbindungsmann bei uns ist Hauptmann Meyer.«
»In Ordnung, Hofer«, sagte Radl. »Holen Sie mir Kaffee, ich lese den Bericht.«
»Den interessantesten Abschnitt habe ich rot angestrichen, Herr Oberst, auf Seite drei. Ich habe auch eine britische Generalstabskarte der Gegend beigelegt«, sagte Hofer und ging.
Der Bericht war vorzüglich abgefaßt, gescheit und voll brauchbarer Informationen. Allgemeine Beschreibung der Lage der betreffenden Gegend, Verlegung zweier neuer amerikanischer B-17-Geschwader südlich der Bucht Wash, eines B-24-Geschwaders bei Sheringham. Lauter gutes und verwendbares Material, wenn auch nichts Aufregendes. Und dann kam er zu Seite drei und dem kurzen, rot angestrichenen Absatz, und sein Magen zog sich vor nervöser Erregung zusammen.
Eine einfache Geschichte. Der britische Premierminister Winston Churchill sollte am Vormittag des Sonnabend, 6. November, eine Bomberbasis der Royal Air Force in der Nähe der Bucht Wash besichtigen. Anschließend war der Besuch einer Fabrik bei King's Lynn und eine kurze Rede vor den Arbeitern vorgesehen.
Dann kam der interessante Teil. Churchill würde nicht sofort nach London zurückkehren, sondern das Wochenende auf der Besitzung Sir Henry Willoughbys in Studley Grange verbringen, nur fünf Meilen vom Dorf Studley Constable entfernt. Ein reiner Privatbesuch, die Einzelheiten vermutlich streng geheim. Im Dorf wußte bestimmt keine Seele von diesem Plan, aber Sir Henry, hoher Marineoffizier a. D., hatte offenbar der Versuchung nicht widerstehen können, sich Joanna Grey anzuvertrauen, mit der er, wie es schien, eng befreundet war.
Radl saß da und starrte nachdenklich auf den Bericht, dann nahm er die von Hofer beigelegte Generalstabskarte heraus und entfaltete sie. Die Tür ging auf, und Hofer erschien mit dem

Kaffee. Er stellte das Tablett auf den Tisch, goß eine Tasse ein und blieb mit unbewegter Miene wartend stehen.
Radl blickte auf. »Los, Sie Teufelssohn, zeigen Sie mir, wo der Ort ist. Ich nehme an, Sie wissen es.«
»Selbstverständlich, Herr Oberst.« Hofer legte einen Finger auf die Bucht Wash und fuhr südwärts an der Küste entlang. »Studley Constable, und hier an der Küste liegen Blakeney und Cley. Die drei Orte bilden ein Dreieck. Ich habe in Mrs. Greys Bericht von vor dem Krieg nachgesehen. Eine einsame Gegend, sehr ländlich. Ein langer, breiter Küstenstreifen und Salzsümpfe.«
Radl brütete eine Weile über der Karte und faßte dann einen Entschluß. »Schicken Sie mir Hauptmann Meyer. Ich möchte ihn sprechen, aber sagen Sie ihm nicht einmal andeutungsweise, worum es geht.«
»Jawohl, Herr Oberst.«
Hofer ging zur Tür. »Und noch etwas, Hofer«, fügte Radl hinzu, »ich brauche jeden Bericht, den sie jemals geschickt hat. Alles, was wir über die ganze Gegend hier haben.«
Die Tür schloß sich, und plötzlich schien es im Zimmer sehr still zu sein. Radl griff nach einer Zigarette. Er trat ans Fenster und empfand eine seltsame Leere. Letzten Endes war alles eine Farce. Der Führer, Himmler, Canaris – wie Figuren eines Schattenspiels. Nichts Greifbares, nichts Reales, und dazu noch diese alberne Geschichte – dieser Churchill-Quatsch. Während die Männer an der Ostfront zu Tausenden fielen, mußte er sich die Zeit mit blödsinnigen Spielchen vertreiben, bei denen doch nichts herauskommen konnte. Er kam sich erbärmlich und nutzlos vor. Ein Klopfen an der Tür riß ihn aus seinen trüben Gedanken. Der Mann, der ins Zimmer trat, war mittelgroß und trug einen Tweedanzug. Das graue Haar war unordentlich, und eine Hornbrille verbarg seine Augen.
»Da sind Sie ja, Meyer. Freut mich«, sagte Radl.
Hans Meyer war damals fünfzig. Im Ersten Weltkrieg war er U-Boot-Kommandant gewesen, einer der jüngsten in der deut-

schen Marine. Seit 1922 arbeitete er beim Geheimdienst und war beträchtlich schärfer, als er aussah.
»Herr Oberst«, sagte er förmlich.
»Setzen Sie sich, Meyer, setzen Sie sich.« Radl wies auf einen Stuhl. »Ich lese gerade den jüngsten Bericht eines Ihrer Agenten. Deckname Star. Hochinteressant.«
»Ach ja.« Meyer nahm die Brille ab und putzte sie mit einem schmuddeligen Taschentuch. »Joanna Grey. Eine bemerkenswerte Frau.«
»Erzählen Sie mir von ihr.«
Meyer überlegte. »Was möchten Sie wissen, Herr Oberst?«
»Alles!« sagte Radl.
Meyer zögerte noch eine Weile, am liebsten hätte er gefragt: »Warum?« Aber er beherrschte sich. Er setzte die Brille wieder auf und berichtete.

Joanna Grey, geborene Van Oosten, war im März 1875 in der kleinen Stadt Vierskop im Oranjefreistaat zur Welt gekommen. Ihr Vater war Farmer und Prediger der Holländischen Reformierten Kirche und hatte als Zehnjähriger den Großen Treck der Buren mitgemacht, die zwischen 1836 und 1838 aus der Kapkolonie in das Neuland nördlich des Oranjeflusses gezogen waren, um der britischen Herrschaft zu entrinnen.
Joanna hatte mit zwanzig Jahren einen Farmer namens Dirk Jansen geheiratet. Ihre Tochter kam 1898 zur Welt, ein Jahr vor dem Ausbruch der Feindseligkeiten mit den Briten, dem sogenannten Burenkrieg.
Van Oosten stellte eine berittene Truppe auf und fiel im Mai 1900 bei Bloemfontein. Noch im gleichen Monat ging der Krieg theoretisch zu Ende, doch die folgenden zwei Jahre sollten die tragischste Epoche des ganzen Konflikts werden, ein erbitterter Kleinkrieg zahlreicher Partisanengruppen, die auf abgelegenen Farmen Unterschlupf und Hilfe suchen mußten.
Auch Dirk Jansen focht, wie so viele seiner Landsleute, in einer solchen Gruppe. Als am 11. Juni 1901 eine britische Patrouille

auf der Suche nach ihm bei den Jansens Hausdurchsuchung hielt, war Dirk bereits seit zwei Monaten tot. Er war, ohne daß seine Frau es erfahren hatte, in einem Gebirgslager seinen Verwundungen erlegen. Nur Joanna, ihre Mutter und das Kind waren im Haus. Sie hatte sich geweigert, auf die Fragen des Captains zu antworten, und war in der Scheune einem verschärften Verhör unterzogen und dabei zweimal vergewaltigt worden.

Ihre Beschwerde beim Distriktskommandanten wurde abgewiesen. Die Briten waren bereits dazu übergegangen, im Kampf gegen die Partisanen Farmen niederzubrennen, ganze Landstriche zu entvölkern und die Bewohner in die berüchtigten Konzentrationslager zu stecken.

Die Lager wurden miserabel verwaltet. Seuchen brachen aus und rafften in vierzehn Monaten über zwanzigtausend Menschen dahin, unter ihnen Joanna Jansens Mutter und das Kind. Sie selbst überlebte nur dank der aufopfernden Pflege eines englischen Arztes namens Charles Grey, der in das Lager geschickt worden war, nachdem dessen skandalöser Zustand in England bekannt geworden war und öffentliche Entrüstung ausgelöst hatte.

Ihr Haß auf die Briten nahm pathologische Formen an, brannte sich ihr unauslöschlich ein. Dennoch nahm sie Charles Greys Antrag an und heiratete ihn. Sie war damals achtundzwanzig, hatte Mann, Kind und alle Angehörigen verloren und besaß keinen Penny.

Kein Zweifel, Grey liebte Joanna aufrichtig. Er war fünfzehn Jahre älter als sie, zuvorkommend, freundlich und anspruchslos. Mit den Jahren entwickelte sie ihm gegenüber eine gewisse Zuneigung, empfand jedoch stets auch ein Gefühl der Gereiztheit und Ungeduld wie mit einem schwierigen Kind.

Er ließ sich von einer Londoner Bibelgesellschaft als Missionsarzt anstellen und arbeitete jahrelang in Rhodesien, Kenia und schließlich bei den Zulus. Joanna konnte seine Sorge um diese Kaffern, wie sie sagte, nie verstehen, aber sie schickte sich

darein genau wie in den stumpfsinnigen Schulunterricht, den sie für die Schützlinge ihres Mannes abhalten mußte.
Im März 1925 erlitt Grey einen tödlichen Schlaganfall, und nach Ordnung seiner Hinterlassenschaft stand Joanna als Fünfzigjährige mit einem Vermögen von rund einhundertfünfzig englischen Pfund wiederum allein auf der Welt. Ein weiterer schwerer Schicksalsschlag, aber sie gab nicht auf. Sie ging als Erzieherin nach Kapstadt.
Während dieser Zeit begann sie, sich für die Unabhängigkeitsbestrebungen der Buren zu interessieren. Sie besuchte die regelmäßigen Versammlungen einer radikalen Organisation, die Südafrika aus dem britischen Empire lösen wollten. Bei einer solchen Veranstaltung lernte sie den deutschen Ingenieur Hans Meyer kennen; er war zehn Jahre jünger als sie. Es kam zu einer kurzen Romanze, der einzigen echten physischen Zuneigung, die Joanna seit ihrer ersten Ehe erlebt hatte.
Meyer war in Wahrheit als Agent des deutschen Marinegeheimdienstes in Kapstadt und hatte den Auftrag, Informationen über Flotteneinrichtungen in Südafrika zu sammeln. Joanna Greys Arbeitgeber war beim britischen Flottenkommando beschäftigt, und sie konnte ohne großes Risiko aus dem Safe des Privathauses gewisse interessante Dokumente entnehmen, sie Hans Meyer zum Kopieren überlassen und wieder an Ort und Stelle zurücklegen.
Schon aus Liebe zu Meyer tat sie es gern. Aber es gab noch einen tieferen Grund. Zum erstenmal konnte sie den Engländern eins auswischen, eine Art Vergeltung üben für das, was sie ihr angetan hatten.
Meyer kehrte nach Deutschland zurück, schrieb ihr aber regelmäßig. Dann, im Depressionsjahr 1929, als für die meisten Leute die Welt in Scherben fiel, hatte Joanna Grey zum erstenmal im Leben Glück.
Sie erhielt ein Schreiben einer Anwaltsfirma in Norwich: eine Tante ihres verstorbenen Mannes habe ihr ein Häuschen am Rand des Dorfes Studley Constable in Nord-Norfolk und eine

Jahresrente von etwas über viertausend Pfund vermacht. Die Sache hatte nur einen Haken: Die alte Dame hatte das Haus sehr geliebt und in ihrem Testament ausdrücklich verfügt, daß Joanna Grey es zu ihrem ständigen Wohnsitz machen müsse.
In England leben. Beim bloßen Gedanken sträubte sich alles in ihr, aber wie sah die Alternative aus? Ein Sklavendasein als Hauslehrerin und die Aussicht auf bittere Armut im Alter. Sie besorgte sich ein Buch über Norfolk und las es sehr genau. Besonders das Kapitel über das nördliche Küstengebiet.
Die Ortsnamen waren ihr spanische Dörfer. Stiffkey, Morston, Blakeney, Cley-next-the-Sea. Salzmarschen, Geröllstrände. Sie konnte sich kein Bild machen, also schrieb sie an Hans Meyer um Rat. Meyer schrieb postwendend zurück, sie solle unbedingt hinziehen, er werde sie so bald wie möglich dort besuchen.
Es war die glücklichste Entscheidung ihres Lebens. Das Häuschen erwies sich als reizendes georgianisches Haus mit fünf Schlafzimmern und stand in einem ummauerten Garten von einem halben Tagwerk. Norfolk, damals noch die ländlichste Grafschaft Englands, hatte sich seit dem neunzehnten Jahrhundert kaum verändert, und Joanna konnte in einem Dorf wie Studley Constable als wohlhabende Frau und angesehene Persönlichkeit gelten. Und noch etwas kam hinzu: Sie verliebte sich in ihre neue Umgebung, in die Salzmarschen und die Geröllstrände, und war so glücklich wie noch nie.
Meyer verbrachte den Herbst des gleichen Jahres in England und besuchte sie mehrmals.
Die beiden machten lange Spaziergänge. Joanna zeigte ihm alles: die Strände, die sich ins Unendliche hinzogen, die Salzmarschen, die Dünen von Blakeney Point. Kein einziges Mal erwähnte er ihre Zusammenarbeit in Kapstadt, kein einziges Mal fragte sie nach seiner gegenwärtigen Tätigkeit.
Sie korrespondierten weiterhin, und 1935 besuchte sie ihn in Berlin. Er zeigte ihr, was der Nationalsozialismus in Deutschland geschaffen hatte. Sie war geblendet von allem, was sie sah.

Von den Riesenaufmärschen, der Fülle von Uniformen, den strammen jungen Männern, den lachenden, glücklichen Frauen und Kindern. Auch sie fand, daß dies die neue Ordnung sei, das einzig Richtige.

Als die beiden eines Nachts auf der Allee Unter den Linden nach Hause spazierten, nachdem sie in der Oper gewesen waren und den Führer persönlich in seiner Loge gesehen hatten, eröffnete ihr Meyer in aller Ruhe, daß er jetzt bei der Abwehr sei und fragte sie, ob sie für seine Dienststelle als Agentin in England arbeiten würde.

Sie sagte ohne langes Zögern zu, denn der Gedanke erfüllte sie mit einer Erregung, die sie noch nie empfunden hatte. Und so wurde sie mit sechzig Jahren Agentin, sie, die typische englische Lady, als die sie in ihrer Umgebung galt, mit ihrem freundlichen Gesicht, ihrer Vorliebe für ausgedehnte Wanderungen in Tweedrock und Pullover, ihren schwarzen Stöberhund auf den Fersen. Eine reizende weißhaarige Dame, die in einem kleinen Gelaß hinter der Wandvertäfelung ihres Schreibzimmers ein Funkgerät versteckt hatte und an der spanischen Botschaft über einen Kontaktmann verfügte, der alle sperrigen Sendungen in seinem Diplomatengepäck nach Madrid schaffte, von wo aus sie an den deutschen Geheimdienst weitergeleitet wurden.

Sie lieferte gutes Material. Da sie beim *Women's Voluntary Service*, dem freiwilligen weiblichen Hilfskorps, diente, hatte sie Zugang zu vielen militärischen Einrichtungen und wußte bald Einzelheiten über die meisten Flugplätze der Royal Air Force in Norfolk und andere interessante Details zu berichten.

Ihren größten Erfolg hatte sie Anfang 1943, als die Royal Air Force zwei neue Fernleitradaranlagen für Bombenflugzeuge in Dienst stellte, die den Erfolg der Nachtangriffe gegen Deutschland beträchtlich steigern sollten.

Die wichtigste, genannt *Oboe*, operierte im Verbund mit zwei Bodenstationen in England. Die eine, *Maus* genannt, war in Dover, die andere, *Katze*, in Cromer an der Küste von Nord-Norfolk.

Es war unglaublich, wie bereitwillig die R.A.F.-Leute einer liebenswürdigen Dame vom Hilfskorps, die Bibliotheksbücher und Tee verteilte, alles sagten, was sie wußten, und während einer Reihe von Besuchen bei der *Oboe*-Station in Cromer hatte Joanna überdies ausgiebig Gebrauch von einer ihrer Minikameras machen können. Ein kurzer Anruf bei Señor Lorca, ihrem Kontaktmann an der spanischen Botschaft, am nächsten Tag eine Bahnfahrt nach London, ein Treffen im Green Park, und der Fall war erledigt.

Innerhalb von vierundzwanzig Stunden hatte die Information über *Oboe* per Diplomatengepäck England verlassen, nach sechsunddreißig Stunden legte sie ein hocherfreuter Hauptmann Meyer auf den Schreibtisch Admiral Canaris' in dessen Büro am Tirpitzufer.

Als Meyer mit seinem Vortrag zu Ende war, legte Radl den Stift beiseite, mit dem er sich Notizen gemacht hatte. »Eine fabelhafte Frau«, sagte er. »Höchst bemerkenswert. Sagen Sie, was hat sie an Trainingskursen mitgemacht?«

»Alles Nötige, Herr Oberst«, erwiderte Meyer. »Sie hat neunzehnhundertsechsunddreißig und neunzehnhundertsiebenunddreißig ihren Urlaub in Deutschland verbracht. Beide Male erhielt sie unsere übliche Grundausbildung: Kode, Funken, Umgang mit der Kamera, einfache Sabotagetechniken. Nichts allzu Spezielles mit Ausnahme ihres Morsekodes, der ganz ausgezeichnet ist. Sie war natürlich nie für einen härteren physischen Einsatz vorgesehen.«

»Nein, natürlich nicht. Und was die Ausbildung mit der Waffe betrifft?«

»War nicht weiter nötig. Sie ist im Veld aufgewachsen. Konnte schon als Zehnjährige einem Hirsch auf achtzig Meter Entfernung ein Auge ausschießen.«

Radl nickte, blickte nachdenklich ins Leere, und Meyer fragte vorsichtig: »Geht es um irgend etwas Besonderes, Herr Oberst? Vielleicht könnte ich behilflich sein?«

»Noch nicht«, erwiderte Radl, »aber es ist möglich, daß ich Sie demnächst brauche. Im Moment genügt es, wenn alle Unterlagen über Joanna Grey meinem Büro übergeben werden. Und... bis auf weiteres keine Funkkontakte.«
Meyer erschrak, er konnte sich nicht beherrschen. »Bitte, Herr Oberst, wenn Joanna in Gefahr sein sollte...«
»Keine Spur«, sagte Radl. »Ich kann Ihre Besorgnis verstehen, glauben Sie mir, aber im Augenblick kann ich Ihnen wirklich nicht mehr sagen. Die Sache unterliegt strengster Geheimhaltung, Meyer.«
Meyer riß sich zusammen. »Gewiß, Herr Oberst. Bitte um Verzeihung, aber ich bin schon seit langem mit der Dame befreundet.«
Er ging. Kurz darauf kam Hofer aus dem Vorzimmer herein, unterm Arm trug er mehrere Akten und gerollte Landkarten. »Die gewünschten Unterlagen, Herr Oberst. Ich habe auch zwei britische Seekarten des Küstengebiets mitgebracht, die Nummern einhundertacht und einhundertsechs.«
»Hauptmann Meyer hat Anweisung, Ihnen alles auszuhändigen, was er über Joanna Grey hat. Er darf keine Funkverbindung mehr mit ihr aufnehmen«, sagte Radl. »Von jetzt an sind Sie dafür zuständig.«
Er griff nach einer Zigarette, und Hofer zückte ein Feuerzeug, das aus der Hülse einer russischen 7,62-Millimeter-Patrone gefertigt war. »Machen wir denn weiter, Herr Oberst?«
Radl blies eine Rauchwolke zur Decke. »Kennen Sie die Werke von Jung, Hofer?«
»Der Herr Oberst weiß, daß ich vor dem Krieg Bier und Wein ausgeschenkt habe.«
»Jung spricht von der Synchronizität, dem zeitlichen Zusammenstimmen von Ereignissen, das ihnen schicksalhafte Motivationen zu verleihen scheint.«
»Herr Oberst...?« sagte der Stabsfeldwebel höflich.
»Zum Beispiel diese Sache hier. In einem Augenblick der Überreiztheit stellt der Führer, der Himmel möge ihn schüt-

zen, versteht sich, an uns das absurde Ansinnen, wir sollten Skorzenys Gran-Sasso-Unternehmen zu übertrumpfen suchen, indem wir ihm Churchill holen, ob tot oder lebendig, sagt er allerdings nicht. Ein Witz! Aber da reckt die Synchronizität ihren häßlichen Kopf aus einem ganz gewöhnlichen Abwehrbericht. Ein kurzer Hinweis, daß Churchill nur zehn Kilometer von der Küste entfernt in einem abgelegenen Landhaus in der gottverlassensten Gegend Englands ein Wochenende verbringen wird. Verstehen Sie jetzt? Zu jedem andern Zeitpunkt wäre Mrs. Greys Bericht ohne weitere Konsequenzen geblieben.«
»Dann machen wir also weiter, Herr Oberst?«
»Sieht so aus, als hätte das Schicksal sich eingeschaltet, Hofer«, sagte Radl. »Wie lange, sagten Sie, sind Mrs. Greys Berichte mit dem spanischen Diplomatengepäck unterwegs?«
»Drei Tage, Herr Oberst, wenn jemand in Madrid sofort übernimmt. Auch unter schwierigsten Bedingungen nicht länger als eine Woche.«
»Wann ist der nächste Zeitpunkt für unsere Funkmeldungen?«
»Heute abend, Herr Oberst.«
»Gut. Funken Sie ihr Folgendes verschlüsselt.« Wieder blickte Radl in angestrengtem Nachdenken zur Decke. Er versuchte, seine Gedanken möglichst knapp zu formulieren. »Sehr interessiert an Ihrem Gast vom sechsten November. Möchten auf einen Sprung vorbeischauen und ihn überreden, mit uns zurückzureisen. Erwarten Ihren baldigen Bescheid mit allen nötigen Angaben auf dem üblichen Weg.«
»Ist das alles, Herr Oberst?«
»Ich glaube, ja.«

Es war Mittwoch, in Berlin ein regnerischer Tag, aber als Pater Philip Voreker aus dem Pfarrhaus von St. Mary kam und durch das Dorf Studley Constable hinkte, schien die Sonne.
Philip Voreker war damals ein großer, hagerer junger Mann von dreißig Jahren, die Soutane betonte noch seine Hagerkeit. Sein Gesicht war verzerrt vor Schmerz und Anstrengung, als er

auf seinen Stock gestützt dahinhumpelte – kein Wunder, denn er war erst vor vier Monaten aus dem Lazarett entlassen worden.
Dem jüngeren Sohn eines Chirurgen aus der Harley Street in London und vielversprechenden Cambridge-Studenten war eine glänzende Zukunft prophezeit worden. Dann hatte er sich, zum Mißfallen seiner Eltern, für den Priesterberuf entschieden, das englische Kolleg in Rom besucht und war dem Jesuitenorden beigetreten.
1940 war er Feldgeistlicher bei den britischen Fallschirmjägern geworden und war zum erstenmal im November 1942 zum Fronteinsatz in Tunesien gekommen, wo er mit Einheiten der *First Parachute Brigade* zur Eroberung des Flugplatzes von Oudna, zehn Meilen vor Tunis, abgesprungen war. Aber die Einheit hatte sich über fünfzig Meilen offenen Geländes unter pausenlosem Luftbombardement und ständigem Artilleriebeschuß zurückkämpfen müssen.
Hundertachtzig Mann schafften es. Zweihundertsechzig fielen. Voreker hatte Glück gehabt; allerdings hatte ihm eine Kugel den rechten Fußknöchel zerschmettert. Bis er einen Verbandplatz erreichte, war bereits Sepsis eingetreten. Der linke Fuß wurde amputiert, und Philip Voreker war felduntauglich.
Die Pfarrei Studley Constable war ihm zugewiesen worden, weil er nicht nur körperlich ein schwerkranker Mann war, sondern auch den seelischen Schock nicht überwinden konnte. Seine Vorgesetzten hofften, das unkomplizierte Leben eines Dorfgeistlichen könne seine Genesung fördern.
Voreker wußte das und grämte sich zutiefst darüber. Es fiel ihm damals schwer, ein freundliches Gesicht zu machen, aber er lächelte doch, als er sich Park Cottage näherte und Joanna Grey auftauchen sah, die ihr Fahrrad schob und von ihrem Hund begleitet wurde.
»Wie geht es Ihnen, Pater?« sagte sie. »Ich habe Sie seit Tagen nicht gesehen.«
Sie trug Tweedrock und hochgeschlossenen Pullover unter

einem gelben Regenmantel, und um das weiße Haar war ein Seidenschal gebunden. Mit ihrer südafrikanischen Sonnenbräune, die nie ganz verblaßt war, sah sie hübsch aus.

»Ganz gut«, sagte Voreker. »Nur daß ich allmählich sterbe vor Langeweile. Eine einzige Neuigkeit gibt es, seit wir uns zuletzt sahen. Erinnern Sie sich an meine Schwester Pamela? Sie ist zehn Jahre jünger als ich, zurzeit Korporal im Weiblichen Hilfskorps der Air Force.«

»Natürlich erinnere ich mich«, sagte Mrs. Grey. »Was ist mit ihr?«

»Sie wurde zur Bomberbasis von Pangbourne verlegt, nur fünfzehn Meilen von hier, also werde ich sie von Zeit zu Zeit zu sehen kriegen. Sie kommt übers Wochenende her.«

»Das freut mich aber.« Joanna Grey schwang sich aufs Fahrrad. »Schach heute abend?« fragte er hoffnungsvoll.

»Warum nicht? Kommen Sie um acht und essen Sie mit mir. Muß jetzt weiter.«

Sie radelte am Fluß entlang davon, der Hund lief hinterher. Ihre Miene war ernst geworden, eine Fülle von Problemen gingen ihr im Kopf herum. Die Funkmeldung, die am Vorabend vom Hauptquartier der Abwehr in Berlin über die Relaisstation Flosberg an der holländischen Küste eingegangen war, hatte ihr einen gewaltigen Schock versetzt. Sie hatte sie dreimal dechiffriert, um ganz sicher zu gehen, daß ihr kein Irrtum unterlaufen war.

Bis fünf Uhr morgens hatte sie kaum geschlafen. Sie hatte die Lancester- und Whitley-Bomber gehört, die meerwärts nach Deutschland gestartet waren. Endlich war sie doch noch eingeschlafen und zu ihrem eigenen Erstaunen um halb acht Uhr voll Tatendrang erwacht. Es war ihr, als hätte sie zum erstenmal eine wirklich wichtige Aufgabe zu erfüllen. Dieser Plan mit Churchill – der war einfach unglaublich. Sie lachte laut auf. Ha, das würde den verdammten Engländern gar nicht passen. Ein weltbewegendes Ereignis auf ihre Kosten...

Als sie den Hügel zur Hauptstraße hinunterfuhr, ertönte hinter ihr ein Hupsignal, und eine kleine Limousine überholte sie und hielt am Wegrand. Der Mann am Steuer hatte einen großen, weißen Schnurrbart und den blühenden Teint eines wackeren Whiskytrinkers. Er trug die Uniform eines Oberstleutnants der *Home Guard*.

»Morgen, Joanna«, rief er jovial.

Die Begegnung hätte nicht gelegener kommen können. Sie ersparte Mrs. Grey einen für den Nachmittag geplanten Besuch in Studley Grange. »Guten Morgen, Sir Henry«, sagte sie und stieg vom Fahrrad.

Er kletterte aus dem Wagen. »Wir haben Samstagabend ein paar Leute da. Bridge und so weiter. Danach Abendessen. Nichts Aufregendes. Jean meint, es könnte Ihnen Spaß machen.«

»Wie reizend von Lady Willoughby. Schrecklich gern«, sagte Joanna Grey. »Sie muß eine Menge um die Ohren haben, so kurz vor dem großen Tag.«

Sir Henry blickte ein wenig besorgt drein und senkte die Stimme. »Joanna, Sie haben doch mit niemandem darüber gesprochen, wie?«

Joanna Grey setzte eine angemessen entrüstete Miene auf. »Natürlich nicht. Sie haben es mir doch im strengsten Vertrauen mitgeteilt.«

»Hätte es eigentlich überhaupt nicht sagen sollen, aber ich weiß doch, daß ich Ihnen vertrauen kann, Joanna.« Er legte ihr den Arm um die Taille. »Keinen Ton über Samstagabend, altes Mädchen, mir zuliebe, ja? Laß nur einen einzigen was spitzkriegen, und schon erfährt's das ganze Land.«

»Für Sie tu' ich alles, das wissen Sie«, sagte sie ruhig.

»Wirklich, Joanna?« Seine Stimme wurde heiser, und sie fühlte einen leicht zitternden Schenkel an ihrem Bein. Er riß sich sofort wieder los. »So, muß jetzt weiter. Zonenstabsbesprechung in Holt.«

»Sie müssen schrecklich aufgeregt sein«, sagte sie. »Der Premier unter Ihrem Dach!«

»Bin ich auch. Sehr große Ehre.« Sir Henry strahlte. »Er

möchte ein bißchen malen, und Sie kennen ja die malerische Aussicht von Studley Grange.« Er stieg wieder in den Wagen.
»Bin vorhin am jungen Voreker vorbeigefahren. Finde nicht, daß er besonders gut aussieht.«
»Er hat wohl im Moment eine ziemlich schlechte Strähne«, sagte sie.
»Verständlich, wenn man's bedenkt. Noch vor ein paar Monaten bei der Fallschirmtruppe, im Einsatz, ganzer Kerl und so. Jetzt geht's bloß noch darum, wie er die Textilpunkte für einen neuen Talar zusammenkriegt. Übrigens, wo wollen Sie denn hin?«
Auf diese Frage hatte sie die ganze Zeit gewartet. »Nur ein bißchen die Vögel beobachten. Vielleicht drüben in Cley oder in den Marschen. Ich weiß noch nicht. Im Moment sind interessante Zugvögel auf der Durchreise.«
»Dann passen Sie nur gut auf.« Sein Gesicht war ernst. »Und denken Sie dran, was ich Ihnen gesagt habe.«
Als Kommandeur der *Home Guard* besaß er alle möglichen Spezialkarten der Küstenbefestigung in seinem Abschnitt mit Angabe sämtlicher verminter Strände und – was noch wichtiger war – der Strände, die nur angeblich vermint waren. Einmal hatte er, besorgt um ihr Wohlergehen, zwei volle Stunden lang mit ihr zusammen die Karten studiert und ihr genau gezeigt, welche Stellen sie auf ihren ornithologischen Streifzügen keinesfalls betreten dürfte.
»Ich weiß, daß ständige Änderungen vorgenommen werden«, sagte sie. »Vielleicht könnten Sie gelegentlich wieder einmal mit Ihren Karten bei mir vorbeikommen und mir nochmals eine Instruktionsstunde erteilen.«
Seine Augen wurde leicht glasig. »Wäre Ihnen das lieb?«
»Natürlich. Heute nachmittag zum Beispiel bin ich zu Hause.«
»Nach dem Lunch«, sagte er. »Komme gegen zwei.« Er brauste davon.
Joanna Grey stieg wieder aufs Rad und fuhr hinunter zur Hauptstraße, Patch, ihr Hund, trabte hinterdrein. Armer

Henry. Sie hatte ihn wirklich gern. Wie ein Kind; und so leicht zu lenken.

Nach einer halben Stunde schwenkte sie von der Küstenstraße ab und radelte einen Deich entlang durch ödes Marschland, das die Bewohner der Gegend Hobs End nannten. Eine eigenartige Landschaft: kleine Buchten, Schlammniederungen und übermannshohe Schilfbahnen, ausschließlich von Vögeln bevölkert; Brachvögeln, Wasserläufern und Wildgänsen, die aus Sibirien kamen, um in den Schlammniederungen zu überwintern.

Halbwegs auf dem Deich versteckte sich ein Blockhaus hinter einer zerfallenden Steinmauer. Kümmerliche Fichten ragten darüber auf. Das Haus mit seinen Nebengebäuden und der großen Scheune wirkte recht solide, aber die Fensterläden waren geschlossen, und kein Leben regte sich ringsum. Es war das Deichhegerhaus, und seit 1940 gab es keinen Deichheger mehr.

Sie fuhr bis zu einem fichtenbestandenen Höhenkamm. Dort stieg sie ab und lehnte das Rad an einen Baum. Vor ihr lagen Sanddünen, und dann kam ein breiter flacher Strand, der sich eine Viertelmeile ins Meer hinausschob, weil Ebbe herrschte. In der Ferne konnte sie die Landspitze jenseits der Bucht sehen, einen großen gekrümmten Finger, der sich um ein Gebiet von Wasserrinnen, Sandbänken und Untiefen legte.

Sie nahm ihren Fotoapparat zur Hand und machte zahlreiche Aufnahmen aus verschiedenen Blickwinkeln. Als sie fertig war, kam der Hund mit einem Stein an, den er ihr zu Füßen legte. »Ja, Patch«, sagte sie sanft, »ich glaube auch, daß es jetzt reicht.« Sie schleuderte den Stein über den Stacheldrahtzaun, der den Zutritt zum Strand verwehrte, und Patch raste an dem Pfosten mit dem Warnschild »Vermintes Gelände« vorbei, wand sich unter dem Stacheldraht hindurch und schnappte den Stein, ohne in Fetzen gerissen zu werden. Was Joanna Grey nicht erstaunte, da sie von Henry Willoughby zuverlässig wußte, daß auf diesem Strand keine einzige Mine vergraben war.

Zu ihrer Linken lagen ein Bunker und ein Maschinengewehrstand, beide deutlich im Stadium des Verfalls, und die Panzerfalle zwischen den Fichten hatte der verwehte Sand aufgefüllt. Vor drei Jahren, nach der Katastrophe von Dünkirchen, waren hier Soldaten gewesen. Vor einem Jahr wenigstens noch Männer von der *Home Guard*, aber jetzt nicht mehr.
Im Juni 1940 war ein zwanzig Meilen tiefer Küstenstreifen zwischen Wash und Rye zum Sperrgebiet erklärt worden. Ortsansässige konnten dort bleiben, aber jeder Fremde mußte für seinen Besuch einen triftigen Grund angeben können. Das alles war heute, nach drei Jahren, ganz anders, niemand kümmerte sich mehr um die Einhaltung der Vorschriften, denn das war schlicht und einfach nicht mehr nötig: Die Invasion der Deutschen würde es nie geben.
Sie machte kehrt und rannte im Zickzack zwischen den Fichten herum, und ihr Hund jagte ihr nach und bellte aus Leibeskräften.

2

Joanna Greys Bericht traf erst am folgenden Dienstag am Tirpitzufer ein. Stabsfeldwebel Hofer brachte ihn umgehend zu Oberst Radl, der ihn öffnete und den Inhalt sichtete.
Er enthielt Fotos der Marschen bei Hobs End und der Zugänge zur Küste, die durch eine kodierte Entsprechung auf der Karte bezeichnet waren. Auch der Bericht war wie üblich chiffriert, und Radl gab ihn Hofer. »Dringlichkeitsstufe eins. Lassen Sie das dechiffrieren und warten Sie darauf.«
Es dauerte nicht lange, denn die Abwehr hatte gerade das neue Sonlar-Kodiergerät in Betrieb genommen, ein elektronisches Wunder, das in Minuten eine Aufgabe löste, die früher Stunden in Anspruch genommen hätte. Die Maschine hatte eine Tastatur wie eine normale Schreibmaschine. Der Kodierer tippte den Text hinein, der automatisch dechiffriert und in einer

versiegelten Rolle ausgestoßen wurde. Es war einer der Vorzüge dieses Systems, daß nicht einmal derjenige, der das Gerät bediente, das Resultat zu sehen bekam.
Zwanzig Minuten später war Hofer wieder in Radls Büro und wartete schweigend, während der Oberst den Bericht las. Radl blickte zufrieden auf und schob Hofer den Text zu. »Lesen Sie, Hofer, lesen Sie das. Ausgezeichnet, ganz ausgezeichnet. Fabelhafte Frau.«
Er zündete sich eine Zigarette an und wartete ungeduldig, bis Hofer zu Ende gelesen hatte. Endlich blickte der Stabsfeldwebel auf. »Sieht ganz hoffnungsvoll aus.«
Radl, der ruhelos im Zimmer auf und ab gewandert war, blieb abrupt stehen. »Hoffnungsvoll? Ist das alles, was Sie zu sagen haben? Lieber Gott, Mann, es ist eine klare Möglichkeit. Eine höchst reale Möglichkeit. Und daß es sich um ein ehemaliges Sperrgebiet handelt, das kein Mensch mehr ernst nimmt. Sie wissen, daß solche Plätze meist am leichtesten zugänglich sind.«
Er war so erregt, wie seit Monaten nicht mehr. Das war schlecht für ihn, für sein Herz, das durch die schweren Verwundungen so geschwächt war. Die leere Augenhöhle unter der schwarzen Klappe begann zu hämmern, die Aluminiumhand schien lebendig zu werden, jede Sehne zum Zerreißen gespannt. Er rang nach Atem und sank auf seinen Sessel.
Im Handumdrehen hatte Hofer die Courvoisierflasche aus dem Schreibtisch geholt, ein Glas zur Hälfte gefüllt und hielt es dem Oberst an die Lippen. Radl leerte es fast ganz, hustete heftig und schien dann den Anfall überwunden zu haben.
Er grinste schief. »Kann ich mir nicht mehr oft leisten, was, Hofer? Nur noch zwei Flaschen sind da. Heutzutage flüssiges Gold.«
»Der Herr Oberst sollten sich nicht so aufregen«, sagte Hofer und setzte unverblümt hinzu: »Das können Sie sich nicht leisten.«
Radl nahm noch ein Schlückchen. »Ich weiß, Hofer, ich weiß,

aber verstehen Sie denn nicht? Bis jetzt war es ein Witz, ein Einfall, den der Führer an einem Mittwoch im Zorn geäußert und am Freitag vergessen hat. Eine Durchführbarkeitsanalyse hatte Himmler vorgeschlagen, nur um dem Admiral Schereien zu machen, und der Admiral hat mir befohlen, irgend etwas zu Papier zu bringen. Einfach irgendwas, Hauptsache, man würde sehen, daß wir nicht auf der faulen Haut liegen.«
Er stand auf, ging zum Fenster und trat nervös von einem Fuß auf den anderen. »Aber jetzt ist die Lage von Grund auf verändert, Hofer. Jetzt ist es kein Witz mehr. Jetzt könnte man damit Ernst machen.«
Hofer stand unerschütterlich neben dem Schreibtisch, er zeigte keine Spur von Erregung. »Jawohl, Herr Oberst, sieht ganz so aus.«
»Und diese Möglichkeit macht überhaupt keinen Eindruck auf Sie?« Radl bebte. »Mein Gott, mir ist sie in alle Knochen gefahren. Bringen Sie mir die Seekarten und die Generalstabskarte.«
Hofer breitete alles auf dem Schreibtisch aus, Radl fand Hobs End und zog die dazugehörenden Fotos heran. »Wirklich fabelhaft«, sagte er. »Ein Strand, so verlassen, wie man sich's nur wünschen kann, gilt als vermint, ist es aber nicht, unbewacht, weil die Engländer keine Invasion mehr befürchten.« Er warf den Bleistift auf den Tisch. »Das ideale Landegebiet für Fallschirmspringer, und laut Mrs. Grey kommt an dem betreffenden Wochenende mit Tagesanbruch die Flut herein und alle Spuren würden säuberlich getilgt.«
»Aber auch eine sehr kleine Abteilung müßte in einer Transportmaschine oder einem Bomber hinübergebracht werden«, bemerkte Hofer. »Können Sie sich vorstellen, daß eine Dornier oder eine Junkers über der Küste von Norfolk lange unbemerkt bliebe? Die zahlreichen Bomberbasen dort werden von regulären Nachtjägerpatrouillen abgeschirmt.«
»Ein Problem«, sagte Radl, »zugegeben, aber es müßte zu lösen sein. Die Zielkarte der Luftwaffe weist für diesen Küstenab-

schnitt keinen Tiefflugradarschutz aus, was bedeutet, daß ein Anflug in einer solchen Höhe unter zweihundert Meter unbemerkt bliebe; aber solche Einzelheiten sind im Moment unwesentlich, damit können wir uns später befassen. Eine Durchführbarkeitsanalyse, mehr wird von uns zunächst nicht verlangt. Geben Sie zu, Hofer, daß es theoretisch möglich wäre, an diesem Strand einen Kampfverband abzusetzen?«
Hofer sagte: »Theoretisch ja, aber wie holen wir die Leute wieder zurück? Per U-Boot?«
Radl blickte eine Weile auf die Karte und schüttelte dann den Kopf. »Nein, das geht nicht. Der Kampfverband wäre zu groß. Ich weiß, daß sie alle irgendwie an Bord verstaut werden könnten, aber die Einschiffung müßte ein ganzes Stück vor der Küste stattfinden, und wie kriegt man so viele Leute dorthin? Wenn, dann muß es einfacher laufen, direkter. Ein Schnellboot zum Beispiel. In den schiffbaren Gewässern dieses Küstenabschnitts operieren eine Menge S-Boote. Kein Grund, warum nicht eines davon zu einer Stelle zwischen Strand und Landzunge vorstoßen sollte. Es müßte Flut sein, und laut Bericht ist diese Fahrrinne nicht vermint, was die Sache beträchtlich erleichtern würde.«
»Darüber müßte die Marine konsultiert werden«, sagte Hofer vorsichtig. »Mrs. Grey schreibt ausdrücklich, daß diese Gewässer gefährlich sind.«
»Genau das, wozu tüchtige Seeleute auf der Welt sind. Haben Sie sonst noch einen Kummer?«
»Verzeihung, Herr Oberst, ich denke noch über den Zeitplan nach. Er könnte die ganze Operation schmeißen, und ich sehe keinen Ausweg.« Hofer wies auf die Karte, auf Studley Grange. »Hier ist das Ziel, ungefähr zwölf Kilometer von der Landestelle entfernt. In Anbetracht des unbekannten Geländes und der Dunkelheit dürfte der Kampfverband zwei Stunden für den Anmarsch brauchen, genausolange für den Rückweg, dazu die Stippvisite. Ich schätze auf eine Einsatzdauer von sechs Stunden. Wenn man davon ausgeht, daß die Landung aus

Sicherheitsgründen etwa um Mitternacht erfolgen muß, so bedeutet das, daß die Aufnahme durch das S-Boot bei Tagesanbruch stattfände, wenn nicht noch später, und das wäre völlig unannehmbar. Das S-Boot muß bei der Abfahrt noch mindestens zwei Stunden Dunkelheit vor sich haben, um nicht entdeckt zu werden.« Er schüttelte den Kopf. »Tut mir leid, Herr Oberst, aber in diesem Punkt seh' ich keine Lösung.«
Radl saß zurückgelehnt und mit geschlossenen Augen im Sessel, das Gesicht zur Decke gewandt. »Ausgezeichnet, Hofer, Sie haben schon eine Menge hier gelernt.« Er richtete sich auf. »Stimmt genau, und darum müßte die Landung bereits in der vorhergehenden Nacht stattfinden.«
»Herr Oberst?« stotterte Hofer. »Ich ... ich verstehe nicht.«
»Ganz einfach. Churchill wird am Nachmittag oder Abend des Sechsten in Studley Grange eintreffen und dort übernachten. Unsere Leute springen in der Nacht vorher ab, am fünften November.«
Hofer dachte angestrengt nach. »Das leuchtet mir ein, Herr Oberst. Dadurch hätten sie auch zeitlich mehr Bewegungsfreiheit, falls etwas Unvorhergesehenes passieren sollte.«
»Außerdem wäre das Problem für das S-Boot aus der Welt geschafft«, sagte Radl. »Es könnte die Leute bereits zwischen zehn und elf Uhr am Samstagabend aufnehmen.« Er lächelte und nahm sich eine Zigarette. »Stimmen Sie mir jetzt zu, daß auch dieser Punkt erledigt ist?«
»Bliebe immer noch die Frage eines Verstecks während des ganzen Samstags«, erinnerte Hofer. »Besonders für eine größere Gruppe.«
»Völlig richtig.« Radl stand auf und marschierte wieder im Büro hin und her. »Aber hier dürfte die Antwort auf der Hand liegen. Ich frage Sie als einen, der im Harz zu Hause ist: Wenn Sie einen Baum verstecken wollen, wo ist dann der sicherste Ort?«
»Im Wald natürlich, Herr Oberst.«
»Genau. In einer so abgelegenen und einsamen Gegend fällt ein

Fremder, jeder Fremde, auf wie ein weißer Rabe, besonders in Kriegszeiten. Feriengäste gibt's nicht mehr. Die Briten verbringen, genau wie gute Deutsche, ihren Urlaub oder ihre Ferien zu Hause, sozusagen an der Heimatfront. Und trotzdem berichtet Mrs. Grey, daß es allwöchentlich in den Dörfern und den Küstengewässern von Fremden wimmelt, nach denen kein Mensch fragt.«
Hofer blickte ihn verständnislos an, und Radl fuhr fort: »Soldaten, Hofer, die Manöver abhalten, Kriegsspiele machen, sich über Hecken und Zäune jagen. Mrs. Grey schreibt, das sei gang und gäbe, und das Eintreffen solcher Einheiten werde meist nicht einmal vorher gemeldet. Trotzdem schere sich niemand darum.« Er nahm Joanna Greys Bericht vom Tisch und blätterte darin. »Hier auf Seite drei zum Beispiel, erwähnt sie Meltham House, acht Meilen von Studley Constable entfernt. Wurde im vergangenen Jahr viermal als Trainingslager für Kommandoeinheiten benutzt. Zweimal von britischen Kommandos, einmal von einer ähnlichen Formation aus Polen und Tschechen mit englischen Offizieren und einmal von amerikanischen Rangers.«
Er reichte den Bericht hinüber und Hofer las. »Aha, zurzeit steht das Haus leer. Schlagen Herr Oberst vor...«
»Daß unsere Jungens dort einziehen?« Radl schüttelte den Kopf. »Nicht unbedingt. Sie müssen nur alliierte Uniformen tragen, damit sie sich ohne Aufsehen bewegen können. Eine polnische Kommandoeinheit wäre eine prächtige Tarnung.«
»Dann gäb's auch keine Sprachschwierigkeiten«, sagte Hofer. Radl grinste, er war jetzt bester Laune. »Die Möglichkeit polnischsprechender Dorfbewohner in Nord-Norfolk dürfen wir wohl ausschließen.«
Hofer nickte. »Ja, das klingt gut. Aber darf ich noch erwähnen, daß Mrs. Grey berichtete, die polnische Einheit in Meltham House sei von englischen Offizieren befehligt worden, nicht nur von englischsprechenden Offizieren. Wenn der Herr Oberst gestatten, das ist ein Unterschied.«

»Da haben Sie recht«, stimmte Radl zu. »Ein gewaltiger Unterschied. Wenn der kommandierende Offizier Engländer wäre oder als Engländer gelten könnte, wäre alles hieb- und stichfest.«
Hofer blickte auf die Uhr. »Wenn ich Herrn Oberst erinnern darf, in genau zehn Minuten beginnt die wöchentliche Abteilungsleiterbesprechung im Büro des Herrn Admirals.«
»Danke, Hofer.« Radl stand auf. »Es sieht demnach so aus, als wäre unsere Durchführbarkeitsanalyse komplett. Es scheint nichts mehr zu fehlen.«
»Nur noch etwas, vielleicht das Wichtigste, Herr Oberst.«
Radl, der auf die Tür zuging, blieb stehen. »Was Sie nicht sagen! Und das wäre?«
»Der Führer eines solchen Unternehmens, Herr Oberst. Es müßte ein außerordentlich fähiger Mann sein.«
»Ein zweiter Otto Skorzeny«, meinte Radl.
»Genau«, sagte Hofer. »Mit einer zusätzlichen Eigenschaft. Er müßte als Engländer auftreten können.«
Radl nickte. »Finden Sie ihn, Hofer, ich gebe Ihnen achtundvierzig Stunden Zeit.« Er öffnete die Tür und ging rasch hinaus.

Am nächsten Tag mußte Oberst Radl überraschend nach München und kam erst am Donnerstag nachmittag in sein Büro am Tirpitzufer zurück. Er war todmüde. In der vergangenen Nacht war er kaum zum Schlafen gekommen, denn die Lancaster-Bomber der Royal Air Force hatten München schwer zugesetzt.
Hofer servierte ihm Kaffee und ein Glas Kognak. »Gute Reise, Herr Oberst?«
»Es ging«, sagte Radl. »Das Aufregendste passierte gestern bei der Landung. Unsere Junkers wurde von einer amerikanischen Jagdmaschine verfolgt. Hat allerhand Wirbel an Bord gemacht, aber als die Mustang an uns vorbeibrauste, sahen wir, daß sie ein Hakenkreuz am Heck trug. Wahrscheinlich eine abgestürzte Feindmaschine, die unsere Luftwaffe wieder instand gesetzt und auf einen Testflug geschickt hatte.«
»Allerhand, Herr Oberst.«

Radl nickte. »Hat mich auf eine Idee gebracht, Hofer. Ihre Frage, wie eine Dornier oder Junkers sich über der Küste von Norfolk halten könnte.« Dann sah er einen neuen grünen Umschlag auf seinem Schreibtisch. »Was ist denn das?«
»Der Auftrag, den Sie mir erteilten, Herr Oberst. Der Offizier, der als Engländer auftreten könnte. War nicht einfach aufzutreiben, ehrlich gesagt. Es gibt auch noch ein Protokoll einer Verhandlung vor dem Kriegsgericht, das ich angefordert habe. Müßte noch heute nachmittag eintreffen.«
»Kriegsgericht?« sagte Radl. »Höre ich nicht besonders gern.« Er öffnete den Umschlag. »Wer ist der Mann?«
»Er heißt Steiner. Oberstleutnant Kurt Steiner«, sagte Hofer. »Ich gehe jetzt, damit Sie in Ruhe lesen können. Eine interessante Geschichte.«

Die Geschichte war mehr als interessant, sie war faszinierend. Steiner war der Sohn von Generalmajor Karl Steiner, dem derzeitigen Abschnittskommandeur der Bretagne. Geboren 1916, als sein Vater noch Major der Artillerie war. Die Mutter war Amerikanerin, Tochter eines wohlhabenden Wollhändlers aus Boston, der aus Geschäftsgründen nach London übersiedelt war. Im gleichen Monat, in dem ihr Sohn zur Welt kam, war ihr einziger Bruder als Hauptmann eines britischen Infanterieregiments an der Somme gefallen.
Der Junge war in London aufgewachsen, hatte, als sein Vater Militärattaché an der deutschen Botschaft war, fünf Jahre lang die Schule St. Paul's besucht und sprach fließend Englisch. Nachdem seine Mutter 1931 bei einem Autounfall ums Leben gekommen war, kehrte er mit seinem Vater nach Deutschland zurück, besuchte jedoch bis 1938 regelmäßig seine Verwandten in Yorkshire.
Es folgte ein kurzes Kunststudium in Paris. Der väterliche Monatswechsel war an eine Bedingung geknüpft: Sollte dieses Studium sich als ein Fehlschlag erweisen, dann würde der Sohn die Offizierslaufbahn ergreifen, was er alsbald tat. Kurze Zeit

diente er als Leutnant der Artillerie, meldete sich jedoch 1936 zur Ausbildung als Fallschirmspringer in Stendal, hauptsächlich um dem militärischen Alltagstrott zu entrinnen.
Man sah sofort, daß er in diesem verwegenen Haufen am rechten Platz war. Er nahm am Polenfeldzug teil und sprang über Narvik ab. Während des Vorstoßes nach Belgien stürzte er bei der Eroberung des Albertkanals mit dem Lastensegler ab und wurde am Arm verwundet.
Danach kam Griechenland – der Kanal von Korinth und dann eine ganz neue Hölle, Kreta. Er machte die große Luftlandeaktion im Mai 1941 als Hauptmann mit und wurde in den erbitterten Kämpfen um den Flugplatz von Maleme schwer verwundet.
Nun kam der Winterkrieg, und bei der Erwähnung dieses Namens fror Radl plötzlich bis ins Mark. »Mein Gott, werden wir Rußland jemals vergessen?« fragte er sich. »Wird auch nur einer von uns es je vergessen können?«
Steiner hatte als Major eine Spezialkampftruppe von dreihundert Freiwilligen angeführt, die bei Nacht aus der Luft abgesetzt worden war und Befehl hatte, mit zwei während der Schlacht um Leningrad abgeschnittenen Divisionen Kontakt aufzunehmen und sie zu den deutschen Linien zurückzuführen. Dieses Abenteuer hatte ihm eine Kugel ins rechte Bein eingetragen, ein leichtes Hinken, das Ritterkreuz und den Ruf eines Spezialisten für derartige Rettungsaktionen. Lotsendienste.
Noch zweimal hatte er ähnliche Einsätze durchgeführt, wurde zum Oberstleutnant befördert, kam nach Stalingrad, wo er die Hälfte seiner Leute verlor, wurde jedoch ein paar Wochen vor dem bitteren Ende, als noch Flugzeuge durchkamen, zurückbeordert. Im Januar wurden er und die hundertsiebenundsiebzig Überlebenden seiner einstigen Einsatztruppe in der Nähe von Kiew abgesetzt, wo sie abermals zwei abgeschnittene Infanteriedivisionen zurückführen sollten. Das Rückzugsgefecht zog sich über vierhundertfünfzig blutige Kilometer hin, und in der

letzten Aprilwoche traf Kurt Steiner mit nur noch dreißig Mann seiner Gruppe bei den deutschen Linien ein.
Das Eichenlaub zu seinem Ritterkreuz ließ nicht auf sich warten, Steiner und seine Leute wurden per Bahn in Richtung Heimat in Marsch gesetzt. Am Morgen des 1. Mai erreichten sie Warschau. Am gleichen Abend verließen sie es als Häftlinge unter schwerbewaffneter Bedeckung auf Befehl des SS-Brigadeführers und Generalmajors der Polizei Jürgen Stroop.
In der folgenden Woche fand die Verhandlung vor dem Kriegsgericht statt, genaue Angaben hierüber fehlten. Nur das Urteil lag vor. Steiner und seine Leute waren zum Dienst in einer Strafkompanie verurteilt worden, zum Einsatz bei der sogenannten »Operation Schwertfisch« auf Alderney, einer der von den Deutschen besetzten Kanalinseln.
Radl starrte eine Weile auf die Akte, dann schloß er sie und klingelte nach Hofer, der sofort hereinkam. »Herr Oberst?«
»Was ist in Warschau passiert?«
»Ich weiß es noch nicht genau, Herr Oberst. Die Unterlagen des Kriegsgerichts müßten noch heute nachmittag eintreffen.«
»Gut«, sagte Radl. »Was machten sie auf den Kanalinseln?«
»Soviel ich herausbringen konnte, ist ›Operation Schwertfisch‹ ein Himmelfahrtskommando, Herr Oberst. Zweck ist die Zerstörung englischen Schiffsraums im Kanal.«
»Und wie geht das vor sich?«
»Sie sitzen auf einem Torpedo, dessen Ladung entfernt wurde, Herr Oberst. Zum Schutz des Lenkers ist ein Glassturz aufmontiert. Untendran hängt ein geladener Torpedo, den der Lenker bei einem Angriff losmachen muß. Er selbst dreht erst im letzten Moment ab.«
»Allmächtiger!« rief Radl entsetzt. »Kein Wunder, daß sie dazu eine Strafeinheit brauchen.«
Lange saß er schweigend da und blickte auf die Akte. Hofer hustete und fragte vorsichtig: »Glauben Sie, er könnte unser Mann sein?«
»Warum nicht«, sagte Radl. »Im Vergleich zu seiner jetzigen

Beschäftigung wäre das ein Glücksfall für ihn. Wissen Sie, ob der Admiral im Haus ist?«
»Werde ich sofort feststellen, Herr Oberst.«
»Wenn ja, dann würde ich heute nachmittag gern bei ihm vorsprechen. Zeit, daß ich ihm berichte, wie weit wir gekommen sind. Machen Sie mir ein Exposé, kurz und klar. Nur eine Seite, und tippen Sie es selbst. Ich möchte nicht, daß irgendwer von dieser Sache Wind bekommt. Auch nicht in der Abteilung.«

Oberstleutnant Kurt Steiner steckte in diesem Augenblick bis zur Taille im eisigen Wasser des Ärmelkanals und fror, wie er noch nie im Leben gefroren hatte, auch nicht in Rußland. Die Kälte fraß sich in Herz und Hirn, während er auf seinem Torpedo hinter der gläsernen Schutzscheibe hockte.
Seine Position war drei Kilometer nordöstlich des Hafens Braye auf der Insel Alderney und nördlich der kleineren Kanalinsel Burhou, doch der Nebel, der ihn einhüllte, war so dicht, daß er, was die Sicht anging, ebensogut am Ende der Welt hätte sein können. Wenigstens war er nicht allein, denn nach rechts und links liefen Rettungsleinen in den Nebel, die ihn wie Nabelschnüre mit Unteroffizier Otto Lemke und Leutnant Walther Neumann verbanden.
Steiner hatte sich gewundert, daß er heute nachmittag ausfahren mußte. Noch verwunderlicher war die Radarmeldung, daß ein Schiff sich so nah der Küste befinde, denn der Schiffahrtsweg verlief viel weiter nördlich. Wie sich später herausstellte, war das mit Sprengstoff beladene Achttausendtonnen-Libertyschiff auf der Fahrt von Boston nach Plymouth vor drei Tagen bei Land's End in einen schweren Sturm gekommen und hatte einen Ruderschaden erlitten. Durch diesen Defekt und den dichten Nebel war die *Joseph Johnson* vom Kurs abgekommen. Nördlich von Burhou verlangsamte Steiner die Fahrt und signalisierte seinen Kameraden, indem er an den beiden Rettungsleinen zog. Wenige Augenblicke später glitten sie aus dem Nebel

von rechts und links heran. Neumanns Gesicht war blau unter der schwarzen Haube seines Gummianzugs. »Wir sind nahe dran, Herr Oberstleutnant«, sagte er. »Ich glaube, ich kann sie hören.«
Dann drehte auch Unteroffizier Lemke bei. Den lockigen schwarzen Bart, auf den er sehr stolz war, hatte Steiner ihm ausnahmsweise zu tragen erlaubt, weil sein Kinn in Rußland von einem Splitter furchtbar zugerichtet worden war. Der Unteroffizier war sehr aufgeregt, seine Augen funkelten, er betrachtete das Ganze offensichtlich als großartiges Abenteuer. »Ich auch, Herr Oberstleutnant.«
Steiner hob die Hand und lauschte. Das gedämpfte Pochen war jetzt ganz nah, denn die *Joseph Johnson* verfolgte stetig ihren jetzigen Kurs.
»Leichte Beute, Herr Oberstleutnant.« Lemke grinste, obwohl er vor Kälte mit den Zähnen klapperte. »Schwimmt uns direkt vor die Büchse. Wird gar nicht wissen, wie's passiert ist.«
»Verschreien Sie nichts, Lemke«, sagte Leutnant Neumann. »Eins hab' ich immerhin gelernt in meinem kurzen und glücklosen Dasein: Erstens kommt es anders und zweitens als man denkt.«
Wie auf ein Stichwort hin riß ein plötzlicher Windstoß ein Loch in den Nebelvorhang. Hinter ihnen sah man deutlich den graugrünen Landstreifen, Alderney, die alte Mole von Braye, die wie ein Granitfinger achthundert Meter in die See vorstieß; auch die Küstenbefestigung aus der Zeit Königin Viktoria, Fort Albert, war deutlich sichtbar.
In nicht mehr als einhundertzwanzig Meter Entfernung hielt die *Joseph Johnson* mit gleichmäßigen acht bis zehn Knoten Nordwest auf den offenen Kanal zu. Es konnte sich nur noch um Sekunden handeln, bis sie gesichtet würden, und Steiner reagierte unverzüglich. »Los, auf sie, bei vierzig Meter Torpedo ausrichten und abdrehen, und keine blödsinnigen Heldentaten, Lemke. Bei unserem Haufen gibt's bekanntlich keine Orden, nur Särge.«

Er beschleunigte und schoß vorwärts, kauerte sich unter die Glaskuppel, als die ersten Wogen überholten. Er sah Neumann, der sich rechts von ihm etwa auf gleicher Höhe hielt, aber Lemke war davongeprescht und bereits gut fünfzehn Meter vor ihnen.
»Dieser blöde Hund«, dachte Steiner. »Was glaubt er, was wir hier machen? Wettbewerb im Wellenreiten?«
Zwei der Männer an der Reling der *Joseph Johnson* hielten Gewehre im Anschlag, und aus dem Ruderhaus kam ein Offizier, stellte sich auf die Brücke und feuerte aus einer Thompson-Maschinenpistole. Das Schiff nahm jetzt Fahrt auf und stieß durch einen leichten Dunstvorhang. Die Nebelwand begann sich wieder zu schließen. Nur noch ein paar Sekunden, und es würde nicht mehr zu sehen sein. Die Schützen an der Reling hatten bei dem schweren Seegang Mühe, das tiefliegende Ziel anzuvisieren, und ihre Schüsse gingen weit daneben. Die Thompson, deren Präzision schon unter optimalen Bedingungen zu wünschen übrig ließ, machte ihre Sache nicht besser, dafür aber eine Menge Lärm.
Lemke erreichte die Vierzigmeterlinie mehrere Längen vor den anderen und hielt immer noch auf das Schiff zu. Steiner war machtlos. Die Bordschützen hatten sich jetzt eingeschossen, eine Kugel prallte direkt vor der Glaskuppel vom Torpedomantel ab.
Er drehte sich um und winkte Neumann zu. »Jetzt!« schrie er und schoß seinen Torpedo ab. Durch die plötzliche Verminderung des Gewichts machte der Trägertorpedo, auf dem Steiner saß, einen Satz; er drehte schleunigst nach Steuerbord ab und folgte Neumann in einer weitgezogenen Kurve, um so rasch wie möglich von dem Schiff wegzukommen.
Auch Lemke drehte jetzt ab, kaum zwanzig Meter von der *Joseph Johnson* entfernt, und die Männer an der Reling schossen auf ihn, was das Zeug hielt. Eine Kugel schien ihr Ziel getroffen zu haben, obwohl Steiner es nicht mit Sicherheit feststellen konnte. Er bemerkte nur noch, daß Lemke in diesem

Moment rittlings auf seinem Torpedo hockte und aus der Gefahrenzone brauste. Im nächsten Moment war er verschwunden.
Eine Sekunde später schlug einer der drei Torpedos direkt im Schiffsheck ein, wo Hunderte von Tonnen schwerer Sprengbomben für die in England stationierten amerikanischen Fliegenden Festungen lagerten. Im gleichen Augenblick, als die *Joseph Johnson* vom Nebel verschluckt wurde, explodierte sie. Das Echo der Detonation wurde vielfach von der Insel zurückgeworfen. Steiner kauerte sich tief über seinen Torpedo, während die Druckwelle über ihn hinraste, warf sich zur Seite, als ein riesiges Stück verbogenen Metalls vor ihm ins Meer sauste. Es regnete Trümmer. Sie wirbelten in der Luft herum, und etwas traf Neumann mit voller Wucht am Kopf. Er riß mit einem Aufschrei die Arme hoch und stürzte rücklings ins Meer. Sein Torpedo jagte allein weiter, sprang über die nächste Welle und verschwand.
Neumann war bewußtlos, Blut aus einer häßlichen klaffenden Wunde lief über seine Stirn, doch die Schwimmweste hielt ihn über Wasser. Steiner drehte bei, schlang eine der Leinen um die Schwimmweste des Leutnants und fuhr weiter in Richtung auf die Mole und auf Braye, das im landeinwärts wallenden Nebel immer undeutlicher zu sehen war.
Der Ebbestrom war in vollem Gang. Steiner wußte, daß er keine Chance hatte, Braye Harbour zu erreichen, während er vergeblich gegen eine Strömung ankämpfte, die ihn und Neumann unweigerlich weit hinaus in den Ärmelkanal treiben würde. Von dort gäbe es keine Rückkehr mehr.
Plötzlich sah er, daß Neumann wieder bei Bewußtsein war und zu ihm heraufstarrte. »Lassen Sie mich absaufen!« flüsterte er. »Schneiden Sie mich los. Allein können Sie's schaffen.«
Steiner antwortete nicht sofort, er konzentrierte sich darauf, seinen Torpedo nach Steuerbord zu manövrieren. Irgendwo dort drüben im undurchdringlichen Nebel lag Burhou. Es bestand eine Chance, daß der Ebbestrom sie dort anschwem-

men würde, eine vielleicht nur winzige Chance, aber besser als gar keine. Er sagte ruhig: »Wie lange sind wir jetzt schon zusammen, Neumann?«

»Das wissen Sie verdammt gut«, sagte Neumann. »Zum erstenmal hab' ich Sie droben in Narvik zu sehen gekriegt, als ich Angst hatte, aus dem Flugzeug zu springen.«

»Ja, jetzt erinnere ich mich«, sagte Steiner. »Hat mich einige Überredungskunst gekostet.«

»Fein ausgedrückt«, sagte Neumann. »Sie haben mich rausgeschmissen.«

Er fror, daß seine Zähne aufeinanderschlugen, und Steiner beugte sich hinunter und prüfte die Leine. »Ja, ein schnoddriger achtzehnjähriger Berliner, frisch von der Uni. Immer ein Bändchen Lyrik in der Hüfttasche. Das Professorensöhnchen, das in der Schlacht am Albertkanal fünfzig Meter durchs Feuer robbte, um mir Erste Hilfe zu leisten.«

»Hätte ich besser nicht getan«, sagte Neumann. »Was haben Sie mir dafür verschafft? Kreta, dann ein Leutnantspatent, das ich nicht haben wollte, Rußland, und jetzt das hier. Ein glänzendes Geschäft.« Er schloß die Augen und sagte leise: »Tut mir leid, Herr Oberstleutnant, aber es hat keinen Sinn.«

Unversehens wurden sie von einem gewaltigen Wasserwirbel erfaßt und in Richtung auf die Felsen von L'Equet an der Spitze von Burhou geschleudert. Ein Schiff lag dort, genau gesagt, ein halbes Schiff; das Wrack eines französischen Küstenfahrers, der im Frühjahr während eines Sturms auf das Riff gelaufen war. Der Rest des Achterdecks hing tief ins Wasser. Eine Welle trug sie hinauf, der Torpedo ritt hoch auf dem Wellenkamm, und Steiner ließ sich herunterrollen. Mit der einen Hand faßte er nach der Reling, die andere hielt Neumanns Rettungsleine umklammert.

Die Welle ebbte zurück und nahm den Torpedo mit. Steiner kam auf die Füße und stieg das schräggeneigte Deck bis zum schwerbeschädigten Ruderhaus hinauf. Er zwängte sich durch die zerbrochene Tür und hievte seinen Kameraden hinter sich

her. Sie kauerten sich in dem dachlosen Gehäuse nieder. Es begann leicht zu regen.
»Wie geht's jetzt weiter?« fragte Neumann schwach.
»Erstmal sitzen wir sicher«, sagte Steiner. »Sobald sich der Nebel ein bißchen lichtet, fährt Brandt mit dem Rettungsboot aus.«
»Ich könnte eine Zigarette gebrauchen«, sagte Neumann. Dann verstummte er und wies durch die Türöffnung aufs Meer. »Sehen Sie sich das an.«
Steiner ging zur Reling. Die ablaufenden Wasser waren stark bewegt, sie strudelten und wirbelten zwischen den Riffen und Felsen und schoben in einiger Entfernung den Rückstand des Krieges mit sich, einen schwimmenden Teppich aus Wrackteilen, alles, was von der *Joseph Johnson* übriggeblieben war.
»Also Volltreffer«, sagte Neumann. Dann versuchte er, aufzustehen. »Dahinten schwimmt einer, Herr Oberst, in einer gelben Schwimmweste. Dort, hinter dem Heck.«
Steiner rutschte über das Deck ins Wasser und bahnte sich durch ein Gewirr von Planken einen Weg zu dem Mann, der dort mit geschlossenen Augen und zurückgeworfenem Kopf auf dem Meer trieb. Er war sehr jung, das blonde Haar klebte am Schädel. Steiner packte die Schwimmweste und versuchte, ihn auf das zertrümmerte Achterdeck zu ziehen. Der Mann schlug die Augen auf und starrte ihn an. Dann schüttelte er den Kopf und versuchte zu sprechen.
Steiner schwamm eine Weile neben ihm. »Was ist los?« fragte er auf Englisch.
»Bitte«, flüsterte der Junge, »lassen Sie mich.« Seine Augen schlossen sich wieder, und Steiner schwamm mit ihm zum Achterdeck. Neumann sah, wie Steiner ihn auf das abschüssige Deck zu ziehen begann. Er hielt inne, blieb lange bewegungslos, dann stieß er den Jungen sanft ins Wasser zurück. Eine Strömung trug das Bündel um den Felsenvorsprung und außer Sicht, und Steiner kletterte müde wieder auf Deck.
»Was war mit ihm?« fragte Neumann schwach.

»Beide Beine an den Knien abgerissen.« Steiner setzte sich sehr vorsichtig nieder und stemmte die Füße gegen die Reling. »Wie war dieses Gedicht von Eliot, das Sie in Stalingrad immer zitiert haben? Das ich nicht mochte?«

»›Ich denke, wir sind auf der Rattenzeil. Dort wo die Toten ihr Gebein verloren.‹ Ist aus ›Das wüste Land‹.«

»Jetzt verstehe ich es«, sagte Steiner. »Jetzt weiß ich genau, was er sagen wollte.«

Sie saßen schweigend da. Es war jetzt kälter, und der Regen wurde heftiger und wusch den Nebel fort. Nach etwa zwanzig Minuten hörten sie nicht sehr weit entfernt einen Motor. Steiner zog die kleine Signalpistole aus der Tasche an seinem rechten Hosenbein, lud sie mit einer Leuchtpatrone und gab einen Schuß ab.

Wenige Sekunden später tauchte die Rettungsbarkasse auf, verlangsamte ihre Fahrt und hielt auf sie zu. Hauptfeldwebel Brandt stand im Bug, eine Leine wurfbereit in der Hand. Er war ein Koloß von Mann, weit über einsachtzig groß und entsprechend breit, und trug seltsamerweise eine gelbe Ölhaut mit der Aufschrift *Royal National Liefeboat Institution* auf dem Rücken. Die restliche Besatzung bestand aus Steiners Leuten. Unteroffizier Sturm am Ruder, außerdem Gefreiter Briegel und Schütze Berg.

Brandt sprang auf das abschüssige Deck des Wracks und vertäute die Leine an der Reling, während Steiner und Neumann zu ihm hinunterrutschten. »Sie haben ein Schiff versenkt, Herr Oberstleutnant. Was ist mit Lemke?«

»Hat wieder mal den Helden gespielt«, berichtete Steiner. »Aber dieses Mal hat er's zu weit getrieben. Vorsicht mit Leutnant Neumann. Hat ein Riesenloch im Kopf.«

»Unteroffizier Altmann ist mit Riedel und Meyer im anderen Boot hinaus. Vielleicht finden sie eine Spur von ihm. Der Kerl hat noch immer Dusel gehabt.« Brandt hob Neumann mit erstaunlicher Kraft über die Reling. »Tragt ihn in die Kabine.« Aber Neumann wollte nicht, er ließ sich zu Boden fallen und

stemmte den Rücken an die Heckreling. Steiner setzte sich neben ihn, und Brandt gab ihnen Zigaretten, während das Motorboot abdrehte. Steiner war müde. So müde, wie schon lange nicht mehr. *Fünf Jahre Krieg.* Manchmal schien es, als gäbe es nichts anderes, ja, als hätte es niemals etwas anderes gegeben.
Sie umrundeten die Mole und fuhren die etwa achthundert Meter lange Hafenmauer bis Braye entlang. Im Hafen lagen erstaunlich viele Schiffe, zumeist französische Küstenfahrer, die vom Festland Baumaterial für die neuen Befestigungsanlagen brachten. Auf der ganzen Insel waren die Arbeiten im Gang.
Der kleine Landesteg war verlängert worden. Ein S-Boot lag dort vertäut, und als das Motorboot heranglitt, schrien die Männer an Deck Hurra, und ein junger bärtiger Leutnant in einem schweren Pullover und salzfleckiger Mütze salutierte.
»Gute Arbeit, Herr Oberstleutnant.«
Steiner dankte und stieg über die Reling. »Vielen Dank, König.« Er ging den Landesteg hinauf, Brandt folgte ihm und stützte Neumann. Als sie oben waren, kam eine große schwarze Limousine angefahren, ein alter Wolseley, und bremste vor ihnen. Der Fahrer sprang heraus und riß den rückwärtigen Schlag auf.
Als erster stieg der Mann aus, der zurzeit stellvertretender Kommandant auf der Insel Alderney war, Oberst Hans Neuhoff. Wie Steiner hatte er den Winterkrieg mitgemacht, hatte bei Leningrad einen Lungenschuß abbekommen, von dem er nie mehr richtig genesen würde, und sein Gesicht trug den resignierten Ausdruck eines Menschen, der unaufhaltsam dem Tod entgegengeht und es auch weiß. Seine Frau stieg nach ihm aus dem Wagen.
Ilse Neuhoff war damals siebenundzwanzig, eine schlanke, aristokratisch aussehende Blondine mit vollen Lippen und gutgeformten Backenknochen. Die meisten Leute drehten sich nach ihr um, und nicht nur, weil sie schön war, sondern weil

man das Gefühl hatte, sie zu kennen. Sie hatte zu den vielversprechendsten Nachwuchstalenten der UFA gehört und war in der Berliner Gesellschaft sehr beliebt gewesen, von Goebbels gefördert, vom Führer persönlich bewundert.
Ihre Ehe mit Hans Neuhoff basierte auf echter Zuneigung, die weit über körperliche Liebe hinausging. Sie hatte ihn nach seiner Verwundung aufopfernd gepflegt, war nicht von seiner Seite gewichen und hatte ihren ganzen Einfluß aufgeboten, um ihm seinen jetzigen Posten zu verschaffen. Mit Goebbels' Hilfe war es ihr sogar gelungen, ihren Mann auf Alderney besuchen zu dürfen. Zwischen den Neuhoffs herrschte inniges gegenseitiges Verstehen, und so konnte Ilse Neuhoff auf Steiner zugehen und ihn in aller Offenheit auf die Wange küssen. »Sie haben uns Sorgen gemacht, Herr Steiner.«
Neuhoff schüttelte ihm in aufrichtiger Freude die Hand. »Fabelhafte Arbeit, Steiner. Werde es sofort nach Berlin melden.«
»Um Gottes willen, nur das nicht«, wehrte Steiner in gespieltem Schrecken ab. »Dann schicken sie mich am Ende wieder nach Rußland zurück.«
Ilse nahm seinen Arm. »Als ich Ihnen das letztemal die Karten las, stand nichts davon drin. Aber ich kann sie Ihnen heute abend nochmals aufschlagen, wenn Sie wollen.«
Vom äußeren Landesteg hörte man Rufe, und sie kamen gerade rechtzeitig hinunter, um das zweite Rettungsboot anlegen zu sehen. Im Heck lag unter einer Decke eine Gestalt, und Unteroffizier Altmann kam aus dem Ruderhaus. »Herr Oberstleutnant?« rief er. Er wartete auf einen Befehl.
Steiner nickte, und Altmann hob kurz die Decke hoch. Neumann war an Steiners Seite getreten und sagte bitter: »Lemke. Kreta, Stalingrad ... all die Jahre, und jetzt dieses Ende.«
»Wenn dein Name auf der Kugel steht, bist du dran«, sagte Brandt.

Steiner wandte sich um und blickte in Ilse Neuhoffs bestürztes Gesicht. »Sie lassen Ihre Karten besser in der Schachtel. Noch ein paar Nachmittage wie dieser, und die Frage heißt nicht mehr, *ob* es passiert, sondern nur noch *wann*.«
Er nahm sie beim Arm, lächelte fröhlich und geleitete sie zum Wagen.

Canaris hatte am Nachmittag eine Besprechung mit Ribbentrop und Goebbels und konnte Radl erst um sechs Uhr empfangen. Von Steiners Kriegsgerichtsprotokoll keine Spur.
Fünf Minuten vor sechs klopfte Hofer an die Tür von Radls Büro und trat ein. »Sind sie da?« fragte Radl sofort.
»Leider nein, Herr Oberst.«
»Und warum nicht, zum Teufel?« fragte Radl ärgerlich.
»Da es sich ursprünglich um eine Anklage seitens der SS handelte, scheinen die Papiere sich in der Prinz-Albrecht-Straße zu befinden.«
»Haben Sie das Exposé angefertigt?«
»Jawohl, Herr Oberst.« Hofer übergab ihm ein säuberlich getipptes Blatt.
Radl las es rasch durch. »Ausgezeichnet, Hofer. Wirklich ausgezeichnet.« Er lächelte anerkennend und zog seinen ohnehin tadellos sitzenden Uniformrock mit seiner gesunden Hand glatt. »Sie sind jetzt dienstfrei, nicht wahr?«
»Ich möchte lieber warten, bis der Herr Oberst zurückkommt«, sagte Hofer.
Radl schlug ihm wohlwollend auf die Schulter. »Also, bringen wir's hinter uns.«

Eine Ordonnanz brachte dem Admiral gerade Kaffee, als Radl das Büro betrat. »Ah, da sind Sie ja, Radl«, sagte Canaris erfreut. »Trinken Sie eine Tasse mit?«
»Vielen Dank, Herr Admiral.«
Die Ordonnanz füllte eine zweite Tasse, zog die Verdunkelungsvorhänge zu und ging hinaus. Canaris ließ sich seufzend

in seinen Sessel zurücksinken und griff hinunter, um einem seiner Dackel die Ohren zu kraulen. Er schien müde zu sein, die Augen und die Mundpartie verrieten große Anspannung.
»Sie sehen müde aus, Herr Admiral«, sagte Radl.
»Sie würden genauso aussehen, wenn Sie den ganzen Nachmittag mit Ribbentrop und Goebbels zusammengesperrt gewesen wären. Diese zwei werden wirklich von Mal zu Mal unerträglicher. Laut Goebbels gewinnen wir den Krieg noch immer, Radl. Haben Sie je etwas Absurderes gehört?«
Radl wußte nicht, was er sagen sollte, aber die Antwort blieb ihm erspart, denn der Admiral sprach schon weiter.
»Und weshalb wollten Sie mich sprechen?«
Radl legte Hofers getipptes Exposé auf den Schreibtisch, und Canaris begann zu lesen. Nach einer Weile blickte er sichtlich bestürzt auf. »Was, um Gottes willen, soll das sein?«
»Die Durchführbarkeitsanalyse, die Sie angefordert haben, Herr Admiral. Die Churchill-Sache. Ich sollte sie schriftlich ausarbeiten.«
»Ach ja.« Der Admiral schien sich jetzt zu erinnern und blickte wieder auf das Blatt. Nach einer Weile lächelte er. »Ja, sehr gut, Radl. Völlig irre, natürlich, aber auf dem Papier scheint der Wahnsinn immerhin Methode zu haben. Verwahren Sie es griffbereit, falls Himmler eines Tages den Führer veranlaßt, mich zu fragen, ob wir daran gearbeitet haben.«
»Sie meinen, das ist alles, Herr Admiral?« fragte Radl. »Sie möchten nicht, daß ich das Projekt weiter verfolge?«
Canaris hatte eine Akte aufgeschlagen und blickte Radl jetzt mit sichtlicher Überraschung an. »Mein lieber Radl, ich glaube, Sie haben's noch nicht ganz erfaßt. Bei diesem Spiel heißt es: Je absurder die Idee eines Vorgesetzten, um so leidenschaftlicher ist auf sie einzugehen. Stürzen Sie sich mit aller, natürlich nur vorgegebenen Begeisterung in die Arbeit. Lassen Sie die Schwierigkeiten nach und nach gerade so weit durchblicken, daß den Herrn und Meistern die Unmöglichkeit der Sache von selbst aufgeht. Da niemand sich gern einen Fehlschlag leistet,

wenn er ihn irgend vermeiden kann, wird das ganze Projekt sang- und klanglos begraben.« Er lachte leise und tippte mit einem Finger auf das Exposé. »Glauben Sie mir, sogar der Führer müßte vollends weggetreten sein, damit er dieser Sache noch die geringste Chance zubilligte.«
Radl hörte sich sagen: »Es wäre zu machen, Herr Admiral. Ich habe sogar den richtigen Mann dafür.«
»Davon bin ich überzeugt, wenn Sie nur annähernd so gründlich waren wie sonst.« Er schob das Exposé über den Schreibtisch. »Ich sehe schon, Sie haben das Ganze viel zu ernst genommen. Vielleicht haben meine Äußerungen über Himmler Sie beunruhigt. Aber seien Sie unbesorgt, ich werde schon mit ihm fertig. Was Sie hier schriftlich niedergelegt haben, genügt, um es ihnen in den Rachen zu stopfen, wenn die Sache nochmals aufs Tapet kommen sollte. Und Sie haben jetzt eine Menge anderes zu tun, wirklich Wichtiges.«
Er nickte verabschiedend und nahm die Feder auf. Radl sagte eigensinnig: »Aber, Herr Admiral, wenn es der Führer doch wünscht...«
Canaris wurde ärgerlich, er warf die Feder hin. »Gott im Himmel, Mann, Churchill töten, wenn wir den Krieg bereits verloren haben? Wozu soll das jetzt noch gut sein?«
Er war aufgesprungen, stemmte beide Hände auf die Tischplatte und beugte sich vor. Radl hatte Haltung angenommen und starrte hölzern eine Handbreit über den Kopf des Admirals hinweg ins Leere. Canaris errötete, als ihm klar wurde, daß er zuweit gegangen war, daß sein Zornausbruch an Hochverrat grenzte und er seine Worte nicht mehr zurücknehmen konnte. »Rühren«, sagte er.
Radl befolgte den Befehl. »Herr Admiral.«
»Wir kennen uns schon ziemlich lang, nicht wahr, Radl.«
»Jawohl, Herr Admiral.«
»Dann haben Sie Vertrauen zu mir. Ich weiß, was ich tue.«
»Zu Befehl, Herr Admiral«, sagte Radl zackig. Er trat zurück, schlug die Hacken zusammen, machte kehrt und ging hinaus.

Canaris blieb stehen, die Hände immer noch auf den Schreibtisch gestemmt. Plötzlich sah er verfallen und alt aus. »Mein Gott«, flüsterte er. »Wie lange noch?« Als er sich wieder setzte, um seinen Kaffee zu trinken, zitterten seine Hände so sehr, daß die Tasse auf der Untertasse klirrte.

Als Radl sein Büro betrat, ordnete Hofer die Papiere auf dem Schreibtisch. Er drehte sich erwartungsvoll um, dann sah er Radls Gesichtsausdruck. »War es dem Herrn Admiral nicht recht, Herr Oberst?«
»Er nannte es einen Wahnsinn mit Methode. Er schien es sogar lustig zu finden.«
»Wie geht's jetzt weiter, Herr Oberst?«
»Gar nicht, Hofer«, erwiderte Radl müde und setzte sich an seinen Schreibtisch. »Die Durchführbarkeitsanalyse, die wir erstellen sollten und die vielleicht kein Mensch je wieder sehen will, ist zu Papier gebracht, mehr wurde nicht von uns verlangt. Wir machen an etwas anderem weiter.«
»Kann ich Ihnen irgend etwas holen, Herr Oberst?« fragte Hofer mit vorsichtigem Mitgefühl.
»Nein danke. Gehen Sie jetzt heim. Wir sehen uns morgen früh wieder.«
»Herr Oberst.« Hofer schlug die Hacken zusammen, dann zögerte er.
Radl sagte: »Los, gehen Sie schon. Sie haben's gut gemacht, vielen Dank.«
Hofer ging, und Radl fuhr sich mit der Hand übers Gesicht. Die leere Augenhöhle brannte, der Armstumpf schmerzte. Manchmal hatte er das Gefühl, daß sie ihn bei der Reparatur falsch zusammengesetzt hatten. Seltsam, wie enttäuscht er war. Als hätte er einen persönlichen Verlust erlitten. »Vielleicht ist es besser so«, sagte er leise. »Ich hab' den ganzen verdammten Quatsch wirklich schon zu ernst genommen.«
Er setzte sich, schlug Joanna Greys Akte auf und begann zu lesen. Nach einer Weile zog er die Generalstabskarte heran und

faltete sie auseinander. Plötzlich hielt er inne. Für heute hatte er genug von seinem winzigen Büro, genug von der Abwehr. Er zog die Mappe unter dem Schreibtisch hervor, steckte die Akten und die Karte hinein und nahm seinen Ledermantel vom Haken hinter der Tür.
Es war noch zu früh für einen Angriff der Royal Air Force, und die Stadt wirkte unnatürlich still, als er durch den Haupteingang ins Freie trat. Er beschloß, die Ruhe zu einem Spaziergang bis zu seiner Wohnung zu nutzen, anstatt den Dienstwagen kommen zu lassen. Sein Kopf schmerzte ohnehin zum Bersten, und der leichte Nieselregen würde ihm guttun. Er ging die Treppe hinunter, erwiderte den Gruß der Wache und trat in den schwachen Lichtkreis der abgeblendeten Straßenlampe. Ein Stück weiter unten am Tirpitzufer tauchte ein Wagen auf und hielt neben ihm am Gehsteigrand.
Es war eine schwarze Mercedes-Limousine, schwarz wie die Uniform der beiden Gestapomänner, die aus dem Wagen stiegen und wartend stehenblieben. Als Radl den Ärmelstreifen des Nächststehenden sah, wollte ihm das Herz stillstehen. RFSS, Reichsführer SS. Der Ärmelstreifen von Himmlers persönlichem Stab.
Der junge Mann, der jetzt aus dem Fond stieg, trug einen weichen Hut und einen schwarzen Ledermantel. Sein Lächeln hatte den Charme eines von Grund auf unehrlichen Menschen. »Oberst Radl?« sagte er. »Gut, daß wir Sie noch erwischten. Der Reichsführer läßt Ihnen Grüße bestellen. Er würde sich freuen, wenn Sie einen Augenblick für ihn erübrigen könnten.« Er nahm Radl kurzerhand die Mappe ab. »Erlauben Sie, daß ich sie Ihnen trage.«
Radl feuchtete die trockenen Lippen an und rang sich ein Lächeln ab. »Aber selbstverständlich«, sagte er und stieg in den Fond des Mercedes.
Der junge Mann setzte sich neben ihn, die beiden anderen stiegen vorn ein, und sie fuhren ab. Er holte tief Atem, um die aufsteigende Furcht zu meistern.

»Zigarette, Herr Oberst?«
»Danke«, sagte Radl.

3

Als Radl in das Büro im ersten Stock der Prinz-Albrecht-Straße geführt wurde, sah er Himmler an einem mit Aktenstapeln beladenen riesigen Schreibtisch sitzen. Der Reichsführer blickte auf, seine Augen hinter dem Kneifer waren kalt und unpersönlich wie immer.
Der junge Mann im schwarzen Ledermantel, der Radl begleitet hatte, salutierte mit dem deutschen Gruß und legte die Mappe auf den Tisch.
»Befehl ausgeführt, Reichsführer.«
»Danke, Rossmann«, erwiderte Himmler. »Warten Sie draußen. Ich brauche Sie später vielleicht noch.«
Rossmann ging hinaus, und Radl wartete, während Himmler die Akten auf eine Seite des Schreibtisches schob. Er zog die Mappe heran und blickte sie nachdenklich an. Seltsamerweise hatte Radl wieder einigen Mut und einen gewissen Galgenhumor zurückgewonnen, der ihm schon in so mancher Lebenslage zustatten gekommen war.
Himmler sah ihn an. »Wie ich höre, waren Sie ein tapferer Mann, Herr Oberst. Sie haben sich Ihr Ritterkreuz im Winterkrieg verdient?«
»Jawohl, Reichsführer.«
»Und seitdem arbeiten Sie also für Admiral Canaris.«
Radl wartete, während Himmler wieder auf die Mappe starrte. Der Raum war recht gemütlich im abgeblendeten Licht. Ein Feuer brannte im offenen Kamin, und darauf stand ein Bild des Führers mit Unterschrift in einem Silberrahmen.
Himmler fuhr fort: »Am Tirpitzufer passiert in letzter Zeit nicht viel, wovon ich nicht erfahren würde. Überrascht Sie das? Zum Beispiel weiß ich, daß Ihnen am zweiundzwanzigsten

dieses Monats ein Routinebericht einer Abwehragentin in England, Mrs. Joanna Grey, vorgelegt wurde, worin der Zaubername Winston Churchill vorkommt.«
»Reichsführer, ich weiß nicht, was ich sagen soll«, erwiderte Radl.
»Und was noch interessanter ist: Sie ließen sich alle Unterlagen über Mrs. Grey von der Abwehr eins aushändigen und entbanden Hauptmann Meyer, der die Dame seit Jahren führt, von seiner Aufgabe. Er scheint sich sehr darüber aufzuregen.« Himmler legte eine Hand auf die Mappe. »Herr Oberst, wir sind doch beide zu alt für Kindereien. Sie wissen, wovon ich spreche. Also, was haben Sie mir zu sagen?«
Max Radl war Realist. Er wußte, daß er keine Wahl hatte. Er sagte: »In der Mappe werden Sie alles Nötige finden, mit einer einzigen Ausnahme, Reichsführer.«
»Die Kriegsgerichtsprotokolle von Oberstleutnant Kurt Steiner?« Himmler nahm die oberste Akte von dem Stapel auf der einen Seite seines Schreibtisches und reichte sie Radl. »Ein redlicher Tausch. Ich schlage vor, Sie lesen sie draußen.« Er öffnete die Mappe und nahm den Inhalt heraus. »Ich schicke nach Ihnen, wenn ich Sie brauche.«
Radl hätte beinah den Arm gehoben, aber ein letzter Rest von Selbstachtung verwandelte die Bewegung in den traditionellen militärischen Gruß. Er machte auf dem Absatz kehrt, öffnete die Tür und trat hinaus ins Vorzimmer.
Rossmann lungerte in einem Sessel herum und las *Signal*, die Wehrmachtszeitschrift. Er blickte überrascht auf. »Sie wollen uns schon verlassen?«
»Schön wär's«, erwiderte Radl und ließ die Akte auf ein niedriges Tischchen fallen. »Anscheinend soll ich das zuerst lesen.«
Rossmann lächelte freundlich. »Will mal sehen, ob ich Kaffee auftreiben kann. Sieht so aus, als würden Sie noch eine ganze Weile hierbleiben.« Er ging hinaus. Radl zündete sich eine Zigarette an, setzte sich und schlug die Akte auf.

Der Tag, an dem das Warschauer Ghetto dem Erdboden gleichgemacht werden sollte, war der 19. April 1943. Am 20. April war Hitlers Geburtstag, und Himmler hoffte, ihm mit der Vollzugsmeldung ein passendes Geschenk zu machen. Doch peinlicherweise wurden der Kommandant des Unternehmens, SS-Oberführer von Sammern-Frankenegg, und seine Leute, als sie in das Ghetto einmarschierten, von der jüdischen Kampftruppe wieder hinausgejagt.

Himmler ersetzte ihn sofort durch SS-Brigadeführer und Generalmajor der Polizei Jürgen Stroop, der nun mit Hilfe einer aus SS-Leuten, polnischen und ukrainischen Überläufern gemischten Truppe die Sache rücksichtslos in die Hand nahm: Nicht ein Stein sollte auf dem anderen bleiben, nicht ein Jude am Leben bleiben. Er wollte Himmler persönlich melden können: *Das Warschauer Ghetto existiert nicht mehr.* Doch auch er brauchte achtundzwanzig Tage, bis es soweit war.

Steiner und seine Leute kamen am Morgen des dreizehnten Tages mit einem nach Berlin fahrenden Lazarettzug von der Ostfront in Warschau an. Dort mußte ein Zwischenhalt von voraussichtlich einer bis zwei Stunden eingelegt werden, je nachdem, wie lange die Reparatur eines Lokschadens dauern würde, und über den Lautsprecher wurde Befehl gegeben, daß niemand den Bahnhof verlassen dürfe. An allen Ausgängen standen Feldjäger, um jede Übertretung des Befehls zu verhindern.

Die meisten seiner Männer blieben in den Waggons, aber Steiner stieg aus, um sich die Beine zu vertreten, und Leutnant Neumann folgte ihm. Steiners Sprungstiefel waren durchgescheuert, die Lederjacke hatte auch schon bessere Tage gesehen, und er trug einen schmutzigen weißen Schal, der Ritterkreuz und Spiegel verdeckte.

Der Feldjäger vor dem Hauptausgang hielt das Gewehr mit beiden Händen waagrecht vor die Brust und sagte barsch: »Ihr habt doch den Befehl gehört, oder? Also zurück in die Waggons!«

»Sieht aus, als wollen die uns aus irgendeinem Grund unter Verschluß halten, Herr Oberstleutnant«, sagte Neumann.
Der Kiefer des Feldjägers klappte herunter und er nahm Haltung an. »Ich bitte den Herrn Oberstleutnant um Verzeihung. Ich habe nicht gewußt...«
Hinter ihnen näherten sich eilige Schritte und eine Stimme bellte: »Schultz, was geht hier vor?«
Steiner und Neumann kümmerten sich nicht darum und traten ins Freie. Schwarzer Rauch hing über der Stadt, in der Ferne hörte man Geschützdonner und das Knattern von Handfeuerwaffen. Eine Hand griff nach Steiners Schulter und riß ihn herum. Er sah sich einem Major in tadelloser Uniform gegenüber. Um den Hals hing an einer Kette der glänzende Schild der Feldjäger. Steiner seufzte und lockerte den weißen Schal, so daß nicht nur seine Kragenspiegel sichtbar wurden, sondern auch das Ritterkreuz mit Eichenlaub.
»Steiner«, sagte er. »Fallschirmjägerregiment.«
Der Major salutierte höflich, aber nur, weil ihm nichts anderes übrigblieb. »Tut mir leid, Herr Oberstleutnant, Befehl ist Befehl.«
»Ihr Name?« fragte Steiner.
Trotz des lässigen Lächelns lag in der Stimme des Oberstleutnants eine gewisse Schärfe, die auf mögliche Unannehmlichkeiten hinwies. »Major Frank, Herr Oberstleutnant.«
»Schön, das wäre also das. Und jetzt hätten Sie vielleicht die Güte, uns zu erklären, was hier vorgeht. Soviel ich weiß, kapitulierte die polnische Armee im Jahre neunzehnhundertneununddreißig.«
»Das Warschauer Ghetto wird ausradiert.«
»Von wem?«
»Einer Sondereinheit. SS und verschiedene andere Gruppen unter dem Befehl von Brigadeführer Stroop. Jüdische Banditen, Herr Oberstleutnant. Sie kämpfen um jedes Haus, in den Kellern, in der Kanalisation, seit dreizehn Tagen schon. Also räuchern wir sie jetzt aus. Das beste Mittel gegen Läuse.«

Während des Genesungsurlaubs nach seiner Verwundung vor Leningrad hatte Steiner seinen Vater in Frankreich besucht und ihn sehr verändert gefunden. Dem General waren schon vor geraumer Zeit Zweifel an der neuen Ordnung gekommen. Vor sechs Monaten hatte er ohne dienstliche Erlaubnis und unter einem Vorwand das Konzentrationslager in Auschwitz in Polen besichtigt.
»Der Lagerkommandant war ein Schwein namens Rudolf Hoess, Kurt. Ob du's glaubst oder nicht, ein zu lebenslänglicher Zuchthausstrafe verurteilter Mörder, der durch die Amnestie von neunzehnhundertachtundzwanzig freikam. Jetzt ermordet er Juden zu Tausenden in eigens dafür konstruierten Gaskammern, die Leichen werden in riesigen Öfen verbrannt, nachdem man ihnen die Goldzähne herausgebrochen hat.«
Während ihres Gesprächs hatte der alte General viel getrunken und war doch nicht betrunken. »Halten wir dafür unsere Köpfe hin, Kurt? Für Schweine wie Hoess? Und was wird die übrige Welt sagen, wenn es einmal soweit ist? Wird sie uns alle schuldig sprechen? Wird sie sagen, Deutschland sei schuldig, weil wir alle tatenlos zusahen? Anständige und ehrenhafte Männer sahen zu und taten nichts. Ich möchte nicht zu ihnen gehören, bei Gott. Ich könnte es nicht ertragen.«
Hier in er Halle des Warschauer Bahnhofs kam Kurt Steiner plötzlich dieses Gespräch wieder in den Sinn, und sein Gesichtsausdruck veränderte sich in einer Weise, daß der Major ein paar Schritte zurückwich. »Schon besser«, sagte Steiner. »Und jetzt verdünnisieren Sie sich gefälligst...«
Major Franks Staunen wandelte sich rasch in Wut, als Steiner, flankiert von Neumann, an ihm vorbeischritt. »Moment mal, Herr Oberstleutnant, Moment mal«, sagte Neumann.
Auf dem benachbarten Bahnsteig trieb eine Gruppe SS-Männer eine lange Reihe zerlumpter, schmutziger Gestalten vor sich her zu einer Mauer. Unmöglich zu sagen, ob es Männer oder Frauen waren. Während Steiner hinüberstarrte, fingen sie an, ihre Kleider abzulegen.

Ein Feldjäger schaute vom Rand des Bahnsteigs aus zu, und Steiner fragte ihn: »Was ist denn dort drüben?«
»Juden, Herr Oberstleutnant«, antwortete der Mann. »Die heutige Morgenausbeute aus dem Ghetto. Sie werden nach Treblinka verfrachtet und sonderbehandelt. Das Ausziehen vor der Durchsuchung ist besonders wegen der Weiber notwendig. Manche haben schon geladene Pistolen in den Hosen gehabt.«
Vom anderen Bahnsteig hörte man brutales Lachen und einen Schmerzensschrei. Steiner wandte sich angewidert Neumann zu und sah, daß der Leutnant zum rückwärtigen Teil des Transportzuges starrte.
Ein Mädchen von etwa vierzehn, fünfzehn Jahren mit verfilztem Haar und rauchgeschwärztem Gesicht, einen abgeschnittenen Männermantel mit einem Stück Schnur um sich gewickelt, kauerte unter dem Waggon. Vermutlich war sie aus der Gruppe dort drüben entwischt und wollte nun versuchen, in das Fahrgestell zu kriechen, um mit dem ausfahrenden Lazarettzug die Freiheit zu gewinnen.
Im gleichen Augenblick sah sie auch der Feldjäger an der Bahnsteigkante, gab Alarm, sprang hinunter auf die Gleise und griff nach dem Mädchen. Kreischend riß sie sich los, erklomm den Bahnsteig und rannte auf den Ausgang zu, geradewegs in die Arme von Major Frank, der gerade wieder aus seinem Büro trat. Er packte sie bei den Haaren und schüttelte sie wie eine Ratte. »Du dreckiges Judengör, ich will dich Mores lehren.«
Steiner lief los. »Nein, Herr Oberstleutnant!« rief Neumann, aber es war schon zu spät. Steiner packte Frank am Kragen und riß ihn fast von den Füßen, faßte das Mädchen bei der Hand und zog sie hinter sich.
Major Frank rappelte sich wieder auf, sein Gesicht war wutverzerrt. Die Hand fuhr nach der Walther-Pistole, die er am Gürtel trug, aber Steiner hatte bereits eine Luger aus der Tasche seiner Lederjacke gezogen und die Mündung auf Franks Kopf gerichtet. »Nur zu«, sagte er, »dann schieß ich Ihnen die Rübe weg. Wäre ohnehin ein Segen für die Menschheit.«

Mindestens ein Dutzend Feldjäger stürmten herbei, einige trugen MPs, andere Gewehre, und bildeten im Abstand von ein paar Metern einen Halbkreis. Ein großer Feldwebel legte sein Gewehr an, und Steiner griff nach Franks Waffenrock und hielt den Major dicht vor sich. Die Luger preßte er ihm noch fester an den Kopf. »Das würde ich Ihnen nicht raten.«
Eine Lokomotive mit einer Reihe offener Kohlenwaggons im Schlepp rollte mit einer Geschwindigkeit von höchstens zehn Stundenkilometern durch den Bahnhof. Steiner fragte die Kleine, ohne sie anzusehen: »Wie heißt du?«
»Brana«, erwiderte sie. »Brana Lezenikof.«
»Also, Brana«, sagte er, »wenn du nur halb so viel Schneid hast, wie ich glaube, dann hängst du dich an einen von den Kohlenwaggons und bleibst dran, bis du von hier weg bist. Mehr kann ich nicht für dich tun.«
Sie war wie der Blitz davon, und er sagte laut: »Wer auf sie schießt, der verschafft auch dem Major eine Kugel.«
Das Mädchen sprang nach einem der Waggons, fand Halt und zog sich hoch. Der Zug rollte aus dem Bahnhof. Totenstille.
Dann sagte Frank: »Bei der nächsten Station holen sie sie runter, dafür werde ich persönlich sorgen.«
Steiner versetzte ihm einen Stoß und steckte die Luger ein. Sofort wollten die Feldjäger den Kreis schließen, aber Leutnant Neumann schrie: »Heute nicht, meine Herren.«
Steiner drehte sich um und sah, daß der Leutnant eine MP im Anschlag hielt. Hinter ihm standen vollzählig seine übrigen Leute, alle bis an die Zähne bewaffnet.
In diesem Moment hätte alles mögliche passieren können, wenn nicht ein Trupp SS-Männer mit schußbereiten Gewehren durch den Haupteingang hereingestürmt wäre. Sie nahmen Aufstellung, und gleich darauf erschien SS-Brigadeführer und Generalmajor der Polizei Jürgen Stroop, flankiert von einigen SS-Offizieren verschiedenen Dienstranges, alle mit gezogenem Revolver. Stroop trug eine Feldmütze und

Kampfanzug und sah überraschend unbedeutend aus. »Was geht hier vor, Frank?«
»Fragen Sie *ihn*, Brigadeführer«, erwiderte Frank mit wutverzerrten Zügen. »Dieser Mann, Offizier der deutschen Wehrmacht, hat soeben einer jüdischen Partisanin die Flucht ermöglicht.«
Stroop musterte Steiner, sah die Rangabzeichen und das Ritterkreuz mit Eichenlaub. »Wer sind Sie?« fragte er.
»Oberstleutnant Steiner, Fallschirmjägerregiment«, erwiderte Steiner. »Und wer sind Sie?«
Jürgen Stroop hatte noch nie die Beherrschung verloren. Er sagte ruhig: »So können Sie mit mir nicht sprechen, Herr Oberstleutnant. Ich bin Generalmajor, wie Sie sehr wohl wissen.«
»Das ist mein Vater auch«, erwiderte Steiner, »es beeindruckt mich also nicht übermäßig. Aber, da wir schon mal dabei sind: Sind Sie der Brigadeführer Stroop, der für das Massaker da draußen verantwortlich ist?«
»Ich habe hier den Oberbefehl, ja.«
Steiner rümpfte angewidert die Nase. »Hab' ich mir fast gedacht.«
Brigadeführer Stroop streckte, nach wie vor eiskalt, die Hand aus. Steiner seufzte, zog die Luger aus der Tasche und übergab sie ihm. Er blickte über die Schulter auf seine Leute. »Schluß der Vorstellung, Jungens, Feierabend.« Er wandte sich wieder an Stroop. »Aus irgendeinem Grund glauben sie, sie müssen durch dick und dünn zu mir halten. Besteht eine Möglichkeit, daß Sie sich mit meiner Wenigkeit begnügen und meine Leute aus dem Spiel lassen?«
»Nicht die geringste«, erwiderte Brigadeführer Stroop.
»Dacht' ich's doch«, sagte Steiner. »Ich bilde mir nämlich ein, daß ich einen ausgewachsenen Schweinehund auf den ersten Blick erkenne.«

Noch lange, nachdem er die Aufzeichnungen des Kriegsgerichts zu Ende gelesen hatte, blieb Radl mit der Akte auf den Knien sitzen. Steiner hatte Glück gehabt, daß sie ihn nicht an die Wand stellten; vermutlich hatte der Rang seines Vaters das seine dazu getan, und schließlich waren er und seine Leute Kriegshelden. Macht einen schlechten Eindruck, wenn man einen Träger des Ritterkreuzes mit Eichenlaub erschießen muß. Und auf lange Sicht bedeutete »Operation Schwertfisch« auf den Kanalinseln für sie alle ein ebenso gewisses Ende. Jemand hatte da einen Geniestreich ausgeheckt.

Rossmann saß im Sessel gegenüber und schien zu schlafen, doch als das Licht an der Tür aufflammte, war er sofort auf den Füßen. Er marschierte ohne anzuklopfen in das Büro des Reichsführers und war gleich wieder zurück. »Er will Sie sehen.«

Der Reichsführer saß noch immer an seinem Schreibtisch. Er hatte jetzt die Generalstabskarte vor sich ausgebreitet. Er blickte auf. »Na, wie fanden Sie Freund Steiners Auftritt in Warschau?«

»Eine... bemerkenswerte Geschichte«, sagte Radl vorsichtig. »Ein... ein ungewöhnlicher Mann.«

»Ich würde sagen, einer der tapfersten, die Ihnen jemals begegnen werden«, sagte Himmler ruhig. »Hochintelligent, mutig, hart, ein erstklassiger Soldat... und ein romantischer Narr. Kann sich nur um ein amerikanisches Erbe handeln.« Der Reichsführer schüttelte den Kopf. »Das Ritterkreuz mit Eichenlaub. Nach diesem Rußlandeinsatz wünschte der Führer ihn persönlich kennenzulernen. Und was tut dieser Idiot? Wirft alles weg, Karriere, Zukunft, alles, nur wegen einer kleinen Judenschickse, die er noch nie im Leben gesehen hat.«

Er blickte Radl antwortheischend an, und Radl sagte lahm: »Sehr ungewöhnlich, Reichsführer.«

Himmler nickte. Dann ließ er das Thema fallen, rieb sich die Hände und beugte sich über die Karte. »Die Berichte dieser Grey sind wirklich ganz vorzüglich. Eine ausgezeichnete Agen-

tin.« Er beugte sich noch tiefer über die Karte. »Wird es klappen?«
»Ich glaube schon«, erwiderte Radl ohne Zögern.
»Und der Admiral? Was hält Canaris davon?«
Radls Gedanken rasten, während er versuchte, eine passende Antwort zu formulieren. »Diese Frage läßt sich nur schwer beantworten.«
Himmler lehnte sich mit gefalteten Händen zurück. Radl kam sich einen Augenblick lang vor, als stünde er wieder in kurzen Hosen vor seinem alten Dorfschulmeister.
»Nicht nötig, ich kann mir's denken. Ich achte die Loyalität, aber in diesem Fall würden Sie gut daran tun, sich zu erinnern, daß die Loyalität gegenüber Deutschland und Ihrem Führer Vorrang hat.«
»Selbstverständlich, Reichsführer«, sagte Radl hastig.
»Leider gibt es Leute, für die das nicht selbstverständlich ist«, fuhr Himmler fort. »Subversive Elemente auf allen Ebenen unserer Gesellschaft. Sogar unter den Generälen des Oberkommandos. Überrascht Sie das?«
Radl sagte, aufrichtig erstaunt: »Aber, Reichsführer, ich kann kaum glauben...«
»Daß Männer, die den persönlichen Treueeid auf den Führer geleistet haben, so ehrlos handeln können?« Er schüttelte betrübt den Kopf. »Ich habe guten Grund zu der Annahme, daß im März dieses Jahres hohe Offiziere der Wehrmacht eine Bombe im Flugzeug des Führers anbrachten, die während des Flugs von Smolensk nach Rastenburg explodieren sollte.«
»Mein Gott!« sagte Radl.
»Die Bombe explodierte jedoch nicht und wurde von den gleichen Leuten später wieder entfernt. Was uns deutlicher denn je vor Augen führt, daß wir nicht verlieren dürfen, daß der Endsieg unser sein muß. Es ist eindeutig klar, daß nur die göttliche Vorsehung den Führer gerettet hat. Mich überrascht das natürlich nicht. Ich habe schon immer an ein höheres Wesen über den Dingen geglaubt. Sie nicht?«

»Gewiß, Reichsführer.«
»Ja, wenn wir das nicht anerkennen würden, wären wir keinen Deut besser als die Marxisten. Ich bestehe darauf, daß alle Mitglieder der SS an Gott glauben.« Er nahm den Kneifer ab und rieb sich mit dem Finger behutsam den Nasenrücken. »Ja, Verräter überall. Im Heer und auch in der Marine, in den höchsten Dienstgraden.«
Er setzte den Kneifer wieder auf und blickte zu Radl hoch. »Sie sehen also«, fuhr Himmler fort, »ich habe allen Grund, überzeugt zu sein, daß Admiral Canaris sich gegen Ihren Plan ausgesprochen hat.«
Radl starrte ihn sprachlos an. Das Blut gefror ihm in den Adern. Himmler sagte freundlich: »Es würde nicht zu seiner allgemeinen Zielsetzung passen, und diese Zielsetzung ist nicht der Sieg des deutschen Reiches in diesem Krieg, das dürfen Sie mir glauben.«
Der Chef der Abwehr sollte gegen den Staat arbeiten? Ein haarsträubender Gedanke. Aber dann erinnerte Radl sich an die beißenden Äußerungen des Admirals. Die abschätzigen Bemerkungen über die Spitzen von Partei und Staat, gelegentlich sogar über den Führer selbst. An seine Reaktion vom heutigen Abend. *Wir haben den Krieg bereits verloren.* Und das vom Chef der Abwehr.
Himmler drückte auf den Summer, und Rossmann trat ein. »Ich muß ein wichtiges Telefongespräch führen. Kümmern Sie sich noch zehn Minuten um den Herrn Oberst.«
Als Himmler Radl wieder in das Büro rufen ließ, saß der Reichsführer an seinem Arbeitstisch und schrieb eifrig in eine Akte. Er blickte auf und sagte: »Dieses Churchill-Projekt. Ich möchte, daß es durchgeführt wird.«
»Aber der Herr Admiral möchte es nicht.«
»Herr Oberst, Sie haben doch weitgehende Entscheidungsfreiheit, nicht wahr? Eine eigene Dienststelle? Sie reisen viel: München, Paris, Antwerpen, das alles innerhalb der letzten vierzehn Tage.« Himmler zuckte die Achseln. »Ich sehe nicht

ein, warum Sie es nicht bewerkstelligen sollten, ohne daß der Admiral erfährt, was vorgeht. Die notwendigen Schritte könnten größtenteils im Zusammenhang mit anderweitigen Obliegenheiten erfolgen.«
»Aber warum, Reichsführer, warum muß unbedingt in dieser Weise vorgegangen werden?«
»Erstens, weil ich glaube, daß der Admiral diese Sache völlig falsch einschätzt. Ihr Plan hier könnte durchaus funktionieren, wenn alles klappt wie vorgesehen; genau wie Skorzenys Gran-Sasso-Unternehmen. Und wenn es glückt, wenn Churchill entweder getötet oder lebend entführt wird, wozu ich bemerken möchte, daß ich persönlich ihn lieber tot als lebendig sähe, dann wäre das eine Weltsensation. Ein noch nie dagewesenes Husarenstück.«
»Das unterblieben wäre, wenn der Admiral seinen Kopf durchgesetzt hätte«, sagte Radl. »Ich verstehe. Ein weiterer Nagel in seinen Sarg.«
»Wollen Sie vielleicht leugnen, daß ihm in diesem Fall nur recht geschähe?«
»Da bin ich überfragt.«
Sirenengeheul ertönte, Himmler stand auf, trat ans Fenster und sah durch einen Spalt im Verdunkelungsvorhang hinaus. In der Ferne hörte man Flugzeuggebrumm.
»Da kommen sie wieder.« Er kehrte an seinen Schreibtisch zurück. »Nacht für Nacht versuchen sie, das Reich mit ihrem Bombenterror zu zermürben. Aber wie denken Sie über die anderen, Herr Oberst? Die Leute in unseren eigenen Reihen, die dem Feind in die Hände arbeiten? Finden Sie, daß sie ungestraft davonkommen sollten? Wäre Ihnen das recht, Radl, Ihnen, einem ehrenhaften deutschen Offizier?«
»Aber, bedenken Sie, Reichsführer, in welche unmögliche Situation ich gerate«, sagte Radl. »Ich habe mit dem Admiral stets im besten Einverständnis gearbeitet.« Zu spät fiel ihm ein, daß dieses Argument unter den gegebenen Umständen kaum angebracht war, und er fügte hastig hinzu: »Natürlich steht

meine persönliche Loyalität hier nicht zur Debatte, aber welche Befugnis hätte ich, ein solches Projekt zu verwirklichen?«
Himmler nahm einen dicken Umschlag aus der Schublade. Er öffnete ihn und zog ein Schreiben heraus, das er Radl wortlos reichte. Der Briefkopf zeigte den Hoheitsadler mit dem Hakenkreuz.

DER FÜHRER UND REICHSKANZLER
DES GROSSDEUTSCHEN REICHS

Oberst Max Radl handelt nach meinem unmittelbaren und persönlichen Befehl in einer für das Reich höchst wichtigen Angelegenheit. Er ist ausschließlich mir verantwortlich. Alle Militär- und Zivilpersonen haben ihm ohne Ansehen ihres Ranges in jeder von ihm geforderten Weise behilflich zu sein
Adolf Hitler

Radl war perplex. Noch nie hatte er ein derartiges Dokument in Händen gehalten. Dieser Schlüssel würde ihm jede Tür im Reich und den eroberten Gebieten öffnen, kein Ding wäre mehr unmöglich. Ein Schauder überlief ihn, und nie gekannte Erregung ergriff von ihm Besitz.
»Wie Sie sehen, würde jeder, der sich dieser Weisung nicht fügte, es mit dem Führer zu tun bekommen.« Himmler rieb sich zufrieden die Hände. »Das wäre also erledigt. Sie sind bereit, die Aufgabe zu übernehmen, die der Führer Ihnen anvertraut?«
Hierauf gab es nur eine Antwort: »Jawohl, Reichsführer.«
»Gut. Kommen wir also zur Sache. Mit Steiner haben Sie eine gute Wahl getroffen. Genau der richtige Mann. Ich schlage vor, daß Sie ihn unverzüglich aufsuchen.«
»Wäre es nicht denkbar«, sagte Radl vorsichtig, »daß er in Anbetracht seiner jüngsten Erlebnisse nicht an einem solchen Auftrag interessiert wäre?«
»Er hat keine Wahl«, sagte Himmler. »Vor vier Tagen wurde

sein Vater unter dem Verdacht des Hochverrats festgenommen.«
»General Steiner?« fragte Radl betroffen.
»Ja, der alte Narr scheint sich mit den falschen Leuten eingelassen zu haben. Er wird eben jetzt nach Berlin gebracht.«
»In die... in die Prinz-Albrecht-Straße?«
»Wohin sonst? Sie sollten Steiner klarmachen, daß es nicht nur seinen eigenen Interessen förderlich wäre, wenn er dem Reich jetzt nach besten Kräften diente. Ein solcher Treuebeweis könnte auch das Schicksal seines Vaters entscheidend beeinflussen.« Radl war zutiefst entsetzt, aber Himmler sprach ungerührt weiter. »Jetzt ein paar konkrete Einzelheiten. Ich bitte um Vortrag über die Tarnungsmöglichkeiten, die Sie in Ihrem Exposé erwähnen. Das interessiert mich.«
Radl überkam ein Gefühl völliger Unwirklichkeit. Dieser furchtbare kleine Mann in der schwarzen Uniform, ehemaliger Hühnerzüchter und Düngemittelvertreter, brauchte nur einen Finger zu heben, um Tod und Vernichtung zu entfesseln. Und niemand war davor sicher – niemand. Radl wußte von Leuten, die nach dem Auftauchen der Gestapo spurlos verschwunden waren, ganze Familien, und er dachte an Trudi, seine Frau, und an die drei geliebten Töchter, und der gleiche verzweifelte Mut, der ihn durch den Winterkrieg geleitet hatte, durchströmte ihn aufs neue. Für sie, dachte er, für sie muß ich durchhalten. Um jeden Preis.
Er begann zu sprechen und staunte selbst über die Gelassenheit seiner Stimme. »Die Briten haben zahlreiche Kommandoregimenter, aber eine der erfolgreichsten war die von einem britischen Offizier namens Stirling gebildete Einheit, die hinter unseren Linien in Afrika operierte. Der *Special Air Service*.«
»Ah ja, der Mann, den sie den Phantommajor nannten.«
»Er wurde im Januar dieses Jahres gefangengenommen, Reichsführer. Soviel ich weiß, ist er jetzt in Colditz, aber die von ihm eingeleiteten Aktivitäten wurden nicht nur fortgesetzt, sondern sogar noch erweitert. Nach unseren Informationen sollen in

nächster Zeit, vermutlich zwecks Vorbereitung einer Invasion Europas, das erste und zweite SAS-Regiment und das dritte und vierte französische Fallschirmbataillon nach England verlegt werden. Sogar eine polnische Fallschirmschwadron ist dabei.«
»Und worauf wollen Sie hinaus?«
»Die reguläre Army weiß wenig über diese Einheiten. Ihre Aufgaben gelten allgemein als streng geheim, folglich dürfte niemand neugierige Fragen stellen.«
»Sie beabsichtigen demnach, unsere Leute als polnische Mitglieder einer solchen Einheit auftreten zu lassen?«
»Jawohl, Reichsführer.«
»Und die Uniformen?«
»In diesen Einheiten werden vorwiegend Tarnanzüge getragen, die denen der SS ziemlich ähnlich sind. Dazu die roten englischen Fallschirmjägermützen mit einem besonderen Abzeichen. Die Abwehr hat Vorräte an derartiger Kleidung, die gefangenen SAS-Leuten auf den griechischen Inseln, in Jugoslawien und Albanien abgenommen wurde.«
»Und die Ausrüstung?«
»Kein Problem. Die britische *Special-Operations*-Abteilung hat noch immer keine Ahnung, wie weit wir die holländische Widerstandsbewegung bereits unterwandert haben.«
»Partisanenbewegung«, korrigierte Himmler. »Aber sprechen Sie weiter.«
»Beinahe jede Nacht werfen die Briten Waffen, Sabotagegerät, Funkgerät und sogar Geld ab. Sie wissen noch immer nicht, daß die meisten bei ihnen eingehenden Funkmeldungen von der Abwehr stammen.«
»Mein Gott«, sagte Himmler, »und trotzdem geraten wir immer mehr in Bedrängnis.« Er stand auf, trat zum Feuer und wärmte sich die Hände. »Das Tragen von Feinduniformen ist eine höchst delikate Sache und nach der Genfer Konvention verboten. Es gibt dafür nur eine Strafe: Erschießung.«
»Das stimmt, Reichsführer.«

»In diesem Fall scheint mir ein Kompromiß vertretbar. Die Einsatztruppe würde unter den britischen Tarnanzügen normale Wehrmachtsuniformen tragen. Auf diese Weise würden sie als deutsche Solaten kämpfen, nicht als Gangster. Wenn nötig, könnten sie im passenden Moment, vielleicht kurz vor dem eigentlichen Angriff, ihre Maskerade abwerfen und in ihrer wahren Gestalt auftreten.«

Radl fand es die abstoßendste Idee, von der er jemals gehört hatte, aber er wußte, daß jeder Einwand sinnlos wäre. »Jawohl, Reichsführer.«

»Gut. Alles andere scheint mir eine reine Frage der Organisation zu sein. Luftwaffe und Marine sorgen für den Transport. Das ist kein Problem. Der Führerbefehl wird Ihnen alle Türen öffnen. Haben Sie noch Fragen?«

»Was Churchill selbst angeht«, sagte Radl. »Soll er lebend gefangengenommen werden? Ich glaube, dieser Punkt müßte geklärt werden.«

»Wenn möglich«, sagte Himmler. »Tot nur, wenn es nicht anders geht. Auf jeden Fall ist seine Ausschaltung wichtiger als das Überleben der Einsatztruppe. Das muß eindeutig klar sein.«

»Verstehe.«

»Gut. Wenn Sie gehen, wird Rossmann Ihnen eine geheime Telefonnummer aushändigen. Ich wünsche täglich über Ihre Fortschritte unterrichtet zu werden.« Er steckte Berichte und Karte wieder in den Umschlag und schob ihn über den Tisch.

»Zu Befehl, Reichsführer.« Radl faltete das kostbare Schreiben, steckte es wieder in das Kuvert und verstaute es unter seinem Waffenrock. Er nahm die Aktenmappe und seinen Ledermantel und ging zur Tür.

Himmler, der schon wieder zu schreiben begonnen hatte, sagte: »Oberst Radl.«

Radl wandte sich um. »Reichsführer?«

»Ihr Eid als deutscher Soldat, den Sie Führer und Reich geleistet haben. Sie wissen noch, wie er lautet?«

»Selbstverständlich, Reichsführer.«
Himmler blickte auf, sein Gesicht war kalt und rätselhaft.
»Wiederholen Sie ihn.«
Radl kannte die Worte gut, Worte, die jeder Deutsche in Uniform, vom Gefreiten bis zum Feldmarschall, schwören mußte. Er sagte: »Ich schwöre bei Gott diesen heiligen Eid, daß ich dem Führer des deuschen Reiches und Volkes Adolf Hitler, dem obersten Befehlshaber der Wehrmacht, unbedingten Gehorsam leisten und als tapferer Soldat bereit sein will, jederzeit für diesen Eid mein Leben einzusetzen.«
Die Augenhöhle brannte wieder wie Feuer, die tote Hand schmerzte. Himmler starrte ihn durch den Kneifer eisig an und nickte dann zufrieden. »Ausgezeichnet, Oberst Radl. Und merken Sie sich eins: Mißerfolg ist ein Zeichen von Schwäche.« Er beugte den Kopf wieder über seine Schreibarbeit, und Radl riß die Tür auf und ging mit weichen Knien hinaus.

Er hatte jetzt keine Lust mehr, in seine Wohnung zu gehen. Statt dessen ließ er sich von Rossmann am Tirpitzufer absetzen, ging hinauf in sein Büro und legte sich auf das schmale Feldbett. Aber er schlief nicht viel. Sooft er die Augen schloß, sah er den Kneifer, den kalten Blick, hörte die ruhige, sachliche Stimme. Eines stand fest – jedenfalls war er zu diesem Schluß gekommen, als er um fünf Uhr früh endlich kapitulierte und nach der Courvoisierflasche langte: Er mußte diese Sache durchstehen, nicht um seinetwillen, sondern wegen Trudi und der Kinder. Gestapo-Überwachung war für die meisten Leute schon schlimm genug. »Aber mich«, sagte er, als er das Licht wieder ausmachte, »mich hätte Himmler persönlich auf dem Kieker.« Danach schlief er, bis Hofer ihn um acht Uhr mit Kaffee und frischen Brötchen weckte. Radl stand auf, ging hinüber zum Fenster und aß im Stehen ein Brötchen. Der Morgen war grau, und es regnete stark. »War es ein schwerer Angriff, Hofer?«
»Nicht besonders. Acht Lancasters sollen abgeschossen worden sein.«

»Wenn Sie in die Innentasche meines Waffenrocks greifen, finden Sie einen Umschlag«, sagte Radl. »Lesen Sie das Schreiben, das darinsteckt.«
Er wartete, blickte hinaus in den Regen, und nach einiger Zeit drehte er sich um. Hofer starrte offensichtlich erschüttert auf das Schreiben. »Aber, was soll das bedeuten, Herr Oberst?«
»Unternehmen Churchill. Wir machen weiter. Der Führer will es. Hat mir Himmler persönlich gestern abend verpaßt.«
»Und der Admiral, Herr Oberst?«
»Soll nichts davon erfahren.«
Hofer starrte ihn in ehrlicher Ratlosigkeit an, das Blatt hielt er noch immer in der Hand. Radl nahm ihm das Schreiben ab und hielt es hoch. »Wir sind kleine Fische, Sie und ich, und in einem sehr großen Netz gefangen. Wir müssen sehen, wie wir durchkommen. Diese Weisung ist alles, was wir brauchen. Befehl vom Führer persönlich. Verstehen Sie?«
»Ich glaube schon.«
»Und vertrauen Sie mir?«
Hofer stand stramm. »Ich habe nie an Ihnen gezweifelt, Herr Oberst, nie.«
Radl war gerührt. »Gut, dann machen wir weiter wie bereits besprochen, unter Beachtung der strengsten Sicherheitsvorschriften.«
»Zu Befehl, Herr Oberst.«
»Also, Hofer, dann bringen Sie mir alles her. Alles, was wir haben. Wir wollen das Ganze nochmals durchgehen.«
Er ging wieder hinüber zum Fenster, öffnete es und schöpfte tief Atem. Von den Bränden der vergangenen Nacht lag noch Rauchgeruch in der Luft. Seltsam, wie tatkräftig er sich fühlte.

»Sie braucht einen Mann, Hofer.«
»Herr Oberst?« fragte Hofer.
Beide standen über den Schreibtisch gebeugt, auf dem Berichte und Karten ausgebreitet waren. »Mrs. Grey«, erklärte Radl, »sie braucht einen Mann.«

»Ach so, jetzt versteh' ich, Herr Oberst«, sagte Hofer. »Jemand mit einem breiten Buckel. Einen Handlanger.«
»Nein.« Radl runzelte die Stirn und nahm sich eine seiner russischen Zigaretten. »Auch einen hellen Kopf. Das ist sogar das Wichtigste.«
Hofer gab ihm Feuer. »Eine seltsame Mischung.«
»Kann man sagen. Wer arbeitet zur Zeit drüben in England für Abteilung eins, der uns helfen könnte? Ein hundertprozentig zuverlässiger Mann?«
»Wir haben vielleicht sieben, acht Agenten, die in Frage kommen könnten. Leute wie ›Schneewittchen‹ zum Beispiel. Arbeitet seit zwei Jahren beim Marinekommando in Portsmouth. Liefert uns regelmäßige und brauchbare Informationen über Nordatlantikkonvois.«
Radl schüttelte ungeduldig den Kopf. »Nein, niemand von dieser Sorte. Dieser Sektor ist zu wichtig. Hier dürfen wir nichts riskieren. Es muß doch weiß Gott noch andere geben?«
»Mindestens fünfzig.« Hofer zuckte die Achseln. »Leider hat die britische Spionageabwehr in den letzten eineinhalb Jahren recht erfolgreich gearbeitet.«
Mit Spionen wird in Kriegszeiten im allgemeinen kurzer Prozeß gemacht. Eine Ziegelmauer und ein Erschießungskommando. Aber der britische *Intelligence Service* war bereits zu Kriegsbeginn auf die interessante und verheerend einfache Idee gekommen, daß es weit vernünftiger sei, solche Personen »umzudrehen« und wieder in Umlauf zu bringen.
Wenig deutsche Spione wiesen diese praktisch einzige Überlebenschance zurück. Obwohl die Abwehr bald erkannte, was gespielt wurde, hatte sich die Zusammenarbeit mit den englischen Kontaktleuten erheblich erschwert, denn zunächst mußte jeder Agent als potentiell unzuverlässig betrachtet werden.
Radl stand auf und ging ans Fenster. Ungeduldig trat er von einem Fuß auf den anderen. Er war nicht ärgerlich, er war besorgt. Joanna Grey war achtundsechzig, und, ganz gleich wie begabt und zuverlässig sie war, sie brauchte einen Mann, einen

Handlanger, wie Hofer es ausgedrückt hatte. Ohne ihn könnte das ganze Unternehmen scheitern.
Der Phantomschmerz in der linken Hand war wieder da, ein sicheres Zeichen nervöser Hochspannung, und sein Kopf wollte bersten. »Mißerfolg ist ein Zeichen von Schwäche, Herr Oberst«, hatte Himmler mit eisigem Blick gesagt. Radl schauderte unwillkürlich.
Hofer sagte zögernd: »Natürlich wären da auch noch die Iren.«
»Was sagten Sie?«
»Die Iren, Herr Oberst. Die Irische Republikanische Armee.«
»Völlig unbrauchbar«, winkte Radl ab. »Unsere Kontakte zur IRA sind längst hochgegangen, Sie wissen doch, nach dem Fiasko mit Goertz und den übrigen Agenten. Das Ganze war ein totaler Fehlschlag.«
»Nicht völlig, Herr Oberst.« Hofer öffnete einen Aktenschrank, zog einen dünnen Umschlag heraus und legte ihn auf den Schreibtisch. Radl hatte kaum einen Blick auf den Inhalt geworfen, als eine jähe Wandlung mit ihm vorging. Sein Auge funkelte vor Erregung.
»Aber natürlich! ... Und er ist noch immer hier? An der Universität?«
»Soviel ich weiß, ja. Gelegentlich übernimmt er auch Übersetzungsarbeiten.«
»Und wie nennt er sich jetzt?«
»Devlin. Liam Devlin.«
»Her mit ihm!«
»Jetzt, Herr Oberst?«
»Sie haben richtig gehört. Vor Ablauf einer Stunde will ich ihn hier haben. Und wenn Sie ganz Berlin auf den Kopf stellen müssen. Und wenn Sie die Gestapo einschalten müssen.«
Hofer schlug die Hacken zusammen und eilte hinaus. Radl zündete sich mit zitternden Fingern eine Zigarette an und begann mit der Lektüre der Akte.

Er hatte mit seiner Bemerkung von vorhin ziemlich richtig gelegen. Seit Kriegsbeginn war jeder deutsche Versuch einer Zusammenarbeit mit der IRA kläglich gescheitert, wahrscheinlich der wundeste Punkt in der ganzen Abwehrtätigkeit.
Keiner der deutschen Agenten, die nach Irland geschickt worden waren, hatte irgend etwas Brauchbares geleistet. Nur ein einziger hatte sich überhaupt längere Zeit drüben halten können, Hauptmann Goertz, der im Mai 1940 aus einer Heinkel über Meath abgesetzt worden war und neunzehn Monate lang zwar auf freiem Fuß bleiben, aber nichts ausrichten konnte.
Goertz sah die IRA als einen Haufen hoffnungsloser Amateure, die keinerlei Rat annehmen wollten. Wie er Jahre später sagte, verstanden sie sich darauf, für Irland zu sterben, aber für Irland zu kämpfen, verstanden sie nicht, und die deutschen Hoffnungen auf regelmäßige Angriffe gegen britische Armee-Einrichtungen in Ulster schwanden dahin.
Das alles war Radl längst bekannt. Neugierig hingegen war er auf den Mann, der sich Liam Devlin nannte. Devlin war bereits einmal für die Abwehr über Irland abgesprungen und hatte nicht nur überlebt, sondern sich schließlich sogar wieder bis nach Deutschland durchgeschlagen, eine einmalige Leistung.
Liam Devlin war im Juli 1908 in Lismore in Nordirland zur Welt gekommen, als Sohn eines Kleinpächters, der während des Englisch-Irischen Kriegs 1921 wegen seiner Zugehörigkeit zu einer fliegenden IRA-Kolonne hingerichtet wurde. Die Mutter des Jungen war zu ihrem Bruder gezogen, einem katholischen Priester im Falls-Road-Viertel in Belfast, um ihm den Haushalt zu führen, und dieser Onkel hatte Devlin den Besuch eines Jesuiteninternats im Süden ermöglicht. Danach schaffte er es ins Trinity College in Dublin, wo er mit Auszeichnung in Englischer Literatur promovierte.
Er veröffentlichte ein paar Gedichte, strebte den Journalistenberuf an und wäre vermutlich ein erfolgreicher Schriftsteller geworden, hätte sich nicht 1931 jener Vorfall abgespielt, der seinem ganzen ferneren Leben eine völlig neue Wendung geben

sollte. Ein Besuch bei den Seinen in Belfast in diesem Jahr fiel in eine Periode schwerer Auseinandersetzungen zwischen den Konfessionen, und er wurde Zeuge, wie eine Horde irischer Protestanten die Kirche seines Onkels plünderte. Der alte Priester wurde so brutal geschlagen, daß er ein Auge verlor. Von diesem Augenblick an hatte Devlin sich mit Leib und Seele der republikanischen Sache verschrieben.

Bei einem Banküberfall in Derry, den er 1932 ausführte, um für die Bewegung Geld zu beschaffen, wurde er in ein Feuergefecht mit der Polizei verwickelt und zu zehn Jahren Gefängnis verurteilt. 1934 brach er aus der Strafanstalt Crumlin Road aus und organisierte als Flüchtling die Verteidigung der katholischen Stadtviertel in Belfast während der Unruhen von 1935.

1936 ging er nach Spanien und kämpfte in der Lincoln-Washington-Brigade. Er wurde verwundet und von den Italienern gefangengenommen, jedoch nicht erschossen, sondern für einen möglichen Austausch gegen einen italienischen Offizier in Gewahrsam gehalten. Es kam zwar nie zu einem solchen Austausch, aber er hatte auf diese Weise wenigstens den Krieg überlebt. Schließlich verurteilte ihn die Regierung Franco zu lebenslänglicher Haft.

Im Herbst 1940 wurde er auf Betreiben der Abwehr freigelassen und nach Berlin gebracht, da man hoffte, ihn für den deutschen Geheimdienst einsetzen zu können. Bedauerlicherweise stellte sich jedoch heraus, daß Devlin zwar wenig für die Kommunisten übrig hatte, aber auch entschiedener Antifaschist war, eine Tatsache, die er während seiner Befragung eindeutig klar machte. Da er folglich als schweres Sicherheitsrisiko galt, beschloß man, ihn nur für unbedeutendere Übersetzungsarbeiten und für englische Vorlesungen an der Berliner Universität zu verwenden.

Dann jedoch kam die dramatische Wende. Die Abwehr hatte bereits mehrere Versuche unternommen, Goertz aus Irland herauszuholen. Alle waren gescheitert. In ihrer Verzweiflung hatte die Irland-Abteilung sich an Devlin gewandt und ihn

beauftragt, mit gefälschten Papieren über Irland abzuspringen, mit Goertz Kontakt aufzunehmen und ihn auf einem portugiesischen oder einem sonstigen neutralen Schiff herauszuschmuggeln. Devlin wurde am 18. Oktober 1941 in Meath abgesetzt, aber noch ehe er sich mit Goertz in Verbindung setzen konnte, wurde dieser von der Irland-Abteilung des britischen Geheimdienstes festgenommen.
Devlin hatte aufreibende Monate im Untergrund verbracht, auf Schritt und Tritt von Verrat bedroht, denn die irische Regierung hatte so viele IRA-Anhänger im Curragh interniert, daß kaum noch zuverlässige Leute übrigblieben. Im Juni 1942 stellte ihn die Polizei in einem Bauernhaus in Kerry, er verwundete zwei Polizisten und verlor das Bewußtsein, als ihn ein Streifschuß an der Stirn traf. Er floh jedoch aus dem Krankenhaus, schlug sich nach Dun Laoghaire durch und gelangte auf einem brasilianischen Schiff nach Lissabon. Von dort wurde er via Spanien durch die üblichen Kanäle geschleust, bis er wieder im Büro am Tirpitzufer auftauchte.
Seitdem war Irland, jedenfalls für die Abwehr, tot und gestorben, und Liam Devlin konnte sich wieder mit seinen Übersetzungen amüsieren und gelegentlich auch mit einem Lehrauftrag in Englischer Literatur an der Universität von Berlin.

Kurz vor Mittag kam Hofer ins Büro zurück. »Ich hab' ihn, Herr Oberst.«
Radl blickte auf und legte die Feder hin. »Devlin?« Er stand auf und ging zum Fenster, zog seinen Waffenrock stramm und versuchte zu überlegen, was er sagen würde. Jetzt durfte nichts mehr schiefgehen. Und Devlin würde mit Vorsicht zu behandeln sein. Schließlich war er Bürger eines neutralen Landes. Er hörte die Tür aufgehen und drehte sich um.
Liam Devlin war kleiner, als er ihn sich vorgestellt hatte. Höchstens einen Meter achtundsechzig. Er hatte dunkles, gewelltes Haar, ein blasses Gesicht, die strahlendsten blauen Augen, die Radl jemals gesehen hatte, und ein leicht ironisches

Lächeln, das ständig einen Mundwinkel hochzog. Die Miene eines Mannes, der das Leben als schlechten Witz erkannt und beschlossen hat, sich lachend damit abzufinden. Er trug einen schwarzen, gegürteten Trenchcoat. An der linken Stirnseite sah man deutlich die häßlich vernarbte Schußwunde, die er sich bei seinem letzten Irlandaufenthalt geholt hatte.
»Mr. Devlin.« Radl ging um den Schreibtisch herum und streckte ihm die Hand entgegen. »Mein Name ist Radl, Oberst Radl. Ich freue mich, daß Sie gekommen sind.«
»Ganz meinerseits«, sagte Devlin in perfektem Deutsch. »Ich hatte den Eindruck, daß mir nicht viel anderes übrigbliebe.« Er trat näher und knöpfte den Mantel auf. »Das ist also die berühmte Abteilung drei?«
»Bitte, Mr. Devlin.« Radl schob einen Stuhl heran und bot ihm eine Zigarette an. Dann brachte er die Flasche Courvoisier und zwei Gläser zum Vorschein. »Kognak?«
»Zu gütig«, erwiderte Devlin, nahm das Glas, trank und schloß sekundenlang die Augen. »Zwar nichts Irisches, aber wir können trotzdem dabei bleiben. Wann kommt denn das dicke Ende? Als ich das letztemal zum Tirpitzufer zitiert wurde, mußte ich aus achtzehnhundert Meter Höhe im Dunkeln aus einer Dornier über Meath abspringen, ausgerechnet ich mit meiner Höhenscheu.«
»Also gut, Mr. Devlin«, sagte Radl. »Wir haben Arbeit für Sie, wenn Sie interessiert sind.«
»Ich habe bereits meine Arbeit.«
»An der Universität? Na hören Sie, ein Mann wie Sie muß sich doch dort vorkommen wie ein Rennpferd, das vor einen Milchwagen gespannt ist.«
Devlin warf den Kopf zurück und lachte schallend. »Ach, Herr Oberst, Sie haben meinen schwachen Punkt sofort entdeckt. Eitelkeit, Eitelkeit. Schmeicheln Sie mir noch ein Weilchen so, und ich fange an zu schnurren wie Onkel Seans alter Kater. Wollen Sie mir etwa auf die denkbar schonendste Weise beibringen, daß ich wieder einmal nach Irland soll? Wenn ja, dann

bemühen Sie sich vergeblich. Ich hätte nicht die geringste Chance, auch nur für kurze Zeit auf freiem Fuß zu bleiben, und ich habe nicht die geringste Lust, die nächsten fünf Jahre in Curragh einzusitzen. Von Gefängnissen habe ich nämlich die Nase voll.«

»Irland ist aber noch immer neutral. Mr. de Valera hat ausdrücklich erklärt, daß sein Land nicht in den Krieg eintreten werde.«

»Ja, ich weiß«, sagte Devlin. »Deshalb dienen hunderttausend Iren in den britischen Streitkräften. Und noch etwas. Sooft eine Maschine der Royal Air Force in Irland notlanden muß, wird die Besatzung innerhalb weniger Tage über die Grenze geschafft. Wie viele deutsche Piloten haben sie Ihnen in letzter Zeit zurückgeschickt?« Devlin grinste unverschämt. »Oder haben sich Ihre Helden vielleicht inzwischen so an all die köstliche Butter und Sahne und die knusprigen Mädchen gewöhnt, daß sie nicht mehr weg wollen?«

»Nein, Mr. Devlin, wir haben nicht vor, Sie nach Irland zu schicken«, sagte Radl. »Wenigstens nicht so, wie Sie es sich vorstellen.«

»Was, zum Teufel, wollen Sie dann?«

»Zuerst eine Frage, wenn Sie erlauben. Sind Sie noch immer IRA-Anhänger?«

»Ich bin IRA-Soldat«, verbesserte ihn Devlin. »Wir haben eine Redensart drüben: einmal rein, nie mehr raus.«

»Demnach ist Ihr eigentliches Ziel letztlich der Sieg über England.«

»Wenn Sie ein geeintes und freies Irland meinen, das auf eigenen Füßen steht, dann stimme ich Ihnen zu. Aber daran glaube ich erst, wenn es soweit ist, nicht eher.«

Radl wunderte sich. »Warum kämpfen Sie dann?«

»Sie können, weiß Gott, Fragen stellen.« Devlin zuckte die Achseln. »Immer noch besser, als sich sonnabends vor *Murphy's Select Bar* zu prügeln. Vielleicht macht mir das Spiel aber auch einfach Spaß!«

»Und worin würde das Spiel bestehen?«
»Sie wollen mir doch nicht sagen, daß ausgerechnet Sie das nicht wissen?«
Aus irgendeinem Grund fühlte Radl sich seltsam verlegen und sagte daher rasch: »Demnach haben Sie also für die Tätigkeit Ihrer Landsleute, in London zum Beispiel, nichts übrig?«
»In Bayswater rumlungern und im Kochtopf ihrer Wirtin Paxo brauen?« sagte Devlin. »Nein, danke.«
»Paxo?« fragte Radl verständnislos.
»Ein Scherz. Paxo ist eine bekannte kochfertige Soße, und die Jungens haben danach die Sprengladungen benannt, die sie zusammenmixen. Kaliumchlorat, Schwefelsäure und ein paar ähnliche Delikatessen.«
»Ein gefährliches Gebräu.«
»Besonders, wenn Sie's ins Gesicht kriegen.«
»Diesen Sprengstoffterror, den Ihre Leute im Januar neunzehnhundertneununddreißig starteten, als sie dem britischen Premierminister ihr Ultimatum schickten... Waren Sie damit einverstanden?«
»Nein, ich bin nicht für den hinterhältigen Angriff aus dem Dunkeln auf Frauen, Kinder, Passanten. Wer wirklich kämpfen will, wer an seine Sache glaubt, an eine gerechte Sache, der soll sich auf die Hinterbeine stellen und kämpfen wie ein Mann.« Sein Gesicht war weiß geworden und hart, die Narbe auf seiner Stirn glühte wie ein Brandmal. Genauso plötzlich entspannte er sich wieder und lachte. »Das kommt davon, warum mußten Sie unbedingt den edlen Ritter in mir wecken. Dafür ist es noch viel zu früh am Morgen.«
»Sieh mal an, Moralist«, sagte Radl. »Die Engländer sind da anderer Meinung. Sie werfen Nacht für Nacht tonnenweise Bomben auf das Reichsgebiet.«
»Wenn Sie so weitermachen, fange ich noch an zu weinen. Vergessen Sie nicht, daß ich in Spanien für die Republikaner gekämpft habe. Was, zum Teufel, glauben Sie, haben die

deutschen Stukas gemacht, die für Franco geflogen sind? Schon mal was von Barcelona oder Guernica gehört?«
»Seltsam, Mr. Devlin, Sie mögen uns ganz offensichtlich nicht, und ich dachte immer, Ihr Haß gelte den Engländern?«
»Den Engländern?« Devlin lachte. »Die sind wie eine Schwiegermutter. Etwas, womit man sich eben abfinden muß. Nein, ich *hasse* die Engländer nicht, ich hasse das verdammte britische Empire.«
»Sie möchten also, daß Irland frei wird.«
»Ja.« Devlin nahm sich noch eine Zigarette.
»Stimmen Sie mir dann zu, daß von Ihrer Sicht aus dieses Ziel am besten damit erreicht würde, daß Deutschland diesen Krieg gewinnt?«
»Und daß Schweine nächstens Flügel haben«, erwiderte Devlin, »aber ich bezweifle es.«
»Warum bleiben Sie dann hier in Berlin?«
»Bleibt mir denn eine andere Wahl?«
»Gewiß, Mr. Devlin«, sagte Radl ruhig. »Sie können für mich nach England gehen.«
Devlin starrte ihn sprachlos an, dann entfuhr es ihm: »Gott behüte, der Mann ist verrückt geworden!«
»Nein, Mr. Devlin, ich bin durchaus klar, glauben Sie mir.« Radl schob die Courvoisierflasche über den Schreibtisch und legte den Umschlag daneben. »Trinken Sie noch einen und lesen Sie diese Akte in aller Ruhe durch, danach sprechen wir nochmals über die Sache.«
Radl stand auf und ging hinaus.

Radl ging inzwischen im Vorzimmer mit Hofer die Post durch und unterschrieb ein paar Briefe. Dann trank er Kaffee und wartete nervös und aufgeregt, denn von Devlins Entscheidung hing eine ganze Menge ab. Er wußte, daß Devlin der einzig Richtige für diese Aufgabe sein würde, genau wie Steiner, und daß niemand ihn ersetzen könnte. Als sich nach einer halben Stunde noch immer nichts rührte, gab sich Radl einen Ruck,

öffnete die Tür und ging hinein. Devlin hatte die Füße auf den Schreibtisch gelegt, hielt in der einen Hand Joanna Greys Bericht und in der anderen ein Glas Courvoisier. Der Pegel in der Flasche hatte sich beträchtlich gesenkt. Er blickte auf. »Na endlich. Ich fragte mich schon, wo Sie stecken mochten.«
»Also, was meinen Sie«, sagte Radl rundheraus. »Glauben Sie, es könnte klappen? Halten Sie es für möglich?«
»Frech genug ist es.« Devlin warf den Bericht auf den Schreibtisch. »Und ich dachte immer, die Iren wären die größten Tollköpfe. Den großen Winston Churchill mitten in der Nacht aus dem Bett schnappen und ab damit!« Er lachte schallend. »Ein Bild für die Götter. Die ganze Welt würde kopfstehen vor Staunen.«
»Ein Streich nach Ihrem Geschmack?«
»Großartig ausgeheckt, klar.« Devlin grinste breit, auch noch, als er hinzufügte: »Natürlich liegt es auf der Hand, daß sich am Verlauf des Krieges dadurch nicht das geringste ändern würde. Die Engländer lassen einfach Attlee auf den freien Posten nachrücken, die Lancasters werden nach wie vor Nacht für Nacht herüberkommen und die Fliegenden Festungen am Tag.«
»Mit anderen Worten, Sie sind fest überzeugt, daß wir den Krieg trotzdem verlieren?«
»Würde jederzeit einen Fünfziger darauf setzen«, sagte Devlin. »Andererseits ließe ich mir diese kleine Spritztour ungern entgehen, das heißt, wenn es Ihnen wirklich ernst damit ist.«
»Soll das heißen, Sie würden hinübergehen?« Radl war jetzt wirklich verwirrt. »Das verstehe ich nicht. Warum?«
»Ich weiß, daß ich ein Narr bin«, sagte Devlin. »Sehen Sie bloß, was ich aufgebe: eine nette, sichere Arbeit an der Universität Berlin, jede Nacht Besuch von der Royal Air Force und am Tag von den Yankees, immer weniger zu essen und die Ostfront immer näher vor der Tür.«
Radl lächelte gequält. »Schön, dann erübrigen sich alle weiteren Fragen. Die Iren sind tatsächlich verrückt. Das hab' ich schon oft gehört, jetzt weiß ich's sicher.«

»Vergessen Sie's nur nicht wieder. Und natürlich dürfen wir auch die zwanzigtausend Pfund nicht vergessen, die Sie auf ein von mir zu benennendes Konto in Genf einzahlen werden.«
Radl empfand einen Stich der Enttäuschung. »Also haben auch Sie, Mr. Devlin, Ihren Preis wie wir gewöhnlichen Sterblichen?«
»Die Bewegung, der ich diene, leidet an notorischem Geldmangel«, erwiderte Devlin und grinste wieder. »Ich weiß von Revolutionen, die mit weniger als zwanzigtausend Pfund gestartet wurden, Herr Oberst.«
»In Ordnung«, sagte Radl. »Wird erledigt. Der Einzahlungsbeleg wird Ihnen noch vor Ihrer ... Abreise zugehen.«
»Gut«, sagte Devlin. »Und wie geht's jetzt weiter?«
»Heute ist der erste Oktober. Bleiben uns also noch genau fünf Wochen.«
»Und was wäre meine Rolle?«
»Mrs. Grey ist eine erstklassige Agentin, aber sie ist achtundsechzig. Sie braucht einen Mann.«
»Einen, der ihr die Laufereien abnimmt. Die grobe Arbeit erledigt?«
»Stimmt genau.«
»Wie schaffen Sie mich hinüber? Sagen Sie bloß nicht, Sie hätten sich's noch nicht überlegt.«
Radl lächelte. »Ich muß gestehen, daß ich bereits gründlich darüber nachgedacht habe. Mal sehen, wie Ihnen folgendes gefällt: Sie sind irischer Staatsbürger und haben in der britischen Army gekämpft. Schwer verwundet, dienstunfähig und entlassen. Diese Narbe auf Ihrer Stirn ist der Beweis.«
»Und wie stehe ich zu Mrs. Grey?«
»Sie ist eine alte Freundin Ihrer Familie, die Ihnen eine Anstellung in Norfolk verschafft hat. Wir müssen ihr das Problem vorlegen und sehen, was sie sich einfallen läßt. Dann machen wir die Geschichte hieb- und stichfest, liefern Ihnen alle nötigen Papiere von einem irischen Paß bis zu Ihren Entlassungspapieren aus der Army. Was meinen Sie?«

»Nicht ohne«, sagte Devlin. »Aber wie komme ich rüber?«
»Wir setzen Sie per Fallschirm in Südirland ab. So nah wie möglich an der Grenze zu Ulster. Die geeignete Stelle habe ich noch nicht gefunden, aber Sie können uns da sicher Hinweise geben. Soviel ich weiß, kann man die Grenze ganz leicht zu Fuß überschreiten, ohne einen Grenzposten zu passieren.«
»Kein Problem«, sagte Devlin. »Und danach?«
»Nachtfähre von Belfast nach Heysham, per Bahn nach Norfolk, alles offen und ehrlich. Warum auch nicht, Sie sind mit allen Dokumenten versehen. Bei Ihrer Ankunft wird Mrs. Grey sich um Sie kümmern.«
Devlin zog die Generalstabskarte heran und studierte sie. »In Ordnung, der Handel gilt. Wann geht's ab?«
»In einer Woche, allerhöchstens in zehn Tagen. Ab sofort sind strengste Sicherheitsmaßnahmen zu treffen. Sie müssen Ihren Posten an der Universität kündigen und Ihre Wohnung aufgeben. Verschwinden Sie völlig von der Bildfläche. Hofer wird Ihnen eine neue Unterkunft besorgen.«
»Weiter.«
»Ich werde den Mann aufsuchen, der wahrscheinlich die Kommandoeinheit befehligen wird. Morgen oder übermorgen, je nachdem, wann ich einen Flug zur Kanalinsel Alderney kriegen kann. Wenn Sie wollen, können Sie ja mitkommen. Schließlich werden Sie beide in einem Boot sitzen. Ja?«
»Warum nicht, Herr Oberst? Alle Wege führen zur Hölle, oder?« Er goß den Rest aus der Courvoisierflasche in sein Glas und erhob es auf Radls Wohl. »Tut mir leid, daß es gerade noch für mich allein reicht, aber wissen Sie, ich war schon immer ein krasser Egoist.« Er lehrte das Glas auf einen Zug.

4

Alderney liegt von allen Kanalinseln am nördlichsten und der französischen Küste am nächsten. Als im Sommer 1940 das deutsche Heer unaufhaltsam westwärts rollte, hatten sich die Inselbewohner für die Evakuierung entschieden. Am 2. Juli 1940, bei der Landung der ersten Maschine auf dem schmalen Grasstreifen über den Klippen, war niemand mehr auf der Insel, in den engen holprigen Straßen von St. Anne herrschte gespenstische Stille.

Im Herbst 1942 gab es eine Garnison von etwa dreitausend Mann aus Heer, Marine und Luftwaffe und ein paar Arbeitslager der Organisation Todt, die Zwangsarbeiter vom Festland zum Bau massiver Betonbunker an der neuen Befestigungslinie einsetzte.

Es gab ein Konzentrationslager mit SS- und Gestapopersonal, die einzige derartige Einrichtung, die jemals auf britischem Boden existieren sollte.

Am Sonntag, kurz nach Mittag, flogen Radl und Devlin in einem Fieseler Storch von Jersey herüber. Da der Flug nur eine halbe Stunde dauerte und der Storch unbewaffnet war, flog der Pilot die gesamte Strecke knapp über Meereshöhe und stieg erst im letzten Moment auf zweihundertfünfzig Meter.

Als das Flugzeug über der gewaltigen Mole kurvte, lag Alderney wie auf einer Landkarte unter ihnen. Die Bucht von Braye, sattgrün, Steilklippen auf der einen Seite, zu Sandstränden und kleinen Buchten sanft abfallendes Gelände auf der anderen.

Der Storch drehte in den Wind und landete auf einer der Graspisten des Flugplatzes über den Klippen. Es war einer der kleinsten, den Radl je gesehen hatte, und verdiente diesen Namen kaum. Ein winziger Kontrollturm, ein paar verstreute Baracken und keine Hangars.

Ein schwarzer Wolseley parkte neben dem Kontrollturm, und als Radl und Devlin auf den Wagen zugingen, stieg der Fahrer, ein Artillerieunteroffizier, aus und öffnete den rückwärtigen

Schlag. Er salutierte. »Oberst Radl? Der Herr Kommandant läßt Sie willkommen heißen. Ich soll Sie direkt zur Feldkommandantur fahren.«
»In Ordnung«, sagte Radl.
Sie stiegen ein, der Wagen fuhr ab und bog alsbald in eine Landstraße ein. Es war ein schöner Tag, warm und sonnig, eher später Frühling als Frühherbst.
»Scheint recht nett zu sein hier«, bemerkte Radl. »Nicht für alle«, erwiderte Devlin und wies mit dem Kopf nach links, wo man in der Ferne Hunderte von Arbeitern der Organisation Todt sah, die an einer gewaltigen Betonbefestigung schufteten. Die Häuser von St. Anne waren eine Mischung aus französischer Kleinstadtarchitektur und georgianischem Stil, die Straßen mit Kopfsteinen gepflastert, die Gärten zum Schutz vor dem ständigen Wind hoch ummauert. Der Krieg hatte überall seine Zeichen gesetzt: Geschützbunker, Stacheldraht, Maschinengewehrnester, Bombenschäden im Hafen drunten – doch am meisten faszinierte Radl, wie englisch hier alles war. Immerhin kein alltäglicher Anblick, wenn zwei SS-Männer in einem Kübelwagen am Connaught Square parkten und ein Gefreiter der Luftwaffe einem Kameraden unter einem Schild mit der Aufschrift *Royal Mail* Feuer gab.
Die Feldkommandantur 515, die deutsche Zivilverwaltung für die Kanalinseln, hatte ihr Hauptquartier im alten Gebäude der Lloyds Bank in der Victoria Street, und als der Wagen draußen vorfuhr, erschien Neuhoff persönlich unter der Tür. Er ging mit ausgestreckter Hand auf Radl zu. »Oberst Radl? Oberst Neuhoff, derzeitiger Kommandant der Insel. Freut mich, Sie zu sehen.«
Radl sagte: »Dieser Herr ist einer meiner Mitarbeiter.«
Er machte keine weitere Anstalten, Devlin vorzustellen, und sofort zeigte sich in Neuhoffs Blick eine gewisse Bestürzung, denn Devlin sah in seinem Zivilanzug und dem schwarzledernen Militärmantel ohne Rangzeichen, den Radl ihm besorgt hatte, recht merkwürdig aus. Zwangsläufig mußte man ihn für

einen Gestapomann halten. Auf der Reise von Berlin in die Bretagne und dann weiter nach Guernsey hatte der Ire den gleichen argwöhnischen Blick auch schon bei anderen Leuten beobachtet und eine gewisse boshafte Genugtuung dabei empfunden.
»Herr Oberst«, sagte er und machte keine Anstalten zu einem Händedruck.
Neuhoff, beunruhigter denn je, sagte hastig: »Wenn Sie mir bitte folgen würden, meine Herren.«
Drinnen arbeiteten drei Schreibkräfte an der Mahagonitheke. Hinter ihnen an der Wand hing ein neues Plakat des Propagandaministeriums. Es zeigte einen Adler mit einem Hakenkreuz in den Klauen und stolz gebreiteten Schwingen über der Inschrift: *Am Ende steht der Sieg!*
»Mein Gott«, sagte Devlin leise. »Manche Leute kapieren's nie.«
Ein Feldjäger stand vor der Tür des ehemaligen Direktionsbüros Wache. Neuhoff führte seine Besucher hinein. Es war dürftig möbliert, mehr Arbeitszimmer als Repräsentationsraum. Neuhoff brachte zwei Stühle. Radl nahm Platz, Devlin hingegen zündete sich eine Zigarette an und stellte sich ans Fenster.
Neuhoff blickte unsicher zu ihm hinüber und versuchte zu lächeln. »Darf ich den Herren etwas zu trinken anbieten? Schnaps oder vielleicht einen Kognak?«
»Ehrlich gesagt würde ich am liebsten sofort zum Geschäft kommen«, erwiderte Radl.
»Ganz wie Sie wünschen, Oberst Radl.«
Radl knöpfte seinen Waffenrock auf, nahm den Umschlag aus der inneren Brusttasche und zog das Schreiben hervor. »Bitte lesen Sie.«
Neuhoff nahm das Blatt, blickte es ehrfürchtig an und überflog den Inhalt. »Führerbefehl.« Er sah zu Radl auf. »Aber ich verstehe nicht. Was wünschen Sie von mir?«
»Ihre volle Unterstützung, Oberst Neuhoff«, sagte Radl. »Und

keine Fragen. Sie haben doch eine Strafeinheit hier, nicht wahr? Operation Schwertfisch.«
Devlin bemerkte sofort den neuen Argwohn in Neuhoffs Augen, der Oberst schien zu erstarren.
»Ja, das stimmt. Unter der Führung von Oberstleutnant Steiner von den Fallschirmjägern.«
»So wurde mir berichtet«, sagte Radl. »Oberstleutnant Steiner, ein Leutnant Neumann und neunundzwanzig Fallschirmjäger.«
Neuhoff berichtigte ihn. »Oberstleutnant Steiner, Leutnant Neumann und vierzehn Fallschirmjäger.«
Radl starrte ihn überrascht an. »Was sagen Sie? Wo sind die übrigen?«
»Tot, Herr Oberst«, sagte Neuhoff schlicht. »Ist Ihnen Operation Schwertfisch bekannt? Wissen Sie, was diese Männer tun? Sie reiten auf Torpedos und...«
»Ich bin im Bilde.« Radl stand auf, nahm den Führerbefehl wieder an sich und steckte ihn in den Umschlag zurück. »Sind für heute noch Einsätze geplant?«
»Das kommt darauf an, ob wir Radarkontakt bekommen.«
»Schluß damit«, sagte Radl. »Wird eingestellt, und zwar augenblicklich.« Er hielt den Umschlag hoch. »Mein erster Befehl im Rahmen dieser Vollmacht.«
Jetzt lächelte Neuhoff. »Einen solchen Befehl erfülle ich mit Freuden.«
»Verstehe«, sagte Radl. »Sie sind mit Oberstleutnant Steiner befreundet?«
»Ich habe die Ehre«, sagte Neuhoff. »Wenn Sie den Mann kennen würden, wüßten Sie, was ich meine. Dazu kommt noch, daß jemand mit Steiners ungewöhnlichen Fähigkeiten dem Reich lebend mehr nützen kann als tot.«
»Genau deshalb bin ich hier«, sagte Radl. »Also, wo kann ich ihn finden?«
»Kurz vorm Hafen ist ein Gasthaus. Dort haben Steiner und seine Leute ihr Quartier aufgeschlagen. Ich bringe Sie hin.«

»Nicht nötig«, sagte Radl. »Ich möchte ihn allein sprechen. Ist es weit?«
»Ein paar hundert Meter.«
»Gut, dann gehen wir zu Fuß.«
Neuhoff stand auf. »Können Sie schon sagen, wie lange Sie hierbleiben werden?«
»Der Fieseler Storch wird uns morgen in aller Frühe abholen«, sagte Radl. »Wir müssen den Flugplatz auf Jersey unbedingt bis elf Uhr erreichen. Dann geht nämlich unsere Maschine in die Bretagne ab.«
»Ich werde für Sie und ... und Ihren Begleiter Unterkunft besorgen«, sagte Neuhoff mit einem neuerlichen Seitenblick auf Devlin. »Und würden Sie heute mit mir zu Abend essen? Meine Frau würde sich freuen, und vielleicht könnte Oberstleutnant Steiner auch dabeisein.«
»Ausgezeichnete Idee«, sagte Radl. »Mit größtem Vergnügen.«
Als sie die Victoria Street entlanggingen, vorbei an den leeren Häusern und den heruntergelassenen Rolläden der Geschäfte, sagte Devlin: »Was ist denn in Sie gefahren? Sie haben ja markige Töne angeschlagen. Sticht uns der Hafer heute, wie?«
Radl lachte und sah ein wenig beschämt aus. »Sooft ich dieses verdammte Schreiben raushole, kriege ich ein ganz komisches Gefühl. Ein Gefühl von ... von Macht. Ich komme mir vor wie der Hauptmann in der Bibel, der zu dem einen sagt: Gehe hin! so geht er, und zum anderen: Komm her! so kommt er.«
Als sie in die Braye Road einbogen, überholte sie ein Kübelwagen mit dem Unteroffizier am Steuer, der sie vom Flugplatz abgeholt hatte.
»Oberst Neuhoff läßt unser Kommen melden«, bemerkte Radl. »Ich habe mich schon gefragt, ob er's tun würde.«
»Ich glaube, er hält mich für einen Gestapomann«, sagte Devlin. »Er hatte Angst.«
»Vielleicht«, sagte Radl. »Und Sie, Devlin? Haben Sie noch nie Angst gehabt?«
»Nicht, soweit ich mich erinnern kann. Ich will Ihnen aber was

erzählen, was ich noch keiner lebenden Seele erzählt habe. Sogar in Augenblicken höchster Gefahr, und ich habe weiß Gott schon einige hinter mir, sogar, wenn ich dem Tod direkt in die Augen gesehen habe, überkommt mich ein ganz eigenes Gefühl. Am liebsten würde ich den Arm ausstrecken und ihn bei der Hand fassen. Haben Sie schon mal so was gehört?«

Walther Neumann hockte im schwarzen Kampfschwimmeranzug auf einem Torpedo, der an dem tuckernden Rettungsboot Nummer eins vertäut war, als der Kübelwagen den Hafendamm entlangraste und dann stehenblieb. Neumann hielt die Hand über die Augen, weil ihn die Sonne blendete, und blinzelte Feldwebel Brandt an. »Warum so eilig?« rief Neumann. »Ist der Krieg aus?«
»Stunk, Herr Leutnant«, sagte Brandt. »Ein Stabsoffizier ist von Jersey rübergeflogen. Ein Oberst Radl. Er ist wegen dem Oberstleutnant gekommen. Wir haben gerade einen Wink aus der Victoria Street gekriegt.«
»Stabsoffizier?« sagte Neumann, zog sich über die Reling des Rettungsboots und nahm das Handtuch, das der Gefreite Riedel ihm reichte. »Woher?«
»Aus Berlin!« sagte Brandt grimmig. »Und er hat noch einen dabei, als Zivilist verkleidet. Ist aber keiner.«
»Gestapo?«
»Sieht ganz so aus. Sie kommen jetzt hier runter ... zu Fuß.«
Neumann zog seine Sprungstiefel an und kletterte die Leiter zum Hafendamm hoch. »Wissen es die Jungens?«
Brandt nickte wütend. »Und es gefällt ihnen gar nicht. Wenn sie rauskriegen, daß er den Oberstleutnant in die Zange nehmen will, dann sind sie imstand und schmeißen ihn und seinen Begleiter ins Hafenbecken, jeden mit sechzig Pfund Ankerkette um die Füße.«
»Stimmt«, sagte Neumann. »Hauen Sie wieder ab in die Kneipe und halten Sie die Jungens zurück. Ich nehme den

Kübel und hole den Oberstleutnant. Er macht mit Frau Neuhoff einen Spaziergang auf der Mole.«
Steiner und Ilse Neuhoff waren am äußersten Ende der Mole. Sie saß oben auf der Kaimauer und ließ die langen Beine baumeln, der Seewind zauste das blonde Haar und zerrte an ihrem Rock. Sie lachte zu Steiner hinunter. Er drehte sich um, als der Kübelwagen hinter ihm bremste. Neumann kletterte heraus. Steiner warf nur einen Blick auf sein Gesicht und lachte spöttisch. »Schlechte Nachrichten, Neumann, und das an einem so wunderschönen Tag.«
»Ein Stabsoffizier aus Berlin ist hier und sucht Sie, ein Oberst Radl«, sagte Neumann. »Angeblich ist er in Begleitung eines Gestapomannes.«
Steiner war nicht im geringsten aus der Ruhe gebracht. »Das bringt ein bißchen Schwung in den Tag.«
Er streckte die Arme aus, um Ilse Neuhoff aufzufangen, als sie heruntersprang, und hielt sie eine Sekunde lang an sich gedrückt. Ihr Gesicht war schreckensbleich. »Um Gottes willen, Kurt, können Sie überhaupt nichts ernst nehmen?«
»Wahrscheinlich will er nur die Häupter seiner Lieben zählen. Von Rechts wegen sollten wir alle schon tot sein. Die werden wohl langsam ungeduldig in der Prinz-Albrecht-Straße.«

Der alte Gasthof stand an der Straße zum Hafen, die Rückseite ging auf den Sandstrand der Bucht von Braye hinaus. Als Radl und der Ire näherkamen, war alles sonderbar still.
»Wirklich eine entzückende Kneipe«, sagte Devlin. »Halten Sie es für möglich, daß es da irgend etwas Trinkbares gibt?«
Radl drückte auf die Klinke der Vordertür. Sie ging auf, und die beiden Männer traten in einen dunklen Korridor. Hinter ihnen wurde eine Tür geöffnet. »Bitte hier herein, Herr Oberst«, sagte eine leise, kultivierte Stimme.
Unteroffizier Hans Altmann lehnte sich gegen die Haustür, als wollte er ihnen den Rückweg versperren. Radl sah das Band des »Gefrierfleischordens«, das Eiserne Kreuz Erster und Zweiter

Klasse, das Verwundetenabzeichen in Silber, was mindestens dreimalige Verwundung bedeutete, und die von allen Fallschirmjägern am meisten begehrte Auszeichnung, das Kreta-Ärmelband, das stolze Emblem der ersten Invasionskämpfer des Mai 1941.
»Name?« herrschte Radl ihn an. Altmann gab keine Antwort, er versetzte einfach der Tür mit der Aufschrift *Saloon Bar* einen Fußtritt, so daß sie weit aufschwang, und Radl, von unbestimmten Ahnungen erfüllt, reckte das Kinn und marschierte hinein.
Der Raum war nicht besonders groß. Links eine Theke, dahinter leere Regale, ein paar gerahmte Fotos alter Schiffswracks an den Wänden, in der Ecke ein Klavier. Etwa ein Dutzend Fallschirmjäger saßen herum, alle ausgesprochen unfreundlich. Radl, der einen nach dem anderen kühl musterte, war beeindruckt. Noch nie hatte er bei so wenigen Männern so viele Auszeichnungen auf einmal gesehen. Nicht einer, der nicht das Eiserne Kreuz Erster Klasse besessen hätte, und Kleinkram wie Verwundetenabzeichen war in jeder Menge vorhanden.
Er stand in der Mitte des Schankraums, die Mappe unterm Arm, Mantelkragen noch immer hochgeschlagen. »Ich möchte Sie darauf hinweisen«, sagte er milde, »daß für solches Verhalten schon Leute an die Wand gestellt wurden.«
Brüllendes Gelächter. Unteroffizier Sturm, der hinter der Theke mit der Reinigung einer Luger beschäftigt war, sagte: »Also, der war schon nicht schlecht, Herr Oberst. Aber möchten Sie 'nen wirklich guten Witz hören? Als wir vor zehn Wochen hier anfingen, da waren wir einunddreißig, den Oberstleutnant mit eingerechnet. Jetzt sind's noch fünfzehn, obwohl wir oft noch eine Menge Dusel hatten. Haben Sie und dieses Gestaposchwein vielleicht was noch Besseres auf Lager?«
»Lassen Sie mich gefälligst aus dem Spiel«, sagte Devlin. »Ich bin neutral.«
Sturm, der schon als Zwölfjähriger auf einem Prahm im Hamburger Hafen gefahren war und zu einer etwas direkten Aus-

drucksweise neigte, fuhr fort: »Hören Sie mir gut zu, weil ich's nämlich nur einmal sage. Der Oberstleutnant geht nicht von hier weg. Nicht mit Ihnen und nicht mit jemand anderem.« Er schüttelte den Kopf. »Ihr Alpenhut da ist zwar sehr hübsch, Herr Oberst, aber Sie haben sich dort drüben in Berlin wohl schon so lang den Hosenboden blankgerieben, daß Sie nicht mehr wissen, wie's richtigen Soldaten zumute ist. Wenn Sie mit dem Horst-Wessel-Lied empfangen werden wollten, haben Sie sich in der Hausnummer geirrt.«

»Ausgezeichnet«, sagte Radl. »Nur leider haben Sie sich in der Beurteilung der augenblicklichen Lage geirrt, ein Schnitzer, der einem Mann wie Ihnen nicht passieren sollte.« Er warf die Mappe auf die Theke, knöpfte den Mantel auf und schüttelte ihn ab. Sturm blieb der Mund offen, als er das Ritterkreuz und den Orden für den Winterkrieg sah. Radl ging sofort zum Angriff über. »Achtung!« bellte er. »Stillgestanden!« Die Männer gehorchten sofort, und in diesem Augenblick flog die Tür auf und Brandt stürmte herein. »Sie auch, Feldwebel!« schnarrte Radl.

Man hätte eine Nadel fallen hören, als jetzt alle in Habtachtstellung dastanden. Devlin, dem die neuerliche Wendung der Dinge großen Spaß machte, zog sich auf einen Barhocker hoch und zündete eine Zigarette an.

Radl sagte: »Sie halten sich für deutsche Soldaten, bloß weil Sie diese Uniform tragen. Irrtum.« Er ging von einem Mann zum anderen, blieb vor jedem stehen, als wollte er sich die Gesichter einprägen. »Soll ich Ihnen sagen, was Sie sind?«

Und er tat es in so einfachen und direkten Ausdrücken, daß Sturm daneben wie ein Anfänger wirkte. Als er nach ein paar Minuten eine Atempause einlegte, hörte man von der offenen Tür her höfliches Husten, und als er sich umdrehte, sah er Steiner dort stehen, hinter ihm Ilse Neuhoff.

»Das hätte ich auch nicht besser sagen können, Herr Oberst. Ich kann nur hoffen, daß Sie alles, was hier vorging, als Folge irregeleiteten Tatendrangs auslegen und die Sache auf sich

beruhen lassen. Ich werde den Burschen die Hammelbeine langziehen, das verspreche ich Ihnen.« Er streckte die Hand aus und lächelte gewinnend. »Oberstleutnant Steiner.«
Radl sollte sich sein Leben lang an diese erste Begegnung erinnern. Steiners Auftreten war typisch für die fliegenden Truppenverbände aller Länder. Eine Art elitärer Arroganz, die aus der Gefährlichkeit ihres Metiers erwächst. Er trug die blaugraue Fliegerbluse mit den Rangabzeichen – Kranz und zwei Schwingen – auf den gelben Kragenspiegeln, Sprunghose und das sogenannte Schiffchen, für das viele Oldtimer eine Vorliebe hegten. Alles übrige war außerordentlich einfach für einen Mann, der jede nur denkbare Auszeichnung besaß: Kreta-Ärmelband, das Band des Ordens für den Winterkrieg, den silbernen und goldenen Adler des Fallschirmspringerabzeichens. Das Ritterkreuz mit Eichenlaub war unter einem lose geschlungenen Seidenschal verborgen.
»Ehrlich gesagt, Oberstleutnant Steiner, es hat mir Spaß gemacht, Ihren Rabauken da die Leviten zu lesen.«
Ilse Neuhoff lachte. »Eine großartige Leistung, Herr Oberst, wenn ich so sagen darf.«
Steiner besorgte die Vorstellungen, und Radl küßte ihr die Hand. »Sehr angenehm, gnädige Frau.« Er überlegte. »Haben wir uns nicht schon irgendwo getroffen?«
»Ganz bestimmt«, sagte Steiner und zog Walther Neumann näher, der in seinem Kampfschwimmeranzug im Hintergrund gelauert hatte. »Und das hier, Herr Oberst, ist nicht, wie Sie vielleicht vermuten, ein gefangener Seehund, sondern Leutnant Neumann.«
Radl blickte Walther Neumann kurz an und dachte an den Vorschlag zum Ritterkreuz, der wegen der Kriegsgerichtsverhandlung zurückgenommen worden war. Er fragte sich, ob Neumann wohl davon wisse.
»Und dieser Herr?« Steiner drehte sich zu Devlin um, der vom Barhocker sprang und näher trat.
»Es scheint, daß jeder hier denkt, ich sei der böse Mann von der

Gestapo«, sagte Devlin. »Ich weiß nicht, ob ich das als Kompliment auffassen soll.« Er streckte die Hand aus. »Devlin, Herr Oberstleutnant. Liam Devlin.«
»Mr. Devlin ist einer meiner Mitarbeiter«, erklärte Radl schnell.
»Und Sie?« fragte Steiner höflich.
»Von der Abwehr. Und jetzt würde ich gern, wenn es Ihnen recht ist, eine ebenso dringende wie wichtige Angelegenheit mit Ihnen unter vier Augen besprechen.«
Steiners Miene verdüsterte sich, und wieder wurde es totenstill im Raum. Er wandte sich an Ilse Neuhoff: »Leutnant Neumann bringt Sie zurück.«
»Nein, ich möchte lieber warten, bis Ihre Besprechung mit Oberst Radl beendet ist.«
Sie war zutiefst beunruhigt, man sah es ihr an den Augen an. Steiner sagte sanft: »Ich glaube nicht, daß es sehr lange dauern wird. Leisten Sie der gnädigen Frau Gesellschaft, Neumann.« Er drehte sich wieder zu Radl um: »Bitte, Herr Oberst.«
Radl nickte Devlin zu, und beide gingen hinter Steiner hinaus.
»So, rührt euch«, sagte Neumann. »Ihr Blödmänner.«
Die Spannung löste sich. Altmann setzte sich ans Klavier und intonierte eines der beliebten Durchhaltelieder. »Frau Neuhoff«, rief er. »Wie wär's mit einem Lied?«
Ilse Neuhoff setzte sich auf einen Barhocker. »Ich bin nicht in Stimmung«, sagte sie. »Soll ich euch mal was sagen, Jungens? Mir hängt dieser verdammte Krieg zum Hals raus. Ich möchte bloß noch eine anständige Zigarette und was zu trinken, aber das würde vermutlich an ein Wunder grenzen, wie?«
»Ach, ich weiß nicht, Frau Neuhoff.« Brandt flankte gekonnt über die Theke und machte Front zu ihr. »Für Sie ist alles möglich. Zigaretten zum Beispiel, Londoner Gin.«
Seine Hände griffen unter die Theke und kamen mit einem

Karton Gold Flakes und einer Flasche Beefeater wieder zum Vorschein.
»Aber jetzt singen Sie für uns, Frau Neuhoff«, rief Hans Altmann.

Devlin und Radl lehnten an der Brustwehr und blickten hinunter ins Wasser, das klar und tief im blassen Sonnenlicht lag. Steiner saß auf einem der Poller am Ende des Hafendamms und studierte den Inhalt von Radls Aktentasche. Jenseits der Bucht ragte Fort Albert am Kap auf, und die Klippen darunter waren grauweiß von Vogeldung. Seevögel kreisten in Schwärmen, Möwen, Kormorane, Seeschwalben und Austernfischer.
Steiner rief: »Herr Oberst!«
Radl ging zu ihm, und Devlin folgte, blieb jedoch ein paar Meter zurück und lehnte sich an die Mauer. Radl sagte: »Sind Sie durch?«
»O ja.« Steiner steckte die verschiedenen Papiere wieder in die Aktentasche. »Ich darf annehmen, daß Sie es ernst meinen?«
»Selbstverständlich.«
Steiner streckte den Arm aus und tippte mit dem Zeigefinger auf Radls »Gefrierfleischorden«. »Dann kann ich nur sagen, daß Sie sich dort drüben das Hirn erfroren haben, Herr Oberst.«
Radl zog den Umschlag aus seiner Brusttasche. »Vielleicht sollten Sie sich das erst mal ansehen.«
Steiner las, ohne sich im geringsten beeindruckt zu zeigen, und reichte das Schreiben achselzuckend zurück. »Na und?«
»Aber, Oberstleutnant Steiner«, sagte Radl. »Sie sind deutscher Soldat. Wir haben den gleichen Eid geleistet. Das hier ist ein direkter Befehl des Führers.«
»Sie scheinen nur eine höchst wichtige Kleinigkeit vergessen zu haben«, erwiderte Steiner. »Ich bin in einer Strafeinheit, die Vollstreckung des Todesurteils ist nur aufgeschoben. Meinen Dienstrang habe ich nur dank der besonderen Umstände dieses speziellen Einsatzes behalten.« Er fischte ein zerknittertes

Päckchen französischer Zigaretten aus der Tasche und steckte sich eine zwischen die Lippen. »Und überhaupt, ich kann Adolf nicht leiden. Er schreit zu laut und riecht aus dem Mund.«
Radl ignorierte diese Bemerkung mühsam. »Wir müssen kämpfen. Wir haben keine Wahl.«
»Bis zum letzten Mann?«
»Was bleibt uns anderes übrig?«
»Ja, ja, der Endsieg und so weiter...«
Radls gesunde Hand war zur Faust geballt, jeder Nerv zum Zerreißen gespannt. »Wir können sie zu einer Kursänderung zwingen, sie zu der Einsicht bringen, daß jede Art einer friedlichen Regelung besser ist als dieses unaufhörliche Gemetzel.«
»Und Churchill abmurksen wäre das rechte Mittel?« fragte Steiner spöttisch.
»Es würde ihnen jedenfalls zeigen, daß wir nach wie vor Zähne haben. Denken Sie nur an das Aufsehen, als Skorzeny Mussolini vom Gran Sasso herunterholte. Eine Weltsensation.«
Steiner sagte: »Soviel ich hörte, waren daran auch General Student und ein paar Fallschirmjäger beteiligt.«
»Herrgott noch mal«, sagte Radl ungeduldig. »Stellen Sie sich doch vor, wie das einschlagen würde. Allein schon, daß deutsche Soldaten in England abspringen, und dann noch mit einem solchen Ziel. Aber Sie halten es wohl überhaupt für unmöglich...«
»Wieso? Es spricht nichts dagegen«, sagte Steiner ruhig. »Wenn diese Unterlagen hier korrekt sind und wenn Sie Ihre Hausaufgaben brav gemacht haben, dann könnte das Ganze funktionieren wie eine Schweizer Uhr. Wir könnten die Tommys wirklich mit runtergelassenen Hosen überraschen. Rein und wieder raus, ehe sie kapieren, wie's passiert ist. Aber das ist nicht der springende Punkt.«
»Was dann?« fragte Radl äußerst gereizt. »Daß Sie uns eine Abfuhr erteilen, weil Sie vom Kriegsgericht verurteilt wurden?

Weil Sie hier sind? Steiner, Sie und Ihre Leute sind hier in kürzester Zeit tote Männer. Vor acht Wochen noch einunddreißig. Wie viele sind's noch? Fünfzehn? Sie sind es Ihren Leuten schuldig, diese letzte Chance zu nutzen.«
»Um statt dessen in England zu sterben?«
Radl zuckte die Achseln. »Zack, rein... zack, raus, genauso könnte es funktionieren. Wie eine Schweizer Uhr, haben Sie doch eben selbst gesagt.«
»Wobei diese Dinger nur eine dumme Eigenschaft haben: Wenn mit dem winzigsten Rädchen was nicht in Ordnung ist, bleibt das ganze verdammte Uhrwerk stehen«, warf Devlin ein.
Steiner sagte: »Sehr gut, Mr. Devlin. Sagen Sie mir eins: Warum machen Sie mit?«
»Ganz einfach«, sagte Devlin. »Weil's gemacht wird. Ich bin der letzte große Abenteurer.«
»Ausgezeichnet.« Steiner lachte amüsiert. »Das lasse ich gelten. Das Spiel spielen, das größte aller Spiele. Aber auch das ändert nichts«, fuhr er fort. »Oberst Radl sagt, ich schulde es meinen Leuten, mitzutun, weil es die einzige Rettung vor dem sicheren Tod hier draußen sei. Aber, um ganz ehrlich zu sein, ich glaube nicht, daß ich irgend jemandem irgend etwas schulde.«
»Auch nicht Ihrem Vater?« sagte Radl.
Steiners Gesicht wurde blaß, die Haut spannte sich straff über den Wangenknochen, die Augen flammten. »Was soll das heißen? Raus mit der Sprache!«
»Die Gestapo hat ihn in der Prinz-Albrecht-Straße. Verdacht auf Hochverrat.«
Und Steiner, der an die Woche dachte, die er 1942 im Hauptquartier seines Vaters in Frankreich verbracht hatte, und an das, was der alte Herr ihm damals gesagt hatte, wußte sofort, daß es wahr war. »Ah, jetzt verstehe ich«, sagte er leise. »Wenn ich ein braver Junge bin und alles tue, was man mir sagt, dann kommt er vielleicht mit einem blauen Auge davon.«

Plötzlich veränderten sich seine Züge erschreckend, wurden mörderisch, und wie in Zeitlupe streckte er den Arm nach Radl aus. »Sie Schwein. Ihr seid Schweine, alle miteinander.«
Er packte Radl an der Kehle. Devlin sprang dazwischen, er mußte seine ganze nicht geringe Kraft einsetzen, um Steiner wegzuzerren.
»Nicht ihn, Sie Idiot. Er wird genauso getreten wie Sie. Wenn Sie unbedingt jemandem an den Kragen wollen, dann halten Sie sich an Himmler. Er hat die Fäden in der Hand.«
Radl lehnte keuchend an der Hafenmauer, er sah sehr krank aus. »Tut mir leid«, sagte Steiner und legte ihm mit aufrichtigem Bedauern eine Hand auf die Schulter. »Ich hätt's wissen müssen.«
Radl hob die tote Hand. »Sehen Sie das, Steiner, und das Auge? Was sonst noch kaputt ist, können Sie nicht sehen. Zwei Jahre, wenn ich Glück habe, soviel geben sie mir noch. Ich tu's nicht für mich. Für meine Frau und die Töchter, weil ich nachts schweißgebadet aufwache und daran denken muß, was ihnen zustoßen könnte. Deshalb bin ich hier.«
Steiner nickte langsam. »Ja, natürlich. Ich verstehe. Wir stecken alle im gleichen dunklen Tunnel und suchen den Ausweg.« Er holte tief Atem. »Schön, gehen wir zurück.«
»Nicht den Zweck«, sagte Radl. »Noch nicht.«
»Dann den Bestimmungsort. Sie haben ein Recht darauf, ihn zu kennen. Alles übrige werde ich zunächst nur mit Neumann besprechen.«
Er schlug den Rückweg ein, und Radl sagte: »Steiner, ich muß Ihnen reinen Wein einschenken.« Steiner drehte sich zu ihm um. »Trotz allem, was ich sagte, glaube ich, daß diese Sache einen Versuch wert ist. Gewiß, Churchill schnappen, lebend oder tot, wird uns, wie Devlin ganz richtig sagt, nicht den Krieg gewinnen lassen. Aber es könnte den anderen eine Lehre sein. Vielleicht denken sie dann doch nochmals über einen Verhandlungsfrieden nach.«
Steiner sagte: »Das glauben Sie doch wohl selbst nicht. Ich will

Ihnen sagen, was dieses Unternehmen uns, selbst wenn es Erfolg haben sollte, von den Briten einbringt. Einen Dreck!« Er drehte sich um und marschierte über den Hafendamm zur Insel zurück.

Der Schankraum war voller Rauch. Hans Altmann spielte Klavier, die übrigen Männer scharten sich um Ilse Neuhoff, die an der Bar saß, ein Glas Gin in der Hand, und eine zur Zeit in Berliner Kreisen kursierende, nicht ganz stubenreine Anekdote über Hermann Görings »Liebesleben« zum besten gab. Brausendes Gelächter erscholl gerade, als Steiner, Radl und Devlin den Raum betraten.
Steiner betrachtete erstaunt die Szene, besonders das Aufgebot von Flaschen auf der Theke. »Was, zum Teufel, ist denn hier los?«
Die Männer rückten von der Bar fort. Neumann, der mit Brandt hinter dem Tresen stand, sagte: »Altmann hat heute früh unter der alten Binsenmatte hinter der Bar eine Falltür gefunden, Herr Oberstleutnant, und darunter einen Keller, von dem wir nichts wußten. Zwei noch ungeöffnete Kartons mit Zigaretten, fünftausend Stück in jedem.« Er wies auf die Theke. »Gordon's Gin, Beefeater, White Horse Whisky, Haig and Haig.« Er hob eine Flasche hoch und buchstabierte mühsam das englische Etikett: »Bushmills Irish Whiskey.«
Liam Devlin stieß ein Freudengeheul aus und schnappte sich die Flasche. »Ich schieß' jeden nieder, der auch nur einen Tropfen anrührt«, erklärte er mit grimmigem Gesicht. »Das schwör ich. Der gehört mir allein.«
Alle lachten, und Steiner hob die Hand und gebot Ruhe. »Ruhe jetzt, wir haben etwas zu besprechen. Dienstlich.« Er wandte sich zu Ilse Neuhoff um. »Verzeihung, aber es ist streng geheim.«
Sie war Soldatenfrau und erhob keinen Einspruch. »Ich warte draußen. Aber den Gin lasse ich um keinen Preis aus den Augen.« Sie marschierte hinaus, die Flasche Beefeater in der einen, das Glas in der anderen Hand.

Jetzt herrschte Stille im Schankraum, alle waren plötzlich nüchtern und warteten, was Steiner ihnen sagen würde. »Nichts Besonderes«, sagte Steiner. »Nur eine Chance, von hier wegzukommen. Ein Sondereinsatz.«
»Was sollen wir tun, Herr Oberstleutnant?« fragte Unteroffizier Altmann.
»Was wir gelernt haben. Die alte Nummer.«
Der Satz schlug ein wie eine Bombe. Jemand flüsterte: »Heißt das, daß wir wieder springen?«
»Genau das heißt es«, sagte Steiner. »Aber es werden nur Freiwillige genommen. Jeder hier muß seine eigene Entscheidung treffen.«
»Rußland, Herr Oberstleutnant?« fragte Brandt.
Steiner schüttelte den Kopf. »Ein Land, in dem noch niemals ein deutscher Soldat gekämpft hat.« Die Gesichter waren gespannt vor Neugier und Erwartung, während er von einem zum anderen blickte. »Wie viele von euch sprechen Englisch?« fragte er leise.
Sie saßen wie betäubt, und Neumann vergaß sich so weit, daß er mit heiserer Stimme sagte: »Um Gottes willen, Herr Oberstleutnant, das kann nur ein Witz sein.«
Steiner schüttelte wiederum den Kopf. »Es ist ernster denn je. Was ich euch jetzt sage, ist streng geheim. Um es kurz zu machen: In etwa fünf Wochen sollen wir bei Nacht über einem sehr einsamen Abschnitt der englischen Küste abspringen, an der Nordsee, auf der Höhe von Holland. Wenn alles nach Plan geht, werden wir in der nächsten Nacht wieder abgeholt.«
»Und wenn nicht?« sagte Neumann.
»Dann sind wir natürlich tot, also kann's uns egal sein.« Er blickte in die Runde. »Sonst noch etwas?«
»Dürfen wir den Zweck des Einsatzes erfahren, Herr Oberstleutnant?« fragte Altmann.
»Eine ähnliche Masche, wie Skorzeny und seine Jungens vom Fallschirmjäger-Lehrbataillon auf dem Gran Sasso abgezogen haben. Mehr kann ich nicht sagen.«

»Also, mir genügt's«, sagte Brandt und sah sich um. »Wenn wir gehen, sterben wir vielleicht, wenn wir hierbleiben, sterben wir mit Sicherheit. Wenn Sie gehen, dann gehen wir auch.«
»Bin dabei«, echote Leutnant Neumann und stand stramm.
Die übrigen Männer taten es ihm nach. Steiner stand eine ganze Weile stumm da, als horchte er in sich hinein, dann nickte er. »Das wär's also. Hat da vorhin nicht jemand was von White Horse Whisky gesagt?«
Alle strömten zur Bar, und Altmann setzte sich ans Klavier und spielte *Denn wir fahren gegen Engelland*. Einer warf die Mütze nach ihm und Sturm rief: »Hör doch auf mit dem Scheißdreck. Wir wollen was Anständiges hören.«
Die Tür ging auf, und Ilse Neuhoff erschien. »Darf ich wieder reinkommen?«
Sie wurde mit Freudengebrüll begrüßt. Im nächsten Moment hatten die Männer sie auf einen Barhocker gehievt. »Ein Lied!« riefen sie im Chor.
»Gern«, sagte sie und lachte. »Was darf's denn sein?«
Steiners Antwort kam wie aus der Pistole geschossen. »Alles ist verrückt.«
Es wurde plötzlich still. Ilse Neuhoff blickte mit bleichem Gesicht auf ihn herab. »Wirklich?«
»Höchst sinnig«, sagte er. »Glauben Sie mir.«
Hans Altmann legte sich mit voller Kraft in die Tasten, und Ilse Neuhoff schritt, Hände auf den Hüften, langsam auf und ab, während sie das seltsame, melancholische Lied sang, das jeder von ihnen aus dem Winterkrieg kannte.
Sie hatte jetzt Tränen in den Augen. Sie breitete die Arme weit aus, als wollte sie alle an sich ziehen, und plötzlich sangen alle mit, tief und langsam.
Devlin starrte entgeistert von einem Gesicht zum anderen, dann machte er kehrt, riß die Tür auf und stolperte hinaus. »Bin *ich* verrückt, oder sind sie's?« flüsterte er.

Wegen der Verdunkelung lag die Terrasse im Finstern, aber Radl und Steiner gingen trotzdem nach dem Abendessen hinaus, um eine Zigarre zu rauchen – genau gesagt, um allein zu sein. Durch die dicken Vorhänge an den Fenstern hörten sie Liam Devlins Stimme und das Lachen Ilse Neuhoffs und ihres Mannes.
»Ein äußerst charmanter Mann«, sagte Steiner.
Radl nickte. »Er hat noch weitere Vorzüge. Noch eine Anzahl mehr Männer seines Schlags, und die Briten hätten sich schon vor Jahren liebend gern aus Irland verzogen. Ihre Besprechung unter vier Augen heute nachmittag verlief hoffentlich zur beiderseitigen Zufriedenheit?«
»Ich glaube, man kann sagen, wir verstehen uns«, sagte Steiner, »und wir haben die Karte sehr eingehend miteinander studiert. Es wird bestimmt eine große Hilfe sein, wenn er schon als Vorhut hinübergeht.«
»Sonst noch etwas, was ich wissen sollte?«
»Ja, der junge Werner Briegel war früher schon mal in dieser Gegend.«
»Briegel?« sagte Radl. »Wer ist das?«
»Gefreiter. Einundzwanzig. Seit drei Jahren Soldat. Kommt aus einer Stadt namens Barth an der Ostsee. Er sagt, ein Teil der dortigen Küste ist ganz ähnlich der in Norfolk. Endlose einsame Strände, Sanddünen und eine Menge Vögel.«
»Vögel?« sagte Radl.
Steiner lächelte im Dunkeln. »Sie müssen wissen, daß Werner Briegel ein Vogelnarr ist. Deshalb ist er übrigens neunzehnhundertsiebenunddreißig mit seinem Vater nach Norfolk gereist. Wegen der Vögel. Die Küste scheint ein berühmtes Vogelparadies zu sein.«
»Nun ja«, sagte Radl. »Jedem Tierchen sein Pläsierchen. Und wie steht es mit den Englischkenntnissen? Haben Sie ein paar Leute gefunden?«
»Leutnant Neumann, Unteroffizier Altmann und der junge Briegel sprechen gut Englisch, natürlich mit Akzent. Als Ein-

heimische kann man sie nicht ausgeben. Brandt und Klugl radebrechen nur. Eben das Nötigste. Brandt war übrigens als Junge Leichtmatrose auf einem Frachter. Hamburg – Hull.«
Radl nickte. »Könnte schlimmer sein. Sagen Sie, hat Oberst Neuhoff Ihnen irgendwelche Fragen gestellt?«
»Nein, aber er ist sichtlich sehr neugierig.«
»Gut«, sagte Radl. »Sie bleiben jetzt hier und warten. Sie bekommen Marschbefehl in einer Woche oder zehn Tagen, je nachdem wie schnell ich eine passende Operationsbasis in Holland ausfindig machen kann. Devlin wird, wie Sie wissen, wahrscheinlich in einer Woche hinübergehen. Und wir gehen jetzt wohl besser wieder hinein.«
Steiner legte ihm die Hand auf den Arm. »Und mein Vater?«
»Es wäre nicht anständig, wenn ich Ihnen weismachen wollte, daß ich in der Sache auch nur den geringsten Einfluß hätte. Himmler ist der allein Verantwortliche. Ich kann nur eins tun, und das tue ich bestimmt, nämlich ihn auf Ihre große Einsatzbereitschaft hinweisen.«
»Und Sie glauben wirklich, das wird etwas helfen?«
»Sie etwa?« fragte Radl zurück.
Steiner lachte bitter. »Er hat kein Ehrgefühl.«
Der Ausdruck wirkte seltsam altmodisch, und Radl war erstaunt. »Und Sie?« fragte er. »Haben Sie Ehrgefühl?«
»Vielleicht nicht. Vielleicht ist das Wort auch ein wenig hochtrabend für das, was ich meine. Ganz einfache Dinge, wie sein Wort geben und es auch halten, für seine Freunde einstehen, was immer kommen mag. Ergibt die Summe dieser Dinge den Begriff Ehre?«
»Das weiß ich nicht«, sagte Radl. »Mit Sicherheit kann ich Ihnen nur sagen, daß Sie zu gut sind für die Welt des Reichsführers.« Er legte Steiner die Hand auf die Schulter. »Und jetzt müssen wir wirklich wieder hineingehen.«
Ilse, Oberst Neuhoff und Devlin saßen um ein kleines rundes Tischchen am Feuer, und Ilse legte aus einem Päckchen Tarockkarten einen »keltischen Zirkel«.

»Los, zaubern Sie mir was vor.«
»Sie meinen, Sie glauben nicht daran, Mr. Devlin?« fragte Ilse.
»Als treuer Sohn der katholischen Kirche? Als schönste Frucht jesuitischer Erziehungsarbeit, Frau Neuhoff?« Er grinste. »Was meinen Sie denn?«
»Daß Sie ein durch und durch abergläubischer Mensch sind, Mr. Devlin.« Sein Grinsen wurde ein wenig schief. »Wissen Sie«, fuhr sie fort, »ich habe das, was man ein Gespür nennt. Die Karten sind unwichtig. Sie dienen nur als Werkzeug.«
»Also bitte.«
»Wie Sie wollen. Ihre Zukunft auf einer Karte, Mr. Devlin. Der siebenten, die ich aufschlage.« Sie zählte rasch die Karten ab und drehte die siebente um. Ein Skelett mit einer Sense war darauf, und die Karte stand auf dem Kopf.
»Ist das nicht Freund Hein?« bemerkte Devlin. Es sollte sorglos klingen, tat es aber nicht.
»Ja, der Tod«, sagte sie. »Aber wenn er auf dem Kopf steht, bedeutet die Karte nicht das, was Sie glauben.« Sie starrte die Karte eine volle Minute lang an und sagte dann sehr schnell: »Sie werden sehr lange leben, Mr. Devlin. Sie treten bald in eine längere Periode der Untätigkeit ein, später, gegen Ende Ihres Lebens, Revolution, vielleicht ein gewaltsamer Tod.« Sie blickte gelassen auf. »Zufrieden?«
»Besonders mit dem langen Leben«, sagte Devlin vergnügt. »Im übrigen werde ich mich auf mein Glück verlassen.«
»Darf ich mich auch beteiligen, Frau Neuhoff?« fragte Radl.
»Wenn Sie wollen.« Sie zählte die Karten aus. Dieses Mal war die siebente Karte »Der Stern«, und wiederum auf dem Kopf. Sie blickte lange darauf. »Mit Ihrer Gesundheit steht es nicht zum besten, Herr Oberst.«
»Das stimmt«, sagte Radl.
Sie blickte auf und sagte nur: »Sie wissen, was hier liegt?«
»Danke, ich glaube schon«, sagte er und lächelte ruhig. Eine leicht unbehagliche Stimmung wollte sich ausbreiten, als wäre

ein kalter Luftzug durch den Raum gefegt, und Steiner sagte: »Na, und was ist mit mir?«
Sie griff nach den Karten und wollte sie einsammeln. »Nein, nicht jetzt, Kurt. Ich glaube, für heute abend reicht's.«
»Unsinn«, erwiderte er. »Ich bestehe darauf.« Er nahm die Karten auf. »Hier, ich reiche Ihnen das Päckchen mit der linken Hand, so stimmt's doch?«
Zögernd nahm sie das Päckchen, blickte ihn nochmals in stummem Flehen an und begann dann zu zählen. Sie drehte die siebente Karte rasch um, nur lange genug, um selbst einen Blick darauf zu werfen, und legte sie wieder auf das Päckchen. »Sie scheinen Glück zu haben mit den Karten, Kurt. Sie haben die Kraft gezogen. Großes Glück, Sieg über Ihre Feinde, ein überraschender Erfolg.« Sie lächelte strahlend. »Und jetzt müssen die Herren mich entschuldigen. Ich hole uns Kaffee.« Und sie ging aus dem Zimmer.
Steiner griff nach der obersten Karte und drehte sie um. Es war »Der Gehenkte«. Er seufzte tief. »Frauen«, sagte er, »können manchmal schrecklich dumm sein. Nicht wahr, meine Herren?«

Am nächsten Morgen herrschte Nebel. Neuhoff hatte Radl kurz nach Tagesanbruch geweckt und brachte ihm beim Kaffee die schlechte Nachricht bei. »Immer wieder der alte Jammer hier«, sagte er. »Aber da ist nichts zu machen, und auch die Vorhersage ist miserabel. Keine Aussicht, daß man vor dem Abend starten kann. Haben Sie so lange Zeit?«
Radl schüttelte den Kopf. »Ich muß heute abend in Paris sein, und das kann ich nur, wenn ich die Maschine um elf ab Jersey erwische, damit ich in der Bretagne meinen Anschluß kriege. Was könnten Sie mir sonst noch anbieten?«
»Ich könnte Sie auf einem S-Boot hinüberbringen lassen, wenn Sie unbedingt weg wollen«, erwiderte Oberst Neuhoff. »Ein ziemlich ausgefallenes Unternehmen, ich warne

Sie, und auch nicht ungefährlich. Die Royal Navy macht uns in diesem Abschnitt mehr zu schaffen als die Air Force. Und Sie müßten unverzüglich starten, wenn Sie noch rechtzeitig in St. Helier eintreffen wollen.«
»Ausgezeichnet«, sagte Radl. »Bitte veranlassen Sie sofort alles Nötige, ich werde inzwischen Devlin heraustrommeln.«

Neuhoff fuhr sie persönlich kurz nach sieben Uhr in seinem Dienstwagen zum Hafen hinunter. Devlin kauerte im Fond und zeigte sämtliche Symptome eines gewaltigen Katers. Das S-Boot wartete am unteren Landesteg. Als sie die Stufen hinuntergingen, sahen sie Steiner in Matrosenstiefeln und Bootsmannsjacke an der Reling lehnen und mit einem bärtigen jungen Leutnant zur See sprechen. Er wandte sich um und begrüßte sie. »Hübscher Morgen für Ihre Fahrt. Ich habe Leutnant König soeben beigebracht, welche kostbare Fracht er befördert.«
Der Leutnant salutierte. »Herr Oberst.«
Devlin stand da, ein Bild des Elends, die Hände tief in den Taschen vergraben. »Nicht ganz auf dem Damm heute, Mr. Devlin?« erkundigte sich Steiner.
Devlin antwortete krächzend mit einem Bibelzitat: »Der Wein ist ein Spötter, der Rauschtrank ist ein Zerstörer.«
Steiner sagte: »Demnach haben Sie hierfür keine Verwendung?« Er hielt eine Flasche hoch. »Brandt hat noch eine Flasche Bushmills entdeckt.«
Devlin entriß sie ihm sofort. »Ich muß mich opfern, damit kein anderer sich so zurichtet, wie ich mich zugerichtet habe.« Er schüttelte Steiner die Hand. »Hoffentlich bin ich wieder obenauf, wenn Sie runter kommen.« Er kletterte unsicher über die Reling und setzte sich ins Heck.
Radl verabschiedete sich von Neuhoff und wandte sich dann an Steiner. »Sie werden bald von mir hören. Und was die andere Sache betrifft, so werde ich mein möglichstes tun.«
Steiner sagte nichts. Er streckte nicht einmal die Hand aus, und

Radl zögerte kurz. Dann stieg er ins Boot. König rief knappe Befehle. Die Leinen wurden losgeworfen und das S-Boot glitt hinaus in den Nebel.

Sie umrundeten das Ende der Mole und gingen auf Fahrt. Radl musterte interessiert seine Umgebung. Die Besatzung war ein recht rauher Haufen, viele mit Bärten, alle in Ölzeug oder dicken Fischerpullovern, Köperhosen und Seestiefeln. Mit Angehörigen der Kriegsmarine hatten sie wenig Ähnlichkeit, und das Boot selbst glich, als er es sich jetzt genauer ansah, mit seinem Kranz bizarr geformter Antennen, keinem anderen S-Boot, das er je gesehen hatte.
Als er zur Brücke ging, sah er König über den Kartentisch gebeugt und am Ruder einen breitschultrigen, schwarzbärtigen Seemann in einer verwaschenen Bootsmannsjacke mit den Rangabzeichen eines Oberbootsmannsmaats. Zwischen seinen Zähnen steckte eine Zigarre, ein weiteres, nach Radls Dafürhalten nicht unbedingt vorschriftsmäßiges Detail.
König grüßte leger. »Ah, da sind Sie ja, Herr Oberst. Ist alles in Ordnung?«
»Hoffentlich«, sagte Radl und beugte sich über den Kartentisch. »Wie weit ist es?«
»Ungefähr achtzig Meilen.«
»Werden Sie uns rechtzeitig hinbringen?«
König sah auf die Uhr. »Schätze, daß wir kurz vor zehn in St. Helier anlegen, vorausgesetzt, daß uns die Royal Navy keinen Strich durch die Rechnung macht.«
Radl blickte aus dem Fenster. »Ziehen Ihre Leute sich immer wie Fischer an, Leutnant König? Soviel ich weiß, sind die Schnellboote der Stolz der Kriegsmarine.«
König grinste. »Aber das hier ist kein S-Boot, Herr Oberst. Es läuft nur unter dieser Bezeichnung.«
»Was zum Teufel ist es dann?« fragte Radl verblüfft.
»Tja, das wissen wir selbst nicht ganz genau, was, Müller?« Der Oberbootsmannsmaat feixte, und König sagte: »Ein Motorka-

nonenboot, wie Sie sehen, Herr Oberst, in England für die Türken gebaut und von der Royal Navy requiriert.«
»Und wie ging's dann weiter?«
»Bei Ebbe auf einer Sandbank vor Morlaix in der Bretagne auf Grund gelaufen. Der Kapitän konnte es nicht versenken, ehe er von Bord ging. Also versuchte er es mit einer Zeitzünderladung.«
»Und?«
»Die Ladung ging nicht hoch, und ehe er nochmals an Bord gehen konnte, tauchte ein S-Boot auf und nahm ihn mitsamt seiner Mannschaft gefangen.«
»Der arme Teufel«, sagte Radl. »Er könnte mir beinahe leid tun.«
»Aber das Beste kommt erst noch, Herr Oberst«, erwiderte König. »Da die letzte Funkmeldung des Kapitäns lautete, er werde das Schiff verlassen und in die Luft sprengen, nahm die britische Admiralität natürlich an, daß das auch geschehen sei.«
»Und so können Sie jetzt nach Belieben und ganz ungeschoren auf einem waschechten Kanonenboot der Royal Navy zwischen den Kanalinseln kreuzen? Jetzt begreife ich.«
»Genau. Sie blickten vorhin zum Flaggenstock und waren zweifellos erstaunt, daß wir die weiße Kriegsflagge der Royal Navy führen.«
»Die Sie vermutlich schon mehrmals gerettet hat?«
»Schon oft. Wir hissen den weißen Wimpel, geben den Flaggengruß und weiter geht's. Klappt immer.«
Radl spürte, wie die schon wohlbekannte Erregung wiederum von ihm Besitz ergriff. »Sagen Sie mir alles über das Boot«, sagte er. »Wie schnell ist es?«
»Spitze war ursprünglich fünfundzwanzig Knoten, aber in der Marinewerft von Brest haben sie es auf dreißig frisiert. Noch immer kein S-Boot, aber schon recht nett. Vierzig Meter Länge, und an Bestückung einen Sechspfünder, einen Zweipfünder, zwei Null-fünf-Zwillings-MG und eine Zwanzig-Millimeter-Zwillingsflak.«

»Sehr gut«, unterbrach Radl. »Wirklich ein gutes Boot. Und die Reichweite?«
»Tausend Meilen bei einundzwanzig Knoten. Natürlich braucht es mit den Schalldämpfern viel mehr Sprit.«
»Und was ist dieses Zeug da?« Radl wies auf das Gewirr der Antennen.
»Einige dienen zur Navigation. Die übrigen sind Sprechfunkantennen. Eine Mikrowellenfunkanlage für Gegensprechverbindungen zwischen einem fahrenden Schiff und einem an Land befindlichen Posten. Unvergleichlich besser als alles, was wir bisher haben. Wird offenbar von Agenten benutzt, um die einfahrenden Schiffe an Land zu lotsen. Hab's im Marinehauptquartier in Jersey schon angepriesen wie Sauerbier. Kein Mensch interessiert sich dafür. Kein Wunder, daß wir ...«
Er fing sich gerade noch rechtzeitig. Radl warf ihm einen kurzen Blick zu und sagte ruhig: »Über welche Reichweite verfügt dieses tolle Spielzeug?«
»Bis zu fünfzehn Meilen an einem guten Tag; für unbedingte Zuverlässigkeit würde ich nur die Hälfte ansetzen, aber dann arbeitet es so gut wie ein Telefon.«
Radl stand lange Zeit da und überdachte das Ganze, dann nickte er abrupt. »Danke, König«, sagte er und ging hinaus.
Er fand Devlin in Königs Kajüte flach auf dem Rücken liegend, die Augen geschlossen, die Hände über der Flasche Bushmills gefaltet. Radls Miene wurde unwirsch und auch ein wenig besorgt, aber dann sah er, daß die Flasche noch nicht geöffnet war.
»Keine Bange, Oberst«, sagte Devlin, ohne die Augen zu öffnen. »Noch hat mich der Teufel nicht am Wickel.«
»Haben Sie meine Aktentasche hier?«
Devlin wälzte sich zur Seite und zerrte die Aktentasche unter sich hervor. »Schütze sie mit meinem Leben.«
»Gut so.« Radl wandte sich wieder zur Tür. »Im Ruderhaus ist ein Funkdings, das Sie sich anschauen sollten, ehe wir landen.«
»Funkdings?« knurrte Devlin.
»Ist ja egal«, sagte Radl. »Ich erklär's Ihnen später.«

Als er wieder auf die Brücke kam, saß König am Kartentisch und trank Kaffee aus einem Blechbecher. Müller hatte noch immer das Ruder.
König stand sichtlich überrascht auf, und Radl sagte: »Der Marinekommandant in Jersey... wer ist das?«
»Kapitän zur See Hans Olbricht.«
»Mhm. Können Sie St. Helier eine halbe Stunde vor der von Ihnen errechneten Zeit erreichen?«
König warf Müller einen zweifelnden Blick zu. »Das kann ich nicht mit Bestimmtheit sagen, Herr Oberst. Wir könnten es versuchen. Ist es wichtig?«
»Äußerst. Ich muß vor dem Weiterflug noch Olbricht aufsuchen und Ihre Versetzung veranlassen.«
König blickte ihn erstaunt an.
»Versetzung, Herr Oberst? Unter welchem Befehl?«
»Unter meinem Befehl.«
Radl erklärte ihm kurz die Lage, dann wies er mit dem Kopf auf Müller.
»Kann man diesem Bullen da vertrauen?«
»Auf Tod und Leben, Herr Oberst.«
»Gut«, sagte Radl. »Sie werden ein paar Tage in Jersey bleiben, bis der Befehl durch ist, dann verlegen Sie nach Boulogne, wo Sie meine Instruktionen erwarten. Irgendwelche Schwierigkeiten, dort hinzukommen?«
König schüttelte den Kopf.
»Ich sehe keine. Müßte dieses Boot spielend schaffen.«
Er zögerte ein wenig.
»Und danach, Herr Oberst?«
»Dann geht's irgendwo an die holländische Küste in die Gegend von Den Helder. Ich habe die richtige Stelle bis jetzt noch nicht ausgemacht. Wissen Sie eine?«
Hier räusperte sich Müller und sagte: »Melde gehorsamst, Herr Oberst, ich kenne diese Küste wie meine Hosentasche. War lange Zeit Obermaat auf einem Bergungsdampfer vor Rotterdam.«

»Ausgezeichnet. Ganz ausgezeichnet.« Er verließ das Ruderhaus, stellte sich in den Bug neben den Sechspfünder und rauchte eine Zigarette. »Es macht sich«, sagte er leise. »Es macht sich.« Und sein Magen zog sich vor Aufregung zusammen.

5

Am Mittwoch, dem 6. Oktober, kurz vor Mittag, nahm Joanna Grey einen großen Umschlag aus einem Exemplar der *Times*, das ihr Kontaktmann von der spanischen Botschaft ihr auf einer bestimmten Bank in Green Park übergeben hatte. Sie steckte den Umschlag ein und ging unverzüglich zurück zum Bahnhof Kings Cross, nahm den ersten Schnellzug nach Norden und stieg in Peterborough in den Zug nach King's Lynn um, wo sie ihren Wagen hatte stehenlassen. Dank der Benzinzulage, die sie als Angehörige des Weiblichen Hilfskorps bekam, konnte sie sich gelegentliche Autofahrten leisten.
Als sie in den Hof hinter Park Cottage fuhr, war es fast sechs Uhr, und sie war hundemüde. Sie betrat das Haus durch die Küche, wo sie von ihrem Hund Patch begeistert empfangen wurde. Er trabte hinter ihr her, als sie ins Wohnzimmer ging und sich ein großes Glas Whisky eingoß – womit Sir Henry Willoughby sie reichlich versorgte. Dann stieg sie die Treppe zu dem kleinen Kabinett neben ihrem Schlafzimmer hinauf.
Die Wandtäfelung stammte noch aus der jakobäischen Epoche, desgleichen die unsichtbare Tür in der Ecke. Solche Türen waren damals gang und gäbe gewesen und so geschickt angebracht, daß man sie nicht vom übrigen Holzwerk unterscheiden konnte. Joanna nahm einen Schlüssel von einer Kette, die sie um den Hals trug, und öffnete die Tür. Eine kurze Holztreppe führte zu einem Verschlag unterm Dach. Hier hatte sie ihr Funkgerät. Sie setzte sich an einen alten Tisch, zog eine Lade darin auf, schob eine geladene Luger beiseite und kramte

einen Bleistift hervor. Dann nahm sie ihre Kodebücher und machte sich an die Arbeit.
Als sie sich eine Stunde später zurücklehnte, war ihr Gesicht vor Erregung verzerrt. »Mein Gott!« flüsterte sie auf Afrikaans. »Es ist ihnen ernst damit ... es ist ihnen tatsächlich ernst damit.«
Dann holte sie tief Atem, riß sich zusammen und ging wieder hinunter. Patch hatte geduldig an der Tür gewartet und folgte ihr jetzt ins Wohnzimmer, wo sie den Telefonhörer abnahm und die Nummer von Studley Grange wählte. Sir Henry Willoughby kam selbst an den Apparat.
Sie sagte: »Sir Henry, hier ist Joanna Grey.«
Sofort wurde seine Stimme herzlich. »Hallo, meine Liebe. Hoffentlich rufen Sie nicht an, um uns mitzuteilen, daß Sie nicht zum Bridge rüberkommen oder so. Sie haben's doch nicht vergessen, wie? Halb neun?«
Sie hatte es tatsächlich vergessen, aber darum ging es jetzt nicht. Sie sagte: »Natürlich nicht, Sir Henry. Ich möchte Sie nur um einen kleinen Gefallen bitten und lieber nicht vor anderen mit Ihnen darüber sprechen.«
Seine Stimme wurde tiefer: »Schießen Sie los, altes Mädchen. Alles, was ich irgend tun kann.«
»Also, irische Freunde meines verstorbenen Mannes haben mich gefragt, ob ich nicht etwas für ihren Neffen tun könne. Sie schicken ihn mir der Einfachheit halber gleich selbst herüber. Er wird in den nächsten Tagen ankommen.«
»Was sollen Sie für ihn tun?«
»Er heißt Devlin, Liam Devlin, und die Sache ist die, Sir Henry: Der arme Mensch hat in der britischen Army in Frankreich gekämpft und wurde schwer verwundet. Er ist felddienstuntauglich geschrieben, hat fast ein Jahr im Lazarett verbracht. Jetzt ist er wieder auf den Beinen und könnte arbeiten, aber es müßte eine Arbeit im Freien sein.«
»Und da dachten Sie, ich könnte ihn hier unterbringen?« sagte Sir Henry jovial. »Überhaupt kein Problem, altes Mädchen. Sie

wissen, wie schwer man heutzutage Leute für das Gut bekommt.«
»Zu Anfang wird er noch nicht sehr hart arbeiten können«, sagte sie. »Ich dachte eigentlich eher an den Posten des Marschenwächters in Hobs End. Er ist doch unbesetzt, seit der junge Tom King vor zwei Jahren eingerückt ist, nicht wahr, und das Haus steht leer. Es wäre besser, wenn wieder jemand drin wohnte. Es verkommt doch sonst nur.«
»Ich glaube, Joanna, das ist gar keine schlechte Idee. Wir wollen die ganze Sache gründlich durchsprechen. Hat keinen Sinn am Bridgetisch vor allen Leuten. Haben Sie morgen nachmittag Zeit?«
»Natürlich«, sagte sie. »Es ist schrecklich nett, daß Sie helfen wollen, Sir Henry. Ich gehe Ihnen bestimmt schon auf die Nerven mit meinen ewigen Hilferufen.«
»Unsinn«, erwiderte er streng. »Dazu bin ich hier. Eine Frau braucht einen Mann, der ihr die Schwierigkeiten aus dem Weg räumt.« Seine Stimme bebte leicht.
»Jetzt muß ich Schluß machen«, sagte sie. »Bis später.«
»Auf Wiedersehen, meine Liebe.«
Sie legte den Hörer auf, streichelte Patchs Kopf und ging zusammen mit dem Hund die Treppe hinauf. Sie setzte sich an das Sendegerät und funkte das kürzeste Signal auf der Welle der holländischen Station zur Weiterleitung nach Berlin. Eine Bestätigung, daß sie ihre Instruktionen erhalten habe, und ein Kodewort, das bedeutete, daß für Devlins Unterbringung gesorgt werde.

In Berlin war das Wetter furchtbar. Schwarzer, kalter Regen peitschte über die Stadt, und der Wind pfiff so eisig, als käme er vom Ural. Im Vorzimmer von Himmlers Büro in der Prinz-Albrecht-Straße saßen Max Radl und Devlin sich seit mehr als einer Stunde gegenüber. »Was, zum Teufel, ist eigentlich los?« fragte Devlin zum wiederholten Mal. »Will er uns nun sehen oder nicht?«

»Wie wär's, wenn Sie mal anklopften und ihn fragten?« schlug Radl vor.
In diesem Augenblick ging die Tür zum Korridor auf, und Rossmann trat ein. Er schleuderte das Regenwasser von seinem Schlapphut, der Mantel war triefend naß. Er lächelte strahlend. »Immer noch da, Sie beide?«
Devlin sagte zu Radl: »Ein kolossaler Witzbold, das muß ihm der Neid lassen.«
Rossmann klopfte an Himmlers Tür und ging hinein. Er schloß sie nicht hinter sich. »Ich habe ihn, Reichsführer.«
»Gut«, hörten sie Himmler sagen. »Dann will ich jetzt Radl und diesen Iren da sehen.«
»Was, zum Teufel, soll das sein?« flüsterte Devlin.
»Halten Sie die Klappe«, sagte Radl eindringlich. »Das Reden besorge ich.« Er betrat das Büro als erster, dann folgte Devlin, und Rossmann schloß die Tür hinter ihnen. Alles war genau wie an jenem ersten Abend. Der Raum lag wieder im Halbdunkel, das Kaminfeuer flackerte und Himmler saß hinter seinem Schreibtisch.
Ohne Vorrede begann der Reichsführer: »Gut gemacht, Radl. Ich bin mit der Entwicklung der Dinge sehr zufrieden. Und das ist Herr Devlin?«
Devlin nickte unbekümmert und sagte dann: »Bloß ein armer irrer Ire aus dem Hinterland.«
Himmler runzelte unwillig die Stirn. »Was, in aller Welt, faselt dieser Mensch?« fragte er Radl.
»Die Iren, Reichsführer, sind nicht wie andere Leute«, erwiderte Radl schwach.
Himmler starrte Devlin an und wandte sich dann wieder an Radl. »Sind Sie sicher, daß er der richtige Mann ist?«
»Absolut.«
»Und wann soll er weg?«
»Am Sonntag.«
»Und Ihre übrigen Dispositionen? Entwickelt sich alles nach Wunsch?«

»Jawohl, bisher schon. Meine Reise nach Alderney konnte ich mit Erledigungen für die Abwehr in Paris verbinden, und nächste Woche kann ich aus rein dienstlichen Gründen Amsterdam besuchen. Der Admiral weiß von nichts. Er hat in letzter Zeit andere Sorgen.«

»Gut.« Himmler saß da und starrte vor sich hin, offenbar dachte er über irgend etwas nach.

»War sonst noch was, Reichsführer?« fragte Radl, da Devlin bereits ungeduldig wurde.

»Ja. Ich habe Sie heute abend aus zwei Gründen hierher bestellt. Erstens wollte ich mir Devlin ansehen. Und zweitens geht es um die Zusammensetzung von Steiners Einsatztruppe.«

»Vielleicht sollte ich hinausgehen«, meinte Devlin.

»Unsinn«, erwiderte Himmler brüsk. »Sie setzen sich gefälligst ganz still in die Ecke und hören zu. Oder ist ein Ire dazu nicht fähig?«

Devlin klappte etwas übertrieben die Hacken zusammen und ließ sich dann am Kaminfeuer nieder, nahm eine Zigarette heraus und zündete sie an. Himmler starrte ihn an, wollte anscheinend etwas sagen und überlegte es sich dann doch anders. Er wandte sich wieder Radl zu.

»Ja, in der Zusammensetzung von Steiners Gruppe scheint es einen schwachen Punkt zu geben. Vier oder fünf Leute sprechen einigermaßen Englisch, aber nur Steiner kann sich als Einheimischer ausgeben. Das reicht nicht. Meiner Meinung nach muß er noch einen Mann mit ähnlichen Sprachkenntnissen zur Seite haben.«

»Aber Leute mit solchen Sprachkenntnissen sind ziemlich dünn gesät.«

»Ich glaube, ich habe etwas für Sie«, sagte Himmler. »Einen Mann namens Amery, John Amery. Sohn eines englischen Politikers. Hat für Franco Waffen geschmuggelt. Haßt die Bolschewiken. Arbeitet jetzt schon seit geraumer Zeit für uns.«

»Gute Arbeit?«

»Kaum, aber es war seine Idee gewesen, die von ihm so

benannte *British Legion of St. George* zu gründen. Er wollte Engländer aus den Kriegsgefangenenlagern für den Einsatz an der Ostfront anwerben.«
»Hat er Anhänger gefunden?«
»Ein paar, nicht viele, und meist Gesinnungslumpen. Ich habe Amery die Sache aus der Hand genommen. Eine Zeitlang war die Wehrmacht für diese Einheit zuständig, aber jetzt untersteht sie endgültig der SS.«
»Und gibt's von diesen Freiwilligen noch viele?«
»Nach letzter Zählung fünfzig bis sechzig. Sie tragen jetzt die Bezeichnung Britisches Freikorps.« Himmler öffnete eine vor ihm stehende Kartei und zog eine Karte heraus. »Gelegentlich können solche Leute durchaus von Nutzen sein. Dieser Mann hier zum Beispiel, Harvey Preston. Als er in Belgien in Gefangenschaft geriet, trug er die Uniform eines Captains der *Coldstream Guards,* und da er die, wie man mir sagte, für die englische Aristokratie typische Sprechweise und Allüren besaß, zweifelte längere Zeit niemand an seiner Echtheit.«
»Aber er war nicht das, wofür er sich ausgab?«
»Urteilen Sie selbst.«
Radl studierte die Karteikarte. Preston war 1916 in Harrrowgate, Yorkshire, als Sohn eines Gepäckträgers zur Welt gekommen. Mit vierzehn hatte er sein Elternhaus verlassen, um bei einer Wanderbühne als Hilfsrequisiteur zu arbeiten. Mit achtzehn trat er in Southport in einem Schmierentheater auf. 1937 wurde er in Winchester wegen Betrugs in vier Fällen zu zwei Jahren Gefängnis verurteilt.
Einen Monat nach seiner Entlassung im Januar 1939 bekam er bereits eine weitere Gefängnisstrafe wegen Hochstapelei: Er war als Offizier der Royal Air Force aufgetreten und hatte sich unter Vorspiegelung falscher Tatsachen Geld verschafft. Der Richter setzte das Urteil jedoch aus unter der Bedingung, daß Preston sich zum Kriegsdienst melde. Er war mit einer Transportkompanie des *Royal Army Service Corps* als

Schreibstubenordonnanz nach Frankreich abgestellt worden und hatte bei seiner Gefangennahme den Dienstrang eines Korporals.
Seine Führung im Gefangenenlager war schlecht oder gut, je nachdem, auf welcher Seite man stand, denn er hatte nicht weniger als fünf verschiedene Fluchtversuche von Kameraden verraten. Beim letztenmal hatten seine Mitgefangenen Wind davon bekommen, und wenn er sich nicht freiwillig zum Dienst im Freikorps gemeldet hätte, wäre seine Verlegung in ein anderes Lager um seiner eigenen Sicherheit willen unvermeidlich gewesen.
Radl ging hinüber zu Devlin und gab ihm die Karteikarte, dann wandte er sich an Himmler: »Und nach Ihrem Plan bekäme jetzt Steiner diesen... diesen...«
»Lumpen?« sagte Himmler, »der keinen Schuß Pulver wert ist, aber recht gut den englischen Aristokraten mimen kann! Er wirkt tatsächlich überzeugend, Radl. Ein Mann, vor dem ein Polizist salutiert, sobald er den Mund auftut. Ich habe mir sagen lassen, daß die arbeitenden Klassen Englands einen Offizier und Gentleman auf den ersten Blick erkennen, und Preston macht seine Sache bestimmt gut.«
»Aber Steiner und seine Leute, Reichsführer, sind Soldaten, echte Soldaten. Sie kennen die Beurteilungen. Wie sollte ein solcher Mann sich in diese Gruppe einfügen? Den Anforderungen genügen?«
»Er wird tun, was man ihm sagt«, sagte Himmler. »Das ist überhaupt keine Frage. Lassen wir ihn hereinkommen.«
Er drückte auf den Summer, und kurz darauf erschien Rossmann in der Tür. »Ich will diesen Preston sehen.« Rossmann ging, ließ aber die Tür offen, und wenige Sekunden später betrat Preston das Büro, schloß die Tür hinter sich und grüßte mit ausgestrecktem Arm.
Er war siebenundzwanzig, ein großer, gutaussehender Mann in maßgeschneiderter feldgrauer Uniform. Besonders die Uniform faszinierte Radl. Preston trug das Totenkopfabzeichen an

der Mütze, die Kragenspiegel zeigten drei Leoparden. Unter dem Adler auf seinem rechten Ärmel war das Emblem des Union Jack, und die schwarz-silbernen Ärmelstreifen verkündeten in gotischen Lettern: *Britisches Freikorps.*
»Nein, wie hübsch«, sagte Devlin, aber so leise, daß nur Radl es hörte.
Himmler stellte vor: »Untersturmführer Preston. Oberst Radl von der Abwehr und Herr Devlin. Sie konnten den Unterlagen, die Sie heute früh gelesen haben, entnehmen, welche Rolle jeder der Herren in der Sache spielt, um die es hier geht.«
Preston machte eine halbe Wendung zu Radl, beugte ruckartig den Nacken, schlug die Hacken zusammen. Sehr förmlich, sehr militärisch, ganz wie jemand, der auf der Bühne einen preußischen Offizier spielt.
»Also«, sagte Himmler. »Sie hatten reichlich Gelegenheit, sich diese Sache durch den Kopf gehen zu lassen. Sie wissen, was von Ihnen erwartet wird?«
Preston sagte vorsichtig: »Verstehe ich richtig, daß Oberst Radl Freiwillige für diesen Einsatz sucht?« Sein Deutsch war korrekt, nur die Aussprache ließ zu wünschen übrig.
Himmler nahm den Kneifer ab, streichelte behutsam mit einem Zeigefinger den Nasenrücken und setzte den Kneifer sehr sorgsam wieder auf. Eine Gebärde, die ungemein bedrohlich wirkte. »Was genau wollen Sie damit sagen, Untersturmführer?«
»Nur, daß ich hier in einer ziemlich heiklen Lage bin. Wie Sie wissen, wurde den Mitgliedern des Britischen Freikorps zugesichert, daß sie nie an einem Krieg oder an kriegerischen Handlungen gegen England oder die Krone teilnehmen oder irgendwelche, den Interessen des britischen Volkes abträgliche Maßnahmen aktiv unterstützen müßten.«
Radl sagte: »Vielleicht würde dieser Herr sich im Einsatz an der Ostfront wohler fühlen, Reichsführer? Heeresgruppe Mitte, zum Beispiel. Allerhand Möglichkeiten da drüben, für einen, den's nach wahren Taten gelüstet.«

Preston begriff, daß er einen groben Schnitzer gemacht hatte, und versuchte hastig, die Scharte auszuwetzen. »Ich versichere Ihnen, Reichsführer, daß ...«
Himmler schnitt ihm barsch das Wort ab. »Sie sprechen von Freiwilligkeit, wo ich nur verdammte Pflicht und Schuldigkeit sehe. Eine Gelegenheit, dem Führer und dem Reich wirklich zu dienen.«
Preston stand stramm. Wiederum eine großartige Vorstellung, und zumindest Devlin hatte seinen hellen Spaß daran. »Selbstverständlich, Reichsführer, es ist mein brennendster Wunsch.«
»Gehe ich fehl in der Annahme, daß Sie in diesem Sinn einen Eid geleistet haben? Einen heiligen Eid?«
»Jawohl, Reichsführer.«
»Dann erübrigt sich jedes weitere Wort. Sie stehen ab sofort unter dem Befehl von Oberst Radl.«
»Zu Befehl, Reichsführer.«
»Oberst Radl, ich möchte noch ein Wort unter vier Augen mit Ihnen sprechen.« Himmler starrte zu Devlin hinüber. »Herr Devlin, würden Sie bitte zusammen mit Untersturmführer Preston im Vorzimmer warten.«
Preston grüßte mit zackigem Heil Hitler, vollführte eine Kehrtwendung und marschierte hinaus. Devlin folgte ihm und schloß hinter ihnen die Tür.
Von Rossmann war nichts zu sehen. Preston warf seine Mütze auf den Tisch. Er war weiß vor Zorn, wohl auch Furcht, und als er einem silbernen Etui eine Zigarette entnahm, zitterte seine Hand.
Devlin schlenderte zu ihm hinüber und bediente sich aus dem Etui, ehe Preston es zuklappen konnte. Er grinste. »Herrgott, der Reichsheini hat dich ja ganz schön am Wickel«, flüsterte er Preston zu.
Er hatte englisch gesprochen, und Preston riß die Augen auf und antwortete in der gleichen Sprache: »Wie, zum Teufel, meinen Sie das?«
»Hab' dich nicht, mein Sohn«, sagte Devlin. »Ich kenne näm-

lich euern Haufen. *Legion of St. George. British Free Corps.* Wie haben sie dich eingekauft? Schnaps, bis ich halt sage, und so viele Weiber, wie du verkraftest, vorausgesetzt, du bist nicht wählerisch. Und jetzt bitten sie eben zur Kasse.«
Aus der Höhe seiner einszweiundachtzig konnte Preston mit gehöriger Verachtung auf den Iren herabblicken. Er rümpfte die Nase. »Mein Gott, mit was für Leuten man sich abgeben muß, direkt aus dem Rinnstein, dem Geruch nach zu schließen. Hören Sie schon auf, den ekligen kleinen Iren zu mimen. Schön artig sein, sonst muß ich Sie übers Knie legen.«
Devlin, der gerade ein Streichholz an seine Zigarette hielt, versetzte Preston einen gut gezielten Tritt unter die rechte Kniescheibe.

Im Büro hatte Radl soeben seinen Aktionsbericht beendet.
»Ausgezeichnet«, sagte Himmler. »Und der Ire startet am Sonntag?«
»Mit einer Dornier von der Luftwaffenbasis in Laville bei Brest. Von dort aus erreicht man auf Nordwestkurs Irland, ohne englischen Boden überfliegen zu müssen. In achttausend Meter Höhe dürften sie auf dem Großteil der Strecke keine Schwierigkeiten haben.«
»Und die irische Luftwaffe?«
»Welche Luftwaffe, Reichsführer?«
»Verstehe.« Himmler schloß die Akte. »Die Sache kommt also endlich voran. Ich bin sehr mit Ihnen zufrieden, Radl. Halten Sie mich auf dem laufenden.«
Er nahm die Feder auf, womit Radl eigentlich verabschiedet gewesen wäre, aber Radl sagte zögernd: »Da... da ist noch etwas, Reichsführer.«
Himmler blickte unwirsch auf. »Und das wäre?«
»Generalmajor Steiner.«
»Oberstleutnant Steiner.«
Radl wußte nicht, wie er es formulieren sollte, aber auf die eine oder andere Art mußte er es zur Sprache bringen. Das war er

Steiner schuldig. Im Grunde war er, angesichts der gegebenen Umstände, selbst erstaunt, wieviel ihm an der Einhaltung dieses Versprechens lag. »Es war Ihr Vorschlag, Reichsführer, daß ich Oberstleutnant Steiner klarmachen sollte, sein Verhalten in dieser Sache könnte auf den Fall seines Vaters großen Einfluß haben.«
»Ja, das stimmt«, sagte Himmler ruhig. »Aber wo liegt da das Problem?«
»Reichsführer, ich habe Oberstleutnant Steiner versprochen«, sagte Radl lahm, »das heißt, ihm die Zusicherung gegeben, daß... daß...«
»Wozu Sie keine Befugnis hatten«, sagte Himmler scharf. »Jedoch können Sie, in Anbetracht der Umstände, Steiner diese Zusicherung in meinem Namen geben.« Wieder nahm er die Feder auf. »Sie können jetzt gehen.«
Als Radl hinaus ins Vorzimmer trat, stand Devlin am Fenster und lugte durch einen Spalt in den Vorhängen, und Preston saß in einem Sessel und rieb sich das Knie. »Schüttet wie aus Eimern draußen«, sagte Devlin vergnügt. »Na ja, vielleicht bleibt dann die Royal Air Force ausnahmsweise mal zu Hause. Gehen wir?«
Radl nickte und sagte zu Preston: »Sie bleiben hier. Der Reichsführer hat noch mit Ihnen zu reden. Und kommen Sie morgen nicht zu mir. *Ich* setze mich mit Ihnen in Verbindung.«
Preston war aufgesprungen, wiederum sehr militärisch. »Zu Befehl, Herr Oberst.«
Radl und Devlin gingen zur Tür, und im Hinausgehen hob der Ire den Daumen und grinste freundlich. »Es lebe die Republik!«
Preston ließ den Arm sinken und fluchte. Devlin schloß die Tür und folgte Radl zur Treppe. »Wo, zum Teufel, haben Sie denn den aufgegabelt? Himmler muß völlig den Verstand verloren haben.«
»Das weiß Gott«, sagte Radl, als sie neben den SS-Wachen unter dem Haupteingang stehenblieben, um ihre Mantelkrägen

gegen den strömenden Regen hochzuschlagen. »Der Gedanke, einen zweiten Offizier mitzunehmen, der Engländer ist, hat etwas für sich, aber dieser Preston...« Er schüttelte den Kopf. »Eine gescheiterte Existenz, Schmierenschauspieler und Schmalspurkrimineller. Ein Mann, der von Kindheit an in einer Art Traumwelt gelebt hat.«
»Und jetzt haben wir ihn auf dem Hals«, sagte Delvin. »Ich frage mich, wie Steiner es aufnimmt.«
Als Radls Dienstwagen vorfuhr, setzten sie sich in den Fond. »Steiner kriegt's hin«, sagte Radl. »Männer wie Steiner kriegen alles hin. Aber jetzt zur Sache. Wir fliegen morgen nachmittag nach Paris.«
»Und dann?«
»Ich habe wichtige Dinge in Holland zu erledigen. Wie ich Ihnen bereits sagte, wird das ganze Unternehmen von Landsvoort aus gestartet. Während der entscheidenden Phase werde ich selbst dort sein, wenn Sie also Funkverbindung aufnehmen, mein Lieber, dann werden Sie wissen, wer am anderen Ende sitzt. Wir trennen uns also, wie gesagt, in Paris, und ich fliege weiter nach Amsterdam. Sie kriegen einen Transport zum Flugplatz von Laville in der Nähe von Brest. Sonntag abend um zehn Uhr starten Sie.«
»Werden Sie dort sein?« fragte Devlin.
»Ich will's versuchen, aber vielleicht klappt's auch nicht.«
Kurz darauf kamen sie am Tirpitzufer an und hasteten durch den Regen zum Eingang, gerade als Hofer in Mütze und Mantel dort auftauchte. Er salutierte, und Radl sagte: »Schluß für heute, Hofer? Irgend etwas für mich gekommen?«
»Jawohl, Herr Oberst. Ein Funkspruch von Mrs. Grey.«
Radl war ganz aufgeregt. »Was für ein Funkspruch, Mann, was meldet sie?«
»Meldung erhalten und verstanden, Herr Oberst, und daß für Mr. Devlins Unterbringung gesorgt werde.«
Radl wandte sich triumphierend zu Devlin; Regen troff von seiner Mütze. »Na, was sagen Sie dazu, mein Freund?«

»Es lebe die Republik«, sagte Devlin trübsinnig. »Ist Ihnen das patriotisch genug? Wenn ja, könnte ich dann reingehen und einen kippen?«

Um genau zwei Uhr zwanzig am Morgen des 9. Oktober, einem Samstag, erzielte der Luftwaffenhauptmann Peter Gericke von der 7. Nachtjagdstaffel vor Grendjeim an der holländischen Küste seinen achtunddreißigsten bestätigten Abschuß. Er flog bei dichter Bewölkung eine Ju 88, eine jener scheinbar schwerfälligen, schwarzen, zweimotorigen und mit bizarr geformten Antennen bestückten Maschinen, die den über Europa operierenden Nachtbombergeschwadern der Royal Air Force bereits beträchtliche Verluste zugefügt hatten.
Dabei hatte diese Nacht für Gericke nicht gerade glücklich begonnen. Wegen einer blockierten Treibstoffzuleitung im Backbordmotor hatte er eine halbe Stunde länger am Boden bleiben müssen, während die übrige Staffel sich auf einen großen britischen Bomberverband stürzte, der nach einem Angriff auf die Stadt Hannover den Rückflug über die holländische Küste angetreten hatte. Bis Gericke dort eintraf, hatten die meisten seiner Kameraden bereits wieder abgedreht. Aber es konnten immer noch feindliche Nachzügler kommen, und so flog er noch ein paar Runden.
Gericke war dreiundzwanzig Jahre alt. Ein gutaussehender, ziemlich verschlossener junger Mann, dessen dunkle Augen vor Ungeduld brannten. Nichts im Leben schien ihm schnell genug zu gehen. Zur Zeit pfiff er gerade leise die ersten Takte der Pastorale, der Sechsten Symphonie von Beethoven, vor sich hin.
Bordfunker Haupt, der hinter ihm über das Lichtensteingerät gebeugt saß, stieß ein aufgeregtes Japsen aus. »Jetzt hab' ich einen.«
Im gleichen Augenblick meldete sich die Bodenstation, und die vertraute Stimme von Major Berger, dem Fluglotsen des

NJG 7, krächzte in Gerickes Kopfhörer. »Wanderer vier, hier Schwarzer Ritter. Ich habe einen Kurier für Sie. Hören Sie mich?«
»Laut und deutlich«, erwiderte Gericke.
»Gehen Sie null-acht-sieben Grad. Zielentfernung zehntausend.«
Sekunden später brach die Ju 88 aus ihrer Wolkendeckung, und Böhmler, der Beobachter, berührte Gerickes Arm. Gericke sah seine Beute sofort. Ein angeschlagener Lancaster-Bomber krebste im hellen Mondschein heimwärts, aus dem äußersten Backbordmotor quoll eine dicke Rauchfahne.
»Schwarzer Ritter, hier spricht Wanderer vier«, sagte Gericke. »Habe Sicht, brauche keine weitere Anweisung.«
Er glitt wieder zurück in die Wolken, ging zweihundert Meter tiefer und drehte dann hart über die linke Tragfläche ab, um unter dem Heck der lädierten Lancaster wieder aufzutauchen. Sie bot ein bequemes Ziel, wie sie gleich einem grauen Gespenst über ihnen dahinschwebte und ihre Rauchfahne hinter sich herzog.
In der zweiten Hälfte des Jahres 1943 bekamen die deutschen Nachtjäger eine Waffe, die sie *Schräge Musik* nannten. Eine Zwanzig-Millimeter-Zwillingskanone, die so im Rumpf montiert war, daß sie in einem Winkel zwischen zehn und zwanzig Grad schräg nach oben feuerte. Damit konnten die Nachtjäger ihre Beute von unten angehen, aus dem toten Winkel heraus und für die Bordwaffen der meisten Bombertypen praktisch unerreichbar. Da keine Leuchtspurgeschosse verwendet wurden, konnten Dutzende von Bombern abgeschossen werden, ohne daß ihre Besatzungen überhaupt wußten, woher der Angriff gekommen war.
So auch dieses Mal. Einen Augenblick lang hatte Gericke die Lancaster im Fadenkreuz, dann, während er nach Backbord abdrehte, kippte der Bomber ab und stürzte auf die See zu. Man sah einen Fallschirm, dann einen zweiten. Im nächsten Moment explodierte die Maschine in einem gleißenden orange-

farbenen Feuerball. Trümmer des Leitwerks fielen ins Meer, einer der Fallschirme fing Feuer und flammte kurz auf.
»Du lieber Gott im Himmel!« sagte Böhmler erschüttert.
»Was für ein Gott?« erwiderte Gericke zornig. »Gib denen da unten noch die Position von dem armen Teufel durch, damit sie ihn rausfischen, und dann nichts wie heim.«

Als Gericke und seine beiden Besatzungsmitglieder sich im Nachrichtenraum der Einsatzleitung zurückmeldeten, war niemand mehr da, bis auf Major Adler, den leitenden Nachrichtenoffizier, einen jovialen Fünfziger. Adler, der im Ersten Weltkrieg in Richthofens Staffel geflogen war, trug den »Blauen Max« und den »Pour le mérite«, und die schweren Verbrennungen, die er damals erlitten hatte, hatten sein Gesicht zu einer starren Maske gemacht.
»Ah, da sind Sie ja, Gericke«, sagte er. »Spät kommt ihr, doch ihr kommt. Eure Abschußmeldung wurde durch ein S-Boot bestätigt, das in der Gegend kreuzt.«
»Was ist mit dem Mann, der abspringen konnte?« fragte Gericke. »Haben sie ihn gefunden?«
»Noch nicht, aber sie suchen weiter. Außerdem ist ein Rettungsboot in dieser Gegend.«
Er schob ein Kistchen aus Sandelholz über den Schreibtisch. Es enthielt sehr lange, bleistiftdünne holländische Zigarren. Gericke bediente sich.
Adler sagte: »So besorgt? Soviel Nächstenliebe hätte ich Ihnen gar nicht zugetraut.«
»Darum geht's auch nicht«, erwiderte Gericke offen, während er ein Streichholz an seine Zigarre hielt, »aber morgen könnte ich an seiner Stelle sein. Ein tröstlicher Gedanke, daß diese Rettungsburschen auf Zack sind.«
Als er sich zum Gehen wandte, sagte Adler: »Oberst Prager möchte Sie sprechen.«
Oberst Prager war Gruppenkommandeur von Grandjeim und für drei Staffeln, einschließlich der Gerickes, verantwortlich.

Er hielt streng auf Disziplin und war glühender Nationalsozialist, zwei Eigenschaften, von denen Gericke keine besonders sympathisch fand. Für Prager sprach, daß er selbst ein erstklassiger Pilot war und ihm das Wohl der Flugzeugbesatzungen in seiner Gruppe über alles ging.
»Was will er von mir?«
Adler zuckte mit den Achseln. »Kann ich nicht sagen, aber am Telefon betonte er ausdrücklich, ich soll Sie so bald wie irgend möglich zu ihm schicken.«
»Ich weiß es«, sagte Böhmler grinsend. »Göring hat angerufen. Lädt dich fürs Wochenende nach Karinhall ein. Ist auch höchste Zeit!«
Der Reichsmarschall legte als ehemaliger Flieger Wert darauf, den Piloten der Luftwaffe, denen das Ritterkreuz verliehen wurde, die Auszeichnung persönlich zu überreichen.
»Ich hab's aufgegeben«, knurrte Gericke. Männer, die weniger Abschüsse verbuchen konnten als er, hatten die begehrte Halskrause längst erhalten. Es war entschieden ein wunder Punkt.
»Nur Geduld, Gericke«, rief Adler ihnen nach. »Sie kommen schon noch dran.«
»Wenn ich lange genug lebe«, sagte Gericke zu Böhmler, als sie auf den Stufen zum Haupteingang der Flugleitung standen. »Wie wär's mit einem Schluck?«
»Nein, danke«, erwiderte Böhmler. »Ein heißes Bad und acht Stunden Schlaf sind alles, was ich jetzt brauche. Für Alkohol ist es mir noch zu früh, auch wenn's schon spät ist.«
Haupt gähnte bereits, und Gericke brummte verdrossen: »Verdammter Lutheraner. Na schön, ihr könnt mich beide ...«
Als er weggehen wollte, rief Böhmler: »Vergiß nicht, daß Prager dich sprechen will.«
»Später«, sagte Gericke. »Ich gehe später zu ihm.«
»Er bettelt direkt drum«, bemerkte Haupt, während sie ihm nachsahen. »Was hat er bloß in letzter Zeit?«
»Was wir alle haben, zu viele Starts und zu viele Landungen«, erwiderte Böhmler.

Gericke schlug müde den Weg zum Offizierskasino ein. Er fühlte sich deprimiert, schlapp, einfach am Ende. Seltsam, daß dieser Tommy, der einzige Überlebende aus der Lancaster, ihm nicht aus dem Kopf gehen wollte. Er brauchte unbedingt was zu trinken. Eine Tasse sehr heißen Kaffee und dazu einen Schnaps, vielleicht einen Steinhäger.
Er betrat den Vorraum, und der erste Mensch, den er sah, war Oberst Prager. Er saß mit einem anderen Offizier in der gegenüberliegenden Ecke in einem Lehnstuhl. Die beiden steckten die Köpfe zusammen und unterhielten sich leise. Gericke zögerte, am liebsten hätte er auf dem Absatz kehrtgemacht, denn der Gruppenkommandeur war in puncto Fliegerkleidung im Kasino besonders scharf. Prager blickte auf und sah ihn. »Da sind Sie ja, Gericke. Setzen Sie sich zu uns.« Er schnalzte mit den Fingern und bestellte bei der herbeieilenden Ordonnanz Kaffee. Er hielt nichts von Alkohol für Piloten.
»Guten Morgen, Herr Oberst«, sagte Gericke und fragte sich, wer der andere Offizier sein mochte, ein Oberst der Gebirgstruppen mit einer schwarzen Klappe über einem Auge und dem Ritterkreuz.
»Gratuliere«, sagte Prager. »Wie ich höre, haben Sie schon wieder einen bestätigten Abschuß.«
»Jawohl, eine Lancaster. Ein Mann konnte abspringen, ich sah, wie sich sein Fallschirm öffnete. Er wird jetzt von unseren Leuten gesucht.«
»Oberst Radl«, sagte Prager.
Radl streckte die gesunde Hand aus, und Gericke drückte sie kurz. »Herr Oberst.«
Prager war so kleinlaut, wie Gericke ihn noch nie erlebt hatte. Er schien unter Druck zu stehen, rückte in seinem Sessel hin und her, als bereite ihm das Sitzen Schmerzen. Die Ordonnanz brachte ein Tablett mit einer Kanne heißem Kaffee und drei Tassen.
»Stellen Sie es ab, Mann!« befahl Prager barsch. Nachdem der Mann gegangen war, herrschte eine Zeitlang leicht angespann-

tes Schweigen. Dann sagte Prager übergangslos: »Oberst Radl ist von der Abwehr. Er hat neue Befehle für Sie.«
»Neue Befehle, Herr Oberst?«
Prager stand auf. »Oberst Radl kann Ihnen mehr darüber erzählen als ich, aber wie mir scheint, bekommen Sie eine außergewöhnliche Chance, dem Reich zu dienen.« Gericke stand ebenfalls auf, und Prager zögerte kurz, dann streckte er die Hand aus. »Sie haben sich hier sehr bewährt, Gericke. Ich bin stolz auf Sie. Und was die andere Sache betrifft, ich habe Sie dreimal vorgeschlagen, mehr kann ich nicht tun.«
»Ich weiß, Herr Oberst«, sagte Gericke, »ich bin dem Herrn Oberst sehr dankbar.«
Prager ging und Gericke setzte sich wieder. Radl sagte: »Mit dieser Lancaster sind es jetzt achtunddreißig Abschüsse, nicht wahr?«
»Sie scheinen gut informiert, Herr Oberst«, sagte Gericke. »Trinken wir ein Glas zusammen?«
»Warum nicht? Einen Kognak, würde ich sagen.«
Gericke gab die Bestellung auf.
»Achtunddreißig bestätigte Abschüsse und kein Ritterkreuz«, fuhr Radl fort. »Ist das nicht ungewöhnlich?«
Gericke wand sich verlegen. »Kann schon mal passieren.«
»Ich weiß«, sagte Radl. »Dazu kommt, daß Sie im Sommer neunzehnhundertvierzig, als Sie eine Me 109 von einer Basis bei Calais aus flogen, den auf Inspektionsreise zu ihrer Staffel gekommenen Reichsmarschall darauf aufmerksam machten, die Spitfire sei Ihrer Meinung nach die bessere Maschine.« Er lächelte freundlich. »Herren seiner Größenordnung merken sich einen kleinen Offizier, der solche Äußerungen tut.«
Gericke sagte: »Dürfte ich den Herrn Oberst gehorsamst darauf hinweisen, daß bei meinem Metier nur das Heute zählt, weil ich morgen sehr leicht schon tot sein kann, und daß ich daher für baldige Aufklärung dankbar wäre.«
»Ganz einfach«, sagte Radl. »Ich brauche einen Piloten für einen ganz besonderen Einsatz.«

»*Sie?*«

»Nun ja, das Reich«, erwiderte Radl. »Gefällt Ihnen das besser?«

»Nicht besonders«, sagte Gericke, hielt sein leeres Glas hoch und winkte damit der Ordonnanz. »Ich fühle mich hier nämlich ausgesprochen wohl.«

»Und deshalb konsumieren Sie solche Mengen Alkohol um vier Uhr morgens? Verdächtig. Aber wie dem auch sei, Sie haben keine Wahl.«

»Ach nein?« sagte Gericke gereizt.

»Sie können es sich jederzeit vom Gruppenkommandeur bestätigen lassen«, sagte Radl.

Die Ordonnanz brachte den zweiten Kognak. Gericke kippte ihn bis zur Neige und verzog das Gesicht. »Herrgott, wie ich das Zeug hasse.«

»Warum trinken Sie es dann?« fragte Radl.

»Weiß nicht. Vielleicht bin ich zu oft da draußen im Dunkeln oder ich fliege zu viel.« Er grinste spöttisch. »Oder vielleicht sollte ich mal Tapetenwechsel haben, Herr Oberst.«

»Ich glaube, ohne Übertreibung sagen zu dürfen, daß ich Ihnen den bieten kann.«

»Großartig.« Gericke trank seinen Kaffee aus. »Und wie geht's jetzt weiter?«

»Ich habe um neun Uhr eine Besprechung in Amsterdam. Danach ist unser nächstes Ziel ein Ort etwa dreißig Kilometer nördlich der Stadt, auf der Strecke nach Den Helder.« Er sah auf seine Uhr. »Wir müssen spätestens um halb acht von hier weg.«

»Dann hab' ich gerade noch Zeit für ein Frühstück und ein Bad«, sagte Gericke. »Schlafen kann ich im Auto, wenn Herr Oberst nichts dagegen haben.« Als er aufstand, öffnete sich die Tür, und eine Ordonnanz trat ein. Der Mann salutierte und händigte dem jungen Hauptmann einen Papierstreifen aus. Gericke las und lächelte.

»Etwas Wichtiges?« fragte Radl.

»Der Tommy, der aus der Lancaster abspringen konnte, die ich heute nacht abgeschossen habe. Sie haben ihn aufgefischt. Ein Navigationsoffizier.«
»Glück muß der Mensch haben«, meinte Radl.
»Gilt hoffentlich auch für mich«, sagte Gericke. »Jedenfalls ist es ein gutes Omen.«

Landsvoort war ein trostloser kleiner Ort ungefähr dreißig Kilometer nördlich von Amsterdam zwischen Schagen und dem Meer. Gericke schlief während der ganzen Fahrt tief und fest und erwachte erst, als Radl ihn am Arm rüttelte.
Vor ihnen lag ein altes Bauernhaus mit Scheune, zwei mit rostigem Wellblech gedeckte Hangars und eine Rollbahn; in den Spalten des geborstenen Zements wuchs Gras. Die Stacheldrahtumzäunung wirkte nicht besonders imponierend, und das eiserne Gittertor, das neu aussah, wurde von einem Unteroffizier der Feldjäger bewacht. Er war mit einer MP bewaffnet und hielt einen scharf aussehenden deutschen Schäferhund an einer Stahlkette.
Mit unbeweglicher Miene prüfte er ihre Papiere, während der Hund ein bedrohliches kehliges Knurren hören ließ. Radl fuhr durch das Tor und hielt vor den Hangars. »So, hier wär's.«
Die Landschaft erstreckte sich unglaublich flach bis zu den fernen Sanddünen und zur Nordsee. Als Gericke die Tür öffnete und ausstieg, trieb feiner Sprühregen von der See herein und brachte einen salzigen Geschmack mit. Er ging hinüber zum Rand der Rollbahn und stieß mit der Fußspitze gegen den bröckligen Belag, bis sich ein Klumpen Zement löste.
»Hat ein Schiffsmagnat aus Rotterdam vor zehn oder zwölf Jahren für seinen privaten Gebrauch angelegt«, sagte Radl, der ebenfalls ausgestiegen war und zu ihm trat. »Was sagen Sie dazu?«
»Fehlen uns bloß noch die Gebrüder Wright.« Gericke

blickte in Richtung Meer, schauderte und rammte die Hände tief in die Taschen seiner Lederjacke. »Gräßliche Klitsche. Ehrlich, der Arsch der Welt.«
»Deshalb ist es genau das richtige für unsere Zwecke«, erklärte Radl. »So, und jetzt zur Sache.« Er ging voran zum ersten Hangar, der wiederum von einem Feldjäger und dazugehörigem Schäferhund bewacht wurde. Radl nickte, und der Mann zog eines der Schiebetore auf.
Drinnen war es kalt und feucht, durch ein Loch im Dach kam der Regen herein. Die zweimotorige Maschine, die hier stand, sah einsam und verloren aus, deutlich fern der Heimat. Gericke rühmte sich, daß ihn seit langem nichts und niemand mehr überraschen könne, aber an diesem Vormittag galt das nicht.
Die Maschine war eine Douglas DC 3, die berühmte Dakota, wahrscheinlich eines der besten Allround-Transportflugzeuge, die je gebaut wurden, und im Zweiten Weltkrieg war sie für die Alliierten das gleiche »Mädchen für alles«, wie die Ju 52 für die Deutschen. Das Interessante an diesem Exemplar war, daß es an den Tragflächen das Hoheitszeichen der deutschen Luftwaffe und am Schwanz das Hakenkreuz trug.
Peter Gericke liebte Flugzeuge, wie manche Männer Pferde lieben: mit tiefer, unwandelbarer Leidenschaft. Er reckte sich und streichelte sanft einen Tragflügel, und seine Stimme klang weich, als er sagte: »Du bist und bleibst die Schönste.«
»Sie kennen diese Maschine?« fragte Radl.
»Besser als jede Frau.«
»Sechs Monate bei der Landros-Luftfrachtgesellschaft in Brasilien, von Juni bis November neunzehnhundertachtunddreißig. Neunhundertdreißig Flugstunden. Nicht schlecht für einen Neunzehnjährigen. Muß kein Zuckerlecken gewesen sein, diese Fliegerei«, sagte Oberst Radl.
»Deshalb also sind Sie auf mich verfallen?«
»Alles in Ihren Papieren.«
»Wo haben Sie die Kiste her?«

»Transportkommando Royal Air Force, haben vor vier Monaten Versorgung für den holländischen Widerstand abgeworfen. Einer Ihrer Kollegen von den Nachtjägern hat sie erwischt. Nur geringfügiger Motorschaden. Irgend etwas mit der Benzinpumpe, soviel ich weiß. Der Beobachter war so schwer verwundet worden, daß er nicht abspringen konnte, deshalb machte der Pilot eine Notlandung auf einem Acker. Zu seinem Pech direkt neben einer SS-Kaserne. Bis er seinen Kameraden aus der Maschine hatte, war es zu spät, sie in die Luft zu sprengen.«
Der Einstieg war offen, und Gericke zog sich hinein. Er setzte sich im Cockpit vor die Armaturen. Für einen Augenblick war er wieder in Brasilien, unter ihm lag der grüne Dschungel, durch den sich der Amazonas wie eine riesige Schlange meerwärts wand.
Radl setzte sich auf den Nebensitz. Er zog ein Etui und bot Gericke eine Zigarette an. »Sie könnten also dieses Ding da fliegen?«
»Wohin?«
»Nicht sehr weit. Über die Nordsee nach Norfolk. Rein und wieder raus.«
»Und was tun?«
»Sechzehn Fallschirmjäger absetzen.«
Vor Überraschung zog Gericke so scharf den Atem ein, daß ihn der Rauch des ätzenden Tabaks, der ihm in die Kehle geriet, fast erstickte. Er lachte ungläubig. »Operation Seelöwe findet also doch noch statt. Glauben Sie nicht, daß es für eine Invasion in England ein bißchen spät am Tage ist?«
»Der betreffende Küstenabschnitt hat keinen Tiefenradarschutz«, sagte Radl ruhig. »Überhaupt keine Schwierigkeiten, wenn Sie unter zweihundert Meter fliegen. Natürlich werde ich das Flugzeug überholen und die R.A.F.-Kokarde wieder auf die Tragflügel malen lassen. Wenn Sie überhaupt gesichtet werden, dann sichtet man eine R.A.F.-Maschine, die vermutlich ihrer regulären Tätigkeit nachgeht.«

»Aber wozu?« sagte Gericke. »Was, zum Teufel, sollen die da drüben tun?«
»Das geht Sie nichts an«, erwiderte Radl kühl. »Sie sind bloß der Busfahrer, mein Freund.«
Er stand auf und stieg aus, und Gericke folgte ihm. »Also hören Sie, ein bißchen könnten Sie sich schon noch abringen.«
Radl antwortete nicht. Er ging zurück zum Mercedes, stellte sich daneben und blickte über den Flugplatz hinweg. »Zu riskant für Sie?«
»Blödsinn«, erwiderte Gericke ärgerlich. »Ich möchte nur gern wissen, worauf ich mich einlasse.«
Radl antwortete nur: »Führerbefehl.«
»So wichtig ist es? Kein Wunder, daß Prager ganz durcheinander war«, erwiderte Gericke erstaunt.
»Genau.«
»Gut. Wie lange habe ich noch Zeit?«
»Ungefähr vier Wochen.«
»Ich brauche Böhmler, meinen Beobachter. Er muß mit mir fliegen. Der beste Kopilot, dem ich jemals begegnet bin.«
»Alles, was Sie wollen. Sie brauchen's nur zu sagen. Natürlich streng geheim, das Ganze. Ich kann Ihnen eine Woche Urlaub verschaffen, wenn Sie wollen. Danach bleiben Sie hier im Bauernhaus in Volldeckung.«
»Kann ich testfliegen?«
»Wenn es sein muß, aber nur bei Nacht und wenn irgend möglich nur einmal. Ich schicke Ihnen die besten Flugzeugmechaniker her, die die Luftwaffe zu bieten hat. Alles, was Sie benötigen. Für diesen Teil der Veranstaltung haben Sie freie Hand. Ich möchte nicht, daß aus irgendeinem technischen Grund Motoren ausfallen, wenn Sie über den Marschen von Norfolk kurven. Und jetzt fahren wir zurück nach Amsterdam.«

Um genau zwei Uhr fünfundvierzig am folgenden Morgen mühte sich der Schafhalter Seumas O'Broin aus Conroy in der

Grafschaft Monaghan, den rechten Heimweg quer über offenes Moorgelände zu finden. Und verfehlte ihn kläglich. Was durchaus begreiflich war, denn wenn man sechsundsiebzig ist, pflegen mit monotoner Regelmäßigkeit Freunde und Verwandte dahinzugehen, und Seumas O'Broin war auf dem Rückweg von einer Totenwache, einer Totenwache, die siebzehn Stunden gedauert hatte.

Er hatte nicht nur, wie die Iren sagen, einen Trunk genommen. Er hatte sich so heillos besoffen, daß er nicht mehr wußte, ob er noch in dieser Welt oder schon in der anderen war. Daher empfand er auch, als aus dem Dunkeln über ihm lautlos ein großer weißer Vogel herabsegelte, überhaupt keine Furcht, sondern nur mildes Erstaunen.

Devlin machte eine musterhafte Landung. Der Versorgungssack, der an einem an seinem Gürtel befestigten Tau hing, schlug zuerst auf, daß Signal, daß er sich bereithalten mußte. Er folgte nach dem Bruchteil einer Sekunde, rollte über federndes irisches Moos, rappelte sich sofort auf und schnallte die Gurte ab.

In diesem Augenblick teilten sich die Wolken vor einem Viertelmond, der ihm gerade die richtige Lichtmenge für sein Vorhaben lieferte. Er öffnete den Versorgungssack, nahm eine kleine Schaufel heraus, seinen dunklen Regenmantel, eine Tweedmütze, ein Paar Schuhe und eine große lederne Reisetasche.

In der Nähe war eine Dornenhecke, daneben ein Graben, und er grub schnell mit seiner Schaufel ein Loch in die Grabensohle. Dann streifte er den Overall ab. Darunter trug er einen Tweedanzug. Er steckte die Walther, die er im Gürtel getragen hatte, in die rechte Jackentasche. Er zog die Schuhe an, dann stopfte er den Overall, den Fallschirm und die Sprungstiefel in den Versorgungssack, warf ihn in das Loch und deckte ihn schnell mit Erde zu. Über das Ganze streute er einen Haufen trockener Blätter und Zweige und versteckte den Spaten im dichten Gebüsch.

Er zog den Regenmantel über, nahm die Reisetasche auf, drehte sich um – und sah Seumas O'Broin an der Mauer lehnen und ihn anglotzen. Blitzschnell fuhr Devlins Hand an den Griff der Walther. Aber dann belehrte ihn das Aroma guten irischen Whiskys und die verschliffene Sprechweise eines Besseren.
»Was bist du, Mensch oder Teufel?« fragte der alte Bauer, wobei er jedes Wort langsam und deutlich aussprach. »Aus dieser Welt oder aus der nächsten?«
»Gott schütz uns, Alter, aber bei deiner Fahne braucht bloß einer von uns ein Streichholz anzuzünden, und schon wären wir alle beide in der Hölle. Und was deine Frage angeht, so bin ich von beidem ein bißchen. Ein einfacher irischer Junge, der nach vielen Jahren in der Fremde auf ganz neuen Wegen heimkehren wollte.«
»Ist das die Wahrheit?«
»Wenn ich's doch sage.«
Der Alte lachte erfreut. »Hunderttausendfach willkommen in der Heimat.«
Devlin grinste. »Danke.« Er hob die Reisetasche auf, schwang sich über die Mauer und marschierte quer über die Wiese davon. Er pfiff leise vor sich hin. Es war schön, wieder zu Hause zu sein, wenn auch nur für kurze Zeit.
Die Grenze nach Ulster war damals wie heute weit offen für jeden, der sich in der Gegend auskannte. Zweieinhalb Stunden zügiges Marschieren über Landstraßen und Feldwege, und er war in der Grafschaft Armagh und somit auf britischem Boden. Ein Milchfuhrwerk nahm ihn bis in die Stadt Armagh mit, wo er um sechs Uhr eintraf. Eine halbe Stunde später saß er in einem Abteil dritter Klasse des Frühzugs nach Belfast.

6

Am Mittwoch regnete es ununterbrochen, und nachmittags trieb Nebel von der Nordsee her über die Marschen bei Blay und Hobs End und Blakeney.
Trotz des Wetters ging Joanna Grey nach dem Lunch hinaus in den Garten. Als sie gerade im Gemüsefeld neben dem Obstgarten Kartoffeln ausgrub, quietschte das Gartentor. Patch jaulte auf und schoß wie ein Blitz den Weg entlang. Als Joanna sich umdrehte, sah sie einen kaum mittelgroßen, blassen Mann in einem schwarzen Regenmantel und einer Tweedmütze am Eingang stehen. Er trug eine Reisetasche in der linken Hand und hatte unwahrscheinlich blaue Augen.
»Mrs. Grey?« fragte er mit einer sanften irischen Stimme. »Mrs. Joanna Grey?«
»Ja, die bin ich.« Ihr Magen verkrampfte sich vor Aufregung. Sekundenlang konnte sie kaum atmen.
Der Mann lächelte. »Ich könnte eine Tasse Tee vertragen, Mrs. Grey. Habe eine tolle Fahrerei hinter mir.«
Joanna Grey machte sich sogleich daran, Tee aufzubrühen. Zwischendurch fragte sie: »Na, und wie war's?«
»Einigermaßen«, sagte er. »Und in vieler Hinsicht überraschend.«
»Wieso?«
»Ach, die Leute, die allgemeine Stimmung. Hatte ich mir eigentlich anders vorgestellt.«
Er dachte insbesondere an das Bahnhofsrestaurant in Leeds, wo sich die ganze Nacht über Reisende aller Art drängten, die hoffnungsvoll auf einen Zug nach irgendwohin warteten, an das Plakat an der Wand, dessen Aufschrift ihm ganz besonders sinnig vorkam: *Überlegen Sie noch einmal gründlich: Ist meine Reise wirklich notwendig?* Er dachte an den bärbeißigen Humor der Wartenden, die allgemeine gute Laune und verglich sie mit der bedrückten Atmosphäre, die bei seiner Abreise auf dem Bahnhof in Berlin geherrscht hatte.

»Scheinen hier ziemlich überzeugt zu sein, daß sie den Krieg gewinnen«, sagte er, als Joanna das Tablett zum Tisch brachte. »Dumm geboren«, erwiderte sie gelassen, »und nichts dazugelernt. Keine Spur von der Organisation und der Disziplin, die der Führer in Deutschland geschaffen hat.«
Devlin sah wieder die schwerangeschlagene Reichskanzlei vor sich, die Teile Berlins, die nach den massiven Luftangriffen der Alliierten nur noch Trümmerhaufen waren, und fühlte sich zu der Bemerkung versucht, daß sich seit den guten alten Tagen eine Menge verändert habe. Er war jedoch ziemlich sicher, daß eine solche Äußerung übel aufgenommen würde.
Also trank er seinen Tee und beobachtete, wie Joanna zu einem Eckschrank ging, ihn öffnete und eine Flasche Whisky herausnahm. Er konnte sich nicht genug wundern, daß diese liebenswürdige, weißhaarige Frau in dem adretten Tweedrock und den Gummistiefeln das war, was sie war. Sie goß großzügige Portionen in zwei Gläser, dann hob sie das eine. »Auf das englische Abenteuer«, sagte sie mit glänzenden Augen.
Devlin hätte ihr sagen können, daß die Expedition der spanischen Armada damals so genannt worden war, bedachte jedoch, wie jenes unselige Wagnis geendet hatte und hielt auch diesmal wieder lieber den Mund. »Auf das englische Abenteuer«, erwiderte er feierlich.
»Gut.« Sie setzte das Glas ab. »Zeigen Sie mir jetzt alle Ihre Papiere. Ich muß nachsehen, ob nichts fehlt.« Er zeigte seinen Paß vor, die Entlassungspapiere der Army, ein vorgebliches Empfehlungsschreiben seines ehemaligen vorgesetzten Offiziers, ein ähnlich lautendes Schriftstück des Priesters seiner Pfarrei und verschiedene militärärztliche Atteste. »Ausgezeichnet«, sagte sie. »Wirklich sehr gute Papiere. Nun geht's also folgendermaßen weiter: Ich habe Ihnen eine Anstellung beim Gutsherrn Sir Henry Willoughby verschafft. Er möchte Sie sofort nach Ihrer Ankunft sehen, also bringen wir's gleich heute noch hinter uns. Morgen früh fahre ich Sie hinüber nach Fakenham, das ist ein Marktflecken ungefähr zehn Meilen von hier.«

»Und was mache ich dort?«
»Sie melden sich ordnungsgemäß bei der Ortspolizei an. Dort bekommen Sie dann eine Aufenthaltsgenehmigung für Ausländer, die alle Iren haben müssen. Außerdem brauchen Sie Versicherungskarten, einen Personalausweis, Lebensmittelkarte und Kleiderkarte.« Sie zählte alle diese Dokumente an den Fingern her, und Devlin grinste: »Heh, jetzt reicht's aber. Hört sich ja schrecklich umständlich an. Samstag in drei Wochen ist's ausgestanden und dann hau ich ab, so blitzschnell, daß Sie glauben, Sie hätten mich nie gesehen.«
»Alle diese Dinge sind wichtig«, sagte sie. »Jeder hat sie. Es genügt, daß irgendein kleiner Schreiberling in Fakenham oder Kings Lynn entdeckt, daß Sie für irgend etwas keinen Antrag gestellt haben, und der Sache nachgeht. Was dann?«
Devlin sagte gutgelaunt: »Gut, Sie sind der Boß. Und wie steht's mit der Anstellung, von der Sie sprachen?«
»Marschenwächter in Hobs End. Sie werden allein sein auf weiter Flur. In einem Holzhaus als Dienstwohnung. Nichts Besonderes, aber es wird schon gehen.«
»Und worin bestehen meine Pflichten?«
»Hauptsächlich im Wildhüten, außerdem müssen die Deichanlagen regelmäßig kontrolliert werden. Seit der letzte Wächter vor zwei Jahren eingezogen wurde, hat sich niemand mehr darum gekümmert. Außerdem sollen Sie das Raubzeug in Schach halten. Die Füchse richten fürchterliche Verwüstungen unter dem Federwild an.«
»Was tu ich dagegen? Ihnen Steine nachschmeißen?«
»Nein, Sir Henry wird Ihnen ein Gewehr geben.«
»Sehr gut. Und als Transportmittel?«
»Sir Henry ließ sich bewegen, Ihnen ein gutseigenes Motorrad zu bewilligen, da Sie ja in der Landwirtschaft arbeiten.«
Draußen ertönte eine Hupe. Joanna ging ins Wohnzimmer und war sofort wieder da. »Sir Henry kommt. Überlassen Sie das Reden mir. Benehmen Sie sich respektvoll und sprechen Sie nur, wenn Sie gefragt werden. So hat er's gern.«

Sie ging hinaus, und Devlin wartete. Er hörte, wie die Vordertür aufging und Joanna Überraschung heuchelte. Sir Henry sagte: »Fahre gerade wieder zu einer Kommandobesprechung nach Holt, Joanna. Frage mich, ob ich Ihnen irgend etwas mitbringen kann?«
Ihre Antwort war sehr viel leiser, daher konnte Devlin nicht verstehen, was sie sagte. Nun dämpfte auch Sir Henry die Stimme, man hörte nur noch Gemurmel, dann betraten beide die Küche.
Sir Henry trug die Uniform eines Oberstleutnants der Heimwehr, zahlreiche Ordensbänder aus dem Ersten Weltkrieg und Indien reihten sich bunt über der linken Brusttasche. Er blickte Devlin durchdringend an, eine Hand hielt er auf dem Rücken, die andere zwirbelte die ausladenden Schnurrbartenden. »Sie sind also Devlin.«
Devlin schoß in die Höhe, stand stramm und knautschte die Tweedmütze verlegen mit beiden Händen. »Möchte mich bedanken, Sir«, sagte er mit schauerlich übertriebenem Akzent. »Mrs. Grey sagte mir, wieviel Sie für mich getan haben. Zu gütig von Ihnen.«
»Unsinn, Mann«, erwiderte Sir Henry barsch, reckte sich dabei jedoch zu seiner vollen Höhe auf und stellte die Füße ein wenig weiter auseinander. »Haben schließlich Ihr Bestes für die alte Heimat getan, wie? In Frankreich einiges abbekommen, was?«
Devlin nickte eifrig, und Sir Henry beugte sich vor und beäugte eingehend die tiefe Furche auf Devlins linker Stirnseite. »Himmel«, sagte er leise. »Verdammtes Glück gehabt, daß Sie überhaupt noch hier sind, wenn Sie mich fragen.«
»Ich könnte ihn eigentlich gleich einweisen«, sagte Joanna Grey, »wenn es Ihnen recht ist, Sir Henry. Ich weiß doch, wieviel Sie zu tun haben.«
»Würden Sie wirklich so nett sein?« Er blickte auf seine Uhr. »Muß in einer halben Stunde in Holt sein.«
»Ist doch selbstverständlich. Ich bringe ihn zum Wächterhaus, zeige ihm sein Revier und so weiter.«

»Über Hobs End wissen Sie vermutlich ohnehin besser Bescheid als ich.« Eine Sekunde lang vergaß er sich und legte ihr den Arm um die Taille, zog ihn dann jedoch hastig zurück und sagte zu Devlin: »Versäumen Sie nicht, sich unverzüglich bei der Polizei in Fakenham zu melden. Wissen Sie, was Sie zu tun haben?«
»Ja, Sir.«
»Sonst noch Fragen?«
»Das Gewehr, Sir«, sagte Devlin. »Wenn ich recht verstanden habe, soll ich auch ein bißchen auf die Jagd gehen.«
»Ah ja. Kein Problem. Holen Sie's morgen nachmittag in Studley Grange ab. Dann können Sie auch gleich das Motorrad mitnehmen. Es gibt drei Gallonen Sprit pro Monat, mehr nicht, müssen eben sehen, wie Sie damit auskommen. Wir müssen alle Opfer bringen.« Wieder zwirbelte er seinen Schnurrbart. »Eine einzige Lancaster, Devlin, braucht zweitausend Gallonen, um an die Ruhr zu fliegen. Wußten Sie das?«
»Nein, Sir.«
»Na sehen Sie. Wir müssen alle bereit sein, unser Bestes zu geben.«
Joanna Grey nahm ihn beim Arm. »Sir Henry, Sie verspäten sich noch!«
»Ja, natürlich, meine Liebe.« Er nickte dem Iren zu. »Dann bis morgen nachmittag.« Devlin legte salutierend die Hand an die Stirn und wartete, bis die beiden das Haus durch die Vordertür verlassen hatten. Erst dann ging er hinüber ins Wohnzimmer. Er sah dem abfahrenden Sir Henry nach und zündete sich gerade eine Zigarette an, als Joanna Grey zurückkam.
»Können Sie mir sagen«, fragte er, »ob er und Churchill näher bekannt sind?«
»Soviel ich weiß, sind sie einander noch nie begegnet. Studley Grange ist wegen seiner elisabethanischen Gartenanlagen berühmt. Der Premierminister hat es sich in den Kopf gesetzt, dort ein ruhiges Wochenende zu verbringen und ein bißchen zu malen, ehe er wieder nach London zurückkehrt.«

»Und Sir Henry hat sich überschlagen vor Bereitwilligkeit, wie? O ja, das kann ich mir gut vorstellen.«
Sie schüttelte unwillig den Kopf. »Ich fürchtete die ganze Zeit, Sie würden auf Irisch zu fluchen anfangen. Sie sind ein schlimmer Bursche, Mr. Devlin.«
»Liam«, sagte er. »Nennen Sie mich Liam. Es klingt besser, besonders wenn ich zu Ihnen nach wie vor Mrs. Grey sage. Er hat wohl eine Schwäche für Sie, und das in seinem Alter?«
»Der Herbst hat auch noch sonnige Tage.«
»Ich stelle ihn mir eher winterlich vor. Andererseits dürfte seine Neigung verdammt nützlich sein.«
»Mehr als das... sie ist Grundbedingung«, sagte sie. »Aber jetzt holen Sie Ihre Tasche, und dann bringe ich Sie im Wagen nach Hobs End.«

Der Regen, den der Seewind vor sich hertrieb, war kalt, und über den Marschen hing Nebel. Joanna Grey fuhr den Wagen in den Hof des alten Marschenwächterhauses. Devlin stieg aus und blickte sich nachdenklich um. Eine seltsame, gespenstische Szenerie, bei deren Anblick ihm das Gruseln kam. Kleine Rinnsale und Schlammpfützen, hohes, bleiches Schilf, das sich aus dem Nebel hob, und irgendwo weit draußen dann und wann ein Vogelschrei, ein unsichtbarer Schwingenschlag. »Jetzt verstehe ich, was Sie mit ›allein auf weiter Flur‹ meinten.«
Sie holte den Schlüssel unter einem flachen Stein neben der Tür hervor, schloß auf und ging in einen gepflasterten Korridor voran. Feuchtigkeit stieg auf, und die Tünche blätterte von den Wänden. Zur Linken führte eine Tür in die Wohnküche. Auch hier bestand der Fußboden aus Steinplatten, die jedoch mit Binsenmatten belegt waren. Am einen Ende ein riesiger offener Kamin, am anderen ein eiserner Kochherd und ein lädiertes weißes Spülbecken mit einem einzigen Wasserhahn. Ein großer Tisch aus Fichtenholz mit zwei Bänken und ein alter Schaukelstuhl neben dem Kamin waren das ganze Mobiliar.
»Soll ich Ihnen mal was sagen?« sagte Devlin. »In genau so

einem Haus bin ich in County Down in Nordirland aufgewachsen. Ein anständiges Höllenfeuer, und die ganze Feuchtigkeit ist im Handumdrehen weg.«
»Es hat einen ganz besonderen Vorzug... Einsamkeit«, sagte sie. »Sie werden vermutlich während Ihres Aufenthalts hier keine lebende Seele zu sehen kriegen.«
Devlin öffnete die Reisetasche und nahm einige Kleidungsstücke und ein paar Bücher heraus. Dann fuhr er mit dem Finger über das Futter, drückte eine verborgene Feder und entfernte einen Zwischenboden. Darunter lagen eine Walther P38, eine in drei Teile zerlegte Sten-Maschinenpistole mit Schalldämpfer sowie ein leistungsstarkes Funkgerät im Kleinformat. Ferner tausend Pfund in Einpfundnoten und weitere tausend in Fünfern. Und ein weißes Päckchen, in weißen Stoff verpackt, das er jedoch nicht auswickelte. »Betriebskapital«, sagte er.
»Zum Kauf der Fahrzeuge?«
»Ja. Ich habe eine Adresse, wo ich alles Nötige bekommen kann.«
»Woher haben Sie sie?«
»So was weiß man bei der Abwehr.«
»Und wo ist es?«
»In Birmingham. Ich werde am Wochenende mal rüberfahren. Was ist dabei zu beachten?«
Sie setzte sich auf die Tischkante und sah zu, wie er die Maschinenpistole zusammensetzte. »Eine ganz schöne Strecke«, sagte sie. »Ungefähr dreihundert Meilen hin und zurück.«
»Meine drei Gallonen Benzin werden da nicht weit reichen. Wo kriege ich Sprit her?«
»Auf dem schwarzen Markt gibt es Benzin, soviel Sie wollen. Allerdings zum dreifachen Preis, wenn man die richtigen Lieferanten kennt. Der offiziell verkaufte Sprit wird rot gefärbt, damit kein Mißbrauch betrieben wird, aber man kann ihn wieder entfärben, indem man ihn durch eine Gasmaske filtert.«

Devlin rammte ein Magazin in die MP, prüfte, ob sie funktionierte, nahm sie dann wieder auseinander und legte die Einzelteile in das Geheimfach der Reisetasche zurück.
»Was muß ich sonst noch wissen, wenn ich nach Birmingham fahre? Was kann passieren?« bohrte Devlin weiter.
»Nicht viel«, sagte sie. »Von der Polizei oder den Militärstreifen etwa ist nichts zu befürchten. Die würden Sie nur anhalten, wenn Sie versuchten, in ein Sperrgebiet zu fahren. Theoretisch ist dies hier noch immer Küstenverteidigungszone, aber heutzutage schert sich kein Mensch mehr um die Vorschriften. Und die Polizei kann Sie höchstens anhalten, um Ihren Personalausweis zu verlangen, oder Sie können in eine Benzinkontrolle geraten.«
Ihre Stimme klang beinahe entrüstet, und in Erinnerung an die Welt, die er verlassen hatte, konnte Devlin sich nur mühsam enthalten, ihr die Augen zu öffnen. Aber er sagte nur: »Ist das alles?«
»Ich glaube schon. Innerhalb geschlossener Ortschaften ist die Höchstgeschwindigkeit auf zwanzig Meilen beschränkt, und natürlich gibt es nirgends mehr Wegweiser, aber in diesem Sommer wurden da und dort schon wieder Ortsschilder aufgestellt.«
»Demnach besteht eine reelle Chance, daß ich ungeschoren durchkomme?«
»Mich hat noch niemand angehalten. Alles wird jetzt ziemlich locker gehandhabt.« Sie zuckte die Achseln. »Kein Problem. Wir haben im Lazarett des Weiblichen Hilfskorps noch alle möglichen offiziellen Formulare aus der Zeit der Invasionsdrohung. Darunter eines, das den Besuch von Verwandten im Krankenhaus genehmigt. Ich fülle eines aus, mit dem Sie Ihren kranken Bruder in Birmingham besuchen können. Das und Ihre Entlassungspapiere aus der Army sollten allen Anforderungen genügen. Einem Helden kann heute niemand widerstehen.«
Devlin grinste. »Wissen Sie was, Mrs. Grey? Ich glaube, wir

werden prächtig miteinander auskommen.« Er drehte sich um, kramte in dem Schrank unter dem Ausguß und brachte einen rostigen Hammer und einen Nagel zum Vorschein. »Genau das Richtige.«
»Wozu?« fragte sie.
Er lehnte sich in den offenen Kamin und schlug den Nagel in die Rückseite des rauchgeschwärzten Balkens, der die Kaminmauer abstützte. Dann hängte er die Walther daran auf. »Mein Trumpf im Ärmel, sozusagen. Hab immer gern einen in der Nähe, nur für den Fall des Falles. Und jetzt zeigen Sie mir noch mein übriges Reich.«
Es bestand aus einer Anzahl zumeist verfallener Schuppen und einer Scheune, die noch einigermaßen intakt war. Eine zweite Scheune stand dahinter, hart am Rand der Marschen, ein sehr alter, verfallener Bau, dessen Mauerwerk mit Moos überzogen war. Mühsam wuchtete Devlin einen Torflügel auf. Drinnen war es kalt und feucht, die Scheune war offenbar seit vielen Jahren nicht mehr benützt worden. »Genau das, was ich suche«, sagte er.
»Selbst wenn der alte Willoughby herkommt und seine Nase überall reinsteckt, bis hierher verirrt er sich bestimmt nicht.«
»Er ist ein vielbeschäftigter Mann«, sagte sie. »Die Grafschaft, der Stadtrat, das Kommando der Heimwehr. Er nimmt das alles noch immer sehr ernst. Hat tatsächlich nicht viel Zeit für irgend etwas sonst.«
»Außer für Sie«, sagte er. »Für Sie hat der alte Sünder jede Menge Zeit.«
Sie lächelte und nahm seinen Arm. »Jetzt zeige ich Ihnen die geplante Absprungzone.«
Sie gingen den Deichweg entlang durch die Marschen. Es regnete stark, und der Wind trug den feuchten Geruch faulender Gewächse mit sich. Aus dem Nebel stiegen Wildgänse auf, sie flogen in Formation wie ein Bombergeschwader, das unterwegs ist zu einem Angriff, und verschwanden hinter dem grauen Vorhang.

Sie kamen zu dem Fichtenbestand, den MG-Nestern, der sandgefüllten Panzerfalle, dem Warnschild »Vermintes Gelände«, das Devlin von den Fotos, die er gesehen hatte, bereits vertraut war.
Joanna Grey schleuderte einen Stein weit über den Sandgraben, und Patch sauste durch den Stacheldraht und apportierte ihn.
»Scheint ganz sicher zu sein«, sagte Devlin.
»Absolut.«
Er grinste schief. »Ich bin Katholik, denken Sie daran, falls es ins Auge gehen sollte.«
»Hier wohnen nur Katholiken. Ich sorge dafür, daß Sie in geweihte Erde kommen.«
Er stieg über die Drahtschlingen, hielt eine Weile vor der Sandfläche inne und prüfte dann ihre Festigkeit. Wieder machte er halt, dann rannte er plötzlich und hinterließ nasse Fußspuren, denn die Flut war noch nicht lange draußen. Er machte kehrt, lief zurück und kletterte wieder über den Drahtverhau. Begeistert legte er ihr den Arm um die Schultern. »Sie hatten recht, wie immer. Die Sache wird klappen.« Er blickte meerwärts über die Rinnsale und Sandbänke durch den Nebel bis zum Kap. »Wunderschön. Beim Gedanken, daß Sie das alles verlassen müssen, bricht Ihnen sicherlich das Herz.«
»Verlassen?« Sie starrte ihn entgeistert an. »Wie meinen Sie das?«
»Aber, Sie können doch – nicht bleiben«, sagte er. »Nachher, meine ich. Das begreifen Sie doch, oder?«
Sie blickte hinaus zum Kap, als wäre es zum letztenmal. Seltsam, aber es war ihr nie in den Sinn gekommen, daß sie von hier weg müßte. Sie schauderte, als der Wind einen peitschenden Regenschwall von der See hereintrieb.

Um zwanzig vor acht an diesem Abend beschloß Max Radl in seinem Büro am Tirpitzufer, daß es für heute genug sei. Er fühlte sich schon seit seiner Rückkehr aus der Bretagne nicht wohl, und der Arzt war über seinen Zustand entsetzt gewesen.

Er öffnete eine Schublade, nahm eines der Pillenfläschchen heraus und steckte sich zwei Tabletten in den Mund. Sie sollten schmerztötend wirken, aber vorsichtshalber spülte er sie mit einem halben Glas Courvoisier hinunter. Es klopfte an die Tür, und Hofer trat ein. Sein sonst so ausgeglichenes Gesicht glühte vor Begeisterung.
»Was gibt's, Hofer, was ist passiert?« fragte Radl.
Hofer schob eine Funkkladde über den Schreibtisch. »Soeben eingetroffen, Herr Oberst. Von Star, Mrs. Grey. Er ist gut angekommen.«
Radl blickte fast mit Ehrfurcht auf die Funkkladde. »Mein Gott, Devlin«, flüsterte er. »Er hat es geschafft.«
Eine Welle der Erleichterung durchlief ihn. Er griff in die unterste Schreibtischlade und brachte ein zweites Glas zum Vorschein. »Hofer, darauf müssen wir einen heben.«
Er stand auf, von wilder Freude erfüllt, von einem Gefühl, das er seit Jahren nicht mehr gekannt hatte, nicht mehr, seit er im Sommer 1940 an der Spitze seiner Leute auf die französische Küste zugestürmt war. Er hob das Glas und sagte zu Hofer: »Auf das Wohl Liam Devlins, und ›Es lebe die Republik‹.«

Als Stabsoffizier bei der Lincoln-Washington-Brigade in Spanien hatte Devlin das Motorrad als das praktischste Verbindungsfahrzeug zwischen den im schwierigen Berggelände verstreuten Einheiten seines Kommandos schätzengelernt. Hier in Norfolk war alles ganz anders, und doch fühlte er sich genauso frei, aller Fesseln ledig, als er von Studley Grange über stille Landwege zum Dorf fuhr.
An diesem Vormittag hatte er in Holt zusammen mit seinen übrigen Papieren ohne die geringste Schwierigkeit auch einen Führerschein bekommen. Bei sämtlichen Behörden, die er aufgesucht hatte, von der Polizei bis zur Zweigstelle des Arbeitsamts, hatte seine Tarngeschichte vom Infanteriesoldaten, der wegen seiner schweren Verwundung aus der Army

entlassen wurde, wahre Wunder gewirkt. Die zuständigen Stellen hatten einander darin überboten, ihm alle Wege zu ebnen. Das Motorrad stammte natürlich aus der Vorkriegszeit und hatte bessere Tage gesehen. Eine Dreihundertfünfziger, aber als er auf den ersten Geraden einen Versuch machte und Vollgas gab, kletterte die Tachometernadel mühelos auf sechzig Meilen. An der alten Mühle mit dem stillstehenden Wasserrad vorbei fuhr er den steilen Hügel ins Dorf hinab und bremste wegen eines Mädchens auf einem Ponywagen mit drei Milchkannen. Das Mädchen trug eine blaue Mütze und einen sehr alten, aus dem Ersten Weltkrieg stammenden Regenmantel, der ihr mindestens zwei Nummern zu groß war. Sie hatte hohe Wangenknochen, große Augen, einen zu breiten Mund, und drei Finger guckten aus den Löchern in ihren Wollhandschuhen.
»Ich wünsche einen guten Tag«, sagte er vergnügt und wartete, bis sie vor ihm auf die Brücke gefahren war. »Gott segne die gute Arbeit.«
Sie warf ihm einen erstaunten Blick zu, und ihr Mund öffnete sich leicht. Der Sprache schien sie nicht mächtig zu sein, sie schnalzte nur mit der Zunge und trieb das Pony zu einem leichten Trab, als sie den Hügel hinter der Kirche hinauffuhr.
»Ein liebes, derbes Bauernmädel hat heillos mir den Kopf verdreht«, zitierte er leise. Er grinste vor sich hin. »O nein, Liam. Das nicht. Nicht jetzt.«
Er bog zum Gasthaus Studley Arms ein und sah dort am Fenster einen Mann stehen, der ihm entgegenstarrte, einen Riesen von etwa dreißig Jahren mit wirrem schwarzem Vollbart. Er trug eine Tweedmütze und eine Art alter Seemannsjacke.
Was, zum Teufel, mag ich dir wohl getan haben? fragte Devlin sich. Der Blick des Mannes wanderte zu dem Mädchen und dem Milchfuhrwerk, das den Kirchberg hinaufzockelte, und kehrte dann wieder zurück. Das genügte. Devlin kippte das Motorrad hoch, nahm das Gewehr ab, das in der Segeltuchhülle um seinen Hals hing, steckte es unter den Arm und ging hinein.

Drinnen gab es keine Theke, in dem großen, gemütlichen Raum mit niedriger Balkendecke standen nur einige hochlehnige Bänke und ein paar Tische. Im offenen Kamin loderte hell ein Holzfeuer. Nur drei Leute waren in der Gaststube. Ein Mann, der am Kamin saß und Mundharmonika spielte, der Schwarzbärtige, der am Fenster gestanden hatte, und ein stämmiger Mensch in Hemdsärmeln, der dem Aussehen nach Ende Zwanzig sein mußte.
»Gott segne alle hier«, verkündete Devlin, der seine Rolle als irischer Hinterwäldler bis zur Neige auskostete. Er legte das Gewehr in der Segeltuchhülle auf den Tisch, und der Mann in Hemdsärmeln lächelte und streckte die Hand aus. »Ich bin George Wilde, der Wirt, und Sie sind wohl Sir Henrys neuer Heger drunten in den Marschen. Wir wissen alles von Ihnen.«
»Was, jetzt schon?«
»Sie wissen doch, wie's auf dem Land ist.«
»Sicher, ich bin selbst aus einem Dorf«, sagte Devlin.
Wilde übernahm das Vorstellen. »Das dort ist Arthur Seymour, und der Ziegenbock am Feuer ist Laker Armsby.«
Wie Devlin später erfuhr, war Laker Armsby Ende Vierzig, sah jedoch älter aus. Er war unglaublich schäbig angezogen, die Tweedmütze zerrissen, der Mantel mit einer Schnur zusammengebunden und die Schuhe schmutzverkrustet.
»Würden die Herren ein Glas mittrinken?« schlug Devlin vor.
»Da sag' ich nicht nein«, erwiderte Laker Armsby. »Eine Pinte Ale könnt' ich schon vertragen.«
Seymour leerte seinen Krug und knallte ihn auf den Tisch. »Kauf' mir mein Bier selbst.« Er nahm das Gewehr vom Tisch und wog es in der Hand. »Der Squire tut ja wirklich alles für Sie, was? Das da und das Motorrad. Möcht' bloß wissen, warum ausgerechnet Sie das alles kriegen, kaum daß Sie hier reinschmecken. Viele von uns arbeiten seit Jahren fürs Gut und müssen mit weniger zufrieden sein.«
»Stimmt, und ich kann's mir auch bloß damit erklären, daß ich so schön bin«, erwiderte Devlin.

Seymours Augen glitzerten irre, der Teufel blickte aus ihnen, heiß und wild. Schon hatte er Devlin am Rockaufschlag gepackt und zu sich herangezogen. »Mach dich nicht über mich lustig, du Knirps. Tu das noch mal, und ich zertret' dich wie einen Wurm.« Wilde packte ihn am Arm. »Na, na, Arthur«, sagte er beschwichtigend, aber Seymour stieß ihn weg.
»Hier machst du halblang und drängst dich nicht vor, dann passiert dir auch nichts. Verstanden?«
Devlin grinste schüchtern. »Klar, und wenn ich was falsch gemacht hab', dann tut's mir leid.«
»Schon besser so«, erwiderte Seymour. Lockerte den Griff und gab ihm einen Klaps auf die Wange. »Viel besser. Nur in Zukunft merk dir eins: Wenn ich reinkomm', verschwindest du.«
Er ging hinaus, die Tür schlug hinter ihm zu, und Laker Armsby krächzte ausgelassen: »Ein scharfer Hund ist der, der Arthur.«
George Wilde verschwand ins Hinterzimmer und kam mit einer Flasche Whisky und ein paar Gläsern wieder zurück. »Das Zeug ist zur Zeit schwer zu kriegen, aber ich meine, Sie haben einen auf meine Rechnung verdient, Mr. Devlin.«
»Liam«, sagte Devlin. »Sagen Sie Liam zu mir.« Er nahm das Glas Whisky entgegen. »Ist er immer so?«
»Immer, schon seit ich ihn kenne.«
»Als ich herkam, war draußen ein Mädel mit einem Ponywagen. Ist er vielleicht an ihr interessiert?«
»Bildet sich ein, er hätte bei ihr Chancen«, kicherte Laker Armsby. »Aber sie will nichts von ihm wissen.«
»Das war Molly Prior«, sagte Wilde. »Sie und ihre Mutter haben einen Hof ein paar Meilen von Hobs End. Bewirtschaften ihn ganz allein, seit im vorigen Jahr der Vater gestorben ist. Laker hilft immer mal ein paar Stunden aus, wenn er in der Kirche nicht viel zu tun hat.«
»Seymour macht sich auch nützlich. Hilft bei schwerer Arbeit.«

»Und bildet sich ein, daß der Hof ihm gehört, ja? Warum ist er nicht in der Army?«
»Auch so eine Sache, die ihn wurmt. Sie haben ihn abgelehnt, weil er ein Loch im Trommelfell hat.«
»Und das hält er vermutlich auch für eine ganz persönliche Kränkung, wie?« sagte Devlin.
Wilde meinte linkisch, als hielte er eine Erklärung für nötig: »Mich hat's Anno vierzig bei der Royal-Artillerie in Narvik auch erwischt. Hab' die rechte Kniescheibe eingebüßt, und damit war der Krieg für mich vorbei. Und Sie haben sich Ihren Schaden in Frankreich geholt?«
»Ja«, sagte Devlin ruhig. »Bei Arras. Bin aus Dünkirchen auf der Bahre rausgekommen und hab's glatt verschlafen.«
»Und mehr als ein Jahr im Lazarett gelegen, hat Mrs. Grey mir gesagt?«
Devlin nickte. »Eine großartige Frau. Ich bin ihr sehr dankbar. Ihr Seliger hat vor vielen Jahren meine Leute gekannt. Ohne sie hätte ich jetzt nicht diesen Job.«
»Eine Dame«, sagte Wilde. »Eine richtige Dame. Weit und breit ist niemand so beliebt wie sie.«
Laker Armsby sagte: »Also ich, ich hab' damals neunzehnhundertsechzehn an der Somme mein Fett abgekriegt. Bin bei den Welsh Guards gewesen.«
»Tja, so geht's.« Devlin holte einen Shilling aus der Tasche, warf ihn auf den Tisch und rief Wilde zu: »Geben Sie ihm eine Pinte, ich muß jetzt gehen. Hab' noch viel zu tun.«

Als er zur Küstenstraße kam, bog Devlin in den ersten Deichweg am Nordende von Hobs End ein und fuhr über die Marschen hinaus auf das Fichtengehölz zu. Es war ein frischer, herbstlicher Tag, kalt und belebend, mit weißen Wolken, die einander über einen blauen Himmel jagten. Er gab Vollgas und brauste den schmalen Deichweg entlang. Dann nahm er einen anderen Weg und fuhr über das Netzwerk von Deichen auf die Küste zu. Plötzlich tauchten etwa dreißig Meter zu seiner

Rechten ein Pferd und ein Reiter aus dem Schilf auf. Es war das Mädchen, das er zuletzt im Dorf auf dem Ponywagen gesehen hatte, Molly Prior. Als er verlangsamte, beugte sie sich tief über den Hals des Pferdes und trieb es zum Galopp, als wollte sie mit Devlin ein Wettrennen austragen. Devlin spielte sofort mit. Er gab Gas und raste los, daß hinter ihm eine Dreckfontäne in die Marsch sprühte. Das Mädchen war insofern im Vorteil, als der Damm, auf dem sie inzwischen ritt, direkt zu den Fichten führte, während Devlin sich durch das Gewirr von Wegen schlängeln mußte und dadurch an Boden verlor.

Sie war jetzt schon nah bei den Bäumen. Als er aus einem der Wege schlitterte, stellte sich seine Maschine quer, und während er sich bemühte, wieder auf die Piste zu kommen, trieb sie bereits ihr Pferd durch das Wasser und den Schlamm der Marsch und zwang es dann zu einem letzten Abschneider durch das Schilf. Das Tier gehorchte willig, und ein paar Sekunden später sprang es wieder auf festes Land und verschwand unter den Bäumen.

Devlin schoß mit voller Geschwindigkeit über den Weg hinaus und den Hang der ersten Sanddüne hinauf, segelte dann ein Stück durch die Luft und landete nach einer langen Rutschpartei auf einem Knie im weichen, weißen Sand.

Molly Prior saß unter einer Fichte, das Kinn auf die Knie gestützt, und blickte hinaus aufs Meer. Sie war genauso gekleidet, wie Devlin sie zuletzt gesehen hatte, nur daß sie die Mütze abgenommen hatte und man ihr kurzgeschnittenes, lohfarbenes Haar sah. Das Pferd knabberte an einem Grasbüschel, das durch den Sand wuchs.

Devlin stellte das Motorrad wieder auf und warf sich neben Molly zu Boden. »Ein schöner Tag, Gott sei's gedankt.«

Sie wandte sich ihm zu und sagte ruhig: »Wo bleiben Sie so lang?«

Devlin hatte die Mütze abgenommen, um sich den Schweiß von der Stirn zu wischen, und blickte erstaunt zu ihr auf. »Wo ich so lang bleibe? Sie kleines...«

Und da lächelte sie; dann warf sie den Kopf zurück und lachte lauthals, und Devlin lachte auch. »Bei Gott, und ich will dich noch kennen, bis der Jüngste Tag anbricht, so wahr, wie ich hier bin.«
»Und was soll das heißen?« Sie sprach mit dem harten und deutlichen Norfolk-Akzent, der ihm noch so ungewohnt war.
»Ach, eine Redensart aus der Gegend, wo ich herkomme.« Er steckte sich eine Zigarette in den Mund. »Auch eine?«
»Nein.«
»Sehr gut, denn davon bleibt man klein und häßlich, und Sie sind doch erst noch im Wachsen.«
»Ich bin achtzehn, damit Sie's wissen«, erwiderte sie. »Im Februar werd' ich neunzehn.«
Devlin legte sich zurück, schob die Hände unter den Kopf und den Mützenschild über die Augen. »Am wievielten Februar?«
»Am zweiundzwanzigsten.«
»Aha, ein Fischlein. Wir müßten eigentlich gut miteinander auskommen, ich bin ein Skorpion. Übrigens sollten Sie auf keinen Fall einen Jungfraumann heiraten. Nicht die geringste Chance, daß es mit denen und den Fischen klappt. Nehmen Sie zum Beispiel Arthur Seymour. Mir schwant, der ist ein Jungfraumann. Ich an Ihrer Stelle würde mich vorsehen.«
»Arthur?« sagte sie. »Sind Sie verrückt?«
»Ich nicht, aber er, wie mir scheint«, erwiderte Devlin und schwatzte weiter. »Und das Mädchen ist rein, sauber, tugendhaft und nicht sehr scharf, was jammerschade ist von meinem Liegepunkt aus.«
Sie hatte sich umgedreht und blickte auf ihn herab, und der alte Mantel klaffte auf. Ihre Brüste waren voll und fest und beinahe zuviel für die Baumwollbluse, die sie trug.
»Mein liebes Kind, in ein paar Jahren wirst du schreckliche Sorgen mit deiner Figur haben, wenn du beim Essen nicht aufpaßt.«
Ihre Augen blitzten, sie sah an sich hinunter und zog den Mantel zusammen. »Sie gemeiner Kerl«, schimpfte sie. Und

dann beugte sie sich hinunter, um unter die Mütze zu lugen. »Sie lachen mich ja aus!« rief sie, zog die Mütze weg und schleuderte sie fort.

»Was sollte ich sonst mit Ihnen anfangen, Molly Prior?« Er streckte abwehrend die Hand aus. »Nein, nein, sagen Sie's nicht.«

Sie lehnte sich wieder an den Baumstamm und streckte die Hände in die Taschen. »Woher wissen Sie, wie ich heiße?«

»George Wilde hat's mir im Wirtshaus gesagt.«

»Ach, jetzt versteh' ich. Und Arthur... er war auch dort?«

»Kann man sagen. Ich habe den Eindruck, daß er Sie als sein Privateigentum betrachtet.«

»Er soll sich zum Teufel scheren«, sagte sie mit plötzlicher Wildheit. »Ich gehöre keinem Mann.«

Im Liegen blickte er zu ihr auf. Die Zigarette hing ihm aus dem Mundwinkel, und er grinste. »Sie haben eine Stupsnase, wissen Sie das schon? Und wenn Sie ärgerlich sind, ziehen sich Ihre Mundwinkel nach unten.«

Diesmal war er zu weit gegangen, hatte irgendeine empfindliche Stelle getroffen. Sie errötete und sagte bitter: »Ich weiß selber, daß ich häßlich bin, Mr. Devlin. Abendelang habe ich bei Tanzereien in Holt herumgesessen, ohne daß einer mich aufgefordert hätte. Ist mir zu oft passiert, als daß ich meinen Platz nicht kennen würde. Ich weiß, Sie würden mich in einer kalten Regennacht nicht abweisen. Aber so seid ihr Männer eben. Irgendwas ist besser als gar nichts.«

Sie wollte aufstehen. Devlin erwischte sie am Knöchel und zog sie wieder hinunter, hielt sie mit einem starken Arm fest, als sie sich losreißen wollte. »Sie kennen meinen Namen? Woher?«

»Bilden Sie sich bloß nichts ein. Jeder hier weiß alles über Sie. Alles, was es zu wissen gibt.«

»Dann hab' ich eine Neuigkeit für Sie«, sagte er, stemmte sich auf dem Ellbogen hoch und beugte sich über sie. »Das Wichtigste über mich kennen Sie nicht, denn sonst wüßten Sie, daß mir schöne Herbstnachmittage lieber sind als kalte Regennächte.

Andererseits ist es wirklich gräßlich, wie der Sand überall hinkommt, wo er nicht hingehört.« Sie wurde sehr still. Er küßte sie kurz auf den Mund und rollte sich weg. »Und jetzt mach, daß du von hier wegkommst, oder mein heißes Blut geht mit mir durch.«
Sie packte ihre Mütze, sprang auf und nahm das Pferd am Zügel. Als sie sich umdrehte und ihn anblickte, war ihr Gesicht ernst, aber nachdem sie aufgesessen war und ihr Pferd gewendet hatte, um ihn nochmals anzusehen, lächelte sie. »Ich habe gehört, alle Iren seien verrückt. Jetzt glaube ich es. Ich bin am Sonntag abend in der Kirche. Sie auch?«
»Seh' ich so aus?«
Das Pferd stampfte und tänzelte im Halbkreis, aber sie hielt es sicher. »Ja«, sagte sie ernsthaft, »ich finde schon.« Sie ließ dem Pferd die Zügel schießen und galoppierte davon.
»Oh, Liam, du Vollidiot«, sagte Devlin leise, als er sein Motorrad vom Ständer kippte und es zwischen den Bäumen hindurch und die Sanddüne entlang bis zum Weg schob. »Wirst du denn nie gescheiter?«
Er fuhr über den Damm des Hauptdeichs zurück, diesmal gemächlich, und stellte das Motorrad in die Scheune. Er fand den Hausschlüssel unter dem Stein neben der Tür und schloß auf. Er stellte das Gewehr in den Halter im Flur, ging in die Küche, knöpfte seinen Regenmantel auf, und dann hielt er mitten in der Bewegung inne. Auf dem Tisch stand ein Krug Milch, und in einer weißen Schüssel lagen zwölf braune Eier.
»Heilige Mutter Gottes«, sagte er leise. »Jetzt sieh dir das an.«
Er berührte die Schüssel sanft mit einem Finger, aber als er sich schließlich abwandte, um den Mantel auszuziehen, war sein Gesicht todernst geworden.

7

Durch die Straßen von Birmingham fegte ein kalter Wind und wirbelte Regengüsse an die Fensterscheiben von Ben Garvalds Wohnung über der Garage in Saltley. Der Mann im seidenen Morgenrock, einen Schal um den Hals, das dunkle, gewellte Haar sorgfältig frisiert, sah gut aus; die gebrochene Nase verlieh ihm ein gewisses sportliches Flair. Nähere Betrachtung allerdings tat dem vorteilhaften Bild einigen Abbruch, denn die Folgen eines allzu üppigen Lebens zeigten sich deutlich auf dem arroganten Gesicht.
An diesem Morgen trug er noch mehr zur Schau – einen beträchtlichen Überdruß an der Welt im allgemeinen. Um elf Uhr dreißig in der vergangenen Nacht hatte die Polizei in einem seiner zahlreichen Unternehmen, einem kleinen illegalen Spielklub in einem scheinbar anständigen Haus in Aston, eine Razzia abgehalten. Nicht, daß Garvald persönlich Gefahr gelaufen wäre, festgenommen zu werden. Dafür wurde der Strohmann bezahlt, und auch ihm würde nicht viel passieren. Viel unangenehmer waren die dreieinhalbtausend Pfund, die von der Polizei auf den Spieltischen beschlagnahmt worden waren.
Die Küchentür ging auf, und ein Mädchen von etwa achtzehn Jahren betrat das Zimmer. Sie trug ein Negligé aus rosa Spitze, das wasserstoffblonde Haar war zerzaust, das Gesicht fleckig, und die Augen waren vom Weinen verschwollen. »Kann ich noch irgendwas für Sie tun, Mr. Garvald?« fragte sie leise.
»Noch was für mich tun?« sagte er. »Das ist gut. Wirklich gelungen ist das, wenn man bedenkt, daß du bis jetzt verdammt gar nichts für mich getan hast.«
Er sprach, ohne sich umzudrehen. Seine Aufmerksamkeit wurde von einem Mann gefesselt, der gerade auf seinem Motorrad drunten in den Hof eingefahren war und das Rad neben einem der Lastwagen abgestellt hatte.
Das Mädchen, das sich in der vergangenen Nacht außerstande

gesehen hatte, einigen von Mr. Garvalds ausgefalleneren Ansprüchen gerecht zu werden, sagte schluchzend: »Es tut mir leid, Mr. Garvald.«
Der Mann unten hatte den Hof überquert und war jetzt verschwunden. Garvald drehte sich um und sagte zu dem Mädchen: »Los, zieh dich an und hau ab.« Sie zitterte vor Furcht und starrte ihn wie gebannt an. Ein köstliches, in seiner Intensität fast sexuelles Machtgefühl durchströmte ihn. Er packte das Mädchen grob bei den Haaren und zog daran. »Und nächstes Mal tust du, was man dir sagt. Verstanden?«
Als das Mädchen floh, öffnete sich die Tür zum Korridor und Reuben Garvald, Bens jüngerer Bruder, trat ein. Er war klein und wirkte kränklich, eine Schulter war höher als die andere, aber den schwarzen Augen in dem blassen Gesicht, die ständig in Bewegung waren, entging nichts. Diese Augen folgten mißbilligend dem Mädchen, das ins Schlafzimmer verschwand. »So was solltest du nicht machen, Ben. Ein schmutziger Trampel wie die da. Du könntest dir was holen.«
»Dafür ist das Penizillin erfunden worden«, sagte Garvald. »Willst du sonst noch etwas?«
»Unten ist so ein Kerl, der zu dir will. Ist auf einem Motorrad gekommen.«
»Habe ich gesehen. Und was will er?«
»Sagt er nicht. Ein unverschämter Ire, der hat nicht alle Tassen im Schrank.« Reuben hielt eine zerrissene Fünfpfundnote hoch. »Sagt, ich soll dir das geben. Die andere Hälfte kriegst du, wenn du ihn reinläßt.«
Garvald mußte wider Willen lachen und schnappte sich den halben Schein. »Das gefällt mir, das macht mir richtigen Spaß.« Er ging mit dem Schein ans Fenster und prüfte ihn eingehend. »Sieht sogar koscher aus.« Grinsend drehte er sich um. »Ob er wohl noch mehr von der Sorte hat, Reuben? Wir wollen doch mal sehen.«
Reuben ging hinaus, und Garvald holte sich ein Glas Whisky von der Anrichte. Vielleicht würde dieser Vormittag doch nicht

ganz so unerfreulich enden, wie er begonnen hatte. Könnte sogar noch ganz unterhaltsam werden. Er setzte sich in einen Polstersessel am Fenster.
Die Tür ging auf, und Reuben führte Devlin herein. Devlin war völlig durchnäßt, sein Regenmantel troff, und er nahm die Tweedmütze ab und wrang sie über einer chinesischen Porzellanschale aus. »Na, gibt's denn so was?«
»Ich weiß schon, daß ihr verdammten Iren allesamt meschugge seid«, sagte Garvald. »Sie brauchen keine Schau abzuziehen. Wie heißen wir denn?«
»Murphy, Mr. Garvald«, erwiderte Devlin.
»Ziehen Sie in Teufels Namen den Mantel aus«, sagte Garvald. »Sie versauen mir den verdammten Teppich. Echter Axminster. Muß man heutzutage ein Vermögen für hinlegen.«
Devlin zog den triefenden Trenchcoat aus und überreichte ihn Reuben, der wütend aussah, ihn dann aber doch nach draußen brachte.
»Also, Herzblatt«, sagte Garvald. »Meine Zeit ist kostbar, worum geht's?«
Devlin wischte sich die Hände am Jackett trocken und zog ein Päckchen Zigaretten aus der Tasche. »Ich hab' gehört, Sie sind im Speditionsgeschäft tätig«, sagte er. »Unter anderem.«
»Von wem haben Sie's gehört?«
»Ach, irgendwo aufgeschnappt.«
»Und?«
»Ich brauch' einen Laster. Einen Bedford-Dreitonner. Army-Laster.«
»Ist das alles?« Garvald lächelte immer noch, aber seine Augen waren auf der Hut.
»Nein, einen Jeep möchte ich auch noch, außerdem einen Kompressor mit Spritzpistole und ein paar Gallonen khakigrüne Farbe. Und beide Fahrzeuge müssen Army-Nummernschilder haben.«
Garvald lachte schallend. »Was haben Sie denn vor, wollen Sie ganz allein die Zweite Front aufziehen oder was?«

Devlin nahm einen großen Umschlag aus der inneren Brusttasche und hielt ihn hoch. »Da drinnen sind fünfhundert Lappen als Anzahlung, bloß damit Sie wissen, daß ich Ihre kostbare Zeit nicht klaue.«
Garvald machte seinem Bruder ein Zeichen, und Reuben nahm den Umschlag, öffnete ihn und prüfte den Inhalt. »Es stimmt, Ben. Und alles brandneue Fünfer.«
Er schob ihm das Geld zu. Garvald wog es in der Hand und ließ es dann auf das Tischchen vor sich fallen. Er lehnte sich zurück. »Also, unterhalten wir uns. Für wen arbeiten Sie?«
»Für mich«, sagte Devlin.
Garvald glaubte ihm keine Sekunde lang und ließ es sich auch deutlich ansehen, erhob jedoch keinen Einspruch. »Sie müssen eine große Sache ausbaldowert haben, daß Sie soviel Umstände machen. Vielleicht könnten Sie eine kleine Hilfe dabei brauchen.«
»Ich hab' Ihnen gesagt, was ich brauche, Mr. Garvald«, erwiderte Delvin. »Einen Bedford-Dreitonner, einen Jeep, einen Kompressor und ein paar Gallonen khakigrüne Farbe. Aber wenn Sie meinen, daß Sie's nicht beschaffen können, dann versuch' ich's eben woanders.«
Reuben sagte ärgerlich: »Was bilden Sie sich eigentlich ein? Hier reinkommen ist keine Kunst. Rauskommen ist nicht ganz so einfach.«
Devlins Gesicht war sehr blaß, und als er sich umwandte, um nach Reuben zu sehen, schienen die blauen Augen kalt und starr auf einen fernen Punkt gerichtet zu sein. »Ach, so ist das?«
Er streckte die rechte Hand nach dem Bündel Fünfpfundnoten aus, die linke hielt den Griff der Walther in der Tasche umklammert. Garvalds Hand fiel schwer auf das Geldbündel. »Das kostet Sie einiges«, sagte er. »Eine hübsche, runde Summe. Sagen wir zweitausend Lappen.«
Er hielt Devlins Blick herausfordernd fest, lange Sekunden

verstrichen, dann lächelte Devlin. »Möchte wetten, daß Sie seinerzeit eine gefürchtete Linke gehabt haben.«
»Ich hab' sie immer noch, mein Junge.« Garvald ballte die Faust. »Die beste in der ganzen Branche.«
»Na schön«, sagte Devlin. »Geben Sie noch fünfzig Gallonen Benzin in Army-Kanistern dazu, und Sie haben den Auftrag.«
Garvald hielt ihm die Hand hin. »Abgemacht. Darauf trinken wir einen. Was darf's denn sein?«
»Irischen, wenn Sie haben. Am besten Bushmills.«
»Ich habe alles, mein Junge. Alles und jedes.« Er schnalzte mit den Fingern. »Reuben, wie wär's mit einem Schluck Bushmills für unseren Freund hier?« Reuben zögerte, seine Miene war aufsässig und zornig, und Garvald sagte mit leiser, drohender Stimme: »Den Bushmills, Reuben.«
Sein Bruder ging hinüber zur Anrichte und öffnete eine Tür. Dutzende von Flaschen waren zu sehen.
»Sie sorgen recht gut für sich«, bemerkte Devlin.
»Das einzig Richtige«, erwiderte Garvald und nahm eine Zigarre aus der Schachtel auf dem Tischchen. »Möchten Sie die Ware in Birmingham übernehmen oder anderswo?«
»Irgendwo in der Nähe von Petersborough an der A eins wär' mir schon recht«, sagte Devlin.
Reuben gab ihm ein Glas. »Sie sind verdammt anspruchsvoll, was?«
Garvald winkte ab. »Nein, geht schon in Ordnung. Kennen Sie Norman Cross? Auch an der A eins, fünf Meilen von Peterborough entfernt. An der Landstraße liegt Fogartys Werkstatt. Ist zur Zeit geschlossen.«
»Ich find' sie schon«, sagte Devlin.
»Wann soll die Lieferung erfolgen?«
»Donnerstag, den achtundzwanzigsten, und Freitag, den neunundzwanzigsten. In der ersten Nacht hol' ich mir den Laster, den Kompressor samt Spritzpistole und die Kanister, in der zweiten den Jeep.«

Garvald runzelte die Stirn. »Soll das heißen, daß Sie alles allein machen?«
»Genau.«
»Okay. Und um welche Zeit dachten Sie?«
»Wenn's dunkel ist. Also zwischen neun und halb zehn.«
»Und der Zaster?«
»Diese fünfhundert behalten Sie als Anzahlung. Siebenhundertfünfzig, wenn ich den Laster übernehme, die gleiche Summe für den Jeep, und ich will für beide Fahrzeuge Fahrgenehmigungen.«
»Leicht zu beschaffen«, sagte Garvald. »Aber Verwendungszweck und Bestimmungsort müssen eingetragen werden.«
»Das besorg' ich selbst, sobald ich sie habe.«
Garvald nickte langsam und nachdenklich. »Sieht mir aus, als ob alles in Ordnung wäre. Okay, wird gemacht. Noch einen Schluck?«
»Nein, vielen Dank«, sagte Devlin. »Muß noch mehr erledigen.«
Er ließ sich von Reuben den nassen Trenchcoat holen, zog ihn über und knöpfte ihn schnell zu. Garvald stand auf, ging zur Anrichte zurück und kam mit der kaum angebrochenen Flasche Bushmills zurück. »Nehmen Sie sie mit, bloß zum Zeichen, daß Sie mir nichts nachtragen.«
»Wär' das letzte, was mir einfiele«, erwiderte Devlin. »Aber trotzdem vielen Dank. Da, meine kleine Gegengabe...« Er holte die andere Hälfte der Fünfpfundnote aus der Brusttasche. »Gehört Ihnen.«
Garvald nahm sie und grinste. »Ein frecher Hund sind Sie schon, wissen Sie das, Murphy?«
»Hat mir schon mal jemand gesagt.«
»All right, wir sehen uns also am Achtundzwanzigsten bei Norman Cross. Führ unseren Gast hinaus, Reuben. Zeig, daß du Manieren hast.«
Reuben schlurfte verdrossen zur Tür, öffnete sie und ging hinaus. Devlin folgte ihm, drehte sich aber nochmals um,

gerade als Garvald sich wieder setzte. »Ach, noch eins, Mr. Garvald.«
»Ja bitte?«
»Ich halte mein Wort.«
»Freut mich zu hören.«
»Sie hoffentlich auch.« Jetzt lächelte er nicht mehr, sein Gesicht war todernst, während er Garvalds Blick noch eine Weile festhielt, ehe er kehrtmachte und hinausging.
Garvald stand auf, ging zur Anrichte und goß sich noch einen Whisky ein, dann stellte er sich ans Fenster und blickte hinunter in den Hof. Devlin kippte sein Motorrad vom Ständer und trat den Starter. Die Tür ging auf und Reuben kam ins Zimmer. Er war jetzt fuchsteufelswild. »Was ist denn in dich gefahren, Ben? Ich versteh' nichts mehr. Läßt dich von einem kleinen Iren, so frisch aus seinem Dreckloch, daß ihm die Krusten noch an den Stiefeln kleben, ganz einfach überfahren? Du hast dir von ihm mehr gefallen lassen, als jemals von irgendwem sonst.«
Garvald sah Devlin nach, der in die Hauptstraße einbog und im dichten Regen davonfuhr. »Der hat was ausbaldowert, Reuben, mein Junge«, sagte er leise. »Was Nettes, Saftiges.«
»Aber warum die Army-Fahrzeuge?«
»Da gibt's eine Menge Möglichkeiten. Könnte beinah alles sein. Denk an den Fall Shorpshire, vorige Woche. Ein Kerl in Soldatenuniform fährt einen Army-Laster in ein Versorgungslager und wieder raus mit einer Ladung Whisky für dreißigtausend Lappen. Stell dir vor, was der Stoff auf dem schwarzen Markt wert ist.«
»Und du glaubst, er könnte hinter etwas Ähnlichem her sein?«
»Muß er«, sagte Garvald. »Und was immer es sein mag, ich bin dabei, ob's ihm paßt oder nicht.« Er schüttelte wie ratlos den Kopf. »Stell dir vor, er hat mir gedroht, Reuben... mir! Das können wir nicht dulden, sag doch selbst!«

Obwohl es noch früh am Nachmittag war, begann das Tageslicht bereits zu schwinden, als Leutnant König das S-Boot auf

die tiefliegende Küstenlinie zusteuerte. Dahinter türmten sich Gewitterwolken, schwarz und dick und rosig umrandet, in den Himmel.
Müller, der über den Kartentisch gebeugt stand, sagte: »Schwerer Sturm im Anzug, Herr Leutnant.«
König sah aus dem Fenster. »Noch eine Viertelstunde, bis es losgeht. Bis dahin sind wir ziemlich drinnen.«
Donner rollte unheilverkündend, der Himmel verdunkelte sich, und die Mannschaft, die auf Deck nach den ersten Anzeichen ihres Bestimmungsorts Ausschau hielt, war seltsam still.
König sagte: »Ich kann's ihnen nicht verübeln. Verdammtes Kaff, nach unserem schönen St. Helier.«
Hinter den Sanddünen war das Land flach und kahl, vom ständigen Wind reingefegt. In der Ferne konnte er das Bauernhaus sehen und die Hangars an der Piste, die sich schwarz von einem bleichen Horizont abhoben. Der Wind fegte übers Wasser, und König nahm Fahrt weg, als sie sich der kleinen Bucht näherten. »Du bringst sie rein, Erich.«
Müller nahm das Ruder. König zog eine alte Fliegerjacke über, ging hinaus auf Deck, stellte sich an die Reling und rauchte eine Zigarette. Er fühlte sich sonderbar deprimiert. Die Fahrt war zwar reichlich unangenehm gewesen, aber viel Schlimmeres würde ihm bevorstehen. Zum Beispiel die Leute, mit denen er zusammenarbeiten sollte. Ein hochwichtiger Punkt. Er hatte bereits unerfreuliche Erfahrungen in ähnlichen Situationen gesammelt.
Plötzlich schien sich der Himmel zu öffnen, und es begann in Strömen zu regnen. Als sie auf die Betonmole zuglitten, erschien ein Kübelwagen auf dem Feldweg zwischen den Dünen. Müller stoppte die Maschinen, lehnte sich aus dem Fenster und brüllte Befehle. Während die Besatzung sich mühte, ein Haltetau auszuwerfen, fuhr der Kübelwagen auf die Mole und hielt an. Steiner und Neumann stiegen aus und gingen bis zum Molenkopf.

»Hallo, König, Sie haben's also geschafft?« rief Steiner fröhlich. »Willkommen in Landsvoort.«
König, der schon halbwegs die Leiter hinaufgeklettert war, war so überrascht, daß er eine Sprosse verfehlte und um ein Haar ins Wasser gefallen wäre. »Sie, Herr Oberstleutnant, aber...« Und dann, als ihm die Bedeutung von Steiners Anwesenheit aufging, lachte er schallend. »Und da lasse ich mir graue Haare wachsen vor Sorge, mit wem ich wohl zusammengespannt werde.«
Er kletterte die Leiter vollends hinauf und schüttelte Steiner die Hand.

Es war halb fünf Uhr, als Devlin durch das Dorf und an den Studley Arms vorbeifuhr. Er überquerte die Brücke, und da hörte er Orgelspiel und sah Licht hinter den Kirchenfenstern, sehr undeutlich nur, denn es war noch nicht ganz dunkel. Joanna Grey hatte ihm gesagt, daß die Abendmesse jetzt schon nachmittags abgehalten werde, wegen der Verdunkelung. Als er den Hügel hinauffuhr, fiel ihm Molly Priors Bemerkung ein. Lächelnd hielt er vor der Kirche an. Molly war drinnen, das wußte er, denn das Pony stand geduldig zwischen den Wagendeichseln, die Nase im Futtersack. Außerdem standen zwei Autos da, ein niedriger Lastwagen und mehrere Fahrräder.
Als Devlin die Tür öffnete, zogen Pater Voreker und drei Knaben in purpurroten Röckchen und Chorhemden den Mittelgang entlang. Einer der Ministranten trug einen Eimer mit Weihwasser, und Pater Voreker besprengte im Vorbeigehen die Köpfe der versammelten Gemeinde. Devlin schlich sich durch den rechten Seitengang in einen Kirchenstuhl.
Die versammelte Gemeinde bestand aus höchstens siebzehn oder achtzehn Personen. Sir Henry war anwesend, eine Frau, die vermutlich Lady Willoughby war, und neben ihnen saß ein dunkelhaariges Mädchen Anfang Zwanzig in der Uniform des Weiblichen Hilfskorps der Air Force, offenbar Pamela Voreker, die Schwester des Paters, von der ihm Mrs. Grey erzählt

hatte. George Wilde und seine Frau waren da. Neben ihnen saß Laker Armsby, sauber geschrubbt, mit steifem weißem Kragen und einem uralten schwarzen Anzug.
Molly Prior saß auf der anderen Seite zusammen mit ihrer Mutter, der netten, freundlichen Frau in mittleren Jahren. Molly trug einen mit künstlichen Blumen aufgeputzten Strohhut, dessen Krempe sie über die Augen gezogen hatte, und ein geblümtes Baumwollkleid mit stramm geknöpftem Mieder und ziemlich kurzem Rock. Ihr Mantel lag säuberlich gefaltet über der Kirchenbank. Sie drehte sich plötzlich um und sah ihn. Sie lächelte nicht, sie blickte ihn nur ein, zwei Sekunden an und wandte sich dann wieder ab.
Voreker stand in seinem verblaßten rosa Meßgewand vorn am Altar, faltete die Hände und begann: »Ich bekenne vor Gott, dem Allmächtigen, und vor euch, meine Brüder und Schwestern, daß ich gesündigt habe durch meine Schuld...«
Er schlug sich an die Brust, und Devlin, der sehr wohl bemerkte, daß Mollys Augen unter der Krempe des Strohhuts seitwärts lugten, um ihn zu beobachten, tat aus reinem Übermut desgleichen, flehte zur jungfräulichen Mutter Maria, allen Engeln und Heiligen und sämtlichen himmlischen Heerscharen, für ihn zu bitten beim Herrn.
Als sie sich auf die Knie niederließ, schien sie sich in Zeitlupe zu bewegen und hob ihren Rock um etwa zwanzig Zentimeter zu weit in die Höhe. Er mußte sich beherrschen, um nicht laut über diese komische Gespreiztheit zu lachen. Aber er wurde schnell ernst, als er aus dem Schatten einer Säule im anderen Seitengang Arthur Seymours irre Augen auf das Mädchen gerichtet sah.
Als der Gottesdienst vorüber war, beeilte Devlin sich, als erster aus der Kirche zu kommen. Er saß bereits auf seinem Motorrad und war startbereit, als er sie rufen hörte: »Mr. Devlin, warten Sie noch!« Er drehte sich um und sah sie mit aufgespanntem Regenschirm herbeieilen, die Mutter ein paar Meter hinter ihr. »Warum haben Sie's denn so eilig,

wegzukommen?« sagte Molly. »Schämen Sie sich, oder was ist?«
»Bin verdammt froh, daß ich gekommen bin«, erwiderte Devlin. Es war nicht festzustellen, ob sie errötete oder nicht, denn die Beleuchtung war schlecht. Ohnehin kam in diesem Moment auch die Mutter heran. »Das ist meine Mam«, sagte Molly, »und das ist Mr. Devlin.«
»Ich weiß alles über Sie«, sagte Mrs. Prior. »Wenn wir Ihnen helfen können, Sie brauchen's nur zu sagen. Schwierig für einen Mann ganz allein.«
»Wir haben gedacht, Sie möchten vielleicht mitkommen und bei uns Tee trinken«, sagte Molly.
Hinter ihnen sah er Arthur Seymour am Tor stehen und lauern. Devlin sagte: »Schrecklich nett von Ihnen, aber ehrlich gesagt, ich bin ziemlich durchgeweicht.«
Mrs. Prior streckte die Hand aus und berührte seine Kleider. »Um Gottes willen, Junge, Sie sind ja klatschnaß. Sehen Sie zu, daß Sie heimkommen und dann sofort in ein heißes Bad. Sie könnten sich den Tod holen.«
»Mam hat recht«, wetterte Molly. »Sehen Sie zu, daß Sie weiterkommen, und tun Sie gefälligst, was sie gesagt hat.«
Devlin trat den Starter. »Gott behüte mich vor diesem fürchterlichen Weiberregiment«, murmelte er und fuhr ab.

Aus dem Bad wurde nichts. Es hätte zu lange gedauert, den Kupferkessel in der Waschküche zu heizen. Statt dessen zündete er ein gewaltiges Holzfeuer in dem riesigen Steinkamin an, zog sich davor aus, rubbelte sich von Kopf bis Fuß ab und zog ein marineblaues Flanellhemd und eine dunkle Kammgarnhose an.
Er war hungrig, aber zu müde, um große Geschichten zu machen, also nahm er ein Glas und die Flasche Bushmills, die Garvald ihm mitgegeben hatte, setzte sich mit einem Buch in den alten Schaukelstuhl am Kamin, wärmte sich die Füße und las beim Schein des Feuers.

Er hatte vielleicht eine Stunde so gesessen, als ein kalter Luftzug kurz seinen Nacken streifte. Er hatte das Türschloß nicht gehört, aber sie war da, das wußte er sofort. »Wo bleiben Sie denn so lange?« sagte er, ohne sich umzudrehen.
»Sehr witzig. Ich hätte mir einen besseren Empfang vorstellen können, nachdem ich fast zwei Kilometer im Dunkeln querfeldein durch die Nässe gelaufen bin, um Ihnen Ihr Abendessen hierher zu bringen.«
Sie kam herüber zum Feuer. Sie trug den alten Regenmantel, Gummistiefel und einen Schal um den Kopf. In einer Hand hielt sie einen Korb. »Eine Fleischpastete aus Kartoffelteig, aber wahrscheinlich haben Sie schon zu Abend gegessen?«
Er stöhnte laut. »Kein Wort weiter. Schieben Sie's in den Ofen, so schnell Sie können.«
Sie stellte den Korb ab, zog die Stiefel aus und knöpfte den Regenmantel auf. Darunter trug sie das geblümte Kleid. Sie nahm den Schal ab und schüttelte ihr Haar. »So. Was lesen Sie denn da?«
Er reichte ihr das Buch. »Gedichte«, sagte er. »Von einem blinden Iren namens Raftery, der vor langer Zeit gelebt hat.«
Beim Feuerschein betrachtete sie die Seite. »Aber das kann ich nicht lesen«, sagte sie. »Es ist in einer fremden Sprache geschrieben.«
»Irisch«, sagte er. »Die Sprache der Könige.« Er nahm ihr das Buch aus der Hand und las:

»... *Jetzt, im Frühjahr, werden die Tage länger,*
Am Birgittentag wird mein Segel gesetzt,
Meine Reise ist beschlossen, mein Schritt wird stetig sein,
Bis ich wieder stehe in den Ebenen von Mayo ...«

»Schön ist das«, sagte sie. »Wirklich schön.« Sie ließ sich auf die Binsenmatte neben ihm fallen und lehnte sich an den Stuhl, ihre linke Hand berührte seinen Arm. »Stammen Sie daher, aus diesem Mayo?«

»Nein«, sagte er und hatte Mühe, das Lachen zu unterdrücken, »von viel weiter nördlich, aber Raftery hat trotzdem recht.«
»Liam«, sagte sie. »Ist das auch irisch?«
»Ja, Ma'am.«
»Was bedeutet es?«
»Die Abkürzung für William.«
Sie dachte angestrengt nach. »Nein, Liam gefällt mir besser. Ich meine, William heißt doch fast jeder.«
Devlin behielt das Buch in der linken Hand und faßte mit der rechten ihr Haar im Nacken. »Jesus, Maria und Joseph steht mir bei.«
»Und was soll das wieder bedeuten?« fragte sie in aller Unschuld.
»Es bedeutet, Mädchen, wenn du nicht augenblicklich die Pastete aus dem Ofen holst und hier auf den Teller legst, dann garantiere ich für nichts.«
Sie lachte plötzlich, tief und kehlig, und beugte sich hinüber, so daß ihr Kopf auf seinem Knie lag. »Ach, ich mag Sie«, sagte sie. »Wissen Sie das? Vom ersten Augenblick an, als ich sie sah, Mr. Devlin, Sir, auf dem Motorrad vor dem Gasthaus, hab' ich Sie gemocht.«
Er stöhnte wieder und schloß die Augen, und sie stand auf, glättete den Rock über ihren Hüften und holte seine Pastete aus dem Ofen.

Als er sie über die Felder nach Hause begleitete, hatte es zu regnen aufgehört, die Wolken waren weggeweht, und der Himmel funkelte von Sternen. Der Wind war kalt und raschelte in den Bäumen über ihnen, während sie dem Pfad folgten, und streute Mengen von Blättern auf sie herunter. Devlin hatte das Gewehr über der Schulter hängen, und das Mädchen klammerte sich an seinen linken Arm.
Sie hatten nach dem Essen nicht viel gesprochen. Er mußte Molly noch ein paar Gedichte vorlesen, während sie sich mit hochgezogenen Knien an ihn lehnte. Es war sehr viel schlim-

mer, als er es sich vorgestellt hatte. Paßte überhaupt nicht in sein Konzept. Er hatte drei Wochen vor sich, mehr nicht, und in dieser Zeit unendlich viel zu tun, und Vergnügungen dieser Art waren überhaupt nicht in seinem Plan vorgesehen.
Sie kamen zur Hofmauer und blieben vor dem Tor stehen. »Eine Frage. Mittwoch nachmittag, wenn Sie nichts vorhaben, könnte ich in der Scheune Hilfe gebrauchen. Ein paar Maschinen müssen zum Überwintern fertiggemacht werden. Sie sind ziemlich schwer für Mam und mich. Dafür könnten Sie bei uns zum Abendessen bleiben.«
Eine Ablehnung wäre unfreundlich gewesen. »Warum nicht?« sagte er.
Sie hob eine Hand zu seinem Nacken, zog sein Gesicht herunter und küßte ihn mit wilder, leidenschaftlicher, unerfahrener Heftigkeit, die unglaublich rührend war. Er roch viel zu süßes Lavendelparfüm, wahrscheinlich das äußerste, was sie sich leisten konnte. Er sollte sich sein ganzes Leben lang daran erinnern.
Sie lehnte sich an ihn, und er flüsterte ihr behutsam ins Ohr: »Sie sind achtzehn, und ich bin ein alter Fünfunddreißiger. Haben Sie das schon bedacht?«
Sie blickte mit strahlenden Augen zu ihm auf. »Ach, Sie sind süß«, sagte sie. »So süß.«
Ein alberner, banaler Satz, lächerlich zu jeder anderen Zeit, aber nicht jetzt. Er küßte sie, ganz zart, auf den Mund. »Rein jetzt!«
Sie ging widerstandslos und weckte nur die Hühner, als sie den Wirtschaftshof durchquerte. Irgendwo auf der anderen Seite des Hauses bellte ein Hund, eine Tür schlug zu. Devlin machte kehrt und ging zurück.
Als er an der letzten Wiese über der Hauptstraße entlangging, begann es wieder zu regnen. Er wechselte hinüber zum Deichweg mit dem alten hölzernen Wegweiser »Hobs End Farm«, den niemand für wichtig genug gehalten hatte, um ihn abzumontieren. Devlin stapfte mit gesenktem Kopf durch den

Regen dahin. Plötzlich raschelte etwas im Schilf zu seiner Rechten, und eine Gestalt sprang vor ihm auf den Weg.
Obwohl es inzwischen wieder regnete, war die Wolkenschicht nur dünn, und im Licht des Viertelmonds sah er geduckt Arthur Seymour vor sich stehen. »Ich hab' Ihnen gesagt«, sagte er. »Ich hab' Sie gewarnt, aber Sie wollten nicht hören. Jetzt kriegen Sie's zu fühlen.«
Devlin hatte im Handumdrehen das Gewehr im Anschlag. Es war nicht geladen, aber das machte nichts. Er spannte beide Hähne mit hörbarem Klicken und rammte Seymour den Lauf unters Kinn. »Nehmen Sie sich bloß in acht«, sagte er. »Weil ich nämlich von Sir Willoughby persönlich den Auftrag habe, jeden Wilderer zu erschießen, und Sie sind auf seinem Grund und Boden.«
Seymour sprang zurück. »Ich krieg' Sie schon noch, früher oder später. Und die dreckige Schlampe dazu. Ich zahl's euch beiden heim.«
Er drehte sich um und rannte in die Nacht. Devlin schulterte sein Gewehr und ging auf sein Haus zu, mit gesenktem Kopf, denn der Regen wurde immer heftiger. Seymour war verrückt – nein, nicht ganz –, aber doch nicht zurechnungsfähig. Die Drohungen beeindruckten Devlin nicht im geringsten, aber dann dachte er an Molly, und sein Gemüt geriet in Wallung.
»Mein Gott«, sagte er leise. »Wenn er ihr etwas antut, dann bring' ich diesen Hund um. Ich bring' ihn um.«

8

Das Sten-Schnellfeuergewehr war vermutlich die großartigste in Serienfertigung hergestellte Waffe des Zweiten Weltkriegs und der beste Freund des britischen Infanteristen. Es sah zwar schäbig und primitiv aus, war aber dafür unempfindlicher als irgendeine andere Waffe dieser Art. Es war in Sekundenschnelle zu zerlegen und paßte in eine Handtasche

oder sogar in eine große Manteltasche. Deshalb war es besonders bei den verschiedenen europäischen Widerstandsgruppen beliebt, für die es von den Briten per Fallschirm abgeworfen wurde. Man konnte es in den Dreck werfen, darauf herumtrampeln, und dennoch schoß es präziser als das viel teurere Thompson.
Das Modell MK IIS war eine Spezialanfertigung, die eigens für den Einsatz bei Kommandoeinheiten entwickelt worden war. Es hatte einen Schalldämpfer, der den Abschußknall in erstaunlichem Maß reduzierte. Beim Abfeuern hörte man lediglich das Klicken des Bolzens, ein Geräusch, das kaum weiter als fünfzehn Meter trug.
Das Exemplar, das Stabsfeldwebel Willi Scheid am Morgen des 20. Oktober, einem Mittwoch, auf dem improvisierten Schießstand in Landsvoort in Händen hielt, war fabrikneu. Die Reihe der Zielscheiben bestand aus lebensgroßen Nachbildungen angreifender Tommys. Scheid schoß das Magazin von links nach rechts auf die fünf ersten ab. Es war geradezu unheimlich anzusehen, wie die Kugeln das Ziel durchsiebten, ohne daß man mehr hörte als ein leises Klicken. Steiner und seine Männer, die im Halbkreis hinter dem Schützen standen, waren beeindruckt.
»Phantastisch!« Steiner streckte die Hand aus, und Scheid gab ihm das Gewehr. »Wirklich phantastisch!« Steiner betrachtete die Waffe und gab sie an Neumann weiter.
Plötzlich fluchte Neumann: »Verdammt, der Lauf ist heiß.«
»Ist immer so, Herr Leutnant«, sagte Scheid. »Sie müssen aufpassen, daß Sie ihn nur an der Segeltuchisolierung anfassen. Die Schalldämpfer erhitzen sich rasch, wenn die Waffe Dauerfeuer schießt.«
Scheid war vom Waffen- und Munitionsdepot in Hamburg, ein kleiner, unbedeutend wirkender Mann mit einer Nickelbrille und der schäbigsten Uniform, die Steiner je gesehen hatte. Er ging hinüber zu einer Zeltplane, auf der verschiedenste Waffen ausgelegt waren. »Bei Ihrem Einsatz werden Sie das Sten-

Modell verwenden, sowohl in der gewöhnlichen Ausführung als auch mit Schalldämpfer. Als leichtes MG das Bren. Nicht so vielseitig verwendbar wie unser MG zweiundvierzig, aber eine vorzügliche Waffe auf kürzere Distanzen. Aus ihr können einzelne Schüsse oder Salven von vier bis fünf Runden abgegeben werden, daher ist sie sehr sparsam und zielgenau.«
»Wie steht's mit Karabinern?« fragte Steiner.
Ehe Scheid antworten konnte, tippte Neumann Steiner auf die Schulter. Der Oberstleutnant drehte sich um und sah gerade noch den Fieseler Storch aus Richtung Ijsselmeer in geringer Höhe anfliegen und seine erste Schleife über der Landepiste drehen.
Steiner sagte: »Darf ich kurz unterbrechen, Scheid?« Er wandte sich an seine Leute: »Von jetzt an führt Stabsfeldwebel Scheid das Kommando. Ihr habt noch ein paar Wochen Zeit, und wenn er mit euch durch ist, müßt ihr diese Dinger mit geschlossenen Augen zerlegen und wieder zusammensetzen können.« Er blickte Brandt an: »Und Sie unterstützen ihn nach Kräften, verstanden?«
Brandt stand stramm. »Jawohl, Herr Oberstleutnant.«
»Gut. Leutnant Neumann und ich werden die meiste Zeit ebenfalls hier sein. Und keine Angst, ihr werdet bald genug erfahren, worum das Ganze geht, das verspreche ich euch.«
Brandt ließ die ganze Gruppe stillstehen. Steiner salutierte, dann wandte er sich ab und eilte hinüber zu dem Kübelwagen, der in der Nähe stand. Neumann folgte ihm. Er stieg ein, Neumann klemmte sich hinters Steuer, und sie fuhren ab. Als sie vor dem Haupteingang zum Flugplatz ankamen, öffnete der wachhabende Feldjäger das Tor und grüßte unbeholfen, denn mit der anderen Hand mußte er den knurrenden Hund festhalten.
»Eines schönen Tages wird diese Bestie sich losreißen«, sagte Neumann, »und weiß der Himmel, auf welche Seite sie sich schlagen wird.«
Der Fieseler Storch setzte zu einer mustergültigen Landung an,

und vier, fünf Leute des Bodenpersonals fuhren ihm in einem kleinen Lastwagen entgegen. Neumann folgte mit dem Kübelwagen und hielt ein paar Meter vom Flugzeug entfernt. Steiner zündete sich eine Zigarette an, während sie warteten, daß Radl ausstieg.
»Er hat noch jemanden mitgebracht«, sagte Neumann.
Steiner blickte finster, als Oberst Radl lächelnd auf ihn zukam. »Na, Steiner, wie geht's?« rief er und streckte die Hand aus.
Aber Steiner interessierte sich mehr für den zweiten Ankömmling, einen großen, gutaussehenden jungen Mann mit dem Totenkopf an der Mütze. »Wer ist das denn?« fragte er leise.
Radls Lächeln war gezwungen, als er die beiden einander vorstellte: »Oberstleutnant Kurt Steiner, Untersturmführer Harvey Preston vom Britischen Freikorps.«

Steiner hatte den ehemaligen Wohnraum des Bauernhauses zur Kommandozentrale des gesamten Unternehmens umwandeln lassen. In einer Ecke standen zwei Feldbetten für ihn und Neumann, und die beiden großen Tische in der Mitte waren mit Karten und Fotos von Hobs End, Studley Constable und Umgebung bedeckt. Außerdem war ein imposantes, noch nicht ganz fertiges Sandkastenmodell zu sehen. Radl beugte sich interessiert darüber; in der Hand hielt er ein Glas Kognak. Neumann stand am anderen Ende des Tisches, und Steiner marschierte vor dem Fenster auf und ab und rauchte wütend.
»Das Modell ist wirklich ausgezeichnet. Wer hat das gebaut?« fragte Radl.
»Der Soldat Klugl«, antwortete Neumann. »Er war vor dem Krieg Künstler, soviel ich weiß.«
Steiner wandte sich ungeduldig um. »Bleiben wir doch bei der Sache, Oberst Radl. Erwarten Sie allen Ernstes von mir, daß ich den ... das Wertobjekt herüberhole?«
»Der Gedanke stammt vom Reichsführer, nicht von mir«, sagte Radl milde. »In solchen Dingen habe ich zu gehorchen, nicht zu befehlen.«

»Aber er muß verrückt geworden sein.«
Radl nickte. »Dieser Einwand ist nicht neu.«
»Na schön«, sagte Steiner. »Betrachten wir es einmal von der rein praktischen Seite. Wenn diese Sache klappen soll, dann muß sie von einer hochdisziplinierten Gruppe von Männern durchgeführt werden, die wie ein einziger Mann vorgehen können, wie ein einziger denken, wie ein einziger handeln, und das ist bei uns der Fall. Meine Jungens waren mit mir in der Hölle und zurück. Kreta, Leningrad, Stalingrad und einige Zwischenstationen, und ich war auf Schritt und Tritt bei ihnen. Manchmal muß ich einen Befehl gar nicht erst aussprechen, so gut sind wir aufeinander eingespielt.«
»Das glaube ich Ihnen.«
»Wie können Sie dann in diesem Stadium einen Außenseiter einschleusen, zumal einen wie diesen Preston, und erwarten, daß es trotzdem klappt?« Er nahm die Akte auf, die Radl ihm zu lesen gegeben hatte, und schüttelte sie. »Ein lausiger kleiner Gauner, ein Komödiant, der sein Leben lang allen etwas vorgespielt hat, sogar sich selbst.« Er warf die Akte angewidert auf den Tisch. »Er hat überhaupt keine Ahnung, was ein richtiger Soldat ist.«
»Und was im Moment noch gravierender ist, nach meiner Meinung jedenfalls«, warf Leutnant Neumann ein, »er ist noch nie aus einem Flugzeug abgesprungen.«
Radl nahm sich eine Zigarette, und Steiner gab ihm Feuer. »Ich frage mich, Herr Oberstleutnant, ob Sie sich in diesem Fall nicht allzusehr von Ihren Gefühlen leiten lassen.«
»Ach so?« sagte Steiner. »Meine amerikanische Hälfte haßt seinen traurigen Mut als Verräter und Überläufer, und meine deutsche Hälfte ist auch nicht gerade scharf auf ihn.« Er schüttelte verzweifelt den Kopf. »Haben Sie denn überhaupt eine Ahnung, was alles zur Fallschirmausbildung gehört?« Er wandte sich an Neumann. »Sagen Sie's ihm.«
»Sechs Sprünge braucht man zum Fallschirmspringerabzeichen, und danach nie weniger als sechs im Jahr, wenn man es

behalten will«, sagte Neumann. »Und das gilt für jeden, vom Gemeinen bis zum höchsten Offizier. Löhnung fünfundsechzig bis hundertzwanzig Reichsmark im Monat, je nach Dienstgrad.«

»Und?« sagte Radl.

»Für den Anfang heiß's zuerst zwei Monate Bodentraining, dann der erste Sprung allein aus zweihundert Meter. Danach fünf Sprünge in Gruppen und unter verschiedenen Lichtverhältnissen einschließlich völliger Dunkelheit, wobei die Absprunghöhe ständig gesenkt wird, und dann das große Finale. Neun Flugzeugladungen springen gemeinsam unter Kampfbedingungen aus einer Höhe von weniger als hundertfünfzig Meter ab.«

»Sehr eindrucksvoll«, sagte Radl. »Andererseits muß Preston nur ein einziges Mal springen, allerdings bei Nacht, aber auf einem weitläufigen und sehr einsamen Strand. Eine ideale Sprungzone, wie Sie selbst zugeben. Es dürfte wohl nicht jenseits der Grenzen des Möglichen liegen, ihn für dieses eine Mal hinlänglich zu trainieren.«

Neumann wandte sich geschlagen an Steiner. »Was kann ich sonst noch vorbringen?«

»Nichts«, sagte Radl, »denn er wird springen. Er wird springen, weil der Reichsführer das für richtig hält.«

»Um Gottes willen«, sagte Steiner. »Es ist unmöglich, sehen Sie das denn nicht ein?«

»Ich muß morgen früh nach Berlin zurück«, erwiderte Radl. »Kommen Sie mit und sagen Sie's ihm selbst, wenn Ihnen soviel daran liegt. Oder lieber doch nicht...?«

Steiners Gesicht war blaß geworden. »Hol Sie der Teufel, Sie wissen, daß ich es nicht kann, und Sie wissen auch, warum.« Sekundenlang schien ihm das Sprechen schwerzufallen. »Mein Vater – geht es ihm gut? Haben Sie ihn gesehen?«

»Nein«, sagte Radl. »Aber der Reichsführer wies mich an, Ihnen zu sagen, daß Sie in dieser Angelegenheit sein Wort haben.«

»Und was, zum Teufel, soll ich damit anfangen?« Steiner holte tief Atem und grinste spöttisch. »Eins jedenfalls weiß ich. Wenn wir ... unseren Schatz holen können, dann können wir auch, wann immer es uns paßt, auf einen Sprung im Gestapohauptquartier in der Prinz-Albrecht-Straße vorbeischauen und uns diesen kleinen Dreckskerl schnappen. Übrigens, wenn ich's recht bedenke, gar keine schlechte Idee.« Er grinste Neumann an. »Was meinen Sie?«
»Sie wollen ihn also haben?« sagte Radl eifrig. »Preston, meine ich.«
»Ja doch, ich nehme ihn«, erwiderte Steiner. »Nur, wenn ich mit ihm fertig bin, wird er sich wünschen, er wäre nie geboren.« Er wandte sich an Neumann. »Bringen Sie ihn rein, dann will ich ihm in groben Zügen andeuten, wie's in der Hölle zugeht.«

Während seiner Zeit bei der Schmiere hatte Harvey Preston einmal einen schneidigen jungen britischen Offizier in den Schützengräben des Ersten Weltkriegs gespielt, eine Rolle in dem großartigen Stück *Journey's End*. Einen tapferen, kriegsmüden jungen Helden, weit über seine Jahre erfahren, der dem Tod mit zynischem Grinsen auf dem Gesicht und einem erhobenen Glas – zumindest symbolisch – in der rechten Hand ins Auge blickte. Als schließlich die Decke des Unterstands einstürzte und der Vorhang fiel, brauchte er sich nur wieder aufzurappeln, in die Garderobe zu gehen und sich die rote Farbe abzuwaschen.
Aber das hier war kein Spiel. Das hier war rauhe Wirklichkeit. Er war plötzlich krank vor Angst. Nicht, daß er den Glauben an den deutschen Endsieg verloren hätte. Daran gab es für ihn keinen Zweifel. Er wäre nur gern am Leben geblieben, um den glorreichen Tag mitfeiern zu können. Im Garten war es kalt, und er schritt nervös auf und ab, rauchte eine Zigarette und wartete ungeduldig auf ein Lebenszeichen aus dem Bauernhaus. Er hatte Lampenfieber. Endlich erschien Steiner an der Küchentür.
»Preston! Kommen Sie rein!« rief er auf Englisch.

Dann drehte er sich wortlos um. Als Preston den Wohnraum betrat, sah er Steiner, Radl und Neumann um den Kartentisch stehen. »Herr Oberstleutnant«, begann Preston.
»Schnauze!« erwiderte Steiner eisig. Er nickte zu Radl hinüber. »Erteilen Sie ihm seine Befehle.«
Radl sagte förmlich: »Untersturmführer Harvey Preston vom Britischen Freikorps, von diesem Augenblick an stehen Sie unter dem ausschließlichen und uneingeschränkten Befehl des Herrn Oberstleutnant Steiner vom Fallschirmjägerregiment. Und dies auf direkte Weisung vom Reichsführer persönlich. Verstanden?«
Für Preston klangen die Worte Radls wie ein Todesurteil. Auf seiner Stirn stand Schweiß, als er zu Steiner Front machte und stotterte: »Aber, Herr Oberstleutnant, ich bin noch nie mit dem Fallschirm abgesprungen.«
»Wenn's sonst nichts ist«, erwiderte Steiner grimmig. »Wir werden Sie schon zurechtschleifen, verlasssen Sie sich drauf.«
»Herr Oberstleutnant, ich muß protestieren«, begann Preston, aber weiter kam er nicht, denn Steiner fuhr ihn an: »Maul halten! Und stehen Sie stramm! In Zukunft sprechen Sie nur, wenn Sie angesprochen werden, verstanden!« Er ging um Preston herum, der stocksteif in Habtachtstellung dastand, und blieb hinter ihm stehen. »Im Moment sind Sie weiter nichts als überflüssiger Ballast. Nicht einmal ein Soldat, nur eine schmucke Uniform. Wir müssen dafür sorgen, daß das anders wird, nicht wahr?« Keine Antwort. Steiner wiederholte die Frage leise in Prestons linkes Ohr: »Nicht wahr?«
Es klang unendlich drohend, trotz des sanften Tons, und Preston sagte schleunigst: »Jawohl, Herr Oberstleutnant.«
»Gut. Dann sind wir uns also einig.« Steiner trat wieder vor ihn hin. »Zur Zeit sind wir vier hier in diesem Zimmer die einzigen Menschen in Landsvoort, die den Zweck aller dieser Vorbereitungen kennen. Sollte irgend jemand sonst *vorzeitig* davon Wind bekommen, nur weil Sie die Klappe nicht halten konnten, dann erschieße ich Sie eigenhändig. Verstanden?«

»Jawohl, Herr Oberstleutnant.«
»Was Ihren Dienstgrad betrifft, so ist er aufgehoben, solange Sie bei uns sind. Leutnant Neumann wird dafür sorgen, daß Sie eine Kombination und eine Fallschirmspringerbluse bekommen. Damit sind Sie von Ihren Trainingskameraden nicht mehr zu unterscheiden. Natürlich wird in Ihrem Fall zusätzliche Ausbildung nötig sein, aber dazu kommen wir später. Irgendwelche Fragen?«
Prestons Augen brannten, er konnte vor Zorn kaum atmen. Radl sagte sanft: »Selbstverständlich können Sie jederzeit nach Berlin zurückfliegen, Unterstumführer, wenn Sie Einwände haben sollten, und die Sache mit dem Reichsführer persönlich besprechen.«
Preston würgte mit erstickter Stimme hervor: »Keine Fragen, Herr Oberst.«
»Gut.« Steiner wandte sich an Neumann. »Lassen Sie ihn ausstaffieren, und dann geben Sie ihn an Brandt weiter. Über seinen Ausbildungsplan spreche ich später mit Ihnen.« Er nickte Preston zu. »Abtreten!«
Preston hob nicht den Arm zum deutschen Gruß, denn in letzter Sekunde ging ihm auf, daß dies vermutlich wenig Anklang fände. Statt dessen salutierte er militärisch und stolperte hinaus. Neumann grinste und folgte ihm.
Als die Tür sich geschlossen hatte, sagte Steiner: »Danach muß ich wirklich einen heben.« Er ging hinüber zur Anrichte und goß sich einen Kognak ein.
»Wird es klappen?« fragte Radl.
»Wer weiß«, erwiderte Steiner und grinste wölfisch. »Wenn wir Glück haben, bricht er sich beim Training ein Bein.« Er nahm einen Schluck. »Aber jetzt zu wichtigeren Dingen. Was macht Devlin? Haben Sie Nachricht von ihm?«

In ihrem Kämmerchen in dem alten Bauernhaus über den Marschen von Hobs End versuchte Molly Prior, sich für Devlin schön zu machen, der versprochen hatte, zum Essen zu kommen. Sie zog sich schnell aus, trat vor den Spiegel des alten Mahagonischranks und betrachtete kritisch ihre Erscheinung in Höschen und Büstenhalter. Die Wäschestücke waren ordentlich und sauber, aber an vielen Stellen geflickt. Nun, das ging heutzutage jedem so. Niemand hatte genügend Textilpunkte. Wichtig war, was darin steckte, und das konnte sich sehen lassen. Hübsche, feste Brüste, runde Hüften und wohlgeformte Beine.

Sie legte eine Hand auf ihren Bauch und stellte sich vor, es wäre Devlins Hand; ein Schauder überlief sie. Sie öffnete die oberste Schublade der Kommode, nahm ihr einziges Paar Seidenstrümpfe aus der Vorkriegszeit heraus, die auch bereits viele Male gestopft waren, und streifte sie sorgsam über. Dann holte sie das Baumwollkleid, das sie am Sonnabend getragen hatte, aus dem Schrank. Als sie es überzog, hörte sie eine Autohupe. Sie lugte aus dem Fenster und sah gerade noch einen alten Morris in den Hof einfahren. Pater Voreker saß am Steuer. Molly fluchte leise, fuhr schnell in das Kleid, wobei eine Naht am Ärmelausschnitt platzte, und zog ihre Sonntagsschuhe mit den hohen Absätzen an. Beim Hinuntergehen fuhr sie mit einem Kamm durch ihr Haar und verzog schmerzlich das Gesicht, sooft er an den wirren Locken riß.

Voreker war bei ihrer Mutter in der Küche. Er drehte sich um und grüßte mit einem Lächeln, das überraschend herzlich war.

»Hallo, Molly, wie geht's?«

»Wenig Zeit und viel Arbeit, Pater.«

Sie band eine Schürze um und sagte zu ihrer Mutter: »Der Kartoffelauflauf, ist er fertig? Er wird jeden Augenblick hier sein.«

»Ah, Sie erwarten Gäste.« Voreker stand auf, wobei er den Stock zu Hilfe nahm. »Ich komme ungelegen.«

»Ganz und gar nicht, Pater«, sagte Mrs. Prior. »Es ist nur Mr. Devlin, der neue Heger in Hobs End. Er ißt mit uns, und am Nachmittag hilft er uns bei der Arbeit. Gibt es irgendwas Besonderes?«

Voreker wandte sich zu Molly, faßte sie scharf ins Auge, sah das Kleid und die Schuhe und runzelte die Stirn, als mißbillige er, was er sah.
Molly reagierte zornig. Sie stemmte die linke Hand in die Hüfte und blickte ihn kampflustig an. »Sind Sie meinetwegen gekommen, Pater?« fragte sie mit mühsam verhaltener Stimme.
»Nein, ich wollte mit Arthur sprechen. Mit Arthur Seymour. Er hilft doch sonst immer dienstags und mittwochs hier mit, nicht wahr?«
Er log, und sie wußte es sofort. »Arthur Seymour arbeitet nicht mehr hier, Pater. Ich dachte, das wüßten Sie. Oder hat er Ihnen nicht erzählt, daß ich ihn rausgeschmissen habe?«
Voreker war sehr blaß. Er wollte es nicht zugeben, aber ihr ins Gesicht lügen konnte er auch nicht. Also sagte er: »Und warum, Molly?«
»Weil ich ihn nicht mehr in der Nähe haben wollte.«
Voreker drehte sich fragend zu Mrs. Prior um. Sie sah unbehaglich aus, zuckte aber nur die Achseln. »Der ist kein Umgang, weder für Mensch noch Tier.«
Jetzt beging Voreker einen schweren Fehler. Er sagte zu Molly: »Im Dorf finden sie, du wärst hart mit ihm umgesprungen. Du hättest einen besseren Grund haben sollen, als ihm einen Fremden vorzuziehen. Bitter für einen Menschen, der gewartet und geholfen hat, wo er konnte, Molly.«
»Einen Menschen nennen Sie das, Pater? Ist mir nie aufgefallen. Sie können denen sagen, daß er ständig seine Pfoten unter meinem Rock hatte.« Vorekers Gesicht war jetzt schneeweiß, aber sie fuhr unerbittlich fort. »Im Dorf finden sie vielleicht nichts dabei, schließlich macht er's seit seinem zwölften Lebensjahr mit allem, was Röcke anhat, und keinen hat's je gestört. Und Sie sagen, so scheint's, auch ja und amen dazu.«
»Molly«, rief ihre Mutter entsetzt.
»Versteh' schon«, sagte Molly. »Man darf einen Priester nicht beleidigen, indem man ihm die Wahrheit sagt, das meinst du doch, wie?« Voll Verachtung blickte sie Voreker an. »Sagen Sie

bloß nicht, Sie wüßten nicht, wie er ist, Pater. Er versäumt keinen Sonntag die Messe, Sie müssen ihm also oft genug die Beichte abgenommen haben.«
In diesem Augenblick klopfte es, und sie wandte sich von seinen zornflammenden Blicken ab, strich das Kleid über die Hüften glatt und lief zur Tür. Aber als sie öffnete, war es nicht Devlin, sondern Laker Armsby. Im Hof stand der Traktor, mit dem er gerade einen mit Rüben beladenen Wagen reingefahren hatte. Er rollte sich eine Zigarette und feixte. »Wo soll ich's denn abladen, Molly?«
»Verdammt, Laker, du kommst auch immer zur rechten Zeit, wie? In der Scheune. Warte, ich zeig dir's lieber selbst, sonst machst du's doch wieder verkehrt.«
Vorsichtig stelzte sie in ihren guten Schuhen über den schmutzigen Hof, und Laker trottete hinterdrein. »Du hast dich ja richtig in Schale geworfen heut. Was ist denn so Besonderes los, Molly?«
»Kümmere du dich um deine Arbeit, Laker Armsby«, erwiderte sie. »Mach mal das Tor auf.«
Laker schwang den Sperrbalken herum und machte sich daran, einen großen Torflügel zu öffnen. Dahinter stand Arthur Seymour. Er hatte die Mütze tief über die irren Augen gezogen, die bulligen Schultern schienen die Nähte der alten Drelljacke sprengen zu wollen.
»Na, Arthur, was gibt's?« sagte Laker schüchtern.
Seymour stieß ihn beiseite, packte Molly am rechten Handgelenk und zog sie zu sich heran. »Hier rein mit dir, du Schlampe, ich hab' mit dir zu reden.«
Laker zerrte vergeblich an Seymours Arm. »Hör mal, Arthur«, stotterte er. »So benimmt man sich doch nicht.«
Seymour schlug ihn mit dem Handrücken ins Gesicht, daß Blut aus seiner Nase schoß. »Hau ab!« schrie er und stieß Laker rücklings in den Schmutz.
Molly trat wütend nach Seymour. »Loslassen!«
»O nein«, sagte er. Er zog das Tor hinter sich zu und legte den

Balken vor. »Nie mehr, Molly.« Mit der linken Hand griff er nach ihrem Haar. »Jetzt bist du ein braves Mädel, dann tu ich dir nicht weh. Nicht, wenn du mir gibst, was dieser Irenhund von dir kriegt.« Seine Finger grabschten nach ihrem Rocksaum. »Du stinkst«, sagte sie. »Weißt du das? Wie eine alte Sau, die sich im Mist gesuhlt hat.«
Sie beugte sich hinunter und biß ihn mit aller Kraft ins Handgelenk. Er schrie auf vor Schmerz und lockerte den Griff, bekam aber mit der anderen Hand ihr Kleid zu fassen, das zerriß, als sie sich umdrehte und auf die Leiter zum Heuboden zurannte.

Als Devlin auf seinem Querfeldeinmarsch von Hobs End die Wiesenkuppe oberhalb des Gehöfts erreichte, sah er gerade Molly und Laker Armsby den Hof in Richtung Scheune überqueren. Ein paar Sekunden später wirbelte Laker durch die Luft, fiel flach auf den Rücken in den Schmutz, und das große Scheunentor schlug zu. Devlin warf seine Zigarette weg und raste den Hügel hinunter.
Als er über den Zaun in den Hof sprang, waren Pater Voreker und Mrs. Prior bereits an der Scheune. Der Priester hämmerte mit seinem Stock ans Tor. »Arthur?« rief er. »Mach das Tor auf! Laß den Unsinn!«
Die einzige Antwort war ein Schrei Mollys. »Was ist hier los?« fragte Devlin.
»Seymour ist drinnen«, erklärte ihm Laker, der ein blutiges Taschentuch vor die Nase hielt. »Hat Molly reingezerrt und das Tor verrammelt.«
Devlin probierte es mit einem Schulterstoß und wußte sofort, daß er damit nur Zeit verschwendete. Er blickte verzweifelt um sich, während Molly abermals aufschrie, und seine Augen fielen auf den Traktor, der noch immer mit tuckerndem Motor dort stand, wo Laker ihn hatte stehenlassen. In Sekundenschnelle war Devlin über den Hof gerannt, auf den hohen Sitz hinter das Steuer geklettert, hatte den Gang eingerammt und so jäh Gas gegeben, daß der Traktor vorwärts schoß, der Wagen

hinterherschwankte und die Rüben wie Kanonenkugeln nach allen Richtungen über den Hof sausten. Pater Voreker, Mrs. Prior und Laker hatten gerade noch Zeit, beiseite zu springen, als der Traktor auch schon gegen das Tor raste, es eindrückte und unaufhaltsam weiterrollte.
Devlin brachte die Zugmaschine zum Stehen. Molly war oben auf dem Heuboden. Seymour stand unten und versuchte gerade, die Leiter aufzustellen, die Molly offenbar umgeworfen hatte.
Devlin stellte den Motor ab, und Seymour drehte sich um und sah ihn an, einen stieren Ausdruck in den Augen. »Komm her, du Hund«, sagte Devlin.
Pater Voreker humpelte herein. »Nein, Devlin, überlassen Sie das mir!« rief er und wandte sich an Seymour. »Arthur, jetzt reicht's aber!«
Seymour schenkte keinem von beiden die geringste Beachtung. Sie waren Luft für ihn. Er drehte sich um und begann die Leiter hinaufzuklettern. Devlin sprang vom Traktor und stieß mit einem Tritt die Leiter unter Seymours Füßen weg. Seymour schlug schwer zu Boden. Eine Weile lag er einfach da und schüttelte den Kopf. Dann wurden seine Augen wieder klar.
Als Seymour sich aufrappelte, eilte Pater Voreker zu ihm. »Aber, Arthur, ich sagte doch...«
Weiter kam er nicht, denn Seymour schleuderte ihn so heftig beiseite, daß er stürzte. »Ich bring dich um, Devlin!«
Er stieß einen Wutschrei aus und wollte sich mit ausgestreckten Pranken auf seinen Gegner werfen. Devlin duckte nach der Seite ab, und die Wucht des Angriffs schmetterte Seymour gegen den Traktor. Devlin verpaßte ihm eine Linke und eine Rechte in die Nieren und ging dann auf Distanz, während Seymour vor Schmerzen aufheulte.
Brüllend griff er aufs neue an, und Devlin täuschte mit der Rechten und schmetterte die Linke gegen Seymours Mund, daß die Lippen platzten und Blut hervorschoß. Er ließ eine

Rechte unter die Rippen folgen, was sich anhörte, als führe er eine Axt ins Holz.
Seymours nächsten wilden Hieb unterlief er und schlug ein zweites Mal unter die Rippen. »Beinarbeit, Kopfarbeit, Faustarbeit. Das ist das Geheimnis. Wir nannten das die Heilige Dreifaltigkeit, Pater. Lernt sie, und Ihr werdet das Erdenreich besitzen, so sicher wie die Sanftmütigen. Ein paar faule Tricks zur rechten Zeit gehören natürlich immer dazu.«
Er versetzte Seymour einen Tritt unter die rechte Kniescheibe, und als der schwere Mann sich vor Schmerz krümmte, stieß er ihm das Knie ins Gesicht. Der Stoß riß Seymours Kopf zurück und schleuderte ihn durchs Tor in den schmutzigen Hof. Langsam stemmte Seymour sich wieder hoch und stand da, Blut im Gesicht, wie ein tödlich getroffener Stier inmitten der Arena.
Devlin ging auf ihn zu. »Du weißt nicht, wann du liegenbleiben sollst, was, Arthur? Kein Wunder bei einem Hirn von der Größe einer Erbse.«
Er streckte den rechten Fuß vor, glitt jedoch im Schmutz aus und fiel auf die Knie. Seymour landete einen betäubenden Schlag auf seiner Stirn, der Devlin auf den Rücken warf. Molly stürzte kreischend herbei und zerkratzte Seymour das Gesicht. Er schüttelte sie ab und hob einen Fuß, um Devlin zu zertreten. Aber der Ire erwischte das Gelenk und verdrehte es so, daß Seymour zurück in die Scheune taumelte.
Als er sich umdrehte, war Devlin bereits da. Jetzt lächelte er nicht mehr, sein Gesicht war weiß und mörderisch. »Los, Arthur, bringen wir's hinter uns, ich bin hungrig.«
Seymour wollte wieder angreifen, aber Devlin tänzelte im Kreis um ihn herum, trieb ihn über den Hof, gab ihm keine Chance, wich den ausholenden Schwingern mit Leichtigkeit aus und hieb die Knöchel wieder und wieder in Seymours Gesicht, bis es nur noch eine blutige Maske war.
Neben der Hintertür stand eine alte Zinkwanne, darauf trieb Devlin ihn gnadenlos zu. »Und jetzt hörst du gut zu, du

Hund!« sagte er. »Faß das Mädchen nur noch einmal an, benimm dich auch nur im geringsten daneben, und ich kastrier' dich. Verstanden?« Er ließ ein paar Schläge unter die Rippen folgen; Seymour stöhnte und ließ die Hände sinken. »Und in Zukunft, wenn ich irgendwo reinkomm', stehst du auf und verduftest. Kapiert?«
Seine Rechte kam zweimal mit dem ungedeckten Kinn in Berührung, und Seymour stolperte über den Trog und rollte auf den Rücken.
Devlin kniete nieder und tauchte sein Gesicht in das Regenwasser im Trog. Als er wieder auftauchte, um Luft zu holen, kauerte Molly neben ihm, und Pater Voreker beugte sich über Seymour. »Mein Gott, Devlin, Sie hätten ihn töten können«, sagte der Priester.
»Den nicht«, erwiderte Devlin. »Leider.«
Als wollte er Devlins Worte bestätigen, stöhnte Seymour und versuchte, sich aufzurichten. Im gleichen Augenblick kam Mrs. Prior mit einer doppelläufigen Flinte aus dem Haus. »Bringen Sie ihn von hier weg«, gebot sie Voreker, »und bestellen Sie ihm, sobald er sein bißchen Verstand wieder beisammen hat, von mir: Wenn er noch einmal herkommt und meinem Mädel was will, dann erschieß ich ihn wie einen tollwütigen Hund und steh' dafür gerade.«
Laker Armsby tauchte einen alten Emailleeimer in den Trog und leerte ihn über Arthur Seymour aus. »Soll dir guttun, Arthur«, sagte er vergnügt. »Wird dein erstes Bad sein seit Michaeli, da möcht' ich wetten.«
Seymour ächzte und tastete nach dem Trog, um sich daran hochzuziehen. Pater Voreker sagte: »Helfen Sie mir, Laker.« Und gemeinsam führten sie ihn zu Vorekers Wagen.
Mit einemmal begann sich alles um Devlin zu drehen wie auf hoher See. Er schloß die Augen. Er hörte Mollys Schreckensschrei, fühlte ihre kräftige junge Schulter unter seinem Arm, und dann stützte ihn auch die Mutter auf der anderen Seite, und die beiden Frauen brachten ihn ins Haus.

Als er wieder zu sich kam, saß er auf dem Küchentisch am Feuer, den Kopf an Mollys Brust gelehnt, während sie ihm ein feuchtes Tuch an die Stirn hielt. »Jetzt reicht's, ich bin wieder ganz in Ordnung«, sagte er.
Sie blickte mit ängstlichem Gesicht auf ihn herab. »Mein Gott, ich hab' geglaubt, er spaltet Ihnen mit dem einen Hieb den Schädel.«
»Kleine Schwäche von mir«, erklärte ihr Devlin, als er sah, daß sie sich Sorgen machte, und wurde vorübergehend ernst. »Nach einer zu großen Anstrengung kippe ich manchmal um, geh' einfach aus wie eine Kerze. Irgendwas Psychologisches.«
»Was ist das?« fragte sie verwirrt.
»Spielt keine Rolle«, sagte er. »Wenn ich bloß den Kopf wieder so hinlegen dürfte, an Ihre Brust.«
Sie errötete. »Sie Teufel.«
»Sehen Sie«, sagte er. »Gar nicht so viel Unterschied zwischen Arthur und mir, wenn's drauf ankommt.«
Sie tippte sehr behutsam mit einem Finger an seine Stirn. »Solchen Unsinn hab' ich im Leben noch von keinem erwachsenen Menschen gehört.«
Ihre Mutter kam in die Küche. »Bei Gott, Junge«, sagte sie, während sie die Bänder ihrer frischen Schürze knotete, »Sie haben bestimmt einen Bärenhunger nach der Balgerei. Hätten Sie jetzt Appetit auf Ihre Fleischpastete?«
Devlin blickte zu Molly auf und grinste. »Danke vielmals, Ma'am. Wenn ich ganz ehrlich sein soll, ich glaub', das wär' jetzt das Zweitschönste auf der Welt.«
Das Mädchen verbiß sich das Lachen, hielt ihm die geballte Faust unter die Nase und half der Mutter beim Anrichten.

Devlin kam erst spät abends nach Hobs End zurück. In den Marschen war es so still wie vor drohendem Regen, der Himmel war dunkel, und in der Ferne hörte man Donnergrollen. Er machte einen Umweg, um die Deichschieber zu kontrollieren, die den Wasserzufluß in das Netzwerk von Gräben regelten,

und als er schließlich in den Hof seines Hauses einbog, sah er Joanna Greys Wagen vor der Tür parken. Joanna lehnte in WVS-Uniform an der Hauswand und blickte aufs Meer hinaus, der Hund saß geduldig neben ihr. Als Devlin näher kam, wandte sie sich zu ihm um. Er hatte eine ansehnliche Beule auf der Stirn, wo Seymours Faust den Treffer gelandet hatte.
»Häßlich«, sagte sie. »Haben Sie häufig Selbsmordgelüste?«
Er grinste. »Sie sollten erst den anderen sehen.«
»Habe ich.« Sie schüttelte den Kopf. »Das muß aufhören, Liam.«
Hinter vorgehaltenen Händen zündete er sich eine Zigarette an. »Was muß aufhören?«
»Die Sache mit Molly Prior. Dazu sind Sie nicht hier. Sie haben einen Auftrag.«
»Machen Sie halblang«, sagte er. »Ich habe rein gar nichts zu tun, bis ich mich am Achtundzwanzigsten mit Garvald treffe.«
»Seien Sie nicht albern. Dorfleute sind auf der ganzen Welt gleich, das wissen Sie genau. Mißtraue jedem Fremden und halt' zu deinesgleichen. Was Sie mit Seymour angestellt haben, hat ihnen gar nicht gefallen.«
»Und mir hat nicht gefallen, was er mit Molly anstellen wollte.« Devlin lachte kurz auf. »Mein Gott, wenn nur die Hälfte von dem, was Laker Armsby mir heute nachmittag über Seymour erzählt hat, der Wahrheit entspricht, dann hätte man ihn schon vor Jahren einsperren müssen und den Schlüssel wegwerfen sollen. Notzuchtdelikte jeder Art, so viele, daß man sie nicht mehr zählen kann, und zwei Männer hat er schon zu Krüppeln geschlagen.«
»In einem Dorf wie diesem hier wird nie die Polizei geholt. Das erledigt man unter sich.« Joanna schüttelte ungehalten den Kopf. »Aber diese Geschichte führt zu nichts. Wir können es uns nicht leisten, die Leute hier gegen uns aufzubringen, also seien Sie vernünftig. Lassen Sie Molly in Ruhe.«

»Ist das ein Befehl, Ma'am?«
»Stellen Sie sich doch nicht dumm. Es ist ein Appell an Ihre Vernunft, weiter nichts.«
Sie ging zum Wagen, ließ den Hund auf den Rücksitz springen und setzte sich ans Steuer. »Gibt's was Neues an der Sir-Henry-Front?« fragte Devlin, als sie den Motor startete.
Sie lächelte. »Ich halte ihn bei Stimmung, keine Sorge. Freitag nacht habe ich wieder Funkverbindung mit Berlin. Ich gebe Ihnen Bescheid, was sich getan hat.«
Sie fuhr ab. Devlin schloß die Tür auf und trat ein. Drinnen zögerte er lange, dann schob er den Riegel vor und ging in den Wohnraum. Er zog die Gardinen zu, zündete ein kleines Feuer an und setzte sich davor mit einem Glas Garvalds Bushmills.
Es war schade, jammerschade, aber vielleicht hatte Joanna Grey recht. Es wäre wirklich zu dumm, Scherereien herauszufordern. Eine Weile dachte er noch an Molly, dann wählte er entschlossen ein irisches Exemplar von *The Midnight Court* aus seinem kleinen Bücherbestand und zwang sich zu konzentrierter Lektüre.
Regen setzte ein und rieselte an der Fensterscheibe herunter. Es war ungefähr halb acht Uhr, als jemand vergeblich an der Klinke der Haustür rüttelte. Kurz darauf wurde ans Fenster hinter der Gardine geklopft, und sie rief leise seinen Namen. Er las weiter, mühte sich, im schwindenden Licht des kleinen Feuers die Worte zu entziffern, und nach einiger Zeit ging sie weg.
Er fluchte leise und wütend vor sich hin, warf das Buch an die Wand und widerstand mit allen Kräften der Versuchung, zur Tür zu rennen, aufzuschließen und ihr nachzulaufen. Er goß sich noch einen gewaltigen Whisky ein, stellte sich ans Fenster und fühlte sich plötzlich einsamer als je zuvor in seinem Leben, während der Regen mit jäher Gewalt über die Marschen heranjagte.

Auch in Landsvoort stürmten Böen von der See herein und

brachten einen alles durchdringenden Regen mit, der wie ein Messer bis auf die Knochen schnitt. Harvey Preston, der am Gartentor des alten Bauernhauses Wache stand, preßte sich gegen die Mauer und verfluchte Steiner, verfluchte Radl, verfluchte Himmler und alles, was sich zusammengetan hatte, um ihn in diese Scheiße zu stürzen, in das schmählichste Fiasko seines Lebens.

9

Die deutsche Fallschirmtruppe des Zweiten Weltkriegs unterschied sich von der britischen in einem äußerst wichtigen Punkt – sie benutzte ein völlig anderes Fallschirmsystem.
Das deutsche Modell hatte – mit Ausnahme für Luftwaffenpiloten und Flugzeugbesatzungen – keine sogenannten Webeleinen zwischen Fangleinen und Gurtzeug. Vielmehr führten die Fangleinen direkt zur Packhülle des Fallschirms. Deshalb hatte Steiner für Sonntagvormittag in der alten Scheune hinter dem Bauernhaus in Landsvoort eine Übung mit dem britischen Standardfallschirm angesetzt.
Die Männer standen im Halbkreis vor ihm, Harvey Preston in der Mitte. Er trug wie alle anderen Kombination und Sprungstiefel. Rechts und links von Steiner standen Neumann und Brandt.
Steiner sagte: »Wie ich bereits erklärt habe, erfordert der bevorstehende Einsatz, daß wir uns als polnische Einheit des *Special Air Service* ausgeben. Es genügt deshalb nicht, daß unsere gesamte Ausrüstung britischer Herkunft ist, wir müssen auch beim Absprung den gleichen Fallschirmtyp verwenden wie die britischen Luftstreitkräfte.« Er wandte sich an Leutnant Neumann. »Jetzt sind Sie dran.«
Brandt hob einen gepackten Fallschirm auf und hielt ihn hoch. Neumann sagte: »Das ist Fallschirmtyp X der britischen Luft-

streitkräfte. Ungefähr fünfundzwanzig Pfund schwer und, wie der Herr Oberstleutnant bereits sagte, ganz anders als unsere.«

Brandt zog an der Reißleine, die Packhülle öffnete sich und legte den khakifarbenen Fallschirm frei. Neumann sagte: »Beachten Sie, wie die Fangleinen durch Schulterriemen mit dem Gurtzeug verbunden sind, genau wie bei der Luftwaffe.«

»Das hat den Vorteil«, warf Steiner ein, »daß man den Fall regulieren und die Richtung ändern kann, will heißen, sein Schicksal selbst in die Hand nehmen, was bei dem Modell, an das wir gewöhnt sind, eben nicht möglich ist.«

»Noch etwas«, fuhr Neumann fort. »Bei unserem Fallschirm liegt der Schwerpunkt ziemlich hoch, was bedeutet, daß man sich in die Fangleinen verwickelt, wenn man nicht schräg vorgebeugt ausspringt, wie wir alle wissen. Typ X hingegen erlaubt das Abspringen in aufrechter Haltung, und das wollen wir jetzt üben.«

Er nickte Brandt zu, der sagte: »So, alle springen jetzt von dort runter.«

Am anderen Ende der Scheune war ein ungefähr fünf Meter hoher Heuboden. Darüber war um einen der Dachbalken ein Seil geschlungen; daran hing ein Gurtzeug vom Typ X. »Bißchen primitiv«, meinte Brandt jovial, »aber es geht. Ihr springt vom Heuboden, und am anderen Ende hängen sechs Mann, damit ihr nicht zu hart aufschlagt. Wer macht den Anfang?«

Steiner sagte: »Ich möchte mich um diese Ehre bewerben, vor allem, weil ich danach noch anderswo zu tun habe.«

Neumann half ihm in die Gurte, dann faßten Brandt und noch vier Männer am anderen Seilende an und hievten ihn zum Heuboden hoch. Ein paar Sekunden stand Steiner an der Bodenkante, dann winkte Neumann, und Steiner schwang sich ins Leere. Das andere Ende des Seils sauste hoch und riß die Männer mit hinauf, aber Brandt und Unteroffizier Sturm stemmten sich fluchend dagegen. Steiner schlug auf den Lehmboden, vollführte eine perfekte Rolle und kam auf die Füße.

»Los!« sagte er zu Neumann. »Einzelsprung, wie üblich. Einen Durchgang kann ich mir ansehen, dann muß ich weg.«

Er ging nach hinten und zündete sich eine Zigarette an, während Neumann die Gurte anschnallte. Vom anderen Ende der Scheune sah es ziemlich haarsträubend aus, wie der Leutnant zum Heuboden hochgezogen wurde, aber als Neumann den Aufsprung verpatzte und flach auf dem Rücken landete, erhob sich Gelächter.

»Hast du gesehen?« sagte Soldat Klugl zu Werner Briegel. »Das kommt von dem verdammten Torpedoreiten. Der Herr Leutnant hat alles vergessen, was er gelernt hat.«

Brandt sprang als nächster, und Steiner wandte kein Auge von Preston. Der Engländer war sehr blaß, Schweiß stand auf seiner Stirn, er litt offensichtlich Todesängste. Einer nach dem andern sprang, mit unterschiedlichem Erfolg. Einmal gab es eine Pause, die Männer am Seilende hatten ein Signal mißdeutet und im falschen Moment losgelassen, so daß der Soldat Hagl die gesamte Strecke im freien Fall zurücklegte und wie ein Sack Kartoffeln aufschlug. Aber er rappelte sich wieder auf die Beine und war um eine Erfahrung reicher.

Schließlich war Preston an der Reihe. Die allgemeine gute Laune schlug jäh um.

Steiner nickte Brandt zu. »Rauf mit ihm.«

Die fünf Männer zogen mit einem gewaltigen Ruck, und Preston schoß in die Höhe, stieß unterwegs gegen die Bodenkante und schwebte dann knapp unterm Dach. Sie ließen ihn so weit herunter, daß er auf dem Rand des Heubodens zu stehen kam, von wo er verzweifelt zu den andern hinabblickte.

»So, Inglischmän«, rief Brandt. »Denk dran, was ich dir gesagt habe. Auf mein Zeichen springst du.«

Er drehte sich zu den Männern am Seil um, und in diesem Augenblick stieß Briegel einen Schreckensruf aus, denn Preston

stürzte einfach vornüber ins Leere. Neumann hechtete nach dem Seil. Knapp einen Meter über dem Boden konnten sie Preston abfangen. Er schwang hin und her wie ein Pendel, mit schlaffen Armen und hängendem Kopf.
Brandt legte ihm die Hand unters Kinn und hob sein Gesicht. »Ohnmächtig geworden.«
»Sieht ganz so aus«, sagte Steiner.
»Was sollen wir mit ihm anfangen, Herr Oberstleutnant?« fragte Neumann.
»Aufwecken«, sagte Steiner ruhig. »Und dann wieder rauf mit ihm. So oft, bis er's begriffen hat... oder sich ein Bein bricht.«
Er grüßte. »Weitermachen.« Dann drehte er sich um und ging hinaus.

Im Schankraum der Studley Arms saßen mindestens ein Dutzend Männer, als Devlin hereinkam; Laker Armsby an seinem Stammplatz am Feuer mit seiner Mundharmonika, die übrigen um die zwei großen Tische, wo sie Domino spielten. Arthur Seymour hielt ein Glas in der Hand und starrte aus dem Fenster.
»Gott zum Gruß allerseits!« rief Devlin munter. Eisiges Schweigen war die Antwort, und alle Gesichter, mit Ausnahme dem Seymours, wandten sich ihm zu. »Der Herr segne deinen Eintritt, war zu meiner Zeit der Gegengruß«, sagte Devlin.
Er hörte Schritte hinter sich, und als er sich umdrehte, sah er George Wilde aus dem Hinterzimmer kommen und sich die Hände an einer Metzgerschürze abtrocknen. Sein Gesicht war ernst, es verriet keinerlei Bewegung. »Ich wollte gerade schließen, Mr. Devlin«, sagte er höflich.
»Für ein Glas wird wohl noch Zeit sein.«
»Leider nicht. Sie müssen gehen, Sir.«
Im Raum war es mäuschenstill. Devlin steckte die Hände in die Taschen, zog die Schultern hoch und senkte den Kopf. Und als er wieder aufblickte, wich Wilde unwillkürlich zurück, denn das Gesicht des Iren war sehr blaß geworden, die Haut spannte

sich straff über den Wangenknochen, und die blauen Augen sprühten. »Stimmt, einer muß hier gehen«, sage Devlin ruhig, »aber der bin nicht ich.«
Seymour wandte sich vom Fenster ab. Ein Auge war noch immer völlig geschlossen, der Mund verschorft und verschwollen. Das ganze Gesicht hatte sich grotesk verzogen und trug rote und grüne Flecken. Er glotzte Devlin eine Weile stumpf an, dann setzte er das halbausgetrunkene Glas Ale ab und schlurfte hinaus.
Devlin wandte sich wieder Wilde zu. »Jetzt möchte ich gern etwas trinken, Mr. Wilde. Einen Schluck Scotch vielleicht, denn von irischem Whisky werden Sie hier in Ihrem stillen Winkel vermutlich noch nie gehört haben. Und machen Sie mir bloß nicht weis, Sie hätten für bevorzugte Gäste nicht ein paar Flaschen unter der Theke stehen.«
Wilde öffnete den Mund, als wollte er etwas sagen, überlegte es sich dann aber anders. Er ging nach hinten und kam mit einer Flasche White Horse und einem Glas zurück. Er goß genau eine Portion ein und stellte das Glas auf ein Regal neben Devlins Kopf.
Devlin brachte eine Handvoll Kleingeld zum Vorschein. »Ein Shilling Sixpence«, sagte er vergnügt und zählte die Münzen auf den Nebentisch. »Der übliche Preis für einen Fingerhut voll. Ich setze natürlich voraus, daß Sie, als Säule christlicher Rechtschaffenheit, nicht mit Schwarzmarktfusel handeln.«
Wilde gab keine Antwort. Der ganze Raum wartete. Devlin nahm das Glas, hielt es gegen das Licht und goß den Inhalt auf den Fußboden. Dann stellte er das Glas behutsam auf den Tisch. »Köstlich«, sagte er. »War ein Hochgenuß.«
Laker Armsby brach in wildes Gemecker aus. Devlin grinste. »Dank dir, Laker, alter Knabe. Du bist ein Schatz«, sagte er und ging.

In Landsvoort schüttete es, als Steiner in seinem Kübelwagen über den Flugplatz fuhr. Vor dem ersten Hangar bremste er und rannte unter das schützende Dach. Der Steuerbordmotor der Dakota war ausgebaut, und Hauptmann Peter Gericke, in einem alten Overall und verschmiert bis an die Ellbogen, war zusammen mit einem Unteroffizier der Luftwaffe und drei Mechanikern bei der Arbeit.

»Gericke!« rief Steiner. »Kann ich Sie einen Moment sprechen? Ich möchte wissen, wie's steht.«

»Ach, geht ganz ordentlich, Herr Oberstleutnant.«

»Keine Schwierigkeiten mit den Motoren?«

»Überhaupt keine. Sind Neunhundert-PS-Wright-Cyclones. Wirklich erstklassig, und soviel ich es beurteilen kann, noch nicht sehr lange im Gebrauch. Wir nehmen sie nur vorsichtshalber auseinander.«

»Übernehmen Sie die Wartung Ihrer Motoren immer persönlich?«

»Wenn man mich läßt.« Gericke grinste. »Als ich diese Dinger in Südamerika flog, mußte man seine Maschine selbst warten, weil niemand da war, der es gekonnt hätte.«

»Keine Schwierigkeiten?«

»Soviel ich sehe nicht. Nächste Woche kommt der neue Anstrich. Böhmler baut ein Lichtensteingerät ein, dann haben wir auch erstklassige Radarausrüstung. Ein Katzensprung. Eine Stunde über die Nordsee, eine Stunde zurück. Kinderspiel.«

»Mit einer Maschine, deren Höchstgeschwindigkeit halb so groß ist wie bei den meisten Kampfflugzeugen der R.A.F. oder der Luftwaffe...«

Gericke zuckte die Achseln. »Es kommt ganz darauf an, wie man eine Maschine fliegt, nicht wie schnell sie ist.«

»Sie wollten doch einen Testflug machen, nicht wahr?«

»Ja, Herr Oberstleutnant.«

»Ich habe mir überlegt«, sagte Steiner, »daß wir ihn eigentlich mit einem Übungsspringen verbinden könnten. Am besten in einer Nacht bei Ebbe. Wir könnten den Strand nördlich der Sandmole benutzen. Dann hätten unsere Jungens Gelegenheit, die britischen Fallschirme auszuprobieren.«

»An welche Höhe dachten Sie?«
»Ich würde sagen, hundertdreißig Meter. Ich möchte, daß sie schnell unten sind, und aus dieser Höhe dauert es nur fünfzehn Sekunden.«
»Mir soll's recht sein, solange ich nicht mit runter muß. Ist mir bisher nur dreimal passiert, daß ich aussteigen mußte, und von viel weiter oben.« Der Wind pfiff über den Landeplatz und trieb Regen vor sich her, und Gericke schauderte. »Was für eine gottverlassene Gegend.«
»Für unsere Zwecke genau das Richtige.«
»Und was sind unsere Zwecke?«
Steiner grinste. »Das fragen Sie mich mindestens fünfmal am Tag. Geben Sie denn nie auf?«
»Ich möchte bloß gern wissen, worum's geht, sonst nichts.«
»Eines Tages erfahren Sie es schon, wann, das hängt von Oberst Radl ab. Im Moment sind wir hier, weil wir eben hier sind.«
»Und Preston?« sagte Gericke. »Ich frage mich, warum der wohl hier ist. Wie kommt ein Mensch dazu, das zu tun, was er getan hat?«
»Aus vielerlei Gründen«, sagte Steiner. »In seinem Fall, weil er eine schmucke Uniform gekriegt hat und Offiziersrang. Zum erstenmal in seinem Leben ist er jemand, und das bedeutet eine Menge, wenn man bisher ein Niemand war.«
»Und in Ihrem Fall?« fragte Gericke. »Zur größeren Ehre des Dritten Reichs? Ein Leben für den Führer?«
Steiner lächelte. »Gott weiß. Krieg ist nur eine Sache der Perspektive. Wäre zum Beispiel mein Vater Amerikaner und meine Mutter Deutsche gewesen, dann stünde ich jetzt auf der anderen Seite. Und was die Fallschirmtruppe angeht, das hat mir damals eben mächtig imponiert. Nach einiger Zeit wird's einem dann zur zweiten Natur.«
»Ich tu's, weil ich lieber irgendwas fliege als überhaupt nicht«, sagte Gericke, »und vermutlich geht's den meisten der R.A.F.-Jungens auf der anderen Seite des Kanals genauso. Aber Sie...«

Er schüttelte den Kopf. »Bei Ihnen versteh' ich's wirklich nicht. Für Sie ist es demnach bloß ein Spiel und weiter nichts?«
Steiner sagte müde: »Einmal hab' ich's gewußt, jetzt bin ich mir nicht mehr so sicher. Mein Vater war Soldat der alten preußischen Schule. Eine Menge Blut und Eisen, aber auch Ehre.«
»Und diese Aufgabe, die sie Ihnen jetzt übertragen haben«, sagte Gericke. »Diese... diese Sache mit England, oder was immer es ist. Da haben Sie keine Bedenken?«
»Überhaupt keine. Ein durchaus faires militärisches Unternehmen. Churchill selbst könnte nichts Unehrenhaftes daran finden, im Prinzip jedenfalls.« Gericke versuchte zu lächeln, aber es mißlang, und Steiner legte ihm die Hand auf die Schulter. »Ich weiß, es gibt Tage, an denen könnte ich auch heulen... um uns alle.« Er machte kehrt und marschierte durch den Regen davon.

Im Büro des Reichsführers stand Radl wartend vor dem Schreibtisch des großen Mannes, während Himmler seinen Bericht durchlas. »Ausgezeichnet, Herr Oberst«, sagte Himmler endlich. »Wirklich ganz ausgezeichnet.« Er legte den Bericht beiseite. »Die ganze Sache scheint mehr als zufriedenstellend voranzugehen. Haben Sie Nachricht von dem Iren?«
»Nein, nur von Mrs. Grey, Reichsführer. Das war so verabredet. Devlin hat ein ausgezeichnetes Funksprechgerät. Damit kann er mit dem S-Boot während der Überfahrt Kontakt halten. Dieser Teil der Veranstaltung ist, was die Funkverbindung betrifft, sein Ressort.«
»Der Admiral hat inzwischen keinerlei Verdacht geschöpft? Hat nicht von dem einen oder anderen, was sich zur Zeit tut, Wind bekommen? Sind Sie da ganz sicher?«
»Vollständig sicher, Reichsführer. Meine Reisen nach Frankreich und Holland konnte ich mit Erledigung für die Abwehr in Paris und Antwerpen beziehungsweise Rotterdam verbinden. Wie Sie wissen, hat der Admiral mir bei der Leitung meiner eigenen Abteilung immer weitgehend freie Hand gelassen.«

»Und wann gehen Sie wieder nach Landsvoort?«
»Nächstes Wochenende. Es trifft sich gut, daß der Admiral am ersten oder zweiten November nach Italien reist. Das bedeutet, daß ich während der letzten entscheidenden Tage und sogar während des eigentlichen Unternehmens persönlich in Landsvoort anwesend sein kann.«
»Kein Zufall, diese Reise des Admirals nach Italien, das kann ich Ihnen versichern.« Himmler lächelte dünn. »Ich habe sie dem Führer genau im richtigen Augenblick vorgeschlagen.« Er nahm die Feder auf. »Es geht voran, Radl. Heute in zwei Wochen wird alles vorüber sein. Halten Sie mich auf dem laufenden.«
Er beugte sich über seine Arbeit, und Radl leckte sich die trockenen Lippen. Koste es, was es wolle, es mußte gesagt werden. »Reichsführer...«
Himmler seufzte tief. »Ich habe wirklich sehr viel zu tun, Radl. Was ist denn noch?«
»General Steiner, Reichsführer. Ist er... wohlauf?«
»Selbstverständlich«, sagte Himmler ruhig. »Warum fragen Sie?«
»Oberstleutnant Steiner«, erklärte Radl unter Herzklopfen. »Er macht sich natürlich die größten Sorgen...«
»Völlig grundlos«, erwiderte Himmler ernst. »Ich gab Ihnen persönlich meine Zusicherung, nicht wahr?«
»Gewiß.« Radl ging rückwärts zur Tür. »Nochmals vielen Dank.« Er salutierte, machte kehrt und beeilte sich hinauszukommen.

Als Devlin die Kirche betrat, war die Messe beinah zu Ende. Er schlich den rechten Seitengang entlang und schlüpfte in eine Bank. Molly kniete neben ihrer Mutter, sie war genauso angezogen wie am vergangenen Sonntag. Ihr Kleid, das Arthur Seymour zerrissen hatte, war geflickt. Und Seymour war auch da, an seinem üblichen Platz, und er sah Devlin sofort. Er zeigte keinerlei Gemütsbewegung, sondern stand nur auf,

schlich sich im Schatten den Seitengang entlang und verschwand aus der Kirche.
Devlin wartete und beobachtete die betende Molly, die wie ein Bild der Unschuld im Kerzenschein kniete. Nach einer Weile öffnete sie die Augen und drehte sich sehr langsam um, als hätte sie seine Anwesenheit gespürt. Ihre Augen wurden groß, sie sah ihn lange an und wandte sich dann wieder ab.
Kurz vor Ende des Gottesdienstes stand Devlin auf und ging schnell aus der Kirche. Als die ersten Gemeindemitglieder herauskamen, saß er schon auf seinem Motorrad. Es regnete leicht, er schlug den Mantelkragen hoch, blieb im Sattel sitzen und wartete. Als Molly schließlich mit ihrer Mutter des Weges kam, schenkte sie ihm keinen Blick. Die beiden bestiegen das Wägelchen, die Mutter nahm die Zügel auf, und sie fuhren ab.
»Tja, so ist das nun«, sagte Devlin zu sich selbst. »Und im Grund kann man's ihr nicht verübeln.«
Er trat den Starter, hörte seinen Namen rufen und sah Joanna Grey herbeieilen. Sie sagte leise: »Philip Voreker hat mir heute nachmittag zwei Stunden lang zugesetzt. Er wollte sich bei Sir Henry über Sie beschweren.«
»Kann ich ihm nicht verübeln.«
»Könnten Sie vielleicht einmal länger als fünf Minuten hintereinander ernst sein?« sagte sie vorwurfsvoll.
»Viel zu anstrengend«, erwiderte er, und nur die Ankunft der Willoughbys ersparte ihm eine weitere Zurechtweisung.
Sir Henry war in Uniform. »Na, Devlin, wie macht es sich?«
»Sehr gut, Sir.« Devlin drückte wieder auf die irische Tube. »Ich kann Ihnen nicht genug dankbar sein für diese wunderbare Gelegenheit, mich doch noch nützlich zu machen.«
Er sah, wie Joanna Grey mit zusammengepreßten Lippen im Hintergrund stand, aber Sir Henry war von seinen Worten angetan. »Famose Arbeit, Devlin. Bekomme ausgezeichnete Berichte über Sie. Ganz famos. Nur so weiter.« Er wandte sich ab, um mit Joanna zu sprechen, und Devlin ergriff die Gelegenheit und brauste davon.

Als er zu seinem Haus kam, regnete es in Strömen. Er stellte das Motorrad in der ersten Scheune unter, zog sich Wasserstiefel und eine Ölhaut an, holte sein Gewehr und machte sich auf den Weg in die Marschen. Bei den schweren Regenfällen mußten die Deichschieber ständig kontrolliert werden, und das war sonst bei diesem Wetter genau die richtige Beschäftigung, um ihn von seinen Gedanken abzulenken.
Doch heute nicht. Molly Prior ging ihm nicht aus dem Kopf. Immer wieder sah er sie vor sich, wie sie am vergangenen Sonntag bei der Messe auf die Knie gesunken war und der Rock sich über die Schenkel hochgeschoben hatte. Er konnte das Bild einfach nicht loswerden. »Jungfrau Maria und alle Heiligen«, sagte er leise. »Wenn das die wahre Liebe ist, Liam, mein Junge, dann hast du verdammt lange gebraucht, bis du dahintergekommen bist.«
Als er über den Hauptdeich zurück zu seinem Haus wanderte, roch er Holzrauch, der schwer in der feuchten Luft lag. Aus dem Fenster fiel ein winziger Lichtstrahl, dort, wo die Verdunkelungsvorhänge nicht ganz dicht schlossen.
Als er die Tür öffnete, roch es nach Essen. Er stellte das Gewehr in die Ecke, hängte die Ölhaut zum Trocknen auf und ging in den Wohnraum.
Sie kniete vor dem Feuer und legte gerade ein frisches Scheit auf. Ernsthaft blickte sie sich nach ihm um. »Sie sind bestimmt naß bis auf die Haut.«
»Eine halbe Stunde vor diesem Feuer, ein paar Gläser Whisky im Magen, und ich bin in Ordnung.«
Sie ging zum Schrank, nahm die Flasche Bushmills und ein Glas heraus. »Aber nicht auf den Boden schütten«, sagte sie. »Der hier wird getrunken.«
»Das wissen Sie also auch schon?«
»Gibt nicht viel, was sich in so einem Dorf nicht rumspricht. Hab' Irish-Stew im Ofen. Ist's recht?«
»Großartig.«
»Halbe Stunde, würd' ich sagen.« Sie ging hinüber zum Aus-

guß und nahm ein Gläsertuch. »Was ist passiert, Liam? Warum gehen Sie mir aus dem Weg?«
Er setzte sich in den alten Schaukelstuhl und streckte die Beine so nah ans Feuer, daß seine Hose dampfte. »Hab' es damals für das beste gehalten.«
»Warum?«
»Darum.«
»Und was war heute?«
»Sonntag. Scheißsonntag. Sie wissen doch, wie's ist.«
»Hol Sie der Teufel.« Sie kam zu ihm herüber, trocknete sich die Hände an der Schürze und blickte auf den Dampf, der von Devlins Hosen aufstieg. »Wenn Sie sich nicht umziehen, holen Sie sich den Tod. Oder mindestens Rheuma.«
»Lohnt nicht mehr«, sagte er. »Ich geh' bald ins Bett. Ich bin müde.«
Zögernd streckte sie die Hand aus und berührte sein Haar. Er nahm die Hand und küßte sie. »Ich liebe Sie, wissen Sie das?«
Es war, als hätte man in ihr eine Lampe angeknipst. Sie strahlte, schien aufzublühen und ein völlig neuer Mensch zu werden. »Na, Gott sei Dank. Dann kann ich wenigstens jetzt mit gutem Gewissen ins Bett gehen.«
»Ich bin schlecht für dich, mein liebes Kind, es führt zu nichts. Hat keine Zukunft, ich warne dich. Über dieser Schlafzimmertür sollte eine Inschrift stehen. ›Die ihr hier eingeht, laßt alle Hoffnung fahren‹.«
»Das werden wir sehen«, sagte sie. »Jetzt schaue ich nach dem Stew«, und sie ging hinüber zum Herd.

Später, als er in dem alten Messingbett lag, einen Arm um sie geschlungen, und zusah, wie die Schatten des Feuers an der Decke tanzten, fühlte er sich so wohl und mit sich selbst im reinen, wie seit Jahren nicht mehr.
Auf dem Tischchen neben dem Bett stand ein Radio. Sie schaltete es ein. Dann drehte sie sich um, preßte den Bauch

an seinen Schenkel und seufzte mit geschlossenen Augen: »Ach, das war schön. Können wir es gelegentlich noch mal machen?«
»Vielleicht läßt du mich erst mal zu Atem kommen, wie?«
Sie lächelte und strich mit der Hand über seinen Bauch.
»Wenn's nur schon so weit wäre«, sagte sie schläfrig.
«Was?« fragte er.
»Daß der Satan mit dem kleinen Bärtchen unter einem Grabstein liegt. Hitler. Ich meine, dann wird es doch vorbei sein, oder?« Sie kuschelte sich näher an ihn. »Was wird dann mit uns, Liam? Wenn der Krieg vorbei ist?«
»Das weiß Gott.«
Er lag da und starrte ins Feuer. Nach einer Weile wurde ihr Atem ruhiger und sie schlief. *Wenn der Krieg vorbei ist.* Welcher Krieg? Auf die eine oder andere Art war er schon seit zwölf Jahren auf den Barrikaden. Wie konnte er ihr das sagen? Und es war ein sauberes kleines Anwesen, und sie brauchten einen Mann. Mein Gott, was für ein Jammer. Er hielt sie fest umschlungen, und der Wind heulte um das alte Haus und rüttelte an den Fenstern.

In der Prinz-Albrecht-Straße in Berlin saß Himmler noch immer an seinem Schreibtisch und arbeitete sich methodisch durch Dutzende von Berichten und Statistiken, vor allem solche über die Ausrottungskommandos, die in den besetzten Gebieten Osteuropas und Rußlands Juden, Zigeuner, geistig und physisch Behinderte und alle anderen Menschen liquidierten, die nicht in des Reichsführers Plan für ein größeres Europa paßten.
Ein höfliches Klopfen an der Tür, und Karl Rossmann trat ein. Himmler blickte auf. »Wie sind Sie weitergekommen?«
»Es tut mir leid, Reichsführer, aber er gibt nicht nach, und wir haben schon fast alles probiert. Ich frage mich allmählich, ob er nicht wirklich unschuldig ist.«
»Ausgeschlossen.« Himmler hielt ein Blatt Papier hoch. »Die-

ses Dokument ist heute abend eingegangen. Ein unterschriebenes Geständnis eines Unteroffiziers der Artillerie, der zwei Jahre lang sein Bursche war und sich während dieser Zeit auf ausdrücklichen Befehl von Generalmajor Karl Steiner an staatsgefährdenden Aktionen beteiligte.«
»Was soll also geschehen, Reichsführer?«
»Ich lege noch immer Wert auf ein unterschriebenes Geständnis von General Steiner selbst. Es macht alles erst hieb- und stichfest.« Himmler überlegte. »Versuchen wir's mal mit ein bißchen Psychologie. Säubern Sie ihn, lassen Sie einen SS-Arzt kommen, und geben Sie ihm reichlich zu essen. Sie kennen den Dreh. Die ganze Sache war ein höchst bedauerlicher Irrtum irgendeiner Stelle. Leider müssen Sie ihn noch ein Weilchen hierbehalten, weil noch einige kleinere Fragen zu klären sind.«
»Und dann?«
»Nach, sagen wir, zehn Tagen etwa nehmen Sie ihn wieder in die Kur. Aus heiterem Himmel. Vielleicht schafft es der Schock.«
»Zu Befehl, Reichsführer«, sagte Rossmann.

10

Am Donnerstag, dem 28. Oktober, um vier Uhr nachmittags fuhr Joanna Grey in den Hof des Wächterhauses in Hobs End und fand Devlin in der Scheune, wo er an seinem Motorrad arbeitete.
»Ich versuche schon die ganze Woche, Sie zu erwischen«, sagte sie. »Wo waren Sie denn?«
»Immer auf Trab«, entgegnete er fröhlich. »Mal hier, mal dort.« Er wischte die ölverschmierten Hände an einem alten Lappen ab. »Sie wissen doch, daß es bis zu meinem Treffen mit Garvald für mich nichts zu tun gibt. Also sehe ich mir ein bißchen die Gegend an.«
»Davon habe ich gehört«, sagte sie streng. »Motorradausflüge,

mit Molly Prior auf dem Sozius. Dienstag abend wurden Sie bei einer Tanzveranstaltung in Holt gesehen.«
»Eine sehr verdienstvolle Sache«, sagte er. »Alles für den Sieg. Sogar Ihr Freund Voreker tauchte auf und hielt eine schwungvolle Rede darüber, wie Gott uns helfen werde, die verdammten Hunnen kurz und klein zu hauen. Ich fand das sehr komisch angesichts der Tatsache, daß mir in Deutschland auf Schritt und Tritt die Parole *Gott mit uns* begegnete.«
»Ich sagte Ihnen doch, Sie sollten das Mädchen in Ruhe lassen.«
»Hab's probiert, geht nicht. Überhaupt, was wollen Sie eigentlich? Ich habe zu tun. Hier stimmt was nicht mit der Lichtmaschine, und ich möchte den Schlitten tadellos in Ordnung haben, wenn ich heute abend nach Peterborough fahre.«
»In Meltham House haben heute Truppen Quartier bezogen«, sagte sie. »Dienstag nacht sind sie angekommen.«
Er dachte nach. »Meltham House... ist das nicht das Trainingslager der *Special-Force*-Einheiten?«
»Ja. Ungefähr acht Meilen auf der Küstenstraße von Studley Constable entfernt.«
»Was für Truppen?«
»Amerikanische Rangers.«
»Aha. Ändert ihre Anwesenheit etwas an unseren Plänen?«
»Kaum. Die Einheiten, die sich dort aufhalten, bleiben gewöhnlich in ihrem Revier. Ein dichtbewaldetes Areal, eine Salzmarsch und ein guter Strand. Wir müssen die Tatsache im Auge behalten, weiter nichts.«
Devlin nickte. »Hört sich gut an. Machen Sie Radl bei Ihrer nächsten Funkverbindung davon Mitteilung, dann haben Sie Ihre Pflicht getan. Und jetzt muß ich weitermachen.«
Sie drehte sich um, ging auf den Wagen zu und zögerte. »Dieser Garvald da in Birmingham, der gefällt mir nicht.«
»Mir auch nicht, aber keine Angst, wenn er unangenehm werden möchte, dann tut er's nicht heute. Erst morgen.«
Sie stieg ein und fuhr ab, und er kehrte zu seiner Arbeit am

Motorrad zurück. Zwanzig Minuten später kam Molly über die Marschen herangeritten. Am Sattel hing ein Korb. Sie stieg ab und band das Pferd an einen Haltering in der Mauer über dem Wassertrog. »Ich hab' dir eine Schäferpastete gemacht.«
»Du oder deine Mutter?«
Sie warf ein Stück Holz nach ihm, und er duckte sich. »Die Pastete muß leider warten. Ich habe heute abend noch auswärts zu tun. Stell sie mir in den Herd, ich wärme sie mir dann, wenn ich nach Hause komme.«
»Darf ich mit?«
»Kommt nicht in Frage. Zu weit. Und außerdem geschäftlich.« Er versetzte ihr einen Klaps aufs Hinterteil. »Was mir jetzt fehlt, ist eine gute Tasse Tee, oder auch zwei, also marsch hinein und stell den Kessel auf.«
Er griff nach ihr, aber sie wich aus, nahm den Korb auf und lief ins Haus. Devlin ließ sie gehen. Sie ging in den Wohnraum und stellte den Korb auf den Tisch. Am anderen Tischende stand die Reisetasche, und als Molly sich umdrehte, um zum Herd zu gehen, blieb sie mit dem linken Arm daran hängen und warf sie zu Boden. Die Tasche klaffte auf, und es fielen mehrere Päckchen Banknoten heraus und die Teile der Maschinenpistole. Molly kniete auf dem Boden wie betäubt; dann überlief sie ein kalter Schauer, als sagte ihr eine Ahnung, daß von diesem Augenblick an nichts mehr so sein würde wie bisher.
Schritte näherten sich, und Devlin sagte ruhig: »Sei so gut und pack alles wieder ein, ja?«
Sie blickte mit schneeweißem Gesicht zu ihm auf. »Was ist das? Was bedeutet das alles?«
»Nichts«, sagte er. »Nichts für kleine Mädchen.«
»Aber das viele Geld.«
Sie hielt ein Bündel Fünfpfundnoten hoch. Devlin nahm ihr die Reisetasche weg, stopfte das Geld und die Waffe wieder hinein und legte den Zwischenboden darüber. Dann öffnete er den Wandschrank unterm Fenster, holte einen großen Umschlag heraus und warf ihn ihr zu. »Größe zehn. Richtig?«

Sie machte den Umschlag auf, lugte hinein, und jähes Erschrekken malte sich auf ihrem Gesicht. »Seidenstrümpfe. Echte Seide, und gleich zwei Paar. Wo, um alles in der Welt, hast du die her?«
»Ach, von einem Mann, den ich in einem Lokal in Fakenham kennengelernt habe. Man kann alles kriegen, was man will, wenn man weiß, wo man danach suchen muß.«
»Der schwarze Markt«, sagte sie. »Du bist also ein Schwarzhändler!«
In ihren Augen las er eine gewisse Erleichterung, und er grinste. »Schwarz ist meine Lieblingsfarbe. Und wenn du jetzt vielleicht liebenswürdigerweise den Tee bereiten wolltest, ich will um sechs von hier weg und bin mit dem Motorrad noch immer nicht ganz fertig.«
Sie zögerte, packte die Strümpfe fester und trat zu ihm. »Liam, es ist doch alles in Ordnung, oder?«
»Warum sollte es denn nicht in Ordnung sein?« Er küßte sie flüchtig. Dann drehte er sich um und ging hinaus. Er verfluchte seine eigene Dummheit.
Doch auf dem Weg zur Scheune wurde ihm klar, daß es nicht nur darum ging. Daß er vielmehr zum erstenmal wirklich mit der Frage konfrontiert wurde, was er diesem Mädchen antat. Noch eine gute Woche, und ihre ganze Welt würde zusammenstürzen. Das war absolut unvermeidlich, und er würde es nicht mehr aufhalten können. Er würde ganz allein damit fertig werden müssen.
Plötzlich überkam ihn ein Gefühl körperlichen Ekels, und er versetzte einer herumstehenden Kiste einen wütenden Fußtritt. »Oh, du Schweinehund«, sagte er. »Liam, du elender Schweinehund.«

Reuben Garvald öffnete den Spion im großen Tor der Werkstatt von Fogartys Garage und spähte hinaus. Regen fegte über den rissigen Zementboden der Zufahrt, wo zwei Benzinpumpen vor sich hinrosteten. Reuben schloß den Spion hastig wieder und trat ins Innere des Raums zurück.

Die Werkstatt war eine ehemalige Scheune und überraschend geräumig. Eine Holztreppe führte zu einem Dachboden, und obwohl in der Ecke eine abgewrackte Limousine stand, war noch reichlich Platz für den Bedford-Dreitonner und den Lieferwagen, in dem Garvald und sein Bruder von Birmingham herübergefahren waren. Ben Garvald stapfte ungeduldig auf und ab und schlug im Gehen von Zeit zu Zeit die Arme übereinander. Trotz seines dicken Mantels und eines Schals fror er jämmerlich.
»Herrgott, was für ein Eiskeller«, sagte er. »Ist denn noch immer nichts von diesem kleinen Irenschwein zu sehen?«
»Es ist erst dreiviertel neun«, gab Reuben zu bedenken.
»Ich pfeif drauf, wie spät es ist.« Garvald ging auf einen breitschultrigen, kräftigen jungen Mann in einer Fliegerjacke aus Schafspelz los, der an dem Lastwagen lehnte und eine Zeitung las. »Du siehst zu, daß es morgen abend hier einigermaßen warm ist, Sammyboy, oder du kannst was erleben. Verstanden?«
Sammy, der lange, dunkle Koteletten hatte und einen kalten, gefährlich wirkenden Gesichtsausdruck, war völlig unbeeindruckt. »Okay, Mr. Garvald, wird gemacht.«
»In deinem eigenen Interesse, mein Süßer, sonst schicke ich dich wieder zurück zur Army.« Garvald tätschelte seine Wange. »Und das möchtest du doch nicht, wie?«
Er zog ein Päckchen Gold-Flakes-Zigaretten aus der Tasche, nahm sich eine heraus, und Sammy gab ihm mit starrem Lächeln Feuer. »Sie sind schon eine Nummer, Mr. Garvald. Eine tolle Nummer.«
Reuben rief aufgeregt von der Tür her: »Gerade ist er in die Zufahrt eingebogen.«
Garvald zog Sammy am Ärmel. »Mach das Tor auf und laß den Kerl rein.«
Devlin fuhr in einem Wirbel von Regen und Wind herein. Er trug zu seinem Trenchcoat Beinschützer aus Wachstuch, einen alten ledernen Sturzhelm und eine Motorradbrille aus einem

Gebrauchtwarenladen in Fakenham. Sein Gesicht war schmutzig, und als er den Motor abgestellt hatte und die Brille hochschob, sah man große weiße Kreise rund um seine Augen.
»Häßliche Nacht fürs Geschäft, Mr. Garvald«, sagte er und kippte die Maschine auf den Ständer.
»Das gehört dazu, mein Sohn«, erwiderte Garvald vergnügt. »Freu mich, Sie zu sehen.« Er schüttelte Devlin herzlich die Hand. »Reuben kennen Sie ja schon, und das ist Sammy Jackson, einer meiner Gehilfen. Hat Ihren Bedford hierhergefahren.«
Es hörte sich an, als habe dieser Jackson ihm einen großen persönlichen Gefallen getan, und Devlin reagierte entsprechend. »Weiß ich sehr zu schätzen«, sagte er mit seinem üblichen irischen Akzent. »War verdammt nett von Ihnen.« Und er quetschte Sammys Hand aus Leibeskräften.
Jackon musterte ihn verächtlich von oben bis unten, brachte jedoch ein Lächeln zustande, und Garvald sagte: »Dann woll'n wir mal. Ich hab' heute nämlich noch mehr zu tun, und Sie möchten vermutlich auch nicht hier Wurzeln schlagen. Da steht Ihr Lastwagen. Wie finden Sie ihn?«
Der Bedford hatte entschieden bessere Tage gesehen, der Lack war alt und stellenweise abgeblättert, aber die Reifen sahen nicht übel aus, und die Segeltuchplane war fast neu. Devlin zog sich über die Ladeplanke hoch und sah drinnen die Kanister, den Kompressor und die Lackfäßchen, die er bestellt hatte.
»Alles da, ganz wie Sie's wollten.« Garvald bot ihm eine Zigarette an. »Sie können das Benzin kontrollieren, wenn Sie möchten.«
»Nicht nötig. Ich glaub' Ihnen aufs Wort.« Garvald würde mit dem Benzin keine krummen Touren drehen, davon war er überzeugt. Schließlich sollte Devlin am nächsten Abend wiederkommen. Er ging um den Wagen herum nach vorn und hob die Kühlerhaube hoch. Der Motor schien soweit in Ordnung zu sein.
»Probieren Sie ihn aus«, meinte Garvald.

Er schaltete die Zündung ein und gab Gas, und der Motor heulte kräftig auf, ganz wie Devlin erwartet hatte. Er würde sich nicht selbst alles verpatzen, indem er jetzt versuchte, ihm minderwertige Ware anzudrehen. Devlin sprang herunter und sah sich den ganzen Wagen nochmals an, besonders das Army-Nummernschild.
»In Ordnung?« fragte Garvald.
»Glaub' schon.« Devlin nickte bedächtig. »So wie er aussieht, hat er vermutlich schwere Zeiten in Tobruk oder so hinter sich.«
»Höchstwahrscheinlich.« Garvald trat gegen ein Rad. »Aber diese Dinger sind so gebaut, daß sie alles aushalten.«
»Haben Sie auch die Fahrgenehmigung?«
»Klarer Fall.« Garvald schnippte mit den Fingern. »Gib mal das Formular her, Reuben.«
Reuben fischte es aus seiner Brieftasche und sagte mürrisch: »Und wann kriegen wir die Farbe von dem Geld zu sehen?«
»Na, na, Reuben, wer wird denn gleich! Mr. Murphy ist bestimmt kein fauler Kunde.«
»Nein, er hat schon recht, hier Ware, hier Geld.« Devlin nahm einen dicken Umschlag aus der Innentasche und überreichte ihn Reuben. »Siebenhundertfünfzig in Fünfern, wie ausgemacht.«
Das Formular, das Reuben ihm gegeben hatte, überflog er kurz und steckte es ein. Ben Garvald sagte: »Wollen Sie das Ding denn nicht ausfüllen?«
Devlin tippte sich an die Stirn und mimte einen Ausdruck äußerster Verschlagenheit. »Damit Sie sehen, wohin ich fahre? Bin doch nicht blöd, Mr. Garvald.«
Garvald lachte amüsiert. Er legte Devlin den Arm um die Schulter. Der Ire sagte: »Wenn mir einer hilft, mein Motorrad raufzustellen, dann hau ich ab.«
Garvald machte Jackson ein Zeichen. Sammy ließ die Ladeklappe des Bedford herunter, schaffte ein Brett herbei, und er und Devlin schoben das Motorrad hinauf und legten es auf

den Wagenboden. »Das wär's also für heute, Mr. Garvald. Bis morgen um die gleiche Zeit.«
»Ein Vergnügen, mit Ihnen Geschäfte zu machen«, entgegnete Garvald und schüttelte ihm herzlich die Hand. »Mach das Tor auf, Sammy.«
Devlin kletterte hinter das Steuer und startete den Wagen. Er beugte sich aus dem Fenster. »Ach, noch was, Garvald. Ich muß doch nicht befürchten, daß die Militärpolizei hinter mir her ist, oder?«
»Würde ich Ihnen so was antun?« Garvald strahlte Wohlwollen aus. »Sagen Sie doch selbst.« Er schlug mit der flachen Hand an die Seitenwand des Lasters. »Bis morgen abend. Nochmals wie gehabt. Gleiche Zeit, gleicher Ort, und ich bringe Ihnen noch eine Flasche Bushmills mit.«
Devlin fuhr in die Nacht hinaus, Sammy Jackson und Reuben machten das Tor zu. Garvalds Lächeln verschwand. »Jetzt ist Freddy dran.«
»Und wenn er ihn abhängt?« fragte Reuben.
»Dann bleibt uns immer noch die morgige Nacht, oder?« Garvald tätschelte ihm die Wange. »Wo ist der Kognak, den du mitgebracht hast?«
»Der und jemand abhängen?« sagte Jackson. »Dieser dumme Hund?« Er lachte hämisch. »Herrgott, der ist doch zu blöd, um allein aufs Klo zu gehen.«

Devlin war noch keinen halben Kilometer gefahren, als ihm die abgeblendeten Scheinwerfer auffielen und den Wagen verrieten, der vor etwa einer Minute, genau wie er erwartet hatte, seine Verfolgung aufgenommen hatte.
Eine alte verfallene Windmühle ragte linker Hand vor ihm auf, und davor erstreckte sich ein Stück Ödland. Devlin schaltete plötzlich die Scheinwerfer aus, riß das Steuer herum, fuhr blindlings ein Stück querfeldein und bremste. Der andere Wagen raste mit erhöhter Geschwindigkeit vorbei, und Devlin sprang heraus, ging zum Heck des Bedford und entfernte die

Birne aus dem Rücklicht. Dann setzte er sich wieder ans Steuer, fuhr im Halbkreis auf die Straße zurück und schaltete die Scheinwerfer wieder ein, als er sich auf dem Rückweg nach Norman Cross befand.

Einen halben Kilometer jenseits von Fogartys Garage bog er in einen Nebenweg ein, fuhr durch Home und machte eine Viertelstunde später außerhalb von Doddington halt, um die Birne wieder einzusetzen. Als er wieder im Führerhaus saß, holte er die Fahrgenehmigung heraus und füllte sie im Licht einer Taschenlampe aus. Das Formular trug den Amtsstempel einer Dienststelle in der Nähe von Birmingham und die Unterschrift des Kommandeurs, eines Major Thrush. Garvald hatte an alles gedacht. Nein, doch nicht an alles. Devlin grinste und setzte als Bestimmungsort die Radarstation der Royal Air Force in Sheringham ein, die an der Küstenstraße fünfzehn Kilometer hinter Hobs End lag.

Dann startete er den Motor und fuhr weiter. Zuerst nach Swaffham, dann nach Fakenham. Er hatte die Route sehr sorgfältig auf der Landkarte ausgearbeitet, und jetzt entspannte er sich und fuhr ganz gemächlich, denn die Abblendschirme über den Scheinwerfern erlaubten nur geringe Sicht. Er konnte es sich leisten. Er hatte jede Menge Zeit. Er zündete sich eine Zigarette an und dachte, was wohl Garvalds nächster Schachzug sein mochte.

Es war kurz nach Mitternacht, als er in den Hof vor seinem Haus in Hobs End einbog. Die Fahrt war ohne jeden Zwischenfall verlaufen, und obwohl er fast durchweg unverfroren die Hauptstraße benutzt hatte, waren ihm auf der ganzen Strecke nur ein paar Fahrzeuge begegnet. Er steuerte den Laster ums Haus bis zur alten Scheune am Rand der Marschen, sprang hinaus in den strömenden Regen, sperrte die Torflügel auf und fuhr hinein.

Die Scheune hatte nur ein paar runde Dachluken, die leicht abzudunkeln waren. Devlin füllte zwei Karbidlampen,

schraubte sie hoch, bis sie hell genug brannten, dann ging er nach draußen, um nachzuschauen, ob ein Lichtschein zu sehen war. Alles war dunkel, und er ging wieder hinein und zog den Mantel aus.
Nach einer halben Stunde hatte er den Laster entladen: das Motorrad über ein altes Brett heruntergeschoben, den Kompressor hinterherrutschen lassen. Die Kanister verstaute er in einer Ecke und deckte eine alte Plane darüber. Dann wusch er den Wagen. Als er ihn so sauber wie irgend möglich hatte, holte er bereitgelegte Zeitungen und Klebeband herbei und machte sich daran, die Fenster abzudecken. Er ging sehr methodisch zu Werk und arbeitete die ganze Zeit konzentriert. Als er fertig war, ging er hinüber ins Haus, aß ein Stück von Mollys Schäferpastete und trank ein Glas Milch dazu.
Als er wieder zurück in die Scheune lief, schüttete es noch immer in Strömen, der Wind pfiff über die Marschen und die Nacht war mit Geräuschen erfüllt. Kurz, die Bedingungen waren ideal. Er füllte den Kompressor, machte die Pumpe bereit, dann schraubte er die Spritzpistole zusammen und mischte den Lack. Er fing mit dem hinteren Teil an und arbeitete zunächst sehr langsam, aber es funktionierte prächtig, und innerhalb von fünf Minuten strahlte das Heck im Glanz eines frischen khakigrünen Anstrichs. »Ein Glück, daß ich keine kriminelle Ader habe, ich könnte mir wahrhaftig in diesem Geschäft mein Brot verdienen«, sagte er leise zu sich selbst. Dann nahm er die linke Seite des Bedford in Angriff.

Am Freitag nach dem Mittagessen zog er gerade die aufgemalten Nummern mit frischer weißer Farbe nach, als er einen Wagen ankommen hörte. Er wischte sich die Hände ab und schlüpfte aus der Scheune, aber als er um die Hausecke bog, sah er, daß es nur Joanna Grey war. Schlank und überraschend jugendlich stand sie in ihrer WVS-Uniform vor der Tür und rüttelte an der Klinke.
»In dieser Montur sehen Sie immer am besten aus«, sagte er.

»Wetten, daß es unseren guten Sir Henry jedesmal glatt umhaut.«
Sie lächelte. »Sie scheinen ja in Hochform zu sein. Demnach ist alles gutgegangen?«
»Überzeugen Sie sich selbst.« Er öffnete das Scheunentor und führte sie hinein. Der Bedford sah mit seinem frischen khakigrünen Lackanstrich wirklich sehr gut aus. »Soviel ich erfahren konnte, tragen Fahrzeuge der *Special Forces* gewöhnlich keine Divisionsbezeichnungen oder sonstige Abzeichen. Stimmt das?«
»Ja, das stimmt«, sagte sie. »Alle, die ich bisher in der Gegend von Meltham House herumfahren oder herumstehen sah, waren ohne nähere Kennzeichnung.« Sie war offensichtlich sehr beeindruckt. »Wirklich ausgezeichnet, Liam. Hat es irgendwelche Schwierigkeiten gegeben?«
»Er hat mir einen Wagen hinterhergeschickt, aber den konnte ich bald abhängen. Das große Treffen dürfte für heute abend geplant sein.«
»Werden Sie mit Ihnen fertig?«
»Die da bestimmt.« Er hob ein stoffumwickeltes Bündel hoch, das neben seinen Pinseln und Lackbüchsen auf der Kiste gelegen hatte, packte es aus und brachte eine Mauser mit seltsam bauchigem Lauf zum Vorschein. »Schon mal eine von denen zu Gesicht gekriegt?«
»Nicht, daß ich wüßte.« Sie wog die Mauser mit fachmännischem Interesse in der linken Hand und brachte sie dann in Anschlag.
»Wird gelegentlich von SS-Wachmannschaften benutzt«, sagte er, »aber es gibt so wenige Exemplare, daß man sie selten zu sehen bekommt. Die einzige wirklich geräuschlose Faustfeuerwaffe, die mir je vorgekommen ist.«
»Aber Sie werden ganz auf sich allein gestellt sein«, gab Joanna zu bedenken.
»Ich war schon oft ganz allein.« Er wickelte die Mauser wieder sorgfältig ein und ging mit Joanna zum Tor. »Wenn alles

planmäßig verläuft, müßte ich um Mitternacht mit dem Jeep zurück sein. Ich setze mich dann sofort morgen früh mit Ihnen in Verbindung.«
»Ich glaube nicht, daß ich so lange warten kann.«
Ihr Gesicht war gespannt und besorgt. Sie streckte impulsiv die Hand aus, und er drückte sie eine Weile fest. »Keine Sorge. Es wird klappen. Der Junge hat das Zweite Gesicht, hat meine alte Oma immer gesagt. In solchen Dingen kenne ich mich aus.«
»Sie Halunke«, sagte sie und küßte ihn mit aufrichtiger Zuneigung auf die Wange. »Manchmal frage ich mich, wieso Sie immer noch am Leben sind.«
»Ganz einfach«, erwiderte er. »Weil mir nie besonders viel daran gelegen war.«
»Sie sagen das, als wäre es Ihr Ernst.«
»Bis morgen.« Er lächelte. »Ich komme in aller Frühe. Sie werden schon sehen.«
Er sah ihr nach, als sie wegfuhr, dann stieß er das Scheunentor mit dem Fuß zu und steckte sich eine Zigarette in den Mund. »Jetzt kannst du rauskommen«, rief er.
Ein paar Sekunden vergingen, dann tauchte Molly aus dem Binsengestrüpp auf der anderen Hofseite auf. Ihr Versteck war so weit entfernt, daß sie nichts hatte mitbekommen können. Er legte das Schloß wieder vor und ging ihr entgegen. Einen Meter vor ihr blieb er stehen und steckte die Hände in die Taschen. »Molly, mein Engel«, sagte er sanft. »Ich liebe dich von Herzen, aber noch einen solchen Scherz wie diesen, und du kriegst die größte Tracht Prügel deines jungen Lebens.«
Sie warf die Arme um seinen Hals. »Ist das ein Versprechen?«
»Du bist wirklich völlig schamlos.«
Sie blickte zu ihm auf, ohne die Arme von ihm zu lösen. »Kann ich heute abend rüberkommen?«
»Das kannst du nicht«, sagte er, »weil ich nicht da bin.« Und er fügte hinzu: »Ich habe in Peterborough zu tun und komme erst in den frühen Morgenstunden zurück.« Was zumindest zur Hälfte der Wahrheit entsprach. Er tippte mit einem Finger an

ihre Nasenspitze. »Aber das bleibt unter uns. Nicht an die große Glocke hängen.«
»Holst du wieder Seidenstrümpfe?« fragte sie. »Oder ist es diesmal schottischer Whisky?«
»Fünf Pfund zahlen die Yankees pro Flasche, hab' ich mir sagen lassen.«
»Mir ist das gar nicht recht.« Ihre Miene war besorgt. »Warum kannst du nicht normal und anständig sein wie andere Leute?«
»Möchtest du mich unbedingt früh ins Grab bringen?« Er drehte sie um. »Geh jetzt und stell den Wasserkessel auf, und wenn du brav bist, darfst du mit mir essen ... oder sonst was.«
Sie lächelte kurz über die Schulter zurück und sah plötzlich bildhübsch aus, dann lief sie hinüber zum Haus. Devlin steckte die Zigarette wieder in den Mund, zündete sie aber noch immer nicht an. In der Ferne rollte der Donner und verkündete weiteren Regen. Wieder eine mehr feuchte als fröhliche Fahrt. Er seufzte und ging hinter Molly her über den Hof.

In der Werkstatt von Fogartys Garage war es noch kälter als am vorigen Abend, obwohl Sammy Jackson eine provisorische Heizung installiert hatte: eine durchlöcherte alte Öltonne, in der ein Kohlenfeuer schwelte. Die Rauchschwaden, die daraus aufstiegen, waren beachtlich.
Ben Garvald, der daneben stand, eine halbe Flasche Kognak in der einen Hand, einen Becher in der anderen, zog sich schleunigst in die andere Ecke zurück. »Was, zum Teufel, hast du vor? Mich vergiften?«
Jackson hockte neben der Öltonne auf einer Kiste, eine doppelläufige Flinte auf den Knien, und warf Sägespäne ins Feuer. Er legte die Flinte weg und stand auf. »Tut mir leid, Mr. Garvald. Macht der Koks. Ist verdammt feucht.«
Reuben rief von seinem Platz am Spion: »Jetzt, ich glaube, jetzt kommt er.«
»Laß das Ding da verschwinden«, sagte Garvald rasch. »Und denk daran, du trittst erst in Aktion, wenn ich dir's sage. Ich

möchte meinen Spaß an der Sache haben, Sammyboy. Verpatz ihn mir nicht.«
Sammy schob das Gewehr unter einen alten Sack, der neben ihm auf der Kiste lag, und zündete sich eine Zigarette an. Sie warteten. Das Geräusch des näherkommenden Fahrzeugs wurde lauter, passierte das Anwesen und erstarb in der Nacht.
»Herrgott noch mal«, sagte Garvald mürrisch. »Wieder nicht. Wie spät ist es?«
Reuben blickte auf seine Uhr. »Kurz vor neun. Er muß jeden Augenblick kommen.«
Sie ahnten nicht, daß Devlin bereits da war. Er stand im Regen vor dem zerbrochenen Fenster, das nur notdürftig mit Brettern verschalt war, und lugte durch einen Spalt. Sein Blickfeld war zwar eingeengt, aber er konnte Garvald und Jackson neben dem Feuer sehen. Und er hatte jedes Wort gehört, das während der letzten fünf Minuten gesprochen worden war.
Garvald sagte: »Los, mach dich wenigstens nützlich, solange wir warten, Sammy. Tanke den Jeep noch auf, damit du startbereit bist für die Rückfahrt nach Birmingham.«
Devlin trat vom Fenster zurück, schlich sich über den Hof, wobei er darauf achtete, an keines der dort abgestellten Autowracks zu stoßen, erreichte die Straße und lief am äußersten Rand entlang bis zu der Stelle, etwa einen halben Kilometer entfernt, wo er das Motorrad abgestellt hatte.
Er knöpfte den Trenchcoat auf, zog die Mauser hervor und prüfte sie im Licht des Scheinwerfers. Zufrieden steckte er die Waffe wieder ein, ließ jedoch den Mantel offen. Dann stieg er auf sein Motorrad. Er war nicht ängstlich. Ein bißchen aufgeregt, das schon, aber nicht so sehr, daß er die Ruhe verloren hätte. Er trat den Starter und bog wieder in die Fahrbahn ein.

In der Werkstatt hatte Jackson gerade den letzten Kanister in den Tank des Jeeps geleert, als Reuben wiederum Alarm schlug. »Er ist da. Diesmal ist er's wirklich. Fährt gerade auf den Vorplatz.«

»Okay, die Tore auf und rein mit ihm«, sagte Garvald.
Der Windzug, der mit Devlin hereinkam, war so heftig, daß der Koks im provisorischen Ofen knisterte wie trockenes Holz. Devlin stellte den Motor ab und kippte das Rad auf den Ständer. Sein Gesicht sah noch schlimmer aus als am vergangenen Abend, es war vollkommen mit Schmutz verkrustet. Aber als er die Schutzbrille hochschob, kam ein strahlendes Lächeln zum Vorschein. »Hallo, Mr. Garvald.«
»Na, da wären wir ja wieder.« Garvald reichte ihm die Kognakflasche. »Sie sehen aus, als könnten Sie einen Tropfen vertragen.«
»Haben Sie an meinen Bushmills gedacht?«
»Na klar. Hol die beiden Flaschen Irischen für Mr. Murphy aus dem Lieferwagen, Reuben.«
Devlin nahm rasch einen Zug aus der Kognakflasche, während Reuben zum Lieferwagen ging und mit den beiden Flaschen zurückkam. Sein Bruder nahm sie ihm ab. »Hier, mein Freund, wie versprochen.« Er ging hinüber zum Jeep und stellte die Flaschen auf den Vordersitz. »Gestern abend alles gutgegangen?«
»Wie geschmiert«, sagte Devlin. Er trat an den Jeep. Wie beim Lastwagen hatte auch hier die Karosserie einen frischen Anstrich dringend nötig, aber alles übrige war in Ordnung. Dachplane, an den Seiten offen, und eine Halterung zum Aufmontieren eines Maschinengewehrs. Doch bei diesem Fahrzeug war die Zulassungsnummer frisch aufgemalt, und bei näherer Betrachtung konnte Devlin darunter die Spuren einer anderen Nummer entdecken.
»Eine Frage, Mr. Garvald«, sagte er. »Wird so ein Jeep vielleicht zufällig auf einem Yankee-Fliegerhorst vermißt?«
»Also, hören Sie...«, begann Reuben ärgerlich.
Devlin fiel ihm ins Wort. »Was mir grad einfällt, Mr. Garvald. Gestern abend hab' ich mir einmal fast eingebildet, jemand führe mir nach. Wahrscheinlich die Nerven. Hab' dann auch nichts mehr bemerkt.«

Er wandte sich wieder dem Jeep zu und nahm rasch noch einen Schluck aus der Flasche. Garvald, der sich ohnehin nur noch mühsam beherrschen konnte, fuhr ihn an: »Wissen Sie, was Ihnen fehlt?«
»Nein, sagen Sie's mir doch«, bat Devlin freundlich. Er drehte sich um. In der linken Hand hielt er noch immer die Kognakflasche, mit der rechten faßte er an den Aufschlag seines Trenchcoats.
»Daß Ihnen mal jemand Manieren beibringt«, sagte Garvald. »Ihnen zeigt, wo Sie hingehören. Und dazu bin ich genau der Richtige.« Er schüttelte den Kopf. »Sie wären besser zu Hause geblieben in Ihrem irischen Dreckloch.«
Er fing an, seinen Mantel aufzuknöpfen, und Devlin sagte: »Was Sie nicht sagen! Aber bevor Sie damit anfangen, möchte ich unseren Sammyboy hier fragen, ob sein Schießeisen dort unter dem alten Sack entsichert ist oder nicht, denn wenn's nicht entsichert ist, sitzt er in der Tinte.«
In dieser Sekunde erkannte Ben Garvald, daß er soeben den schlimmsten Fehler seines Lebens gemacht hatte. »Leg ihn um, Sammy«, schrie er.
Jackson hatte nicht auf seinen Befehl gewartet, er griff bereits nach dem Gewehr unter dem Sack – zu spät. Während er die beiden Hähne zurückriß, war Devlins Hand in den Mantel gefahren und wieder heraus. Die lautlose Mauser hustete einmal, die Kugel fuhr in Jacksons linken Arm und riß den ganzen Mann um seine eigene Achse. Der zweite Schuß zerschmetterte ihm das Rückgrat, und er stürzte kopfüber in das Autowrack in der Ecke. Im Tode krampften sich seine Finger um die Abzüge des Gewehrs und die Geschosse aus beiden Läufen fuhren in den Boden der Werkstatt.
Die Garvald-Brüder wichen langsam zurück. Zoll für Zoll schoben sie sich aufs Tor zu. Reuben schlotterte vor Angst, Ben Garvald lauerte jedoch scharf auf jede Möglichkeit, den Spieß umzudrehen.
Devlin sagte: »Das reicht.« Trotz seiner geringen Größe, vor

allem aber mit seinem alten Lederhelm und der Motorradbrille wirkte er wie die personifizierte Todesdrohung, als er von der anderen Seite der Feuerstelle her die beiden Brüder mit seiner seltsam geformten Mauser in Schach hielt.
Garvald sagte: »Also gut, ich hab' einen Fehler gemacht.«
»Schlimmer, Sie haben Ihr Wort gebrochen«, erwiderte Devlin. »Und dort, wo ich herkomme, haben wir ein Mittel von durchschlagender Wirkung für Leute, die uns hintergehen.«
»Um Gottes willen, Murphy ...«
Weiter kam er nicht, denn ein leises »Blopp« schnitt ihm das Wort ab, als Devlin abermals schoß. Die Kugel zersplitterte Garvalds rechtes Knie. Er taumelte zum Tor zurück und brach mit einem erstickten Schrei zusammen. Er rollte zur Seite und hielt sich das Knie mit beiden Händen. Zwischen seinen Fingern quoll Blut hervor.
Reuben kauerte mit eingezogenem Kopf am Boden und hielt in sinnloser Abwehr die Hände vors Gesicht. In dieser Stellung verbrachte er die schlimmsten Sekunden seines Lebens. Als er sich endlich ein Herz faßte und aufblickte, sah er, wie Devlin ein Brett schräg an die Seite des Jeeps legte und das Motorrad über das Brett hinauf und ins Heck schob.
Der Ire ging zum Tor und öffnete einen Flügel. Dann fuhr er Reuben an: »Den Fahrbefehl.«
Reuben nahm ihn mit zitternden Händen aus der Brieftasche und reichte ihn hinüber. Devlin prüfte das Papier flüchtig, dann holte er einen Umschlag aus der Tasche und warf ihn Garvald vor die Füße. »Siebenhundertfünfzig Lappen, nur damit die Bücher stimmen. Ich hab' Ihnen gesagt, daß ich mein Wort immer halte. Sie sollten's gelegentlich auch mal versuchen.« Er stieg in den Jeep, drückte den Starter und fuhr in die Nacht hinaus.
»Das Tor ...«, ächzte Garvald zwischen zusammengebissenen Zähnen. »Mach das verdammte Tor zu, oder jeder Bulle im Umkreis von hundert Meilen kommt angerauscht, um nachzusehen, wieso hier Licht brennt.«

Reuben befolgte die Anweisung, dann drehte er sich um und überblickte den Schauplatz. Die Luft war erfüllt von bläulichen Rauchschwaden und von Korditgeruch. Er schlotterte. »Wer ist dieser Hundesohn wirklich, Garvald?«
»Weiß ich nicht, will ich auch nicht wissen.« Garvald zerrte den weißen Seidenschal vom Hals. »Da, nimm ihn und verbinde mir das verdammte Knie.«
Reuben starrte, gelähmt vor Entsetzen, auf die Wunde. Das Geschoß hatte das Knie durchschlagen, die Kniescheibe war zersplittert, weiße Knochenfetzen ragten aus dem blutigen Fleisch.
»Verdammt, das sieht übel aus, Ben. Du mußt in ein Krankenhaus.«
»Den Teufel muß ich. Wenn du mich mit einer Schußwunde in irgendeine Notaufnahmestation in diesem Land einlieferst, dann schreien die dort nach den Bullen, noch ehe du bis drei zählen kannst.« Sein Gesicht war schweißbedeckt. »Los, leg mir den Verband an. Herrgott noch mal.«
Reuben begann, den Schal um das zerschmetterte Knie zu wickeln. Er war den Tränen nahe. »Was machen wir mit Sammy?«
»Laß ihn, wo er ist. Deck einfach eine Plane darüber, das reicht für den Augenblick. Morgen kannst du ein paar von den Jungens rüberschicken, damit sie ihn wegschaffen.« Er fluchte, als Reuben den Schal festzog. »Beeil dich, und dann nichts wie raus hier.«
»Wohin, Ben?«
»Direkt nach Birmingham. Du kannst mich nach Aston bringen. In die Klinik von diesem indischen Arzt. Wie heißt er doch gleich?«
»Du meinst Doktor Das?« Reuben schüttelte den Kopf. »Er ist Spezialist für Abtreibungen, Ben. Nichts für dich.«
»Er ist doch Arzt, oder?« sagte Ben.
»Jetzt hilf mir auf und dann machen wir, daß wir wegkommen.«

Eine halbe Stunde nach Mitternacht fuhr Devlin in den Hof in Hobs End. Es war eine gräßliche Nacht, der Wind hatte Sturmstärke erreicht, und es regnete – wieder einmal – in Strömen. Nachdem er in die Scheune hineingefahren war, hatte er alle Mühe, die Tore wieder dicht zu machen. Er zündete die Karbidlampen an und manövrierte das Motorrad vom Heck des Jeeps. Er war müde und völlig durchgefroren, aber doch nicht müde genug, um schlafen zu können. Er zündete sich eine Zigarette an und ging ruhelos auf und ab.
In der Scheune war es still, bis auf den Regen, der aufs Dach trommelte, und das leise Zischen der Lampen. Plötzlich ging das Tor auf und Molly kam, von einem Windstoß begleitet, herein und schloß das Tor hinter sich. Sie trug einen alten Trenchcoat, Gummistiefel, einen Schal über dem Kopf und war naß bis auf die Haut. Sie zitterte vor Kälte, doch schien sie es nicht zu bemerken. Sie ging hinüber zum Jeep und blieb verdutzt davor stehen.
Dann blickte sie ratlos zu Devlin auf. »Liam...?« sagte sie.
»Du hast versprochen«, hielt er ihr vor, »daß du nie mehr herumspionierst. Immerhin weiß ich jetzt, wie du dein Wort hältst.«
»Entschuldige, aber ich habe mich so geängstigt... und jetzt diese Dinger da.« Sie wies auf die Fahrzeuge. »Was hat das zu bedeuten?«
»Das geht dich nichts an«, entgegnete er grob. »Meinetwegen kannst du jetzt wieder verduften. Und wenn du mich verpfeifen willst... bitte, dann tu, was du nicht lassen kannst.«
Sie stand da und starrte ihn aus weitaufgerissenen Augen an, ihr Mund bewegte sich lautlos. »Los!« sagte er. »Tu's doch, wenn dir danach ist. Dann bist du aus der Sache raus!«
Sie stürzte in seine Arme und schluchzte: »O nein, Liam, schick mich nicht weg. Ich stelle keine Fragen mehr, ich schwör's dir, und ich kümmere mich um nichts mehr, was mich nichts angeht, bloß schick mich nicht weg.«
Er fühlte sich mies, es war der absolute Tiefpunkt in seinem

Leben. Und während er sie in den Armen hielt, verachtete er sich so sehr, daß es fast körperlich schmerzte. Aber es hatte gewirkt. Sie würde ihm keine Schwierigkeiten mehr machen, dessen war er sicher. Er küßte sie auf die Stirn. »Du bist völlig durchgefroren. Los, rüber ins Haus mit dir, und mach Feuer. Ich komme in ein paar Minuten nach.«
Sie warf ihm noch einen flehenden Blick zu, dann drehte sie sich um und ging hinaus. Devlin seufzte, ging hinüber zum Jeep und holte eine der beiden Flaschen Bushmills heraus. Er entkorkte sie und nahm einen tiefen Schluck. »Auf dein Wohl, Liam«, sagte er und fühlte sich unendlich traurig.

In dem winzigen Operationssaal der Klinik in Aston lag Ben Garvald mit geschlossenen Augen auf dem Untersuchungstisch. Reuben stand neben ihm, während Doktor Das, ein großer, spindeldürrer Inder in einem makellos weißen Kittel, mit einem Skalpell das Hosenbein aufschnitt.
»Ist es schlimm?« fragte Reuben mit bebender Stimme.
»Ja, sehr schlimm«, antwortete Das ruhig. »Er braucht einen erstklassigen Chirurgen, wenn er nicht sein Leben lang ein Krüppel bleiben will. Außerdem besteht die Gefahr einer Blutvergiftung.«
»Jetzt passen Sie mal auf, Sie verdammter brauner Hundesohn«, sagte Ben Garvald und schlug die Augen auf. »Auf dem stinkfeinen Messingschild an der Tür steht doch Facharzt für Innere Medizin und Chirurgie, oder?«
»Doch, Mr. Garvald«, erwiderte Das ungerührt. »Ich habe die Zertifikate der Universitäten von Bombay und London, aber darum geht es jetzt nicht. Ihr Fall gehört in die Hände eines Spezialisten.«
Garvald stemmte sich auf einem Ellbogen hoch. Die Schmerzen waren jetzt so stark, daß ihm der Schweiß in Strömen übers Gesicht rann. »Hören Sie mal zu, und zwar genau. In dieser Klinik ist vor drei Monaten ein Mädchen gestorben. An einem, wie es vor Gericht heißen würde, unerlaubten Eingriff. Ich

weiß das, und ich weiß noch eine ganze Menge mehr. Genug, um Sie für mindestens sieben Jahre aus dem Verkehr zu ziehen. Wenn Sie also nicht die Bullen hier haben wollen, dann kümmern Sie sich endlich um dieses Bein.«
Doktor Das schien gänzlich unbeeindruckt. »Wenn Sie es wünschen, Mr. Garvald. Aber auf Ihr Risiko. Ich muß Ihnen eine Narkose geben. Verstehen Sie?«
»Geben Sie mir, verdammt noch mal, was Sie wollen, aber machen Sie schon!«
Garvald schloß die Augen wieder. Der Doktor öffnete einen Schrank, nahm eine Gesichtsmaske und eine Flasche Chloroform heraus. Er sagte zu Reuben: »Sie müssen mir assistieren. Träufeln Sie Chloroform auf die Maske, wenn ich es Ihnen sage. Einen Tropfen nach dem anderen. Trauen Sie sich das zu?«
Reuben konnte nur noch wortlos nicken.

11

Es regnete noch immer, als Devlin am nächsten Morgen zu Joanna Grey hinüberfuhr. Er stellte sein Motorrad neben der Garage ab und ging zur Hintertür. Joanna öffnete sofort und zog ihn ins Haus. Sie war im Schlafrock, und ihr Gesicht war angespannt und besorgt. »Gott sei Dank, Liam.« Sie nahm sein Gesicht in beide Hände und schüttelte ihn. »Ich habe kaum ein Auge zugetan. Und seit fünf Uhr bin ich auf und trinke abwechselnd Tee und Whisky. Eine teuflische Mischung um diese Tageszeit.« Sie drückte ihm einen herzlichen Kuß auf die Backe. »Sie Halunke. Ich freue mich, daß Sie wieder da sind.«
Patch, der Hund, wedelte aufgeregt mit dem Schwanz und sprang an Devlin hoch. Joanna Grey machte sich am Herd zu schaffen, und Devlin stand am Kamin.
»Wie war's?« fragte sie.
»Alles in Ordnung.« Er war mit Absicht wortkarg, denn sie

wäre mit seinem Verhandlungsstil bestimmt nicht einverstanden gewesen.
Überrascht wandte sie sich ihm zu: »Also haben die Gauner keine faulen Tricks versucht?«
»Oh, doch«, sagte er. »Aber ich konnte sie eines Besseren belehren.«
»Hat es eine Schießerei gegeben?«
»War gar nicht nötig«, erwiderte er ruhig. »Ein Blick auf meine Mauser hat genügt. Die englische Unterwelt ist nicht an Schießeisen gewöhnt. Rasiermesser und dergleichen liegen mehr auf ihrer Linie.«
Sie trug das Teetablett zum Tisch hinüber. »Mein Gott, diese Engländer. Manchmal hab' ich sie wirklich satt.«

Pamela Voreker hatte an diesem Wochenende sechsunddreißig Stunden dienstfrei. Um sieben Uhr morgens hatte ihr Bruder sie mit dem Wagen in Pangbourne abgeholt. Im Pfarrhaus von Studley Constable zog sie sofort ihre Uniform aus und schlüpfte in einen Pullover und Reithosen.
Trotz dieser kurzen, aber jedesmal erholsamen Pause vom grausigen Alltag bei einer Bomberstation fühlte sie sich noch immer nervös und erschöpft. Nach dem Lunch radelte sie sechs Meilen an der Küste entlang zur Meltham Vale-Farm. Der Pächter dort hatte einen dreijährigen Hengst, dem ein bißchen Bewegung nur guttun würde.
Sobald sie die Dünen hinter dem Gehöft passiert hatte, ließ sie dem Hengst die Zügel schießen und galoppierte den gewundenen Pfad entlang durch das Gestrüpp von Stechginster und hinauf zum bewaldeten Kamm. Der Regen schlug ihr ins Gesicht, trieb ihr alle trüben Gedanken aus, und für eine Weile fühlte sie sich wieder zurückversetzt in die geborgene Welt ihrer Kindheit.
Sie erreichte den Baumbestand und folgte dem alten Forstweg. Der Hengst mäßigte seine Gangart, als sie sich dem Höhenzug näherten. Ein paar Meter weiter lag eine Fichte, die der Sturm

entwurzelt hatte, quer über den Weg, und der Hengst setzte im Sprung darüber hinweg. Als er auf der anderen Seite aufsetzte, richtete sich plötzlich eine Gestalt aus dem Unterholz zur Rechten auf. Das Pferd scheute. Pamela Voreker verlor die Steigbügel und wurde seitlich aus dem Sattel geschleudert. Ein Rhododendrongebüsch milderte ihren Sturz, aber sie bekam keine Luft mehr und rang nach Atem. Während sie noch dalag, hörte sie Stimmen.
»Krukowsky, du blöder Hund«, sagte jemand. »Was ist dir nur eingefallen? Willst du sie umbringen?«
Es waren amerikanische Stimmen. Sie öffnete die Augen und sah sich von schwerbewaffneten Soldaten in Kampfanzug und Stahlhelm umringt, deren Gesichter mit Tarnfarbe beschmiert waren. Neben ihr kniete ein gewaltiger Neger mit den Ärmelstreifen eines Sergeants. »Haben Sie sich wehgetan, Miß?« fragte er besorgt.
Noch ein wenig benommen schüttelte sie den Kopf. Es ging ihr schon besser. »Wer sind Sie?«
Er tippte mit einem Finger an den Helmrand. »Gestatten, Garvey. Sergeant. Einundzwanzigste *Special Raiding Force*. Wir sind für ein paar Wochen in Meltham House stationiert. Geländeübung.«
In diesem Moment kam ein Jeep an und bremste schlitternd auf dem schlammigen Weg. Der Fahrer war Offizier, soviel konnte sie sehen, aber da sie während ihres Dienstes bisher selten mit amerikanischen Truppen zu tun gehabt hatte, konnte sie seinen Grad nicht feststellen. Er trug eine Feldmütze und die normale Uniform und war ganz und gar nicht wie zu einer Geländeübung gekleidet.
»Was, zum Teufel, geht hier vor?« fragte er.
»Die Dame ist vom Pferd gestürzt, Major, Sir«, antwortete Garvey. »Krukowsky ist im falschen Moment aus dem Busch gesprungen.«
»Major?« dachte sie und wunderte sich, daß er so jung war. Sie rappelte sich hoch. »Alles in Ordnung, wirklich?«

Sie schwankte, und der Major faßte sie am Arm. »Sieht mir nicht so aus. Wohnen Sie weit weg, Ma'am?«
»In Studley Constable. Mein Bruder ist dort Geistlicher.«
Er führte sie entschlossen zum Jeep. »Fahren Sie lieber mit mir. Wir haben einen Stabsarzt drüben in Meltham House. Er soll nachsehen, ob Sie noch alle zarten Knochen beisammen haben.«
Auf seinem Achselstück stand *Rangers*, und sie erinnerte sich, daß die Rangers etwas Ähnliches waren wie die britischen Einsatzkommandos. »Meltham House?«
»Verzeihung, ich habe mich nicht vorgestellt. Major Harry Kane. *Special Raiding Force* unter Oberst Robert E. Shafto. Wir halten hier eine Geländeübung ab.«
»Ach ja«, sagte sie. »Mein Bruder hat mir erzählt, daß Meltham House zur Zeit für diesen Zweck benutzt wird.« Sie schloß die Augen. »Entschuldigen Sie, ich bin ein bißchen schlapp.«
»Ruhen Sie sich aus. Wir sind im Handumdrehen dort.«
Eine angenehme Stimme, ganz entschieden. Aus irgendeinem albernen Grund bekam sie Herzklopfen. Sie lehnte sich zurück und befolgte seinen Rat.

Die fünf Morgen Garten, die zu Meltham House gehörten, waren wie die meisten Gärten in Norfolk von einer zweieinhalb Meter hohen Steinmauer umgeben. Ein Stacheldrahtzaun auf dem Mauersims sorgte für zusätzliche Sicherheit. Das Haus selbst war mäßig groß, ein kleiner Herrensitz aus der ersten Hälfte des siebzehnten Jahrhunderts. Auch hier war vorwiegend Flintstein verwendet worden, und der Baustil, besonders die Form der Giebel, verriet den für diese Periode typischen holländischen Einfluß.
Harry Kane und Pamela schlenderten auf das Haus zu. Er hatte sie eine gute Stunde lang auf dem Landsitz herumgeführt, und sie hatte sich in seiner Gesellschaft sehr wohl gefühlt. »Wie viele Leute haben Sie hier?«
»Zur Zeit ungefähr neunzig. Die meisten natürlich in Zelten

drüben im Lager, das ich Ihnen vorhin von weitem gezeigt habe, auf der anderen Seite der Büsche.«
»Warum wollten Sie mich nicht hinführen? Eine geheime Ausbildung oder so etwas?«
»Du lieber Gott, nein.« Er lachte. »Einfach weil Sie viel zu hübsch sind.«
Ein junger Soldat kam die Freitreppe herunter und lief auf die beiden zu. Er salutierte stramm. »Der Herr Oberst ist zurück, Sir. Sergeant Garvey ist jetzt bei ihm.«
»Danke, Appleby.«
Der Junge erwiderte Kanes Gruß, vollführte eine Kehrtwendung und verschwand wieder.
»Ich glaubte immer, bei den Amerikanern gehe es schrecklich leger zu«, sagte Pamela.
Kane grinste. »Sie kennen Shafto nicht. Ich glaube, der Ausdruck ›Schleifer‹ ist eigens für ihn geprägt worden.«
Als sie die Stufen zur Terrasse hinaufgingen, trat durch die Terrassentür ein Offizier heraus. Während er ihnen entgegenblickte, schlug er unaufhörlich mit der Reitpeitsche an den Schenkel, ein Bild rastloser, animalischer Vitalität. Pamela brauchte nicht zu fragen, wer er wäre. Kane salutierte. »Oberst Shafto, darf ich Sie mit Miß Pamela Voreker bekannt machen.«
Robert Shafto war damals vierundvierzig, ein gutaussehender, arrogant auftretender Mann. Eine schneidige Erscheinung in blankgewichsten Stiefeln und Breeches. Die Feldmütze war übers linke Auge gedrückt, und die zwei Reihen Ordensbänder auf der linken Brusttasche leuchteten in allen Farben. Aber das Auffallendste war wohl der Colt mit Perlmuttgriff, den er in einer offenen Revolvertasche an der linken Hüfte trug.
Er tippte mit der Reitgerte an den Mützenrand und sagte ernst: »Ich hörte mit großem Bedauern von Ihrem Unfall, Miß Voreker. Wenn ich irgend etwas tun kann, um das Verschulden meiner Leute wettzumachen...«
»Sie sind sehr freundlich«, erwiderte Pamela. »Aber Major Kane bot sich liebenswürdigerweise an, mich nach Studley

Constable zurückzufahren, das heißt, wenn Sie ihn entbehren können. Mein Bruder ist dort Geistlicher.«
»Das wenigste, was wir tun können.«
Sie wollte Kane unbedingt wiedersehen, und dazu schien es nur ein einziges sicheres Mittel zu geben. Sie sagte: »Wir haben morgen abend im Pfarrhaus eine kleine Party. Nichts Besonderes. Ein paar Freunde kommen zu Drinks und Sandwiches. Ich würde mich sehr freuen, wenn Sie und Major Kane sich ebenfalls einfinden würden.«
Shafto zögerte. Es war ihm anzusehen, daß er sich eine Ausrede zurechtlegte, daher fuhr Pamela schnell fort: »Sir Henry Willoughby, der Gutsherr, wird auch da sein. Haben Sie ihn bereits kennengelernt?«
Shaftos Augen reagierten interessiert. »Nein, ich hatte noch nicht die Ehre.«
»Miß Vorekers Bruder war Feldkaplan bei der Ersten Fallschirmspringerbrigade«, sagte Kane. »Ist letztes Jahr mit ihnen über Oudna in Tunesien abgesprungen. Sagt Ihnen das etwas, Herr Oberst?«
»Und ob«, erwiderte Shafto. »War die reine Hölle. Ihr Bruder muß ein bemerkenswerter Mann sein, Miß.«
»Er bekam die Tapferkeitsmedaille«, sagte sie. »Ich bin sehr stolz auf ihn.«
»Nur recht und billig. Ich freue mich, morgen abend Ihrer kleinen Soirée beiwohnen und die Bekanntschaft Ihres Bruders machen zu dürfen. Harry, Sie treffen die nötigen Vorbereitungen.« Wieder salutierte er mit der Reitgerte. »Und jetzt müssen Sie mich entschuldigen. Die Pflicht ruft.«

»Waren Sie beeindruckt?« fragte Kane, als er Pamela in seinem Jeep auf der Küstenstraße nach Hause fuhr.
»Ich weiß nicht recht«, sagte sie. »Er ist zweifellos eine soldatische Erscheinung.«
»Die Untertreibung des Jahrhunderts«, sagte er. »Shafto ist das, was man einen Draufgänger nennt. Wie einer, der im

ersten Krieg in Flandern an der Spitze seiner Leute aus dem Schützengraben sprang, nur mit einem Offiziersstöckchen bewaffnet. Wie dieser französische General bei Balaklava sagte: ›Ganz fabelhaft. Nur leider läßt sich so kein Krieg führen.‹«
»Mit anderen Worten, er kann nicht denken?«
»Er kann vor allem eins nicht, und das ist vom Standpunkt der Army aus ein unverzeihliches Manko: Er kann keine Befehle entgegennehmen, von niemandem. Bobby Shafto, der Draufgänger, der Stolz der Infanterie, hat sich letztes Jahr im April seinen Weg aus Bataan erkämpft, als die Japse den Ort eroberten. Peinlich war nur, daß er ein ganzes Infanterieregiment dort zurückließ. Paßte dem Pentagon ganz und gar nicht. Niemand wollte ihn mehr haben, also schoben Sie ihn nach London zum Stab der *Combined Operations* ab.«
»Und dieser Posten behagte ihm nicht?«
»Kaum. Er benutzte ihn nur als Sprungbrett zu weiteren Ruhmestaten. Er entdeckte, daß die Briten nachts kleine Einsatztruppen in Sturmbooten über den Kanal schickten und sie Pfadfinder spielen ließen. Sofort beschloß er, daß die amerikanische Army das auch haben müsse. Unseligerweise fand irgendein Dummkopf bei *Combined Operations* die Idee vorzüglich.«
»Sie nicht?« fragte Pamela.
Er schien ausweichen zu wollen. »Während der letzten neun Monate wurden nicht weniger als vierzehnmal Leute aus dem Einundzwanzigsten über den Kanal gebracht, zu Unternehmungen wie zum Beispiel der Zerstörung eines unbesetzten Leuchtturms in der Normandie und mehreren Landungen auf unbewohnten französischen Inseln.«
»Mir scheint, Sie halten nicht viel von ihm?«
»Die amerikanische Öffentlichkeit dafür um so mehr. Vor drei Monaten erfuhr irgendein Reporter in London, dem gerade der Stoff ausgegangen war, wie Shafto die Besatzung eines Feuerschiffs vor der belgischen Küste gefangengenommen hat. Es waren sechs Leute, und da es sich zufällig um deutsche Soldaten

handelte, machte sich die Story recht gut, zumal die Fotos von der Landung in Dover im Morgengrauen. Shafto und seine Jungens mit gelockerten Kinnriemen, die Gefangenen in entsprechend bedepperter Haltung. Metro Goldwyn Meyer hätt's nicht besser hinkriegen können.« Er schüttelte den Kopf. »Und wie das den Lesern in der Heimat runterging! Shaftos Sturmtrupp. *Life, Colliers, Saturday Evening Post.* Kein Blatt, das nicht seinen Namen erwähnt hätte. Der Volksheld. Zwei Kriegsverdienstkreuze, den *Silver Star* mit Eichenlaub. Fehlte bloß, daß der Kongreß ihm die *Medal of Honour* verliehen hätte, aber die wird er auch noch schaffen, und wenn er uns dafür alle über die Klinge springen lassen muß.«
Sie sagte merkwürdig steif: »Warum sind Sie zu dieser Einheit gegangen, Major Kane?«
»Sonst wäre ich hinterm Schreibtisch verschimmelt«, antwortete er. »Ja, das war's im Grunde. Um das zu vermeiden, hätte ich vermutlich alles getan... und hab's auch getan.«
»Haben Sie an keiner der erwähnten Unternehmungen teilgenommen?«
»Nein, Ma'am.«
»Dann möchte ich vorschlagen, daß Sie es sich nächstens zweimal überlegen, ehe Sie die Taten eines tapferen Mannes geringschätzig abtun, besonders vom sicheren Hort eines Schreibtisches aus.«
Er fuhr an den Straßenrand und hielt an. Mit breitem Grinsen wandte er sich ihr zu. »Heh, das gefällt mir. Darf ich's mir aufschreiben und in dem großen Roman verwenden, den wir Journalisten alle eines Tages schreiben werden?«
»Hol Sie der Kuckuck, Harry Kane.«
Sie hob die Hand, als wollte sie ihn schlagen, und er zog ein Päckchen *Camels* heraus und bot ihr eine an. »Rauchen Sie lieber eine. Beruhigt die Nerven.«
Sie nahm die Zigarette und ließ sich Feuer geben, dann sog sie den Rauch tief ein und blickte über die Salzmarschen aufs

Meer hinaus. »Verzeihung, ich war zu impulsiv, aber dieser Krieg geht mir persönlich sehr nah.«
»Ihr Bruder?«
»Nicht nur. Mein Dienst. Gestern nachmittag hatte ich einen Jagdflieger im RT-Gerät, der bei einem Luftgefecht über der Nordsee schwer getroffen worden war. Seine Hurricane stand in Flammen, und er war im Cockpit eingekeilt. Er brüllte während des ganzen Absturzes.«
»Der Tag hat so nett begonnen«, sagte Kane. »Jetzt ist es plötzlich aus damit.«
Er griff wieder nach dem Steuer, und sie legte spontan ihre Hand auf die seine. »Es tut mir leid, wirklich.«
»Ist schon okay.«
Plötzlich trat ein Ausdruck des Erstaunens in ihr Gesicht, und sie hob seine Hand hoch. »Was ist mit Ihren Fingern passiert? Warum sind sie so verkrümmt? Und Ihre Fingernägel... mein Gott, Harry, was ist mit Ihren Fingernägeln passiert?«
»Ach, das?« sagte er, »die hat mir jemand rausgezogen.«
Sie starrte ihn voll Entsetzen an. »Waren es... waren es die Deutschen, Harry?«
»Nein.« Er startete den Motor. »Genau gesagt, waren es Franzosen, aber sie haben für die andere Seite gearbeitet. Es ist eine der schlimmsten Entdeckungen, die man in diesem Leben machen kann, jedenfalls finde ich das, daß es nichts gibt, was es auf der Welt nicht gäbe.« Er grinste ein bißchen schief und fuhr los.

Am Abend des gleichen Tages trat bei Ben Garvald, der in seinem Privatzimmer in der Klinik in Aston lag, eine deutliche Wendung zum Schlimmeren ein. Um sechs Uhr verlor er das Bewußtsein. Erst eine Stunde später wurde sein Zustand entdeckt. Bis Doktor Das auf den dringlichen Anruf der Schwester hin in die Klinik kam, war es acht Uhr.
Zwei Stunden später betrat Reuben das Krankenzimmer und fand seinen Bruder in dieser Verfassung vor. Reuben war auf

Bens Anweisung mit einem Leichenwagen nebst Sarg von der Bestattungsfirma, die zu den zahlreichen geschäftlichen Unternehmungen der Gebrüder Garvald gehörte, nochmals zu Fogartys Garage gefahren und hatte den unglücklichen Jackson in einem benachbarten privaten Krematorium abgeliefert, an dem sie ebenfalls beteiligt waren. Nicht zum erstenmal hatten sie sich dort einer lästigen Leiche entledigt.
Bens Gesicht war in Schweiß gebadet, und er wälzte sich stöhnend von einer Seite auf die andere. Ein schwacher Geruch von fauligem Fleisch lag in der Luft. Als Doktor Das den Verband abnahm, konnte Reuben einen Blick auf das Knie werfen. Er wandte sich ab, und Furcht stieg ihm wie Galle in den Mund. »Ben?« fragte er.
Garvald öffnete die Augen. Zunächst schien er seinen Bruder nicht zu erkennen, dann lächelte er. »Hast du's erledigt, Reuben, mein Junge? Bist du ihn los?«
»Asche zu Asche, Ben.«
Garvald schloß die Augen wieder, und Reuben wandte sich an Das. »Wie schlimm ist es?«
»Sehr schlimm. Gefahr eines Wundbrands. Ich habe ihn gewarnt.«
»O mein Gott«, sagte Reuben. »Er hätte auf mich hören und in ein Krankenhaus gehen sollen.«
Ben Garvalds Augen öffneten sich, und er starrte wild um sich. Er griff nach dem Handgelenk seines Bruders. »Kein Krankenhaus, hörst du? Wozu? Willst du den verdammten Bullen die Gelegenheit liefern, die sie schon seit Jahren suchen?«
Er sank zurück, und seine Augen schlossen sich aufs neue. Doktor Das sagte: »Wir haben nur noch eine Chance. Es gibt ein Mittel namens Penizillin. Haben Sie schon davon gehört?«
»Natürlich. Soll angeblich alles heilen. Bringt auf dem Schwarzmarkt ein Vermögen.«
»Ja, es kann in Fällen wie diesem wahre Wunder wirken. Können Sie es beschaffen? Jetzt, noch heute nacht?«
»Wenn es in Birmingham aufzutreiben ist, haben Sie es in einer

Stunde hier.« Reuben ging zur Tür und drehte sich nochmals um. »Aber wenn er stirbt, dann gehen Sie mit ihm. Das verspreche ich Ihnen.« Er ging hinaus und die Tür schloß sich hinter ihm.

Im gleichen Augenblick hob in Landsvoort die Dakota von der Piste ab und kurvte meerwärts. Gericke verschwendete keine Zeit, zog sie einfach hoch bis auf dreihundert Meter, ließ sie über Steuerbord abkippen und hielt abwärts auf die Küste zu. Im Innern hatten Steiner und seine Leute sich fertiggemacht. Alle trugen komplette britische Fallschirmspringerausrüstung, Waffen und Gerät steckte wie bei den Briten in Versorgungssäcken. »Fertigmachen«, rief Steiner.
Sie standen auf und klinkten die Reißleine an das Kabel, jeder prüfte die Ausrüstung des Vordermannes. Steiner überwachte Harvey Preston, der als letzter in der Reihe stand. Der Engländer zitterte so stark, daß Steiner es fühlen konnte, als er ihm die Gurte festzog. »Fünfzehn Sekunden«, sagte er. »Ihr habt also nicht lange Zeit, verstanden? Und merkt euch gefälligst eins: Wer sich ein Bein brechen will, der soll's gleich hier tun.«
Alle lachten, und er stellte sich an die Spitze der Reihe, wo Leutnant Neumann seine Gurte prüfte. Als das rote Lämpchen aufleuchtete, schob Steiner die Tür zurück und man hörte das mächtige Brausen des Windes.
Im Cockpit nahm Gericke Gas weg und ging tiefer. Die Ebbe war weit draußen und die einsamen Strände erstreckten sich im bleichen Mondlicht bis ins Unendliche. Böhmler konzentrierte sich auf den Höhenmesser. »Jetzt!« rief Gericke, und Böhmler reagierte sofort.
Über Steiners Kopf leuchtete das grüne Licht auf. Er schlug Neumann auf die Schulter. Der Leutnant sprang, und die ganze Kette folgte ihm sehr schnell, Brandt als letzter. Preston jedoch blieb stocksteif stehen und starrte mit offenem Mund in die Nacht.
»Los!« schrie Steiner und faßte nach seinen Schultern.

Preston riß sich los und klammerte sich verzweifelt an eine Stahlstrebe. Er schüttelte den Kopf, und sein Mund bewegte sich lautlos. »Kann nicht!« würgte er hervor. »Ich kann's nicht!«
Steiner versetzte ihm mit dem Handrücken einen Schlag übers Gesicht, packte seinen rechten Arm und schleuderte ihn auf die offene Tür zu. Preston versuchte sich mit beiden Händen rechts und links zu halten. Steiner gab ihm von hinten einen Fußtritt, und Preston stürzte in die Tiefe. Dann sprang Steiner hinterher.

Wenn man aus so geringer Höhe abspringt, bleibt kaum Zeit zum Angst haben. Preston merkte, wie er kopfüber stürzte, spürte den jähen Ruck, das Klatschen des Fallschirms, der sich öffnete, und dann baumelte er unter dem khakifarbenen Zelt hin und her.
Es war phantastisch. Der bleiche Mond am Horizont, der flache nasse Sandstrand, die weißliche Linie der Brandung. Er konnte deutlich das S-Boot an der Sandmole sehen, Männer, die Ausschau hielten, und ein Stück weiter auf dem Strand die Reihe der zusammensinkenden Fallschirme, die von den Männern eingesammelt wurden. Er sah nach oben und erhaschte einen Blick auf Steiner, der links über ihm schwebte, und dann schien alles sehr schnell zu gehen.
Der Versorgungssack, per Seil an seinem Gürtel befestigt, hing sechs Meter unter ihm. Als er hörbar auf dem Sand aufschlug, machte Preston sich erschreckt bereit. Er fiel hart auf, zu hart wie ihm schien, rollte ab und fand sich wie durch ein Wunder aufrecht stehend, während der Fallschirm sich wie eine blasse Blume im Mondlicht wiegte.
Er beeilte sich, den Fallschirm flachzustreichen, wie er es gelernt hatte, und während er auf Händen und Knien auf dem Boden kauerte, überkam ihn plötzlich ein Gefühl von überwältigender Freude, eine Art nie gekanntes Machtgefühl. »Ich hab's geschafft!« schrie er. »Ich hab's diesen Hunden gezeigt. Ich hab's geschafft! Geschafft! Geschafft!«

In der Klinik in Aston lag Ben Garvald sehr still in seinem Bett. Reuben stand am Bettende und wartete, während Doktor Das Bens Herz mit dem Stethoskop abhorchte.
»Wie steht's?« fragte Reuben.
»Er lebt noch, aber nicht mehr lange.«
Reuben faßten einen Entschluß und handelte danach. Er packte Das an der Schulter und schob ihn zur Tür. »Holen Sie schleunigst einen Krankenwagen. Ich lasse ihn in eine richtige Klinik bringen.«
»Aber das bedeutet Polizei, Mr. Garvald.«
»Was kümmert mich das?« erwiderte Reuben heiser. »Ich will, daß er am Leben bleibt. Er ist mein Bruder. Also los!«
Er öffnete die Tür und stieß Das hinaus. Als er sich wieder zum Bett umwandte, hatte er Tränen in den Augen. »Eins verspreche ich dir, Ben«, flüsterte er gebrochen. »Ich zahl's diesem miesen irischen Hundesohn heim, und wenn's das letzte ist, was ich auf dieser Welt tue.«

12

Jack Rogan war jetzt fünfundvierzig und seit fast einem Vierteljahrhundert bei der Polizei – eine lange Zeit, wenn man seinen Dienst im Dreischichtensystem versehen muß und bei allen Nachbarn unbeliebt ist. Aber das war Polizistenlos, nicht anders zu erwarten, wie er häufig seiner Frau gegenüber bemerkte.
Als er am Dienstag, dem 2. November, sein Büro in Scotland Yard betrat, war es halb zehn. Eigentlich sollte er gar nicht hier sein. Nachdem er die ganze Nacht hindurch Mitglieder eines irischen Klubs in Muswell Hill verhört hatte, sollte er eigentlich im Bett liegen, aber zuvor mußten noch einige Schreibarbeiten erledigt werden.
Er hatte sich gerade an seinem Schreibtisch niedergelassen, als es an die Tür klopfte und sein Assistent, Detektivinspektor

Fergus Grant, eintrat. Grant war der jüngere Sohn eines pensionierten Obersten der Indienarmee. Einer aus der jungen Mannschaft, die frischen Wind ins Polizeikorps bringen sollte. Trotzdem kamen er und Rogan gut miteinander aus.
Rogan hob abwehrend die Hand. »Fergus, ich will nur rasch ein paar Briefe unterschreiben, eine Tasse Tee trinken und dann heim ins Bett. Die letzte Nacht war höllisch.«
»Ich weiß, Sir«, sagte Grant. »Nur, soeben lief ein recht ungewöhnlicher Rapport der Polizei von Birmingham bei uns ein. Ich dachte, es interessiert Sie vielleicht.«
»Meinen Sie mich persönlich oder die Irlandabteilung?«
»Beide.«
»Also los!« Rogan schob den Stuhl zurück und begann aus einem abgegriffenen Lederbeutel seine Pfeife zu stopfen. »Zum Lesen habe ich keine Lust, berichten Sie.«
»Schon mal von einem Mann namens Garvald gehört, Sir?«
Rogan stutzte. »Sie meinen Ben Garvald? Er ist uns seit Jahren ein Dorn im Auge. Der größte Gauner in den Midlands.«
»Er starb heute in den frühen Morgenstunden. Wundbrand als Folge einer Schußverletzung. Die Einlieferung ins Krankenhaus erfolgte zu spät.«
Rogan riß ein Zündholz an. »Ich kenne Leute, die das als die beste Nachricht seit Jahren bezeichnen, aber wieso betrifft sie uns?«
»Er wurde von einem Iren ins rechte Knie geschossen.«
Rogan starrte ihn an. »*Wirklich* interessant. Die klassische IRA-Strafe, wenn jemand Verrat begehen will.« Er fluchte, als ihm das Zündholz in seiner Linken die Finger verbrannte und ließ es fallen. »Und wie hieß dieser Ire?«
»Murphy, Sir.«
»Das ist fast so gut wie Smith. Geht die Geschichte noch weiter?«
»So könnte man sagen«, erwiderte Grant. »Garvald hat einen Bruder, der durch seinen Tod so aus dem Häuschen

ist, daß er wie ein Vogel singt. Er möchte Freund Murphy an den Galgen bringen.«
Rogan nickte. »Mal sehen, ob wir ihm diesen Gefallen tun können. Worum ging's eigentlich?«
Grant berichtete eingehend, und als er fertig war, hatte Rogans Miene sich verfinstert. »Ein Lkw der Army, ein Jeep, khakigrüne Farbe? Was mag er damit vorgehabt haben?«
»Vielleicht wollen sie einen Überfall auf ein Army-Lager versuchen, Sir, um sich Waffen zu beschaffen.«
Rogan stand auf und trat ans Fenster. »Nein, das glaube ich nicht, nicht ohne handfeste Beweise. Dazu sind sie im Moment nicht fähig, das wissen Sie selbst.« Er kehrte an den Schreibtisch zurück. »Wir haben der IRA hier in England das Rückgrat gebrochen, und in Irland hat de Valera die meisten ins Internierungslager von Curragh gesteckt.« Er schüttelte den Kopf. »Unter diesen Umständen wäre ein solches Unternehmen wenig sinnvoll. Was hält Garvalds Bruder von der Sache?«
»Er scheint zu glauben, daß Murphy einen Überfall auf ein NAAFI-Depot vorbereitete oder etwas in dieser Art. Diese Masche kennen Sie ja. Uniformierte Leute fahren in einem Lkw der Army in das Depot.«
»Und wieder raus mit Whisky und Zigaretten im Wert von fünfzigtausend Lappen. Haben wir alles schon gehabt«, sagte Rogan.
»Demnach wäre Murphy auch bloß ein Dieb auf Beutezug, Sir? Wollen Sie darauf hinaus?«
»Ich könnt's mir vorstellen, wenn nicht dieser Schuß ins Knie wäre. Das ist typisch IRA. Nein, da juckt's mich im linken Ohr, Fergus. Ich glaube, an der Sache könnte noch mehr dran sein.«
»Wie geht's also weiter, Sir?«
Rogan wanderte wieder hinüber zum Fenster und dachte nach. Draußen herrschte typisches Herbstwetter, Nebelschwaden zogen von der Themse her über die Dächer.
Er wandte sich um. »Eins weiß ich jedenfalls. Bei diesem Fall

laß ich mir von den Herrn Kollegen in Birmingham nicht dreinpfuschen. Nehmen Sie sich einen Dienstwagen und fahren Sie noch heute hin. Nehmen Sie die Akten mit, Fotos, alle einschlägigen Unterlagen. Jeden uns bekannten IRA-Mann, der nicht hinter Schloß und Riegel sitzt. Vielleicht kann Garvald ihn identifizieren.«
»Und wenn nicht, Sir?«
»Dann fragen wir uns von hier aus durch. Auf den üblichen Wegen. Dublin wird uns nach Kräften unterstützen. Sie hassen dort die IRA mehr denn je, seit im vergangenen Jahr Detektivsergeant O'Brien erschossen wurde. Macht immer besonders böses Blut, wenn's einer aus den eigenen Reihen war.«
»Stimmt, Sir«, sagte Grant. »Ich mach' mich auf die Socken.«

Um acht Uhr des gleichen Abends beendete General Karl Steiner seine Mahlzeit, die ihm in seinem Zimmer im zweiten Stock in der Prinz-Albrecht-Straße serviert worden war. Ein Hühnerbein, Bratkartoffeln, grünen Salat und eine eisgekühlte halbe Flasche Riesling. Ganz unglaublich. Und danach richtigen Kaffee.
Eine gewaltige Veränderung seit jener schrecklichen letzten Nacht, als er unter dem Elektroschock zusammengebrochen war. Anderntags war er in einem bequemen Bett zwischen sauberen Laken erwacht. Keine Spur von diesem Schweinehund Rossmann und seinen Gestapobullen. Nur ein Obersturmführer namens Zeidler war erschienen, ein durchaus korrekter Mann, ein Gentleman.
Er überschlug sich in Entschuldigungen. Ein furchtbarer Irrtum, irgend jemand hatte in böswilliger Absicht falsche Informationen eingeschleust. Der Reichsführer persönlich habe eine umfassende Untersuchung angeordnet. Die Verantwortlichen würden ohne Zweifel gefaßt und bestraft werden. Inzwischen bedaure er sehr, daß der Herr General noch immer hier festgehalten werde, indes könne es sich nur um ein paar Tage handeln. Der Herr General werde gewiß dafür Verständnis aufbringen.

Was Steiner auch tat. Das Belastungsmaterial gegen ihn enthielt nur vage Verdächtigungen, nichts Konkretes. Und trotz aller Torturen durch Rossmann hatte er kein Wort ausgesagt, also würde das Ganze wirken wie eine himmelschreiende Verleumdung. Sie behielten ihn nur, weil sie sicher sein wollten, daß er gesund aussah, wenn sie ihn laufen ließen. Die Spuren der Mißhandlungen waren beinahe verblaßt. Bis auf die Ringe unter seinen Augen sah er gut aus. Sie hatten ihm sogar eine neue Uniform gegeben.

Der Kaffee war wirklich ganz vorzüglich. Er wollte sich gerade noch eine Tasse eingießen, als der Schlüssel ins Schloß gesteckt wurde und die Tür sich hinter ihm öffnete. Es blieb unheimlich still. Steiners Nackenhaar schien sich zu sträuben. Er drehte sich langsam um und sah Karl Rossmann unter der Tür stehen. Er trug seinen weichen Hut, hatte den Ledermantel über die Schultern gelegt, und im Mundwinkel hing eine Zigarette. Rechts und links von ihm standen zwei Gestapomänner in voller Uniform.

»Guten Abend, Herr General«, sagte Rossmann. »Sie dachten wohl, wir hätten Sie vergessen?«

In Steiner schien etwas zu zerbrechen. Das Spiel wurde ihm erschreckend klar. »Sie Schweinehund!« schrie er und warf Rossmann die Kaffeetasse an den Kopf.

»Sehr unartig«, sagte Rossmann. »Das hätten Sie nicht tun sollen.«

Einer seiner Begleiter stürzte herbei. Er rammte Steiner das Ende des Gummiknüppels in die Leiste. Steiner brach mit einem Schmerzensschrei in die Knie. Ein weiterer Hieb an die Schläfe warf ihn völlig um.

»Keller«, sagte Rossmann nur und ging hinaus.

Jeder der beiden Gestapomänner packte einen Fuß des Generals, und so zerrten sie ihn, Gesicht nach unten, hinter sich her, in tadellosem Gleichschritt. Sie kamen auch nicht aus dem Tritt, als es treppab ging.

Oberst Radl klopfte an die Tür zum Büro des Reichsführers und ging hinein. Himmler stand am Feuer und trank einen seiner geliebten Kräutertees. Er setzte die Tasse ab und ging hinüber zum Schreibtisch. »Ich dachte, Sie seien bereits unterwegs.«

»Ich nehme die Nachtmaschine nach Paris, Reichsführer«, erwiderte Radl. »Wie Sie wissen, flog Admiral Canaris erst heute vormittag nach Italien ab.«

»Leider«, sagte Himmler. »Trotzdem dürften Sie noch immer reichlich Zeit haben.« Er nahm den Kneifer ab und polierte mit gewohnter Sorgfalt die Gläser. »Ich las den Bericht, den Sie Rossmann am Morgen gebracht haben. Was ist mit diesen amerikanischen Rangers, die in der Gegend aufgetaucht sind? Erklären Sie mir die Lage.«

Er entfaltete die vor ihm liegende Generalstabskarte, und Radl legte einen Finger auf Meltham House. »Wie Sie sehen, Reichsführer, liegt Meltham House an der Küste, zwölf Kilometer nördlich von Studley Constable, nicht ganz zwanzig von Hobs End entfernt. Mrs. Grey sieht laut ihrer letzten Funkmeldung in dieser Beziehung keine Schwierigkeiten.«

Himmler nickte. »Ihr irischer Freund scheint sich sein Geld redlich verdient zu haben. Alles übrige ist jetzt Steiners Sache.«

»Ich glaube nicht, daß er uns enttäuschen wird.«

»Ach ja, ich vergaß«, sagte Himmler kalt. »Er hat schließlich ein persönliches Interesse an der Sache.«

Radl sagte: »Darf ich mir die Frage nach dem Befinden Generalmajor Steiners erlauben?«

»Ich sah ihn vorgestern abend«, antwortete Himmler wahrheitsgemäß. »Obwohl ich gestehen muß, daß er mich nicht sah. Er verzehrte gerade eine Mahlzeit, bestehend aus Bratkartoffeln, Mischgemüse und einem ansehnlichen Roastbeef.« Er seufzte. »Wenn diese Fleischesser wüßten, wie eine solche Ernährung sich auf den Organismus auswirkt. Essen Sie Fleisch, Herr Oberst?«

»Leider ja.«

»Und rauchen pro Tag sechzig bis siebzig von diesen gräßlichen Zigaretten und trinken Alkohol. Wie hoch ist Ihr Konsum an Kognak zur Zeit?« Er schüttelte den Kopf, während er die Papiere auf dem Schreibtisch zu einem ordentlichen Stapel zusammenschob. »Na ja, in Ihrem Fall dürfte es ohnehin ziemlich egal sein.«
Gibt es irgend etwas, das dieses Schwein nicht weiß? dachte Radl. »Jawohl, Reichsführer.«
»Wann starten Sie am Freitag?«
»Kurz vor Mitternacht. Einstündiger Flug, wenn das Wetter günstig ist.«
Himmler blickte jäh auf, sein Blick war eisig. »Oberst Radl, ich möchte Ihnen eines in aller Deutlichkeit sagen. Steiner und seine Leute fliegen hinüber, wie geplant, Wetter hin oder her. Diese Sache kann nicht auf irgendeine andere Nacht verschoben werden. Es handelt sich um eine nie wiederkehrende Gelegenheit. Eine direkte Leitung in dieses Büro wird Tag und Nacht offengehalten. Von Freitag morgen an werden Sie sich zu jeder vollen Stunde hier melden, und zwar so lange, bis die Operation erfolgreich abgeschlossen ist.«
»Zu Befehl, Reichsführer.«
Radl wandte sich zur Tür, aber Himmler sagte: »Und noch etwas. Ich habe den Führer aus verschiedenen Gründen nicht über unsere Fortschritte in dieser Angelegenheit informiert. Es sind schwere Zeiten, Radl, das Schicksal Deutschlands ruht auf seinen Schultern. Ich möchte ihm, wie soll ich mich ausdrücken, eine freudige Überraschung bereiten.«
Einen Augenblick lang dachte Radl: Er muß den Verstand verloren haben. Dann wurde ihm klar, daß Himmler in vollem Ernst sprach. »Es ist wichtig, daß wir ihn nicht enttäuschen«, fuhr Himmler fort. »Wir sind jetzt alle in Steiners Hand. Bitte machen Sie ihm das deutlich.«
»Zu Befehl, Reichsführer!« Radl unterdrückte mühsam eine Anwandlung irrer Lachlust.

Himmler warf den rechten Arm zu einem ziemlich saloppen deutschen Gruß hoch. »Heil Hitler!«
Radl antwortete mit einer peinlich korrekten Ehrenbezeigung, wandte sich zur Tür und marschierte hinaus. Er schwor später seiner Frau, nie im Leben mutiger gehandelt zu haben.

Als er in sein Büro am Tirpitzufer kam, packte Stabsfeldwebel Hofer gerade Radls Übernachtungskoffer. Der Oberst holte die Courvoisierflasche und goß sich einen tüchtigen Schluck ein.
»Fühlen sich Herr Oberst nicht wohl?«
»Wissen Sie, was unser hochgeschätzter Reichsführer soeben verlauten ließ, Hofer? Er hat dem Führer kein Wort davon gesagt, wie weit diese Sache bereits gediehen ist. Er möchte ihn überraschen. Ist das nicht goldig?«
»Herr Oberst, um Gottes willen!«
Radl hob sein Glas. »Auf unsere Kameraden, Hofer, die dreihundertzehn aus dem Regiment, die im Winterkrieg gefallen sind. Und fragt mich nur nicht, wofür. Wenn Sie's rauskriegen, lassen Sie's mich wissen.« Hofer starrte ihn an, und Radl lächelte. »Schon gut, Hofer, ich sage nichts mehr. Haben Sie sich erkundigt, wann meine Maschine nach Paris startet?«
»Zehn Uhr dreißig ab Tempelhof. Ich habe einen Wagen für neun Uhr fünfzehn bestellt. Sie haben reichlich Zeit.«
»Und der Weiterflug nach Amsterdam?«
»Irgendwann morgen vormittag. Wahrscheinlich um elf, aber das konnten sie nicht mit Sicherheit sagen.«
»Paßt großartig! Jetzt fehlt nur noch ein kleiner Wettersturz, und ich komme nicht vor Donnerstag nach Landsvoort. Was sagt der Wetterbericht?«
»Nichts Gutes. Eine Kaltfront aus Rußland ist im Anzug.«
»Das ist sie offenbar immer«, war Radls düsterer Kommentar. Er zog die Schreibtischlade auf und nahm einen versiegelten Umschlag heraus. »Das ist für meine Frau. Sorgen Sie dafür, daß sie ihn bekommt. Schade, daß Sie nicht mitkönnen, aber Sie müssen hier die Stellung halten, das verstehen Sie doch?«

Hofer blickte auf den Brief, und seine Augen hatten einen furchtsamen Ausdruck. »Herr Oberst denken doch wohl nicht...«
»Mein lieber, guter Hofer«, erwiderte Radl, »ich denke gar nichts. Ich treffe nur meine Vorkehrungen für alle Eventualitäten. Wenn diese Sache schiefgeht, dann dürfte keiner der Beteiligten mehr... wie soll ich es ausdrücken... gern bei Hof gesehen sein. Falls es dazu kommen sollte, dann müssen Sie eisern jede Kenntnis von dieser Angelegenheit ableugnen. Alles, was ich getan habe, habe ich allein getan.«
»Herr Oberst, bitte...«, sagte Hofer heiser. Er hatte Tränen in den Augen.
Radl nahm ein zweites Glas heraus, füllte es und reichte es ihm. »Kommen Sie, stoßen wir an. Worauf wollen wir trinken?«
»Das weiß Gott, Herr Oberst.«
»Ich will's Ihnen sagen, Hofer. Auf die Liebe und auf die Freundschaft und die Hoffnung.«
Er grinste ein bißchen mühsam. »Wissen Sie, mir ist gerade eingefallen, daß der Reichsführer wahrscheinlich von keinem dieser drei Dinge die geringste Ahnung hat... Na ja...« Er warf den Kopf zurück und leerte sein Glas in einem Zug.

Wie die meisten höheren Beamten von Scotland Yard hatte auch Jack Rogan ein schmales Feldbett in seinem Büro, wo er nächtigte, wenn wegen der Fliegerangriffe die Heimfahrt schwierig war. Als er am Mittwoch kurz vor dem Lunch von der allwöchentlichen Besprechung der Abteilungschefs zurückkam, fand er Grant in tiefem Schlaf dort liegen.
Rogan rief in den Korridor hinaus, der wachhabende Konstabler möchte Tee bringen. Dann versetzte er Grant einen freundschaftlichen Rippenstoß, ging hinüber ans Fenster und stopfte seine Pfeife. Der Nebel war ärger denn je. Die berühmte Londoner Spezialität.
Grant stand auf und zog die Krawatte zurecht. Sein Anzug

war zerknittert, und er hatte dringend eine Rasur nötig. »Die Rückfahrt war wirklich das Letzte. Ein Nebel zum Schneiden.«
»Haben Sie irgend etwas erreicht?«
Grant öffnete seine Mappe, nahm eine Akte heraus und brachte eine Karte zum Vorschein, die er auf Rogans Schreibtisch legte. Ein Foto Liam Devlins war daran geheftet. Seltsamerweise sah er darauf älter aus.
Unter dem Foto standen in Maschinenschrift mehrere Namen.
»Das ist Murphy, Sir.«
Rogan stieß einen Pfiff aus. »Der? Sind Sie sicher?«
»Reuben Garvald ist ganz sicher.«
»Aber das kann nicht sein«, sagte Rogan. »Die letzte Nachricht über ihn lautete, daß er in Spanien in der Tinte sitzt, weil er auf der falschen Seite gekämpft hat. Arbeitet als Lebenslänglicher auf einer Gefängnisfarm.«
»Offenbar doch nicht, Sir.«
Rogan sprang auf und trat wieder ans Fenster. Eine Weile blieb er, mit den Händen in den Taschen, dort stehen. »Wissen Sie, er ist einer der wenigen Obermacher der Bewegung, die ich nie zu Gesicht bekam. Der große Geheimnisvolle. Allein schon alle diese Decknamen.«
»In seiner Akte steht, daß er das Trinity College besucht hat, was für einen Katholiken recht ungewöhnlich ist«, sagte Grant. »Gute Abschlußprüfung in englischer Literatur. Eine gelinde Ironie, wenn man bedenkt, daß er in der IRA kämpft.«
»Da haben Sie das Musterexemplar eines verdammten Iren.«
Rogan fuhr herum und bohrte den Zeigefinger in die Stirn. »Meschugge, von Geburt an. Nicht alle Tassen im Schrank. Ich glaube, sein Onkel ist Priester, er hat promoviert, und was ist aus ihm geworden? Der kaltblütigste Fememörder seit Collins und seiner Killerkolonne.«
»Wie gehen wir vor, Sir?« fragte Grant.
»Zuerst setzen wir uns mit *Special Branch* in Dublin in Verbindung. Mal sehen, was sie dort haben.«
»Und dann?«

»Wenn er sich legal hier aufhält, muß er bei seiner zuständigen Polizeistelle gemeldet sein, wo immer das sein mag. Meldeschein für Ausländer plus Foto...«
»...die dann an die betreffende Polizeihauptstelle weitergeleitet werden.«
»Genau.« Rogan versetzte dem Schreibtisch einen Fußtritt. »Seit vollen zwei Jahren rede ich mir jetzt den Mund fusselig, daß wir sie alle in einer Zentralkartei führen sollen, aber obwohl fast eine Dreiviertelmillion Iren hier arbeiten, will niemand etwas davon wissen.«
»Folglich müssen Kopien dieses Fotos an alle Polizeidirektionen in den Städten und Grafschaften gehen, mit der Bitte, jeden einzelnen Anmeldeschein zu prüfen, der dort bei den Akten ist.« Grant nahm die Karte auf. »Wird eine Weile dauern.«
»Was sollen wir sonst tun? Das Ding in der Zeitung veröffentlichen, mit dem Begleittext: *Wer kennt diesen Mann?* Ich möchte wissen, was er vorhat, Fergus, ich will ihn dabei erwischen und vor nichts zurückschrecken.«
»Selbstverständlich, Sir.«
»Also an die Arbeit. Hat absoluten Vorrang. Nationale Sicherheit. Roter Aktendeckel. Macht den müden Knaben Beine.«
Grant ging hinaus, und Rogan zog Devlins Akte heran, lehnte sich im Sessel zurück und begann zu lesen.

In Paris lagen alle Maschinen auf dem Rollfeld fest. Der Nebel war so dick, daß Radl, der aus der Abflughalle von Orly ins Freie trat, nicht die Hand vor den Augen sehen konnte. Er ging wieder hinein und sprach mit dem diensthabenden Offizier.
»Wie beurteilen Sie die Lage?«
»Bedaure sehr, Herr Oberst, aber nach der neuesten Wettermeldung keine Aussicht vor morgen früh. Wahrscheinlich wird es sogar noch länger dauern, möglicherweise hält dieser Nebel mehrere Tage an.« Er lächelte freundlich. »Wenigstens bleiben die Tommys zu Hause.«
Radl nahm entschlossen seine Reisetasche auf. »Ich muß unbe-

dingt spätestens morgen nachmittag in Rotterdam sein. Wo ist die Fahrbereitschaft?«
Zehn Minuten später hielt er einem Transportoffizier mittleren Alters den Führerbefehl unter die Nase, und zwanzig Minuten danach wurde er in einem großen schwarzen Citroën durch den Hauptausgang des Flughafens Orly gefahren.

Inzwischen saßen im Wohnzimmer von Joanna Greys Landhaus in Studley Constable Sir Henry Willoughby, Pater Voreker und Joanna beisammen und plauderten. Sir Henry hatte bereits mehr getrunken, als er eigentlich vertragen konnte, und war in prächtiger Laune. Er sprang auf, stieß dabei seinen Stuhl um und richtete ihn wieder auf. »Darf ich mir noch einen genehmigen, Joanna?«
»Aber selbstverständlich, mein Lieber«, sagte sie strahlend.
»Sie scheinen heute abend in vortrefflicher Stimmung zu sein«, bemerkte Voreker.
Sir Henry, der sich ans Feuer gestellt hatte und seine Rückseite wärmte, grinste. »Bin ich auch, Pater, bin ich auch, und mit gutem Grund.« Dann brach es unaufhaltsam aus ihm heraus. »Sehe nicht ein, warum ich es Ihnen nicht sagen sollte. Sie werden es ohnehin bald genug erfahren.«
Mein Gott, dieser alte Narr! Joanna Greys Erschrecken war echt, als sie sagte: »Sir Henry, glauben Sie wirklich, daß das richtig ist?«
»Warum nicht?« sagte er. »Wenn ich Ihnen und dem Pater nicht vertrauen kann, wem dann?« Er wandte sich an Voreker. »Sache ist die, der Premierminister kommt am Samstag übers Wochenende her.«
»Gott im Himmel. Ich hörte natürlich, daß er in King's Lynn sprechen würde.« Voreker war völlig verblüfft. »Ehrlich gesagt, Sir, ich hatte keine Ahnung, daß Sie Mr. Churchill kennen.«
»Kenn' ihn nicht«, erwiderte Sir Henry. »Er hätte nur gern ein ruhiges Wochenende verbracht und ein bißchen gemalt, ehe er

wieder in die Stadt zurückfährt. Hatte natürlich von den Gärten in Studley Grange gehört, ich meine, wer hätte das nicht? Wurden im Jahr der Armada angelegt. Als Downing Street bei mir anfragte, ob er Quartier nehmen könne, sagte ich mit Freuden zu.«
»Natürlich«, sagte Voreker.
»Aber Sie müssen es leider für sich behalten«, sagte Sir Henry. »Die Leute im Dorf dürfen es erst erfahren, wenn er wieder weg ist. Darauf wird allergrößter Wert gelegt. Aus Sicherheitsgründen, Sie verstehen. Man kann nicht vorsichtig genug sein.« Er war jetzt schwer betrunken und konnte nur noch lallen.
Voreker sagte: »Er wird vermutlich schwer bewacht.«
»Überhaupt nicht«, erwiderte Sir Henry. »Will so wenig Tamtam wie irgend möglich. Hat nur drei, vier Leute dabei. Ich werde ein paar von meinen Heimwehrjungens abordnen, damit sie die Umgebung abriegeln, solange er hier ist. Und nicht einmal sie wissen, worum es geht. Glauben, es wäre eine Übung.«
»Wirklich?« sagte Joanna.
»Ja. Ich hole ihn am Samstag in King's Lynn ab, und wir fahren mit dem Wagen nach Studley Grange.« Er rülpste und stellte sein Glas ab. »Würden Sie mich mal kurz entschuldigen? Mir ist nicht gut.« Er schwankte zur Tür, drehte sich um und legte einen Finger auf die Lippen. »Und schön den Mund halten!«
Als er draußen war, sagte Voreker: »Wer hätte das gedacht!«
»Er benimmt sich wirklich unmöglich«, sagte Joanna. »Er dürfte eigentlich kein Wort verlauten lassen, und doch hat er es mir bereits erzählt, betrunken natürlich. Selbstverständlich fühlte ich mich verpflichtet, es nicht weiterzusagen.«
»Das war absolut richtig«, sagte der Pater. Er stand auf und griff nach seinem Stock. »Ich muß ihn nach Hause bringen. In diesem Zustand kann er nicht fahren.«
»Unsinn.« Sie nahm ihn beim Arm und führte ihn zur Tür. »Sie müssen doch erst zu Fuß zum Pfarrhaus gehen, um Ihren Wagen zu holen. Nicht nötig. Ich fahre ihn heim.«

Sie half ihm in den Mantel. »Wenn Sie meinen«, sagte er.
»Ganz klar. Ich freue mich, wenn Pamela am Samstag kommt.«
Er humpelte in der Dunkelheit davon. Sie blieb in der Tür stehen und lauschte, bis seine Schritte verklungen waren. Es war so still und friedlich, fast so still wie im Veldt, als sie ein junges Mädchen war. Seltsam, aber daran hatte sie seit Jahren nicht mehr gedacht. Sie kehrte ins Haus zurück und schloß die Tür. Sir Henry tauchte aus der Garderobe auf und schlingerte im Zickzackkurs zum Feuer. »Muß gehen, altes Mädchen.«
»Unsinn«, sagte sie. »Für ein letztes Glas ist immer noch Zeit.« Sie goß zwei Finger hoch Whisky in sein Glas, setzte sich auf die Sessellehne und streichelte ihm sanft den Nacken. »Ach, Henry, ich möchte so gern den Premierminister sehen. Ich wünsche es mir mehr als alles auf der Welt.«
»Wirklich?« Er glotzte töricht zu ihr auf.
Sie lächelte und streifte mit den Lippen zärtlich seine Stirn. »Nun ja«, sagte sie, »fast alles.«

Es war sehr still im Kellergeschoß der Prinz-Albrecht-Straße, als Himmler die Treppe herunterkam. Unten wartete Rossmann. Er hatte die Ärmel bis zu den Ellbogen hochgerollt und war sehr blaß.
»Na?« fragte Himmler.
»Ich glaube, er ist tot, Reichsführer.«
Himmler war wenig erfreut darüber und ließ es sich anmerken. »Im höchsten Maß fahrlässig von Ihnen, Rossmann. Ich habe größte Achtsamkeit angeordnet.«
»Mit Verlaub, Reichsführer, sein Herz hat versagt. Dr. Prager wird es bestätigen. Ich habe ihn sofort holen lassen.«
Er öffnete die erste Tür. Rossmanns Gestapogehilfen standen, noch immer in Gummischürzen und Handschuhen, auf der einen Seite. Über den Körper auf der Eisenpritsche in der Ecke beugte sich ein kleiner, drahtiger Mann im Tweedanzug und horchte die nackte Brust mit dem Stethoskop ab. Er

drehte sich bei Himmlers Eintritt um und hob den Arm zum deutschen Gruß. »Reichsführer.«
Himmler trat an die Liege und blickte eine Weile auf Steiner herab. Der General war bis zur Taille entkleidet, und seine Füße waren nackt. Die halbgeöffneten Augen starrten regungslos in das fahle Licht.
»Nun?« fragte Himmler.
»Sein Herz, Reichsführer. Ohne Zweifel.«
Himmler nahm den Kneifer ab und rieb sanft die Stelle zwischen seinen Augen. Schon den ganzen Nachmittag hatte er Kopfschmerzen gehabt, sie wollten einfach nicht vergehen. »In Ordnung, Rossmann«, sagte er. »Dieser Mann war des Hochverrats schuldig, der Verschwörung gegen das Leben unseres Führers. Wie Sie wissen, hat der Führer für dieses Verbrechen die entehrendste Strafe angeordnet, und General Steiner kann sich ihr nicht entziehen, auch nicht durch den Tod.«
»Jawohl, Reichsführer.«
»Sorgen Sie dafür, daß das Urteil vollstreckt wird. Ich werde nicht zugegen sein, ich muß nach Rastenburg. Aber lassen Sie Fotos machen und verfahren Sie mit der Leiche wie üblich.«
Alle schlugen die Hacken zusammen, hoben den Arm zum deutschen Gruß und verließen die Zelle.

»Wo wurde er festgenommen?« fragte Rogan erstaunt. Es war kurz vor fünf und bereits so dämmrig, daß die Verdunkelungsvorhänge geschlossen wurden.
»In einem Bauernhaus bei Caragh Lake in Kerry, im Juni vergangenen Jahres. Es war vorher zu einer Schießerei gekommen, bei der er zwei Polizisten tötete und selbst verwundet wurde. Anderntags flüchtete er aus dem dortigen Krankenhaus und ward seitdem nicht mehr gesehen.«
»Du lieber Gott, und so was nennt sich Polizisten«, seufzte Rogan.
»Sie müssen wissen, Sir, *Special Branch* in Dublin war in keiner Weise in die Sache verwickelt. Dort wurde er erst später anhand

der Fingerabdrücke auf dem Revolver identifiziert. Die Festnahme erfolgte durch eine Streife aus der benachbarten Kaserne, die nach einer Schwarzbrennerei suchte. Und noch etwas, Sir, Dublin sagt, man habe sich mit dem spanischen Außenministerium in Verbindung gesetzt, da unser Freund angeblich dort unten inhaftiert war. Die Spanier wollten nicht mit der Sprache herausrücken, Sie wissen, wie sie sich in solchen Fällen anstellen können. Endlich rangen sie sich doch zu der Auskunft durch, daß er im Herbst neunzehnhundertvierzig von einer Gefängnisfarm bei Granada geflohen ist. Soviel sie wußten, schlug er sich nach Lissabon durch und von dort per Schiff in die Staaten.«
»Und jetzt ist er wiedergekommen«, sagte Rogan. »Aber wozu, das ist die Frage. Haben Sie schon irgendeine Meldung von den Außenstellen hereinbekommen?«
»Sieben, Sir, alle negativ. Tut mir leid.«
»Im Augenblick können wir nichts unternehmen, nur hoffen. Sobald Sie irgend etwas haben, setzen Sie sich unverzüglich mit mir in Verbindung. Egal zu welcher Tages- oder Nachtzeit und wo immer ich mich gerade aufhalte.«
»Jawohl, Sir.«

13

Punkt elf Uhr fünfzehn erhielt Major Kane, der in Meltham Grange einen Stoßtrupp bei der Angriffsübung beobachtete, den Befehl, sich unverzüglich bei Shafto zu melden. Als er das Vorzimmer des Kommandeurs betrat, herrschte dort dicke Luft. Die Schreiber saßen kleinlaut herum, und Sergeant Garvey marschierte nervös rauchend auf und ab.
»Was ist passiert?« fragte Kane.
»Das weiß Gott, Major. Ich weiß nur, daß ihm der Kragen platzte, als er vor ungefähr einer Viertelstunde ein dringendes Telegramm aus dem Hauptquartier erhielt. Er hat den jungen

Jones glatt **aus** dem Büro geschmissen. Buchstäblich geschmissen.«

Major Kane klopfte an und ging hinein. Shafto stand am Fenster, in einer Hand hielt er die Reitgerte, in der anderen ein Glas. Er fuhr ärgerlich herum, dann sagte er erleichtert: »Ach, Sie sind's, Harry.«

»Was ist, Sir?«

»Feierabend. Diese Hundesöhne von *Combined Operations*, die mich schon immer absägen wollten, haben's endlich geschafft. Wenn wir nächste Woche hier fertig sind, gebe ich das Kommando an Sam Williams ab.«

»Und Sie, Sir?«

»Ich soll zurück in die Staaten. Als Chefausbilder bei der Infanterie in Fort Benning.«

Mit einem Fußtritt beförderte er den Papierkorb quer durch das Büro, und Kane sagte: »Und da ist wirklich gar nichts mehr zu machen, Sir?«

Shafto fuhr wie ein Irrer auf ihn los: »Zu machen! Zu machen!« Er nahm den Befehl und hielt ihn Kane unter die Nase. »Sehen Sie die Unterschrift? Eisenhower persönlich!«

Er zerknüllte das Schreiben und schleuderte es fort. »Und soll ich Ihnen mal was sagen, Kane? Der Mann hat nie im Feuer gestanden. Kein einziges Mal in seinem ganzen Leben.«

In Hobs End lag Devlin im Bett und schrieb in sein Notizbuch. Es regnete in Strömen, und über den Marschen lag der Nebel wie ein feuchtes, klebriges Laken. Die Tür ging auf, und Molly kam herein. Sie hatte Devlins Trenchcoat an und trug ein Tablett, das sie auf den Tisch neben dem Bett stellte. »Darf ich bitten, mein Herr und Meister! Tee und Toast, zwei weiche Eier, viereinhalb Minuten, wie gewünscht, und Käsebrote.«

Devlin hörte auf zu schreiben und blickte wohlgefällig auf das Tablett. »Mach so weiter, und ich könnte auf den Gedanken kommen, dir eine Dauerstellung anzubieten.«

Sie zog den Trenchcoat aus. Darunter trug sie nur Höschen und

Büstenhalter. Sie nahm ihren Pullover vom Bett und schlüpfte hinein. »Ich muß bald weg. Ich habe Mum versprochen, daß ich zum Abendessen heimkomme.«
Er goß sich eine Tasse Tee ein. Molly griff nach dem Notizbuch. »Was steht da drin?« Sie schlug es auf. »Gedichte?«
Er grinste. »Das ist Ansichtssache.«
»Von dir?« sagte sie, und ihr Gesicht spiegelte aufrichtige Bewunderung. Sie schlug das Notizbuch dort auf, wo er am Morgen hineingeschrieben hatte.
Und meiner Schritte Spur, sie wird verwehen, wo durch die Wälder in der Nacht ich zog.« Sie blickte auf. »Das ist aber schön, Liam.«
»Ich weiß«, sagte er. »Wie du ganz richtig zu sagen pflegst, bin ich ein Goldjunge.«
»Jedenfalls hab' ich dich zum Fressen gern.« Sie warf sich über ihn und küßte ihn stürmisch. »Ich komm' heute abend rüber und koch' dir dein Essen.«
»Daraus wird nichts«, sagte er. »Weil ich heute abend nicht daheim bin.«
Ihre Miene verdüsterte sich. »Geschäfte?«
Er küßte sie flüchtig. »Du weißt schon, was du versprochen hast.«
»Ja«, sagte sie, »ich bin ganz brav. Dann bis morgen früh.«
»Nein, ich komme wahrscheinlich erst im Lauf des Nachmittags zurück. Wir machen's besser so, daß ich bei dir vorbeischaue, einverstanden?«
Sie nickte widerstrebend. »Wenn du meinst.«
»So ist's brav.«
Er küßte sie. In diesem Moment tönte draußen eine Hupe. Molly stürzte ans Fenster, kam zurück und griff hastig nach ihrer Köperhose. »Mein Gott, es ist Mrs. Grey.«
»Das nennt man, sich in runtergelassenen Hosen erwischen lassen«, lachte Devlin.
Er zog seinen Sweater über. Molly nahm ihren Mantel.

»Nichts wie raus. Also, bis morgen, Liebster. Darf ich das mitnehmen? Ich möchte gern auch die anderen lesen.«
Sie hielt das Notizbuch hoch, in das er die Gedichte geschrieben hatte. »Mein armes Kind, du weißt nicht, was du dir antust«, sagte er.
Sie küßte ihn heftig, und er ließ sie durch die Hintertür hinaus. Er blieb noch eine Weile stehen und sah ihr nach, wie sie durch das Schilf zum Deich lief. Es konnte leicht das letztemal gewesen sein. Dann ging er durchs Haus zurück und öffnete Joanna Grey, die schon mehrmals geklopft hatte, die Vordertür. Sie beobachtete finster, wie er das Hemd in die Hosen stopfte. »Gerade sah ich Molly über den Deichweg laufen«, sagte sie und ging an ihm vorbei ins Haus. »Sie sollten sich wirklich schämen, Liam.«
»Ich weiß«, sagte er, als er hinter ihr den Wohnraum betrat. »Ich bin ein abgrundschlechter Kerl... Aber morgen ist der große Tag, das rechtfertigt wohl ein Schlückchen, wie? Halten Sie mit?«
»Nur einen Fingerhut und keinen Tropfen darüber«, sagte sie streng.
Er brachte den Bushmills und zwei Gläser und goß ein. »Es lebe die Republik!« rief er. »Die irische und die südafrikanische Ausgabe. Und jetzt, was gibt's Neues?«
»Habe gestern die neue Wellenlänge ausprobiert, die direkte Verbindung nach Landsvoort. Radl hält sich jetzt dort auf.«
»Und es bleibt dabei?« sagte Devlin. »Trotz des Wetters?«
Ihre Augen glänzten. »Steiner und seine Leute werden gegen ein Uhr hier landen.«

Steiner stand im Bauernhaus von Landsvoort vor seiner Einsatzgruppe. Außer ihnen war nur noch Radl anwesend. Sogar Gericke durfte nicht dabeisein. Alle standen um den Kartentisch. Die Atmosphäre war zum Zerreißen gespannt, als Steiner, der sich vorher noch leise drüben am Fenster mit Radl besprochen hatte, das Wort ergriff. Er wies auf Gerhard Klugls

Sandkastenmodell, die Fotos, die Landkarten. »Also. Ihr wißt jetzt, wohin die Reise geht. Ihr kennt jeden Baum und jeden Stein dort und wißt in der ganzen Gegend Bescheid. Nur eins wißt ihr noch nicht: Was wir zu tun haben, wenn wir drüben sind.«
Er schwieg und blickte jedem einzelnen Mann eindringlich, fordernd, in die Augen. Sogar Preston, der schließlich seit geraumer Zeit Bescheid wußte, schien von der allgemeinen Hochspannung angesteckt zu sein.

Das Gebrüll drang bis zu Peter Gericke draußen im Hangar.
»Um Gottes willen, was ist denn da los?« fragte Böhmler.
»Frag mich nicht«, erwiderte Gericke bitter. »Mir sagt doch hier keiner was.« Plötzlich brach es aus ihm heraus. »Wenn wir gut genug sind, um die Kerle rüberzufliegen und Kopf und Kragen zu riskieren, dann sollten wir eigentlich auch erfahren dürfen, worum es geht.«
»Wenn's ein so tolles Ding ist«, sagte Böhmler, »dann will ich's lieber nicht wissen. Ich seh mir nochmals das Lichtensteingerät an.«
Er kletterte in die Maschine, während Gericke sich eine Zigarette anzündete und einen Rundgang um die Dakota unternahm. Unteroffizier Witt hatte ein paar prächtige R.A.F.-Kokarden aufgemalt. Gericke wandte sich um und sah den Kübelwagen über das Flugfeld herankommen. Neumann saß am Steuer, Steiner neben ihm und Radl hinten. Der Wagen hielt einige Meter von Gericke entfernt. Niemand stieg aus.
Steiner sagte: »Besonders glücklich sehen Sie aber nicht aus, Gericke.«
»Wie käme ich dazu, Herr Oberstleutnant«, erwiderte Gericke. »Einen ganzen Monat hocke ich jetzt in dieser Höhle und arbeite vierundzwanzig Stunden pro Tag an dem Vogel da, und wozu?« Er wies hinaus in den Nebel, den Regen, den düsteren Himmel. »In diesem Scheißwetter komm' ich nicht mal vom Boden hoch.«

»Wir sind fest überzeugt, daß einem Mann Ihres Kalibers auch das gelingen wird.« Die drei Männer stiegen aus, und Neumann hatte von allen die größte Mühe, nicht laut herauszulachen.
»Also, was ist hier eigentlich los?« sagte Gericke aufsässig. »Raus mit der Sprache.«
»Na, ist doch ganz einfach, Sie unterdrückter, überforderter armer Hund«, sagte Radl. »Ich habe die Ehre Ihnen mitzuteilen, daß Ihnen soeben das Ritterkreuz verliehen wurde.«
Gericke starrte ihn mit offenem Mund an, und Steiner sagte freundlich: »Sie sehen also, mein lieber Gericke, daß Ihnen das Wochenende in Karinhall doch noch blüht.«

König beugte sich zusammen mit Steiner und Radl über den Kartentisch, und Oberbootsmannsmaat Müller stand in respektvoller Entfernung, ließ sich jedoch nichts entgehen.
Leutnant König sagte: »Vor vier Monaten wurde bei den Hebriden ein bewaffneter britischer Hochseetrawler von einem U-Boot torpediert, das mein alter Freund Horst Wengel befehligte. Die Besatzung bestand aus nur fünfzehn Leuten, also nahm er sie alle gefangen. Dummerweise hatten sie keine Zeit mehr gehabt, die Papiere zu vernichten, zu denen auch ein paar interessante Karten der britischen Minenfelder im Küstenbereich gehörten.«
»War ein guter Fang für Wengel«, sagte Steiner.
»Für uns auch, Herr Oberstleutnant, wie diese Karten aus Wilhelmshaven beweisen. Sehen Sie, hier, östlich der Wash-Bucht, wo das Minenfeld parallel zur Küste läuft, um die küstennahe Schiffahrtsstraße zu schützen. Es gibt dort eine deutlich markierte Durchfahrt. Die britische Navy hat sie für ihre eigenen Zwecke offengelassen, aber auch Einheiten unserer Achten S-Boot-Flottille aus Rotterdam benutzen sie nun schon seit einiger Zeit mit bestem Erfolg. Wenn man genau genug navigiert, kann man sogar auf hohe Fahrt gehen.«
»Man könnte also sagen, daß gerade das Minenfeld bei solchen Gelegenheiten zusätzlichen Schutz bietet.«

»Genau, Herr Oberst.«
»Und wie ist es mit der Einfahrt in den Küsteneinschnitt zwischen dem Kap und Hobs End?«
»Zweifellos schwierig, aber Müller und ich haben die Seekarten so lange studiert, bis wir sie auswendig konnten. Jede Untiefe, jede Sankbank. Wie Sie wissen, werden wir mit der Flut einfahren, wenn wir die Übernahme um zehn Uhr schaffen sollen.«
»Sie setzen für die Überfahrt acht Stunden an, demnach starten Sie von hier um, warten Sie mal, um ein Uhr?«
»Wenn uns noch ein gewisser Operationsspielraum für drüben bleiben soll, ja. Dieses Boot hier ist natürlich einmalig, wie Sie wissen. Es könnte die Strecke notfalls in sieben Stunden schaffen. Ich möchte nur auf Nummer Sicher gehen.«
»Sehr vernünftig«, sagte Radl. »Oberstleutnant Steiner und ich haben nämlich beschlossen, Ihren Fahrbefehl zu ändern. Ich wünsche, daß Sie *jederzeit* zwischen neun und zehn Uhr vor dem Kap und startbereit zur Abholung sind. Ihre endgültigen Befehle erhalten Sie von Devlin über Sprechfunk. Er wird Sie lotsen.«
»Jawohl, Herr Oberst.«
»Während der Dunkelheit dürften Sie keine besondere Gefahr laufen«, sagte Steiner und grinste. »Schließlich ist dies hier ein britisches Schiff.«
König grinste ebenfalls, öffnete einen Schrank unter dem Kartentisch und brachte einen weißen Navy-Wimpel zum Vorschein. »Und außerdem hissen wir den da, nicht wahr?«
Radl nickte. »Funkstille vom Augenblick des Auslaufens an. Darf unter keinen Umständen gebrochen werden, ehe Sie von Devlin hören. Sie kennen natürlich das Kodezeichen?«
»Selbstverständlich, Herr Oberst.«
König war betont höflich, und Radl schlug ihm auf die Schulter. »Ja, ja, ich weiß schon, für Sie bin ich ein nervöser alter Knacker. Ich sehe Sie morgen noch vor dem Aus-

laufen. Von Oberstleutnant Steiner verabschieden Sie sich besser schon jetzt.«

Steiner schüttelte den beiden Seeleuten die Hände. »Ich weiß nicht recht, was ich sagen soll, höchstens: Seid um Gottes willen pünktlich.«

König grüßte zackig. »Wir werden da sein, Herr Oberstleutnant, Ehrenwort.«

Steiner grinste sarkastisch. »Das will ich auch verdammt hoffen.« Er machte kehrt und folgte Radl nach draußen.

Als sie über die Sandmole zum Wagen gingen, sagte Radl: »Na, wird es klappen?«

In diesem Augenblick näherten sich Werner Briegel und Gerhard Klugl von den Dünen her. Sie trugen wasserdichtes Zeug, und Briegel hatte das Zeissglas umgehängt.

»Mal sehen, was die dazu meinen«, schlug Steiner vor und rief auf Englisch: »Soldat Kunicki! Soldat Moczar! Kommen Sie her!« Briegel und Klugl folgten dem Ruf ohne Zögern. Steiner blickte sie eine Weile ruhig an und fuhr in englischer Sprache fort: »Wissen Sie, wer ich bin?«

»Lieutenant-Colonel Howard Carter, Kommandeur der Unabhängigen Polnischen Fallschirmspringerschwadron, *Special Air Service Regiment*«, erwiderte Briegel prompt in ordentlichem Englisch.

Radl wandte sich lächelnd zu Steiner: »Ich bin überaus beeindruckt.«

Steiner sagte: »Was machen Sie hier?«

»Feldwebel Brandt«, begann Briegel, und verbesserte sich hastig: »Sergeant-Major Kruczek hat uns Ausgang gegeben.« Er zögerte und ergänzte dann auf Deutsch: »Wir halten Ausschau nach Haubenlerchen, Herr Oberstleutnant.«

»Haubenlerchen?« sagte Steiner.

»Ja, sie sind ganz leicht zu erkennen. Glänzend schwarz mit gelber Zeichnung an Kopf und Kehle.«

Steiner lachte schallend auf. »Haben Sie das gehört, mein lieber Max? Haubenlerchen! Wie kann da noch was schiefgehen?«

Doch die Elemente schienen entschlossen, ihnen einen Strich durch die Rechnung zu machen. Bei Einbruch der Dunkelheit lag noch immer dichter Nebel über dem größten Teil Westeuropas. In Landsvoort war Gericke von sechs Uhr an ständig auf Posten, doch trotz des heftigen Regens lichtete der Nebel sich nicht im geringsten.
»Kein Wind, das ist es«, berichtete er Steiner und Radl um acht Uhr. »Und den brauchen wir, wenn diese verdammte Waschküche sich auflösen soll. Jede Menge Wind.«

Jenseits der Nordsee in Norfolk stand es nicht besser. In ihrem verborgenen Kämmerchen auf dem Dachboden des Landhauses saß Joanna Grey am Funkempfänger. Sie hatte die Kopfhörer auf und vertrieb sich die Wartezeit mit der Lektüre eines Buches, das Voreker ihr geliehen hatte. Darin beschrieb Winston Churchill seine Flucht aus einem Gefangenenlager während des Burenkriegs. Es war wirklich packend, und sie konnte sich einer widerwilligen Bewunderung nicht enthalten.
In Hobs End blickte Devlin ebensooft zum Himmel auf wie Gericke in Landsvoort, aber auch hier änderte sich nichts, der Nebel war so undurchdringlich wie eh und je. Um zehn Uhr wanderte er zum viertenmal an diesem Abend auf den Deich hinaus, doch auch dort schien sich keine Besserung der Wetterverhältnisse abzuzeichnen.
Er ließ seine Taschenlampe in der Dunkelheit aufblitzen, dann schüttelte er den Kopf und sagte leise zu sich selbst: »Die richtige Nacht für ein lichtscheues Unternehmen, das wenigstens muß man zugeben.«

Es schien auf der Hand zu liegen, daß der ganze Plan ins Wasser fallen würde, und auch in Landsvoort konnte man sich dieser Einsicht kaum noch verschließen. »Wollen Sie vielleicht sagen, daß Sie nicht starten können?« fragte Radl, als Gericke von einem weiteren Rundgang wieder in den Hangar zurückkam.

»Das wäre kein Problem«, erwiderte der junge Hauptmann. »Ich kann blind starten, nicht weiter gefährlich in einer so völlig ebenen Landschaft. Die Schwierigkeit liegt am anderen Ende. Ich kann diese Leute doch nicht einfach abwerfen und das Beste hoffen, während wir womöglich noch anderthalb Kilometer von der Küste entfernt über der See sind. Ich muß das Ziel sehen, und wenn auch nur für einen kurzen Augenblick.«
Böhmler öffnete das Türchen in einem der großen Hangartore und linste herein. »Herr Hauptmann.«
Gericke trat zu ihm. »Was ist los?«
»Sehen Sie selbst.«
Gericke trat ins Freie. Böhmler hatte die Außenlampe angeschaltet, und trotz der Dunkelheit sah Gericke, daß der Nebel sich in wunderlichen Figuren drehte. Etwas streifte kalt seine Wange. »Wind!« rief er. »Mein Gott, es kommt Wind auf!«
Plötzlich zerriß der Vorhang, und er konnte sekundenlang das Bauernhaus sehen. Undeutlich, aber er sah es. »Geht's los?« fragte Böhmler.
»Ja«, erwiderte Gericke. »Aber es muß jetzt sofort sein.« Und er machte kehrt und eilte zurück in den Hangar, um Steiner und Radl zu informieren.

Zwanzig Minuten später, um Punkt elf Uhr, richtete Joanna Grey sich jäh auf, als es in den Kopfhörern zu summen begann. Sie ließ das Buch fallen, nahm einen Bleistift und schrieb auf den Block, den Sie vor sich liegen hatte. Es war eine kurze Nachricht, die sie in Sekundenschnelle dechiffriert hatte. Wie gebannt saß sie da und starrte auf das Geschriebene, dann bestätigte sie den Eingang.
Sie lief rasch hinunter und nahm den Schaffellmantel vom Haken. Der Jagdhund schnüffelte an ihren Fersen. »Nein, Patch, diesmal nicht«, sagte sie.
Sie mußte wegen des Nebels vorsichtig fahren, und es dauerte zwanzig Minuten, bis sie in den Hof in Hobs End einbog.

Devlin stand am Küchentisch und machte sein Waffenarsenal schußbereit, als er den Wagen hörte. Er griff schnell nach der Mauser und trat in den Korridor hinaus.
»Ich bin's, Liam«, rief Joanna.
Er öffnete, und sie schlüpfte ins Haus. »Was gibt's denn?« fragte er.
»Soeben erhielt ich eine Funkmeldung aus Landsvoort. Die Durchsage erfolgte um Punkt elf Uhr«, sagte sie. »*Der Adler ist gestartet.*«
Er starrte sie ungläubig an. »Diese Burschen müssen verrückt geworden sein. Der Nebel über dem Strand ist die reinste Erbsensuppe.«
»Mir war, als habe er sich ein wenig gelichtet, als ich den Deich entlangfuhr.«
Er ging rasch hinaus und öffnete die Vordertür. Im Handumdrehen war er wieder zurück, bleich vor Aufregung. »Von der See her ist Wind aufgekommen, nicht viel, aber er könnte sich verstärken.«
»Glauben Sie nicht, daß er anhält?« sagte sie.
»Das weiß Gott.« Das Schnellfeuergewehr mit Schalldämpfer lag zusammengestellt auf dem Tisch, und er reichte es ihr. »Können Sie mit so einem Ding umgehen?«
»Natürlich.«
Er nahm einen bauchigen Rucksack auf und hängte ihn sich um. »Also, dann ziehen wir beide jetzt los. Wir haben allerhand zu erledigen. Wenn Ihre Zeitberechnung stimmt, dann müssen sie in vierzig Minuten über unserem Strand sein.« Als sie hinaus in den Korridor traten, lachte er hart auf. »Bei Gott, die sind wirklich eisern, das muß man ihnen lassen.« Er öffnete die Tür und beide verschwanden im Nebel.

»Ich an Ihrer Stelle würde die Augen zumachen«, meinte Gericke fröhlich zu seinem Beobachter Böhmler, während er ein letztes Mal vor dem Start die donnernd warmlaufenden Motoren prüfte. »Diesmal wird's ziemlich mulmig.«

Die Balken am Rollweg waren angezündet, aber man konnte nur die ersten paar sehen. Sichtweite war noch immer höchstens dreißig bis vierzig Meter.
Die Tür ging auf, und Steiner steckte den Kopf ins Cockpit.
»Alles angeschnallt da hinten?« fragte Gericke.
»Alles und jedes. Wir sind fertig, wenn Sie's auch sind.«
»Gut. Ich möchte nicht unken, aber ich muß darauf aufmerksam machen, daß alles mögliche passieren kann und wahrscheinlich auch passiert.«
Er brachte die Motoren auf Touren, und Steiner grinste. Er mußte brüllen, um sich verständlich zu machen. »Wir haben vollstes Vertrauen zu Ihnen.«
Dann schloß er die Tür und ging wieder nach hinten. Gericke gab sofort noch mehr Gas und ließ die Dakota anrollen. Blindlings in diese graue Mauer zu rasen war wohl das Haarsträubendste, was er in seinem ganzen Leben getan hatte. Er brauchte eine Rollbahn von mehreren hundert Metern und zum Abheben eine Geschwindigkeit von ungefähr einhundertdreißig Stundenkilometern.
»Mein Gott«, dachte er. »Ist es jetzt soweit? Ist es jetzt endlich soweit?«
Die Erschütterung, die das Flugzeug durchlief, schien unerträglich. Das Heck kam mühsam hoch, als er den Steuerknüppel nach vorn drückte. Ein leichter Seitenwind drängte die Maschine nach Steuerbord, und er glich mit dem Ruder aus.
Das Gebrüll der Motoren schien die Nacht zu sprengen. Bei einhundertdreißig nahm er ein bißchen Gas weg, hielt aber das Tempo. Und dann, als sich dieses wohlbekannte Gefühl einstellte, dieser seltsame sechste Sinn, Ergebnis mehrerer tausend Flugstunden, der ihm sagte, wann der richtige Moment gekommen war, zog er den Steuerknüppel hart an. »Jetzt!« schrie er.
Böhmler, der in äußerster Anspannung gewartet hatte, reagierte blitzschnell und zog das Fahrgestell ein. Plötzlich flogen sie. Gericke ließ die Maschine in die graue Mauer stoßen, wartete bis zum letztmöglichen Augenblick, ehe er den Steuer-

knüppel durchzog. Bei hundertsechzig Meter durchbrachen sie den Nebel, Gericke trat auf das rechte Seitenruder und schwenkte über die See hinaus.
Vor dem Hangar saß Oberst Radl auf dem Beifahrersitz des Kübelwagens und starrte in den Nebel hinauf. »Allmächtiger!« flüsterte er. »Er hat's tatsächlich geschafft!«
Noch eine Weile blieb er regungslos sitzen und lauschte auf das Motorengeräusch, das sich allmählich in der Nacht verlor. Dann nickte er Witt zu, der am Steuer saß. »Zurück zum Bauernhaus! Und Beeilung, Witt. Ich habe allerhand zu erledigen.«

Man konnte nicht behaupten, daß auch im Innern der Dakota die Hochspannung abgeklungen wäre, aus dem einfachen Grund, weil dort nie Hochspannung geherrscht hatte. Die Männer unterhielten sich leise, mit der Ruhe erfahrener Krieger, die dergleichen schon so oft erlebt hatten, daß es zur Routine geworden war. Da niemand deutsche Zigaretten bei sich haben durfte, gingen Neumann und Steiner herum und gaben sie stückweise aus.
Altmann sagte: »Der Hauptmann versteht was vom Fliegen, das muß man ihm lassen. Einfach toll, in diesem Nebel zu starten.«
Steiner wandte sich an Preston, der am Ende der Reihe saß. »Zigarette?« fragte er auf Englisch.
»Vielen Dank, Sir, gern«, erwiderte Preston. Seiner Stimme war anzuhören, daß er wieder den schneidigen Captain der Coldstream Guards spielte.
»Na, wie fühlen Sie sich?« fragte Steiner leise.
»In Hochstimmung, Sir«, erwiderte Preston gelassen. »Kann's kaum noch erwarten, bis ich dran bin.«
Steiner gab es auf und ging wieder ins Cockpit, wo Böhmler Gericke gerade aus einer Thermosflasche Kaffee gab. Sie flogen jetzt in siebenhundert Meter Höhe. Dann und wann blinkten Sterne und eine bleiche Mondsichel durch einen Wolkenspalt.

Drunten bedeckte Nebel die See, wie Rauch, der über einem Tal hängt, ein faszinierender Anblick.
»Wie steht's?« fragte Steiner.
»Bestens. Nur noch dreißig Minuten. Allerdings nicht besonders viel Wind, etwa fünf Knoten, würde ich sagen.«
Steiner wies mit dem Kopf auf den Waschkessel unter ihnen. »Was meinen Sie? Wird es genügend aufklaren, wenn Sie runtergehen?«
»Das ist die Frage«, grinste Gericke. »Vielleicht lande ich mit euch zusammen auf dem Strand.«
In diesem Augenblick stieß Böhmler, der tief über das Lichtensteingerät gebeugt saß, einen leisen Ruf aus. »Es tut sich was.«
Sie stießen in eine kurze Wolkenfront. Steiner sagte: »Was kann das sein?«
»Vermutlich ein Nachtjäger, weil er allein ist«, sagte Gericke. »Betet Kinder, daß es keiner von den Unsrigen ist.«
Sie tauchten wieder aus den Wolken auf, und Böhmler stieß Gericke an. »Kommt wie ein geölter Blitz, Steuerbord-Quadrat.«
Steiner wandte sich um, und nach ein paar Sekunden sah er deutlich eine zweimotorige Maschine steuerbords fliegen.
»Eine Mosquito«, sagte Gericke, und fügte hinzu: »Hoffentlich erkennt er seine eigenen Leute!«
Die Mosquito hielt nur ein paar Augenblicke auf Parallelkurs, wackelte ein paarmal mit den Tragflächen, drehte dann mit großer Geschwindigkeit ab und verschwand im dichten Gewölk.
»Na, wer sagt's denn!« Gericke blickte vergnügt zu Steiner auf. »Die ganze Kunst besteht darin, daß man's richtig macht. Jetzt sollten Sie aber wieder zu Ihren Jungens gehen und nachsehen, ob sie absprungbereit sind. Wenn alles klappt, müßten wir Devlin dreißig Kilometer vor der Küste über Sprechfunk hören. Ich rufe Sie, wenn's soweit ist. Und jetzt nichts wie raus mit Ihnen. Böhmler hat raffinierte Navigationsmanöver vor.«
Steiner kehrte in die Hauptkabine zurück und setzte sich neben

Neumann. »Nicht mehr lange.« Er gab ihm eine Zigarette. »Was lesen Sie da?«
»Shakespeare«, erwiderte Neumann. »*Maß für Maß*. Fabelhaft. Ja, sterben! Gehn, wer weiß, wohin. Daliegen kalt und regungslos und faulen...«
»Vielen Dank«, sagte Steiner. »Das ist genau das, was ich brauche.«

Es war kalt am Strand, und die Flut war zu etwa zwei Dritteln hereingekommen. Devlin marschierte unablässig auf und ab, um sich warmzuhalten. In der rechten Hand trug er das sendebereite Funkgerät.
Es war zehn Minuten vor Mitternacht, und Joanna Grey, die unter den Bäumen gestanden hatte, kam auf ihn zu. »Sie müssen schon ganz nah sein.«
Wie zur Antwort begann das Funkgerät zu knistern, und dann hörte er Gericke erstaunlich deutlich: »Hier spricht Adler. Wanderer, können Sie mich hören?«
Joanna Grey packte Devlins Arm. Er schüttelte sie ab und sprach in das Funkgerät: »Laut und deutlich.«
»Erbitte Wetterlage über dem Nest.«
»Sicht sehr begrenzt«, sagte Devlin. »Achtzig bis einhundertdreißig Meter, Wind auffrischend.«
»Danke, Wanderer. Planmäßige Ankunft in sechs Minuten.«
Devlin drückte Joanna Grey das Funkgerät in die Hand. »Passen Sie auf, während ich die Baken aufstelle.«
In seinem Rucksack hatte er ein Dutzend batteriebetriebene Fahrradlampen. Er lief den Strand entlang, legte sie in einer der Windrichtung folgenden Linie in Abständen von zwölf Metern und schaltete sie an.
Als er wieder bei Joanna Grey ankam, war er ziemlich außer Atem. Er nahm eine große und starke Stablampe aus dem Rucksack, dann fuhr er sich mit der Hand über die Stirn, um den Schweiß abzuwischen, der ihm in die Augen rann.

»Oh, dieser verdammte Nebel«, sagte Joanna. »Ganz unmöglich, daß sie uns sehen. Völlig unmöglich.«
Er erlebte zum erstenmal, daß Joanna Anzeichen von Mutlosigkeit zeigte, und er legte ihr die Hand auf den Arm. »Psst, Mädchen, still.« Aus der Ferne war schwaches Motorengebrumm zu hören.

Die Dakota war bis auf dreihundert Meter heruntergegangen und tauchte durch Nebelschichten tiefer. Gericke sagte über die Schulter: »Einen Überflug, mehr kann ich nicht riskieren, also macht eure Sache gut.«
»Machen wir«, erwiderte Steiner.
»Hals- und Beinbruch, Herr Oberstleutnant. Und vergessen Sie nicht, daß ich drüben in Landsvoort eine Flasche Dom Perignon auf Eis gelegt habe. Wir leeren Sie dann gemeinsam am Sonntag vormittag.«
Steiner schlug ihm auf die Schulter und verließ das Cockpit. Er nickte Neumann zu, der den Befehl zum Fertigmachen erteilte. Jeder der Männer stand auf und befestigte die Reißleine am Kabel. Brandt schob die hintere Tür auf, und während Nebel und kalte Luft hereindrangen, schritt Steiner die Reihe ab und inspizierte nochmals jeden einzelnen Mann.
Gericke ging sehr tief hinunter, so tief, daß Böhmler in der Dunkelheit die weißen Schaumkämme der anbrandenden Wellen sehen konnte. Vor ihnen war nur Nebel und Finsternis.
»Na los!« flüsterte Böhmler und hieb sich mit der geballten Faust aufs Knie. »Blas schon, du Scheißwind!«
Als hätte eine höhere Macht sein unfrommes Gebet erhört, riß ein jäher Windstoß ein Loch in den grauen Vorhang und enthüllte Devlins Fahrradlampen, die ein wenig steuerbord klar und deutlich in zwei parallelen Reihen leuchteten.
Gericke nickte. Böhmler drückte auf den Knopf, und in der Hauptkabine flammte über Steiners Kopf das rote Licht auf.
»Fertig!« schrie er.
Gericke neigte die Maschine steuerbords, nahm Gas weg, bis

der Geschwindigkeitsmesser auf hundertsechzig stand, und überflog den Strand in einhundertzwanzig Meter Höhe. Das grüne Licht leuchtete auf, und Neumann sprang in die Dunkelheit. Brandt folgte ihm, danach die übrigen Männer. Steiner fühlte den Wind im Gesicht, roch den salzigen Seetang und wartete darauf, daß Preston schwach würde. Der Engländer schritt ohne eine Sekunde zu zögern hinaus ins Leere. Ein gutes Omen. Steiner hakte sich an.
Böhmler, der durch die geöffnete Tür des Cockpits hinausspähte, tippte Gericke an. »Alle draußen, Peter. Ich geh nach hinten und mach die Tür zu.«
Gericke nickte und drehte meerwärts ab. Keine fünf Minuten später knisterte es wieder im Funkgerät und Devlins Stimme sagte deutlich: »Die ganze Brut wohlbehalten im Nest.«
Gericke griff nach dem Mikrophon: »Danke, Wanderer. Viel Glück.« Er sagte zu Böhmler: »Gib das sofort nach Landsvoort weiter.«

In seinem Büro in der Prinz-Albrecht-Straße arbeitete Himmler allein beim Licht der Schreibtischlampe. Das Feuer war heruntergebrannt und das Zimmer recht kalt, er schien jedoch keines von beiden zu merken. Ein leises Klopfen an der Tür, und Rossmann trat ein.
Himmler blickte auf. »Was gibt's?«
»Soeben kam Meldung aus Landsvoort, Reichsführer. *Der Adler ist gelandet.*«
Himmlers Miene zeigte keinerlei Empfindung. »Danke, Rossmann«, sagte er. »Halten Sie mich auf dem laufenden.«
»Jawohl, Reichsführer.«
Rossmann verschwand, und Himmler machte sich wieder an seine Arbeit. Das stetige Kratzen seiner Feder war das einzige Geräusch im Zimmer.

Devlin, Steiner und Joanna Grey standen gemeinsam am Tisch und studierten die Generalstabskarte der Umgebung. »Sehen

Sie, hier, hinter der Kirche St. Mary's«, sagte Devlin zu Steiner, »liegt eine Wiese, ›Old Woman's Meadow‹. Sie gehört der Kirche, ebenso wie die Scheune, die zur Zeit leersteht.«
»Dort ziehen Sie morgen ein«, sagte Joanna Grey. »Suchen Sie Pater Voreker auf und erzählen Sie ihm, Sie befänden sich auf einer Geländeübung und möchten in der Scheune übernachten.«
»Und Sie meinen, er wird es erlauben?« sagte Steiner.
Joanna Grey nickte. »Überhaupt keine Frage. Er ist schon daran gewöhnt. Es tauchen ständig Soldaten hier auf, die Übungen oder Gewaltmärsche durchführen und wieder verschwinden. Niemand erfährt genau, wer sie sind. Vor neun Monaten zog eine tschechoslowakische Einheit hier durch, nicht einmal die Offiziere konnten mehr als ein paar Worte Englisch.«
»Noch etwas. Voreker war seinerzeit Kaplan bei den Fallschirmspringern in Tunesien«, fügte Devlin hinzu. »Er wird sich also überschlagen vor Hilfsbereitschaft, wenn er bloß die roten Baretts sieht.«
»Was Voreker betrifft, so haben wir auch in einer anderen Hinsicht Glück«, sagte Joanna Grey. »Er weiß, daß der Premierminister das Wochenende in Studley Grange verbringt, was uns sehr zustatten kommt. Sir Henry hat neulich abends bei mir aus der Schule geplaudert, als er ein bißchen zu tief ins Glas geschaut hatte. Natürlich mußte Voreker ihm absolutes Stillschweigen schwören. Darf es nicht einmal seiner eigenen Schwester erzählen, ehe der große Mann wieder fort ist.«
»Und warum hilft uns das?« fragte Steiner.
»Ganz einfach«, erwiderte Devlin. »Wenn Sie Voreker zu irgendeinem anderen Zeitpunkt erzählen, Sie seien übers Wochenende zu einer Übung hier, dann würde er es für bare Münze nehmen. Aber diesmal weiß er, daß Churchill sich inkognito in der Gegend aufhält; welchen Schluß wird er also aus der Anwesenheit einer Startruppe wie der SAS ziehen?«
»Ganz klar«, sagte Steiner, »besondere Schutzmaßnahme.«

»Genau.« Joanna Grey nickte. »Und noch ein glücklicher Umstand. Sir Henry gibt morgen abend zu Ehren des Premierministers eine kleine Dinnerparty.« Sie lächelte und verbesserte sich: »Verzeihung, ich meine heute abend. Um sieben Uhr dreißig für acht Personen, und ich bin auch eingeladen. Ich werde aber nur hingehen, um mich zu entschuldigen. Ich sage, daß ich überraschend beim WVS Nachtdienst machen muß. Das ist schon öfter vorgekommen, also werden sich Sir Henry und Lady Willoughby weiter nichts dabei denken. Es bedeutet natürlich, daß ich Ihnen, wenn wir in der Umgebung von Studley Grange Kontakt aufnehmen, eine sehr genaue Schilderung der dortigen Lage geben kann.«
»Ausgezeichnet«, sagte Steiner, »die ganze Geschichte wird Zug um Zug glaubhafter.«
Joanna Grey sagte: »Ich muß jetzt gehen.«
Devlin brachte ihren Mantel, Steiner nahm ihn ihm ab und half ihr galant hinein. »Ist es für Sie nicht gefährlich, um diese Nachtzeit in der Gegend herumzufahren?« fragte er.
»Du lieber Himmel, nein.« Sie lächelte. »Ich gehöre zur Fahrbereitschaft des WVS. Deshalb genieße ich das Vorrecht, einen Wagen fahren zu dürfen. Allerdings muß ich dafür den Notdienst im Dorf und in der Umgebung übernehmen. Es kommt häufig vor, daß ich mitten in der Nacht Leute ins Krankenhaus bringen muß. Meine Nachbarn haben sich längst daran gewöhnt.«
Die Tür ging auf, und Neumann kam herein. Er trug einen Fallschirmspringer-Tarnanzug, und an seiner roten Mütze steckte das SAS-Abzeichen mit dem geflügelten Dolch.
»Alles in Ordnung da draußen?« fragte Steiner.
Neumann nickte. »Alle gemütlich in der Heia. Fehlt nur eins: die Zigaretten.«
»Natürlich, ich wußte ja, daß wir etwas vergessen haben. Sie sind noch draußen im Wagen.« Joanna Grey eilte hinaus.
Sie war im Handumdrehen wieder da und legte zwei Stangen Players auf den Tisch.

»Heilige Jungfrau«, sagte Devlin ehrfürchtig. »Hat man so was schon gesehen? Diese Dinger sind rar wie Gold. Wo haben Sie sie her?«
»Aus WVS-Beständen. Wie Sie sehen, habe ich jetzt auch noch einen Diebstahl auf dem Kerbholz.« Sie lächelte. »Und jetzt, meine Herren, muß ich Sie verlassen. Wir treffen uns, natürlich ganz zufällig, morgen, wenn Sie ins Dorf kommen.«
Steiner und Neumann salutierten, und Devlin begleitete Joanna hinaus zum Wagen. Als er zurückkam, hatten die beiden Deutschen einen der Kartons geöffnet und saßen rauchend am Feuer.
»Ein paar Päckchen hätte ich auch ganz gern«, sagte Devlin. Steiner gab ihm Feuer. »Mrs. Grey ist eine bemerkenswerte Frau. Wem haben Sie draußen das Kommando übergeben, Neumann? Brandt oder Preston?«
»Wer *die* Rolle spielt, ist doch klar.«
Ein leises Klopfen an der Tür, und Preston trat ein. Mit seinem Tarnanzug, der Revolvertasche an der Seite, dem roten Barett, das genau im richtigen Winkel schräg über dem linken Auge saß, machte er eine bessere Figur denn je.
»O ja«, sagte Devlin. »Das gefällt mir. Sehr schick. Und wie geht's sonst, alter Junge? Glücklich, wieder auf der heimatlichen Scholle zu stehen, oder?«
Prestons Gesichtsausdruck verriet, daß Devlin für ihn so etwas wie Straßendreck war. »Ich fand Sie schon in Berlin nicht besonders amüsant, Devlin. Und jetzt noch viel weniger. Ich wäre Ihnen sehr verbunden, wenn Sie Ihre Aufmerksamkeit anderen Gegenständen widmen wollten.«
»Barmherziger!« sagte Devlin erschüttert. »Wen, zum Teufel, mimt der Junge denn jetzt wieder?«
Preston sagte zu Steiner: »Irgendwelche weiteren Befehle, Sir?«
Steiner nahm die beiden Zigarettenkartons und reichte sie ihm. »Ich wäre Ihnen äußerst dankbar, wenn Sie diese Zigaretten an die Leute verteilen wollten«, sagte er ernsthaft.

»Ihre Beliebtheit wird ins Unermeßliche steigen«, warf Devlin ein.
Preston ignorierte ihn, klemmte sich die Kartons unter den linken Arm und salutierte zackig. »Zu Befehl, Sir.«

Die Stimmung in der Dakota konnte man nur als euphorisch bezeichnen. Der Rückflug war bisher ohne jeden Zwischenfall verlaufen. Sie waren nur noch gut vierzig Kilometer von der holländischen Küste entfernt, als Böhmler die Thermosflasche aufschraubte und Gericke nochmals Kaffee einschenkte. »Zu Hause und im Trockenen«, sagte er.
Gericke nickte vergnügt. Dann erlosch sein Lächeln jäh. In seinen Kopfhörern ertönte eine vertraute Stimme. Hans Berger, der Flugleiter seiner alten Einheit, des Nachtjägergeschwaders sieben.
Böhmler tippte ihm auf die Schulter: »Das ist wohl Berger, wie?«
»Wer sonst?« erwiderte Gericke. »Sie haben seine Stimme doch oft genug gehört.«
»Auf Kurs null-acht-drei Grad halten«, krächzte Bergers Stimme durch die Störgeräusche.
»Klingt, als wollte er einen Nachtjäger auf die Beute ansetzen«, sagte Böhmler.
»Ziel fünf Kilometer.«
Plötzlich klang Bergers Stimme hart, klar, endgültig. Gerickes Magen zog sich wie in einem Krampf zusammen. Er empfand keine Spur von Furcht. Es war, als habe er seit Jahren den Tod gesucht und blickte ihm nun endlich mit einer Art Sehnsucht in die Augen.
Böhmler umklammerte Gerickes Arm. »Er meint uns!« schrie er. »*Wir* sind das Ziel!«
Die Dakota wurde von einer Seite zur anderen geschleudert, als Geschosse den Boden des Cockpits durchschlugen, das Armaturenbrett zerfetzten und die Windschutzscheibe zertrümmerten. Ein Splitter bohrte sich in Gerickes rechtes Bein, und ein

furchtbarer Schlag zerschmetterte ihm den linken Arm. Ein Teil seines Bewußtseins sagte ihm genau, was passierte. *Schräge Musik*, von unten her von einem seiner eigenen Kameraden abgefeuert – nur, daß diesmal er der Empfänger war.
Er kämpfte mit dem Steuerknüppel, versuchte mit aller Kraft, ihn nach vorn zu drücken, als die Dakota an Höhe verlor. Böhmler, mit blutüberströmtem Gesicht, bemühte sich, auf die Füße zu kommen. »Raus!« brüllte Gericke in das Tosen des Windes, der durch die zertrümmerte Windschutzscheibe raste. »Ich kann sie nicht mehr lange halten.«
Böhmler stand jetzt aufrecht und versuchte zu sprechen. Gericke holt mit dem linken Arm weit aus und schlug ihm übers Gesicht. Der Schmerz war wahnsinnig, und wieder schrie er: »Raus! Das ist ein Befehl!«
Böhmler wandte sich um und ging durch die Dakota bis zur hinteren Tür. Das Flugzeug war schwer angeschlagen, große Löcher klafften im Rumpf, Leitwerktrümmer ratterten in der Turbulenz. Er roch brennendes Öl. Die Panik verlieh ihm neue Kraft, als er sich mit dem Verschluß der hinteren Tür abmühte.
»Lieber Gott, laß mich nicht verbrennen«, dachte er. »Alles, nur das nicht.« Dann glitt die Tür zurück. Er stand einen Augenblick in der Schwebe, bevor er in die Nacht stürzte.
Die Dakota trudelte hilflos, der Backbordflügel stieß in die Höhe. Böhmlers Kopf prallte gegen den Stabilisator, während seine rechte Hand den Metallring umkrampfte. Der Fallschirm öffnete sich wie eine seltsame Blume und trug ihn sanft hinunter in die Dunkelheit.
Die Dakota flog weiter. Sie verlor immer mehr an Höhe, der Backbordmotor hatte Feuer gefangen, die Flammen liefen den Tragflügel entlang und leckten nach dem Rumpf. Gericke saß an der Steuersäule und versuchte noch immer verzweifelt, die Maschine zu halten. Daß sein linker Arm an zwei Stellen gebrochen war, bemerkte er nicht. Blut rann ihm in die Augen. Welch ein Ende. Kein Besuch mehr in Karinhall, kein

Ritterkreuz. Sein Vater würde enttäuscht sein. Obwohl sie ihm natürlich das verdammte Ding nachträglich verpassen würden. Plötzlich lichtete sich der Rauch, und er konnte durch Nebelfetzen das Meer erkennen. Die holländische Küste mußte ganz nah sein. Er sah Schiffe unten, mindestens zwei. Eine Leuchtspur schwang sich ihm entgegen. Irgendein verdammtes S-Boot zeigt seine Zähne. Wirklich zu komisch.
Er versuchte, sich auf seinem Sitz zu bewegen und stellte fest, daß sein linker Fuß in einem Stück verbogenen Metalls festsaß. Nicht, daß es noch viel geändert hätte, denn er war jetzt schon viel zu tief unten, um abzuspringen. Nur hundert Meter über der See, und das S-Boot jagte wie ein Windhund hinter ihm her und feuerte aus allen Rohren, ein Kugelregen bohrte sich in den Leib der Dakota.
»Ihr Hunde!« brüllte Gericke. »Ihr blöden Hunde!« Er lachte bitter und sagte leise, als wäre Böhmler noch immer bei ihm: »Gegen wen kämpfen wir eigentlich, verdammt noch mal?«
Mit einemmal wurde der Rauch von einer heftigen Seitenbö verjagt, und er sah das Meer keine dreißig Meter entfernt auf sich zurasen. In diesem einzigen Augenblick seines Lebens, auf den alles ankam, wurde er zum wirklich großen Piloten. Der Selbsterhaltungstrieb verlieh ihm neue Kräfte. Er zog den Steuerknüppel an, hielt ihn trotz des wahnwitzigen Schmerzes in seinem linken Arm fest, und der Rest der einen Tragfläche brach ab.
Die Dakota kam fast zum Stillstand, auch das Heck begann abzufallen. Er jagte den Rest des Motors noch einmal hoch, um das Flugzeug in der Waagrechten zu halten, als es auf dem Wasser aufprallte, und riß wiederum heftig am Steuerknüppel. Die Maschine sprang dreimal auf, hüpfte wie ein riesiger Wasserski über die Wellen und lag still. Der brennende Motor zischte bösartig, als eine Sturzsee über ihn hinwegrollte.
Gericke saß eine Weile bewegungslos. Alles war falsch gelaufen, nichts nach den Regeln, und doch hatte er es geschafft, runterzukommen. Wasser sammelte sich um seine Fußknöchel.

Er wollte aufstehen, aber sein linker Fuß saß fest. Er zerrte die Feueraxt zu seiner Rechten aus dem Halter und hieb damit auf das verbogene Metall und auf seinen Fuß. Der Knöchel brach. Er war jetzt wie von Sinnen.
Plötzlich stand er aufrecht, der Fuß war frei. Er wunderte sich nicht einmal mehr darüber. Er entriegelte die Tür, die keinen Widerstand bot, und fiel hinaus ins Wasser. Dabei stieß er hart an den Stumpf des Tragflügels. Er zog am Ring seiner Schwimmweste, die sich sofort aufblies, und stieß sich ab, als die Dakota zu sinken begann.
Als das S-Boot hinter ihm herkam, drehte er sich nicht einmal um, sondern sah nur zu, wie die Dakota im Wasser versank.
»Warst ein braves Mädchen«, sagte er. »Hast deine Sache gut gemacht.«
Ein Tau klatschte neben ihm ins Wasser, und jemand rief auf englisch mit starkem deutschem Akzent: »Halt dich fest, Tommy, dann zieh'n wir dich raus. Keine Angst, wir tun dir nichts.«
Gericke drehte sich um und blickte zu dem jungen deutschen Leutnant auf, der zusammen mit einem halben Dutzend Männer an der Reling über ihm stand. »Ach, ihr tut mir nichts?« erwiderte er auf deutsch. »Ihr blöden Arschlöcher... ich bin doch einer von euch.«

14

Am Samstag vormittag, kurz nach zehn Uhr, ritt Molly durch die Felder auf Hobs End zu. Der heftige Regen der vergangenen Nacht hatte sich zu einem leichten Nieseln gemildert, aber die Marschen waren noch immer in Nebel gehüllt.
Sie war früh aufgestanden und hatte den ganzen Morgen schwer gearbeitet, gemolken und das Vieh selbst gefüttert, weil Laker Armsby ein Grab ausheben mußte. Ganz spontan entschloß sie sich, zur Marsch hinunterzureiten. Sie hatte Devlin zwar ver-

sprochen, zu warten, bis er sich melden würde, aber sie schwebte in Todesängsten, daß ihm etwas zugestoßen sein könnte. Wer bei Schwarzmarktgeschäften erwischt wurde, hatte im allgemeinen mit einer schweren Gefängnisstrafe zu rechnen. Sie lenkte das Pferd hinunter in die Marsch und ritt durch den Schilfstreifen auf die Rückseite des Hauses zu. Das Tier suchte sich selbst seinen Weg. Das schlammige Wasser reichte ihm bis zum Bauch und schwappte manchmal in Mollys Gummistiefel. Sie achtete nicht darauf, sondern beugte sich tief über den Hals des Pferdes und suchte durch den Nebel zu spähen. Sie glaubte, Holzrauch zu riechen. Dann nahmen Scheune und Haus langsam Gestalt an, und aus dem Schornstein sah sie tatsächlich Rauch aufsteigen. Sie zögerte. Liam war also zu Hause. Offenbar war er früher als geplant zurückgekommen, aber wenn sie ihn jetzt aufsuchte, würde er glauben, sie hätte wieder spioniert. Sie grub die Fersen in die Flanken des Pferdes und kehrte um.

In der Scheune bereiteten die Männer Waffen und Gerät für den Ausmarsch vor. Brandt und Unteroffizier Altmann überwachten das Aufmontieren eines schweren Maschinengewehrs auf den Jeep. Preston stand daneben, die Hände im Rücken verschränkt.
Klugl und Werner Briegel hatten einen der rückwärtigen Fensterläden einen Spalt weit geöffnet, und Briegel beobachtete durch seinen Feldstecher die Marschen. In den Büschen im Ried gab es allerhand Vögel: Steißfüße und Moorhühner, Brachvögel, Pfeifenten, Wildgänse.
»Der dort ist interessant«, sagte er zu Klugl. »Ein grüner Strandläufer. Sind Zugvögel, kommen gewöhnlich im Herbst hier durch, manchmal sollen sie sogar über den Winter bleiben.«
Er schwenkte das Glas weiter, und Molly geriet ins Blickfeld. »Herrje, wir werden beobachtet.«
Im Nu waren Brandt und Preston neben ihm. Preston sagte: »Ich hol sie her«, und rannte schon zur Tür.
Brandt versuchte noch, ihn zurückzuhalten, aber zu spät.

Preston war wie der Blitz über den Hof und im Ried. Molly wandte sich um und zog die Zügel an. Ihr erster Gedanke war, daß es Devlin wäre. Preston packte die Zügel, und sie blickte überrascht auf ihn hinunter.
»Ah, hab' ich dich!«
Er griff nach ihr, und sie versuchte, das Pferd zurückzunehmen. »Lassen Sie mich los, Sie. Ich hab' nichts getan.«
Er packte ihr rechtes Handgelenk und zerrte sie aus dem Sattel, fing sie im Sturz ab. »Das werden wir gleich sehen.«
Sie versuchte sich loszureißen, und er packte fester zu. Er warf sie sich über die Schulter und trug das strampelnde und schreiende Mädchen durchs Ried zur Scheune.
Devlin war schon bei Tagesanbruch zum erstenmal an den Strand gegangen, um nachzusehen, ob die Flut auch wirklich jede Spur der nächtlichen Landung überspült hatte. Nach dem Frühstück war er mit Steiner abermals hinausgegangen, um ihm vom Kap und der Bucht, wo sie abgeholt werden sollten, soviel zu zeigen, wie im Nebel zu sehen war. Sie befanden sich bereits auf dem Rückweg, nur fünfundzwanzig Meter vom Haus entfernt, als Preston mit dem Mädchen über der Schulter aus der Marsch auftauchte.
»Wer ist denn das?« fragte Steiner.
»Molly Prior, das Mädchen, von dem ich Ihnen erzählt habe.«
Er fing an zu laufen und kam in den Hof, als Preston die Tür erreichte. »Lassen Sie das Mädel runter, verdammt noch mal!« schrie Devlin.
Preston drehte sich um. »Sie haben mir nichts zu befehlen.«
Doch Steiner, der Devlin auf den Fersen gefolgt war, griff ein. »Preston«, rief er mit stählerner Stimme. »Lassen Sie sofort die Dame los.«
Preston zögerte, dann setzte er Molly widerwillig ab. Sie verpaßte ihm prompt eine Ohrfeige. »Und Ihre Pfoten dort, wo sie hingehören«, wetterte sie.
Aus der Scheune ertönte schallendes Gelächter, und als Molly sich umwandte, sah sie durch das offene Tor eine Reihe grin-

sender Gesichter, dahinter den Lastwagen und den Jeep mit dem aufmontierten Maschinengewehr.
Devlin trat dazwischen und schob Preston aus dem Weg. »Alles in Ordnung, Molly?«
»Liam«, fragte sie verwirrt. »Was ist hier los? Was hat das alles zu bedeuten?«
Steiner schaltete sich schnell ein. »Preston«, sagte er kalt, »entschuldigen Sie sich sofort bei der jungen Dame.« Preston zögerte, und Steiner wiederholte schärfer: »Sofort!«
Preston nahm die Hacken zusammen. »Bitte vielmals um Entschuldigung, Ma'am. Ein Irrtum«, sagte er nicht ohne Ironie, machte kehrt und ging in die Scheune.
Steiner entschuldigte sich. »Ich kann Ihnen nicht sagen, wie sehr ich diesen peinlichen Zwischenfall bedaure.«
»Das ist Colonel Carter, Molly«, erklärte Devlin.
»Von der Unabhängigen Polnischen Fallschirmschwadron«, sagte Steiner. »Wir halten hier eine taktische Geländeübung ab, und Lieutenant Preston ist in Sachen Sicherheit gelegentlich ein bißchen übereifrig.«
Ihre Verwirrung steigerte sich noch. »Aber Liam«, begann sie.
Devlin nahm sie beim Arm. »Komm jetzt, wir wollen dein Pferd einfangen und dich wieder in den Sattel setzen.« Er schob sie auf die Marschen zu, wo der Gaul friedlich an den Grasbüscheln knabberte. »Siehst du jetzt, was du angestellt hast?« hielt er ihr vor. »Habe ich dir nicht gesagt, du sollst warten, bis ich mich heute nachmittag bei dir melde? Wann wirst du endlich aufhören, die Nase in Dinge zu stecken, die dich nichts angehen?«
»Aber ich verstehe nicht«, sagte sie. »Fallschirmspringer... hier, und dieser Lastwagen und der Jeep, den du frisch lackiert hast?«
Er umklammerte ihren Arm, daß es schmerzte. »Sicherheitsmaßnahmen, Molly, begreif doch. Hast du nicht verstanden, was der Colonel gesagt hat? Und was glaubst du, warum der Leutnant so scharf ins Zeug ging? Ihr Hiersein hat einen ganz

bestimmten Grund. Du wirst ihn erfahren, wenn sie wieder weg sind, aber im Moment muß alles streng geheim bleiben; du darfst keiner Menschenseele erzählen, daß du sie hier gesehen hast. Versprich es mir, wenn du mich liebst.«
Sie blickte zu ihm auf und schien zu begreifen. »Jetzt geht mir ein Licht auf«, sagte sie. »Alle diese komischen Dinge, die Fahrten bei Nacht und so weiter. Ich hab' dich für einen Schwarzhändler gehalten, und du hast mich in dem Glauben gelassen. Aber jetzt versteh ich. Du bist noch immer in der Army, das stimmt doch, wie?«
»Ja«, sagte er. »Das stimmt.«
Ihre Augen leuchteten. »O Liam, kannst du mir je verzeihen, daß ich dich für einen miesen Schieber gehalten habe, der in den Kneipen Seidenstrümpfe und Whisky verhökert?«
Devlin holte tief Atem und rang sich dann ein Lächeln ab. »Ich will's mir überlegen. Und jetzt gehst du schön heim und wartest, bis ich komme, und wenn's noch so lange dauert.«
»Ja, Liam, ja.«
Sie legte ihm den Arm um den Hals und küßte ihn, dann schwang sie sich in den Sattel. Devlin sagte: »Und denk' daran, nicht ein Wort.«
»Du kannst dich auf mich verlassen.« Sie hieb mit den Fersen in die Flanken des Pferdes und ritt durchs Ried davon.
Devlin ging mit schnellen Schritten über den Hof zurück. Neumann hatte das Haus verlassen und stand neben Steiner. Der Oberstleutnant fragte: »Alles in Ordnung?«
Devlin fegte an ihm vorbei in die Scheune. Die Männer unterhielten sich in kleinen Grüppchen, und Preston war gerade dabei, sich eine Zigarette anzuzünden. Das Streichholz flackerte hinter den vorgehaltenen Händen. Er blickte mit leicht mokantem Lächeln auf. »Jetzt wissen wir also, was Sie in den letzten paar Wochen getrieben haben. War's nett, Devlin?«
Devlin landete einen bildschönen rechten Schwinger auf Prestons Kinn, und der Engländer fiel der Länge nach über ein ausgestrecktes Bein. Dann packte Steiner Devlins Arm.

»Ich bring diesen Hund um!« knirschte Devlin.
Steiner stellte sich vor ihn und legte dem Iren beide Hände auf die Schultern. Devlin war erstaunt, wie stark sie waren. »Gehen Sie ins Haus«, sagte er ruhig. »Das hier erledige ich.« Devlin starrte ihn an, sein Gesicht trug wieder den mörderischen Zug; dann trübten sich seine Augen ein wenig. Er drehte sich um und ging hinaus, überquerte den Hof. Preston rappelte sich auf und preßte die Hand aufs Gesicht. Alles war totenstill.
Steiner sagte: »Der Mann wird Sie töten, wenn er irgend kann, Preston. Lassen Sie sich warnen. Noch eine einzige Eigenmächtigkeit, und wenn er Sie dann nicht umbringt, erschieße *ich* Sie eigenhändig.« Er nickte Neumann zu. »Sie übernehmen das Kommando!«
Als er ins Haus kam, hatte Devlin den Bushmills vor sich. Mit verzerrtem Lächeln drehte der Ire sich um. »Mein Gott, ich hätte ihn glatt umgebracht. Ich muß völlig fertig sein.«
»Was ist mit dem Mädchen?«
»Kein Problem. Sie ist überzeugt, ich sei noch immer in der Army und stecke tief in geheimen Staatsaffären.« Er sah beschämt aus. »Ihren Goldjungen hat sie mich genannt. Wie treffend!« Er wollte sich noch einen Whisky eingießen, zögerte jedoch und verkorkte dann die Flasche energisch. »So«, sagte er zu Steiner. »Und wie geht's jetzt weiter?«
»Wir ziehen gegen Mittag hinauf ins Dorf und halten unsere Übung ab. Ich halte es für besser, wenn Sie sich zunächst nicht zeigen. Wir können uns heute abend nach Einbruch der Dunkelheit wieder treffen; dann ist es ohnehin nicht mehr weit bis zum Einsatz.«
»Okay«, sagte Devlin. »Joanna Grey wird sich im Lauf des Nachmittags im Dorf mit Ihnen in Verbindung setzen. Sagen Sie ihr, daß ich bis spätestens halb sieben zu ihr komme. Das S-Boot wird zwischen neun und zehn Uhr klar zum Auslaufen sein. Ich bringe das Sprechfunkgerät mit, so daß Sie direkt vom Schauplatz der Ereignisse aus mit König Verbindung

aufnehmen und eine passende Zeit für die Einschiffung festsetzen können.«
»Sehr schön«, sagte Steiner. Dann schien er zu zögern. »Nur noch eins...«
»Ja...?«
»Meine Befehle wegen Churchill. Sie sind eindeutig. Er soll lebend gefangengenommen werden, und nur wenn das völlig unmöglich sein sollte...«
»Dann müssen Sie ihm eine Kugel in den Pelz jagen. Wo liegt da das Problem?«
»Ich könnte mir vorstellen, daß es für Sie ein Problem werden könnte.«
»Ganz und gar nicht«, sagte Devlin. »In diesem Fall ist jeder von uns Soldat und geht das Risiko des Soldaten ein. Auch der gute Mister Churchill.«

In London räumte Rogan seinen Schreibtisch auf und freute sich schon auf den Lunch, als die Tür sich ohne vorheriges Anklopfen öffnete und Fergus Grant eintrat. Sein Gesicht verriet äußerste Erregung. »Soeben über Fernschreiben eingegangen, Sir.« Er klatschte ein Stück Papier vor Rogan auf den Schreibtisch. »Wir haben ihn.«
»Polizeistation Norfolk, Norwich«, sagte Rogan.
»Dort sind seine Anmeldepapiere gelandet, aber er hält sich in einiger Entfernung von dort auf, direkt an der Nordküste von Norfolk, bei Studley Constable und Blakeney. Ein sehr abgelegener Ort.«
»Kennen Sie die Gegend?« fragte Rogan, während er die Meldung las.
»Ich habe zweimal in Sheringham Ferien gemacht, als Dreikäsehoch, Sir.«
»Er nennt sich also Devlin und arbeitet als Marschenwächter für den Gutsherrn, Sir Henry Willoughby. Der wird sich ganz schön wundern. Wie weit ist es von London?«
»So um die zweihundert Meilen, würde ich sagen.« Grant

schüttelte den Kopf. »Was, zum Teufel, kann er dort droben aushecken?«
»Das werden wir bald erfahren.« Rogan blickte von dem Schreiben auf.
»Was unternehmen wir als Nächstes, Sir? Soll ich ihn von der Polizei in Norfolk festnehmen lassen?«
»Sind Sie verrückt?« sagte Rogan entgeistert. »Sie kennen doch diese Landpolizisten. Holzköpfe. Nein, um diese Sache kümmern wir uns selbst, Fergus. Sie und ich. Ist schon eine ganze Weile her, seit ich ein Wochenende auf dem Land verbrachte. Mal was anderes.«
»Sie sind nach dem Lunch beim Staatsanwalt angemeldet, Sir«, erinnerte ihn Grant. »Beweisaufnahme in Sachen Halloran.«
»Dort bin ich um drei Uhr fertig. Spätestens halb vier. Lassen Sie einen Dienstwagen bereitstellen, dann können wir gleich losfahren.«
»Soll ich inzwischen dem Assistant Commissioner Meldung machen, Sir?«
Rogan fuhr zornig auf. »Um Himmels willen, Fergus, was ist denn heute mit Ihnen los? Er ist doch in Portsmouth, nicht wahr? Machen Sie endlich, daß Sie weiterkommen.«
Grant überwand sein Zaudern, das er sich selbst nicht zu erklären vermochte. »Jawohl, Sir.«
Er war schon an der Tür, als Rogan rief: »Und, Fergus...«
»Ja, Sir?«
»Lassen Sie sich in der Waffenkammer ein paar schwere Brownings geben. Diese Type fragt nicht erst lang, der schießt zuerst mal.«
Grant schluckte. »Wird gemacht, Sir«, sagte er mit leicht unsicherer Stimme und ging hinaus.
Rogan schob den Stuhl zurück und trat ans Fenster. Er ballte beide Hände zu Fäusten. »So, du Hundesohn«, sagte er leise, »jetzt wollen wir mal sehen, ob du wirklich so toll bist wie dein Ruf.«

Kurz vor Mittag öffnete Pater Voreker die Tür unter der Hintertreppe des Pfarrhauses und ging hinunter in den Keller. Sein Fuß schmerzte höllisch, er hatte die ganze Nacht kaum geschlafen. Der Arzt hatte ihm zwar eine reichliche Menge Morphiumtabletten verschrieben, aber Voreker war von geradezu krankhafter Angst besessen, süchtig zu werden.
Also litt er. Wenigstens würde Pamela übers Wochenende herkommen. Sie hatte schon früh am Morgen angerufen, nicht um ihr Kommen zu bestätigen, sondern um ihm zu sagen, daß Harry Kane sie in Pangbourne abholen werde. Voreker konnte also sein Benzin sparen, was ihm nicht unlieb war. Außerdem hatte Major Kane ihm gefallen. Auf den ersten Blick, was bei ihm selten vorkam. Er freute sich, daß Pamela sich endlich für jemanden interessierte.
Am Fuß der Kellertreppe hing an einem Nagel eine große Stablampe. Voreker nahm sie herunter, öffnete dann auf der anderen Seite der Treppe einen alten schwarzen Eichenschrank und trat hinein. Er knipste die Lampe an, tastete nach einer verborgenen Feder, und die Rückwand des Schranks sprang auf. Vor ihm lag ein langer, dunkler Gang mit Mauern aus Flintstein, die von Feuchtigkeit glänzten.
Der unterirdische Gang war einer der schönsten noch erhaltenen in der Gegend, ein Tunnel, der das Pfarrhaus mit der Kirche verband. Er stammte aus der Zeit der Katholikenverfolgung unter Elisabeth I. Das Geheimnis war jeweils von einem Pfarrer an den nächsten weitergegeben worden. Für Voreker war der Tunnel einfach eine große Annehmlichkeit.
Als er am anderen Ende angelangt war, stieg er mehrere Steinstufen hinauf und blieb dann überrascht stehen. Er lauschte angestrengt. Nein, er täuschte sich nicht, jemand spielte auf der Orgel, und sogar sehr gut. Er stieg die Treppe hinauf, öffnete die Tür, die in Wirklichkeit ein Teil der Eichentäfelung in der Sakristei war, schloß sie hinter sich, stieß die Sakristeitür auf und betrat die Kirche.
Als Voreker durch das Kirchenschiff schritt, sah er zu seinem

Erstaunen einen Sergeanten der Fallschirmspringer im Tarnanzug auf der Orgelbank sitzen. Die rote Mütze lag neben ihm. Er spielte das Präludium zu einer Bach-Kantate, die genau in die Jahreszeit paßte: das alte Adventlied *Gottes Sohn ist kommen.*

Hans Altmann war in seinem Element. Ein erstklassiges Instrument, eine schöne Kirche. Er blickte auf und sah im Spiegel der Orgel Pater Voreker am Fuß der Kanzeltreppe stehen. Altmann hörte abrupt zu spielen auf und drehte sich um. »Entschuldigen Sie, Pater, aber die Versuchung war zu groß.« Er breitete die Arme aus. »Eine solche Gelegenheit bietet sich nicht oft, wenn man... ich meine, heutzutage.« Sein Englisch war perfekt, aber er sprach es mit deutlichem Akzent.

»Wer sind Sie?« fragte Voreker.

»Sergeant Emil Janowski, Pater.«

»Pole?«

»Ganz recht.« Altmann nickte. »Bin mit meinem Offizier hergekommen, um Sie zu suchen, aber Sie waren nicht da. Ich sollte hier warten, während er es im Pfarrhaus versucht.«

Voreker sagte: »Sie spielen ganz vorzüglich. Bach erfordert großes Können, das wird mir jedesmal betrüblich klar, wenn ich mich auf die Orgelbank setze.«

»Ah, Sie spielen auch?« sagte Altmann.

»Ja«, erwiderte Voreker, »und die Kantate, die Sie vorhin spielten, habe ich besonders gern.«

Altmann sagte: »Sie gehört zu meinen liebsten.« Er begann wieder zu spielen und sang dazu: »*Gott, durch meine Güte.*«

»Aber das ist der Psalm für den Sonntag Trinitatis«, sagte Voreker.

»Nicht in Thüringen, Pater...« In diesem Augenblick öffnete sich knarrend die große Eichentür, und Steiner trat ein.

Er schritt durch das Kirchenschiff, ein lederbezogenes Offiziersstöckchen in der einen Hand, das Barett in der anderen. Seine Schritte hallten auf dem Steinboden, und als er auf die beiden Männer zukam, setzten die Lichtstrahlen, die von den

hochgelegenen Kirchenfenstern schräg in den dämmrigen Raum fielen, sein blondes Haar in Flammen. »Pater Voreker?«
»Der bin ich.«
»Howard Carter, kommandierender Offizier der Unabhängigen Polnischen Fallschirmjägerschwadron des *Special Air Service*.« Er wandte sich an Altmann: »Haben Sie was angestellt, Janowski?«
»Wie Sie wissen, Sir, sind Orgeln meine große Schwäche.«
Steiner grinste. »Los, raus jetzt, und warten Sie draußen bei den anderen.« Altmann entfernte sich, und Steiner sah sich bewundernd im Kirchenschiff um. »Wirklich selten schön.«
Voreker musterte ihn neugierig, bemerkte die Krone und den Stern auf den Achselstücken der Uniform, die den Rang eines Colonels zeigten. »Aha, auf diese Einheit sind wir besonders stolz. *Special Air Service*. Sind Sie und Ihre Jungens nicht ziemlich weit von Ihren üblichen Jagdgründen entfernt? Ich hielt bisher immer die griechischen Inseln und Jugoslawien für Ihr Revier.«
»Ich auch, bis dann vor etwa einem Monat höheren Orts beschlossen wurde, uns zu einem Sonderkursus in die Heimat zu schicken. Wenngleich Heimat nicht ganz das rechte Wort ist, denn alle meine Leute sind Polen.«
»Wie Janowski?«
»Nicht mal. Er spricht wenigstens gut Englisch. Bei den anderen reicht's meist nur zu *Hallo*, oder *Geh'n Sie heute abend mit mir aus*? Mehr halten sie offenbar nicht für nötig.« Steiner lächelte. »Die Fallschirmjäger sind ein ziemlich eingebildeter Haufen, Pater. Wie alle Eliteeinheiten.«
»Ich weiß«, erwiderte Voreker. »Ich war selbst mal dabei. Feldkaplan der Ersten Fallschirmjägerbrigade.«
»Nein, so was!« rief Steiner. »Demnach waren Sie in Tunesien dabei?«
»Ja, bei Oudna. Dort habe ich mir das Ding da geholt«, und er tippte ein paarmal mit dem Stock auf den Aluminiumfuß. »Und jetzt bin ich hier gelandet.«

Steiner griff nach Vorekers Hand und schüttelte sie. »Freut mich, Ihre Bekanntschaft zu machen. Ein solches Zusammentreffen hätte ich mir nicht träumen lassen.«
Jetzt brachte sogar Voreker ein Lächeln zustande. »Kann ich irgend etwas für Sie tun?«
»Wenn Sie uns Nachtquartier geben würden? Sie haben hier auf dem angrenzenden Feld eine Scheune, die vermutlich schon öfter solchen Zwecken diente.«
»Halten Sie Manöver ab?«
»Ja, so könnte man sagen«, erwiderte Steiner. »Ich habe nur eine Handvoll Leute dabei. Die übrigen sind in ganz Nord-Norfolk verstreut. Morgen, zu einem festgesetzten Zeitpunkt, sollen sie alle im Eilzugstempo zu einer bestimmten Stelle auf der Landkarte flitzen, nur damit man sieht, wie schnell wir uns im Bedarfsfall sammeln können.«
»Also werden Sie nur heute nachmittag und die Nacht über hier sein?« »Ja. Wir werden versuchen, den Dorfbewohnern möglichst wenig auf die Nerven zu fallen. Ich halte wahrscheinlich nur ein paar Geländeübungen mit den Jungens ab, rund ums Dorf und so, nur um sie zu beschäftigen. Glauben Sie, jemand wird etwas dagegen haben?«
Die Reaktion war genauso, wie Devlin vorhergesagt hatte. Philip Voreker lächelte verständnisvoll: »Studley Constable war schon häufig Schauplatz für irgendwelche Manöver, Colonel. Wir alle freuen uns sehr, wenn wir nach Kräften behilflich sein können.«

Nachdem Altmann die Kirche verlassen hatte, marschierte er die Landstraße entlang bis zu ihrem Bedford-Lastwagen, der an der Einmündung des Feldwegs zur alten Scheune stand. Neben dem Gatter wartete der Jeep, Klugl saß am Steuer, Werner Briegel hinter dem Maschinengewehr.
Briegel hatte den Feldstecher auf den Rabenschwarm in den Birken gerichtet. »Sehr interessant«, sagte er zu Klugl. »Das will ich mir mal näher ansehen. Kommst du mit?«

Er hatte deutsch gesprochen, da niemand in der Nähe war, und Klugl antwortete in derselben Sprache. »Meinst du, daß wir das dürfen?«
»Warum nicht?« erwiderte Briegel.
Er stieg aus, durchschritt das Friedhofstor, und Klugl folgte ihm zögernd.
Laker Armsby war gerade dabei, westlich der Kirche ein Grab auszuheben. Die beiden Männer suchten sich einen Weg zwischen den Grabsteinen, und als Laker sie herankommen sah, hörte er mit seiner Arbeit auf und holte eine halbgerauchte Zigarette hinter dem Ohr hervor.
»Hallo«, sagte Werner Briegel.
Laker musterte sie aus zusammengekniffenen Augen. »Ausländer, wie? Hab' euch zuerst für britische Jungens gehalten, in den Uniformen da.«
»Wir sind Polen«, erwiderte Briegel. »Sie müssen meinen Freund entschuldigen, er kann kein Englisch.« Laker fummelte demonstrativ an seinem Zigarettenstummel herum, und der junge Deutsche begriff den Wink und zückte ein Päckchen Players. »Nehmen Sie eine von denen.«
»Da sag ich nicht nein.« Lakers Augen funkelten.
»Noch eine.«
Laker ließ sich nicht lange bitten. Eine Zigarette steckte er hinters Ohr, die andere zündete er an. »Wie heißen Sie denn?«
»Werner.« Eine peinliche Stille trat ein, als ihm sein Fehler bewußt wurde, und er fügte hinzu: »Kunicki.«
»Aha, ja«, sagte Laker. »Glaubte immer, Werner ist ein deutscher Name. Habe Anno fünfzehn in Frankreich mal einen gefangengenommen. Der hieß Werner, Werner Schmidt.«
»Meine Mutter war Deutsche«, erklärte Werner.
»Nicht Ihre Schuld«, erwiderte Laker. »Wir können uns unsere Eltern nicht aussuchen.«
»Der Rabenschwarm«, sagte Werner. »Wissen Sie vielleicht, wie lange er schon hier haust?«
Laker starrte ihn eine Weile verständnislos an und blickte dann

zu den Bäumen auf. »Also, die kenn' ich schon, seit ich klein war. Interessieren Sie sich denn für Vögel?«
»Und ob«, erwiderte Werner. »Hochinteressante Geschöpfe. Ganz anders als die Menschen. Führen keine Kriege miteinander, kennen keine Grenzen, die ganze Welt ist ihr Zuhause.«
Laker glotzte ihn an, als sei er verrückt geworden, und lachte dann. »Ach, hör'n Sie auf. Was soll denn schon groß dran sein an so häßlichen, lästigen Viechern?«
»Eine ganze Menge. Es stimmt schon, Raben sind überall in Norfolk heimisch, aber viele kommen im Spätherbst und Winter aus dem fernen Rußland hierher.«
»Unsinn!« sagte Laker.
»Doch, das stimmt. Vor dem Krieg wurden hier in dieser Gegend viele Raben gefunden, die zum Beispiel in Leningrad beringt worden waren.«
»Sie meinen, ein paar von denen, die dort oben hocken, könnten aus Väterchen Stalins Reich gekommen sein?«
»Höchstwahrscheinlich.«
»Also, auf so was wär ich nie gekommen.«
»Sehen Sie... Und in Zukunft erweisen Sie ihnen den Respekt, den sie als weitgereiste Vögel verdienen.«
Jemand rief: »Kunicki, Moczar!« Sie drehten sich um und sahen Steiner und den Priester vor dem Kirchenportal stehen. »Wir gehen«, rief Steiner, und die beiden Fallschirmspringer machten kehrt und gingen zurück zum Jeep.
Steiner und Pater Voreker schritten gemeinsam den Pfad entlang. Eine Hupe ertönte, und ein zweiter Jeep kam vom Dorf her den Hügel herauf und hielt jenseits des Kirchhofs am Straßenrand. Pamela Voreker stieg aus. Sie trug die Uniform der britischen Luftwaffenhelferinnen. Werner und Klugl beäugten sie wohlgefällig und erstarrten dann, als von der anderen Seite des Wagens Harry Kane in amerikanischer Uniform auftauchte.
Als Steiner und Voreker zum Tor kamen, trat Pamela zu ihnen, stellte sich auf die Zehenspitzen und küßte ihren Bruder auf die

Wange. »Entschuldige die Verspätung, aber Harry wollte sich Norfolk ein bißchen ansehen. Bis jetzt ist er nicht sehr weit herumgekommen.«
»Na, hoffentlich hast du ihm ein bißchen von unserer schönen einsamen Gegend zeigen können«, sagte Voreker liebevoll.
»Ja, das hat sie, und jetzt sind wir da, Pater«, sagte Kane.
»Ich möchte dich und Major Kane mit Colonel Carter von der Unabhängigen Polnischen Fallschirmjägerschwadron bekannt machen«, sagte Voreker. »Er und seine Männer halten hier eine Übung ab. Sie übernachten in der Scheune in Old Woman's Meadow. Meine Schwester Pamela, Major Harry Kane.«
»Einundzwanzigste *Special Raiding Force*.« Kane reichte Steiner die Hand. »Wir sind drüben in Meltham House stationiert. Ihre Jungens laufen uns bestimmt den Rang ab, mit diesen roten Mützen. Die Mädels sind ganz wild auf so was.«
»Na ja, das kennen wir«, sagte Steiner.
»Polen, wie? Wir haben in unserer Einheit auch ein paar polnische Jungens. Zum Beispiel Krukowski. In Chikago geboren und aufgewachsen, aber er spricht Polnisch ebensogut wie Englisch. Komische Leute. Vielleicht können wir mal zusammenkommen?«
»Geht leider nicht«, erwiderte Steiner. »Ich habe Sonderbefehle. Heute nachmittag und abends Geländeübungen, morgen müssen wir wieder weg, um zu anderen Einheiten zu stoßen. Sie wissen ja, wie's ist.«
»Nur zu gut«, sagte Kane. »Bin selbst in genau der gleichen Lage.« Er blickte auf die Uhr. »Wenn ich zum Beispiel nicht in zwanzig Minuten in Meltham House bin, läßt der Colonel mich erschießen.«
Steiner gab sich liebenswürdig. »War jedenfalls nett, Sie kennenzulernen. Miß Pamela, Pater Voreker...« Er stieg in den Jeep und nickte Klugl zu, der die Handbremse löste und abfuhr.
»Vergessen Sie nicht, daß man hier auf der linken Straßenseite fährt«, sagte Steiner ruhig.

Die Mauern der Scheune waren stellenweise einen Meter dick. Die Gebäude waren die Reste eines mittelalterlichen Herrenhauses, und Steiner fand die Scheune sehr geeignet für seine Zwecke. Drinnen roch es nach Mäusen und altem Heu. Ein zerbrochener Leiterwagen stand in einer Ecke, und ein großer Heuboden ließ durch runde, glaslose Fensterluken Licht herein. Sie ließen den Bedford mit einer Wache draußen stehen, den Jeep dagegen nahmen sie mit hinein. Steiner sprang in den Jeep und hielt eine Ansprache an seine Leute.
»Soweit scheint alles zu klappen. Doch müssen wir noch peinlicher darauf achten, daß das Ganze so natürlich wie möglich wirkt. Als erstes wird die Gulaschkanone aufgestellt und Essen gekocht.« Er blickte auf die Uhr. »Das dürfte bis gegen drei dauern. Danach folgt eine Geländeübung. Wir dürfen die Dorfbewohner nicht enttäuschen, also: Feldübung in den Äckern, am Fluß entlang, zwischen den Häusern. Und noch etwas! Jederzeit äußerste Vorsicht beim Gebrauch der deutschen Sprache. Nur leise sprechen. Während der Übung möglichst nur Handzeichen geben. Gesprochene Befehle selbstverständlich nur in Englisch. Die Feldtelefone sind nur in sehr dringenden Fällen zu benutzen. Leutnant Neumann wird die notwendigen Rufzeichen mitteilen.«
Brandt fragte: »Wie haben wir uns zu verhalten, wenn Einheimische mit uns sprechen wollen?«
»Tun Sie, als verstünden Sie nichts. Lassen Sie sich auf nichts ein, auch wenn Sie gut Englisch sprechen.«
Steiner wandte sich an Neumann: »Die Organisation der Geländeübung liegt bei Ihnen. Teilen Sie jeder Gruppe mindestens einen Mann zu, der gut Englisch spricht. Und ein letztes Wort an die Männer! Um sechs, spätestens halb sieben Uhr wird es dunkel. Dann stellen wir unsere Vorführung ein.«
Steiner sprang vom Wagen und ging hinaus. Er wanderte den Feldweg entlang. Da tauchte Joanna Grey auf ihrem Fahrrad auf. Aus dem Korb, der an der Lenkstange hing, ragte ein

großer Blumenstrauß. Patch, ihr Hund, lief hinterdrein. Sie stieg ab und ließ ihr Rad fallen. »Wie macht sich's?«
»Prächtig.«
Sie streckte die Hand aus, als stellte sie sich förmlich vor. Aus einiger Entfernung mußte es überzeugend wirken. »Und Philip Voreker?«
»Die Hilfsbereitschaft in Person. Devlin hat recht. Er glaubt bestimmt, daß wir hier sind, um ein Auge auf den großen Mann zu haben.«
»Wie geht's jetzt weiter?«
»Sie können uns in den nächsten Stunden beim Soldatenspielen zuschauen. Devlin sagte, er wolle um halb sieben bei Ihnen sein.« »Gut.« Wieder streckte sie die Hand aus. »Bis später.«
Steiner salutierte, machte kehrt und ging zur Scheune zurück. Joanna Grey stieg wieder aufs Rad und fuhr weiter den Hügel hinauf in Richtung Kirche. Voreker erwartete sie bereits unterm Portal. Sie lehnte das Fahrrad an die Mauer und trat mit den Blumen in der Hand auf ihn zu.
»Wie schön«, sagte er. »Wo, in aller Welt, haben Sie denn jetzt solche Blumen her?«
»Oh, von einer Freundin in Holt. Iris. Natürlich aus dem Treibhaus. Schrecklich unpatriotisch. Sie hätte lieber Kartoffeln oder Kohl anbauen sollen.«
»Unsinn, der Mensch lebt nicht vom Brot allein. Haben Sie Sir Henry noch gesehen, ehe er wegfuhr?«
»Ja, er kam unterwegs bei mir vorbei, in voller Uniform. Sah wirklich imposant aus.«
»Und noch vor dem Abend wird er den großen Mann hierherbringen«, sagte Voreker. »Eine knappe Zeile im betreffenden Kapitel seiner Biographie. *Übernachtete in Studley Grange.* Die Leute im Dorf haben keine Ahnung, und doch spielt sich hier ein Stückchen Geschichte ab.«
»So gesehen haben Sie vermutlich recht.« Sie lächelte strahlend. »Und jetzt stellen wir die Blumen auf den Altar.«
Er hielt ihr die Tür, und sie gingen in die Kirche.

15

Als Big Ben in London drei Uhr schlug, verließ Rogan das Gebäude der *Royal Courts of Justice* und eilte über den Gehsteig zum Straßenrand, wo Fergus Grant ihn am Steuer einer Humber-Limousine erwartete. Trotz des heftigen Regens war der Chefinspektor strahlender Laune, als er den Schlag öffnete.
»Alles zur Zufriedenheit verlaufen, Sir?« fragte Fergus.
Rogan grinste selbstgefällig.
»Wenn unser Freund Halloran weniger als zehn Jahre aufgebrummt kriegt, freß ich einen Besen. Haben Sie die Waffen?«
»Handschuhfach, Sir.«
Rogan öffnete das Fach und nahm eine automatische Browning heraus. Er überprüfte das Magazin und schob es wieder in den Kolben.
Die Waffe lag ihm gut in der Hand. Wie angewachsen.
Er wog sie noch eine Weile und steckte sie dann in die innere Brusttasche.
»Also los, Fergus, jetzt zu Freund Devlin.«

Zur gleichen Zeit ritt Molly über die Feldwege auf die Kirche St. Mary's zu.
Wegen des Nieselregens trug sie den alten Trenchcoat und ein Kopftuch. Über ihrem Rucksack lag ein Stück Packleinwand.
Sie band ihr Pferd hinter dem Pfarrhaus unter den Bäumen an und betrat durch das rückwärtige Gatter den Kirchhof. Als sie sich dem Kirchenportal näherte, hörte sie einen Kommandoruf, blieb stehen und blickte zum Dorf hinab. Die Fallschirmjäger rückten in Schützenlinie auf die alte Mühle am Fluß zu, die roten Mützen hoben sich deutlich vom Grün der Wiese ab. Molly konnte Pater Voreker, George Wildes kleinen Sohn Graham und die kleine Susan Turner sehen, die auf dem Steg ein Stückchen oberhalb des Wehrs standen und den Soldaten

zusahen. Ein zweiter Kommandoruf, und die Fallschirmjäger warfen sich zu Boden.
Als sie in die Kirche trat, sah sie Pamela Voreker, die am Altar kniete und die Messingeinfassung polierte. »Hallo, Molly«, sagte Pamela, »wollen Sie mir helfen?«
»Eigentlich ist Mum an diesem Wochenende mit dem Altar an der Reihe«, erwiderte Molly und nahm den Rucksack ab. »Aber sie ist schrecklich erkältet und möchte heute lieber im Bett bleiben.«
Vom Dorf her hörte man schwach ein weiteres Kommando.
»Sind die da unten immer noch nicht fertig?« fragte Pamela. »Man sollte doch meinen, der Krieg würde sie genug beschäftigen, trotzdem müssen sie ihre albernen Spiele veranstalten. Ist mein Bruder unten?«
»Ich habe ihn vorhin gesehen.«
Ein Schatten zog über Pamela Vorekers Gesicht. »Manchmal frage ich mich wirklich, ob es ihm vielleicht leid tut, daß er jetzt nicht mehr dabei ist.« Sie schüttelte den Kopf. »Männer sind schon seltsame Wesen.«

Außer dem Rauch, der hier und dort aus einem Schornstein stieg, sah man im Dorf kein Anzeichen von Leben. Für die meisten Leute war gewöhnlicher Werktag. Neumann hatte den Sturmtrupp in drei Abteilungen von je fünf Mann aufgeteilt, die über das Feldtelefon miteinander Verbindung hielten. Er und Harvey Preston operierten mit je einer Abteilung zwischen den Bauernhäusern. Preston machte die Sache Spaß. Er kauerte, den Revolver in der Hand, an der Steinmauer des Studley-Arms-Pubs und gab seiner Abteilung durch Handzeichen den Befehl zum Vorrücken.
Nicht weit davon lehnte George Wilde an der Wand und schaute zu. Dann trat auch seine Frau Betty aus der Tür und wischte sich die Hände an der Schürze ab. »Möchtest wohl auch wieder dabeisein?«
Wilde zuckte die Achseln. »Vielleicht.«

»Männer«, sagte sie geringschätzig. »Ich werde euch nie verstehen.«
Die Gruppe auf der Wiese bestand aus Brandt, Unteroffizier Sturm, dem Obergefreiten Becker und den Gefreiten Jansen und Hagl. Sie operierten jenseits der alten Mühle, die seit mehr als dreißig Jahren nicht mehr benutzt wurde. Das Dach hatte Löcher, viele Schindeln waren abgefallen.
Das mächtige Mühlrad stand im allgemeinen still, doch durch die heftigen Regenfälle der vergangenen Tage war der Fluß so angeschwollen, daß die verrostete Bremse das Rad nicht mehr halten konnte. Das Mühlrad begann sich unter gespenstischem Ächzen und Stöhnen zu drehen und quirlte das Wasser zu Schaum.
Steiner, der im Jeep saß und mit Interesse das kreisende Rad beobachtet hatte, drehte sich um und sah zu, wie Brandt den jungen Jansen beim Schießen im Liegen kontrollierte. Flußaufwärts, oberhalb des Wehrs, standen Pater Voreker und die beiden Kinder und sahen gleichfalls zu. George Wildes Sohn Graham war elf Jahre alt, und die Manöver der Fallschirmjäger versetzten ihn in beträchtliche Aufregung. »Was machen sie jetzt, Pater?« fragte er Voreker.
»Well, Graham, es kommt darauf an, daß man die Ellbogen richtig hält«, sagte Voreker. »Sonst kann man nicht richtig zielen. Schau hin, jetzt macht er's richtig.«
Susan Turner langweilte sich bei der ganzen Geschichte, was bei einem fünfjährigen Mädchen kaum überraschte. Sie interessierte sich weit mehr für die Holzpuppe, die ihr der Großvater am vergangenen Abend gemacht hatte. Sie war ein hübsches blondes Kind, aus Birmingham hierher evakuiert. Ihre Großeltern Ted und Agnes Turner hatten den einzigen Laden im Dorf, zu dem auch das Postamt und die öffentliche Fernsprechstelle gehörten. Susan lebte jetzt seit einem Jahr bei ihnen.
Sie ging hinüber auf die andere Seite des Stegs, schlüpfte unter dem Geländer durch und kauerte sich am äußersten Rand des Stegs nieder. Das Hochwasser rauschte braun und schaumge-

fleckt einen halben Meter unter ihr vorüber. Sie ließ die Puppe an einem der beweglichen Arme knapp über dem Wasserspiegel baumeln und lachte vergnügt, als die Flut die Füße der Puppe überspülte. Immer tiefer beugte sie sich hinunter, hielt sich am Geländer über ihrem Kopf fest und tauchte die Puppe jetzt tüchtig ein. Da brach das Geländer auseinander, und mit einem Schrei stürzte die Kleine kopfüber ins Wasser.

Voreker und der Junge drehten sich gerade noch rechtzeitig um, um sie verschwinden zu sehen. Ehe der Priester sich von der Stelle rühren konnte, war die Kleine unter den Steg gerissen worden. Mehr von Instinkt als von Mut getrieben sprang Graham ihr nach. An dieser Stelle war das Wasser sonst keinen Meter tief. Im Sommer hatte Graham hier noch Kaulquappen gefischt. Aber jetzt war alles anders. Er bekam einen Zipfel von Susans Mantel zu fassen und ließ nicht mehr los. Seine Füße angelten nach Grund, aber da war kein Grund, und er schrie vor Entsetzen, als die Strömung ihn und das kleine Mädchen auf das Wehr zutrieb.

Voreker war vor Schreck wie gelähmt und brachte keinen Laut hervor, aber Grahams Schrei alarmierte Steiner und seine Leute augenblicklich. Als sie herumfuhren, um zu sehen, was passiert war, wurden die Kinder gerade über die Kante des Wehrs geschwemmt und glitten die Zementrinne hinunter auf den Mühlgraben zu.

Unteroffizier Sturm sprang auf und rannte nach dem Rand des Mühlgrabens. Im Laufen riß er sich die Ausrüstung vom Leib. Er hatte keine Zeit mehr, den Reißverschluß der Sprungjacke zu öffnen. Susan und Graham, der noch immer den Mantel umklammert hielt, wurden von der reißenden Strömung unaufhaltsam auf das Mühlrad zugetragen.

Ohne Zögern sprang Sturm ins Wasser und schwamm auf die beiden zu. Er erwischte Graham beim Arm. Hinter ihm stand bereits Brandt bis zur Brust im Wasser. Als Sturm den Jungen zu sich heranzog, tauchte Grahams Kopf vorübergehend unter. Er geriet in Panik, schlug mit Beinen und Armen um sich und

ließ das Mädchen los. Sturm schwang den Jungen im hohen Bogen durch die Luft, so daß Brandt ihn auffangen konnte, dann stürzte er sich wieder ins Wasser, um Susan herauszuholen.
Die Strömung war so gewaltig, daß die Kleine zu ihrem Glück auf der Wasseroberfläche weggerissen wurde. Als Sturms Hand ihren Mantel packte, schrie sie auf. Sturm riß sie in seine Arme und versuchte, Fuß zu fassen. Aber er ging sofort unter, und als er wieder hochkam, merkte er, daß er selbst unerbittlich auf das Rad zutrieb.
Durch das Brausen hindurch hörte er einen Schrei, drehte sich um und sah, daß seine Kameraden den Jungen sicher am Ufer hatten und daß Brandt schon wieder im Wasser war und ihn zu erreichen versuchte. Walter Sturm nahm alle Kraft zusammen, die in ihm steckte, und schleuderte das Kind durch die Luft in Brandts rettende Arme. Eine Sekunde später packte ihn die Strömung mit gewaltiger Faust und riß ihn ins Rad. Die Schaufeln donnerten in die Tiefe, und er verschwand.

George Wilde war ins Haus gegangen und hatte einen Eimer Wasser geholt, um die Vordertreppe zu putzen. Als er wieder herauskam, sah er gerade, wie die Kinder über das Wehr gerissen wurden. Er ließ den Eimer fallen, rief seine Frau und rannte über die Straße zum Steg. Harvey Preston und seine Abteilung, die das Unglück ebenfalls gesehen hatten, folgten ihm.
Graham Wilde war zwar triefend naß, schien jedoch im übrigen sein Abenteuer heil überstanden zu haben. Das gleiche galt für Susan, die allerdings hysterisch schluchzte. Brandt drückte das Kind George Wilde in die Arme und rannte am Ufer entlang hinter Steiner und den anderen her, die jenseits des Mühlrads nach Unteroffizier Sturm suchten. Plötzlich tauchte Sturm im ruhigen Wasser an die Oberfläche. Brandt sprang hinein und packte ihn.
Außer einer Beule an der Stirn trug er keine äußeren Zeichen

einer Verletzung, aber seine Augen waren geschlossen, die Lippen leicht geöffnet. Brandt watete, seinen Kameraden auf den Armen, aus dem Wasser, und da standen auch schon Voreker, Harvey Preston und seine Leute und schließlich Mrs. Wilde, die ihrem Mann die kleine Susan abnahm.
»Ist ihm etwas passiert?« fragte Voreker.
Brandt zog den Verschluß der Sprungjacke auf und tastete mit der Hand nach dem Herzen. Er berührte die Beule auf der Stirn, und augenblicklich ergoß sich Blut und eine breiige Masse aus Fleisch und Knochen über die Haut. Dennoch bewahrte Brandt einen kühlen Kopf. Er blickte zu Steiner auf und sagte auf englisch: »Bedaure, Sir, sein Schädel ist eingedrückt.«
Eine Weile hörte man keinen Laut, außer dem gespenstischen Ächzen des Mühlrads. Dann brach Graham Wilde das Schweigen. Er sagte laut: »Schau mal seine Uniform an, Dad. Tragen so was die Polen?«
Brandt hatte in der Eile einen nicht wieder gutzumachenden Fehler begangen. Unter der geöffneten Uniform kam Paul Sturms deutsche Fliegerbluse mit dem Adler der Luftwaffe auf der rechten Brusttasche zum Vorschein. Darüber steckte das schwarz-weiß-rote Band des Eisernen Kreuzes Zweiter Klasse. An der linken Brustseite waren das Eiserne Kreuz Erster Klasse und mehrere andere Auszeichnungen zu sehen. Unter der Sprungjacke ist volle Uniform zu tragen, hatte Himmler gefordert.
»O mein Gott«, flüsterte Voreker.
Die Deutschen schlossen einen Kreis. Steiner sagte auf deutsch zu Brandt: »Legen Sie Sturm in den Jeep.« Dann winkte er Jansen, der eines der Feldtelefone trug. »Geben Sie her. Adler eins an Adler zwo«, rief er. »Bitte kommen.«
Neumann und seine Abteilung exerzierten am anderen Ende des Dorfes, wo man sie nicht sehen konnte. Er antwortete: »Adler zwo, ich höre.«
»Den Adler hat's erwischt«, sagte Steiner. »Kommen Sie sofort zur Brücke.«

Er gab Jansen das Telefon zurück. Betty Wilde fragte verständnislos ihren Mann. »Was bedeutet das alles, George?«
»Sie sind Deutsche«, erwiderte Wilde. »Ich kenne ihre Uniformen von Norwegen her.«
»Ja«, sagte Steiner. »Da waren auch ein paar von uns dabei.«
»Aber was wollen Sie denn hier?« sagte Wilde. »Das begreif ich nicht. Hier gibt's doch für Sie nichts zu holen.«
»Sie Idiot!« höhnte Preston. »Wissen Sie nicht, wer heute in Studley Grange übernachtet? Seine Gnaden, der großmächtige Mister Winston Spencer Churchill persönlich.«
Wilde starrte ihn entgeistert an und lachte dann hell auf. »Bei Ihnen piept's wohl. Solchen Unsinn hab' ich im ganzen Leben nicht gehört. Was sagen Sie, Pater?«
»Ich muß Ihnen leider sagen, daß es stimmt.« Voreker brachte die Worte langsam und mit ungeheurer Anstrengung hervor. »Nun, Herr Oberstleutnant. Darf man fragen, was jetzt geschehen soll? Zunächst mit diesen Kindern, sie müssen halb erfroren sein.«
Steiner wandte sich an Betty Wilde. »Mrs. Wilde, Sie können mit Ihrem Sohn und dem kleinen Mädchen nach Hause gehen. Wenn der Junge umgekleidet ist, bringen Sie Susan zu ihren Großeltern. Die beiden haben doch den Dorfladen und verwalten die Poststelle, nicht wahr?«
Sie war noch immer wie betäubt und warf ihrem Mann hilflose Blicke zu. »Ja«, sagte sie dann, »das stimmt.«
Steiner sagte zu Preston: »Im Dorf und in der Umgebung gibt es nur sechs Telefone. Alle Gespräche laufen über die Vermittlung in der Post und werden entweder von Mr. Turner oder seiner Frau durchgestellt.«
»Sollen wir die Vermittlung außer Betrieb setzen?« schlug Preston vor.
»Nein, das könnte unnötig Aufmerksamkeit erregen. Am Ende alarmiert jemand den Entstördienst und sie schicken einen Mann zur Reparatur her. Sobald das Kind trockene Kleider anhat, schicken Sie die Großmutter und die Kleine hinauf in die

Kirche. Mr. Turner soll an der Vermittlung bleiben. Wenn Gespräche von auswärts kommen, soll er sagen, der betreffende Teilnehmer antworte nicht oder irgend etwas Derartiges. Das müßte für den Augenblick genügen. Also los jetzt, und machen Sie möglichst wenig Theater.«
Preston wandte sich zu Betty Wilde um. Susan hatte zu weinen aufgehört, und Preston streckte ihr mit strahlendem Lächeln die Hände entgegen. »Komm her, mein Herzchen, ich trag dich Huckepack.« Das Kind reagierte instinktiv mit entzücktem Lächeln. »Würden Sie mir bitte folgen, Mrs. Wilde.«
Nach einem verzweifelten Blick auf ihren Mann nahm Mrs. Wilde den Jungen bei der Hand und ging hinter Preston her. Die Männer von Prestons Abteilung, Dinter, Meyer, Riedel und Berg, bildeten die Nachhut.
George Wilde sagte heiser: »Wenn meiner Frau irgend etwas zustößt...«
Steiner beachtete ihn nicht. Er sagte zu Brandt: »Bringen Sie Pater Voreker und Mr. Wilde hinauf zur Kirche und behalten Sie die beiden dort. Becker und Jansen können mit Ihnen gehen. Hagl, Sie kommen mit mir.«
Neumann und seine Abteilung waren inzwischen an der Brücke eingetroffen. Auch Preston war soeben dort angelangt und berichtete jetzt offenbar, was vorgefallen war.
Philip Voreker sagte: »Oberstleutnant Steiner, ich hätte gute Lust, es darauf ankommen zu lassen. Wenn ich jetzt einfach wegginge, so könnten Sie es sich nicht leisten, mich kurzerhand niederzuknallen. Sie würden das ganze Dorf in Aufruhr versetzen.«
Steiner wandte sich ihm zu. »Studley Constable besteht aus sechzehn Häusern, Pater. Siebenundvierzig Einwohner insgesamt, und die meisten Männer sind im Moment gar nicht da. Sie arbeiten auf einem Dutzend verschiedener Höfe im Umkreis von fünf Meilen. Und ganz davon abgesehen...« Er wandte sich an Brandt. »Führen Sie ihm eine kleine Kostprobe vor.«
Brandt nahm dem Obergefreiten Becker das Sten ab, machte

eine rasche Drehung und jagte aus der Hüfte eine Salve in den Mühlgraben. Wasserfontänen schossen hoch in die Luft, aber außer dem metallischen Klicken des Verschlußmechanismus war kein Laut zu hören.

»Beachtlich, das muß man zugeben«, sagte Steiner. »Und eine britische Erfindung. Aber es gibt eine noch sicherere Methode, Pater. Brandt hält Ihnen ein Messer unter die Rippen, genau so, daß er Sie in Sekundenschnelle und lautlos töten könnte. Er versteht sich drauf, glauben Sie mir. Er hat es oft genug getan. Dann führen wir Sie zwischen uns zum Jeep, setzen Sie hinein und fahren mit Ihnen ab. Ist das überzeugend genug?«

»Es reicht fürs erste, würde ich sagen«, erwiderte Voreker.

»Ausgezeichnet.« Steiner nickte Brandt zu. »Ab mit euch. Ich komme in ein paar Minuten nach.«

Er machte kehrt und eilte zur Brücke, so schnell, daß Hagl laufen mußte, um mit ihm Schritt zu halten. Neumann kam ihnen entgegen. »Nicht gerade rosig. Was machen wir jetzt?«

»Wir besetzen das Dorf. Sie kennen Prestons Befehle?«

»Ja, er hat mir berichtet. Und was sollen wir hier tun?«

»Schicken Sie einen Mann hinauf, der den Lastwagen holen soll. Dann fangen Sie am Dorfrand an und nehmen sich ein Haus nach dem anderen vor. Es ist mir egal, wie Sie es machen, aber in einer Viertelstunde, höchstens zwanzig Minuten will ich sämtliche Bewohner droben in der Kirche beisammen sehen.«

»Und danach?«

»Straßensperren an beiden Enden des Dorfes. Wird alles ganz harmlos und offiziell aussehen, aber jeder der reinfährt, bleibt drinnen.«

»Soll ich Mrs. Grey benachrichtigen?«

»Nein, im Moment noch nicht. Sie muß ungestört das Funkgerät benutzen können. Solange es sich irgend vermeiden läßt, soll niemand erfahren, daß sie auf unserer Seite steht.« Er grinste. »Jetzt geht's hart auf hart, Neumann.«

»Ist doch für uns nichts Neues, Herr Oberstleutnant.«
»Gut.« Steiner salutierte förmlich. »Führen Sie Ihre Befehle aus.« Er machte kehrt und marschierte hügelan zur Kirche.

Im Wohnzimmer neben dem Laden und der Poststelle kleidete Agnes Turner weinend ihr Enkelkind um. Betty Wilde saß dabei und hielt Graham krampfhaft fest. Dinter und Berg standen rechts und links der Tür und warteten auf die Frauen.
»Ich hab' furchtbare Angst, Betty«, sagte Mrs. Turner. »Ich habe ganz schreckliche Dinge über sie gelesen. Sie morden und töten. Was werden sie uns antun?«
In dem winzigen Raum hinter dem Postschalter, wo die Telefonvermittlung untergebracht war, sagte Ted Turner aufgeregt: »Was ist mit meiner Frau passiert?«
»Nichts«, erwiderte Harvey Preston. »Und es wird ihr auch nichts passieren, solange Sie genau tun, was Ihnen gesagt wird. Und versuchen Sie bloß nicht, irgendwas ins Telefon zu schreien, wenn ein Anruf durchkommt. Keine faulen Tricks.«
Er zog den Revolver. »Ich würde nämlich nicht Sie erschießen, ich erschieße Ihre Frau, darauf können Sie Gift nehmen.«
»Sie Schwein«, sagte der alte Mann. »Und so was will ein Engländer sein.«
»Ein besserer als Sie, Alter.« Harvey versetzte ihm mit dem Handrücken einen Schlag ins Gesicht. »Merken Sie sich das.«
Dann setzte er sich in die Ecke und zündete eine Zigarette an.

Molly und Pamela Voreker waren mit dem Altar fertig und schmückten nun mit den übriggebliebenen Mooskolben und Riedgräsern das Taufbecken. Pamela sagte: »Ich weiß, was noch fehlt, Efeu. Ich hole welchen.«
Sie öffnete die Tür, trat durch das Portal hinaus und pflückte einige von den Ranken, die dort am Kirchturm hochkletterten. Als sie gerade wieder zurück in die Kirche wollte, hörte sie Bremsen kreischen, drehte sich um und sah den Jeep anhalten. Sie beobachtete, wie ihr Bruder und George Wilde ausstiegen,

und dachte zunächst, die Fallschirmjäger hätten die beiden im Wagen mitgenommen. Dann glaubte sie zu sehen, daß der hünenhafte Feldwebel ihren Bruder und Wilde mit dem Gewehr in Schach hielt, das er an der Hüfte im Anschlag trug. Sie hätte über einen so absurden Einfall gelacht, wenn nicht hinter den dreien Becker und Jansen mit Sturms Leiche durch das Kirchhofstor gekommen wären.
Pamela schlüpfte durch die halbgeöffnete Tür hinein und stieß mit Molly zusammen. »Was ist los?« fragte Molly.
Pamela gebot ihr Schweigen. »Ich weiß nicht, aber irgend etwas ist faul, oberfaul.«
Halbwegs zwischen Friedhofstor und Kirche setzte George Wilde zu einem Fluchtversuch an, aber Brandt, der schon darauf gefaßt gewesen war, stellte ihm geschickt ein Bein. Dann beugte er sich über Wilde und drückte ihm die Mündung der M1 unters Kinn. »Alright, Tommy, bist ein tapferer Mann. Allen Respekt. Aber probier so was noch mal, und ich schieß dir die Rübe weg.«
Mit Vorekers Hilfe rappelte Wilde sich auf, und der ganze Zug setzte sich wieder in Richtung auf das Kirchenportal in Bewegung. Drinnen blickte Molly verständnislos Pamela an. »Was hat das zu bedeuten?«
Wiederum gebot Pamela Schweigen. »Schnell, hier herein«, sagte sie und öffnete die Tür zur Sakristei. Beide Mädchen schlüpften hinein, Pamela schloß die Tür und schob den Riegel vor. Kurz darauf hörten sie deutlich Stimmen.
Voreker sagte: »Also schön, und wie geht's jetzt weiter?«
»Sie warten auf den Oberstleutnant«, erwiderte Brandt. »Übrigens sehe ich nicht ein, warum Sie nicht inzwischen für den armen alten Sturm tun sollten, was nur recht und billig ist. Er war zwar Lutheraner, aber so genau muß man's wohl nicht nehmen. Katholiken oder Protestanten, Deutsche oder Engländer, die Würmer nehmen's, wie's kommt.«
»Bringen Sie ihn in die Marienkapelle«, sagte Voreker.
Die Schritte verhallten, und Molly und Pamela kauerten hinter

der Tür und blickten einander an. »Hat er gesagt Deutsche?« sagte Molly. »Völlig irre.«
Schritte hallten auf den Steinfliesen des Portals, und das Tor öffnete sich knarrend. Pamela legte einen Finger auf die Lippen, und sie warteten.
Steiner blieb am Taufbecken stehen, sah sich um und schlug sich mit dem Offiziersstöckchen gegen den Schenkel. Das Barett nahm er diesmal nicht ab. »Pater Voreker«, rief er. »Bitte kommen Sie her.« Er ging zur Sakristeitür und drückte die Klinke nieder. Drinnen wichen die beiden Mädchen erschrocken zurück. Als Voreker durch das Kirchenschiff herbeihumpelte, sagte Steiner: »Scheint abgeschlossen zu sein. Warum? Was ist dort drinnen?«
Soweit Voreker sich erinnern konnte, war die Tür niemals abgeschlossen gewesen, weil der Schlüssel verlorengegangen war. Es konnte nur bedeuten, daß jemand von innen den Riegel vorgeschoben hatte. Dann fiel ihm ein, daß Pamela am Altar gearbeitet hatte, als er hinunterging, um den Fallschirmjägern zuzusehen. Die Schlußfolgerung lag auf der Hand. Er sagte laut: »Das ist die Sakristei, Herr Oberstleutnant. Darin werden Kirchenbücher, meine Meßgewänder und allerlei Geräte aufbewahrt. Der Schlüssel ist leider im Pfarrhaus. Entschuldigen Sie diese Schlamperei. In Deutschland kommt so etwas vermutlich nicht vor.«
»Sie meinen, wir Deutschen haben einen Ordnungsfimmel, Pater?« sagte Steiner. »Das stimmt. Aber sehen Sie, meine Mutter war Amerikanerin, und ich ging in London zur Schule. Ich habe sogar viele Jahre dort verbracht. Was bedeutet Ihrer Meinung nach diese Mischung?«
»Daß Sie aller Wahrscheinlichkeit nach nicht Carter heißen.«
»Ich heiße Steiner. Kurt Steiner.«
»Welche Waffengattung? SS?«
»Das scheint im Ausland eine fixe Idee geworden zu sein. Glauben Sie denn, alle deutschen Soldaten dienten in Himmlers Privatarmee?«

»Nein, sie benehmen sich nur alle so.«
»Wie zum Beispiel Unteroffizier Sturm?«
Darauf wußte Voreker keine Antwort. Steiner fuhr fort: »Nur zu Ihrer Orientierung, wir sind keine SS-Leute. Wir sind Fallschirmjäger. Die besten in der Branche, bei allem schuldigen Respekt vor Ihren Roten Teufeln!«
Voreker sagte: »Und Sie haben vor, heute abend Mr. Churchill in Studley Grange zu ermorden?«
»Nur wenn es gar nicht anders geht«, sagte Steiner. »Ich möchte ihn lieber unversehrt mitnehmen.«
»Aber Ihr Plan ist jetzt ein bißchen durcheinander geraten? Ja, ja, der Mensch denkt...«
»Weil einer meiner Männer sich geopfert hat, um zwei Kindern aus diesem Dorf das Leben zu retten. Oder wollen Sie das etwa nicht wahrhaben, weil es den erbärmlichen Wahn zerstört, alle deutschen Soldaten seien Wilde, die nur auf Mord und Vergewaltigung aus sind? Oder sitzt es tiefer? Hassen Sie uns alle, weil eine deutsche Kugel Sie zum Invaliden gemacht hat?«
»Gehen Sie zum Teufel!« sagte Voreker.
»Diesen frommen Wunsch würde der Papst gar nicht gern hören, Pater. Aber um Ihre Frage zu beantworten: Ja, der Plan ist ein bißchen durcheinandergeraten, aber Improvisieren gehört zu unserem Handwerk. Sie als alter Fallschirmjäger müßten das wissen.«
»Um Gottes willen, Mann«, sagte Voreker, »dieses Rennen ist doch gelaufen. Kein Überraschungsfaktor mehr.«
»O doch«, erwiderte Steiner ruhig. »Wenn wir das ganze Dorf entsprechend lange sozusagen unter Verschluß halten.«
Die Kühnheit dieses Vorhabens verschlug Voreker einen Moment die Sprache. Dann stammelte er: »Aber das ist unmöglich.«
»Keineswegs. Meine Leute sind gerade dabei, alle Bewohner von Studley Constable einzusammeln. In fünfzehn, spätestens zwanzig Minuten wird die ganze Gemeinde hier in der Kirche sein. Wir haben das Telefonnetz unter Kontrolle, desgleichen

die Straßen, so daß jeder Ankömmling sofort festgenommen werden kann.«
»Damit werden Sie nie durchkommen.«
»Sir Henry Willoughby fuhr heute vormittag um elf Uhr von Studley Grange nach King's Lynn, wo er mit dem Premierminister beim Lunch zusammentreffen sollte. Abfahrt von dort um halb vier in zwei Autos mit einer Eskorte von vier Kradfahrern der *Royal Military Police*.« Steiner blickte auf die Uhr. »Also, fast genau in diesem Augenblick. Der Premierminister hat übrigens den Wunsch geäußert, über Walsingham zu fahren. Aber verzeihen Sie, ich langweile Sie bestimmt mit allen diesen Details.«
»Sie scheinen außerordentlich gut informiert zu sein?«
»O ja, das bin ich. Sie sehen also, wir haben weiter nichts zu tun, als, genau wie vorgesehen, bis heute abend die Stellung zu halten, und wir werden trotz allem den Preis davontragen. Übrigens, Ihre Schäflein haben nichts zu befürchten, wenn sie sich den Anweisungen fügen.«
»Sie werden nicht damit durchkommen«, wiederholte Voreker eigensinnig.
»Ach, ich weiß nicht. Es gibt da einen Präzedenzfall. Otto Skorzeny hat Mussolini aus einer angeblich völlig aussichtslosen Lage befreit. Ein toller Handstreich, wie Mr. Churchill selbst einräumte, als er in Westminster sprach.«
»Oder besser, in den Resten von Westminster, die eure verdammten Bomben übriggelassen haben«, sagte Voreker.
»Berlin ist auch nicht mehr das, was es früher einmal war«, erwiderte Steiner. »Und falls es Ihren Freund Wilde interessieren sollte, dann sagen Sie ihm, daß die Frau und die fünfjährige Tochter des Mannes, der gestorben ist, um seinem Sohn das Leben zu retten, vor vier Monaten durch Bomben der Royal Air Force umgekommen sind.« Steiner streckte die Hand aus. »Geben Sie mir die Schlüssel Ihres Wagens. Er könnte uns von Nutzen sein.«
»Ich habe sie nicht bei mir...«, begann Voreker.

»Verschwenden Sie nicht meine Zeit, Pater. Wenn nötig, lasse ich Sie von meinen Männern bis auf die Haut filzen.«
Widerwillig brachte Voreker die Schlüssel zum Vorschein, und Steiner steckte sie in die Tasche. »So, ich habe zu tun.« Er hob die Stimme. »Brandt, Sie halten hier die Stellung. Ich schicke Ihnen Preston als Ablösung, dann erstatten Sie mir im Dorf Bericht.«
Er ging hinaus und Jansen postierte sich mit seiner M 1 vor der Tür. Voreker schritt langsam durch das Kirchenschiff, vorbei an Brandt und an Wilde, der mit gebeugten Schultern in einer Bank saß. Sturm lag vor dem Altar der Marienkapelle. Eine Weile blieb der Priester stehen und blickte hinab, dann kniete er nieder, faltete die Hände und begann mit fester, gläubiger Stimme die Totengebete zu sprechen.

»Jetzt wissen wir also Bescheid«, sagte Pamela Voreker, als die Tür hinter Steiner ins Schloß gefallen war.
»Was sollen wir tun?« fragte Molly kläglich.
»Zusehen, daß wir hier rauskommen, das ist das erste.«
»Aber wie?«
Pamela durchquerte die Sakristei, drückte auf die verborgene Feder, und ein Teil der Eichentäfelung glitt beiseite und gab den Zugang zum Priestertunnel frei. Pamela nahm die Stablampe, die ihr Bruder auf dem Tisch hatte liegenlassen. Molly war starr vor Erstaunen. »Los«, sagte Pamela ungeduldig. »Wir müssen schnellstens weg.«
Sobald sie im Tunnel waren, schloß Pamela die Tür und ging schnell voran. Die beiden Mädchen betraten durch den Eichenschrank den Keller des Pfarrhauses und stiegen die Treppe zur Diele hinauf. Pamela legte die Lampe auf das Tischchen neben das Telefon, und als sie sich umwandte, sah sie, daß Molly bitterlich weinte.
»Molly, was ist denn?« fragte sie und nahm die Hände des Mädchens in die ihren.
»Liam Devlin«, schluchzte Molly. »Er gehört zu ihnen. Kein

Zweifel. Sie waren bei ihm, in seinem Haus. Ich habe sie gesehen.«
»Wann war das?«
»Heute vormittag. Er hat mich in dem Glauben gelassen, daß er noch immer in der Army sei. Irgendein Geheimauftrag.« Molly riß sich los und ballte die Hände zu Fäusten. »Er hat mich zum Narren gehalten. Die ganze Zeit über hat er mich nur für seine Zwecke benutzt. Gott verzeih mir, aber ich hoffe, daß er gehenkt wird.«
»Molly, das tut mir leid«, sagte Pamela. »Wirklich. Wenn es stimmt, was Sie sagen, dann kriegt er, was er verdient. Aber wir müssen jetzt weg von hier.« Sie blickte auf das Telefon. »Es hat keinen Zweck, daß wir die Polizei oder sonst jemanden anzurufen versuchen, nicht, wenn sie die Vermittlung besetzt halten. Und ich habe keinen Schlüssel zum Wagen meines Bruders.«
»Mrs. Grey hat einen Wagen«, sagte Molly.
»Natürlich.« Pamelas Augen funkelten vor Erregung. »Wenn ich nur zu ihr hinüber könnte.«
»Was würden Sie dann tun? Es gibt weit und breit kein Telefon.«
»Ich würde direkt nach Meltham House fahren«, sagte Pamela. »Dort sind amerikanische Rangers stationiert. Eine Eliteeinheit. Sie würden's Steiner und seinem Haufen schon zeigen. Wie sind Sie hierhergekommen?«
»Geritten. Das Pferd ist unter den Bäumen hinterm Pfarrhaus angebunden.«
»Lassen Sie's dort. Wir laufen durch den Hohlweg hinter Hawks Wood und versuchen, ungesehen zu Mrs. Grey zu gelangen.«
Molly machte keine Einwände. Pamela zog sie am Ärmel, und die beiden rannten über die Straße und in den schützenden Wald.
Der Hohlweg war jahrhundertealt und so tief eingeschnitten, daß er volle Deckung bot. Pamela lief voraus, so schnell sie konnte, bis sie unter den Bäumen am Fluß wieder zum Vor-

schein kamen. Joanna Greys Landhaus lag etwa auf gleicher Höhe am anderen Ufer. Ein schmaler Steg führte hinüber, und die Straße schien menschenleer.
Pamela sagte: »Los, wir laufen hinüber.«
Molly packte ihren Arm. »Ich nicht, ich hab' mir's anders überlegt.«
»Warum denn?«
»Versuchen Sie's allein. Ich laufe wieder zurück, hole mein Pferd und probier's auf einem anderen Weg. Doppelt genäht...«
Pamela nickte. »Also dann, Molly.« Sie küßte das Mädchen impulsiv auf die Wange. »Aber paß gut auf! Dieser Kerle gehen aufs Ganze.«
Molly versetzte ihr einen kleinen Schubs, und Pamela flitzte über die Straße und verschwand um die Ecke der Gartenmauer. Molly machte kehrt und lief den Hohlweg durch Hawks Wood zurück. »Oh, Devlin, du gemeiner Hund«, dachte sie, »kreuzigen sollen sie dich!«
Als sie am Ende des Wegs anlangte, rannen langsam Tränen aus ihren Augen. Ohne auch nur nachzusehen, ob die Straße frei sei, sauste sie hinüber und entlang der Gartenmauer bis zu den Bäumen hinter dem Pfarrhaus. Ihr Pferd weidete noch immer geduldig dort, wo sie es zurückgelassen hatte. Sie band es rasch los, sprang in den Sattel und galoppierte davon.

Als Pamela den Hof hinter Joanna Greys Landhaus betrat, sah sie die Morris-Limousine vor der Garage stehen. Der Zündschlüssel steckte. Sie wollte sich soeben hinters Steuer setzen, als eine empörte Stimme rief: »Pamela, was fällt Ihnen denn ein?«
Joanna Grey stand an der Hintertür. Pamela lief zu ihr hin. »Entschuldigen Sie, Mrs. Grey, aber es ist etwas ganz Furchtbares passiert. Dieser Colonel Carter und seine Leute, die im Dorf eine Übung abhalten, sie gehören gar nicht zum *Special Air Service*. Er heißt in Wirklichkeit Steiner, und sie sind

deutsche Fallschirmjäger und hierhergekommen, um den Premierminister zu entführen.«
Joanna Grey zog sie in die Küche und schloß die Tür. Patch drängte sich an ihr Knie. »Jetzt beruhigen Sie sich erst mal«. sagte Joanna. »Das darf doch nicht wahr sein. Der Premierminister ist ja überhaupt nicht hier.« Sie ging zu ihrem Mantel, der an der Tür hing, und suchte in den Taschen.
»Ja, aber er kommt heute abend«, sagte Pamela. »Sir Henry holt ihn in King's Lynn ab und bringt ihn her.«
Als Joanna sich wieder umdrehte, hielt sie eine Walther Automatic in der Hand. »Ach, Sie haben sich aber fleißig umgehört, wie?« Sie griff hinter sich und öffnete die Kellertür. »Runter mit Ihnen.«
Pamela war wie vom Donner gerührt. »Mrs. Grey, ich verstehe nicht...«
»Und ich habe keine Zeit für Erklärungen. Nur soviel: Wir beide stehen in dieser Sache auf verschiedenen Seiten. Und jetzt marsch, die Treppe runter. Zwingen Sie mich nicht, Sie niederzuschießen.«
Pamela ging hinunter. Patch sprang voraus, Joanna Grey folgte ihr. Am Fuß der Treppe knipste sie Licht an und öffnete die Tür zu einem dunklen, fensterlosen Verschlag, der mit Gerümpel angefüllt war. »Rein mit Ihnen.«
Patch, der um seine Herrin herumsprang, geriet Joanna plötzlich zwischen die Füße. Sie stolperte gegen die Wand. Pamela versetzte ihr einen heftigen Stoß. Im Fallen feuerte Joanna Grey einen gezielten Schuß ab. Pamela wurde von der Explosion fast geblendet, sie fühlte, wie glühendes Eisen ihre Schläfe streifte. aber es gelang ihr dennoch, die Tür des Verschlags zuzuwerfen und den Riegel vorzuschieben, so daß Joanna Grey gefangen war.
Der Schock einer Schußwunde ist so heftig, daß er für eine Weile das gesamte zentrale Nervensystem lähmt. Wie in einem Alptraum stolperte Pamela die Treppe zur Küche hinauf. Haltsuchend stützte sie sich auf eine Kommode und blickte in den

darüberhängenden Spiegel. Von ihrer linken Schläfe war ein schmaler Streifen Fleisch abgeschürft, und der Knochen lag bloß. Die Wunde blutete erstaunlich wenig, und als Pamela sie behutsam mit einer Fingerspitze berührte, empfand sie keinen Schmerz. Der würde später kommen.
»Ich muß zu Harry«, sagte sie laut. »Ich muß unbedingt zu Harry.« Dann saß sie, noch immer wie im Traum, hinter dem Steuer des Morris und fuhr wie in Zeitlupe aus dem Hof.

Steiner, der auf der Landstraße marschierte, sah den Wagen abfahren und glaubte natürlich, daß Joanna Grey am Steuer säße. Er fluchte leise, machte kehrt und ging wieder zur Brücke, wo er den Jeep mit Werner Briegel am Maschinengewehr und Klugl am Steuer zurückgelassen hatte. Als er dort anlangte, kam gerade der Bedford den Hügel von der Kirche heruntergefahren. Neumann stand auf dem Trittbrett und hielt sich an der Tür fest. Er sprang ab. »Sechsundzwanzig Personen jetzt droben in der Kirche, Herr Oberstleutnant, einschließlich der beiden Kinder. Fünf Männer, neunzehn Frauen.«
»Zehn Kinder sind im Erntelager«, sagte Steiner. »Devlin schätzte die Zahl der derzeitigen Bewohner auf siebenundvierzig. Wenn wir Turner in der Telefonvermittlung und Mrs. Grey dazurechnen, dann müssen früher oder später noch neun Personen auftauchen. Vermutlich überwiegend Männer. Haben Sie Pater Vorekers Schwester gefunden?«
»Im Pfarrhaus keine Spur von ihr, und als ich ihn fragte, wo sie sei, sagte er, ich solle mich zum Teufel scheren. Ein paar Frauen waren entgegenkommender. Wie es scheint, geht sie an ihren freien Wochenenden immer reiten.«
»Dann halten Sie weiterhin nach ihr Ausschau«, wies Steiner ihn an.
»Haben Sie mit Mrs. Grey gesprochen?«
»Leider nicht.« Steiner erklärte, was er gesehen hatte. »Mein Fehler. Ich hätte Sie zu ihr gehen lassen sollen, als Sie es

vorschlugen. Jetzt kann ich nur hoffen, daß sie bald zurückkommt.«

»Vielleicht ist sie zu Devlin gefahren?«

»Das wäre eine Möglichkeit. Lassen Sie das nachprüfen. Wir müssen ihn ohnehin über den neuesten Stand der Dinge informieren.« Er schlug sich mit dem Offiziersstöckchen in die Handfläche.

Plötzlich hörte man Glas klirren, und ein Stuhl kam durch das Schaufenster von Turners Laden geflogen. Steiner und Neumann packten ihre Brownings und rannten über die Straße.

Arthur Seymour hatte fast den ganzen Tag über in einer Schonung östlich von Studley Constable Bäume gefällt. Das Brennholz durfte er auf eigene Rechnung im Dorf und in der Umgebung verkaufen. Erst am Morgen hatte Mrs. Turner eine Bestellung aufgegeben. Als er seine Arbeit beendet hatte, füllte er ein paar Säcke, lud sie auf seinen Handkarren und fuhr über die Feldwege hinunter ins Dorf. Er erreichte das Turnersche Haus von der Rückseite her und schob seinen Karren in den Hinterhof.

Ohne anzuklopfen öffnete er die Küchentür, stapfte mit einem Sack voll Holz auf der Schulter hinein – und stand vor Dinter und Berg, die auf der Tischkante saßen und Kaffee tranken. Die beiden Soldaten waren womöglich noch überraschter als Arthur Seymour.

»Was'n hier los?« fragte er.

Dinter, der seine Sten umgehängt hatte, brachte die Waffe in Anschlag, und Berg nahm seine M 1 auf. In diesem Augenblick erschien Harvey Preston in der Tür. Er stemmte die Hände in die Hüften und musterte Seymour von oben bis unten. »Mein Gott!« rief er. »Der langersehnte Affenmensch!«

Etwas regte sich in Seymours dunklen irren Augen. »Überleg dir, was du sagst, Bürschchen.«

»Und sogar reden kann das Vieh«, sagte Preston. »Wunder über Wunder. Steckt ihn zu den andern.«

Er machte kehrt und wollte wieder in den Telefonraum zurück, als Seymour den Sack mit den Holzknüppeln nach Dinter und Berg warf, Preston von hinten ansprang, einen Arm um seine Kehle schlang und ihm das Knie in den Rücken bohrte. Dabei knurrte er wie ein wildes Tier. Berg kam wieder auf die Füße und stieß Seymour den Kolben der M 1 in die Nieren. Der riesige Mann brüllte auf vor Schmerz, ließ Preston los und warf sich mit solcher Heftigkeit auf Berg, daß beide durch die offene Tür in den Laden fielen und einen Schaukasten unter sich begruben.
Berg verlor seine Waffe, konnte aber wieder auf die Füße kommen und nach hinten ausweichen. Seymour schob sich auf ihn zu, fegte dabei die zu Pyramiden aufgestapelten Konservendosen und Schachteln vom Ladentisch und stieß tiefe, unartikulierte Kehllaute aus. Berg schleuderte den Stuhl, auf dem Mrs. Turner sonst hinter der Theke thronte, aber Seymour wehrte ihn mit der Faust ab, und der Stuhl sauste durch die Scheibe des Schaufensters. Berg zog sein Messer und Seymour duckte sich. Jetzt griff Preston ein. Mit Bergs M 1 in den Händen trat er von hinten an Seymour heran. Er hob die Waffe und ließ den Kolben auf Seymours Hinterkopf herabsausen. Seymour schrie auf und fuhr herum. »Du verdammter Riesenaffe«, brüllte Preston. »Dir werden wir jetzt Benimm beibringen!«
Er rammte Seymour den Gewehrkolben in den Magen, und als der Mann sich vornüberkrümmte, versetzte er ihm einen weiteren Hieb gegen den Hals. Seymour taumelte nach rückwärts, suchte im Fallen einen Halt und riß ein Regal mit sich zu Boden. In diesem Moment kamen Steiner und Neumann mit gezogenen Pistolen durch die Ladentür hereingestürzt. Der Verkaufsraum sah aus wie ein Schlachtfeld. Dosen aller Art, Zucker und Mehl waren überall verstreut. Harvey Preston gab Berg das Gewehr zurück. Dinter erschien schwankend an der Tür, über seine Stirn rann Blut.
»Holt einen Strick«, befahl Preston, »und fesselt ihn. Das nächste Mal könnte es ins Auge gehen.«
Der alte Mr. Turner tauchte aus der Telefonvermittlung auf.

Beim Anblick der Verwüstung traten ihm Tränen in die Augen. »Wer wird mir denn den Schaden ersetzen?« jammerte er.
»Schicken Sie die Rechnung an Winston Churchill, wer weiß, vielleicht haben Sie Glück«, sagte Preston brutal. »Wenn Sie wollen, kann ich ein gutes Wort für Sie einlegen, ihm Ihren Fall besonders empfehlen.«
Der alte Mann sank auf einen Stuhl in dem winzigen Telefonraum, ein Bild des Jammers, und Steiner sagte: »Preston, ich brauche Sie hier nicht mehr. Gehen Sie rauf zur Kirche und nehmen Sie dieses Prachtexemplar unter der Theke mit. Lösen Sie Brandt ab. Er soll sich bei Leutnant Neumann melden.«
»Wer übernimmt die Telefonvermittlung?«
»Ich schicke Altmann her. Er spricht gut Englisch. Inzwischen können Dinter und Berg nach dem Rechten sehen.«
Seymour begann sich zu regen, er zog sich auf die Knie hoch und entdeckte, daß seine Hände auf den Rücken gefesselt waren. »Na, haben wir's bequem?« Preston versetzte ihm einen Tritt in den Hintern und zog ihn auf die Füße. »Los, Affe, jetzt setzen wir mal schön einen Fuß vor den anderen.«

In der Kirche saßen die Dorfbewohner in den Bänken, wie ihnen befohlen worden war, und warteten auf ihr weiteres Schicksal. Sie unterhielten sich leise miteinander. Die meisten Frauen waren völlig verängstigt. Voreker ging herum und tröstete die Leute, so gut er konnte.
Der Obergefreite Becker stand mit einem Sten an der Kanzeltreppe Wache, Jansen an der Kirchentür. Keiner von beiden sprach Englisch.
Nachdem Brandt die Kirche verlassen hatte, holte Harvey Preston ein Stück Seil aus dem Glockenturm, fesselte Seymours Fußgelenke, drehte ihn um und schleifte ihn mit dem Gesicht nach unten zur Marienkapelle, wo er ihn neben Sturm liegen ließ. Seymours Gesicht blutete, wo die Haut abgeschürft war, und vor allem die Frauen stießen Entsetzenslaute aus.
Preston kümmerte sich nicht darum. Er trat Seymour in die

Rippen. »Dich krieg ich kirre, bis ich mit dir fertig bin, das schwör ich dir.«
Voreker humpelte herbei, packte Preston an der Schulter und drehte ihn herum. »Lassen Sie diesen armen Menschen in Ruhe.«
»Mensch?« Preston lachte ihm ins Gesicht. »Das ist doch kein Mensch, das ist ein Stück Vieh.« Voreker bückte sich und streckte die Hand nach Seymour aus, aber Preston stieß ihn beiseite und zog den Revolver. »Mir scheint, Sie wollen nicht tun, was man Ihnen sagt, wie?«
Eine der Frauen unterdrückte mühsam einen Aufschrei. Dann hörte man in der furchtbaren Stille, wie Preston den Hahn spannte. Die Zeit schien den Atem anzuhalten. Voreker bekreuzigte sich, und Preston lachte wieder und senkte den Revolver. »Das wird Ihnen unheimlich viel nützen.«
»Was für eine Art Mensch sind Sie?« fragte Voreker. »Was veranlaßt Sie, so zu handeln?«
»Was für eine Art Mensch?« sagte Preston. »Ganz einfach. Eine besondere Rasse. Die Spezies der Herrenmenschen, der großartigsten Kämpfer, die unsere Welt je gesehen hat. Die Waffen-SS, in der ich die Ehre habe, als Untersturmführer zu dienen.« Er schritt durch das Kirchenschiff, drehte sich an der Kanzeltreppe um, öffnete den Reißverschluß seiner Sprungjacke und zog sie aus. Darunter kam der Uniformrock zum Vorschein mit den drei Leoparden auf den Kragenspiegeln, dem Adler am linken Arm über dem aufgenähten *Union Jack* und den schwarz-silbernen Ärmelstreifen.
Laker Armsby, der neben George Wilde saß, fand als erster die Sprache wieder. »Schaut mal, er hat einen *Union Jack* am Ärmel.«
Voreker trat näher und kniff die Augen zusammen, und Preston streckte den Arm aus. »Ja, das stimmt. Lesen Sie jetzt, was auf dem Ärmelstreifen steht.«
»Britisches Freikorps«, buchstabierte Voreker laut und blickte scharf auf.

»Ja, Sie verdammter Narr. Begreifen Sie nicht? Begreift ihr denn alle miteinander noch immer nicht? Ich bin Engländer wie ihr, nur daß ich auf der richtigen Seite stehe. Auf der einzig richtigen Seite.«
Susan Turner fing an zu weinen. George Wilde trat aus der Kirchenbank, schritt langsam und bedächtig den Gang entlang, blieb vor Preston stehen und schaute ihm ins Gesicht.
»Die Jerries müssen ganz schön aus dem letzten Loch pfeifen, wenn sie schon so einen Lumpenhund wie dich nötig haben.«
Preston schoß ihn auf der Stelle nieder. Als Wilde mit blutüberströmtem Gesicht rücklings über die Stufen des Lettners stürzte, brach in der Kirche die Hölle los. Frauen kreischten hysterisch. Preston feuerte noch einen Schuß in die Luft ab.
»Alles bleibt auf den Plätzen!«
Alle erstarrten in Panik, und es wurde totenstill. Voreker ließ sich unbeholfen auf ein Knie nieder und beugte sich über Wilde, der stöhnend den Kopf von einer Seite zur anderen wandte. Betty Wilde lief mit ihrem kleinen Sohn herbei und fiel neben ihrem Mann auf die Knie.
»Er wird es überleben, Betty, er hat Glück gehabt«, tröstete Voreker sie. »Sehen Sie, die Kugel hat nur die Wange gestreift.«
In diesem Augenblick flog die Kirchentür krachend auf und Neumann stürzte herein, den Browning in der Hand. Er lief durch den Mittelgang und blieb stehen. »Was ist hier los?«
»Fragen Sie Ihren Kollegen von der SS«, meinte Voreker.
Neumann warf einen Blick auf Preston, kniete dann nieder und wollte Wilde untersuchen. »Fassen Sie ihn nicht an, Sie ... Sie verdammtes deutsches Schwein!« schrie Betty.
Neumann nahm ein Verbandspäckchen aus der Brusttasche und reichte es ihr. »Verbinden Sie ihn, es ist nicht so schlimm, wie es aussieht.« Er stand auf und sagte zu Voreker: »Wir sind Fallschirmjäger, Pater, und stolz auf unseren Namen. Dieser Gentleman hingegen...« Er drehte sich zu Preston um und versetzte ihm dabei wie versehentlich mit dem Browning einen

harten Schlag ins Gesicht. Der Engländer brach mit einem Aufschrei zusammen.
Wieder öffnete sich die Tür und Joanna Grey lief herein. »Herr Leutnant!« rief sie auf deutsch. »Wo ist Oberstleutnant Steiner? Ich muß ihn unbedingt sprechen.«
Ihr Gesicht war verschmiert, und ihre Hände waren schmutzig. Neumann trat auf sie zu. »Er ist nicht hier. Er wollte zu Devlin, warum?«
Voreker sagte: »Joanna?« Eine Frage lag in seinem Tonfall, aber auch Furcht, als kenne er bereits die Antwort.
Sie beachtete ihn nicht und sagte zu Neumann: »Ich weiß nicht, was sich hier abspielt, aber vor etwa einer Dreiviertelstunde tauchte Pamela Voreker bei mir auf, und sie wußte alles. Wollte mein Auto, damit sie nach Meltham House fahren und die Rangers holen könnte.«
»Und was haben Sie gemacht?«
»Ich wollte sie zurückhalten, aber sie hat mich in den Keller gesperrt. Erst vor fünf Minuten konnte ich mich befreien. Was tun wir jetzt?«
Voreker legte ihr die Hand auf den Arm und drehte sie herum, so daß er ihr in die Augen blicken konnte. »Wollen Sie sagen, daß Sie auch zu denen da gehören?«
»Ja, ja«, sagte sie ungeduldig. »Lassen Sie mich jetzt bitte, ich habe zu tun.«
Sie wandte sich wieder an Neumann.
»Aber warum?« fragte Voreker. »Ich begreife das nicht. Sie sind doch Engländerin?...«
Joanna fuhr herum. »Engländerin?« schrie sie. »Ich bin Burin, verdammt noch mal! Burin! Wie könnte ich Engländerin sein? Dieser Name ist eine Beleidigung.«
Blankes Entsetzen spiegelte sich in den Gesichtern fast aller Anwesenden. Philip Vorekers tiefe Erschütterung spiegelte sich deutlich in seinem Gesicht. »O mein Gott«, flüsterte er.
Neumann nahm Joanna beim Arm. »Laufen Sie schnell wie-

der nach Hause. Nehmen Sie mit Landsvoort Verbindung auf. Setzen Sie Oberst Radl ins Bild. Halten Sie den Kanal offen.«
Sie nickte und eilte hinaus. Neumann war zum erstenmal in seinem Soldatenleben ratlos. »Was, zum Teufel, sollen wir tun?« dachte er. Aber darauf gab es keine Antwort. Nicht, solange Steiner abwesend war. Er sagte zu Becker: »Sie bleiben mit Jansen hier«, und eilte hinaus.
In der Kirche war es still. Unendlich müde humpelte Voreker zur Kanzel. Er stieg die Treppe hinauf und wandte sich seiner Gemeinde zu. »In solchen Zeiten bleibt uns nur noch das Gebet«, sagte er. »Und es hat schon oft geholfen. Lasset uns also niederknien.« Er bekreuzigte sich, faltete die Hände und fing an zu beten. Seine Stimme klang fest und ungebrochen.

16

Harry Kane beaufsichtigte eine Geländeübung im Wald hinter Meltham Farm, als er Shaftos dringende Aufforderung erhielt, sich bei ihm im Haus zu melden und den Übungstrupp mitzubringen. Kane gab dem Sergeanten, einem Texaner namens Hustler aus Forth Worth, Befehl, mit den Männern nachzukommen und fuhr voraus.
Bei seinem Eintreffen strömten bereits die verschiedenen Abteilungen, die über das ganze Besitztum verteilt Übungen abgehalten hatten, in Meltham House zusammen. Von den Stallungen hinter dem Haus, wo die Fahrzeuge abgestellt waren, hörte er, wie Motoren angelassen wurden. Mehrere Jeeps schwenkten in die kiesbestreute Auffahrt ein und bildeten vor dem Gebäude eine Reihe. Die Mannschaften begannen ihre Waffen und Geräte bereitzumachen. Aus dem Kommandofahrzeug sprang ein Offizier, Captain Mallory.
»Was gibt's denn, um Himmels willen?« fragte Kane.
»Keine blasse Ahnung«, sagte Mallory. »Ich krieg' meine Befehle, ich führe sie aus. Ich weiß lediglich, daß *er* Sie

schleunigst sprechen will.« Er grinste unverschämt. »Vielleicht kommt die Zweite Front.«
Kane rannte die Stufen hinauf. Im Vorzimmer herrschte hektische Betriebsamkeit. Sergeant Garvey marschierte nervös paffend vor Shaftos Tür auf und ab. Bei Kanes Einritt hellte sich seine Miene auf.
»Was, zum Teufel, ist hier los?« fragte Kane. »Haben wir Marschbefehl bekommen, oder was sonst?«
»Mich dürfen Sie nicht fragen, Sir. Ich weiß nur, daß die junge Dame, mit der Sie befreundet sind, vor ungefähr einer Viertelstunde völlig aufgelöst hereingeplatzt ist, und seitdem ist die Hölle los.«
Kane öffnete die Tür und ging hinein. Shafto stand in Breeches und Reitstiefeln am Schreibtisch und wandte ihm den Rücken zu. Als er herumfuhr, sah Kane, daß er den Colt mit dem Perlmuttgriff lud. Der ganze Mann war völlig verändert. Er schien vor Energie zu sprühen, seine Augen glänzten wie im Fieber, und sein Gesicht war blaß vor Erregung. »Auf in den Kampf, Major. So hab' ich's gern.«
Er griff nach Koppel und Revolvertasche, und Kane sagte: »Was ist los, Sir? Wo ist Miß Voreker?«
»In meinem Schlafzimmer. Sie hat einen schweren Schock erlitten und steht jetzt unter Beruhigungsmitteln.«
»Aber was ist denn passiert?«
»Eine Kugel hat ihre Schläfe gestreift.« Shafto schnallte das Koppel um. »Und der Finger am Abzug gehörte der alten Freundin ihres Bruders, Mrs. Grey. Fragen Sie sie selbst. Drei Minuten kann ich Ihnen einräumen.«
Kane öffnete die Schlafzimmertür. Shafto kam hinter ihm hinein. Die Gardinen waren zugezogen, und Pamela lag im Bett, bis zum Kinn zugedeckt. Sie sah blaß und sehr krank aus, und durch den Verband um ihren Kopf sickerte ein wenig Blut. Als Kane näher trat, schlug sie die Augen auf und blickte ihn starr an. »Harry?« Er setzte sich auf die Bettkante.
»Schon gut, alles in Ordnung.«

»Nein, hören Sie zu.« Sie richtete sich mühsam auf und zog ihn am Ärmel, und als sie sprach, klang ihre Stimme wie aus weiter Ferne. »Sir Henry Willoughby holt Mr. Churchill in King's Lynn ab und bringt ihn nach Studley Grange. Sie fahren um halb vier Uhr ab, über Walsingham. Harry, Sie müssen ihn unbedingt abfangen.«
»Warum muß ich das?« fragte Kane sanft.
»Weil ihn sonst Oberstleutnant Steiner und seine Leute abfangen. Sie warten jetzt im Dorf auf ihn. Sie halten alle Bewohner in der Kirche gefangen.«
»Steiner?«
»Der Mann, den Sie als Colonel Carter kennen. Und seine Leute, Harry, sie sind keine Polen, sie sind deutsche Fallschirmjäger.«
»Aber, Pamela«, sagte Kane. »Ich habe Carter persönlich kennengelernt. Er ist genauso englisch wie Sie.«
»Nein, seine Mutter war Amerikanerin, und er ging in London zur Schule. Verstehen Sie denn nicht? Das ist die Erklärung.« In ihrer Stimme lag jetzt verzweifeltes Drängen. »Ich hörte sie in der Kirche miteinander sprechen, Steiner und meinen Bruder. Ich war mit Molly Prior in der Sakristei versteckt. Später trennten wir uns, und ich lief zu Joanna, aber sie gehört auch zu ihnen. Sie schoß auf mich und ich... ich habe sie in den Keller gesperrt. Dann nahm ich ihr Auto und fuhr hierher.«
Plötzlich ließ die Anspannung nach. Es war, als hätte Pamela sich durch schiere Willenskraft aufrecht gehalten, solange es notwendig war. Sie sank in die Kissen zurück und schloß die Augen. Kane sagte: »Aber wie sind Sie denn aus der Kirche wieder herausgekommen, Pamela?«
Wieder öffnete sie die Augen und starrte ihn halb betäubt und verständnislos an. »Aus der Kirche? Oh, wie... wie immer.« Ihre Stimme war nur noch ein Flüstern. »Und dann lief ich zu Joanna, und sie schoß auf mich.« Ihre Augen fielen zu. »Ich bin so müde, Harry.«
Kane stand auf, und Shafto ging ihm in den Nebenraum voran.

Vor dem Spiegel rückte er das Käppi zurecht. »Also, was halten Sie von der Geschichte? Zunächst mal diese Grey. Muß das größte Miststück aller Zeiten sein.«
»Wem müssen wir Meldung machen? Dem Kriegsministerium und dem Hauptquartier für Ostengland zuerst, und...«
Shafto schnitt ihm das Wort ab. »Haben Sie eine Ahnung, wie lange ich an der Strippe hängen würde, bis diese Schreibtischhengste beim Generalstab sich darüber klar zu werden versuchen, ob ich richtig gehört habe oder nicht.« Er hieb mit der Faust auf den Schreibtisch. »Nein, zum Kuckuck, ich mach' die ›Krauts‹ selber dingfest, hier und jetzt, und ich habe die richtigen Leute dazu. Handle heute!« Er lachte rauh. »Churchills persönlicher Leitspruch. Haut genau hin, wie?«
Jetzt begriff Kane. Es mußte Shafto wie ein Geschenk des Himmels vorgekommen sein. Es würde ihm nicht nur seinen Rang sichern, sondern seine Kariere erst richtig anheizen. Der Mann, der Churchill rettete. Ein Handstreich, der in die Geschichtsbücher eingehen würde. Danach sollte das Pentagon versuchen, ihm den Generalsstern vorzuenthalten! Ganz Amerika würde Sturm laufen.
»Verzeihung, Sir«, sagte Kane beharrlich. »Wenn das stimmt, was Pamela erzählt, dann dürfte dies ungefähr das heißeste Ding aller Zeiten sein. Wenn ich mir die Bemerkung erlauben darf, das britische Kriegsministerium würde wenig Verständnis...«
Wieder krachte Shaftos Faust auf den Schreibtisch. »Was ist in Sie gefahren? Haben diese Gestapokerle an Ihnen vielleicht bessere Arbeit geleistet, als sie selbst wußten?« Er wandte sich ruhelos zum Fenster, fuhr dann jedoch ebenso rasch wieder zu Kane herum und lächelte wie ein zerknirschter Schuljunge. »Verzeihen Sie, Harry, das war unbedacht. Natürlich haben Sie recht.«
»Okay, Sir, was tun wir also?«
Shafto blickte auf die Uhr. »Vier Uhr fünfzehn. Der Premierminister kann nicht mehr weit sein. Wir wissen, welchen Weg

er fährt. Ich halte es für das beste, wenn Sie ihm mit einem Jeep entgegenfahren und ihn hierhergeleiten würden. Nach den Angaben Miß Vorekers müßten Sie ihn kurz vor Walsingham abfangen können.«
»Jawohl, Sir. Zumindest können wir ihm hier mehr als hundertprozentige Sicherheit gewährleisten.«
»Genau.« Shafto setzte sich an den Schreibtisch und nahm das Telefon auf. »Los jetzt, und nehmen Sie Garvey mit.«
»Zu Befehl, Sir.«
Als die Tür sich hinter Kane geschlossen hatte, nahm Shafto den Zeigefinger von der Telefongabel. Die Stimme der Vermittlung kam krächzend durch die Muschel. »Wünschen Sie etwas, Colonel?«
»Ja, schicken Sie Captain Mallory sofort zu mir!«
Fünfundvierzig Sekunden später stand Mallory vor ihm. »Sie ließen mich rufen, Sir?«
»Richtig, Sie fahren in fünf Minuten mit vierzig Leuten von hier ab. Acht Jeeps müßten reichen. Stopfen Sie die Leute einfach rein.«
»Jawohl, Sir.« Mallory zögerte und durchbrach dann einen seiner eisernen Grundsätze. »Darf man sich die Frage erlauben, was Sie vorhaben?«
»Well, sagen wir mal so«, sagte Shafto. »Ehe es heute Nacht wird, sind Sie Major... oder tot.«
Mallory ging mit heftig klopfendem Herzen hinaus, und Shafto trat zum Schrank in der Ecke, holte eine Flasche Bourbon heraus und goß sich ein halbes Glas ein. Regen peitschte gegen die Scheiben, und er stand am Fenster und trank bedächtig seinen Bourbon. Morgen um diese Zeit würde er höchstwahrscheinlich der bekannteste Mann in ganz Amerika sein. Seine große Stunde war gekommen, davon war er felsenfest überzeugt.
Als er drei Minuten später ins Freie trat, waren die Jeeps in Reih und Glied aufgestellt, die Mannschaften in den Wagen. Mallory stand vor ihnen und sprach mit dem jüngsten Offizier

der Einheit, einem Leutnant namens Chalmers. Beide nahmen Haltung an, und Shafto blieb auf der Freitreppe stehen.
»Leute, ihr fragt euch bestimmt, was eigentlich los ist. Ich will's euch sagen. Ungefähr acht Meilen von hier entfernt liegt das Dorf Studley Constable. Es ist auf euren Karten eingezeichnet. Die meisten von euch werden gehört haben, daß Winston Churchill heute die Basis der Royal Air Force in der Nähe von King's Lynn besuchte. Aber ihr habt ganz gewiß nicht gehört, daß er in Studley Constable übernachten wird. Und jetzt wird's interessant. Im Dorf Studley Constable halten sich zur Zeit sechzehn Mann von der Unabhängigen Polnischen Fallschirmjägerschwadron des *Special Air Service* auf, zu einer Geländeübung, wie es hieß. Ihr könnt sie gar nicht übersehen mit ihren schmucken roten Baretts und den Tarnanzügen.« Jemand lachte, und Shafto wartete, bis es wieder völlig still geworden war. »Ich habe eine Neuigkeit für euch. Diese Burschen sind ›Krauts‹. Deutsche Fallschirmjäger, die Churchill entführen wollen, aber wir werden ihnen das Handwerk legen.«
Shafto nickte langsam, bevor er fortfuhr. »Eins kann ich euch versprechen, Jungens. Macht eure Sache gut, und schon morgen werden eure Namen von Kalifornien bis Maine in aller Munde sein. Und jetzt, vorwärts, marsch!«
Sofort kam Leben in die Gruppe, die Motoren heulten auf. Shafto schritt die Treppe herunter und sagte zu Mallory: »Sorgen Sie dafür, daß unterwegs die Karten gründlich studiert werden. An Ort und Stelle ist keine Zeit mehr für lange Beratungen.« Mallory eilte davon, und Shafto wandte sich an Chalmers. »Halten Sie die Stellung, mein Junge, bis Major Kane zurückkommt.« Er schlug ihm auf die Schulter. »Ziehen Sie kein langes Gesicht. Major Kane bringt Mr. Churchill mit. Und Sie machen die Honeurs.« Shafto sprang in den vordersten Jeep und nickte dem Fahrer zu. »Okay, los geht's.«
Sie donnerten die Auffahrt entlang, die Wachen öffneten schnell das mächtige Tor, und der Konvoi schwenkte in die Landstraße ein. Nach ein paar hundert Metern gab Shafto das

Haltesignal und befahl seinem Fahrer, direkt am nächsten Telefonmast zu stoppen. Er wandte sich zu Sergeant Hustler um. »Geben Sie mir die Thompson.«
Hustler reichte die MP nach vorn. Shafto entsicherte, zielte und jagte eine Salve auf die Mastspitze, daß die Querstangen zu Zündholzgröße splitterten. Die Telefondrähte rissen und schnellten wild durch die Luft.
Shafto gab Hustler die Waffe zurück. »Damit dürften alle unliebsamen Gespräche für eine Weile unterbunden sein.« Er klatschte an die Seite des Fahrzeugs. »Okay, weiter, weiter!«

Garvey fuhr wie ein Besessener. Er raste die schmalen Landstraßen entlang, ohne Rücksicht darauf, daß womöglich ein anderes Fahrzeug entgegenkommen könnte. Trotz allem hätten sie um ein Haar ihr Ziel verfehlt, denn als sie sich bereits der Einmündung zur Straße nach Walsingham näherten, brauste der kleine Geleitzug über die Kreuzung. Zwei Militärpolizisten auf Motorrädern voran, dann zwei Humber-Limousinen und wieder zwei Kradfahrer als Nachhut.
»Das ist er!« schrie Kane. Der Jeep bog mit kreischenden Reifen in die Hauptstraße, Garvey trat mit aller Kraft aufs Gaspedal. In wenigen Sekunden hatten sie den Konvoi eingeholt. Als sie herangebraust kamen, blickten die beiden Militärpolizisten über die Schulter zurück. Einer winkte energisch ab.
Kane sagte: »Sergeant, scheren Sie aus und überholen Sie, und wenn Sie den Konvoi nicht zum Stoppen bringen können, dann dürfen Sie meinetwegen den vordersten Wagen rammen.«
Dexter Garvey grinste. »Wissen Sie was, Major? Wenn das hier schiefgeht, dann sitzen wir in Leavenworth im Bau, ehe wir bis drei zählen können.«
Er schwenkte nach rechts aus, zog an den Motorradfahrern vorbei und war jetzt auf gleicher Höhe mit dem Humber. Von dem Mann im Fond bekam Harry Kane nicht viel zu sehen, denn die Seitenvorhänge waren so weit zugezogen, daß sie vor neugierigen Augen Schutz boten. Der Fahrer, der eine dunkel-

blaue Chauffeursuniform trug, warf ihm sichtlich beunruhigte Blicke zu, und der Mann im grauen Anzug auf dem Nebensitz zog einen Revolver.
»Versuchen wir's beim nächsten«, befahl Kane, und Garvey schob sich heftig hupend neben die vordere Limousine.
Darin saßen vier Männer, zwei Colonels in Uniform, einer davon mit den Litzen eines Stabsoffiziers. Der andere wandte sich bestürzt zum Fenster, und Kane blickte in Sir Henry Willoughbys Gesicht. Beide erkannten einander sofort, und Kane rief Garvey zu: »Okay, setzen Sie sich an die Spitze. Ich glaube, jetzt werden sie anhalten.«
Garvey gab Gas und überholte die Militärpolizisten an der Spitze des Zuges. Hinter ihnen ertönte dreimaliges Hupen, vermutlich ein verabredetes Signal. Als Kane über die Schulter zurückblickte, sah er, daß der Konvoi an den Straßenrand fuhr und anhielt. Garvey bremste, und Kane sprang aus dem Jeep und rannte zurück. Ehe er noch herangekommen war, hatte jeder der Militärpolizisten eine Sten auf ihn gerichtet, und der Mann im grauen Anzug, offenbar der Leibwächter des Premierministers, war bereits aus dem Wagen gesprungen und hielt den Revolver im Anschlag.
Der Stabsoffizier stieg aus dem ersten Wagen, hinter ihm Sir Henry in der Uniform der Heimwehr. »Major Kane«, sagte Sir Henry erstaunt, »was, in aller Welt, tun Sie denn hier?«
Der Stabsoffizier schnarrte: »Corcoran, Chief Intelligence Office beim Hauptquartier des Abschnitts Ostengland. Darf ich um eine Erklärung bitten, Sir?«
»Der Premierminister darf unter keinen Umständen nach Studley Grange fahren«, erwiderte Kane. »Das Dorf ist von deutschen Fallschirmjägern besetzt, und...«
»Du lieber Gott«, unterbrach Sir Henry, »in meinem ganzen Leben hab' ich keinen solchen Unsinn...«
Corcoran gebot ihm mit einer Handbewegung Schweigen. »Können Sie diese Behauptung beweisen, Major?«
»Allmächtiger«, platzte Kane heraus. »Sie wollen Churchill

entführen, genau wie Skorzeny sich Mussolini vom Gran Sasso geholt hat, begreifen Sie denn nicht? Wie, zum Teufel, soll ich's denn anstellen, damit man mir glaubt? Will mir denn keiner hier zuhören?«

Aus dem Fond ließ sich eine Stimme vernehmen. Eine Stimme, die ihm wohlbekannt war. »Ich, junger Mann. Erzählen Sie mir Ihre Geschichte.«

Harry Kane drehte sich langsam um, bückte sich zum hinteren Wagenfenster und sah sich Auge in Auge mit dem großen Mann höchstpersönlich.

Als Steiner die Klinke des Hauses in Hobs End herunterdrückte, war die Tür verschlossen. Er ging um das Haus herum zur Scheune, aber auch dort war von dem Iren keine Spur zu sehen. Da rief Briegel: »Herr Oberstleutnant, er kommt!«

Devlin fuhr auf dem Motorrad über einen der schmalen Deichwege. Er bog in den Hof ein, stellte das Motorrad ab und schob die Schutzbrille hoch.

Steiner nahm ihn beiseite und klärte ihn in kurzen Worten über die veränderte Lage auf. »Na«, sagte er, als er fertig war, »was halten Sie davon?«

»Wissen Sie bestimmt, daß Ihre Mutter nicht Irin war?«

»Nur meine Großmutter.«

Devlin nickte. »Hätt's mir denken können. Aber, wer weiß, vielleicht kriegen wir's doch noch hin.« Er grinste. »Eins weiß ich, heute abend sind meine Fingernägel bis an die Ellbogen abgeknabbert.«

Steiner sprang in den Jeep und nickte Klugl zu. »Ich halte Sie auf dem laufenden.«

Auf dem bewaldeten Hügel jenseits der Straße stand Molly neben ihrem Pferd und beobachtete, wie Devlin seinen Schlüssel aus der Tasche nahm und die Vordertür aufsperrte. Eigentlich hatte sie ihn zur Rede stellen wollen, denn sie war noch immer von der verzweifelten Hoffnung erfüllt, sie könne das

Ganze mißverstanden haben, aber der Anblick Steiners und seiner zwei Männer im Jeep ließ keinen Zweifel mehr zu.

Einen Kilometer vor Studley Constable gab Shafto der Kolonne das Zeichen zum Anhalten und erteilte seine Befehle. »Jetzt darf nicht mehr gefackelt werden. Wir müssen zuschlagen, und zwar entscheidend, noch ehe sie zur Besinnung kommen. Captain Mallory, Sie nehmen drei Jeeps und fünfzehn Mann und fahren über die Äcker zum Ostrand des Dorfes. Benutzen Sie die Feldwege, die auf der Karte eingezeichnet sind. Umrunden Sie das Dorf, bis Sie nördlich der Mühle zur Straße nach Studley Grange gelangen. Sergeant Hustler, sobald wir den Dorfrand erreichen, steigen Sie mit einem Dutzend Männern aus und marschieren durch den Hohlweg von Hawks Wood zur Kirche. Die übrigen Leute bleiben bei mir. Wir blockieren die Straße vor dem Haus dieser Mrs. Grey.«
»Damit hätten wir sie in der Zange, Sir«, sagte Mallory.
»Was heißt hier Zange? Wenn unsere Abteilung ihre Standorte erreicht haben, gebe ich über das Feldtelefon das Signal zum Angriff, wir stürmen und putzen sie weg.«
Eisiges Schweigen. Sergeant Hustler brach es als erster. »Bitte um Verzeihung, Sir, aber sollte nicht erst ein Spähtrupp vorgeschickt werden?« Er versuchte ein Lächeln. »Ich meine, nach allem, was man hört, sind diese ›Krauts‹ keine Waschlappen.«
»Hustler«, sagte Shafto kalt. »Wenn Sie noch ein einziges Mal Einwände gegen meine Befehle erheben, degradiere ich Sie zum Gemeinen.« Ein Muskel zuckte in seiner rechten Wange, als er jeden der angetretenen Gruppenführer einzeln anblickte. »Ist hier zufällig jemand, der Mumm in den Knochen hat?«
»Wir alle, Sir«, antwortete Mallory. »Wir halten zu Ihnen durch dick und dünn, Sir.«
»Wird auch gut sein«, sagte Shafto. »Weil ich nämlich jetzt allein mit einer weißen Fahne ins Dorf gehe.«
»Sie meinen, daß Sie sie zur Übergabe auffordern wollen, Sir?«
»Was heißt hier Übergabe! Während ich palavere, werdet ihr

Stellung beziehen, ihr habt genau zehn Minuten Zeit von dem Augenblick an, in dem ich dieses Kaff betrete. Also marsch, an die Gewehre.«

Devlin war hungrig. Er machte ein wenig Suppe warm, briet ein Spiegelei und legte es zwischen zwei dicke Brotscheiben. Das Brot hatte Molly noch eigenhändig gebacken. Er saß im Sessel am Feuer und aß, als ein kalter Luftzug seine linke Wange streifte und ihm verriet, daß die Tür geöffnet worden war. Als er aufblickte, stand sie da.
»Da bist du also?« sagte er munter. »Ich wollte nur rasch einen Happen essen und dann zu dir fahren.« Er hielt das Sandwich hoch. »Wußtest du, daß diese Dinger kein Geringerer als ein waschechter Earl erfunden hat?«
»Du gemeiner Hund!« sagte sie. »Du dreckiges Schwein. Du hast mich zum Narren gehalten.«
Sie warf sich auf ihn und wollte ihm das Gesicht zerkratzen. Er packte ihre Handgelenke und hatte alle Mühe, das Mädchen zu bändigen. »Was ist denn los?« fragte er, obwohl er es ganz genau wußte.
»Ich weiß alles. Er heißt nicht Carter, er heißt Steiner. Und er und seine Leute sind verdammte Deutsche, und sie wollen Mr. Churchill entführen. Und wie heißt du wirklich? Devlin ganz sicher nicht.«
Er schob sie von sich weg, holte die Flasche Bushmills und ein Glas. »Nein, Molly, da hast du recht.«
Er schüttelte den Kopf. »Aber in allem anderen nicht. Du warst in dieses Spiel nicht eingeplant. Du bist einfach dazwischengekommen.«
»Du elender Verräter!«
Er sagte beschwörend: »Molly, ich bin Ire, das bedeutet, daß du und ich so verschieden voneinander sind wie ein Deutscher und ein Franzose. Ich bin Ausländer. Wir beide sind nicht gleich, nur weil wir beide Englisch sprechen, wenn auch mit verschiedenem Akzent. Wann werdet ihr Engländer das begreifen?«

Unsicherheit zeigte sich jetzt in ihren Augen, aber sie wiederholte hartnäckig: »Du Verräter!«
Sein Gesicht wurde leichenblaß, die Augen strahlten tiefblau, und er reckte sein Kinn vor. »Ich bin kein Verräter, Molly. Ich bin Soldat der Irischen Republikanischen Armee. Ich kämpfe für eine Sache, die mir so teuer ist wie dir die deine.«
Sie empfand das Bedürfnis, ihn zu verletzen, ihm wehzutun, und sie wußte auch wie. »Wohl bekomm's dir und deinem Freund Steiner. Er ist bereits erledigt oder wird es bald sein. Du bist der nächste.«
»Was redest du da?«
»Pamela Voreker war mit mir oben in der Kirche, als Steiner und seine Leute ihren Bruder und George Wilde hereinführten. Wir hörten, was sie sprachen, und das genügte uns. Pamela fuhr wie der Blitz nach Meltham House und holte diese Rangers.«
Er ergriff ihren Arm. »Wie lange ist das her?«
»Scher dich zum Teufel!«
»Sag's mir, verdammt noch mal.« Er schüttelte sie derb.
»Ich würde sagen, sie müßten inzwischen hier sein. Wenn der Wind von der anderen Seite käme, könntest du wahrscheinlich das Schießen hören. Du hast also keine andere Chance mehr, als dich aus dem Staub zu machen, solange noch Zeit ist.«
Er ließ sie los und sagte bitter: »Klar, und es wäre das einzig Vernünftige, aber ich bin nun mal nicht vernünftig.«
Er stülpte Mütze und Schutzbrille über, zog den Trenchcoat an und machte den Gürtel zu. Dann ging er hinüber zum Kamin und suchte unter einem Stapel alter Zeitungen hinter dem Holzkorb. Dort waren zwei Handgranaten versteckt, die Neumann ihm gegeben hatte. Er steckte sie vorsichtig in den Gürtel. Er schob die Mauser in die rechte Tasche, hängte das Sten um und verlängerte den Riemen so weit, daß das Gewehr in Taillenhöhe hing und er notfalls mit einer Hand schießen konnte.
Molly sagte: »Was hast du vor?«

»Ins Tal des Todes, Molly, mein Herz, ritten die Sechshundert und so weiter und so fort, wie's in den schönen alten englischen Schnulzen heißt.« Er goß sich ein Glas Bushmills ein und sah ihre erstaunte Miene. »Dachtest du, ich würde abhauen und Steiner im Stich lassen?« Er schüttelte den Kopf. »Mein Gott, Mädchen, und ich dachte, du kennst mich.«
»Du kannst nicht rauf ins Dorf.« Panik klang aus ihrer Stimme. »Liam, es ist völlig aussichtslos.« Sie hielt ihn am Arm fest.
»Ich muß aber, mein Kleines.« Er küßte sie auf den Mund und schob sie beiseite.
Er wandte sich zur Tür. »Nebenbei bemerkt, ich hab' dir einen Brief geschrieben. Nur ein paar Zeilen, aber falls er dich interessiert, er liegt auf dem Kaminsims.«
Die Tür fiel ins Schloß, und Molly stand stocksteif, wie betäubt, da. Irgendwo in einer anderen Welt wurde das Motorrad gestartet und fuhr weg.
Sie fand den Brief und riß ihn mit zitternden Händen auf.

Molly, meine einzige wahre Liebe. Wie ein großer Mann einmal sagte, bin ich meinem Schicksal begegnet, und seitdem kann nichts mehr so sein, wie es vordem war. Ich kam nach Norfolk, um eine Aufgabe zu erfüllen, nicht um mich zu verlieben, und noch dazu in ein häßliches kleines Bauernmädel, das wirklich vernünftiger hätte sein sollen. Du wirst inzwischen viel Schlechtes über mich gehört haben. Versuche trotzdem, nicht schlecht von mir zu denken. Daß ich von Dir fort muß, ist Strafe genug. Laß es damit gut sein. Wie man in Irland sagt: Wir kannten beide Tage. Liam.

Die Schrift begann zu verschwimmen, Tränen stiegen ihr in die Augen. Sie stopfte den Brief in ihre Tasche und stolperte aus dem Haus. Das Pferd war am Haltering angebunden. Sie band es hastig los, schwang sich in den Sattel und hieb mit der geballten Faust auf den Nacken des Tieres ein, bis es in Galopp fiel. Am Ende des Deichs ritt sie kurzerhand über die Landstraße, sprang über eine Hecke und jagte querfeldein auf das Dorf zu.

Otto Brandt saß auf dem Brückengeländer und rauchte eine Zigarette, als hätte er überhaupt keine Sorgen. »Also, was machen wir? Abhauen?«
»Wohin?« Neumann sah auf die Uhr. »Zwanzig vor fünf. Spätestens um halb sieben müßte es dunkel sein. Wenn wir uns so lange halten können, besteht die Möglichkeit, daß wir uns in Zweier- oder Dreiergruppen seitwärts in die Büsche schlagen und versuchen, nach Hobs End zu kommen. Vielleicht können wenigstens ein paar von uns das Boot erwischen.«
»Der Oberstleutnant könnte andere Pläne haben«, sagte Unteroffizier Altmann.
Brandt nickte. »Genau, aber er ist nicht da, also scheint es mir besser, wenn wir uns auf ein kleines Scharmützel vorbereiten.«
»Womit wir bei einer wichtigen Frage wären«, sagte Neumann. »Wir kämpfen nur als deutsche Soldaten. Das war von Anfang an klar. Ich meine, jetzt ist es Zeit, mit der Maskerade aufzuhören.«
Er nahm das rote Barett und die Sprungjacke ab und stand in deutscher Uniform da. Dann holte er ein Schiffchen, wie es die Luftwaffe trug, aus der Hüfttasche und rückte es im vorschriftsmäßigen Winkel zurecht.
»So«, sagte er zu Brandt und Altmann. »Und jetzt auch alle anderen. Macht euch auf die Socken.«

Joanna Grey hatte die ganze Szene vom Fenster ihres Schlafzimmers aus verfolgt. Beim Anblick von Neumanns Uniform überlief sie ein Schauder. Sie sah Altmann die Poststelle betreten. Gleich darauf kam Mr. Turner zum Vorschein. Er überquerte die Brücke und ging den Hügel zur Kirche hinauf.
Neumann war ratlos wie noch nie. Normalerweise hätte er unter den gegebenen Umständen den sofortigen Rückzug befohlen, aber, wie er vorhin zu Brandt gesagt hatte, wohin? Er

hatte, sich selbst mit gerechnet, zwölf Mann, um die Gefangenen zu bewachen und das Dorf zu halten. Eine unmögliche Situation. Aber das war am Albertkanal und in Eben Emael genauso, würde Steiner sagen. Nicht zum erstenmal überlegte Neumann, wie sehr er sich im Lauf der Jahre daran gewöhnt hatte, Steiner das Denken zu überlassen.
Er versuchte erneut, Steiner über das Funkgerät zu erreichen. »Adler eins, bitte kommen«, sagte er auf englisch. »Hier spricht Adler zwei.«
Keine Antwort. Er gab das Gerät zurück an Hagl, der im Schutz der Brückenmauer in Deckung lag. Den Lauf seines Bren hatte er durch ein Abflußloch geschoben, so daß er einen größeren Geländestreifen unter Feuer halten konnte. Neben ihm war ein Vorrat an Munition säuberlich aufgestapelt. Auch Hagl hatte das rote Barett und die Sprungjacke abgelegt, die Tarnhose hatte er anbehalten.
»Kein Glück, Herr Leutnant?« sagte er und verstummte jäh. »Ich glaube, ich höre einen Jeep kommen.«
»Ja, aber aus der ganz verkehrten Richtung«, erwiderte Neumann grimmig.
Er flankte über die Mauer neben Hagl, drehte sich um und sah einen Jeep um die Ecke bei Joanna Greys Landhaus biegen. Von der Funkantenne flatterte ein weißes Taschentuch. Außer dem Mann am Steuer saß niemand im Wagen. Neumann trat hinter der Brüstung hervor, stemmte die Hände in die Hüften und wartete.
Shafto hatte es nicht für nötig erachtet, einen Stahlhelm aufzusetzen, er trug noch immer das Käppi. Er nahm eine Zigarre aus der Hemdtasche und steckte sie höchst wirkungsvoll zwischen die Zähne. Er ließ sich reichlich Zeit mit dem Anzünden, stieg dann aus dem Jeep und kam näher. Ein paar Meter vor Neumann machte er halt, stellte sich breitbeinig hin und musterte den Leutnant von oben bis unten.
Neumann sah die Kragenspiegel und salutierte förmlich. »Colonel.«

Shafto salutierte zurück. Sein Blick registrierte die beiden Eisernen Kreuze, das Ordensband für den Winterkrieg, das Verwundetenabzeichen in Silber, die Nahkampfspange, das Fallschirmspringerabzeichen, und er wußte, daß er in diesem jungen Mann mit dem frischen Gesicht einen alten Haudegen vor sich hatte. »Aha, Schluß mit der Maskerade, wie, Herr Leutnant? Wo ist Steiner? Sagen Sie ihm, Colonel Robert E. Shafto, Kommandeur der Einundzwanzigsten *Special Raiding Force*, möchte ihn sprechen.«
»Ich führe hier den Befehl, Colonel. Sie müssen mit mir vorliebnehmen.«
Shaftos Augen hefteten sich auf den Lauf des Bren, der durch das Ablaufloch in der Brückenmauer ragte, schwenkten zur Poststelle, zum Oberstock des Gasthauses, wo zwei Schlafzimmerfenster offenstanden. Neumann sagte höflich: »Noch etwas, Colonel? Oder haben Sie genug gesehen?«
»Was ist mit Oberstleutnant Steiner passiert? Ist er stiftengegangen?« Neumann antwortete nicht, und Shafto fuhr fort: »Okay, Junge, ich weiß, wieviel Männer Sie hier unter Ihrem Befehl haben, und wenn ich meine Jungens herbeordern muß, dann seid ihr in zehn Minuten geliefert. Warum nicht vernünftig sein und das Handtuch werfen?«
»Bin untröstlich«, sagte Neumann. »Aber ich bin in solcher Eile aufgebrochen, daß ich vergessen habe, eins in meinen Wochenendkoffer zu stecken.«
Shafto stippte die Asche von seiner Zigarre. »Zehn Minuten, mehr gebe ich euch nicht, dann kommen wir.«
»Und ich gebe Ihnen zwei, Colonel«, erwiderte Neumann, »damit Sie sich von hier wegscheren können, ehe meine Leute das Feuer eröffnen.«
Man hörte das metallische Klicken von Gewehrverschlüssen. Shafto blickte zu den Fenstern hoch und sagte grimmig: »Okay, Sie haben's so gewollt.«
Er ließ die Zigarre zu Boden fallen, trat sie bedächtig aus, marschierte zum Jeep zurück und setzte sich ans Steuer. Im

Wegfahren griff er nach dem Mikrophon des Funkgeräts. »Hier Sugar one. Zwanzig Sekunden. Countdown. Neunzehn, achtzehn, siebzehn...« Bei zwölf fuhr er an Joanna Greys Haus vorüber und bog bei zehn in die Landstraße ein.
Sie sah ihm vom Schlafzimmerfenster aus nach, dann drehte sie sich um und ging in ihr Arbeitszimmer. Sie öffnete die Geheimtür zum Dachverschlag und verschloß sie. Sie ging hinauf, setzte sich ans Funkgerät, nahm die Luger aus der Schublade und legte sie in Reichweite auf den Tisch. Seltsam, aber jetzt, als es soweit war, empfand sie nicht die geringste Furcht. Sie griff nach einer Flasche Whisky, und während sie sich ein tüchtiges Glas eingoß, fielen die ersten Schüsse.

Das Führungsfahrzeug von Shaftos Abteilung raste um die Ecke in die Gerade. Drinnen saßen vier Männer, und weitere zwei standen im Heck hinter einem Browning-MG. Als der Jeep an Joanna Greys Nachbarhaus vorbeifuhr, sprangen Dinter und Berg gleichzeitig auf. Dinter stützte den Lauf des Bren-MG mit der Schulter ab, während Berg schoß. Er feuerte eine lange Salve ab, die die beiden Männer am Browning-MG von den Füßen riß. Der Wagen schnellte über die Uferböschung und blieb mit den Rädern nach oben im Fluß liegen.
Der nachfolgende Jeep brach seitwärts aus. Der Fahrer riß das Fahrzeug im Bogen über die Grasböschung, so daß er um ein Haar zu dem ersten in den Fluß gestürzt wäre. Berg schwang den Lauf seines Bren herum und gab kurze Feuerstöße ab, die einen der MG-Schützen seitlich aus dem Fahrzeug schleuderten und die Windschutzscheibe zerschmetterten, ehe der Fahrer den Jeep um die nächste Ecke in Sicherheit bringen konnte.
In den Ruinen von Stalingrad hatten Dinter und Berg gelernt, daß es in solchen Situationen nur eins gab: Das Ziel treffen und dann nichts wie weg. Sie machten sich schleunigst durch ein schmiedeeisernes Tor in der Mauer in Richtung Poststelle davon, wobei sie die Hecken um die Hintergärten der Häuser als Deckung benutzten.

Shafto, der das ganze Fiasko von einer Bodenerhebung in den Wäldern aus kurzer Entfernung beobachten konnte, knirschte vor Wut mit den Zähnen. Es lag auf der Hand, daß Neumann ihm eine Lektion erteilt hatte. »Der kleine Pinscher bringt mich noch auf die Palme«, sagte er leise.
Der Jeep, der soeben beschossen worden war, fuhr nun an den Straßenrand und hielt vor Nummer drei. Der Fahrer hatte schwere Schnittwunden im Gesicht. Ein Sergeant namens Thomas war schon dabei, ihm einen Notverband anzulegen. Shafto brüllte hinunter: »Herrgott noch mal, Sergeant, was fummeln Sie da rum? Hinter der Gartenmauer des zweiten Hauses ist ein Maschinengewehr in Stellung. Laufen sie mit drei Mann hinüber und heben Sie es aus.«
Krukowski, der mit dem Feldtelefon hinter Shafto stand, zuckte zusammen. »Vor fünf Minuten waren wir dreizehn. Jetzt sind's noch neun. Will er uns denn alle in die Pfanne hauen?«
Inzwischen war auf der anderen Seite des Dorfes ein heftiges Feuergefecht ausgebrochen. Shafto hob den Feldstecher, konnte jedoch nicht viel mehr als ein Stück der Wegbiegung hinter der Brücke und das Mühlendach sehen, das die letzten Häuser überragte. Er schnalzte mit den Fingern, und Krukowski reichte ihm das Telefon. »Mallory, hören Sie mich?«
Mallory antwortete sofort: »Jawohl, Sir.«
»Was, zum Teufel, ist denn dort drüben los? Sie müßten inzwischen längst reinen Tisch gemacht haben?«
»Die Deutschen haben sich im Oberstock der Mühle verschanzt. Halten die ganze Umgebung unter Feuer. Unser erster Jeep ist bereits ausgefallen und blockiert jetzt die Straße. Ich habe schon vier Mann verloren.«
»Dann verlieren Sie noch ein paar mehr«, brüllte Shafto ins Telefon. »Stürmen Sie die Mühle, Mallory. Räuchern Sie die Gesellschaft aus. Versuchen Sie's mit allen Mitteln.«
Der Gefechtslärm schwoll noch mehr an, während Shafto die andere Abteilung anrief. »Hustler, sind Sie da?«

»Hier spricht Hustler, Sir.« Die Stimme klang ziemlich schwach.
»Wissen Sie, daß Sie längst oben bei der Kirche sein müßten?«
»Schwieriges Gelände, Sir. Wir fuhren zunächst befehlsgemäß über die Felder, sind aber in einen Sumpf geraten. Nähern uns jetzt dem Südende von Hawks Wood.«
»Dann machen Sie endlich Dampf dahinter!«
Er gab Krukowski das Telefon zurück. »Herrgott!« sagte er erbittert, »man kann sich auf niemanden verlassen. Sobald es zum Einsatz kommt, muß ich alles selbst machen, wenn's richtig gemacht werden soll.«
Er rutschte die Böschung hinunter in den Graben, als die drei Mann, die er bei sich gehabt hatte, zurückkamen. »Fehlanzeige, Sir.«
»Was soll das heißen: Fehlanzeige?«
»Niemand vorgefunden, Sir, nur das da.« Thomas hielt ihm auf der flachen Hand ein paar Patronenhülsen hin.
Shafto schlug die Hand heftig beiseite, so daß die Patronenhülsen zu Boden fielen. »Okay, beide Jeeps rücken gleichzeitig vor, zwei Mann an jedem MG. Ihr putzt mir die Brücke weg. Ihr beharkt mir die ganze Umgebung so gründlich, daß nicht einmal ein Grashalm aufrecht stehen könnte.«
»Aber, Sir...«, begann Thomas.
»Und Sie nehmen vier Mann und arbeiten sich zur Rückseite der Häuser vor. Greifen Sie die Poststelle neben der Brücke von hinten an. Krukowski bleibt bei mir.« Er hieb mit der Faust auf die Kühlerhaube des Jeeps. »Los jetzt, marsch!«

Otto Brandt hatte den Obergefreiten Walther sowie Meyer und Riedel bei sich in der Mühle. Als Verteidigungsstellung war die Mühle ideal: Die alten Steinmauern waren fast einen Meter dick, und die schweren Eichentüren unten waren mit Riegeln und Querstangen verschlossen. Aus den Fenstern des Oberstocks, wo Brandt ein Maschinengewehr hatte aufstellen lassen, konnte man die ganze Umgebung unter Beschuß halten.

Unten blockierte ein brennender Jeep die Straße. Ein Mann war noch immer im Wagen, zwei weitere lagen im Straßengraben. Brandt hatte den Jeep persönlich aufs Korn genommen, ihn zuerst mit Mallory und seinen Leuten heranbrausen lassen und im letzten Moment aus der Speichertür im hohen Bogen ein paar Handgranaten geschleudert. Die Wirkung war katastrophal gewesen. Von ihrer Stellung hinter den Hecken ein Stück straßenaufwärts schickten die Amerikaner einen wahren Feuerhagel gegen die Mühle, der jedoch den massiven Steinmauern wenig anhaben konnte.
»Ich weiß nicht, wer dort unten das Kommando führt, aber von seinem Handwerk versteht der nichts«, bemerkte Walther, während er sein M 1 neu lud.
»Was hätten Sie denn getan?« fragte ihn Brandt und blinzelte den Lauf seines Bren entlang, als er einen raschen Feuerstoß abgab.
»Unten fließt doch der Fluß vorbei, oder? Auf dieser Seite sind keine Fenster. Sie hätten sich von der Rückseite heranmachen sollen...«
Brandt hob die Hand. »Feuer einstellen.«
»Warum?« fragte Walther.
»Weil es die Amis auch getan haben, oder ist euch das noch nicht aufgefallen?«
Alles war totenstill geworden, und Brandt sagte leise: »Ich kann's zwar kaum glauben, aber macht euch auf was gefaßt.«
Eine Sekunde später sprangen Mallory und acht oder neun Mann mit gellendem Schlachtgeschrei aus ihrer Deckung und rannten zum nächsten Graben, wobei sie pausenlos aus der Hüfte schossen. Obwohl sie von den MGs aus den beiden noch übrigen Jeeps jenseits der Hecke Feuerschutz erhielten, war es der helle Wahnsinn.
»Mein Gott!« sagte Brandt. »Was glauben die wohl, wo sie sind? An der Somme?« Er richtete einen langen Feuerstoß auf Mallory und tötete ihn auf der Stelle. Drei Leute fielen, als auch die übrigen Deutschen schossen. Einer rappelte sich wieder auf

und taumelte in den Schutz der ersten Hecke zurück, während die Überlebenden die Flucht ergriffen.
In der darauffolgenden Ruhepause griff Brandt nach einer Zigarette. »Ich zähle jetzt sieben. Acht, wenn man den Mann mitrechnet, der sich in die Hecke geschleppt hat.«
»Irre«, sagte Walther. »Glatter Selbstmord. Ich meine, warum eilt's denen denn so? Sie brauchten doch nur zu warten.«

Kane und Colonel Corcoran saßen zweihundert Meter vom Haupttor von Meltham House entfernt in einem Jeep und sahen an dem zerschossenen Telefonmast in die Höhe. »Du lieber Himmel!« sagte Corcoran. »Das ist doch nicht zu fassen. Was mag er sich nur dabei gedacht haben?«
Kane hätte es ihm sagen können, beherrschte sich jedoch. Er erwiderte: »Ich weiß nicht, Sir. Vielleicht sollte es eine besondere Sicherheitsmaßnahme sein. Er brannte ungeheuer darauf, diesen Fallschirmjägern auf den Pelz zu rücken.«
Ein Jeep bog aus dem Haupttor und kam auf sie zu. Garvey saß am Steuer, und als er bremste, sahen sie seine ernste Miene. »Wir erhielten soeben eine Meldung über Funk.«
»Von Shafto?«
Garvey schüttelte den Kopf. »Ausgerechnet von Krukowski. Er wollte Sie sprechen, Major, Sie persönlich. Es geht bei ihnen drunter und drüber. Er sagt, sie sind direkt ins Feuer gerannt. Überall liegen Tote.«
»Und Shafto?«
»Krukowski war ziemlich hysterisch. Sagte nur immer wieder, der Colonel müsse verrückt geworden sein. Und noch eine Menge wirres Zeug.«
»Du lieber Gott«, dachte Kane, »er ist mit flatternden Fahnen in die Schlacht geprescht.« Er sagte zu Corcoran: »Ich glaube, ich sollte drüben mal nach dem Rechten sehen, Colonel.«
»Das glaube ich auch«, erwiderte Corcoran. »Natürlich müssen Sie ausreichenden Schutz für den Premierminister hierlassen.«

Kane wandte sich an Garvey. »Was haben wir noch an Wagen in Reserve?« »Einen Spähwagen und drei Jeeps.«
»Die nehmen wir, dazu eine Abteilung von zwanzig Mann. Startbereit in fünf Minuten, Sergeant.«
Garvey zog den Jeep in einem engen Kreis herum und brauste ab. »Dann haben Sie fünfundzwanzig Mann, Sir«, sagte Kane zu Corcoran. »Genügt das?«
»Sechsundzwanzig, mit mir selbst«, sagte Corcoran. »Das genügt voll und ganz. Es ist höchte Zeit, daß jemand euch Freiheitshelden auf Vordermann bringt.«
»Ich weiß, Sir«, sagte Harry Kane und startete den Motor. »Seit dem Unabhängigkeitskrieg leiden wir an Größenwahn.« Er legte den Gang ein und fuhr ab.

17

Es waren noch immer fast drei Kilometer bis zum Dorf, als Steiner zum erstenmal das hartnäckige Summen aus dem Funkgerät vernahm. Jemand versuchte ihn zu erreichen, aber die Entfernung war noch zu groß. »Vollgas«, befahl er Klugl. »Irgend etwas ist faul.«
Als sie bis auf eineinhalb Kilometer herangekommen waren, bestätigte das Knattern von Handfeuerwaffen seine schlimmsten Befürchtungen. Er entsicherte seine Sten und blickte zu Briegel auf. »Machen Sie Ihre Knarre klar. Für alle Fälle.«
Klugl drückte das Gaspedal bis zum Boden durch, er holte das letzte aus dem Jeep heraus. »Komm schon, verdammt noch mal! Komm schon!« schrie Steiner.
Das Funkgerät hatte zu summen aufgehört, und als sie sich dem Dorf näherten, versuchte Steiner, die Verbindung aufzunehmen. »Hier spricht Adler eins. Adler zwei, bitte kommen.«
Keine Antwort. Er versuchte es ein zweites Mal, aber wieder ohne Erfolg. Klugl sagte: »Vielleicht haben sie alle Hände voll zu tun, Herr Oberstleutnant.«

Wenig später erreichten sie die Anhöhe von Garrowby Heath, dreihundert Meter westlich der Kirche. Der Schauplatz der Ereignisse lag zu ihren Füßen. Steiner hob den Feldstecher an die Augen, richtete ihn auf die Mühle und sah im angrenzenden Feld Mallorys Abteilung. Er schwenkte das Glas, erspähte die Rangers im Schutz der Hecken hinter der Poststelle und dem Gasthaus, und Neumann und den jungen Hagl, die durch das konzentrierte Maschinengewehrfeuer aus Shaftos letzten beiden Jeeps hinter der Brücke festgenagelt waren. Einer der Jeeps hatte dicht an Joanna Greys Gartenmauer Posten bezogen, so daß die Besatzung über die Mauerkrone hinweg feuern konnte und selbst in voller Deckung war. Der zweite Jeep stand an der Mauer des Nachbargartens und befolgte die gleiche Taktik.
Steiner versuchte es nochmals mit dem Funkgerät: »Hier spricht Adler eins. Können Sie mich hören?«
Im Oberstock der Mühle fing Riedel, der während einer Feuerpause das Funkgerät auf Empfang gestellt hatte, seinen Ruf auf. »Der Oberstleutnant«, rief er Brandt zu, und sagte ins Mikrophon: »Hier Adler drei, in der Mühle. Wo sind Sie?«
»Auf dem Hügel über der Kirche«, sagte Steiner. »Wie ist die Lage bei Ihnen?«
Mehrere Geschosse flogen durch die unverglasten Fenster herein und prallten an der Mauer ab. »Geben Sie her!« rief Brandt, der hinter dem MG bäuchlings auf dem Boden lag.
»Er ist auf dem Hügel«, sagte Riedel. »Wetten, daß Steiner uns aus der Scheiße hier rauspaukt!« Er robbte an der Wand entlang bis zur Speichertür über dem Mühlrad und stieß sie auf.
»Zurück!« schrie Brandt.
Riedel schob den Kopf aus der Tür und spähte zum Hügel hinüber. Er hob das Mikrophon an den Mund: »Ich kann Sie sehen, Herr Oberstleutnant, wir sind...«
Von draußen fuhr eine MG-Salve herein, Blut und Hirn spritzte an die Wand, als Riedels Schädeldecke barst, und er stürzte kopfüber aus der Speichertür und riß das Funkgerät mit.

Brandt machte einen Hechtsprung quer durch den Raum und spähte über den Türrand hinunter. Riedel war direkt auf das Mühlrad gefallen. Es drehte sich unablässig weiter und zog ihn mit, hinab in die strudelnden Wasser. Als das Rad seine Umdrehung vollendet hatte, war von Riedel nichts mehr zu sehen.

Oben auf dem Hügel tippte Werner Briegel Steiner auf die Schulter. »Da unten, Herr Oberstleutnant, im Wald, rechts. Amis.«
Steiner richtete das Glas auf die Stelle. Von seinem erhöhten Standplatz aus konnte er den Mittelteil des Hohlwegs durch Hawks Wood einsehen. Sergeant Hustler und seine Leute marschierten soeben dort entlang. Steiner faßte seinen Entschluß und handelte sofort. »Sieht so aus, als wären wir jetzt wieder Fallschirmjäger, Jungens.«
Er warf sein rotes Barett fort, schnallte das Koppel und den Browning nebst Tasche ab und zog die Sprungjacke aus. Darunter trug er seine Fliegerbluse, das Ritterkreuz mit Eichenlaub am Hals. Er zog sein Schiffchen aus der Tasche und setzte es auf. Klugl und Werner Briegel folgten seinem Beispiel.
Steiner sagte: »Alles einsteigen, es geht los. Geradeaus den Waldweg hinunter und über den Steg. Wollen mal ein Wörtchen mit den Jeeps dort reden. Ich glaube, Sie können es schaffen, Klugl, wenn Sie saftig auf die Tube drücken, danach geht's weiter zu Neumann!« Er blickte zu Werner Briegel auf. »Und Sie hören nicht auf zu schießen. Um keinen Preis der Welt.«

Der Jeep brauste mit achtzig das letzte Stück zur Kirche hinunter. Der Obergefreite Becker stand vor dem Portal und duckte sich schleunigst, als er das Fahrzeug kommen sah, aber Steiner winkte ihm zu, und dann riß Klugl das Steuer herum und lenkte den Jeep in den Hohlweg von Hawks Wood.
Sie rasten über einen Buckel, schlitterten um eine Wegbiegung

zwischen den senkrechten Erdmauern, und dann sahen sie keine zwanzig Meter entfernt Hustler und seine Leute in Linie zu beiden Seiten des Hohlwegs. Werner Briegel feuerte, was das Rohr hielt. Er hatte kaum Zeit zu zielen, denn in Sekundenschnelle raste der Jeep mitten in die Gruppe. Männer sprangen um ihr Leben, versuchten verzweifelt, an der steilen Wegböschung hochzuklettern. Das Außenrad holperte über einen Körper, und dann waren sie durch. Zurück blieben Sergeant Horace Hustler und sieben seiner Männer, entweder tot oder sterbend.

Wie ein Blitz schoß der Jeep aus dem Hohlweg hervor. Klugl fuhr befehlsgemäß einfach geradeaus, überquerte den Fluß auf dem wenig mehr als zwei Meter breiten Steg und machte Kleinholz aus dem Geländer. Alle vier Räder des Jeeps hingen in der Luft, als er mit einem Satz die Böschung zur Straße nahm. Die beiden Männer am Maschinengewehr des Jeeps, der hinter Joanna Greys Gartenmauer in Deckung stand, rissen ihre Brownings blitzschnell herum, aber nicht schnell genug, denn schon bestrich Werner Briegel die Mauer mit einer gewaltigen Feuergarbe, die beide Schützen zu Boden riß.

Aber dieser Zwischenfall verschaffte der Besatzung des zweiten Jeeps an der Seitenmauer des Nachbargartens die zwei oder drei kostbaren Sekunden zum Handeln – jene Sekunden, die über Tod oder Leben entscheiden. Sie konnten ihre MG herumreißen und feuerten bereits, als Klugl umkehrte und wieder auf die Brücke zuraste.

Jetzt waren die Rangers am Zug. Briegel jagte einen Feuerstoß in den vorbeiflitzenden Jeep, der einen der MG-Schützen traf, aber der andere schoß unaufhörlich weiter. Geschosse hagelten auf den Jeep der Deutschen und zerschmetterten die Windschutzscheibe. Plötzlich stieß Klugl einen Schrei aus und fiel mit dem Gesicht über das Steuer. Der Jeep schlingerte wild und knallte gegen das Ende der Brückenbrüstung. Dort schien er eine Weile in der Luft zu hängen, ehe er sich langsam zur Seite neigte.

Klugl lag zusammengekrümmt neben dem Jeep, und Werner

Briegel kroch zu ihm hin. Briegels Gesicht war von den Scherben der Windschutzscheibe zerschnitten und blutete. Er blickte zu Steiner auf. »Er ist tot, Herr Oberstleutnant«, sagte er verstört.
Er wollte aufstehen, doch Steiner zog ihn wieder zu Boden. »Reißen Sie sich zusammen, Junge. Er ist tot. Sie leben.«
Werner Briegel nickte benommen. »Jawohl, Herr Oberstleutnant.«
»Bringen Sie jetzt das MG in Stellung und heizen Sie denen da drüben ein.«
Als Steiner sich umwandte, kam Neumann hinter der Brückenbrüstung hervorgerobbt. »Denen da hinten haben Sie's ganz schön eingetränkt.«
»Eine zweite Abteilung rückte gerade durch den Wald auf die Kirche zu«, sagte Steiner. »Denen haben wir auch kein Glück gebracht. Was ist mit Hagl?«
»Es ist aus mit ihm.« Neumann wies mit dem Kopf auf die Stelle, wo Hagls Stiefel hinter der Brückenwand hervorsahen.
Werner Briegel hatte inzwischen das MG an der Seitenwand des Jeep aufgelegt und begann in kurzen Stößen zu feuern. Steiner sagte: »So, und was haben Sie mir anzubieten, Neumann?«
»In einer Stunde müßte es dunkel sein«, erwiderte Neumann. »Ich dachte, vielleicht könnten wir uns so lange halten und dann zu zweit oder zu dritt davonmachen. Im Schutz der Dunkelheit würden wir uns in die Marschen bei Hobs End legen und trotz allem das Boot kriegen, wenn König planmäßig eintrifft. Schließlich kommen wir jetzt auf keinen Fall mehr an den Alten heran.« Er zögerte und fügte ziemlich linkisch hinzu: »Auf diese Weise hätten wir wenigstens eine Chance.«
»Die einzige«, sagte Steiner. »Aber nicht hier. Wir müssen uns schleunigst neu gruppieren. Wo sind die anderen?«
Neumann gab in wenigen Worten einen Überblick über die allgemeine Lage. Steiner nickte. »Auf der Herfahrt konnte ich mit den Leuten in der Mühle Kontakt aufnehmen. Riedel war am Gerät, dazu reichlich MG-Feuer. Holen Sie jetzt Altmann

und seine Jungens, und ich versuche, ob ich zu Brandt durchkomme.«

Werner Briegel gab Neumann Feuerdeckung, als der Leutnant über die Straße rannte, und Steiner versuchte, mit Brandt Verbindung aufzunehmen. Es gelang ihm nicht, und als Neumann mit Altmann, Dinter und Berg aus der Tür der Poststelle trat, brach oben bei der Mühle wieder ein heftiges Feuergefecht aus.

Sie kauerten sich alle hinter der Brückenmauer nieder, und Steiner sagte: »Ich kriege keine Verbindung mit Brandt. Weiß Gott, was dort los ist. Ihr versucht jetzt gemeinsam, euch bis zur Kirche durchzuschlagen. Wenn ihr euch dicht an die Hecke haltet, habt ihr auf dem Großteil des Wegs gute Deckung. Neumann, Sie übernehmen das Kommando.«

»Und Sie, Herr Oberstleutnant?«

»Ich lenke sie eine Weile mit meinem MG ab, dann komme ich nach.«

»Aber, Herr Oberstleutnant«, begann Neumann.

Steiner fiel ihm ins Wort. »Kein Aber. Heute will ich mal den Helden spielen. Und jetzt macht endlich, daß ihr hier wegkommt, das ist ein Befehl.«

Neumann zögerte noch, aber nur eine Sekunde. Er nickte Altmann zu, schlüpfte dann an dem Jeep vorbei und rannte geduckt und dicht an der Brüstung über die Brücke. Steiner ging zum MG und begann zu schießen.

Zwischen dem anderen Ende der Brücke und der schützenden Hecke lag ein Stück freies Gelände, etwa zehn Meter lang. Neumann kauerte sich auf ein Knie nieder und sagte: »Es hat keinen Sinn, daß wir einer nach dem anderen hinüberlaufen, denn wenn er den ersten von uns gesehen hat, ist der Witzbold am MG alarmiert und wartet schon auf den nächsten. Wenn ich das Zeichen gebe, rennen wir alle zusammen.«

Ein paar Sekunden später sprang er aus der Deckung, raste über die Straße, flankte über den Zaun und ließ sich hinter die schützende Hecke fallen. Altmann und die übrigen ihm dicht

auf den Fersen. Der MG-Schütze der Rangers am anderen
Dorfende war ein Mann namens Bleeker, dereinst, in glücklicheren Tage, Fischer am Kap Cod. Im Moment war er fast
von Sinnen vor Schmerzen, denn eine Glasscherbe hatte sich
direkt unter seinem rechten Auge eingegraben. Sein ganzer Haß
galt Shafto, der an alldem die Schuld trug, aber zunächst sollte
ihm jedes beliebige Ziel recht sein. Er sah die Deutschen über
die Brücke laufen und schwenkte das MG herum, aber zu spät.
In seiner hilflosen Wut jagte er trotzdem eine Salve in die
Hecke.
Drüben war Berg gestolpert und zu Boden gefallen, und Dinter
drehte sich um und wollte ihm aufhelfen. »Gib mir die Hand,
du Idiot«, sagte er. »Wieder mal zwei linke Füße!«
Berg stand auf – und fiel zusammen mit Dinter, als die
Geschosse die Hecke bestrichen, ihre Körper durchsiebten und
sie beide in einem grotesken Totentanz auf die Wiese wirbelten.
Werner Briegel sah sich um und schrie auf, aber Altmann
packte ihn an der Schulter und stieß ihn hinter Neumann her.

Von der Tür über dem Mühlrad aus sahen Brandt und Meyer,
was in der Wiese passierte. »Jetzt wissen wir, wie wir dran
sind«, sagte Meyer. »Sieht ganz so aus, als hätten wir hier
endlich einen festen Wohnsitz gefunden.«
Brandt beobachtete, wie Neumann, Altmann und Briegel die
Hecke entlangrobbten und endlich über die Kirchhofsmauer
kletterten. »Sie haben es geschafft«, sagte er. »Wenn das kein
Wunder ist.«
Er ging hinüber zu Meyer, der in der Mitte des Fußbodens an
eine Kiste gelehnt saß. Er hatte einen Bauchschuß. Seine Bluse
war offen, und man sah direkt unterm Nabel ein obszön
wirkendes Loch mit wulstigen purpurnen Rändern. Sein
Gesicht war schweißüberströmt. »Sieh mal an«, sagte er.
»Wenigstens blutet es nicht. Meine Mutter hat schon immer
gesagt, ich bin ein Glückspilz.«
»Ist mir auch schon aufgefallen«, erwiderte Brandt und steckte

Meyer eine Zigarette in den Mund. Aber ehe er sie anzünden konnte, setzte der schwere Beschuß von draußen wieder ein.

Shafto kauerte im Schutz der Mauer von Joanna Greys Vorgarten. Er war wie betäubt von der Nachricht, die einer der Überlebenden aus Sergeant Hustlers Abteilung ihm soeben überbracht hatte. Die Katastrophe schien vollkommen. In kaum mehr als einer halben Stunde hatte er mindestens zweiundzwanzig Mann verloren. Mehr als die Hälfte seines Kommandos. Die Folgen würden so grauenhaft sein, daß er sie nicht zu bedenken wagte.
Krukowski, der mit dem Feldtelefon hinter ihm hockte, sagte: »Was werden Sie jetzt tun, Sir?«
»Wieso fragen Sie, was *ich* tun werde?« fuhr Shafto ihn an. »Immer bin ich derjenige welcher, wenn's drauf ankommt. Man braucht sich nur auf andere Leute zu verlassen, auf Leute ohne eine blasse Ahnung, ohne Disziplin oder Pflichtgefühl, und schon ist alles im Eimer.«
Er ließ sich gegen die Mauer fallen und blickte zum Haus hinauf. Im selben Moment spähte Joanna Grey durch den Vorhang im Schlafzimmer. Sie fuhr sofort wieder zurück, aber zu spät. Shafto stieß ein dumpfes Knurren aus.
»Mein Gott, Krukowski, diese verdammte Hexe ist noch immer im Haus.«
Er richtete sich auf und wies hinauf zum Fenster. Krukowski sagte: »Ich sehe niemanden, Sir.«
»Du wirst sie bald zu sehen kriegen, mein Junge!« schrie Shafto und zog den Colt mit dem Perlmuttgriff. »Mir nach!« Und er stürmte den Weg zur Vordertür hinauf.

Joanna Grey verschloß die Geheimtür von innen und eilte die Treppe zur Dachkammer hinauf. Sie setzte sich ans Funkgerät und fing an, auf dem Landsvoortkanal zu senden. Dann hörte sie unten Geräusche. Türen wurden aufgestoßen und Möbelstücke umgeworfen, als Shafto das Haus durchsuchte. Er kam

immer näher, schon polterte er im Arbeitszimmer herum. Deutlich hörte sie seinen Wutschrei, als er ins Treppenhaus trat. »Sie muß hier irgendwo stecken!«
Eine Stimme tönte vom Keller herauf: »Colonel, Sir, hier unten war ein Hund eingesperrt. Er rast jetzt wie ein Irrer die Treppe zu Ihnen rauf.«
Joanna Grey griff nach der Luger und entsicherte sie, ohne ihre Sendetätigkeit auch nur einen Augenblick zu unterbrechen. Shafto drückte sich auf dem Treppenabsatz an die Wand, als Patch an ihm vorüberraste. Er folgte dem Hund ins Arbeitszimmer und beobachtete, wie das Tier an der Wandverkleidung in der Ecke zu kratzen begann.
Shafto sah sich die Holzpaneele genauer an und fand fast sofort das winzige Schlüsselloch. »Sie ist da drinnen, Krukowski!« Wilde Freude klang in seiner Stimme. »Ich hab' sie!«
Er jagte aus kurzer Entfernung drei Schüsse in die Wand rund um das Schlüsselloch. Das Holz splitterte, das Schloß löste sich, und die Tür ging von allein auf, gerade als Krukowski mit schußbereiter MP das Zimmer betrat. »Seh'n Sie sich vor, Sir.« »Ich denk nicht dran!« Shafto war bereits mit gezücktem Colt auf der Treppe, als Patch an ihm vorüberrannte. »Raus mit dir, und hier runter, du Miststück!«
Als sein Kopf in Fußbodenhöhe auftauchte, schoß Joanna Grey ihn zwischen die Augen. Er stürzte rücklings wieder ins Arbeitszimmer hinunter. Krukowski schob den Lauf seiner MP um die Ecke und ließ eine Salve von etwa fünfzehn Schuß los. Die Feuergeschwindigkeit war so groß, daß es klang wie eine einzige Explosion. Der Hund heulte auf, man hörte einen Körper zu Boden fallen, dann nichts mehr.

Devlin kam draußen vor der Kirche an, als Neumann, Altmann und Werner Briegel zwischen den Grabsteinen hindurch auf das Portal zurannten. Sie sahen Devlin am Friedhofstor anhalten und liefen auf ihn zu. »Ein Riesenschlamassel«, sagte Neumann. »Und der Oberstleutnant ist noch immer unten an der Brücke.«

Devlin blickte hinunter zum Dorf, wo Steiner hinter dem ramponierten Jeep kauerte und mit dem MG schoß. Da packte Neumann ihn am Arm und wies in die andere Richtung. »Mein Gott, sehen Sie, was dort kommt!«
Devlin drehte sich um und sah jenseits der Wegbiegung hinter Joanna Greys Haus einen Spähwagen und drei Jeeps anrücken. Er startete sein Motorrad und grinste. »Klar, und wenn ich jetzt nicht sofort losfahre, könnt ich mir's überlegen, und das wär' nicht das Wahre.«
Er fuhr geradewegs den Hügel hinunter und schlitterte seitwärts durch den Zugang zu Old Woman's Meadow. Nach wenigen Metern verließ er den Fahrweg und brauste querfeldein zum Steg oberhalb des Wehrs. Das Motorrad vollführte Bocksprünge über das unebene Gras und schien ihn unbedingt abwerfen zu wollen; Neumann, der vom Friedhofstor aus zusah, begriff nicht, wie Devlin sich im Sattel halten konnte.
Der Leutnant duckte sich blitzschnell, als eine Kugel den Holzpfosten neben seinem Kopf zersplitterte. Er ließ sich mit Werner Briegel und Altmann in den Schutz der Mauer fallen und begann, das Feuer zu erwidern, als die Überlebenden aus Hustlers Abteilung, die sich endlich wieder gesammelt hatten, den Saum des Wäldchens erreichten.

Devlin raste über den Steg und folgte drüben dem Waldweg. Oben an der Straße mußten Soldaten sein, davon war er überzeugt. Er zog eine der Handgranaten aus seinem Mantelgürtel und riß mit den Zähnen den Sicherungsstift heraus. Schon war er aus dem Wald, und da stand ein Jeep an der Grasböschung, die Besatzung wandte sich erschrocken um.
Er warf die Handgranate einfach hinter sich. Dann nahm er die zweite. Links hinter der Ecke waren weitere Rangers, und als die erste Granate explodierte, warf Devlin die zweite über die Hecke. Er fuhr mit unvermindertem Tempo weiter die Straße entlang, vorbei an der Mühle und um die Ecke.

Dann bremste er scharf hinter der Brücke, wo Steiner noch immer mit dem MG kauerte.
Steiner sprach kein Wort. Er stand einfach auf, hielt das MG mit beiden Händen und ballerte den ganzen Gurt in einer furchtbaren einzigen Salve leer, so daß Korporal Bleeker schleunigst hinter der Gartenmauer in Deckung ging. Im gleichen Augenblick warf Steiner das MG weg und schwang sich auf den Soziussitz. Devlin gab Gas, jagte über die Brücke und den Hügel hinauf, während sich unten der Spähwagen um die Ecke von Joanna Greys Haus schob. Harry Kane stand auf und sah ihnen nach.
»Was, zum Teufel, war *das* denn?« fragte Garvey.
Korporal Bleeker stolperte aus dem Jeep und wankte auf sie zu. Sein Gesicht war blutüberströmt. »Haben Sie einen Sanitäter dabei, Sir? Ich glaube, ich habe das rechte Auge verloren. Ich kann nichts mehr sehen.«
Jemand sprang heraus, um ihn zu stützen, und Kane sah sich die Verwüstungen im Dorf an. »Dieser verrückte Hund«, flüsterte er entsetzt.
Krukowski kam aus dem Gartentor und salutierte. »Wo ist Colonel Shafto?« fragte Kane.
»Tot, Sir. Oben im Haus. Die Frau ... sie hat ihn erschossen.«
Kane sprang aus dem Wagen. »Wo ist sie?«
»Ich ... ich habe sie getötet, Sir«, sagte Krukowski, und er hatte Tränen in den Augen.
Kane fiel um alles in der Welt nichts ein, was er hätte sagen können. Er gab Krukowski einen Klaps auf die Schulter und ging über den Gartenweg auf das Haus zu.

Neumann und seine beiden Kameraden hielten noch immer von der Mauer auf dem Hügel aus die Rangers im Wald unter Beschuß, als Devlin und Steiner droben auftauchten. Der Ire nahm den Gang heraus, ließ einen Fuß am Boden schleifen und wendete das ausrollende Motorrad genau im rechten Moment, um durch das Friedhofstor und den Gräberweg entlang bis zum

Kirchenportal zu kurven. Neumann, Altmann und Werner Briegel traten den Rückzug an, wobei sie die Grabsteine als Deckung benutzten, und kamen schließlich ohne weitere Verluste ebenfalls zum Portal.
Der Obergefreite Becker öffnete ihnen das Tor, alle schlüpften hinein und Becker warf das Tor wieder ins Schloß und legte die Riegel vor. Draußen setzte wieder verstärkter Beschuß ein. Die Dorfbewohner in den Kirchenbänken drängten sich entsetzt und verängstigt aneinander. Philip Voreker hinkte durch den Mittelgang heran, bis er mit bleichem zornerfülltem Gesicht vor Devlin stand. »Noch ein verdammter Verräter!«
Devlin grinste. »Ach, das tut gut«, sagte er, »endlich wieder unter Freunden zu sein.«

In der Mühle war alles still. »Gefällt mir gar nicht«, war Walthers Kommentar.
»Dir kann man's nie recht machen«, erwiderte Brandt, und dann horchte er auf. »Was ist das?«
Man hörte ein näherkommendes Fahrzeug. Brandt versuchte, aus der Speichertür über die Straße zu spähen und geriet sogleich unter heftigen Beschuß. Er zog sich schleunigst zurück. »Was ist mit Meyer?«
»Ich glaube, er ist tot.«
Brandt griff nach einer Zigarette, während das Motorengeräusch lauter wurde. »Hat man Töne«, sagte er. »Der Albertkanal, Kreta, Stalingrad, und was ist die Endstation? Studley Constable.« Er zündete die Zigarette an.
Der Spähwagen fuhr mindestens dreißig, als Garvey das Steuer herumriß und mit voller Wucht durch die Mühlentore brach. Kane stand hinten im Wagen an einer Fliegerabwehrkanone und feuerte bereits steil nach oben in den Holzboden. Die großkalibrigen Geschosse durchschlugen die Planken ohne weiteres und machten Kleinholz aus ihnen. Er hörte die Todesschreie, aber er schoß immer weiter,

schwenkte den Lauf des Geschützes über die ganze Breite des Raumes und hörte erst auf, als überall im Holz große Löcher klafften.
Eine blutige Hand wies von oben auf einen der Männer. Alles war totenstill. Garvey nahm einem der Rangers die Thompson-MP ab, sprang vom Spähwagen und stieg die Holztreppe in der Ecke hinauf. Er kam fast augenblicklich wieder zurück.
»Erledigt, Major.«
Harry Kanes Gesicht war blaß, aber er hatte sich völlig in der Gewalt. »Und jetzt rauf zur Kirche.«

Molly erreichte gerade rechtzeitig die Höhe von Garrowby Heath, um einen Jeep hügelan fahren zu sehen, von dessen Antenne ein weißes Taschentuch flatterte. Er hielt am Friedhofstor, und Kane und Dexter Garvey stiegen aus. Als sie durch den Kirchhof gingen, sagte Kane leise: »Halten Sie die Augen offen, Sergeant. Prägen Sie sich alles hier genau ein.«
»Jawohl, Sir.«
Die Kirchentür ging auf, und Steiner trat aus dem Portal. Hinter ihm lehnte Devlin und rauchte eine Zigarette. Harry Kane salutierte förmlich. »Wir kennen uns bereits, Colonel.«
Ehe Steiner antworten konnte, stieß Philip Voreker den Obergefreiten Becker, der an der Tür postiert war, beiseite und humpelte heran. »Kane, wo ist Pamela? Ist ihr nichts passiert?«
»Alles in Ordnung, Pater«, erwiderte Kane. »Sie ist in Meltham House in Sicherheit.«
Voreker wandte sich an Steiner. Das Gesicht des Geistlichen war verkniffen und bleich, in seinen Augen glitzerte Triumph. »Pamela hat Ihnen einen schönen Strich durch die Rechnung gemacht, wie, Steiner? Ohne sie wäre Ihr Anschlag vielleicht tatsächlich gelungen.«
Steiner sagte ruhig: »Seltsam, wie verschieden eine Sache sich darstellen kann, je nachdem, aus welcher Perspektive man sie sieht. Ich dachte, unsere Pläne wären gescheitert, weil ein Mann namens Karl Sturm sein Leben opferte, um zwei Kinder

zu retten.« Er wartete nicht auf eine Antwort, sondern wandte sich an Kane: »Was wünschen Sie von mir?«

»Das dürfte doch klar sein. Geben Sie freiwillig auf. Weiteres sinnloses Blutvergießen wäre Wahnwitz. Die Männer, die Sie unten in der Mühle hatten, sind alle tot. Mrs. Grey ebenfalls.«

Voreker packte ihn am Arm. »Mrs. Grey ist tot? Wie ist das passiert?«

»Sie erschoß Colonel Shafto, als er versuchte, sie festzunehmen, und wurde während des folgenden Feuergefechts selber getötet.« Über Vorekers Züge legte sich ein Ausdruck äußerster Qual, und er wandte sich ab. Kane sagte zu Steiner. »Jetzt sind Sie ganz allein. Der Premierminister ist in Meltham House in Sicherheit und vermutlich schwerer bewacht, als je in seinem Leben. Das Spiel ist aus.«

Steiner dachte an Brandt, Walther und Meyer, an Gerhard Klugl, Dinter und Berg, und er nickte mit leichenblassem Gesicht. »Ehrenvolle Bedingungen?«

»Keine Bedingungen!« Vorekers Aufschrei klang, als sollte ihn der Himmel hören. »Diese Männer kamen in britischen Uniformen hierher, muß ich Sie daran erinnern, Major?«

»Aber wir kämpften nicht in ihnen«, warf Steiner ein. »Wir kämpften ausschließlich als deutsche Soldaten in deutschen Uniformen. Als Fallschirmjäger. Die andere Uniform war nur Tarnung.«

»Und eine flagrante Verletzung der Genfer Konvention«, erwiderte Voreker. »Diese Übereinkunft verbietet nicht nur das Tragen von Feinduniformen in Kriegszeiten, sondern schreibt dafür auch die Todesstrafe vor.«

Steiner sah Kanes Gesichtsausdruck und lächelte. »Kann man nichts machen, Major, ist nicht Ihre Schuld. Die Spielregeln und so weiter.« Er wandte sich an Voreker. »Ja, Pater, Ihr Gott ist wahrhaftig ein Gott des Zornes. Mir scheint, Sie hätten gute Lust, auf meinem Grab zu tanzen.«

»Fahren Sie zur Hölle, Steiner!« Voreker hob den Stock zum Schlag und wollte sich auf ihn stürzen, stolperte jedoch über

den langen Rock der Soutane und fiel so unglücklich, daß sein Kopf auf dem Rand eines Grabsteins aufschlug.
Garvey kniete neben ihm nieder und untersuchte ihn flüchtig. »Ist bloß k. o.« Er blickte auf. »Trotzdem sollte man ihn zum Arzt bringen. Unten im Dorf haben wir einen guten.«
»Nehmen Sie ihn mit«, sagte Steiner. »Nehmen Sie die ganze Gesellschaft mit.«
Garvey warf Kane einen Blick zu, dann hob er Voreker auf und trug ihn zum Jeep. Kane sagte: »Sie wollen die Dorfbewohner gehen lassen?«
»Das einzig Richtige, da ein weiterer Ausbruch von Feindseligkeiten unmittelbar bevorzustehen scheint.« Steiner wirkte leicht belustigt. »Oder dachten Sie, wir würden sämtliche Dorfbewohner als Geiseln benutzen, einen Ausbruchsversuch machen und die Frauen vor uns hertreiben? Die unmenschlichen Hunnen? Tut mir leid, aber ich muß Sie enttäuschen.« Er drehte sich um. »Schicken Sie sie raus, Becker, alle.«
Die Kirchentür flog krachend auf, und die Dörfler begannen herauszuströmen; allen voran Laker Armsby. Die meisten Frauen weinten hysterisch und rannten, so schnell sie konnten. Betty Wilde kam als letzte, sie führte Graham an der Hand, und Neumann stützte ihren Mann, der betäubt und krank aussah. Garvey kam durch den Friedhof zurückgelaufen und legte einen Arm um ihn, und Betty Wilde packte Graham fester und blickte Neumann an.
»Er wird bald wieder gesund, Mrs. Wilde«, sagte der Leutnant. »Tut mir leid, was da drinnen passiert ist, glauben Sie mir.«
»Schon gut«, sagte sie. »War nicht Ihre Schuld. Darf ich Sie um etwas bitten? Sagen Sie mir, wie Sie heißen.«
»Neumann«, sagte er. »Walther Neumann.«
»Danke«, sagte sie schlicht. »Nichts für ungut, weil ich solche Sachen gesagt habe.« Sie wandte sich an Steiner. »Und Ihnen und Ihren Leuten möchte ich wegen Graham danken.«
»Er ist ein tapferer Junge«, sagte Steiner. »Hat keine Sekunde

gezögert. Ist einfach reingesprungen. Dazu braucht man Mut, und Mut ist etwas, das nie aus der Mode kommt.«
Der Junge starrte zu ihm hinauf. »Warum bist du ein Deutscher?« fragte er. »Warum bist du nicht auf unserer Seite?«
Steiner lachte laut auf. »Gehen Sie, bringen Sie ihn weg von hier«, sagte er zu Betty. »Sonst kriegt er mich am Ende noch herum.«
Sie nahm den Jungen bei der Hand und eilte fort. Jenseits der Mauer zogen die Leute den Hügel hinab. In diesem Augenblick tauchte der Spähwagen aus dem Hohlweg von Hawks Wood, hielt an und richtete seine Kanone auf das Kirchenportal.
Steiner nickte bitter. »So, Major, auf zum letzten Gefecht. Auf die Plätze.« Er salutierte und trat zurück unters Kirchenportal, wo Devlin die ganze Zeit über wortlos gewartet hatte.
»Ich hätte nie gedacht, daß Sie so lange schweigen können«, sagte Steiner.
Devlin grinste. »Ehrlich gesagt, mir ist einfach kein einziges Wort eingefallen, außer *Hilfe*. Darf ich jetzt reingehen und beten?«

Vom Hügel aus beobachtete Molly, wie Devlin zusammen mit Steiner durch das Portal trat und in der Kirche verschwand, und das Herz wurde ihr schwer. »O Gott«, dachte sie, »ich muß irgend etwas tun.« Sie stand auf, und im gleichen Augenblick liefen ein Dutzend Rangers, angeführt von dem großen schwarzen Sergeanten, ein gutes Stück hinter der Kirche, wo man sie nicht sehen konnte, unter den Bäumen hervor und über die Straße. Dann pirschten sie sich an der Mauer entlang und durch die Zauntür in den Pfarrgarten.
Aber sie gingen nicht ins Haus. Sie sprangen über die Friedhofsmauer, näherten sich von der Turmseite her der Kirche und rückten bis zum Hauptportal vor. Der große Sergeant trug eine Seilrolle auf der Schulter, und Molly sah, wie er nach der Regenrinne über dem Portal sprang, sich hochzog und an den Weinranken ein paar Meter bis zu den unteren Dachgesimsen

kletterte. Dort entrollte er das Seil, warf das Ende hinunter, und die übrigen Männer klommen daran hoch.
Jäh entschlossen sprang Molly in den Sattel, trieb ihr Pferd quer über die Heide und dann hinunter zu den Bäumen hinter dem Pfarrhaus.

In der Kirche war es sehr kalt, und bis auf das Flackern der Kerzen und den blutroten Schein des Ewigen Lichts so dunkel wie in einer Gruft. Sie waren jetzt noch acht: Devlin, Steiner, Neumann, Werner Briegel, Altmann, Jansen, Becker und Preston. Daß ein neunter Mann in der Kirche war, wußten sie nicht. Im Gedränge des allgemeinen Aufbruchs hatten die Dörfler Arthur Seymour vergessen, der sich noch immer mit gefesselten Händen und Füßen neben dem toten Sturm in der Marienkapelle befand. Er hatte sich mit viel Mühe an der Mauer aufgerichtet und nestelte nun an dem Strick um seine Handgelenke. Die irren Augen waren starr auf Preston gerichtet.
Steiner rüttelte an den Türen von Turm und Sakristei, die beide verschlossen schienen, dann warf er einen Blick hinter den Vorhang, der den Turm vom Kirchenschiff trennte. Dort führten Seile durch Löcher in der Holzdecke hoch hinauf zu den Glocken, die seit 1939 nicht mehr geläutet hatten.
Er machte kehrt, schritt durch den Mittelgang und wandte sich an seine Leute. »Jungs, die Parole lautet: Der Kampf geht weiter.«
Preston sagte: »Das ist doch lächerlich. Wie sollen wir weiterkämpfen? Die anderen haben die nötigen Leute und Waffen. Wir könnten die Kirche keine zehn Minuten lang halten, wenn sie erst richtig loslegen.«
»Die Sache ist ganz einfach«, sagte Steiner. »Wir haben keine Wahl. Wie ihr wißt, haben wir einen schweren Verstoß gegen die Genfer Konvention begangen, weil wir britische Uniformen trugen.«
»Wir haben als deutsche Soldaten gekämpft«, beharrte Preston. »In deutschen Uniformen. Das sagten Sie selbst.«

»Ein stichhaltiges Argument«, sagte Steiner. »Trotzdem möchte ich nicht meine Verteidigung darauf aufbauen müssen, auch nicht mit einem erstklassigen Anwalt. Wenn es schon eine Kugel sein muß, dann lieber jetzt als später von einem Exekutionskommando.«
»Ich verstehe überhaupt nicht, warum Sie sich so aufregen«, meinte Neumann. »Ihnen blüht doch ohnehin auf jeden Fall der Strick. Soviel ich weiß, hatten die Engländer noch nie besonders viel für Verräter übrig. Die werden Sie so hoch hängen, daß nicht einmal die Krähen rankommen.«
Preston sank auf eine Kirchenbank und vergrub das Gesicht in den Händen.
In diesem Augenblick begann die Orgel zu brummen, und Hans Altmann rief von der Empore herab: »Sie hören ein Präludium von Johann Sebastian Bach, das gut zu den gegebenen Umständen paßt. Es heißt *An den Sterbenden*.«
Seine Stimme hallte im Kirchenschiff wider, während die Töne anschwollen. *Ach wie nichtig, ach wie flüchtig...*
Eines der hochliegenden Kirchenfenster zerschellte. Eine MG-Salve riß Altmann von der Orgelbank und schleuderte ihn ins Chorgestühl. Werner Briegel fuhr herum, duckte sich und schoß. Ein Ranger stürzte kopfüber durch das Fenster und landete zwischen zwei Bänken. Im gleichen Augenblick barsten weitere Fensterscheiben, und Schüsse hagelten in die Kirche. Briegel wurde in den Kopf getroffen, als er den südlichen Gang entlanglief, und fiel ohne einen Laut aufs Gesicht. Von oben wurde jetzt der ganze Raum mit einem MG bestrichen.
Steiner kroch zu Werner Briegel und drehte ihn um. Dann hastete er weiter, huschte die Chortreppe hinauf und sah nach Altmann. Er pirschte sich durch den Südgang wieder zurück, immer im Schutz der Kirchenbänke, da der Beschuß anhielt.
Devlin robbte zu ihm hin. »Wie steht's da hinten?
»Altmann und Briegel sind tot.«

»Ein Blutbad«, sagte der Ire. »Wir haben nicht die geringste Chance. Neumann ist ins Bein getroffen worden, und Jansen ist tot.«
Steiner kroch zusammen mit Devlin zum rückwärtigen Teil der Kirche. Dort lag Neumann auf dem Rücken hinter den Kirchenbänken und legte sich einen Notverband um den Oberschenkel. Preston und Becker kauerten neben ihm.
»Geht's einigermaßen, Neumann?« fragte Steiner.
»Wenn's so weitergeht, werden die Verwundetenabzeichen noch Mangelware, Herr Oberstleutnant.« Neumann grinste, aber man sah ihm an, daß er große Schmerzen hatte.
Von oben wurde weitergeschossen, und Steiner wies mit dem Kopf zur Sakristeitür, die man in der Dunkelheit kaum noch sah, und sagte zu Becker: »Versuchen Sie, die Tür dort vorn aufzuschießen. Hier draußen können wir uns nicht mehr lange halten.«
Becker nickte und verschwand in der Dunkelheit hinter dem Taufbecken. Man hörte nur das Klicken, als er seine Sten mit Schalldämpfung abfeuerte. Dann trat er gegen die Sakristeitür, und sie flog auf.
Das Schießen hörte auf, und von hoch oben rief Garvey: »Haben Sie denn noch immer nicht genug, Colonel? Mir kommt's vor, als würde ich Fische in einer Tonne abschießen, nicht mein Fall, aber wenn's sein muß, ballern wir eben weiter, bis ihr erledigt seid.«
Nun drehte Preston durch. Er sprang auf und lief auf den freien Raum neben dem Taufbecken zu. »Ja, ich komm raus! Mir reicht's!«
»Du feiger Hund!« schrie Becker, stürzte aus seiner Deckung hinter der Sakristei und hieb Preston den Gewehrlauf über den Schädel. Das MG ratterte, nur eine einzige kurze Salve, aber sie traf Becker mitten in den Rücken und schleuderte ihn, Kopf voran, durch die Vorhänge zum Turm. Im Fallen griff Becker nach den herabhängenden Seilen, als könne er sich dort an das Leben klammern, und hoch oben

ertönte, zum erstenmal seit Jahren, weithin dröhnendes Geläute.
Dann war wieder Stille, und Garvey rief nochmals: »Fünf Minuten, Colonel.«
»Verziehen wir uns«, flüsterte Steiner Devlin zu. »In der Sakristei können wir uns besser wehren, als hier draußen.«
»Wie lange?« fragte Devlin.
Man hörte ein leises, gespenstisches Knarren, und als Devlin die Augen zusammenkniff, sah er, daß jemand im Zugang zur Sakristei neben der grotesk hin und her pendelnden zerschossenen Tür stand. Eine vertraute Stimme flüsterte: »Liam?«
»Mein Gott«, sagte er zu Steiner. »Das ist Molly. Wo, zum Teufel, kommt die denn her?« Er kroch über den Fußboden zu ihr hin und war sofort wieder zurück. »Los!« sagte er und schob eine Hand unter Neumanns linken Arm. »Das Goldkind weiß, wie wir hier rauskommen können. Wir müssen nur unseren Helden da auf die Beine kriegen und uns verdrücken, solange die Kerle oben auf den Simsen noch abwarten.«
Sie schlüpften so schnell es ging durchs Dunkel, Neumann in der Mitte, und betraten die Sakristei. Molly wartete an der Geheimtür. Sobald sie dahinter verschwunden waren, schloß sie die Tür und ging den Männern die Treppe hinunter und durch den Tunnel voran.
Als sie in der Diele des Pfarrhauses wieder zum Vorschein kamen, war dort alles still. »Was nun?« sagte Devlin. »Neumann kriegen wir in diesem Zustand nicht weit vom Fleck.«
»Pater Vorekers Wagen steht im Hinterhof«, sagte Molly.
Steiner, dem plötzlich etwas einfiel, steckte die Hand in die Tasche. »Und ich habe die Wagenschlüssel.«
»Machen Sie keinen Blödsinn«, warnte Neumann. »Sobald Sie den Motor starten, haben sie die Amis auf dem Hals.«
»Es gibt hinten ein Gartentor«, sagte Molly. »Und dicht an der Hecke verläuft ein Feldweg. Wir können den kleinen Morris mit vereinten Kräften ein paar hundert Meter weit schieben, Kleinigkeit.«

Sie waren über die erste Wiese, ungefähr hundertzwanzig Meter vom Gartentor entfernt, als die Schießerei in der Kirche von neuem einsetzte. Erst dann ließ Steiner den Motor anspringen und fuhr, nach Mollys Anweisungen, querfeldein über Ackerwege bis hinunter zur Küstenstraße.

Nachdem die Geheimtür zum Tunnel sich mit fast unhörbarem Klicken geschlossen hatte, regte sich etwas in der Marienkapelle. Arthur Seymour hatte endlich die Hände freibekommen und stand auf. Lautlos tastete er sich durch das nördliche Seitenschiff. In der Hand hielt er das Seil, mit dem Preston ihm die Füße gefesselt hatte.
Es war jetzt völlig dunkel bis auf den Schein des Ewigen Lichts. Seymour bückte sich, um sicherzugehen, daß Preston noch atmete, dann hob er ihn auf und warf ihn sich über die bulligen Schultern. Er machte kehrt und marschierte mit seiner Last den Mittelgang entlang zum Altar.
Oben auf dem Sims wurde Garvey allmählich mißtrauisch. Es war so dunkel da unten, daß er nicht das geringste sehen konnte. Er schnalzte mit den Fingern, ließ sich das Funkgerät reichen und benachrichtigte Kane, der mit dem Spähwagen am Friedhofstor wartete. »Alles totenstill da drinnen, Sir. Gefällt mir gar nicht.«
»Jagen Sie mal eine Salve rein«, erwiderte Kane.
Garvey schob den Lauf seines MG durch den Lichtgaden und feuerte. Es kam keine Reaktion. Da packte ihn der Mann zu seiner Rechten am Arm. »Dort unten, Sergeant, neben der Kanzel. Rührt sich dort nicht was?«
Garveys Stablampe blitzte auf. Der junge Soldat neben ihm stieß einen Schrei des Entsetzens aus. Garvey ließ den Lichtstrahl rasch durch das südliche Seitenschiff schweifen und rief dann ins Mikrophon: »Ich weiß nicht, was los ist, Sir, aber ich glaube, Sie sollten herkommen.«
Wenige Sekunden später zerschmetterte eine Salve das Schloß am Hauptportal, das Tor flog auf, und Harry Kane kam mit

einem Dutzend Rangers angriffsbereit hereingestürmt. Aber sie fanden weder Steiner noch Devlin. Nur Arthur Seymour. Er kniete im flackernden Kerzenlicht in der vordersten Kirchenbank und blickte zu dem grauenvoll verquollenen Gesicht Harvey Prestons auf, der vom Mittelpfeiler des Lettners baumelte.

18

Der Premierminister hatte die Bibliothek über der rückwärtigen Terrasse von Meltham House zu seinem privaten Aufenthaltsraum ausersehen. Als Harry Kane um halb acht Uhr herauskam, erwartete Corcoran ihn bereits. »Was hat er gesagt?«
»Er nahm größten Anteil«, sagte Kane. »Ließ sich den ganzen Kampf bis in alle Einzelheiten schildern. Von Steiner scheint er geradezu fasziniert zu sein.«
»Geht uns allen so. Ich möchte nur wissen, wo der Teufelskerl jetzt steckt, er und dieser irische Schuft.«
»Jedenfalls nicht im Marschenwächterhaus oder in der Umgebung, soviel steht fest. Kurz ehe ich zum Premier hineinging, kam eine Funkmeldung von Garvey. Als er mit seinen Leuten zu Devlins Haus fuhr, um es zu durchsuchen, fanden sie dort zwei Inspektoren von *Special Branch* vor, die auch schon auf ihn warteten.«
»Du lieber Gott«, sagte Corcoran. »Wie haben die ihn denn bloß aufgestöbert?«
»Es läuft irgendeine Polizeifahndung nach ihm. Aber er wird sich ohnehin kaum mehr in der Gegend blicken lassen. Garvey bleibt auf dem Posten und errichtet Straßensperren an der Küste entlang, aber viel mehr können wir nicht tun, bis wir Verstärkung bekommen.«
»Die wird nicht lange auf sich warten lassen, das dürfen Sie mir glauben. Seit Ihre Leute die Telefonleitung wieder repariert

haben, habe ich bereits mehrere ausgedehnte Gespräche mit London geführt. In ein paar Stunden dürfte ganz Nord-Norfolk hermetisch abgeriegelt sein. Ab morgen wird über das ganze Gebiet praktisch Kriegsrecht verhängt. Und es wird zweifellos gelten, bis wir Steiner geschnappt haben.«

Kane nickte. »Es ist völlig ausgeschlossen, daß er an den Premierminister herankommt. Ich habe ein paar Mann vor seiner Tür postiert, draußen auf der Terrasse, und mindestens zwei Dutzend Männer durchstreifen den Garten. Sie haben strikten Befehl, sofort zu schießen.«

Die Tür ging auf, und ein junger Korporal brachte einige maschinengeschriebene Blätter. »Hier ist die endgültige Liste, Sir, falls Sie Einsicht nehmen wollen.«

Er ging wieder, und Kane sah das erste Blatt durch. »Pater Voreker und einige Dorfbewohner haben die Leichen der Deutschen identifiziert.«

»Wie geht's Voreker?« fragte Corcoran.

»Er ist ziemlich erschüttert, aber sonst scheint ihm nichts zu fehlen. Nach Aussagen der Zeugen sind alle tot, außer Steiner, seinem Stellvertreter und natürlich dem Iren.«

»Aber wie, zum Teufel, konnten die drei entwischen, das möchte ich endlich wissen?«

»Zunächst schafften sie den Weg in die Sakristei, wo sie vor Garvey und seinen Leuten oben auf dem Gesims sicher waren. Meine Theorie: Als Pamela Voreker und die kleine Prior durch den Priestertunnel flohen, waren sie so in Eile, daß sie die Geheimtür nicht richtig verschlossen.«

Corcoran sagte: »Angeblich soll die kleine Prior in diesen Devlin verknallt gewesen sein. Glauben Sie nicht, daß sie die Hand im Spiel haben könnte?«

»Nein, das glaube ich nicht. Pamela Voreker berichtete, das Mädel sei über die ganze Sache verdammt erbittert.«

»Kann sein«, sagte Corcoran. »Übrigens, wie steht es mit den Verlusten auf unserer Seite?«

Kane sah die zweite Liste durch. »Mit Shafto und Captain

Mallory einundzwanzig Tote und acht Verwundete.« Er schüttelte den Kopf. »Von insgesamt vierzig. Wenn das herauskommt, gibt's einen Heidenstunk.«
»*Wenn* es herauskommt.«
»Wie meinen Sie das?«
»London gibt bereits deutlich zu verstehen, daß die Berichterstattung äußerst knapp zu halten sei. Schon weil die Bevölkerung nicht hysterisch gemacht werden soll. Man stelle sich vor: Deutsche Fallschirmjäger landen in Norfolk, um den Premierminister zu entführen. Und hätten's auch um ein Haar geschafft. Ferner: Was hat es mit diesem Britischen Freikorps auf sich? Engländer in der SS. Können Sie sich vorstellen, wie sich *das* in den Zeitungen machen würde?« Er schauderte. »Ich hätte den verdammten Kerl auch gehenkt.«
»Sehe ich ein.«
»Und betrachten Sie es einmal vom Standpunkt des Pentagons aus. Eine amerikanische Eliteeinheit, das Beste vom Besten, läßt sich mit einer Handvoll deutscher Fallschirmjäger ein und muß eine Verlustquote von siebzig Prozent einstecken.«
»Ich weiß nicht recht«, Kane schüttelte den Kopf. »Es sind immerhin ein bißchen viele Mitwisser, die den Mund halten müßten.«
»Wir sind im Krieg, Kane«, erwiderte Corcoran. »Und in Kriegszeiten kann dafür gesorgt werden, daß die Leute tun, was man ihnen sagt. Basta.«
Die Tür ging auf, und der junge Korporal schaute herein.
»London ruft wieder an, Sir.«
Corcoran eilte hinaus, und Kane folgte ihm. Er zündete sich eine Zigarette an, die er in der hohlen Hand versteckte, als er durch die Vordertür an den Wachen vorbei die Treppe hinunterging. Es regnete stark und war sehr dunkel, aber als er die Terrasse an der Frontseite des Hauses überquerte, konnte er Nebel in der Luft riechen. Vielleicht hatte Corcoran recht. So müßte es zu schaffen sein. In Kriegszeiten war alles und jedes möglich.

Er war am Fuß der Treppe angelangt, als sich ein Arm um seinen Hals schlang und ein Knie ihm in den Rücken gestoßen wurde. Schwach blinkte ein Messer auf. Jemand sagte: »Weisen Sie sich aus.«
»Major Kane.«
Eine Stablampe blitzte kurz auf. »Verzeihung, Sir. Korporal Bleeker.«
»Sie sollten doch im Bett liegen, Bleeker. Was ist mit Ihrem Auge?«
»Mit fünf Stichen geflickt, Sir. Aber es wird bald wieder in Ordnung sein. Gestatten Sie, Sir, daß ich nun meine Runde fortsetze?«
Er verschwand in der Dunkelheit, und Kane starrte vor sich hin.
»Und wenn ich hundert Jahre alt würde«, sagte er leise vor sich hin, »meine Mitmenschen werde ich im ganzen Leben auch nicht annähernd verstehen lernen.«

Im gesamten Gebiet der Nordsee herrschte laut Wetterbericht Windstärke drei bis vier mit einzelnen Regenschauern und bis zum Morgen anhaltendem, strichweisem Nebel. Das S-Boot hatte gute Fahrt gemacht. Um acht Uhr abends hatte es die Minenfelder passiert und befand sich auf Kurs entlang der Küste. Müller stand am Ruder, und König blickte vom Kartentisch auf, wo er mit größter Sorgfalt den weiteren Kurs berechnet hatte.
»Kurs halten, zehn Meilen östlich von Blakeney Point.«
Müller nickte und spähte angestrengt in den milchigen Dunst.
»Dieser Nebel macht's auch nicht gerade leichter.«
»Ach, ich weiß nicht«, erwiderte König. »Vielleicht sind wir schon bald froh darüber.«
Die Tür flog auf, und Teusen, der Oberfunker, kam herein. Er hielt einen Zettel hoch. »Funkspruch aus Landsvoort, Herr Leutnant.«
König nahm den Zettel und las ihn unter der Lampe des Kartentisches. Eine Weile starrte er darauf, dann zerknüllte er das Papier in seiner rechten Hand zu einer Kugel.

»Was ist los?« fragte Müller.

»Den Adler hat's erwischt, um es kurz zu sagen.«

Eine Weile herrschte Schweigen. Regen trommelte gegen die Fenster. Dann sagte Müller: »Und unsere Befehle?«

»Ich soll nach eigenem Ermessen vorgehen.« König schüttelte den Kopf. »Eine Affenschande. Oberstleutnant Steiner, Neumann, alle diese Prachtkerle.«

Zum erstenmal seit seiner Kindheit war er dem Heulen nah. Er öffnete die Tür und starrte in die Dunkelheit hinaus, ließ sich den Regen ins Gesicht peitschen. Müller sagte behutsam: »Es kann natürlich trotz allem sein, daß es ein paar von ihnen noch schaffen. Einer oder zwei vielleicht. Sie wissen ja, wie's oft geht.«

König warf die Tür wieder zu. »Soll das heißen, daß Sie das Unternehmen zu Ende führen wollen?« Müller schien eine Antwort für überflüssig zu halten, und König wandte sich an Teusen: »Sie auch?«

Teusen sagte: »Wir sind schon so lange beisammen, Herr Leutnant. Bis jetzt hat noch nie einer von uns gefragt, wohin die Reise geht.«

Königs Kampfgeist kehrte zurück. Er schlug Teusen auf die Schulter. »Gut. Dann jagen Sie folgenden Funkspruch zurück.«

Oberst Radls Gesundheitszustand hatte sich im Lauf des Spätnachmittags zusehends verschlechtert, er weigerte sich indessen trotz Witts Vorhaltungen, im Bett zu bleiben. Seit Joanna Greys letzter Funkspruch eingegangen war, hatte er den Funkraum nicht mehr verlassen wollen. Er lag in einem alten Lehnstuhl, den Witt organisiert hatte, während der Funker versuchte, mit König Kontakt aufzunehmen. Der Schmerz in seiner Brust war nicht nur stärker geworden, sondern hatte sich über den linken Arm ausgebreitet. Radl gab sich keiner Täuschung hin. Er wußte, was das bedeutete. Aber das war nicht wichtig. Nichts war mehr wichtig.

Um fünf Minuten vor acht Uhr drehte der Funker sich mit triumphierendem Lächeln um. »Ich hab' sie, Herr Oberst. Funkspruch erhalten und verstanden.«
»Gott sei Dank«, sagte Radl und versuchte mühsam, sein Zigarettenetui zu öffnen, aber seine Finger schienen plötzlich gefühllos geworden zu sein, und Witt mußte ihm helfen.
»Nur noch eine drin, Herr Oberst«, sagte er, als er die Zigarette aus dem Etui genommen hatte und sie Radl in den Mund steckte.
Der Funker kritzelte fieberhaft auf seinen Block. Er riß das Blatt ab und wandte sich um. »Die Antwort, Herr Oberst.«
Radl fühlte sich sonderbar schwindlig, und sein Sehvermögen war schlecht. Er sagte: »Lesen Sie vor, Witt.«
»Halten weiter Kurs auf Nest. Vielleicht brauchen ein paar Jungvögel Hilfe. Viel Glück.« Witt blickte ratlos auf. »Warum sagt er noch ›viel Glück‹, Herr Oberst?«
»Weil er ein scharfsinniger junger Mann ist und vermutet, daß ich es genauso gebrauchen kann wie er.« Er schüttelte langsam den Kopf. »Wo kriegen wir diese Jungens bloß her? Sie wagen alles, geben das Letzte, und wofür?«
Witt sah ihn verlegen an. »Herr Oberst, bitte.«
Radl lächelte. »Wie meine Zigarette hier, mein Freund, so nimmt früher oder später alles ein Ende.« Er wandte sich an den Funker, straffte sich und sagte, was er vor mindestens zwei Stunden hätte sagen sollen: »Jetzt können Sie mir Berlin geben.«

An der östlichen Grenze der Priorischen Farm, hinter dem Wald jenseits der Hauptstraße über Hobs End, stand eine verfallene Hütte. Dort stellten sie den Morris unter.
Es war sieben Uhr fünfzehn, als Devlin und Steiner Molly dort zurückließen, damit sie sich um Neumann kümmerte, und vorsichtig durch die Bäume zu einer Erkundung auszogen. Sie kamen gerade recht, um Garvey und seine Leute den Deichweg entlang auf das Marschenwächterhaus zukommen zu sehen. Sie

zogen sich im Schutz der Bäume wieder zurück und duckten sich hinter eine Mauer, um Kriegsrat abzuhalten.
»Nicht das Wahre«, sagte Devlin.
»Aber Sie müssen doch nicht mehr ins Haus. Sie könnten zu Fuß die Marsch überqueren und immer noch rechtzeitig an den Strand kommen«, meinte Steiner.
»Wozu?« seufzte Devlin. »Ich muß Ihnen etwas Gräßliches gestehen, Herr Oberst. Ich bin mit einem solchen Affenzahn abgehauen, daß ich das Funkgerät vergessen habe. Es hängt in einem Sack voller Kartoffeln hinter der Küchentür.«
Steiner lachte leise. »Junge, Sie sind wahrhaftig ein Original. Ihr Schöpfer muß die Form zerstört haben, nachdem Sie ausgeschlüpft waren.«
»Ich weiß«, erwiderte Devlin. »Ist für mich selbst kein Zukkerlecken, aber, um bei der Sache zu bleiben, ohne das Funkgerät kann ich König nicht anpeilen.«
»Und Sie glauben nicht, daß er auch ohne Signal nach Hobs End kommt?«
»So lautet die Abmachung. Zu irgendeinem Zeitpunkt zwischen neun und zehn, je nach Befehl. Und noch etwas. Was immer Joanna Grey zugestoßen sein mag, sie dürfte höchstwahrscheinlich noch einen Funkspruch nach Landsvoort auf den Weg gebracht haben. Wenn Radl ihn an König weitergegeben hat, dann könnten er und seine Jungens bereits auf der Rückfahrt sein.«
»Nein«, sagte Steiner, »das glaube ich nicht. König wird kommen. Auch wenn er kein Funksignal von Ihnen erhält, wird er an diesen Strand kommen.«
»Warum sollte er das?«
»Weil er es mir versichert hat«, erwiderte Steiner schlicht. »Sie sehen also, es geht vielleicht auch ohne das Funkgerät. Sogar wenn die Rangers die ganze Gegend durchkämmen sollten, würden sie den Strand doch links liegen lassen, weil überall Minenwarnschilder stehen. Wenn Sie rechtzeitig hin-

kommen, können Sie beim derzeitigen Stand der Flut mindestens einen halben Kilometer in die Bucht hinausmarschieren.«
»Mit Neumann, in seinem Zustand?«
»Er braucht nur einen Stock und eine Schulter, auf die er sich stützen kann. In Rußland ist er einmal mit einer Kugel im rechten Fuß in drei Tagen hundert Kilometer durch den Schnee marschiert. Wenn einer weiß, daß Zurückbleiben den Tod bedeutet, dann konzentrieren sich alle seine Kräfte in unglaublichem Maß aufs Weitergehen. Sie haben noch reichlich Zeit. Gehen Sie König ein Stück entgegen.«
»Und Sie kommen nicht mit uns.« Es war eine Feststellung, keine Frage.
»Ich glaube, Sie wissen, wohin ich gehen muß, mein Freund.« Devlin seufzte. »Mein Wahlspruch war immer: Wenn einer unbedingt zum Teufel gehen will, dann laß ihn gehen. Aber in Ihrem Fall möchte ich eine Ausnahme machen. Sie haben keine Chance, an den Alten ranzukommen. Um ihn werden mehr Wachen herumschwirren als Fliegen um einen Marmeladentopf an einem heißen Sommertag.«
»Versuchen muß ich es trotzdem.«
»Warum? Weil Sie glauben, Sie könnten damit etwas für Ihren Vater tun? Machen Sie sich keine Illusionen. Sehen Sie den Dingen ins Gesicht. Was immer Sie tun, hilft ihm gar nichts, wenn's der alte Bock in der Prinz-Albrecht-Straße anders geplant hat.«
»Ja, da haben Sie vermutlich recht. Ich glaube, ich wußte es von Anfang an.«
»Warum also?«
»Weil ich einfach nicht anders kann.«
»Das verstehe ich nicht.«
»Das verstehen Sie sehr gut, glaube ich. Sie spielen doch auch ein Spiel. Es schmettern die Trompeten, die Fahne flattert stolz im grauen Morgenlicht. Hoch die Republik. Denkt an Ostern neunzehnhundertsechzehn. Aber sagen Sie mir eins, mein Freund. Lenken Sie letzten Endes das Spiel, oder werden Sie

vom Spiel mitgerissen? Können Sie Schluß machen, wenn Sie wollen, oder muß es ewig weitergehen? Mit Thompson-MG und ›mein Leben für Irland‹, bis Sie eines schönen Tages mit einer Kugel im Rücken im Rinnstein liegen?«

Devlin sagte heiser: »Ich weiß es nicht.«

»Aber ich weiß es, mein Freund. Und jetzt sollten wir wohl wieder zu den anderen. Natürlich dürfen Sie nichts von meinen Plänen verlauten lassen. Neumann könnte sonst Geschichten machen.«

Sie pirschten sich durch die Nacht zurück zu der baufälligen Hütte, wo Molly Neumann gerade einen frischen Verband anlegte. »Na, wie geht's?« fragte Steiner ihn.

»Prächtig«, antwortete Neumann, aber als Steiner ihm eine Hand auf die Stirn legte, war sie schweißnaß.

Molly ging hinüber zu Devlin, der in einer Mauerecke vor dem Regen Schutz gesucht hatte und eine Zigarette rauchte. »Es geht ihm gar nicht gut«, flüsterte sie. »Braucht dringend einen Arzt, wenn du mich fragst.«

»Genausogut könntest du gleich den Leichenbestatter holen«, sagte Devlin. »Aber sorg' dich nicht um ihn. Ich mache mir jetzt nur um dich Sorgen. Deine heutige Abendbeschäftigung könnte dich in ernste Schwierigkeiten bringen.«

Sie war seltsam gleichgültig. »Niemand hat mich aus der Kirche kommen sehen, niemand kann mir etwas beweisen. Für sie habe ich die ganze Zeit auf der Heide im Regen gesessen und mir die Augen ausgeweint, weil ich die Wahrheit über meinen Liebsten erfuhr.«

»Um Gottes willen, Molly.«

»Die dumme kleine Gans, werden sie sagen. Hat sich die Finger verbrannt und geschieht ihr auch ganz recht. Warum muß sie sich mit einem Fremden einlassen.«

Er sagte linkisch: »Ich habe dir noch gar nicht gedankt.«

»Macht nichts. Ich hab's nicht deinetwegen getan.« Sie hatte im Grunde ein einfaches Gemüt und gab sich damit zufrieden, dieses eine Mal in ihrem Leben jedoch wollte sie sich unmißver-

ständlich ausdrücken. »Ich liebe dich. Das heißt nicht, daß ich gutheiße, was du bist oder was du getan hast, das heißt nicht einmal, daß ich es verstehe. Liebe ist etwas anderes. Sie hat mit allem anderen nichts zu tun. Eine Sache für sich. Deshalb habe ich dich heute abend aus der Kirche geholt. Nicht, weil es gut oder schlecht war, sondern weil ich nie mehr mit mir selbst ins reine gekommen wäre, wenn ich dich einfach hätte sterben lassen.« Sie riß sich los. »Ich muß mal wieder nachsehen, wie's dem Leutnant geht.«
Sie ging hinüber zum Wagen. Devlin schluckte mühsam. War der Mensch nicht seltsam? Soeben hatte er die tapferste Ansprache seines Lebens gehört. Sie war ein tolles Mädchen. Und da stand er nun und hätte am liebsten geheult.

Um zwanzig nach acht machten Devlin und Steiner sich wieder auf den Weg durch das Wäldchen. Das Marschenwächterhaus lag im Dunkeln, aber von der Fahrstraße her hörte man leise Stimmen, und die Umrisse eines Fahrzeugs zeichneten sich undeutlich ab. »Geh'n wir ein bißchen näher ran«, flüsterte Steiner.
Sie kamen zur Trennmauer zwischen Wald und Straße und spähten hinüber. Es goß jetzt in Strömen. Auf der Straße standen zwei Jeeps, auf jeder Seite einer, und mehrere Rangers hatten unter den Bäumen Schutz gesucht. Hinter Garveys vorgehaltenen Händen flammte ein Streichholz auf und beleuchtete sekundenlang sein Gesicht.
Steiner und Devlin zogen sich zurück. »Der große Neger«, sagte Steiner. »Der Sergeant, der Kane begleitete. Jetzt wartet er, ob Sie irgendwo auftauchen.«
»Warum wartet er nicht beim Haus?«
»Vermutlich hat er dort auch Wachen aufgestellt. Und hier hält er die Straße unter Beobachtung.«
»Macht nichts«, sagte Devlin. »Wir können ein Stück weiter unten über die Straße laufen. Den Strand zu Fuß erreichen versuchen, wie Sie sagten.«

»Es wäre leichter, wenn man ein Ablenkungsmanöver durchführte.«

»Zum Beispiel?«

»Ich könnte in einem gestohlenen Wagen die Straßensperre durchbrechen. Übrigens, Ihr Trenchcoat würde mir gut stehen, falls Sie sich zu einer Leihgabe auf Lebenszeit bereitfinden.«

Devlin konnte Steiners Gesicht im Dunkeln nicht sehen und war plötzlich froh darüber. »Verdammt noch mal, Steiner, schaufeln Sie sich meinetwegen Ihr eigenes Grab«, sagte er müde. Er entledigte sich der Maschinenpistole, zog den Trenchcoat aus und reichte ihn Steiner. »In der rechten Tasche finden Sie eine Mauser mit Schalldämpfer und zwei Reservemagazine.«

»Vielen Dank.« Steiner nahm das Schiffchen ab und steckte es unter seine Fliegerbluse. Dann zog er den Trenchcoat an. »So, Vorhang auf zum letzten Akt. Wir verabschieden uns am besten jetzt.«

»Sagen Sie mir eins«, sagte Devlin. »Hat es sich gelohnt? Hat auch nur ein einziger Schritt sich gelohnt?«

»O nein«, Steiner lachte leise. »Bitte keine philosophischen Betrachtungen.« Er streckte die Hand aus. »Ich wünsche Ihnen, daß Sie finden, wonach Sie suchen, mein Freund.«

»Ich habe es sogar schon wieder verloren«, erwiderte Devlin resigniert.

»Dann ist ohnehin von jetzt an nichts mehr wichtig«, sagte Steiner. »Eine gefährliche Situation. Sie werden höllisch aufpassen müssen.« Und er machte kehrt und ging zu der verfallenen Hütte zurück.

Sie halfen Neumann aus dem Morris und schoben den Wagen bis zu der Stelle, wo der Pfad zu einem Gatter abfiel, das ihn von der Straße trennte.

Steiner lief hinunter, öffnete das Gatter und riß eine fast zwei Meter lange Latte heraus, die er Neumann gab, als er wieder zurück war.

»Wie geht's?« fragte er.

»Prächtig«, antwortete Neumann tapfer. »Gehen wir jetzt?«
»Ihr geht, ich nicht. Ablenkungsmanöver, während ihr rüberlauft. Ich komme später nach.«
Neumann packte ihn am Arm und sagte erregt: »Nein, das dürfen Sie nicht tun.«
Steiner erwiderte ihm: »Leutnant Neumann, Sie sind zweifellos der beste Soldat, den ich kenne. Von Narvik bis Stalingrad haben Sie sich niemals gedrückt oder einem meiner Befehle zuwidergehandelt, und ich bin nicht gewillt, so etwas jetzt einreißen zu lassen.«
Neumann versuchte mit Hilfe der Zaunlatte strammzustehen. »Zu Befehl, Herr Oberstleutnant«, erwiderte er förmlich.
»Gut«, sagte Steiner. »Gehen Sie jetzt bitte, Mr. Devlin. Hals- und Beinbruch.«
Er öffnete die Wagentür, und Neumann rief leise: »Herr Oberstleutnant.«
»Ja?«
»War mir eine Auszeichnung, unter Ihnen zu dienen.«
»Danke, Herr Leutnant.«
Steiner stieg in den Morris, lockerte die Handbremse, und der Wagen rollte den Weg hinunter.

Devlin und Molly gingen zwischen den Bäumen hindurch, Neumann in der Mitte, und machten an der niedrigen Mauer halt. Devlin flüsterte: »Zeit, daß du heimgehst, Mädchen.«
»Ich begleite dich zum Strand, Liam«, sagte sie fest.
Er kam nicht dazu, Einspruch zu erheben. Dreißig Meter straßauf wurde ein Motor gestartet, und die abgeblendeten Scheinwerfer des Morris leuchteten auf. Einer der Rangers zog eine rote Laterne unter seinem Umhang hervor und schwenkte sie. Devlin hatte erwartet, der Deutsche werde einfach weiterrasen, aber zu seinem Erstaunen nahm er das Gas weg. Steiner ging ein eiskalt kalkuliertes Risiko ein, er wollte die Aufmerksamkeit sämtlicher Rangers auf sich ziehen. Dazu gab es nur eine Möglichkeit. Er wartete, bis Garvey herangekommen war.

Seine linke Hand lag auf dem Steuerrad, die rechte hielt die Mauser.
Garvey trat zum Wagen und sagte: »Darf ich um Ihre Papiere bitten.«
Er knipste die Stablampe an, die er in der linken Hand hielt, und leuchtete in Steiners Gesicht. Die Mauser hustete einmal, als Steiner schoß, scheinbar gezielt auf Garvey, in Wahrheit aber gute fünf Zentimeter daneben. Die Reifen schlitterten, als er Gas gab, und schon war er weg.
»Das war Steiner, Gottverdammich!« schrie Garvey. »Los, ihm nach!«
Es gab ein heilloses Getümmel, als alle in die Fahrzeuge sprangen. Garveys Jeep brauste als erster los, der andere dicht dahinter. Der Motorenlärm verklang in der Nacht.
Devlin sagte: »Na, dann woll'n wir mal.« Gemeinsam mit Molly half er Neumann über die Mauer, dann liefen sie alle drei über die Straße.

Der Morris, Baujahr 1933, war nur wegen der kriegsbedingten Knappheit an neuen Autos noch nicht aus dem Verkehr gezogen. Der Motor war praktisch am Ende, aber der Wagen genügte noch immer für Vorekers Bedürfnisse. Nicht so für Steiner. Selbst wenn er das Gaspedal ganz durchdrückte, schwankte der Zeiger des Tachometers um die sechzig und weigerte sich hartnäckig, höher zu gehen.
Es blieben ihm nur noch Minuten, ja, nicht einmal das, denn während er noch erwog, ob er anhalten und sich zu Fuß in die Wälder schlagen sollte, begann Garvey im vorderen Jeep aus dem MG zu feuern. Steiner duckte sich über das Steuer, Kugeln durchsiebten die Karosserie, die Windschutzscheibe löste sich in einen Sturm herumstiebender Glassplitter auf.
Der Morris schleuderte nach rechts, krachte durch eine hölzerne Einfriedung und rumpelte einen mit jungen Fichten bestandenen Hang hinunter. Die Bäumchen bremsten die Geschwindigkeit ziemlich ab. Steiner riß die Wagentür auf und

ließ sich hinausfallen. Er sprang sofort wieder auf und lief unter den Bäumen ins Dunkel, während der Morris weiterrollte bis in die Flutwasser der Marsch, wo er sogleich zu sinken begann.
Die Jeeps hielten mit quietschenden Reifen oben auf der Straße. Garvey sprang als erster hinaus und rannte mit der Stablampe in der Hand die Böschung hinunter. Als er unten anlangte, schlossen sich die schlammigen Wasser der Marsch gerade über dem Dach des Morris.
Garvey nahm den Helm ab, lockerte das Koppel, aber Krukowski, der ihm nachgeschlittert kam, packte ihn am Arm. »Um Gottes willen! Das da unten ist nicht bloß Wasser. Der zähe Brei ist so tief, daß einer mit Haut und Haaren drin verschwindet.«
Garvey nickte langsam. »Ja, da werden Sie wohl recht haben.« Er ließ den Strahl seiner Stablampe über den Morast streichen, aus dem Blasen hochstiegen, dann machte er kehrt und stieg den Hang wieder hinauf, um eine Funkmeldung durchzugeben.

Kane und Corcoran aßen im Prachtsalon von Meltham House zu Abend, als der Korporal vom Funkraum mit der Meldung hereingestürmt kam. Kane warf einen kurzen Blick auf das Stück Papier und schob es dann über die polierte Tischplatte Corcoran zu.
»Mein Gott, und er fuhr in unsere Richtung, ist Ihnen das klar?« Corcoran verzog mißbilligend das Gesicht. »Welch ein Ende für einen solchen Mann.«
Kane nickte. Eigentlich sollte er froh sein, war jedoch seltsam niedergedrückt. Er sagte zu dem Korporal: »Sagen Sie Garvey, er soll bleiben, wo er ist. Dann lassen Sie von der Fahrbereitschaft ein Schleppfahrzeug zu ihm hinausschicken. Ich möchte Steiners Leiche aus dem Morast heraushaben.«
Der Korporal entfernte sich, und Corcoran sagte: »Was ist mit dem anderen Mann und dem Iren?«
»Über die beiden brauchen wir uns nicht die Köpfe zu zerbrechen. Die werden bald auftauchen, aber nicht hier.« Kane

seufzte. »Nein, den letzten Teil wollte Steiner im Alleingang bestreiten. Er gehörte zu den Leuten, die nicht wissen, wann man aufgeben muß.«
Corcoran ging zur Anrichte und goß zwei große Whiskys ein. Einen davon reichte er Kane. »Ich möchte nicht auf Ihren Erfolg trinken, weil ich mir vorstellen kann, wie Ihnen zumute ist. Fast, als hätten Sie einen Freund verloren.«
»Genau.«
»Ja, ich bin selbst schon allzulang bei diesem Laden.« Corcoran schauderte und kippte seinen Whisky. »Wollen Sie es dem Premierminister mitteilen, oder soll ich es tun?«
»Diese Ehre dürfte Ihnen vorbehalten sein, Sir.« Kane brachte ein Grinsen zustande. »Ich sage es inzwischen meinen Leuten.«
Als er durch die Vordertür ins Freie trat, regnete es in Strömen. Er blieb unter dem Portal stehen und rief in den Park: »Korporal Bleeker?«
Im Handumdrehen kam Bleeker aus dem Dunkel und rannte die Treppe hinauf. Sein Kampfanzug war völlig durchnäßt, der Helm glänzte vom Regen, und die Tarnsalbe lief ihm in Streifen übers Gesicht.
Kane sagte: »Garvey und seine Jungens haben Steiner auf der Küstenstraße erwischt. Geben Sie es weiter.«
Bleeker sagte: »Damit hätten wir's also. Dürfen wir abtreten, Sir?«
»Nein, aber stellen Sie Wechselwachen aus. Teilen Sie die Ablösung so ein, daß jeder Mann beizeiten eine heiße Mahlzeit und so weiter haben kann.«
Bleeker ging die Treppe hinunter und verschwand in der Dunkelheit. Der Major blieb noch eine geraume Weile stehen und starrte in den Regen, dann machte er endlich kehrt und trat wieder ins Haus.

Das Wächterhaus in Hobs End lag in völligem Dunkel, als Devlin, Molly und Neumann näherkamen. Sie machten an der Mauer halt, und Devlin flüsterte: »Sieht mir ganz friedlich aus.«

»Wir dürfen trotzdem nichts riskieren«, flüsterte Neumann zurück.
Aber Devlin, der an sein Funksprechgerät dachte, wollte nicht auf ihn hören. »Blödsinn, es ist doch weit und breit keiner da. Ihr beide geht inzwischen den Deich entlang. Ich komme so schnell's geht nach.«
Ehe sie protestieren konnten, war er schon auf und davon. Er schlich vorsichtig über den Hof und lauschte am Fenster. Kein Laut war zu hören, außer dem Fallen des Regens, nirgendwo der kleinste Lichtstrahl. Als er die Klinke berührte, öffnete sich die Vordertür sofort mit leisem Quietschen, und er trat mit schußbereiter Maschinenpistole in den Flur.
Die Tür zum Wohnraum stand offen, die letzte Glut des sterbenden Feuers leuchtete rötlich im Kamin. Devlin ging hinein und merkte noch im selben Augenblick, daß er einen schweren Fehler begangen hatte. Die Tür fiel hinter ihm ins Schloß, die Mündung einer Pistole wurde ihm an den Hals gesetzt und die Maschinenpistole aus der Hand gerissen.
»Schön stehenbleiben«, sagte Jack Rogan. »Und nun, Fergus, wollen wir uns die Sache mal bei Licht besehen.«
Ein Streichholz flammte auf, Fergus Grant hielt es an den Docht der Petroleumlampe und setzte den Glaszylinder wieder auf. Rogan stieß Devlin das Knie in den Rücken, so daß er quer durch den Raum stolperte. »Rüber zur Lampe.«
Devlin stellte den Fuß auf das Kamingitter, drehte sich halb um und stützte sich mit der Hand auf den Kaminsims. »Mit wem habe ich die Ehre?«
»Chefinspektor Rogan, Inspektor Grant, *Special Branch*.«
»Irlandabteilung, stimmt's?«
»Stimmt genau, mein Sohn, und fragen Sie nicht nach meinem Ausweis, oder ich zieh Ihnen ein paar mit dem Koppel über.«
Rogan setzte sich auf die Tischkante und hielt die Browning am Oberschenkel im Anschlag. »Ich hab' nämlich eine ganze Menge schlimme Dinge über Sie hören müssen.«
»Was Sie nicht sagen«, sagte Devlin und beugte sich ein wenig

weiter zur Kaminöffnung vor, obwohl er wußte, wie minimal seine Chancen waren, selbst wenn er an die Walther herankommen könnte. Außer Rogan war auch noch Grant da, der kein Risiko einging und ihn mit der Waffe in Schach hielt.
»Ja, ihr Iren macht mir wirklich allerhand zu schaffen«, sagte Rogan. »Warum könnt ihr nicht da drüben in eurem Saustall bleiben, wo ihr hingehört?«
»Keine schlechte Idee«, sagte Devlin.
Rogan zog ein Paar Handschellen aus der Tasche. »Kommen Sie her.«
Ein Stein krachte durch die Fensterscheibe hinter dem Verdunklungsvorhang, und beide Polizisten fuhren herum. Devlin griff sich die Walther, die auf der Rückseite des Stützbalkens im Kamin an einem Nagel hing. Er schoß Rogan in den Kopf. Der Chefinspektor stürzte vom Tisch, aber Grant hatte sich bereits umgedreht. Er gab einen ungezielten Schuß ab, der den Iren in die rechte Schulter traf, und Devlin fiel rücklings in den Lehnstuhl, feuerte jedoch ununterbrochen weiter und zerschmetterte dem jungen Inspektor zuerst den linken Arm und dann die linke Schulter.
Grant taumelte an die Wand und glitt zu Boden. Er schien einen schweren Schock erlitten zu haben und starrte mit weitaufgerissenen Augen zu Rogan hinüber, der hinter dem Tisch lag. Devlin hob den Browning auf und steckte ihn in den Hosenbund, dann ging er zur Tür, nahm den Sack herunter und leerte die Kartoffeln auf den Boden. In der kleinen Segeltuchtasche, die ganz zuunterst lag, waren das Funkgerät und ein paar weitere nützliche Kleinigkeiten. Er hängte sich die Tasche über die Schulter.
»Warum haben Sie mich nicht auch gleich umgebracht?« sagte Grant mit matter Stimme.
»Weil Sie netter sind als er«, sagte Devlin. »Ich an Ihrer Stelle würde mir einen anständigen Job suchen, mein Sohn.«
Er ging schnell hinaus. Als er durch die Vordertür trat, sah

er Molly an der Wand stehen. »Gott sei Dank«, sagte sie, aber er legte ihr die Hand auf den Mund und zog sie mit sich. Sie kamen zur Mauer, wo Neumann auf sie wartete. Molly fragte: »Was war denn los da drinnen?«
»Ich habe einen Mann erschossen und einen zweiten verwundet, das war los«, erwiderte Devlin. »Zwei Detektive von *Special Branch*.«
»Und dabei hab' ich dir geholfen?«
»Ja«, sagte er. »Geh jetzt, Molly, solange noch Zeit ist.«
Sie wandte sich jäh von ihm ab und rannte den Deich entlang zurück.
Devlin zögerte, konnte sich jedoch nicht beherrschen und lief ihr nach. Er hatte sie bald eingeholt und zog sie an sich. Sie legte ihm die Arme um den Hals und küßte ihn mit verzehrender Leidenschaft. Er schob sie weg. »Geh jetzt, Mädchen, und Gott beschütze dich.«
Wortlos drehte sie sich um und lief in die Nacht, Devlin ging zurück zu Neumann. »Eine höchst bemerkenswerte junge Frau«, sagte der Leutnant.
»So könnte man sagen«, erwiderte Devlin, »und das wäre die Untertreibung des Jahrhunderts.« Er holte das Funkgerät aus der Tasche und schaltete es ein. »Adler an Wanderer. Adler an Wanderer. Bitte kommen.«
Aus dem Empfangsgerät auf der Brücke des S-Boots kam seine Stimme so klar und deutlich, als stünde er direkt vor der Tür. König griff hastig nach dem Mikrophon. Sein Herz pochte wild. »Adler, hier Wanderer. Wie ist die Lage?«
»Zwei Junge noch immer im Nest«, sagte Devlin. »Können Sie sofort kommen?«
»Sind schon unterwegs«, erwiderte König. »Ende.« Er hängte das Mikrophon wieder an den Haken und drehte sich zu Müller um. »So, auf Schleichfahrt gehen. Wir halten Kurs.«

Als Devlin und Neumann die Bäume erreicht hatten, warf der Ire einen Blick zurück und sah die Scheinwerfer eines Autos,

das von der Hauptstraße abschwenkte und in den Deichpfad einbog. Neumann sagte: »Wer mag das sein?«
»Das weiß der Himmel«, erwiderte Devlin.
Garvey, der ein paar Kilometer entfernt an der Straße auf das Bergungsfahrzeug wartete, war auf die Idee gekommen, den zweiten Jeep zu den beiden Männern der *Special Branch* ins Marschenwächterhaus hinüberzuschicken.
Devlin schob die Hand unter Neumanns Arm. »Los, alter Junge, verziehen wir uns lieber.« Er fluchte plötzlich über den rasenden Schmerz in seiner Schulter, der sich mit dem Abklingen des Schocks eingestellt hatte.
»Fehlt Ihnen was?« fragte Neumann.
»Ich blute nur wie ein angestochenes Schwein. Hab im Haus einen Schuß in die Schulter erwischt, aber das ist jetzt egal. Es geht nichts über eine Seereise, wenn man ein Wehwehchen loswerden will.«
Sie passierten das Minenwarnschild, schlängelten sich durch den Stacheldraht und machten sich auf den Weg zur Bucht. Neumann keuchte bei jedem Schritt vor Schmerzen. Er stützte sich schwer auf die Zaunlatte, die Steiner ihm gegeben hatte, aber er machte nicht schlapp. Der Sand erstreckte sich weit und flach vor ihnen, Nebel rollte mit dem Wind landein, und dann marschierten sie im Wasser, zuerst nur ein paar Zentimeter tief, danach in tieferen Mulden.
Sie blieben stehen, um Ausschau zu halten. Devlin blickte zurück und sah, daß sich unter den Bäumen Lichter bewegten.
»Verdammt«, sagte er. »Geben die's denn nie auf?«
Sie stolperten weiter über den Sand auf den Küsteneinschnitt zu, und als die Flut hereinkam, wurde das Wasser immer tiefer. Zuerst knietief, dann reichte es ihnen bis zu den Schenkeln. Sie waren jetzt schon ein gutes Stück draußen in der Bucht, als Neumann plötzlich aufstöhnte, in die Knie brach und seine Stütze fallen ließ. »Es hat keinen Sinn, Devlin. Ich bin erledigt. Die Schmerzen sind höllisch.«
Devlin kauerte sich neben ihn und sprach wieder in das Funk-

gerät. »Wanderer, hier spricht Adler. Wir erwarten Sie in der Bucht, vierhundert Meter vor der Küste. Gebe Positionssignal.« Er entnahm der Segeltuchtasche ein Seenotlicht und hielt es in der rechten Handfläche hoch. Dann warf er nochmals einen Blick landeinwärts, aber der Nebel zog jetzt in so dichten Schwaden auf, daß er hinter ihnen eine weiße Mauer errichtet hatte.

Zwanzig Minuten später reichte ihm das Wasser bis zur Brust. Nie im Leben hatte er so gefroren. Er stand breitbeinig auf der Sandbank, mit dem linken Arm stützte er Neumann, mit der rechten Hand hielt er das Licht hoch. Die Flut umspülte sie.
»Es hat keinen Sinn«, flüsterte Neumann. »Ich bin schon ganz gefühllos. Mit mir ist's aus. Ich kann nicht mehr...«
»... sagte Mrs. O'Flynn zum Bischof«, fiel Devlin ihm ins Wort. »Los, Junge, bloß jetzt nicht schlappmachen. Was würde Steiner sagen?«
»Steiner?« Neumann mußte husten, bekam einen Schwall Salzwasser übers Kinn und einiges davon auch in den Mund und rang eine Weile nach Atem. »Der wäre rübergeschwommen.«
Devlin quälte sich ein Lachen ab. »So ist's recht, mein Junge. Nur nicht den Humor verlieren.«
Eine Welle rollte heran, und das Wasser schlug über ihren Köpfen zusammen. O Gott, dachte Devlin, jetzt ist es soweit, aber die Welle verlief sich, und er kam wieder auf die Füße. Mit der rechten Hand hielt er noch immer das Lichtsignal hoch, obwohl ihnen das Wasser jetzt fast bis zum Hals reichte.
Teusen erspähte als erster das Licht backbords und rannte zur Brücke. Drei Minuten später glitt das S-Boot lautlos aus dem Dunkel, und jemand leuchtete mit einer Stablampe auf die beiden Männer herab. Ein Netz wurde ausgeworfen, vier Seeleute kletterten hinunter, und hilfreiche Hände streckten sich nach Neumann aus.
»Aufpassen«, schärfte Devlin ihnen ein. »Er ist schwer angeschlagen.«

Als er selbst wenig später über das Schanzkleid stieg und prompt zusammenklappte, kniete schon König mit einer Decke neben ihm. »Nehmen Sie einen Schluck, Devlin«, sagte er und reichte ihm eine Flasche.
»*Cead mile Failte*«, sagte Devlin.
König beugte sich näher zu ihm. »Wie bitte? Ich habe nicht verstanden.«
»Können Sie auch nicht. Das war irisch, die Sprache der Könige. Ich sagte nur: hunderttausendmal willkommen.«
König lächelte im Dunkeln. »Sehr erfreut, Sie zu sehen, Mr. Devlin. Ein Wunder.«
»Dürfte für heute nicht das einzige bleiben.«
»Ganz sicher?«
»So sicher, wie das Amen im Gebet.«
König stand auf. »Dann machen wir uns wieder auf den Weg. Entschuldigen Sie mich bitte.«
Kurz darauf wendete das S-Boot und preschte davon. Devlin entkorkte die Flasche und schnupperte daran. Rum. Nicht unbedingt mein Fall, aber er nahm einen tiefen Zug, stemmte den Rücken gegen die Heckreling und blickte zurück zur Küste.
In ihrer Schlafkammer setzte sich Molly plötzlich auf, ging hinüber zum Fenster und zog die Vorhänge zurück. Sie öffnete das Fenster und beugt sich weit hinaus in den Regen. Große Freude und Erleichterung durchströmte sie. Im gleichen Augenblick passierte das S-Boot Blakeney Point und nahm Kurs auf die offene See.

Im Büro an der Prinz-Albrecht-Straße arbeitete Himmler beim Licht der Schreibtischlampe an seinen ewigen Aktenstößen. Es klopfte an der Tür und Rossmann trat ein.
»Ja?« sagte Himmler.
»Bitte die Störung zu entschuldigen, Reichsführer, aber soeben ging eine Funkmeldung aus Landsvoort ein. Den Adler hat's erwischt.«

Himmler zeigte keinerlei Gemütsbewegung. Er legte sorgsam die Feder nieder und streckte die Hand aus. »Lassen Sie sehen.« Rossmann reichte ihm die Meldung, und Himmler las den Text. Nach einer Weile blickte er auf. »Ich habe einen Auftrag für Sie.«
»Reichsführer.«
»Nehmen Sie zwei Ihrer vertrauenswürdigsten Männer. Fliegen Sie unverzüglich nach Landsvoort und verhaften Sie Oberst Radl. Ich sorge dafür, daß Ihnen vor Ihrem Abflug alle nötigen Papiere ausgehändigt werden.«
»Zu Befehl, Reichsführer. Wie lautet die Anklage?«
»Hochverrat. Das dürfte zunächst genügen. Erstatten Sie mir Meldung, sobald Sie zurück sind.« Himmler nahm die Feder auf und begann wieder zu schreiben. Rossmann entfernte sich.

Kurz vor neun Uhr fuhr Korporal George Watson von der Military Police wenige Kilometer südlich von Meltham House an den Straßenrand und stellte sein Motorrad ab. Er hatte die ganze Strecke von Norwich her in wolkenbruchartigem Regen zurückgelegt und war trotz seines langen Meldefahrermantels naß bis auf die Haut – überdies halb erfroren und sehr hungrig. Außerdem hatte er sich verfahren.
Im Schein der Motorradlampe schlug er die Straßenkarte auf und beugte sich darüber. Etwas bewegte sich leicht zu seiner Rechten, und er blickte auf. Ein Mann in einem Trenchcoat stand neben ihm. »Hallo«, sagte der Mann. »Haben sich verfahren, wie?«
»Ich muß nach Meltham House«, erwiderte Watson. »Bis von Norwich her in diesem verdammten Regen. Diese Landbezirke sehen alle gleich aus, und weit und breit gibt es keinen Wegweiser.«
»Geben Sie her, ich zeig's Ihnen«, sagte Steiner.
Watson beugte sich aufs neue tief über die Straßenkarte, die Mauser hob sich und sauste auf seinen Nacken nieder. Er fiel in eine Regenpfütze, und Steiner zog ihm den Riemen mit der

Meldetasche über den Kopf und prüfte rasch den Inhalt. Sie enthielt nur ein versiegeltes Schreiben mit dem Aufdruck *Dringend*. Die Adresse lautete: Colonel William Corcoran, Meltham House.
Steiner packte Watson unter beiden Armen und schleifte ihn in den Straßengraben. Als er kurz darauf wieder zum Vorschein kam, trug er den langen Regenmantel des Meldefahrers, Helm, Schutzbrille und lange Lederhandschuhe. Er zog sich den Riemen der Meldetasche über den Kopf, startete das Motorrad und fuhr los.

Am Wegrand war ein Scheinwerfer aufgestellt, und als sich die Winde des Bergungsfahrzeugs zu drehen begann, tauchte der Morris aus dem Morast und landete auf der Böschung. Garvey wartete oben an der Straße.
Der Fahrer des Bergungswagens öffnete die Tür des Morris. Er spähte hinein und rief nach oben: »Das ist nichts drin.«
»Was quatschen Sie da?« schrie Garvey und lief durch die Bäume hinunter. Dann blickte er ebenfalls ins Innere des Morris, aber der Mann hatte recht gehabt. Eine Menge stinkender Schlamm, ein bißchen Wasser, aber kein Steiner. »Herrgott«, sagte Garvey, als ihm die volle Bedeutung dieser Tatsache aufging. Er machte kehrt, klomm schleunigst die Böschung wieder hinauf und griff nach dem Mikrophon in seinem Jeep.

Steiner schwenkte zum Tor von Meltham House ein, das verschlossen war, und hielt an. Der Ranger hinter dem Tor ließ eine Stablampe aufleuchten und rief: »Wache!«
Sergeant Thomas trat aus dem Pförtnerhäuschen und marschierte zum Tor. Er sah eine dunkle Gestalt in Helm und Schutzbrille vor sich. »Was wollen Sie?« fragte Thomas.
Steiner öffnete die Meldetasche, nahm den Brief heraus und hielt ihn dicht ans Gitter. »Schreiben aus Norwich für Colonel Corcoran.«
Thomas nickte, der Ranger neben ihm schloß das Tor auf.

»Geradeaus zum Vordereingang. Einer der Posten wird Sie hineinführen.«
Steiner fuhr die Auffahrt entlang, schwenkte jedoch vor dem Haus in einen Nebenweg ein, der ihn zum Fahrzeugpark an der Rückseite des Gebäudes führte. Er hielt neben einem dort abgestellten Laster, stellte sein Motorrad daneben, machte kehrt und folgte dem Weg, bis er in den Garten kam. Nach einigen Metern schlüpfte er in ein Rhododendrongebüsch.
Dort legte er Sturzhelm, Regenmantel und Lederhandschuhe ab, nahm sein Schiffchen aus der Fliegerbluse und setzte es auf. Er rückte das Ritterkreuz an seinem Hals zurecht, packte die Mauser und machte sich wieder auf den Weg.
Am Rande eines Blumenbeetes unterhalb der Terrasse blieb er stehen, um sich zu orientieren. Man hatte es mit der Verdunklung nicht allzu ernst genommen, aus mehreren Fenstern fielen Lichtstreifen. Er trat einen Schritt vor, und jemand sagte: »Bleeker?«
Steiner brummte etwas. Ein undeutlicher Schatten bewegte sich auf ihn zu. Die Mauser in seiner rechten Hand hustete auf und man hörte ein kurzes Röcheln, als der Mann auf die Erde sackte. Im gleichen Augenblick wurde der Vorhang zurückgezogen, und quer über die Terrasse fiel ein breites Lichtband.
Als Steiner hochblickte, sah er den Premierminister an der Balustrade stehen und eine Zigarre rauchen.

Als Corcoran aus dem Zimmer des Premierministers trat, wartete Kane schon auf ihn. »Fühlt er sich wohl bei uns?« fragte Kane.
»Sehr. Raucht gerade seine letzte Zigarre auf der Terrasse, dann geht er zu Bett.«
Sie waren jetzt in der Halle. »Womöglich würde er ein bißchen unruhig schlafen, wenn er erführe, was mir soeben gemeldet wurde, deshalb hebe ich es mir lieber bis morgen früh auf«, sagte Kane. »Sie haben den Morris aus dem Morast gehievt. Von Steiner keine Spur.«

Corcoran sagte: »Und Sie meinen nun, er habe fliehen können? Woher wissen Sie, daß er nicht noch unten liegt? Vielleicht ist er aus dem Wagen geschleudert worden oder so.«
»Vielleicht«, erwiderte Kane. »Aber ich lasse auf jeden Fall die Wachen verdoppeln, ich will nichts riskieren.«
Die Vordertür ging auf, und Sergeant Thomas kam herein. Er knöpfte den Mantel auf und schüttelte den Regen ab. »Sie haben gerufen, Sir?«
»Ja«, sagte Kane. »Als der Wagen geborgen wurde, war Steiner nicht drin. Wir wollen nichts riskieren und Doppelposten ausstellen. Irgendwelche Meldungen vom Tor eingegangen?«
»Nichts los gewesen, seit der Bergungswagen passiert hat. Nur der Kurier aus Norwich, der das Schreiben für Colonel Corcoran brachte.«
Corcoran starrte ihn finster an. »Das erste, was ich höre. Wann war das?«
»Vor etwa zehn Minuten, Sir.«
»O mein Gott!« schrie Kane. »Er ist hier! Der Kerl ist hier!« Und er machte auf dem Absatz kehrt, zerrte den Colt aus der Pistolentasche und rannte zur Tür der Bibliothek.

Steiner ging langsam die Freitreppe zur Terrasse hinauf. Der Duft einer guten Havanna schwebte ihm durch die Nacht entgegen. Als er den Fuß auf die oberste Stufe setzte, knirschte unter seiner Sohle ein Kieskörnchen. Der Premierminister fuhr jäh herum, und die beiden Männer standen sich Auge in Auge gegenüber.
Der Premierminister nahm die Zigarre aus dem Mund. Das steinerne Gesicht verriet weder Überraschung noch Furcht. Er sagte: »Oberstleutnant Kurt Steiner von den deutschen Fallschirmjägern, wenn ich nicht irre?«
»Mr. Churchill...« Steiner zögerte. »Ich bedaure, Sir, aber ich muß meine Pflicht tun.«
»Worauf warten Sie dann noch?« sagte der Premierminister ruhig.

Steiner hob die Mauser, die Gardinen an den französischen Fenstern bauschten sich, und Harry Kane kam herausgestürmt und begann sofort zu feuern. Seine erste Kugel traf Steiners Schulter und wirbelte ihn einmal um die eigene Achse. Die zweite Kugel traf ihn ins Herz und tötete ihn auf der Stelle. Er stürzte rücklings über die Balustrade in den Garten.
Sekunden später betrat auch Corcoran mit gezogenem Revolver die Terrasse, und unten tauchten Rangers aus der Nacht auf, machten dann halt und bildeten einen Halbkreis. Steiner lag in dem Lichtfleck, der aus dem offenen Fenster fiel, das Ritterkreuz am Hals, die Mauser noch immer fest in der rechten Hand.
»Unbegreiflich«, sagte der Premierminister. »Er hatte schon den Finger am Abzug, dann zögerte er. Warum wohl?«
»Vielleicht sträubte sich die amerikanische Hälfte in ihm, Sir«, meinte Harry Kane.
Der Premierminister sprach das Schlußwort. »Wie dem auch sei, er war ein erstklassiger Soldat und ein tapferer Mann. Kümmern Sie sich um ihn, Major.« Dann wandte er sich ab und ging ins Haus.

19

Seit meiner erstaunlichen Entdeckung im Kirchhof von St. Mary war fast auf den Tag genau ein Jahr vergangen, als ich wieder nach Studley Constable kam. Dieses Mal auf persönliche Einladung Pater Philip Vorekers. Im Pfarrhaus empfing mich ein junger Priester mit irischem Akzent.
Voreker saß in seinem Arbeitszimmer in einem Schaukelstuhl am Kamin, in dem ein gewaltiges Feuer brannte. Er war ein todgeweihter Mann, das sah man auf den ersten Blick. Die Gesichtshaut war so straff gespannt, daß jeder einzelne Knochen deutlich hervortrat, den Augen sah man an, daß er Qualen litt. »Ich danke Ihnen für Ihr Kommen«, sagte er.

»Tut mir leid, daß Sie krank sind«, erwiderte ich.

»Magenkrebs. Nichts mehr zu machen. Der Bischof ermöglichte mir gütigerweise, meine Tage hier zu beschließen. Er schickte mir Pater Damian als Hilfsgeistlichen. Aber ich bat Sie nicht deshalb hierher. Sie dürften ein arbeitsreiches Jahr hinter sich haben.«

»Ich verstehe nicht«, sagte ich. »Als ich das letzte Mal hier war, wollten Sie kein Wort sagen. Ja, Sie haben mich sogar rausgeworfen.«

»Die Sache ist ganz einfach. Ich habe selbst diese ganzen Jahre über nur die Hälfte der Geschichte gekannt. Und jetzt entdecke ich plötzlich, daß mich die Neugier plagt, auch noch den Rest zu erfahren, ehe es zu spät ist.«

Also erzählte ich ihm alles, denn ich sah keinen Grund, der dagegen gesprochen hätte. Als ich mit meinem Bericht zu Ende war, senkte sich bereits die Dämmerung über den Rasen vor den Fenstern, und das Zimmer lag im Halbdunkel.

»Phantastisch«, sagte er. »Aber wie konnten Sie sich alle diese Informationen beschaffen?«

»Nicht aus amtlichen Quellen, das dürfen Sie mir glauben. Nein, aus Gesprächen mit Leuten, die noch heute am Leben sind und sich zu Auskünften bereitfanden. Ein Großteil des Materials jedoch stammt aus dem sehr umfassenden Tagebuch des Mannes, der für die Organisation des ganzen Unternehmens verantwortlich war: Oberst Max Radl. Seine Witwe, die heute in Bayern lebt, gewährte mir Einsicht in seine Papiere. Und jetzt möchte ich eben gern wissen, wie es hier weiterging.«

»Es wurde daraufhin totale Nachrichtensperre verhängt. Jeder einzelne Dorfbewohner wurde von Beamten der Abwehr und der Sicherheitsdienste vernommen. Das Staatssicherungsgesetz kam in Anwendung. Nicht, daß es wirklich notwendig gewesen wäre. Die Leute hier sind nämlich ein ganz eigener Schlag. Sie halten zusammen, wenn's wirklich hart auf hart geht, mögen keine Fremden, wie Sie gesehen haben. Für sie war das

Ganze ausschließlich ihre eigene Angelegenheit, in die niemand sich einzumischen hatte.«
»Ganz abgesehen von Seymour.«
»Stimmt. Wissen Sie, daß er im vergangenen Februar ums Leben kam?«
»Nein.«
»Fuhr eines Nachts betrunken aus Holt zurück. Geriet mit dem Lastwagen von der Straße ab in die Marschen und ertrank.«
»Und was war nach dieser anderen Sache mit ihm geschehen?«
»Wurde ohne viel Aufhebens als unzurechnungsfähig erklärt. Verbrachte achtzehn Jahre in einer Anstalt, ehe er aufgrund der gelockerten Bestimmungen über die Internierung Geisteskranker entlassen wurde.«
»Aber wie brachten es die Leute hier fertig, ihn wieder bei sich aufzunehmen?«
»Er war mit mindestens der Hälfte aller Familien des Bezirks blutsverwandt. George Wildes Frau Betty war seine Schwester.«
»Mein Gott«, sagte ich. »Das hätte ich nie geahnt.«
»In gewissem Sinn war also das jahrelange Schweigen auch eine Art Schutz für Seymour.«
»Es gibt noch eine andere Möglichkeit«, meinte ich. »Daß die furchtbare Tat, die er in jener Nacht beging, von allen anderen als eine Art Kollektivschuld betrachtet wurde. Etwas, das sie lieber vertuschten als an die große Glocke zu hängen.«
»Ja, das auch.«
»Und der Grabstein?«
»Die Pioniere, die hergeschickt wurden, um im Dorf Ordnung zu schaffen, Schäden zu reparieren und so weiter, legten alle Toten in ein Massengrab im Kirchhof. Äußerlich wurde die Stelle unkenntlich gemacht und sollte es auch bleiben.«
»Aber Sie waren anderer Ansicht?«
»Nicht nur ich. Wir alle. Die Kriegspropaganda war ein damals zwar notwendiges, aber eben doch ein Übel. Jede Wochenschau, die wir im Kino sahen, jedes Buch, das wir lasen, jede

Zeitung, die wir aufschlugen, zeigte den deutschen Soldaten als Hunnen und Barbaren, aber diese Männer hier hatten uns eines Besseren belehrt. Graham Wilde ist heute ein tüchtiger Mann, Susan Turner ist verheiratet und Mutter von drei Kindern, und beide leben nur, weil einer von Steiners Leuten sein eigenes Leben für sie geopfert hat. Und erinnern Sie sich, er gewährte allen Dorfbewohnern freien Abzug aus der Kirche.«

»Also wurde beschlossen, ein heimliches Denkmal zu errichten?«

»Ja. Ließ sich ohne viel Schwierigkeiten machen. Der alte Ted Turner war früher Steinmetz. Die Grabplatte wurde aufgelegt, ich segnete sie ein, und dann versteckten wir sie vor den Blicken zufälliger Friedhofsbesucher, wie Sie ja wissen. Auch dieser Preston liegt übrigens darunter, wird jedoch in der Inschrift nicht erwähnt.«

»Und damit waren sie alle einverstanden?«

Er brachte ein mühsames, frostiges Lächeln zustande. »Eine Art Sühne, was mich betrifft. ›Ich würde am liebsten auf seinem Grab tanzen‹, sagte Steiner damals, und er hatte recht. Ich haßte ihn. Hätte ihn mit eigenen Händen töten können.«

»Warum?« sagte ich. »Weil eine deutsche Kugel Sie zum Invaliden machte?«

»Das redete ich mir selbst ein, bis ich eines Tages Gott auf den Knien anflehte, er möge mir die Kraft schenken, der Wahrheit ins Gesicht zu blicken.«

»Joanna Grey?« sagte ich leise.

Sein Gesicht war jetzt völlig im Dunkeln. »Im allgemeinen bin ich mehr daran gewöhnt, Beichten anzuhören, als sie abzulegen, aber, ja, Sie haben recht. Ich verehrte Joanna Grey. Oh, natürlich nicht im Sinne einer törichten sexuellen Zuneigung. Sie war für mich einfach die wunderbarste Frau, der ich je begegnete. Ich kann Ihnen auch nicht annähernd schildern, welchen Schock ich erlitt, als ich ihre wahre Rolle entdeckte.«

»Und Sie gaben gewissermaßen Steiner die Schuld?«

»Ich glaube, das könnte die psychologische Erklärung sein.« Er

seufzte. »Wie lange das alles jetzt schon zurückliegt. Wie alt waren Sie neunzehnhundertzweiundvierzig? Zwölf, dreizehn? Können Sie sich noch erinnern, wie es damals war?«
»Eigentlich nicht. Nicht an das, was Sie meinen.«
»Die Menschen waren kriegsmüde, es schien bereits eine Ewigkeit zu dauern. Können Sie sich vorstellen, was es für die Moral der Bevölkerung bedeutet hätte, wenn die Geschichte von Steiner und seinen Männern und der Geschehnisse von Studley Constable durchgesickert wäre? Deutsche Fallschirmjäger konnten hier landen und hätten um ein Haar den Premierminister geschnappt.«
»Oder getötet, wenn der Finger am Abzug nicht den Bruchteil einer Sekunde gezögert hätte.«
Voreker nickte. »Beabsichtigen Sie immer noch, die Geschichte zu veröffentlichen?«
»Warum sollte ich nicht?«
»Weil sie überhaupt nicht passiert ist. Der Grabstein ist verschwunden, und wer sollte beschwören, daß er überhaupt jemals da war? Und haben Sie ein einziges offizielles Dokument aufgestöbert, das irgendeinen Teil dieser Geschichte erhärten würde?«
»Das nicht«, erwiderte ich unbeirrt. »Aber ich habe mit einer ganzen Menge Leute gesprochen, und was sie mir erzählten, summierte sich zu einem recht überzeugenden Bericht.«
»Er *könnte* überzeugend sein.« Wieder lächelte Voreker matt. »Wenn Sie nicht einen sehr wichtigen Punkt außer acht gelassen hätten.«
»Und der wäre?«
»Schlagen Sie irgendeines der zahlreichen Geschichtswerke über den Zweiten Weltkrieg auf und lesen Sie nach, was Winston Churchill während des fraglichen Wochenendes tat.«
»Sagen Sie's mir«, sagte ich.
»Startete zu seiner Reise mit der HMS *Renown* zur Konferenz von Teheran. Machte unterwegs in Algier Station, wo er den Generälen Eisenhower und Alexander den Nordafrika-Orden

überreichte, und traf am siebzehnten November, soviel ich mich erinnere, in Malta ein.«
Ich wurde plötzlich sehr still. Ich sagte: »Wer war der Mann?«
»Er hieß George Howard Foster, in der Branche bekannt als der große Foster.«
»In der Branche?«
»Theaterbranche, Mr. Higgins. Foster war eine gängige Varieténummer, Verwandlungskünstler. Der Krieg hat ihn zum großen Foster gemacht.«
»Wieso?«
»Er lieferte nicht nur eine mehr als passable Imitation des Premierministers, er sah sogar aus wie Churchill. Nach Dünkirchen kam er mit seiner Glanznummer heraus, seinem großen Wurf sozusagen. ›Ich habe euch nichts zu bieten als Blut, Schweiß und Tränen. Wir werden uns auf den Stränden mit ihnen schlagen.‹ Das Publikum raste.«
»Worauf ihn der Geheimdienst heranzog?«
»Bei besonderen Gelegenheiten. Wenn man auf dem Höhepunkt des U-Boot-Kriegs den Premierminister auf eine Seereise schicken will, so empfiehlt es sich, ihn irgendwo an Land öffentlich auftreten zu lassen.« Voreker lächelte. »In jener Nacht gab er seine Galavorstellung. Alle hielten ihn für Churchill. Nur Corcoran kannte die Wahrheit.«
»Wo ist Foster jetzt?« sagte ich.
»Er kam ums Leben, zusammen mit weiteren einhundertundacht Personen, als im Februar neunzehnhundertvierundvierzig eine Bombe in ein kleines Theater in Islington einschlug. Sie sehen also, es war vergebliche Mühe. Das Ganze ist nie passiert. Zum Besten aller Betroffenen.«
Ein Hustenanfall erschütterte seinen ganzen Körper. Die Tür ging auf, und eine Nonne kam herein. Sie beugte sich über ihn und flüsterte etwas. Voreker sagte: »Entschuldigen Sie, es war ein langer Nachmittag. Ich muß jetzt ruhen. Ich danke Ihnen, daß Sie gekommen sind und Ihr Wissen mit mir geteilt haben.«
Wieder begann er zu husten, also verabschiedete ich mich rasch

und wurde von dem jungen Pater Damian höflich zur Tür geleitet. Auf der Schwelle reichte ich ihm meine Karte. »Falls sein Zustand sich verschlechtert.« Ich zögerte. »Sie verstehen? Ich wäre Ihnen für eine Mitteilung dankbar.«

Ich zündete mir eine Zigarette an und lehnte mich neben dem Kirchhofstor an die Flintsteinmauer. Selbstverständlich würde ich alle Fakten nachprüfen, aber Voreker hatte die Wahrheit gesagt, das wußte ich mit absoluter Sicherheit. Und außerdem – spielte es denn auch nur die geringste Rolle? Ich blickte hinüber zum Kirchenportal, wo Steiner an jenem nun so weit zurückliegenden Abend Harry Kane gegenübergestanden hatte; ich dachte an die Szene auf der Terrasse von Meltham House, an sein letztes, tödliches Zögern. *Und selbst wenn er geschossen hätte – es wäre dennoch alles vergebens gewesen.*
Ironie des Schicksals, wie Devlin gesagt hätte. Ich glaubte beinah, ihn lachen zu hören. Und den Worten jenes anderen Mannes, der in Steiners Todesnacht die Rolle seines Lebens so trefflich gespielt hatte, wußte ich letzten Endes nichts hinzuzufügen:
Er war ein erstklassiger Soldat und ein tapferer Mann. Lassen wir es also dabei bewenden. Ich machte kehrt und ging durch den Regen davon.

🏛 PAVILLON

Jack Higgins
Der Adler ist gelandet
02/25 · nur DM 8,-
öS 58,-/sFr 8,-

Der Weltbestseller!
Jack Higgins' sorgfältig
recherchierter Roman
schildert eines der
kühnsten Unternehmen
im Zweiten Weltkrieg: die
Entführung Churchills
durch ein deutsches
Fallschirmkommando.

Emily Carmichael
**Die Herrin
von Sainte Claire**
02/28 · nur DM 6,-
öS 44,-/sFr 6,-

Lucinda Chester
Die Wette
02/29 · nur DM 6,-
öS 44,-/sFr 6,-

Marie Louise Fischer
**Ich spüre dich
in meinem Blut**
02/26 · nur DM 6,-
öS 44,-/sFr 6,-

Evelyn Sanders
**Bitte Einzelzimmer
mit Bad**
02/27 · nur DM 6,-
öS 44,-/sFr 6,-

**Karin Luginger
Männer fallen nicht
vom Himmel
Wer fliegt schon
noch auf Machos
Zwei spritzige Frauen-
romane in einem Band**
02/30 · nur DM 8,-
öS 58,-/sFr 8,-

Pavillon
Die neuen Taschenbücher

☖ PAVILLON

Susan Johnson
Atemlose Leidenschaft
02/31
nur DM 8,-
öS 58,-/sFr 8,-

In den Napoleonischen Kriegen findet die russische Gräfin Teo Korsakova eine bis dahin nicht gekannte sinnliche Erfüllung – ausgerechnet mit einem französischen General.

Kay Cavendish
Geheimnisse
02/35 · nur DM 6,-
öS 44,-/sFr 6,-

Virginia Coffman
Blumen der Angst
02/34 · nur DM 6,-
öS 44,-/sFr 6,-

Doris Jannausch
Mustergatte abzugeben
02/33 · nur DM 6,-
öS 44,-/sFr 6,-

John Katzenbach
Das mörderische Paradies
02/32 · nur DM 6,-
öS 44,-/sFr 6,-

Kreuzer
Franz Kurowski
Auf allen Meeren
Paul Schmalenbach
**Schwerer Kreuzer
Prinz Eugen**
Zwei spannende Dokumentarberichte mit zahlreichen Fotos in einem Band
02/36 · nur DM 10,-
öS 73,-/sFr 10,-

Pavillon
Die neuen Taschenbücher